Moritz Pirol

H A L A L Í

2 von 2

ISBN 978-3-938647-18-9

MORITZ PIROL

HALALÍ

Ein Thema
mit zwanzig Variationen

Zweiter Band:
Zehn Porträts

<ORPHEUS UND SÖHNE> VERLAG

Umschlag dreistmedia / Alexander Beitz

unter Verwendung eines Fotos von istock

Bildbearbeitung Veit Kenner

DER INHALT

... und all den Mißachteten mit der Bitte um Vergebung

DAS THEMA

AGÚNG

Sehr geehrte Damen und Herren des Verlages,

das ist Ihnen hoffentlich geläufig: wer was kritisiert, involviert sich. Zumindest bleibt er nicht gleichgültig außen vor, sondern bekundet Interesse. Mit einem Wort: Kritik, die Sinn haben soll, muß konstruktiv sein.

Tatsächlich habe ich den ersten Band Ihres Verlagswerks *"Halalí"* von Moritz Pirol mit gleichermaßen wachsender Begeisterung wie Enttäuschung verschlungen.

Die Begeisterung bezog sich

(abgesehen von sprachlichen Qualitäten, die erfreuten, aber bei literarischen Produkten dieses Kalibers natürlich ein *sine qua non* sind: also eher Voraussetzung als Leistung),

sie bezog sich primär auf das Thema, das heutzutage wirklich so brisant wie akut ist, selbstverständlich auch auf die überaus bewegenden Biografieën (oder richtiger: Porträts), auf die akribische Recherche der mitgeteilten Fälle und schon insofern schließlich auf jene Qualität, die alle Kapitel dieses Buches prägt oder kennzeichnet: Authentizität. Die ausgewählten Beispiele werden innerlich wie äußerlich auf eine Weise dargestellt, für die man heute gern dieses Modewort verwendet. Man glaubt sie so. Sie sind schlüssig.

Das ist sehr viel, und ich bedanke mich daher bei Ihnen und Ihrem Autor für eine so gelungene Publikation.

Meine Enttäuschung jedoch, die keineswegs kleiner ist als alle Bewunderung, betrifft dann aber letztendlich doch die Auswahl jener so authentisch präsentierten Fälle.

Was einem, wenn man es während der Lektüre jenes ersten Bandes nach und nach als Thema zu begreifen und zu verinnerlichen beginnt, immer ununterdrückbarer auf den Nägeln brennt oder auf der Zunge liegt und in den Fingern juckt, kurz: sich unaufhaltsam auf- und vordrängt,

sind all die vielen Fälle von Talenten, die wir nur vermuten können, aber niemals kennenzulernen auch nur die Gelegenheit erhalten. Es sind die unbemerkten, unerkannten, unbeachteten, chancenlos ungenutzten Begabungen. Ich fürchte, sie sind Legion.

Ich habe festgestellt, daß jeder hierzu Befragte sie gleichfalls für unüberblickbar zahlreich hält. Menschen schätzen Menschen sehr viel talentierter ein, als sie es ihnen darzulegen und zu beweisen gestatten.

Liegt hierin gar die Tragödie dieser Speziës? Daß sie ihre eigene Entfaltung wissentlich verhindert: sich selbst ihr Grab gräbt?

Denn alle Talente zusammengenommen und unbehindert, dürften allzu wahrscheinlich über das Potential verfügen, den Nieder- und Untergang ihrer Gattung aufzuhalten und die Menschheit aus eigenen Kräften (die natürlich Geschenke sind) zu retten.

Also wer *"Halali"* liest, hat bald das Bedürfnis, mehr über jene Genies zu erfahren, die hergekommen und unerprobt gegangen sind: von denen niemand je was erfahren hat.

Lieber Verlag: ja, natürlich ist mir bewußt, daß das so ein ganz anderes Buch hätte werden müssen. Es hätte über Personen berichten müssen, die keiner kennt. Deren außergewöhnliche Fähigkeiten unerwiesen blieben. Die also nur behauptet werden könnten. Oder die fingiert werden müßten.

Ein solches Buch wäre also zwangsläufig pure Fiktion und müßte gerade auf sein Bestes verzichten: auf Authentisches. Es bliebe Hirngespinst, Spinnkram, Spökenkiekerei, Poësie.

Auch das könnte bestenfalls große Reize, aber eben nicht jene unwiderstehlich überzeugende Beweiskraft haben, durch die sich die historischen Fälle Ihres ersten Bandes die Zweifler und Leugner vom Leibe halten.

Denn das ist natürlich unübersehbar: wenn Figuren wie Dostojewskij oder Johann Sebastian Bach von ihrem Umfeld kujoniert werden, ist die Versündigung an ihrem Genius evident. Bei Äsop, Gitta Alpár oder gar Tommaso Campanella ist das weniger augenfällig oder populär, eher pisabeschädigt, aber nachholbar, rekonstruïerbar. Wenn das so geschieht wie in Ihrem Buch bisher, ist es nur umso plausibler und beschämender.

Gleichwohl sind alle diese Talente nicht unbemerkt, nicht anonym geblieben. Ihre Leistung, wie auch immer, ist teils biografisch, teils kulturgeschichtlich fixiert und liegt nachweislich vor.

Anders ließe sich dieses Thema auch sicherlich gar nicht angehn.

Die Frage dieses Briefes lautet also: muß es bei diesem Verfahren bleiben? Könnte der Leser nicht, sofern er angemessen chronologisch liest, auf halber Strecke, in der jetzigen Halbzeit oder irgendwann unterwegs realisieren, daß es auf allen Gebieten menschlicher Fähigkeiten nicht nur mißhandelte, sondern auch mißachtete, daß es ignorierte und unbenötigte Kapazitäten gab, gibt und sicher auch geben wird?

Mit einem solchen Hinweis, sofern er gelänge, könnte dieser Tragödië der Menschheit ein erster zaghafter Einhalt geboten werden.

Ich weiß, daß Ihr zweiter Band verpflichtet ist, zunächst einmal die erschütternde Geschichte jenes Francisco José de Caldas zu Ende zu erzählen. Hiernach könnte doch aber der Versuch eines solchen Vorstoßes in unhistorisches Neuland unternommen werden. Oder?

Um schulmeisterliche Besserwissereiën und Theorieën hinter mir zu lassen und konkret zu werden, erlaube ich mir, Ihnen gleich jetzt und hier an Ort und Stelle über einen solchen Fall aus sozialem Niemandslande zu berichten, wie mir das vorschwebt und wünschenswert erscheint.

Auf einer jener vielen Reisen, die mich mein langes Leben unternehmen ließ, war ich auch in Indonesiën: nicht gerade auf allen 17 500 Inseln dieses gigantischen Archipels, aber doch auf Sulawesi, auf Bali, auf Flores und Kommodo, auf Lombok und jenem Sumbawa, wo der Vulkan Tambora erst vor knapp zweihundert Jahren ein Überleben dieses ganzen Planeten gefährdete, ihn für zerstörbar erklärte und seither einen nächsten Ausbruch oder Überfall ähnlichen Kalibers vorbereitet.

Den Abschluß dieser viel zu kurzen, aber höchst informativen Rundfahrt, die man damals modisch als *Island Hopping* aufpolierte, bildete eine Art unumgänglichen Anstandsbesuchs in der Metropole Djakarta, dem abendländisch balladesk verklärten Batavia, auf Java.

Dort gab es für mich außer einer unergiebig touristischen City-Rundfahrt auch ein kurzes Wiedersehen mit meinem Jugendfreunde Holder. In jungen

Jahren waren wir gemeinsam Balletteleven der Essener Folkwangschule, auch gemeinsam im ersten Engagement als Tänzer in Krefeld und damals in all unserm ratlosen Anfängertum recht unzertrennlich. Holder war der sehr viel bessere, auch fleißigere Tänzer, ich der abstrahierendere Kopf mit choreografisch aufmerksameren Augen und insofern damals der Stärkere, der Bestimmendere, wie Holder ihn aber dringend benötigte, anerkannte und beanspruchte.

Zunächst separate Engagements in sehr diskrepanten Compagnieën, dann auch unterschiedliche Berufsentscheidungen, Wechselfälle des Familiënlebens und sonstige Zufälle oder eingeborene Gen-Gesetze führten uns räumlich weiter auseinander, aber ließen uns nie den Kontakt, einander nie aus den Augen verlieren. Man schickte sich Ansichtskarten, rief sich zu Premieren oder Festtagen an, besuchte sich auch, wenn es ging, ab und an und war, selbst nach größeren Unterbrechungen, zumindst latent und potentiëll für einander da: für den Notfall ganz bestimmt ... .

Manchmal fragte Holder mich auch um Rat, meist an beruflichen Scheidewegen, hörte dann auch gern auf meine Meinung und befolgte sie namentlich, als er aus Altersgründen zu klassischem Ballett nicht mehr tauglich schien und eines Tages einem exotischen Lockruf zuërst nach Singapur, dann nach Bangkok folgte und schließlich also in Djakarta landete, wo er seit mehreren Jahren ein touristisch ungemein erfolgreiches Tanztheater zunächst beriet, dann leitete.

Es rekrutierte sich überwiegend aus männlichen Transvestiten, die da erfolgreich als Frauën tanzten und besonders für japanische und chinesische Reisegruppen, gar deren Fotoamateure überaus attraktiv zu sein schienen: der Laden lag in einer günstigen Nebenstraße der berühmten *Jalan Gajah Mada* mit all ihren sonstigen Vergnügungen oder Etablissements und war täglich zweimal nacheinander knüppeldickevoll.

Jetzt also führte Holder mir erstmals seine hiesige *Show* vor, die absolut witzig, schön, fantasievoll und sehr professionell war: trotz all der Amateur"Innen". Er bot mir auch generös ein Logis in seinem geräumigen Loft an und war überhaupt ganz so freundschaftlich wie eh und je seit Jahrzehnten und immer schon.

Er genoß es auch, mit mir über seine *Show* zu fachsimpeln, berichtete lustvoll über seine Arbeitsprobleme und Komplikationen im Umgang mit lauter zwischengeschlechtlichen Tänzern aus allen asiatischen Ländern ringsum und fragte mich hier und da sogar wieder mal um meine Meinung.

Mein Besuch bei Holder verlief sehr harmonisch, bis er mir seine chronischen Schwierigkeiten schilderte, männliche Tänzer zu finden, die sich nicht feminin verkleiden, sondern in den Männerrollen als die Liebhaber oder Partner jener vorgetäuschten Frauën aufzutreten Lüste und Fähigkeiten haben. Komische alte Touristenrollen erdachte und tanzte bisweilen noch Holder selbst. Aber die unerläßlich knackigen Sex-Jungs für seine Zwitter zu finden, war in einem so moslemischen Lande ein ewiges Problem.

Gewohnt, meinem Holder zu helfen, fiel mir da sofort Agúng ein, dem ich "zufällig" erst vor wenigen Tagen in Ubud auf Bali begegnet war.

Agúng war kein Balinese, sondern stammte aus der Provinz Aceh, jenem offiziëllen *Nanggroe Aceh Darussalam* im nördlichen Sumátra. Dortige Arbeitslosigkeit hatte diesen Sohn eines Fischers neunzehnjährig eher nach Bali als nach Java wechseln lassen, weil es hier bestrenommierte Tanztraditionen gibt und Agúng von klein auf zu tanzen liebte. Eigentlich

t a n z t e   e r   i m m e r   u n d   ü b e r a l l ,

von morgens bis abends. Er bewegte sich tanzend durch sein kärgliches Leben und über alle seine unebnen Wege auf diesem unwirtlichen Planeten.

Zwar verdiente er sein karges Brot schnell wechselnd als Bote, als Gepäckträger, Küchenhilfe, Fischer, Barmixer, Kellner oder auch Taxifahrer ohne Führerschein – aber immer tanzend. Auch in Fischerboot oder Mietwagen rhythmisierte er jede seiner Bewegungen zu selbstgepfiffener Musik. Man kann sagen: er war als Tänzer geboren und gedacht.

Natürlich suchte er auf Bali Anschluß an die Barong-, an die Gabor-, Ramayana- oder Legong-Tanzgruppen, hatte sich auch eigens deshalb ins kulturell berühmte Ubud, dieses künstlerische Zentrum Balis, verschlagen lassen, wo es überdies die Tanzschulen auch noch der *Wayang Kulit*, der *Sunda Upasunda* und *Mahabharata* gibt.

Aber für einen sumatrisch exotischen Immigranten und Moslem waren die ersehnten Kontake da schon aus religiösen oder ethnischen Gründen eher utopisch. Also tanzte Agúng ohne jede Bindung an so weltberühmte Traditionen auf eigene Faust durch seinen musenlos armseligen Alltag, aber besuchte aufmerksamst alle zeremoniëllen, sogar touristischen Tanzveranstaltungen jener herkömmlich hinduïstischen Gruppierungen. Besonders der *Baris Gedé*, jener Kriegstanz bewaffneter Männer, hatte es ihm da angetan. Bisweilen half er da notfalls sogar heimlich aus und war dann selig.

Mir selbst war Agúng in all seiner hochgeschossenen Dunkelhäutigkeit vor jenem sehenswürdigen Museum aufgefallen, das in den zwanziger und dreißiger Jahren die Wohnung von

Walter Spies (1895-1942)

gewesen war, dem zu Ehren ich mich überhaupt nur in dieses unmaritim zentralbalinesische Ubud begeben hatte: eher eigentlich sogar seinem Berliner Geliebten aus Bielefeld, dem großen Regisseur Friedrich Wilhelm Murnau, und dessen hochgeschätzten Filmen zu Ehren.

Spies war als Sohn einer musischen rußlanddeutschen Kaufmannsfamilië in Moskau geboren worden, teils dort, teils in Dresden aufgewachsen, während des *Ersten Weltkriegs* im baschkirischen Sterlitamak sowohl politischer Häftling als auch Student dortiger Musik und Malerei, hiernach der Sanskritistik und Ägyptologie in Berlin, dort auch Maler eines *"magischen Realismus"* und Lebensgefährte Murnaus in einer Grunewald-Villa,

seit 1923 Bar- und Konzertpianist für euopäïsche, bald auch für indonesische Musik in Yogyakarta auf Java, seit 1927 auf Einladung des balinesischen Prinzen Cokorda Gedé Agúng Sukawati teils in Tugu am *Canggu Beach*, meist aber hier in Ubud, wo er ein Zentrum balinesischer Gamelan-Musik und Tanztraditionen vorfand, pflegte, belebte oder wiedererweckte, namentlich des inzwischen populären Ketjak oder Affentanzes in jener heute noch lebendigen Künstlerkolonie, die schon seinerzeit Charlie Chaplin, Vicki Baum, Elly Beinhorn oder Barbara Hutton anzulocken vermochte.

Noch heute ist Spies in Ubud wie in Tugu eine Ikone der Wohn-, Tanz-, Mal- und Musikkultur.

Aber 1938 eröffnete die holländische Kolonialregierung auch dort eine Hexenjagd auf Homosexuëlle und verhaftete als Ersten diesen baschkirischen Deutschen. Er wurde zu einem Jahr Gefängnis verurteilt und hiernach, weil Hitler inzwischen die Niederlande überfallen hatte, auch noch auf Java und Sumátra interniert. 1942 wurde er mit vierhundert anderen Häftlingen nach Kalkutta abgeschoben, ihr Frachtschiff jedoch von japanischen Flugzeugen, Hitlers *"Achsen"*-Komplizen, bombardiert und irgendwo im *Indischen Ozean* mit Mann und Maus versenkt. Niemand überlebte.

Aber auf Bali, in Tugu am *Canggu Beach* weit nördlich des sehr viel verruchteren *Petitenget Beach*, wo sich heutzutage Strichjungen ungeniert aufgabeln lassen können, oder eben hier im zentralen Ubud, einem fast schweizerisch exotischen Kurort, ist Walter Spies auch jetzt noch ein so gefeiërter Begriff, daß mein Agúng mir beim Verlassen jenes fantasievoll comfortablen Wohnmuseums nicht nur wohlfeile balinesische Souvenirs zum Ankauf offerierte, sondern sie unverzüglich mit einem ausführlich dargebotenen *Ketjak*, jenem Affen- und Lieblingstanz von Walter Spies, semantisch präzise garnierte. Mein applaudierendes Interesse quittierte er prompt durch die Zugabe eines akrobatisch atemberaubenden *break dance* auf offener Straße.

Eigentlich von Stund' an waren wir Freunde. Seine liebenswerte Zutraulichkeit, seine unraffinierte Hilfsbereitschaft und berechnungslose Drôlerie führten uns noch mehrfach zusammen. Er fuhr mich auch auf halsbrecherischem *motor-byke* huckepack bis ins ferne Tugu am *Canggu Beach* zum andern fantasievoll luxuriösen Museumsdomizil desselben Walter Spies und präsentierte auch dort wieder jenen eindrucksvollen Affentanz an Ort und Stelle.

Drei Tage lang war Agúng in Ubud mein Escort.

Aber am Abschiedsabend lockte er mich da in seine Lieblingsdisco: *"to show you my show"*. Die Discos waren dort damals, kurz nach jenem islamistischen Terroranschlag auf eine balinesische Touristendiskothek in Kuta, von panisch angsterfüllter Leere. Als sich gegen zehn auch noch die beiden letzten betrunkenen Australiër trollten, waren Agúng und ich die wahrhaftig einzigen Gäste: *"time to show you my show"*.

Er war auch hier Kind des Hauses und wohlgelitten genug, um Musiken von und mit Michael Jackson ertönen lassen zu dürfen. *Attacca* begann er zu tanzen: exklusiv für mich und sein ganzes endloses Repertoire, eng an Michael Jackson angelehnt, den er künstlerisch, aber auch politisch und philosophisch zu seinem Vorbild erkoren hatte. Er tanzte erstaunlich: rhythmisch makellos, fantasievoll, musikalisch einfühlsamst und von hochkarätiger Artistik. Es lohnte sich wirklich.

Unser Abschied hiernach war amikal und herzlich, aber seinerseits völlig verausgabt und erschöpft. Er hatte gezeigt und gegeben, was er hatte, was in ihm steckte, wer er war.

Kein Wunder also, daß er mir nur wenige Tage später prompt durch den Kopf schoß, als Freund Holder in Djakarta auf der Nachbarinsel über chronischen Mangel an virilen Tänzern klagte. Ich erzählte ihm von Agúng. Ich zeigte ihm auch Fotos, auch vom tanzenden Agúng.

Sofort war Holder spürbar lustlos und zeigte das. Er schaute nur flüchtig hin, murmelte *"Ja, ganz hübsch"* und verzichtete auf jede eigene Frage. Meine Schwärmerei machte ihn sichtbar nur skeptisch. Oder trotzig. Wahrscheinlich hielt er mich für touristisch verknallt.

Ich schlug ihm daher vor, Agúng mal kurz nach Djakarta einzuladen und ihn vortanzen zu lassen.

Auch hierfür fehlte dem tänzerlosen Ballettdirektor jedes Interesse. *"Ach, ich kenne das. Die machen einem irgendwas vor, es genügt nicht, und dann hat man sie am Halse, sie hängen hier in der Großstadt rum, wollen nie wieder zurück, sind aber mittellos, gehen auf den Strich und geben unsereinem dann die Schuld"* – gleich im Plural: Agúng wie alle. Und als gebe es hier unfeminine Tanztalente zur unbegrenzten Auswahl.

Ich war dumm genug, noch mit Engelszungen auf den störrischen Holder einzureden. Alles war umsonst, er wollte nicht. Bloß: warum nicht? Er versteckte sich hinter fadenscheinigsten Ausflüchten.

Wirklich weiß ich bis heute nicht, warum er sich so versperrte. Es dürfte sich um einen Cocktail aus Eifersucht, Mißgunst, Prioritätengerangel,

Herrschsucht, Berufsstolz, Machtkampf, Machismo, Rivalität und Neid gehandelt haben. Auf Java endlich und in ganz Indonesiën war einzig er der
Boss und Profi, nicht ich. Irgendsowas Blödes, egal.

Aber vielleicht war ich ja auch viel zu aufdringlich. Oder ich insistierte
nicht hinlänglich, gab zu früh auf und überließ diesen Liebling Terpsichóres
seiner indonesischen Chancenlosigkeit.

W i r   a l l e   g e m e i n s a m

sind an diesen Tragödiën schuld.

Als ich drei Jahre später wieder nach Ubud kam, um mein Fernseh-Projekt
über Murnau noch um balinesische Motive und Valeurs aus dem hiesigen
Leben jenes geliebten Walter Spies authentisch anzureichern, hielt ich, auch
aus ganz uneigennützigen Impulsen, nach Agúng vergebliche Ausschau. Jener tänzelnde Lebenskünstler, der damals noch unübersehbar und unverlierbar zur Szene dieser kleinen City gehörte, blieb verschwunden.

Nach langem resultatlosen Fragen in jener Disco und sonstwo alles stieß ich
endlich auf eine lächelnde Balinesin unter kunstvollem Früchteturm auf
dem reglosen Kopfe. Lächelnd wußte sie sofort: *"Oh Agúng, dancing, yes"*.
Dann stotterte sie zusammen, daß er eben kurz vor dem muslimisch mitbe-
gangenen Weihnachtsfest zu seinen Eltern nach Aceh gefahren war, als dort
am 26. Dezember 2004 jener historisch verheerende Tsunami einbrach und
etwa 150 000 Menschenleben kostete. Agúng sei von dort nie mehr wieder-
gekehrt: *"Him drunk, sure"*.

Nun war es wirklich zu spät für eine Tänzerkarriëre bei Holder oder sonstwo. Ein zweiter Michael Jackson, ein neuër Nurejew, ein anderer Nishinskij
hätte da vielleicht entdeckt und zur Beseligung zahlloser Fans gefördert,
aufgebaut und entwickelt werden können.

Ein bockiger eitler Holder Sonstwie hatte das vereitelt: nur aus Trotz oder
Unlust, einfach so.

Von diesem Götterliebling blieb nichts als ein Name übrig, der nicht einmal
echt war. Denn Agúng hieß er nur den Balinesen und deren gewohnten Be-
nennungen zuliebe. Seinen echten Namen aus Aceh verriet er nicht einmal

mir. Jetzt wird ihn niemand mehr erfahren. Auch er ist ertrunken und verweht.

Aber solche Geschichten meine ich mit diesem meinem heutigen Brief an Sie. Die absolut unbekannten, unerweislichen, verschollenen, die umso tragischeren, allertraurigsten Fälle. Die schuldig unterlassenen. Was Rilke schon zurecht *"die Verschwendeten"*, der schmerzlichst eingeweihte Paul Celan später *"die Vergeudeten"* nannte: die vergeudeten, die verschwendeten Talente. Die verscherbelten Genies. Vertan. Vergeblich, weg mit ihnen.

Aber was wirklich und wahrhaftig so vertan ist, kann auch niemand mehr erzählen, auch kein Moritz Pirol mehr: ich weiß, ich weiß ...

Also überlasse ich es *nolens volens* ihm und Ihnen, was sich im zweiten Bande *"Halali"* noch beim Namen nennen läßt.

Ohnehin dürfte für dieses Projekt und Thema kein zuständigerer Verlag aufzuspüren sein als einer, der ausgerechnet auf den Spuren des Orpheus wandelt. Denn

>*Orpheus* (~ 1500 Jahre vor Christos)
>
>war doch erst in den christlichen Verkleisterungen von Spätantike und Barock der überwiegend erfolglose Ehemann im Totenreich und auf der Opernbühne.
>
>Viel früher und sehr viel tiefer war er ja, das dürfte schwerlich jemand besser wissen als Sie, das klassische Opfer eines Ritualmords am Genie, an der Genialität an sich – durch den kruden *Bios,* die kopflos rasende Vitalität von meuchelnden Mänaden aus dem *Reich der Mütter*, die diesen frühesten Musensohn orgiastisch zerstückelten, zerfetzten, massakrierten. Ein mindestens ebenso atavistisches Urgeschehen wie der Brudermord an Abel: spezifisch geist- und musenfeindlich, mitten in jenem archaïschen Wahrhaftigkeits-"TÜV" an der schwimmenden Grenze zwischen Mythos und Historië.

Niemand übrigens hat mir das plausibler und bewegender geschildert als Ihr Moritz Pirol in seinen *"Purpurflügeln"*.

Mit diesem Kotau vor Ihrem Hause und seinem Autor bitte ich um Entschuldigung für die behelligende Ausführlichkeit dieses Leserbriefes. Aber sagen mußte ich das alles mal als Verehrer Ihres *"Halali"*-Projekts: all den heillos Verschleuderten zu Ehren. Nichts für ungut.

Es freut sich auf den zweiten Band von *"Halali"* und die dortige Komplettierung zunächst jener *Vita de Caldas*

Ihr freundlichst grüßender Martin Hansemann

Post scriptum und *by the way*: jene weitere Erdrosselung von Begabungen just durch Rezensenten sollte gleichfalls nicht durch die Lappen gehen. Wie unzählbar viele, teils Beste und Allerbeste wurden von Berichterstattern erstickt, die sich über sie zu erheben, zu Gericht zu sitzen und Aburteile zu fällen erdreisteten, ohne sich um ihr eigenes schäbig-schändliches Scharfrichter- oder Schergen- und Schmarotzertum zu scheren.

Auch das überleben oft nur die Allerrobustesten, also nicht immer grade die Begnadetsten. Auch dieser anderen Legion von Hingeschlachteten ein dankbares, ein verehrungsvolles *requiescant in pace* !

DIE VARIATIONEN

FRANCISCO JOSÉ DE CALDAS Y TENORIO

III

Francisco José de Caldas y Tenorio, graduïerter Jurist aus dem Anden-Städtchen Popayán, war um 1800 der erste bedeutende Naturwissenschaftler Kolumbiëns, das damals noch Neugranada hieß und ein *"Vizekönigreich"* der spanischen Kolonial- und Besatzungsmacht war.

Als Biologe und Geograph wie auch als Physiker und Astronom war de Caldas Autodidakt und einsamer Pionier seines unterentwickelten Landes. Seine gleichermaßen breit gefächerten Interessen in all diesen dortzulande seinerzeit völlig unentdeckten Disziplinen verbanden sich mit opulent angeborenen Talenten, einem akribischen Charakter und ganz außergewöhnlich belastungsfähigem Fleiß zu äußerst günstigen Voraussetzungen für eine wissenschaftliche Laufbahn.

Wirklich verhalf ihm das Glück überdies noch zur schicksalhaften Begegnung mit den beiden denkbar förderlichsten Persönlichkeiten seiner Zeit und Himmelsgegend. Beide erhoben ihn ebenso übermäßig, wie sie ihn später auch hintergingen.

Die eine war José Celestino Mutis, spanischer Arzt, Mathematiker, Biologe, Geistlicher und legendärer Guru dieses Vizekönigreichs, der für de Caldas früh und bereitwillig die Rolle eines Mentors und Mäzens übernahm,

die andere der ins Überdimensionale verklärte Alexander von Humboldt aus Berlin, dessen historische Expedition durch Südamerika wahrhaftig auch den Lebensweg des gleichaltrigen Caldas kreuzte.

Humboldt war fasziniert von dessen wissenschaftlichem Potential und förderte es so lange auf freundschaftlichste Weise, bis aus dem jungen exotischen Talent ein Rivale zu werden drohte, der sich ihm anzuschließen und integriert zu werden begehrte. Da ließ er ihn fallen und verhinderte eine Schatten werfende Weltkarriëre.

Hiervon erholte sich de Caldas nur mit Hilfe jenes Mutis, der ihn mit abenteuërlichen Expeditionen im weitgehend unerschlossenen Neugranada betraute, in *Santafé de Bogota* ein erstes hiesiges Observatorium zur Verfü-

gung stellte und ihn in jene *"Expedición Botánica"* aufnahm, die er seit
Jahrzehnten zum einzig führenden naturwissenschaftlichen Forum ihres
jungen Volkes entwickelt hatte.

Hier wurde de Caldas auch zum huldvoll designierten Nachfolger jener
greisen Ikone Mutis erkoren. Nach deren Tod jedoch stand er unverhofft mit
leeren Händen unter seinen plötzlich abgewerteten Teleskopen: ohne nämlich testamentarisch verbindliches Legat.

Zunächst freilich handelte es sich für ihn noch eher um sowas wie einen
emotionalen, noch keinen beruflichen, keinen wissenschaftlichen, insofern
um keinen existentiëllen, sondern einen "menschlichen" Scherbenhaufen. Es
war nur schmerzhaft, aber noch nicht bedrohlich.

Auch stand ja noch keineswegs fest, wie der Vizekönig auf jenes letzte
Empfehlungsschreiben seines verblichenen Expeditions-Direktors reagieren,
wie er dessen Nachfolge effektiv regeln, über das testamentlos verwaiste Erbe verfügen würde. Einzig darauf kam es jetzt an.

Dieser Don Antonio Amar y Borbón mag da ratlos gewesen sein. Schon wenige Stunden nach dem Tode des großen Mutis ließ er daher

> *José Ramón Leyva*,
>
> seinen einflußreichen Sekretär, die Schlüsselgewalt für die ganze
> *"Expedición Botánica"* übernehmen.

Hiernach nahm er sich Zeit für seine anstehende Entscheidung und vertagte
sie erst einmal mehrere Monate lang.

Diese Zeit nutzte der alarmierte de Caldas schon im Sterbemonat seines
treulosen Erblassers zu einem ausführlichen Schreiben, das am 30. September 1808 an Leyva, jenen Sekretär oder *"Juez comisionado para los Asuntos
de la Expedición Botánica de Santafé"*, gerichtet war und die Ausmaße eines Traktates annahm.

Es nahm auch solchen Stil an, verzichtete auf alle zeit- und landesüblichen
Einleitungs-, Höflichkeits- und Schlußfloskeln, alle rhetorischen Weichen-
stellungen oder Strategieën eines Briefes, sprang gleich mit seinem ersten

Satze *medias in res* und war nichts anderes als eine minutiöse berufliche Biografie mit allen Verdiensten und Ansprüchen seines ganzen bisherigen Lebens. De Caldas präsentierte sich hier einem Machthaber, den er für den entscheidenden Ratgeber seines Vizekönigs jedenfalls in dieser Branche zu halten schien, zwar mit dem ganzen Spektrum seiner naturwissenschaftlichen Talente und Leistungen, deutlich vorwiegend aber als nachweislichen Botaniker, dem schon der große Tote versichert habe,

"daß die Botanik meine vorherrschende Verpflichtung sei und daß Geographie wie auch astronomische, barometrische und sonstige Beobachtungen erst an zweiter Stelle"[56]

stehen. Hierzu verwies er auch auf seine wirtschaftspolitischen Expeditionsresultate zur Chinarindenforschung und auf die Kollektion seines riesigen Herbariums, das von Mutis und der staatlichen *Expedición Botánica* nur zum kleineren Teile finanziert, aber inclusive seines überwiegend privaten Anteils vereinnahmt worden sei: der gehöre aber ihm persönlich.

Er erwähnte hier auch seine diversen Texte zur *"Geographie der Pflanzen im Vizekönigreich"* und zur *"Nivellierung der Kulturpflanzen"*, die als *"riesige, vielschichtige und ureigenste Arbeit"*, eben *"obra inmensa, complicada y original"*, bezeichnet werden müßten und einzig zwecks Erweiterung von Mutis' persönlichem Wissen in der nunmehr strittigen Erbmasse deponiert worden seïen.

Zu Ehren des Verstorbenen, der *Expedición* und des Königs habe er selbstlos Lebenszeit und Gesundheit aufgeopfert und nicht zuletzt finanziëll *"unstreitige Rechte an seinen Arbeiten"* (*"un derecho indisputable sobre mis trabajos"*). Mutis jedoch, der ihn *"viele Male mündlich und schriftlich als seinen würdigen Nachfolger und Erben bezeichnet"* habe, sei ohne jegliche Entschädigung seiner Arbeiten gestorben und habe ihn in seinem letzten Willen

"mit größter Undankbarkeit und Ungerechtigkeit" (*"con la mayor ingratitud e injusticia"*)

vom botanischen Erbe, an dem er so viele Verdienste habe, ausgeschlossen. Er habe aber *"ein investiertes Anrecht daran, er habe mit eigenem Gelde, mit tausendfachen Strapazen und seiner Gesundheit dafür bezahlt"*[56].

Zufrieden stellen könne ihn also einzig eine Rückgabe seiner Kollektionen aus Quito unter seine eigene Direktion:

"Yo quedo satisfecho con que se pongan mis collecciones de Quito bajo mi dirección"[56].

Grußlos und ohne jeden Schnörkel endete dieser Schriftsatz mit so unmißverständlicher Formulierung eines berechtigten Anspruchs. Er sollte bei den Überlegungen des Vizekönigs möglichst schwergewichtig zu Buche schlagen.

Aber dieser Francisco José de Caldas, der sich da beschwerte, hing ohnehin keineswegs so in der Luft, wie es der Geprellte anfangs empfinden und verschmerzen mußte. Denn schon seit Jahresanfang 1808 war dieser Observatoriums-Direktor "beiläufig" auch noch Redakteur und Autor einer wissenschaftlichen Wochenzeitschrift, die er selbst ersonnen und begründet hatte.

Sie hieß *"El Semanario del Nuevo Reino de Granada"*, war also wörtlich das spanische *"Weekly"* oder Wochenblatt des neugranadischen Königreiches, erschien unter dem Namen ihres Initiators unübersehbar auch im Titel, erstmals am 3. Januar 1808, und wurde von einem Freundeskreise, angeführt sogar von Diego Martín Tanco, oberstem Fiskalbeamten Neugranadas, finanziert. Noch 1884 bezeichnete sie der wohlinformierte Hermann A. Schumacher in seinen *"Südamerikanischen Studien"* als

"das bedeutendste literarische Denkmal, das im spanischen Amerika während der Colonialzeit von einem Creolen geschaffen wurde"[2].

Sie mag entstanden sein, weil de Caldas, dieser nachgerade manische Verfasser zahlloser sehr ausführlicher Briefe, die meisten und wichtigsten Partner dieser Korrespondenzen an seinem neuën Wohnort zu mündlichem Austausch verfügbar und für sein Schreibbedürfnis insofern verloren hatte. Wohin mit diesem Drang und Zwange also? Denn wirklich war er ein notorischer und guter Autor.

Die eigene Zeitschrift konnte da Abhilfe schaffen. Tatsächlich schrieb er anfangs fast alle Texte dieses Blattes selbst und erwies sich so auch öffentlich als talentierter Verfasser von gut lesbar Lesenswertem. Für den geborenen Eigenbrötler, dessen chronische Vereinsamung von bisherigen Lebensumständen nur noch gefördert worden war, bot sich hier auch das psychisch vermutlich erforderliche Ventil oder Podium für die öffentliche Darstellung und Debatte seiner Person, seiner Leistungen, seiner Themenkreise, seiner Ziele.

Persönlich in ein architektonisch enges Achteck eingebunkert und an allen Kontakten mit Kollegen oder Publikum gehindert, explodierte da sein immenses Mitteilungsbedürfnis jählings allwöchentlich in diesem *"Semanario"*. Was teilte es mit?

Alles begann mit einem Artikel, der sich über sieben Ausgaben fortsetzte und die Person seines Autors ebenso vorstellte wie auch dessen angelegenste Problematik: ihrer aller Basis, ihren "neugranadischen" Grund und Boden, dessen bewußte Erfassung, Ergründung und Erschließung durch seine Bewohner. Mit diesem Text, dem *"geografischen Manifest"* [4] unverkennbar eines Experten ihrer aller Heimat, wurden viele Türen geöffnet und Weichen gestellt:

"Wir haben die Zustände unserer Provinzen bekannt zu machen, ihre Ausdehnung zu berechnen, ihre bearbeitungsfähigen Landstriche, ihre Waldungen, Weiden und Felsen zu erforschen; wir müssen ihre Pflanzen und Mineralien beschreiben, ihre nützlichen Produkte von denen unterscheiden, die es bis heute noch nicht sind. Das, was wir haben, müssen wir mit dem vergleichen, was uns mangelt, und alles anwenden, um das Fehlende zu erlangen, müssen den Erzeugnissen unseres Landbaus und unserer Industrie Wert geben, sorgfältig unsere Küsten, Häfen und schiffbaren Flüsse beobachten, das Überqueren unserer Gebirge, die Temperatur, die Höhe über dem Ozean, die Vorteile oder Hindernisse, welche jede Gegend dem Handel mit den Nachbarn und dem Verkehr mit anderen Völkern darbietet.

Wir sollten mit aller Genauigkeit feststellen, wieviele Einwohner jede Provinz und jedes Dorf hat, die physische Beschaffenheit, den Charakter, die Tugenden und Laster, die Beschäftigung der unter so verschiedenenen Klimaten wohnenden Menschen studieren, die körperliche und moralische Erziehung, wie sie gegenwärtig besteht und wie sie am besten an jedem einzelnen Ort angebracht wäre, die örtlich häufigsten Krankheiten, die Epidemien, die Sterbelisten – alles, was den Menschen besser, was ihn glücklich machen kann" und wie überhaupt, generell *"aus den natürlichen Verhältnissen des Bodens, des Klimas und der Flußgebiete Nutzen gezogen werden könnte"* (zitiert nach [2]).

Folgerichtig entwickelte er auch hier wieder aus der geografischen Situation ihres Landes zwischen den beiden Weltmeeren seine Idee einer Verbindung

o d e r   V o r f o r m   d e s   s p ä t e r e n   *P a n a m a - K a n a l s*

und monierte da die spanische Indolenz, *"keinen einzigen Schritt zu einer solchen Reform amerikanischer Handelskonzepte unternommen zu haben"* (zitiert nach [4]).

So also machte de Caldas diese neuë Zeitschrift unverzüglich und unmißverständlich zur Bühne für die wissenschaftlichen Resultate ihres Herausgebers. Wirklich erschien hier, zumal seit 1810, noch so manches andere *"Memoria"* dieses vielseitigen Naturforschers: sei es als Beilage oder spätere Nachfolge, *"Continuación del Semanario"*. Die Dringlichkeit einer kartografischen Fixierung ihres Landes wurde hier zumindest ins Bewußtsein der lesenden Bevölkerung gerückt – oder nachdrücklich verheißen.

Bei alledem gelang es diesem publizistischen Autodidakten,

"von Anfang an solche Gegenstände aufzufinden, welche trotz ihres wissenschaftlichen Charakters ein allgemeines und praktisches Interesse besaßen" [2].

Das waren vornehmlich meteorologische Themen, weil das Wetter jedermann betrifft, aber auch dessen Einordnung in astronomische, gar schon klimatische Zusammenhänge, ferner Untersuchungen zur Ernährung, zu Lebensweise, Arbeitsatmösphäre und den Einflüssen von Bergen und Wäldern, von Flüssen und Winden, von Luftdruck und *"elektrischen Strömungen"* auf Mensch und Tier.

"Die Bedürfnisse der Völker, ihr Reichtum und ihr Elend, ihre Tüchtigkeit und ihre Schwäche, ihr Kapital und ihre Armut: alles ändert sich mit der geografischen Lage und den klimatischen Verhältnissen der Wohnstätten" (zitiert nach [2]).

Mit so praktischen, pragmatischen und populären Themen erreichte, verlockte er manchen Leser inhaltlich, aber auch formal, zum Beispiel mit dem ungewohnten Abdruck von Tabellen und Statistiken des Alltags, einem Novum, wie aber nicht zuletzt auch stilistisch. Denn obwohl er bislang noch *"kaum etwas für die Öffentlichkeit geschrieben hatte, entwickelte er hervorragendes Schriftstellertalent; außerdem verstand er es, überall indirekt anzuregen und, seine Kenntnisse darreichend, zur Mitarbeit aufzumuntern"* [2].

Wirklich schrieben bald auch andere Autoren: der Politiker und Historiker José Manuel Restrepo, der politische Jurist José Joaquín Camacho, der Zoologe Jorge Tadeo Lozano, der geistliche Philosoph Eloy Valenzuela, der Mathematiker Benedicto Domínguez, der Schriftsteller und Politiker José María Salazar: jeder mit seiner eigenen brisanten Thematik.

Redakteur Caldas freilich ging über solche Fachbeiträge noch hinaus, provozierte auch *"gelehrte Debatten und wissenschaftliche Preisbewerbungen"* [2] und forderte schließlich gar jeden seiner Leser auf, zum Beispiel eigene meteorologische Beobachtungen mitzuteilen. Tatsächlich konnte er schon gegen Ende des ersten Jahres in seiner Zeitschrift einschlägige Daten publizieren, die aus allen Gegenden ihres riesigen Landes eingetroffen und entsprechend divergente Bedingnisse aufgezeichnet hatten. So erweiterte sich das Spektrum dienlichst.

Aber Finanzminister Tanco, dieser Obersponsor, achtete ohnehin akribisch auf die thematische Vielfalt eines Blattes, das auch von seinem Chefredakteur, diesem genuïnen Polyhistor, zielbewußt "generalistisch" geleitet wurde:

"on matters of wide-ranging interest" (*"mit Themen von weitreichendem Interesse"*) [4].

An diesem Punkte nämlich wurde diese ganze Unternehmung auch politisch im Sinne sozialer Verantwortung und nationaler Emanzipation. Sie diente ihrem Erfinder keineswegs zuletzt zur umfassenden und beschleunigten Bildung einer weitgehend nahezu analphabetisch interessenlosen Bevölkerung ohne Schulpflicht weit ab im Hochgebirge, im Dschungel, hinter Strömen und Steppen, fern aber auch von der großen Städten.

Die unverkennbar aktuëlle Befreiung von der spanischen und jeder anderen europäischen Bevormundung durch all die dortigen Conquistadoren oder

Humboldts konnte einzig und allein auf dem Wege einer solchen Akkulturation erfolgen. Was de Caldas also mit seinem *"Semanario"* versuchte, war insofern nichts Geringeres als eine Frühform benötigter Volkshochschule für alle Hilfsbedürftigen, Unbemittelten und Vernachlässigten eines ganzen riesigen Volkes.

"Caldas hoped", verkündet auch noch John W. Appel, sein Biograf in Philadelphia, *"that his periodical would enlighten and inform"* [4] : er erhoffte Aufklärung und Information von einer Zeitschrift, die überdies eines fernen Tages aus gebildeten Lesern wiederum Stützen der allgemeinen Volksbildung herangebildet haben würde.

Denn *"die geographischen Kenntnisse von der eigenen Heimat bilden für Gesittung, Handel, Ackerbau und Wohlfahrt eines Volkes den Maßstab"*, wußte und verkündete de Caldas; *"Stumpfsinn und Barbarei stehen mit der Ignoranz, die hinsichtlich der Heimatkunde herrscht, in einem Verhältnis. Geographie ist die Hauptgrundlage für jedes politische Gemeinwesen, denn sie lehrt die Ausdehnung jenes Landes, in dem es zu handeln und zu arbeiten gilt"* (zitiert nach [2]).

Wie aber können diese elementar benötigten *"geografischen Kenntnisse"* erworben werden?

Wenn *"alle Provinzen Geldmittel durch Gaben der Begüterten und namentlich der Grundbesitzer beisteuerten, wenn ferner die Kaufmannschaft das Gleiche täte wegen des großen Interesses, das sie an den Ergebnissen nehmen muß [...] , wenn endlich die Häupter der Behörden mit ihrer Autorität fördernd hülfen: dann würden wir zweifellos in wenigen Jahren ein rühmliches, für Geographie und Politik nützliches Meisterwerk besitzen, eine genügende Landkarte"* (zitiert nach [2]).

So pragmatische Ideeën und Formulierungen dort und damals zu Papier zu bringen, auch noch zu verbreiten, ging in fast ähnlichen Maßen über Menschenkraft wie all die früheren Anden-, Vulkan- oder Dschungelexpeditionen dieses erstaunlichen Mannes. Denn zu den üblichen Redaktionsproblemen gesellten sich da noch Auseinandersetzungen mit der vizeköniglichen Zensur, mit technisch unzulänglichen Druckereiën und deren Unfähigkeit, schon Tabellen und Landkarten zu Papier zu bringen, und erst recht mit dem Postversand, vom endlosen Buhlen um Abonnenten ganz zu schweigen.

Für alles das sorgte de Caldas persönlich und anfangs allein, aber hinlänglich, um wirklich allwöchentlich eine neuë Ausgabe seines Blattes erscheinen zu lassen. Aber schon nach sechs Monaten, im Juli 1808, klagte er dem
Freunde Santiago Pérez de Arroyo:

*"Wenn ich sie nicht selbst leiten würde, hätte ich diese ganze schöne Grün-
dung wahrscheinlich schon ins Wasser fallen lassen. Wieviel Dummheit habe ich wegräumen müssen! [...] Ich habe hier schon Halluzinationen. [...]
Wieviel Unsinn man ertragen muß, um eine einzige Frucht zu pflücken!"* [59] .

Doch nur wenige Monate später dürfte ihm angesichts jenes menschlichen
Scherbenhaufens nach dem Tode seines wortbrüchigen Gurus bewußt geworden sein, welches Kapital es in jener Situation bedeutete, ein solches Pu-
blikationsorgan in der Hand zu haben. Es erleichterte, es ermöglichte, es ermächtigte oder verpflichtete wahrhaftig, dennoch weiterzumachen.

Schon seit dem August 1808 fügte er seiner Zeitschrift eine Beilage hinzu,
die er *"Prospecto para 1809"* nannte: *"Vorschau auf das Jahr 1809"*. Mit einem frühen Vorgriff auf psychologische Tricks der Werbung versuchte er
da, das Interessante einer solchen Zeitschrift ebenso verführerisch herauszu-
streichen wie auch die unleugbar zwingende Brisanz all ihrer unverzichtbaren Themen und Prioritäten:

*"Geben wir zu [...] , daß ein einzelner Mensch das nicht angemessen aus-
führen kann. Aber rechnen wir mit [...] dem patriotischen Eifer aller Einwohner des Königreiches! [...]*

*Ja, wir hoffen, daß alle ihren großmütigen Beitrag leisten und uns ermächti-
gen, gründlich und wahrhaftig über jede Provinz, jeden Sprengel, jeden
Fluß, jeden Berg, jede Pflanze etc. zu berichten. Niemandem wird jene Ehre
erlassen, die sich aus seinen Bemühungen und seinem Fleiß ergibt. Im 'Semanario' werden fortgesetzt die Namen aller erscheinen, die zu seinem
Fortbestehen beitragen und unsere Anerkennung, unsere Dankbarkeit verdienen"* (zitiert nach [41]).

Mit diesem flammenden Appell an potentiëlle Leser oder Abonnenten ebenso wie an jeden einzelnen Landsmann einer Bevölkerung also, die unterdrückt und vollkommen undemokratisch war, ging er in dieses Jahr: ohne
Garantie für sein Blatt, seine Position, seine Sternwarte, deren Rechtsträger

und die Naturwissenschaft in seinem "Neugranada" überhaupt. 1809 schien ein Schicksalsjahr zu werden.

Schon am 21. Januar 1809 gestand de Caldas dem Freunde Santiago Pérez brieflich, daß er aus Mangel an Abonnenten eine Einstellung seines *"Semanario"* befürchte. Wenn sich die jetzige Zahl von 500 nicht binnen dreißig Tagen deutlich erhöhe, sei er am Ende: *"wie alles in Santafé"*. Auch die Dinge der *Expedición* seien noch immer ungeklärt: *"der Vizekönig hat nichts entschieden [...] . Meine Gesundheit ist nicht die beste; tausend Sorgen belasten mein Herz beträchtlich und lähmen meinen Geist. Sei froh, daß Du unabhängig bist und Dein Brot nicht von Verfügungen des Vizekönigs beziehst"* [61].

Drei Tage später, am 24. Januar 1809, starb in Popayán José Caldas y García de Camba. Nach seinem geistigen *"padre"* Mutis verlor Francisco José nun innerhalb von vier Monaten auch noch den leiblichen Vater und dürfte sich seiner mündigen, seiner adulten Vierzigjährigkeit auf nur noch eigenen Beinen, gleichwohl schutzlos in der Luft verängstigt bewußt geworden sein. Spätestens seit diesem 1809 war er keinerlei Sohn mehr. Niemand würde notfalls noch irgend mit Hilfe zur Stelle sein.

Zwei Wochen hiernach wünschte er seinem Freunde Santiago, der in ihrer beider Popayán just zum Bürgermeister ernannt worden war, so gute Nerven, wie er selbst sie nicht mehr habe, weil wir

"nun schon fünf Monate auf die neue Planung und unser Schicksal warten. [...] Meine jetzige Lage ist erbärmlich; abgesehen von allen Unterstützungen für Wohnung, Ernährung, Personal, Licht und Wäsche, wird mein Gehalt von 400 Pesos im Monat zum Problem bis hin zum unvermeidlichen Offenbarungseide. Ohne die Hilfen meiner Freunde hätte ich nicht überleben können" [62].

Irgendwann gegen Ende Februar oder Anfang März 1809 traf der Vizekönig endlich die ersehnte Entscheidung. Den von Mutis empfohlenen Regelungen folgte er königlich nur zum Teil. Zwar machte auch er jetzt de Caldas keineswegs zum Direktor der *Expedición Botánica*, sondern beließ ihn nur auf seinem Posten eines autonomen Abteilungsleiters im Observatorium; aber er betraute ihn zusätzlich mit der Weiterführung jener *"Flora de Bogo-*

tá", dem fragmentarischen Lebenswerk des himmlischen Mutis, respektierte also insofern die angemeldeten Ansprüche eines Sammlers und Botanikers.

Für alles das erhöhte er die monatlichen Bezüge von vierhundert auf tausend Pesos und veranlaßte überdies eine Berufung dieses vielseitigen Naturwissenschaftlers auf den vakanten Lehrstuhl für Mathematik an der Universität Santafé für weitere zweihundert Pesos.

Das alles war zwar keineswegs die zugesagte Nachfolge und Erbschaft, aber gleichwohl eine deutliche Verbesserung der Umstände und eine partiëlle Anerkennung von Forderungen.

"Auf diese Weise, mein Santiago, ist immerhin nach 39 Arbeitsjahren mein Brot nunmehr sicher. Wie träge und armselig zahlt sich Wissen aus!" [63]

Immerhin fühlte er sich durch das vizekönigliche *Dictum* hinlänglich anerkannt, um selbstbewußt mit dem vorgezogenen

Sinforoso Mutis y Consuegra,

der fünf Jahre jünger und um so manche wissenschaftliche Erkenntnis ärmer war, friedlich, gar freundschaftlich koëxistieren und jede mißgünstig ungute Konkurrenz vermeiden zu können.

Das hatte vielleicht bereits charakterliche, gewißlich politische Gründe im damals schon keimenden Aufbegehren gegen jene iberisch europäische Besatzungsmacht, für die dieses Jahr 1809 ein erstes Finale ihrer hiesigen Macht einzuleiten begann.

Denn in deren europäischer Gefängnishaft hatte dieser Sinforoso sein früheres Bekenntnis zur weltberühmten Menschenrechtserklärung in der französischen Revolutionsverfassung (im Gefolge ihres spanischen Übersetzers Nariño) schon peinlichst büßen müssen.

Von seinem Onkel und Pflegevater in einem ungültig früheren Testament zum Universalerben deklariert, mochte er sich unausgesprochen ebenso als den legitimen Nachfolger des großen Mutis empfinden wie seinerseits auch der vormals designierte de Caldas.

In diesem nicht eben unkomischen, gleichwohl auch gefährlichen Gleichgewicht bezeichnete Sinforoso den Observatoriumsdirektor bisweilen naïv oder provozierend als *"seinen Mitarbeiter"* (also angestellten Arbeitnehmer), aber die erste wissenschaftliche Arbeit, die er als *"Leiter des wichtigsten Teils der Expedición Botánica"* für seinen Vizekönig schrieb, widmete er sensibel nicht etwa der von Caldas okkupierten *"Geographie der Kina-Bäume"*, sondern unverfänglich ihrem historischen Abriß.

So wahrte er die gebotene Balance.

Auch de Caldas mag sich mit diesem anberaumten Arrangement abgefunden haben. Um solchen Burgfrieden weiter zu komplettieren oder aber gar bedrohlich zu festigen, ignorierte dieses mehrfach gedemütigte Talent mit souveräner Geste auch noch andere unvernarbte Wunden prominenter Geringschätzung und veröffentlichte im Frühjahr dieses selben Schicksalsjahres 1809 in mehreren Ausgaben seines *"Semanario"* fortgesetzt jenen Entwurf, den Alexander von Humboldt vor mehr als sechs Jahren noch aus Guayaquil über den *Marqués de Selva Alegre* und ihn selbst an Mutis schickte: jenes konkurrente Konzept einer von Jorge Tadeo Lozano inzwischen spanisch vorgelegten

"Geografía de las Plantas o cuadro físico de los Andes equinocciales y de los países vecinos, levantado sobre las observaciones y medidas hechas en los mismos lugares desde 1799 hasta 1803 y dedicado, con los sentimientos del más profundo reconocimiento, al ilustre patriarca de los botánicos, don José Celestino Mutis, por Federico Alejandro, Barón de Humboldt".

Es war die damalige Kampfansage oder Humboldts Handschuh gewesen, den er in den Ring warf, um de Caldas schachmatt in die Ecke der Bedeutungslosigkeit zu stellen.

Aber dieser war inzwischen gebeutelt oder souverän genug, nur noch das Verbindende dieser so zukunftsträchtigen neuën Disziplin ihrer beider Wissenschaft und die Dringlichkeit ihrer vormals gemeinsamen Sache zu sehen. Er gab das publizierte Manuskript als einen glücklichen Fund aus dem unanfechtbaren, aber unveröffentlichten Nachlaß des verehrten Mutis aus, pries die Bedeutung dieses verheimlichten Textes, aber war inzwischen selbstbewußt genug, die vermeintlichen Schwachstellen dieses reisenden Europäers in couragierter Augenhöhe beim Namen zu nennen, zu kommentieren oder auch zu korrigieren und subjektiv um Vorwort, Anmerkungen und die Ankündigung seiner eigenen *"Fitografía del Ecuador"* zu komplettieren. Denn so sehr er

"die Bildung, das enorme Wissen und die große Begabung dieses außergewöhnlichen Reisenden respektiere: mehr noch respektieren wir die Wahrheit" [64].

Diese Wahrheit ist: *"Dieses Werk berührt uns sehr nah, denn es behandelt unsere Produkte und uns selbst (nosotros mismos)"* [64].

Dergestalt nicht gerade so authentisch oder kompetent wie die Erforschung derselben Sujets durch Landeskinder, sei dieser Text von Humboldt gleichwohl

"voll von wichtigen Beobachtungen, großen und philosophischen Betrachtungen in einem Stil, der der Majestät seiner Gegenstände würdig ist, und die grandiose Beschreibung der äquatorialen Anden" [64].

Belegexemplare dieser Ausgaben des *"Semanario"* gingen nach Paris und finden sich noch heute als Raritäten in Humboldts Nachlaß.

Humboldt bedankte sich mit der Übersendung neuёr Texte, gab so dem *"Semanario"* indirekt *"a mark of quality"* [4] und steigerte zweifellos das hiesige Ansehen seines europäisch inzwischen abgewerteten Kollegen. Der stand in Santafé so zwar nicht als der Erbe des großen Mutis, wohl aber als ein hiesiges Sprachrohr des noch größeren Humboldt da. Das machte ihn stark.

Weil Neider ihn jetzt giftig als *"Humboldtista"* kritisierten, pervertierte er dieses vermeintliche Schimpfwort zu einem "Ehrentitel". (*"Black is beautiful"*).

Aber so wenig nachtragend war wohl auch sein vornehmer Charakter.

Doch schon im nächsten seiner drei jährlich ausbedungenen Rechenschaftsberichte für den Vizekönig nahm er sich die völlig unbescheidene Freiheit, seine Lebensleistung als die eines eindrucksvollen Mannes zu bilanzieren,

"der seit jetzt vierzehn Jahren für nichts anderes lebt als den Fortschritt der Wissenschaft" [57],

und drei dominante Zukunftsprojekte in all ihrem königstreuёn (oder subkutan schon national rebellierenden) Chauvinismus vorzustellen:

erstens eine Auflistung aller seit 1897 im Vizekönigreich gemachten astronomischen Beobachtungen,

zweitens eine aktuëll aufgeschlüsselte Cinchonografie oder neugranadische Geografie aller Bäume mit Chinarinde,

drittens aber eine Phytographie oder Geographie exklusiv von Äquatorpflanzen, wie Humboldt derlei gar nicht haben oder bieten konnte.

Diese Offerte kombinierte er keck mit der Forderung von weiteren Expeditionen und Mitarbeitern, also Geld.

Das alles formulierte er für seinen Vizemonarchen am 1. Juli 1809.

Da mögen sich freilich seine inneren Schwerpunkte schon verschoben haben. Denn in seiner Sternwarte sah er bereits für Santafé, Popayán und viele andere neugranadische Orte einem Ereignis entgegen, das für den Astronomen von größtem Interesse, für die meisten andern Zeitgenossen ein eher furchterregend oder hoffnungsvoll vielsagendes Omen war: einer totalen Sonnenfinsternis am 11. Dezember 1809.

Als dieses Himmelsschauspiel stattfand, hatte de Caldas vermutlich eine der rätselhaftesten Aktionen seines Lebens bereits in die Wege geleitet und den ominösen Einflüssen dieses Sonnenspektakels demütig anheim gegeben.

Irgendwann im Herbst oder Winter immer noch dieses selben Schicksalsjahres 1809 hatte er bei Freunden im heimischen Popayán brieflich angefragt, ob sie nicht

e i n e   F r a u   w ü ß t e n ,   d i e   e r   h e i r a t e n   k ö n n e .

Seinem guten Herzen seïen weder Schönheit noch Reichtum wichtig, dafür Tugend und Herkunft aus Popayán, beileibe nicht aus Santafé.

Der Jurist Dr. José Agustín Barahona y Escobar aus Llanogrande, dem benachbarten heutigen Palmira, wußte eine solche: seine eigene Nichte María Manuela Barahona (oder Baraona oder Barona). Sie war wohl sein Mündel, mittellose Tochter seines Bruders, stammte vom Lande, war damals neunzehn Jahre alt und ließ jetzt schon im Voraus den kuppelnden Onkel ihr prophylaktisches Jawort wissen und weiterreichen:

"La Manuelita", die er ausführlich beschrieb, *"ha prestado su consentimiento"* (*"Das Manuelchen hat schon zugesagt"*).

Denn der erste Brief, den de Caldas, wiewohl ihr leibhaftiger Onkel dritten bis vierten Grades, am 6. Februar 1810 auf skrupellos inzestuösen Freiërsfüßen an diese unbekannte Auserwählte mit demselben Ur- oder Ururgroßvater Arboleda richtete, hatte folgenden Wortlaut:

"Señora: ich habe schon alle erforderlichen Vorbereitungen zu unserer glücklichen Verbindung in die Wege geleitet. Mit gleicher Eilpost schicke ich eine Sondervollmacht an Don Antonio Arboleda, meinen engen und zuverlässigen Freund, damit er an meiner Stelle unsere Eheschließung vollziehe und gestalte. Ich hatte damit Don Agustín Barahona, Ihren würdigen Onkel und einen meiner besten Freunde, beauftragen wollen; der aber wollte, daß es Don Antonio mache. Ich hoffe, diese Wahl sagt Ihnen zu. Demselben Don Antonio schicke ich außerdem die Bescheinigung meiner Ehelosigkeit und unsere Heiratsgenehmigung. Alles ist also erledigt, meine verehrte Señora. Die Liebe ist aktiv und handelt schnell. Jetzt liegt alles in Ihren Händen; Sie können den Tag unseres Glückes, diesen unvergeßlichen, diesen frohen Tag bestimmen, an dem Ihnen Caldas ganz gehören wird. Ja, Señora, legen Sie unsere Herzen so schnell wie möglich an die Kette; verbinden und befestigen Sie sie für immer. Ich überlasse Ihnen die freie Wahl unserer Trauzeugen und des Beamten, der unsern Vertrag beglaubigen soll. Wenn Sie meine liebe und verehrte Mutter zur Trauzeugin wollen und mich das wissen lassen, werde ich Ihnen gern bestätigen, wie dankbar ich wäre.

Heute noch beginne ich, mein Herz vor Gott zu reinigen und mein ganzes Leben zu überprüfen, um bei der Feier unserer heiligen und reinen Verbindung Ihrer Gunst würdig zu sein. Reinigen Sie auch das Ihre, und vereinigen wir uns in aller Unschuld und Tugend.

Ein Päckchen mit Kleinigkeiten schicke ich Ihnen nicht, um Ihnen zu gefallen, sondern aus übergroßer Liebe, wie mein Herz sie Ihnen anträgt.

Legen Sie mich Ihrer Mutter zu Füßen, und herrschen Sie mit aller Macht über das liebende Herz Ihres Verehrers, der Ihre Füße küßt,

Francisco José de Caldas" [65] .

Was dieser scheinbar so keusche Joseph da erst in seinem Herzen bereinigen, welche Lebensrevue dieser 41jährige passieren lassen wollte, steht zweihundert Jahre später nur noch dahin. Niemand weiß das mehr.

Diese auf so ungewohnte Weise füßlings geküßte Manuela freilich scheint auch diesen außergewöhnlichen Heiratsantrag unbedenklich angenommen zu haben. Denn trotz damaliger Postverhältnisse über Dschungelberg und Anden-Tal hatte ihr Bräutigam jeden begründeten Anlaß, schon vierzehn Tage später mit dem obligaten Süßholzraspeln anzufangen. Er betonte auch nochmals, einen ganzen Absatz lang und übertrieben eilfertig, vorher, vor dieser Doña María Manuela, noch nie geliebt und nunmehr keinerlei andere Idole erst aus ihrem Wege geräumt zu haben.

"Sie sind die Erste, die mein Herz in ganzer Fülle besitzt": wer besitzt da wen? Vielleicht egal, denn *"wie süß ist es, sich für Religion und Tugend zusammenzutun! Ja, Señora, meine Liebe ist nicht jene gierige, grausame Flamme, die blind macht, die verwildert, sondern ein geheiligtes, ruhiges, reines, keusches, erhellendes Feuer, wie es das Herz, ohne zu unterdrücken, weit macht"*[66].

Also nicht gerade sexuëlle Avancen.

Dann aber attackiert er schon (oder lügt?):

"Sie haben mich viel gekostet. Wie viele Zweifel, wie viele Engpässe, wie viele Tage der Unsicherheit, der Not; um Sie alles wissen zu lassen: wie viele Tränen habe ich um Sie vergossen"[66].

Hiernach fragt er sie ganz unverfroren direkt, ob sie sich einen Mann vorstellen könne, *"der alle Frauen dieser Erde mit der kältesten Gleichgültigkeit betrachtet habe"*, einen Mann, *"der seine Augen zwischen Büchern und Instrumenten nur gen Himmel richte"*[66]?

So warnte er wohl auch auf alle Fälle schon im Vorhinein.

Zum Abschluß endlich: *"Lieben Sie mich? Welche Frage! Ich glaube ja, und diese Illus"* –

Da bricht dieser Liebesbrief ab, einfach mitten im Worte, warum auch immer. (Warum auch nicht, nach alledem?)

Erst eine Woche hiernach suchte er beim zuständigen Diözesangericht des Vatikans um die Ausnahmebewilligung zu einer solchen Verwandtschaftsehe nach. Sie scheint problemlos zugestanden worden zu sein.

Aus den folgenden beiden Monaten dieser bizarren Brautzeit sind noch drei weitere Briefe überliefert, in denen dieser anverlobte Onkel überschwänglich und überdosiert wieder jenes Süßholz, aber so süßlich und verholzt zu raspeln nicht aufhört, wie es auch damals allenfalls Trivialromanen nachzuplappern war: weil es so üblich war? Oder weil er sich in solchen Kitsch persönlich hineinstimulierte? Oder weil er es nicht besser konnte?

Von der anverlobten Nichte hat sich einzig festhalten lassen, daß sie sich schon vor diesem Urbilde aller späteren Ferntrauungen als die *"Astronomin von Bogotá"* titulierte.

Der veritable Astronom in Bogotá las das mit *"ganzen Strömen von Entzükken und Jubel im Herzen"*[67] und schickte ihr für die baldige Reise ins metropole Ehebett ein *"Strohhütchen"* (*"un sombrerito de paja"*) mit schützend großem Musselin-Schal, elf Taschentücher, seidene Handschuhe, bestickte Seidenschuhe, einen Ring mit Smaragden, einen weiteren mit Rubin und Smaragden und einen dritten mit Diamant und Smaragden (in dieser Reihenfolge brieflich aufgelistet).

Gleichzeitig wußte er gar nicht, wann genau diese Geisterhochzeit stattfinden sollte. In den Briefen vom 21. April und 6. Mai 1810 hielt er die Angeschriebene schon für seine Ehefrau. Wirklich jedoch wurde erst am 13. Mai 1810 in Popayán geheiratet: tatsächlich ohne Bräutigam.

Die Gründe für dieses abstruse Verhalten unterschlug er in all dem überbordenden Redefluß seiner Episteln an eine Fremde. Auch alle Biografen streichen hier die Segel. *"One can only speculate"*[4], räumt in Philadelphia John Wilton Appel ein und erklärt den plötzlichen Ehewunsch dieses hagestolzen Vierzigers mit seiner bürgerlichen Etablierung endlich durch die Honorare des Vizekönigs.

Aber Lino de Pombo, jener erste Monograf, der dann den jungen Ehemann als Mitarbeiter noch persönlich kannte, verweist zunächst auf dessen vorher gutkatholisch keuschen Lebenswandel, um dem hinzuzufügen: er war ein Philosoph gewesen *"en la genuina acepción de esta palabra"*[3] – in der ursprünglichen, der authentischen, der wahren Bedeutung dieses Wortes? Was bezweckt so unbenötigter Zusatz? Zweifellos soll er sein Philosophentum nuancieren, färben.

Aber in welchem Sinne?

Zumindest Luis María Murillo wurde just an dieser Stelle deutlicher, als er am 22. August 1950 zum 147. Gründungsjubiläum jener Sternwarte in Bogotá seinen Festvortrag schon gleich im Titel *"der Liebe und der Wissenschaft"* (oder Weisheit) dieses Gelehrten widmete:

"El amor y la sabiduría de Francisco José de Caldas".

In dieser repräsentativen Würdigung, die noch 1958 in Bogotá gemeinsam mit Pombos erster Biografie als Buch erschien, ist seither nach Belieben nachzulesen, *"daß Caldas den Platon hätte lieben können, ohne dessen Philosophie zu beeinträchtigen"*:

"hubiera podido amar Platón sin quebrantar su filosofía" [68] .

Murillo belegt diese erotische Unterstellung mit einem Vergleich zwischen Caldas und jenem Sokrátes, der in den platonischen Dialogen damit prahle, die Liebe zur Venus einzig im Sternenreich zu kennen.

Solche Anspielungen auf eine homoërotische Vergangenheit des Humboldt-Jüngers dürfte also in eingeweihten Kreisen zumindest gemutmaßt worden sein. Sie würde allerdings einzig die späte Verheiratung solch eines alternden Männerfreundes, nicht aber all die andern Bizarrerieën dieser Eheschließung erklären.

"Keine Frau interessiert mich", bestätigte de Caldas noch am 6. Mai 1810 der vermeintlich schon Angetrauten mit sehr wohl möglichem Doppelsinne:

"Todas las mujeres me son indiferentes, y sola Manuelita roba, toca, conmueve y reina en mi corazón, und einzig das Manuelchen stiehlt, berührt, bewegt und beherrscht mein Herz" – etwa als fixe Idee?

Denn noch im selben Briefe kam er endlich auch auf ihre baldig unumgängliche Übersiedlung nach Santafé zu sprechen und gestaltete die nicht weniger unkonventionell als alles andere schon bisher:

"Unterwegs werden Sie mich zwar bei sich haben, aber nicht schon ab Popayán" [69] .

Immerhin bat er hierfür um Nachsicht. Aber *"die Geschenke, die Aufmerksamkeiten, die Vorbereitungen, die ich Ihnen, Ihrer Herkunft und unserer Liebe schuldig bin, verhindern meine Entfernung aus Santafé"* [69]. Wichtig sei auch nur, daß sie schnell zu ihm abreise: bitte am 1. Juni 1810 – schon oder erst? Ganze zweieinhalb Wochen nach der Eheschließung immerhin. Abreisen in die Flitterwochen finden meist überstürzter statt.

Was er ihr dabei zurecht vorenthielt, war eine zwischenzeitliche Ankunft im Hafen von Cartagena am Atlantik. Dort traf am 25. Mai 1810 in offiziëll politischer Mission der in Humboldts Gefolge europäisch verschollene

Carlos Montúfar y Larrea (1780-1816)

ein: jener unselige *"Adonis"* des preußischen Barons, sein fatales Karlchen *"Carlitos"*, über den de Caldas seinerzeit in Humboldts Gunst gestolpert war.

Als der in jenem Pariser Frühling vor sechs Jahren zu den Mahlzeiten der Freiherrnfamilië von Humboldt nicht mehr eingeladen wurde, war er nach Madrid, zur *"Madre Patria"*, gegangen, um dort seine militärische Karriëre weiter auszubauën. Das war ihm im dortigen Kampfe gegen Napoleon sechs europäische Jahre lang in einem Maße gelungen, daß er jetzt als *Comisionado Regino* oder *Königlicher Kommissionär* im Auftrage jener *Junta Suprema* zurückkehrte, die in Sevilla seit 1808 mit dem Kronprätendenten Fernando eine spanische Autonomie gegen die Usurpation ihres Thrones durch den napoleonischen Bruder Joseph aktiv aufrecht zu erhalten versuchte.

Hierzu gehörte auch eine gravierende Gegengewichtung ihrer Kolonieën zum Beispiel in Südamerika, das aber ohnehin erste Signale seiner Aufmüpfigkeit gegen das spanische Mutterland abzugeben begonnen hatte und entsprechend "befriedet" werden mußte.

Mit entsprechender Order also kehrte Carlos Montúfar nun ins heimatliche "Neugranada" zurück. Dennoch stand er wohl noch hinlänglich in Kontakten zu Humboldt, um auch als dessen Bote zwei neuëre Manuskripte, jüngst in London erschienen, für de Caldas und dessen hiesige Zeitschrift mitzubringen.

Ohne kontrollierbare Spuren tat er das wohl auch, denn de Caldas publizierte diese Humboldt-Texte aktuëlleren Datums schon bald danach und zur eigenen Reputation als hispanisierte *"Estadística de Mejico"* und nationalchauvinistisch angepaßtes *"Cuadro físico de las regiones ecuatoriales"*: als Lateinamerikanisches also.

Über einen somit erneuërten Kontakt jener beiden ehemaligen Rivalen aus *Los Chillos* schweigt die Kulturgeschichte freilich.

Denn Carlos eilte möglichst umgehend von Cartagena ins ferne Quito, wo sein Vater, jener gastliche *Markgraf eines freundlichen Urwalds* und inzwischen auch Präsident der patriotischen *Suprema Junta*, sich kürzlich an ersten rebellischen Unabhängigkeitsaktionen gegen den spanischen Kolonisator beteiligt hatte. Da sollte Karlchen schnell für seine Junta in Sevilla nach dem Rechten sehen, sah sich nun aber in einem politisch höchst brisanten Interessenkonflikt zwischen seinen mutterländischen Auftraggebern und dem wahrhaft vater-ländischen Freiheits- und Autonomiebedürfnis einer hiesigen Junta. Carlitos geriet also zwischen die Fronten zweiër verfeindeter Juntas.

Aber nicht nur in Quito: im ganzen *"Vizekönigreich"* regte sich seit Juli 1810 der kreolische Aufruhr gegen die kolonialistisch iberischen Besatzer.

In Santafé trafen sich die Verschwörer, überwiegend Altersgenossen, Freunde und Verwandte von de Caldas oder Mitglieder jener *Expedición Botánica*, zu ihren geheimen Konspirationen vermutlich ausgerechnet im unverdächtigen Observatorium, wo gleichwohl der Hausherr weiterhin allnächtlich seine unpolitisch stellare Arbeit versah.

In diesem astronomischen Schutze berieten meist Vetter Camilo Torres, die Kollegen Sinforoso Mutis und Miguel de Pombo, die Gebrüder Jorje Tadeo und José María Lozano, aber auch Miguel Pey, José Saenz de Santamaría, Joaquín Camacho, José María Carbonel und so manches Mitglied des *Expedición Botánica* wie auch der Familiën Gutiérrez, Caicedos und Omañas ihren Aufstand: sie alle das Umfeld dieses Sternenguckers schon seit langem.

Erste veritable Rebellionen fanden in *Cartagena de Indias*, in Pamplona und Socorro statt. Am 20. Juli schwappten sie, scheinbar eher zufällig, auch mitten auf den Markt von *Santafé de Bogotá* hinüber, wo eine andere, eine dritte *Junta Suprema* unter Torres, Mutis, Pombo, Benitez, Lastra und anderen Intellektuëllen, unblutig ihre spanische Regierung stürzte und den Vizekönig am 25. Juli 1810 verhaftete, später nach Cuba abschob.

Noch am selben Tage wurden die Prozeßakten eines infamen Juntamordes im fernen Quito vom Scharfrichter hier in Santafé auf offenem Markte verbrannt.

Inmitten solchen Aufruhrs also wartete Ehemann Caldas auf seine Manuela.

Die war inzwischen mit weiterer Verzögerung etwa Mitte Juni in Begleitung eines jüngeren Bruders endlich aus ihrem Popayán aufgebrochen: offenbar nicht eben ungeduldiger, als ihr Ehemann sie erwartete. Noch am 21. Mai 1810 hatte er sie gebeten, die Anden *"bequem und sittsam"* zu überqueren: *"con comodidad y con decencia"* [70], als müsse das eigens angemahnt werden. Oder sollte es nur jede unnötige Übereilung bremsen?

Als die Abreise schließlich bevorstand, hatte dieser Francisco seine Manuela am 6. Juni 1810 zum wiederholten Male wissen lassen, daß ihrer beider Liebe *"rein, keusch, vornehm, spirituëll und heilig"* sein solle: wirklich *"puro, casto, noble, espiritual, santo"* [71].

Dafür dürfe sie ihn ab sofort auch einfach *"Franco"* nennen. In Santafé jedoch, referierte er naïvlich, freuten sich auf *"die Caldas"* bereits seine Freundinnen. Wer? Eine angeheiratete Tante mit ihren Töchtern. Achso.

Zwei Wochen später, am 20. Juni 1810, schickte er seinen ehelichen Brief immerhin schon *c/o del Señor Cura de La Plata*, einen Geistlichen also, der die reisende Manuela nach Überquerung der zentralen Kordillere in *La Plata* empfangen und aufnehmen, dort auf ihn warten lassen werde: ihr Franco komme dann schließlich dorthin, in ebendieses *La Plata* am westlichen Fusse jener mittleren Anden, schon im geländegängigeren Quelltal des Magdalenenflusses gelegen; gleich am 7. Juli 1810 werde er mit Vetter Marcelino Hurtado y Arboleda dorthin aufbrechen und sie dort endlich sehen: *"¡Ah! ¡Día feliz!"*

Noch am 6. August 1810 schickte er ihr in eben dieses selbe *La Plata* die kurze Nachricht, daß er sein Wort nicht halten könne. Warum nicht? Weil es in der Regierung eine *"revolución terrible"* gegeben habe, die er gottlob zwar unverletzt ausgestanden habe; aber die *Junta Suprema*, auf die er bauë, schicke ihn mit Aufträgen sonst wohin: *"a muchas partes"*. Statt nach *La Plata* könne er ihr daher (*"sei nicht böse!"*) nur bis *La Mesa* entgegen kommen: *circa* sechzig Kilometer vor den Toren ihres Reiseziels im revolutionären Hexenkessel von Santafé. Diese Aussicht aber möge sie beflügeln, ihre Weiterreise zu beschleunigen. Ihrem nächsten Lockruf, eben aus jenem *La Mesa de Juan Díaz*, folge er dann sofort.

Aber noch einen ganzen Monat später datierte er seinen eigenen nächsten Lockruf mit dem 5. September 1810 und als Redakteur inzwischen auch noch des *"Diario Político de Santafé de Bogotá"*, eines dreimal wöchentlich vierseitigen Revolutionsorgans, das just vor acht Tagen erstmals erschienen war.

In dieser Eröffnungs-Ausgabe vom 27. August 1810 hatte er sein Vorwort schon mit allem gebotenen Chauvinismus posaunen lassen:

"Wir dürfen von Freiheit und Unabhängigkeit reden; gestern noch waren dies verbotene Früchte, heute sind sie Trost und Glück. Aber was ist Freiheit? Wir sind Sklaven des Gesetzes, damit wir frei seien! Unsere Völker, bisher von Bajonetten und Kanonen bedroht, atmen jetzt auf unter einer milden Regierung, die sie selbst eingesetzt haben, damit Handel, Ackerbau und Kunst gedeihen, damit Wohlfahrt und Friede die Grundlagen unseres neuen Leben seien" (zitiert nach [2]).

So begrüßte er zwar ihre patriotische Regierung, aber sah die Gefahren jeder Freiheit und einer jungen Demokratie bereits deutlich im Voraus:

"Großer Gott! Du hast uns errettet aus der Hand unserer Widersacher, rette uns jetzt vor unseren Leidenschaften! Flöße uns Milde ein, Menschlichkeit, Mäßigung, Gradheit, alle Tugenden! Beruhige unsere Gemüter, einige die Provinzen, bilde ein neugranadinisches Reich, in welchem wir Dich anbeten können, Dein Lob verkünden und Dir das Opfer unserer Herzen darbringen!" (zitiert nach [2]).

Aber während die Bogotenser das lasen und beherzigten, sah er sich durch die Vorbereitung der morgigen Nummer, die sich mit jener gräßlichen Massenenthauptung befaßte, wie sie am 2. August 1810 von den spanischen Machthabern an

siebzig arretierten Freiheitspionieren

und Mitgliedern der patriotischen **Suprema Junta**

in Quito vollzogen worden war,

daran gehindert, seine Manuela auch nur in diesem nahen *La Mesa de Juan Díaz* abzuholen. Denn eins der ersten verschwörerischen Treffen dieser erbärmlich Gemeuchelten hatte just in jenem *Los Chillos* der Montúfars mit dem Doppelzimmer für Bonpland und ihn selbst stattgefunden: das traf jetzt nur umso mehr und lenkte den Freiër beträchtlich ab –

aber er werde ihr wenigstens entgegen kommen und irgendwo in den Bergen mit ihr die erste Nacht verbringen: *"allí pasaremos la noche"*[72].

Schwer vorstellbar, daß die Hingehaltene das noch geglaubt, geschweige ersehnt hat. Irgendwann in der Septembermitte 1810 scheint sie dann, ganze vier Monate nach der Hochzeit, bei diesem fremden Manne in Santafé eingetroffen zu sein. Denn seine sprudelnden brieflichen Verheißungen hören da jählings auf.

Über ihr erstes *vis-à-vis* wo auch immer in jener fotolosen Zeit und über den Honigmond dieser allzu bizarren Ehe zweiër Unbekannter schweigen die Chronisten *unisono*: wohl *con comodidad y con decencia*.

Jedenfalls hat der flitternde "Franco" damals mit seinen Berechnungen einer abermals nahenden Sonnenfinsternis vom 28. September 1810 den betroffenen Landesteilen, vielleicht aber auch dem eigenen Nachwuchs zu dienen getrachtet. Denn wahrhaftig schon im Juli 1811 kam sein erstes Kind zur Welt: Sohn Liborio María, den er als *"astronomischen Sproß"* bezeichnete.

Unter demselben Eklipsen-Datum aber publizierte Vater Caldas auch die Themen seiner nächsten wissenschaftlichen Memorias:

" … Nr. 7 meiner Denkschriften wird die Landwirtschaft unserer Heimat besprechen,

Nr. 8 den Bergbau,

Nr. 9 den Handel,

Nr. 10 die Bevölkerung,

Nr. 11 die Tabakskultur,

Nr. 12 den Getreide-Anbau ... " (zitiert nach [2]) .

Mit alledem noch nicht genug, gab er in jenen letzten Monaten 1810 auch für 1811 noch einen Almanach mit nationalistisch stolzgeschwelltem, gleichwohl noch irrlichterndem Titel zwischen allen politischen Fronten heraus:

"Almanaque de las Provincias Unídas del Nuevo Reino de Granada para el año bisiesto de 1812; tercero de nuestra libertad": für das Schaltjahr 1812, das dritte Jahr unserer Freiheit.

Mit so politischem Bewußtsein verknüpfte er hier die Astronomie eines Kirchenjahres mit dem Kalendarium der *Französischen Revolution* und seinem eigenen volkspädagogischen Ehrgeiz,

"unsere Landeskunde aus dem jetzigen Dunkel zu erretten. [...] Wir haben die politische Bevormundung Europas beseitigt, jetzt gilt es, auch die geistige auszuheben. Laßt uns Schulen für Mathematik begründen und für Urania Tempel bauen, die den Neid Europas herausfordern!" (zitiert nach [2]).

Die Emanzipation des Verschmähten auch von seinem Übervater Humboldt klang da immer noch schmerzempfindlich nach und mußte öffentlich vollzogen werden. Mit dem hiesigen Rivalen

Sinforoso Mutis y Consuegro,

>der in der autonomen kreolischen Provinzregierung von Santafé jetzt den Ressorts für *Polizei und Innere Angelegenheiten* vorstand und dort progressive Aktionen auf den Weg zu bringen versuchte,

gelang das dem geprellten Universalerben offenkundig leichter. In seinem *"Diario político"* bezeugte er dem Kollegen Sinforoso und allem Volke lauthals, *"daß der Amerikaner Mutis sich entschlossen habe, der Freiheit seines Vaterlandes alle Opfer darzubringen, selbst die größten"* (zitiert nach [2]).

Wirklich spitzten sich die Probleme der neuën Freiheit in solchem Ausmaße zu. Die hastig ausgerufenen 22 patriotisch antispanischen Provinzregierungen ließen schon ihren Gründungs- und Vereinigungskongreß am 29. Juli 1810 doch lieber platzen. Separatismus schoß allenthalben ins Kraut und polarisierte mit chauvinistischer Inbrunst. Zwei partikularistische Fronten standen sich allzu bald gegenüber, bekämpften sich und drohten einander mit anachronistisch anarchischen Feindseligkeiten.

Ein zentralistisches Konzept in der Metropole Santafé stand nach französischem Muster unter Federführung von

Antonio Nariño y Alvarez (1765-1823),

spanischem Übersetzer der französisch revolutionären Menschenrechtserklärung, hierfür spanisch strafverfolgt, zu afrikanischer Zuchthausstrafe und lebenslänglichem Exil verurteilt, aber flüchtig und seither charismatischer und militärischer Pionier der kreolischen Unabhängigkeit, gar einer französisch oriëntierten Präsidialdiktatur *"mit demokratischem Beiwerk"* [2].

Es stand einem strikt föderalistischen, also anführerlosen Ideal all der vielen ländlicheren Provinzen gegenüber, von denen jede autark ihre eigene Hauptstadt haben und eine Bevormundung in Santafé bekämpfen wollte.

Jorge Tadeo Lozano (1771-1816),

spanischer Aristokrat, medizinisch, philosophisch und naturwissenschaftlich ausgebildeter Mutis-Schüler, Zoologe der *Expedición Botánica* und Autor der *"Fauna Cundinamarquesa"*,

gab zunächst der Provinz rings um Santafé den Namen Cundinamarca (*"Land des Condors"*) und eine demokratische Verfassung, wie er sie anschließend auch für eine Union nach *US*-amerikanischem Vorbilde mit den vier Großprovinzen Quito, Popayán, Cartagena und Cundinamarca entwarf.

Dieser Versuch einer Kombination zentralistischer und föderalistischer Konzepte wurde mehrheitlich am 27. November 1811 von einem Kongreß gebilligt und angenommen, zu dem jedoch nicht alle Provinzen erschienen waren. Also blieb diese Verfassung Theorie und konnte den immer aggressiver werdenden Partikularismus ihrer ungewohnten, ihrer mißdeuteten Freiheit nicht verhindern.

Cartagena hatte sich schon vorher zu einem autonomen Staate erklärt und von Spaniën losgesagt; Popayán folgte mit autonomer Regierung und Verteidigung seines Cauca-Tals (*Valle del Cauca*).

Francisco José de Caldas freilich fühlte sich mitten in all diesen Parteiungen und erbitterten Zersplitterungen nicht nur als entrückter Himmelsbeobachter seines Observatoriums, sondern vornehmlich als politisch verantwortungsbewußter Publizist und Redakteur auch zu Stellungnahmen und Bekenntnissen oder Schlichtungsversuchen verpflichtet.

Mental eher konservativ, aber auch als transandin beheimateter Provinzler und weit gewanderter Kenner von Land und Leuten noch im entlegensten Dschungel oder Hochgebirge neigte er persönlich dem föderalistischen Konzept Lozanos zu, den er tatkräftig unterstützte.

Aber den drohenden Bürgerkrieg vor Augen, schlug er seinem einstigen Kommilitonen, dem nunmehr cundinamarkischen Präsidenten und *"verkappten Tyrannen"* (zitiert nach [4]) Antonio Nariño, unverhofft die Gründung eines Ingenieurs-Corps für Topografie vor, das für bevorstehende Landesverteidigung oder Auseinandersetzungen mit dem europäischen Urfeind für angemessene Landkarten und eingetragene Marschrouten Sorge tragen sollte.

Nariño, den er für einen Diktator hielt, weil er die Menschenrechte der *Französischen Revolution* 1794 nur einführte, um sie 1812 *"skandalös zu verletzen"* (zitiert nach [4]), ernannte ihn nunmehr prompt zum Capitán des empfohlenen Corps und erwartete von ihm außer solchen Geländekarten auch konkrete Vorschläge für Verbindungen ihres Hochlands mit den Ebenen der Ríos Meta und Orinoco: also Generalstabsarbeit für seinen vorgesetzten Arbeitgeber, aber im Verfolg auch da noch von Humboldt-Ideeën.

Seit August 1811 widmete sich der junge Vater also vorwiegend militärischen Problemen und setzte hierfür seine lebenslängliche Erforschung und

Beobachtung von Längen- und Breitengraden, Höhenmaßen, Entfernungen, Temperaturen und Luftdruck nunmehr auftragsgemäß unter überwiegend kriegerischen Aspekten fort.

Denn sein Landesherr schickte ihn als Chefingenieur und Capitán im Heere des Befehlshabers Baraya in die damalige Provinz Tunja, das alte muisca-indianische Hunza und heutige Boyacá nordöstlich von Santafé. Dort tagte nämlich permanent der föderalistische Kongreß als Vorläufer eines Bundesparlaments unter seinem Präsidenten

Camilo Torres y Tenorio (1766-1816),

jenem Vetter und Prozeßkontrahenten von de Caldas aus einem Quito noch vor Humboldt.

Er und die andern Delegierten sollten vor Nariños Truppenaufmarsch so erschrecken, daß sie sich ihm und seiner Herrschaft in Santafé möglichst schnell unterwürfen.

Francisco, dessen Herz unüberhörbar für Vetter Camilos antizentralistische Politik schlug, sah sich gegen seine eigene Überzeugung in einen Bürgerkrieg stolpern. Seit dem 15. März 1812 mit Degen und Barometer in Tunja, schrieb er von dort aus nicht nur ausführliche Reise- oder Feldzugsberichte an die Kollegen Benedicto Domínguez und Francisco Uriquinaona in Santafé, sondern auch ein strategisches *"Memoria"*:

"Als Ingenieur habe ich mich zur Verteidigung der Nation ernsthaft dem Studium von Befestigungen und Artillerie widmen müssen. Diese schrecklichen Wissenschaften haben tatsächlich ihren Charme, freilich nichts von der Majestät und Erhabenheit der Himmelsräume. Zum Glück sind sie aber so genau definiert, daß man sie in zwei bis drei Monaten methodischer Studien beherrschen lernt" (zitiert nach [4]).

Alle Texte dieser Wochen und Monate sollten erstmals in seiner eigenen *"Sonnen"*-Druckerei (*"imprenta del sol"*) und auf einer Druckmaschine, die er sich eigens aus den *USA* hatte kommen lassen, dann in seiner eigenen Buchbinderei vervielfältigt werden: in seither also auch unternehmerisch eigener Regie mit Angestellten und in friedlichem Geschäftsgeist zugunsten seiner jungen Familië.

Im Heerlager vor Tunja scheint er in seinem militärischen Vorgesetzten, dem Oberst

Antonio Baraya,

der erst kürzlich die spanischen Royalisten aus Popayán vertrieben hatte, einen Geistes- und Bundesbruder mit offenem Ohr für so einleuchtend überzeugungsstarke Opposition gegen Zentralismus und Diktatur angetroffen zu haben.

Vermutlich gemeinsam nämlich verhinderten sie die erwünschte militärische Auseinandersetzung mit den Föderalisten in Tunja. Nach gut drei Monaten setzte am 25. Mai 1812 im benachbarten Sogamoso zuërst Baraya, dann als Zweiter de Caldas seine Unterschrift unter die Erklärung ihres Seitenwechsels und machten so ohne jedes Blutvergießen aus zehntausend zentralistischen Soldaten auf friedliche Weise zehntausend föderalistische Vaterlands- und Republikverteidiger.

Kopf dieser beispiellosen Massen- oder Heeresdesertion war zweifellos de Caldas.

Aber eben als Kopf seines Ingenieurscorps begann er gleichwohl, Tunja und das Biwak seiner eigenen Armee gegen wen auch immer zu befestigen.

Tatsächlich schickte der geprellte Nariño ein weiteres Heer unter José Miguel Pey nunmehr gegen die abtrünnig fahnenflüchtige Armee Barayas aus: genau der Bürgerkrieg, den der und de Caldas durch ihren Übertritt hatten vermeiden wollen, stand ihnen nun ins Haus. Kreolen bedrohten feindselig waffenrasselnd kreolische Brüder. *"Bürgerblut mußte fließen"* [2] . Baraya wich erst noch aus, dann schlug er Pey und dessen Armee bei Socorro zusammen.

Das wiederum motivierte den Diktator, in Santafé Repressaliën in die Wege zu leiten, auch gegen Familië und Eigentum von de Caldas. Der abermals hochschwangeren Manuela hatte ihr "Franco" freilich schon im Juni 1812 geraten, sich mit seinen Büchern und Papieren irgendwo in Sicherheit zu bringen. Denn *"ich zweifle nicht, daß der Tyrann Dich unter Druck setzt, nur weil Du die Frau eines Mannes bist, der die Freiheit liebt"* [73].

Wirklich ließ Nariño sie verhaften und Instrumente, Druckerpresse, Möbel ihres Freiheitshelden beschlagnahmen. Der so Erpreßte aber ließ den Erpresser wissen: *"Sie können diese schuldlose und tugendhafte junge Frau behelligen, einschüchtern und überfallen; Sie können das auch mit meinem Sohn und allem tun, was in dieser geschundenen Stadt zu mir gehört – mich selbst jedoch schüchtert nichts ein"* (zitiert nach [4]).

Aber den hilflosen Kongreß in Tunja bat derselbe Bramarbas kleinlaut um Hilfe, seine Manuela in ihrer Geiselhaft, *"sich mit Geduld zu wappnen, bis Gott Dich von diesem Mann und seiner Grobschmiedbande befreit, die Dich nur verachten, weil Du die geliebte Frau eines Mannes bist, der die Tyrannen haßt."* Überdies: *"Der Kongreß hat Dich bei diesem Despoten jetzt freigebeten und angeordnet, daß Du zu Deinem Ehemann kommst"* [74] : ohne Erfolg jedoch und ohne jede Resonanz.

Ende Juli 1812 einigten sich die Kommandeure Baraya und Pey, sei es eigenmächtig, auf die Vernunft einer Waffenruhe. Der Friede schien wiederhergestellt, und Diktator Nariño trat am 19. August 1812 in Santafé zurück.

Doch als der siegreiche Baraya nunmehr im Auftrage seines Bundeskongresses unter Federführung von Camilo Torres gen Santafé marschierte, wurde dort Nariño von einer verängstigten Bevölkerung schon nach drei Wochen, nun auf offiziëllem und legalem Wege als Diktator zurückberufen.

Er schickte den Angreifern eine dritte Armee entgegen: diesmal unter

José Ramón de Leyva,

jenem früheren Sekretär des Vizekönigs mit der Schlüsselgewalt über die verwaiste *Expedición Botánica.*

Just da gebar, wohl immer noch in Gefangenschaft, Manuela ihre Tochter Ignacia, die aber schon nach weniger als vier Lebenswochen eine solche Welt wie diese lieber zu verlassen beschloß.

"Sie ist jetzt im Vaterlande der Gerechten", tröstete Vater "Franco", der diese Tochter nie zu sehen bekam:

"sie ist im Reich des Friedens [...] und hat sich schnell vom Haß all dieser Grobschmiede befreit, von denen mehr als einer ihre Unschuld nur aufwiegen konnte, indem er sie verabscheute: nur weil sie die Tochter eines freien Bürgers war. Statt zu weinen, bin ich froh"[75] .

Der das schrieb, wurde kurz danach, am 6. Oktober 1812, zum Oberstleutnant und Mitglied in der Militärkommission jenes *"Congreso de las Provincias Unídas de la Nueva Granada"* ernannt. Unter seiner Mitverantwortung also kam es dann am 2. Dezember 1812 irgendwo zwischen Tunja und Santafé zur Schlacht, zu Leyvas Niederlage und anschließend zur Belagerung von Santafé durch die Kongreßarmee.

Nariño bot dem klar überlegenen Gegner seine Unterwerfung an. Wieder schien der dringend benötigte Friede greifbar nah.

Brieflich und nicht minder erpresserisch bat Nariño außerdem ausgerechnet de Caldas, den drohenden Sturm auf die Stadt zu verhindern. Wirklich widerriet dieser *Capitán de Ingenieros*: aus technischen, vielleicht auch aus familiären Gründen, bestimmt auch als verantwortlicher Astronom der sensiblen dortigen Sternwarte.

Trotzdem kam es am 9. Januar 1813 zum befürchteten Sturm auf Santafé. Doch einzig durch den gelingenden Trick einer falschen Nachricht des gewievten Nariño mißlang dieser Angriff trotz aller Überzahl der Belagerer so erbärmlich, daß das Kongreßheer hiernach sang- und klanglos auseinanderlief.

Auch de Caldas ergriff da persönlich die Flucht und ließ die Familië hilflos in den Händen des Erpressers zurück. Abermals über den kaum überwindbaren Quindíu-Paß und über Igabué gelangte er zu einem Zwischenstop in Cartago auf halber Strecke wohl zu Mutter und Geschwistern im heimatlichen Popayán. Das aber wurde inzwischen wieder akut von spanischen Machthabern aus Quito gefährdet.

Aus dem fremden Cartago schrieb de Caldas Briefe:

an Nariño schon am 4. Februar 1813 mit der Bitte, Manuela zu ihm ausreisen zu lassen;

an Manuela mit gleicher Post und veritablen Emigrations-Ideën: *"dieses Vaterland zu verlassen, das nicht frei werden kann, und fern von hier ein Asyl zu suchen, wo man keine Krone sieht und keinen Königsnamen hört"* [76] – zum Beispiel also vermutlich in der nordamerikanischen Nachbarschaft;

aber an Benedicto Domínguez, seinen astronomischen Mitarbeiter in Santafé, noch ein Vierteljahr später und immer noch aus seinem Zwischenstop in Cartago diese erschütternde Lebensbilanz:

"Ich habe jetzt mit größter Klarheit erkannt, daß alles Luft ist, Dunst, Eitelkeit, nichts, mit Ausnahme von zwei Dingen: Gott, dem Höchsten, zu dienen und die Frieden genannte Himmelsgabe zu bewahren. Traurige Enttäuschungen haben mir die Augen geöffnet; Unglücksschläge haben mich besser unterwiesen als die bisherigen vierzig Lebensjahre. [...]

Nie hätte ich geglaubt, daß der Kongreß einen Mann, der wie ich sich völlig aufgeopfert hat, mit solcher Gleichgültigkeit, ja mit solcher Härte behandeln würde. Der Kongreß hat mich vergessen; er hat meine Eingaben nicht beantwortet, meiner unglücklichen Familie für das Geld, das er mir schuldet, kein Stückchen Brot gegeben, mich nicht der Regierung von Popayán zur Anstellung empfohlen; er hat, ohne daß ich protestieren konnte, über mein Eigentum verfügt.

Jetzt bin ich aber nicht mehr Ingenieur von Cundinamarca, auch nicht mehr Beamter des Kongresses; ich bin einfach Francisco Caldas. Diese Post bringt ihnen meine Amtsniederlegung. Mit vier Zeilen habe ich Freiheit, Mathematik und Ruhe wiedergewonnen.

Allein seitdem Baraya die Dreistigkeit hatte, willkürlich Bogotá gegen den Rat der besseren Kongreß-Offiziere anzugreifen, kann ich nicht mehr auf dem geliebten Boden leben. Ich bin befleckt mit dem unschudigen Blute so vieler Opfer, die von Starrsinn und Dummheit hingeschlachtet wurden. Meine Stimme galt Gottseidank dem Frieden. Ich bin für kein Menschenleben verantwortlich, das am vergangenen 9. Januar gemeuchelt wurde.

Aber die Sternwarte ist für mich dahin; dahin meine wissenschaftliche Mission. Im Rufe eines Bürgermörders, eines unversöhnlichen Feindes von Bogotá und Cundinamarca stehend, muß ich in Antioquía, wohin ich am 9. abreise, ein Asyl suchen" (zitiert nach [2]).

Diese Weiterreise eines schwer verletzten, eines überempfindlichen, wundgescheuërt zermürbten, eines mißhandelten, eines übergangenen, mißbrauchten, verleumdeten und abgrundtief enttäuschten Multitalentes oder Genies in die nordwestliche Provinz Antioquía schon mit dem Ausweg seiner eigenen kleinen Küste zum europäisch antipodischen Atlantik fand wirklich schon vier Tage später als fortgesetzte Flucht statt. Er wollte wohl tatsächlich nur noch weg und raus.

Denn auch sein Zwischenstop Cartago war durch den südlichen Vormarsch königstreuër Spaniër bedroht, nach Santafé konnte er nicht zurück, mit dem machtlosen Bundeskongreß war er überworfen, und die Provinz Popayán war seit dem 1. Mai 1813 wieder fest in spanischer Feindeshand, seine Zufahrtstraßen vizeköniglich gesperrt. Auch jedes erwogene Exil war vom binnenländischen Cartago aus völlig unerreichbar.

Da kam das Angebot, als Militär- oder Staats-Ingenieur mit dem Range eines Obersts in das neutrale Antioquía zu gehen,

a l s   l e t z t e r   N o t a u s g a n g .

Auf geheimen Indianerpfaden durch das Supía-Tal schlug er sich eben rechtzeitig dorthin durch, um da sofort jene Unabhängigkeitserklärung mitzuërleben, mit der sich dieser Bundesstaat als dritter nach Cartagena und Cundinamarca dezidiert von der spanischen Oberhoheit lossagte und autark befreite.

Um dieses Risiko aber durch innere Stabilität entsprechend abzusichern, wurde dort Juan del Corral, der seinen alten Bekannten de Caldas ins Land gerufen hatte, schon im Juli 1813 zum Diktator berufen. Doch zu seinen engsten Beratern und Mitarbeitern gehörten zwei eingeschworene Caldas-Freunde: José Manuel Restrepo und Francisco Antonio Ulloa aus Popayán.

An seiner neuën Wirkungsstätte und mit Hilfe von José Mejia del Valle, einem Professor der Philosophie aus Quito, begann de Caldas hier sofort mit der gebotenen Befestigung der wichtigsten Berg- und Flußübergänge. Den Bufú-Paß sicherte er durch eine Festung mit elf Geschützen und einer starken Armee; für Cana, Arquía und zwei weitere Standorte baute er kleine,

aber unzugängliche Kastelle. Ferner legte er schon Ende September 1813
zumindest Pläne

für die Signalübertragung eines "Telegraphen",

bald danach für eine eigene Münze zum Prägen autark republikanischen
Geldes,

für Pulvermühle und Salpeterfabrik vor, die schon Anfang Februar 1814 zu
arbeiten begannen.

Das alles wurde aber nicht nur theoretisch ausgetüftelt. *"In Ríonegro"*, hielt
er fest, habe er auch *"zwei Monate lang unter Kohlen und Ruß gearbeitet,
um die Schwierigkeiten meiner neuen Aufgabe zu besiegen, indem ich die
Natur befragte und mir ihre Geheimnisse durch geduldige Beobachtungen
und Versuche eroberte"* (zitiert nach [2]).

In Medellín, dem neuën Regierungssitze ihres befreiten Bundesstaates Antioquía, konnte dieser überaus erfolgreiche und anerkannte *"Coronel Inge-
niero General de la República, honorable C. Caldas"* eines Tages auch Frau
und Sohn wieder in die Arme schließen. Er schien am Ziele, schien Ort und
Ruhe zu finden.

Eine neuë Tochter wurde geboren: Juliana. Aber Liborio, der Sohn, folgte
hier schon nach wenig mehr als einem einzigen Lebensjahr seiner Schwester
Ignacia in jene Welt, die besser sein mag, als auch dieses Medellín es damals war.

Denn die dortige Regierung sah sich immerhin veranlaßt, die politische Zukunft auch dieses relativ friedlichen Landes abzusichern, indem sie ihren
Alleskönner de Caldas mit der Gründung einer Kadettenanstalt für militä-
risch-technischen Nachwuchs beauftragte. Schon im Oktober 1814 wurde in
Ríonegro eine solche Ingenieurschule mit ihren ersten zwölf Studenten eröffnet. Ihr Gründungsrektor Caldas hielt eine denkwürdige Eröffnungsrede.

*"Ich meinerseits will euch in sechs Fächern unterrichten, so gut ich's ver-
mag"*, kündigte er da an:

*"Obenan steht die Befestigungskunst, angewendet auf bebaute Plätze und
auf freie Felder [...]* .

Unseren zweiten Unterrichtszweig bildet das Artilleriewesen. Ihr sollt Ge-schütze und Geschosse studieren, Bau und Behandlung jener, Flugbahn und Wirkung dieser.

Dann folgt die Wasserkunst, die alles umfassen soll, was durch Wasserkraft zu vollbringen ist, durch Schleuse, Rad und Pumpe [...] .

Der vierte Kurs ist der Militärgeographie gewidmet, Ihr werdet lernen [...], Vogelperspektiven, Marschkarten, Topographien und Erkennungszeichen der Gegenden zu behandeln.

Den fünften Abschnitt bildet die Taktik nach den Lehren Montecuculi's und seines Kommentators.

Endlich kommt die bürgerliche Baukunst, die Tempel für den Herrgott baut, Paläste für die Obrigkeiten, Wohnungen für den Bürger und Brücken, Wege und Paß-Übergänge für den friedlichen Verkehr!" (zitiert nach [41]) –

ein gigantisches Pensum nicht nur für die Studierenden! Aber ihr Redner und Rektor beschrieb da auch noch den philosophischen und ethischen Überbau einer solchen Akademie, verpflichtete die jungen Aspiranten vornehmlich moralisch, ihr Vaterland zu verteidigen, und melangierte zeitgemäß so aktuëlle Begriffe wie Ehre, Mut, Geduld, Gehorsam, Fleiß und Patriotismus [41].

Das alles aber war ebenso nötig wie möglich, weil die politische Großwetterlage sich inzwischen gravierend zu ändern begonnen hatte.

Mittlerweile nämlich hatte Simón Bolívar, dieser bürokratisch offiziëlle

Simón José Antonio de la Santísima Trinidad Bolívar y Concepción Palacios,

venezolanischer Kreole aus reichem Hause in Carácas und fast fünfzehn Jahre jünger als de Caldas, in *Cartagena de Indias* um politisches Asyl für Neugranada gebeten. Seine maßgeblichen Impulse zur ersten Befreiung einer unabhängigen Republik Venezuëla aus der spanischen Unterdrückung waren im Juli 1811 noch gescheitert und hatten ihn im November 1812 schließlich sogar zu dieser Flucht gezwungen.

In neugranadischem Schutze schrieb und publizierte dieser junge Freiheitskämpfer, inzwischen 29 Jahre alt, sein *"Manifest von Cartagena"*, eine

Flugschrift, die seit dem 15. Dezember 1812 vom hiesigen Neugranada aus
das spanische Joch allenthalben abzuschütteln aufrief.

Dem folgten zügig

die pragmatische Ernennung Bolívars zum Bürger von Neugranada durch
seinen hiesigen Entdecker, den Kongreßpräsidenten Camilo Torres y Tenorio, jenen Vetter von de Caldas,

die Ausrüstung dieses strahlenden Nachbarn mit eigenen Truppen

und erste erfolgreiche Befreiungsaktionen in den Provinzen Magdalena,
Ocaña, Pamplona und Cúcuta. Das benachbarte Antioquía fühlte sich durch
diese Siege Bolívars über die Besatzer ebenso beschützt wie auch stimuliert.

Aber als dessen abermals triumphale Befreiung seiner Vaterstadt Carácas
langfristig abermals scheiterte und Bolívar sich, im September 1814, abermals nach Cartagena flüchtete, betraute der Kongreß in Tunja ihn mit der
nunmehr unverzichtbaren Eroberung der neugranadischen Hauptstadt *Santafé de Bogotá*.

Nach fehlgeschlagenen Verhandlungen gelang das diesem charismatischen
Bolívar tatsächlich. Aber sein Einmarsch in die Metropole gereichte am 10.
Dezember 1814 zu einer barbarischen Plünderung und wahllosen Verwü-
stung dieses symbolisch preziosen Faustpfands.

Auch das Magazin der *Expedición Botánica* mit all seinen unersetzlichen
Sammlerschätzen, auch das Observatorium mit wertvollen Instrumenten und
seinem oktogonalen Turm, der von Kanonenkugeln beschädigt wurde, waren einer blutrünstig rauschhaft entfesselten Soldateska schutzlos ausgeliefert.

Aber Simón Bolívar wurde am 15. Dezember 1814 zum *Capitán General de
las Provincias Unídas de Nueva Granada* ernannt und war von Stund an in
all seiner eloquenten Geselligkeit, seiner weitsichtig furchtlosen Energie
und Zielstrebigkeit, seiner eminent belesenen Bildung und lebensfrohen Vi-
talität ihrer aller Erster Hoffnungsträger und politisch-moralischer Messias.

Santafé wurde diesen *Vereinigten Provinzen* angegliedert, und deren Präsident, Camilo Torres, rief nach seinem Vetter de Caldas: damit der auch hier
eine so erfolgreiche Militärakademie etabliere. Aber er sollte auch das Frag-

ment seines Atlas von ganz Neugranada in kleinerem Maßstabe möglichst schnell vollenden, weil es *"in kürzester Frist für militärische Operationen benötigt werden könnte"* (zitiert nach [2]).

Caldas selbst jedoch, wirklich mit Familië wieder nach Santafé zurückgekehrt, war nicht minder um einen Wiederaufbau von *Expedición Botánica* und Observatorium bemüht.

Trotzdem plante er intensiv und weit über alle diese aktuëllen Miseren und absehbar baldigen Gefährdungen hinaus nach wie vor auch Auslandsreisen und Kontakte mit europäischen Kollegen, durchaus auch wieder mit Humboldt: etwa ab 1820.

Denn indirekt war auch Simón Bolívar, dieser leuchtende neuë Komet, als Abgesandter Humboldts über diesem nördlichen Lateinamerika erschienen.

Vielleicht zum Teil oder ganz erfunden, aber deshalb nicht weniger wahrhaftig und schön, berichtet eine umstrittene Legende von der Begegnung Humboldts mit Bolívar 1804 in Paris. Beide waren damals nachweislich vor Ort. Also sei im dortigen Salon der mütterlicherseits venezolanischen Comtesse Fanny Dervieu du Villars deren eng verwandter Landsmann aus Carácas, just 21 Jahre alt, Gast einer Soirée gewesen, in deren Verlauf und Mittelpunkt Alexander von Humboldt begeistert und allseits begeisternd über seine Reise durch Lateinamerika berichtete.

Hiernach habe ihn jener junge Caraqueño Simón, der kurz zuvor in der Kathedrale *Notre Dame de Paris* auch Zeuge der eindrucksvoll autarken Kaiserkrönung jenes politischen Selfmademan aus Corsica gewesen war, gefragt, ob seine eben gerade so verklärte Heimat in Südamerika nicht reif sei, endlich ihre politische Freiheit zu erringen.

Humboldts Antwort soll so *"sibyllinisch"* wie provokant gewesen sein:

"Ich glaube, daß Ihr Land schon reif ist für die Unabhängigkeit, aber ich sehe den Mann nicht, der es vollbringen wird" (zitiert nach [8]).

Während schon dieser Satz in Simón Bolívars Herz und Hirn eingeschlagen haben dürfte, ergänzte neben ihm Humboldts Freund und Reisegefährte Aimé Bonpland:

"Die Revolutionen selbst bringen die großen Männer hervor, die würdig sind, sie auszuführen" (zitiert nach [8]).

Bolívar selbst soll das später so erzählt haben: *"Humboldt hat mir die Augen geöffnet"* (zitiert nach [92]).

So also mögen diese beiden europäischen Freunde als Kenner Südamerikas die Basis dafür geliefert haben, was Bolívar jetzt mit übermenschlichen Kräften autark ins Werk zu setzen begonnen hatte. Es baute mit Sicherheit auf jenem Selbstverständnis auf, zu dem die spanisch entmündigten Völker jenes Kontinents gewißlich durch Humboldt entscheidend ermutigt worden waren.

Schon im Folgejahr jedenfalls jenes ominösen Soirée-Dialoges soll der junge Bolívar Humboldts Begleiter bei einer andern, einer europäischen Vulkanbesteigung gewesen sein: des campanischen Vesuv. Seit diesem letzten persönlichen Beisammensein habe ihr nachweislicher Briefkontakt noch während der turbulentesten Befeiungsaktionen jenes *libertador* eines fernen Kontinentes nie ausgesetzt. Noch siebzehn Jahre später bescheinigte ein Brief Bolívars aus Santafé dem preußischen Baron, daß der in Südamerika *"immer mit Bewunderung angesehen"* werde, weil er *"es mit seinen Augen der Unwissenheit entrissen"* habe [98].

Immerhin hat noch der 57jährige Humboldt von einem *"Wiedersehen"* mit dem 43jährigen *Libertador* geträumt. Das scheiterte an dessen viel zu frühem Tode schon nach vier Jahren. Aber Humboldt hat noch sehr viel später zugegeben, daß er ihn anfangs – bei jener Soirée oder sonst ihrer ersten Begegnung wo auch immer – als Träumer unterschätzt, sich jedoch *"geirrt habe, als ich ihn für einen unreifen Menschen hielt"*; aber *"mir schien auch Bonpland damals irre zu reden"* (zitiert nach [28]).

Also stimmt jene waghalsige Anekdote wohl doch, und der faktische Geschichtsverlauf hat den großen Humboldt beizeiten eines Besseren belehrt. In Venezuëla gibt es in der Küstenkordillere der Silla nördlich von Mérida drei schneebedeckte Fünftausender, von denen der heutige *Pico Bolívar* zwischen dem *Pico Humboldt* und dem *Pico Bonpland* der höchste seines Landes ist und in dieser Konstellation dreiër Gipfelspitzen gleichsam die Situation jener ominösen Soirée von 1804 geologisch-vulkanisch rekonstruiert.

Just so von Gipfel zu Gipfel hat Humboldt 1822, selbst eben 52jährig, dem *"Señor Presidente"* und *"Vuestra Excelencia"* Bolívar noch aus dem äonenfernen Paris zugestanden:

"Das barometrische Nivellement, dessen Basis vom unglückseligen Caldas und mir gemeinsam stammt, ist doppelt interessant: für Militärkarten und für landwirtschaftliche Belange"[77].

"Unglückselig" war de Caldas aber nicht nur, weil er da schon seit sechs Jahren tot war. Auch seine letzten Jahre waren erbärmlich.

Denn Napoleons Scheitern in ganz Europa hatte nicht zuletzt in Madrid die landeseigenen Potenzen wieder aktiviert. König Fernando VII., der vor dem mächtigen Korsen zu Kreuze gekrochen war, stabilisierte nunmehr zu Beginn des 19. Jahrhunderts ein gnadenlos reaktionäres, absolut absolutistisches Regime auch noch über die transatlantischen Kolonieën, deren erste Unabhängigkeitsbestrebungen er mit aller Gewalt im Keime zu ersticken fest entschlossen war.

Zu diesem Behufe schickte er seinen Feldmarschall Pablo Morillo, einen damals 37jährig martialischen Choleriker mit einer Heeresmacht von sechzehntausend hemmungslosen Soldaten, mit Artillerie, mit Kavallerie, einem ganzen Ingenieurs-Corps, einem landeskundigen Navigator (Pascual de Enrile) und allen Vollmachten einer brutalen Niederschlagung in die freiheitlich aufbegehrenden Gauë seiner vermeintlichen Krone.

Im April 1815 landeten sie alle in Venezuëla und begannen dort mit ihrer abermaligen Unterjochung.

Simón Bolívar sah sich diesem drohenden Ansturm nicht gewachsen und setzte sich im Mai 1815 persönlich ins Exil von Jamaica ab, um dort abzuwarten, nachzudenken und in London um englische Einflußnahme auf das verbündete Spaniën nachzusuchen. Während er vergeblich von dort auf Hilfe wartete, schrieb er jenen historisch gewordenen *"Brief aus Jamaica"*, der eine öffentliche Streitschrift mit dem offiziëllen Titel *"Antwort eines Südamerikaners an einen Gentleman dieser Insel"* war und eine ausführliche Analyse der spanischen Kolonialpolitik ebenso wie auch der lateinamerikanisch patriotischen Unabhängigkeitsbewegung seit 1810 enthielt. Er rief hier nicht nur zur Solidarität aller spanisch unterdrückten Kolonialstaaten auf, sondern entwarf auch die Utopie von *Vereinigten Staaten in Südamerika*.

Im Dezember 1815 wurde in einer Nacht, die dieser Visionär in seiner Hängematte schlaflos solchen politischen Fantasmagorieën widmete,

e i n   e r s t e r   M o r d a n s c h l a g

auf ihn verübt: nur daß der Attackierte kurz zuvor an den Strand gegangen war und sein Freund Félix Amestoy in derselben Hängematte irrtümlich an seiner Statt von einem Diener mit elf Messerstichen abgeschlachtet wurde.

General Morillo jedoch , *"ein grausamer, mißtrauischer und aufbrausender Mann"* [99], hatte da schon im August 1815 bei Cartagena neugranadischen Boden betreten und brach hier am 6. Dezember 1815 mit seiner militärischen Übermacht von neuntausend spanischen Soldaten nach monatelanger Belagerung jeden Widerstand dieses heroïschen Zentrums hiesiger Emanzipation.

Das dortige Blutbad wirkte im ganzen Lande sofort als Signal. Denn Morillo drang mit mehreren aufgespaltenen Separat-Armeeën unbarmherzig und siegreich in alle Provinzen auch des Binnenlandes vor. Seine Auftraggeber in Madrid informierte er zwischenzeitlich über den hiesigen Stand der Dinge mit brieflichen Sätzen wie diesen:

"Es ist notwendig, eine Militärdiktatur zu errichten, despotisch, tyrannisch, vernichtend. Es gibt keine anderen Mittel. Möge sich der königliche Hof von Illusionen frei machen: Entweder wir werden unseren Feinden den Kopf abschlagen, oder sie werden uns vernichten. Wir dürfen diesen Lumpen gegenüber keine Nachsicht walten lassen" (zitiert nach [98]).

Analog agierte er. Schon Anfang Mai 1816 hatte sich sein blutiger Vormarsch auch der Metropole *Santafé de Bogotá* genähert. Zwar verhieß er einer unterwürfigen Bevölkerung Gnade und Amnestieën, aber niemand glaubte ihm, alles floh.

In Jamaica machte sich der englisch gescheiterte Simón Bolívar unmittelbar nach dem Mordanschlag in der Hängematte sicherheitshalber auf den Weg nach Hispaniola, das von seinem Präsidenten Alejandro Pétion erst kürzlich zur ersten lateinamerikanischen Republik namens *Haïti* ausgerufen worden war. Dort fand er Unterstützung beim Aufbau eines kleinen Expeditionscorps von 250 Mann, mit denen er Anfang 1816 in Venezuëla landete, aber schon im Juli 1816 bei Ocumare so empfindlich geschlagen wurde, daß er sich wieder nach Haïti in sein Asyl zurückzog.

Auch Francisco José de Caldas, gerade erst nach Santafé zurückgekehrt, floh jetzt abermals. Wieder ließ er seine neuërlich schwangere Manuela mit Tochter Juliana zurück und flüchtete mit Freund Ulloa und Vetter

Camilo Torres y Tenorio,

dessen Bereitschaft zu Friedensverhandlungen spanisch verworfen worden waren,

abermals über jenen unwegsamen Quindíu-Paß südwestwärts gen Popayán, das inzwischen zeitweise wieder frei war.

Aber unterwegs schrieb er am 31. März 1816 aus *La Mesa de Juan Díaz*, jenem verabsäumten Treffpunkt ihrer "Hochzeitsreise", seinen letzten Brief an Manuela. Schon weil er wie keiner seiner vielen anderen Briefe an diese Frau mit dem Hinweis *"Streng vertraulich"* überschrieben ist, verdient sein etwa vierseitiges Manuskript eine sonderlich aufmerksame Lektüre auch noch zwischen den Zeilen und in all seinen Untertönen.

Er beginnt recht brutal mit der Eröffnung, daß ihr Abschied neulich endgültig war, weil er *"fest entschlossen"* sei, sein Vaterland für immer zu verlassen. Die früheren Pläne einer gemeinsamen Emigration sind nun definitiv auf nur noch seine eigene Person reduziert. Von dieser Basis aus, die er gar nicht mehr zur Diskussion stellt, will er jetzt abschließend *"mein Herz öffnen"* und *"Dir letzte Ratschläge geben"*. Da es sich also eindeutig um Trennung und Abrechnung zu handeln scheint, empfiehlt er: *"Lies diesen Brief viele Male und täglich, Dein ganzes Leben lang"*. Was folgt, hat den emotionalen Charakter eines *Letzten Willens*, den Gefühlswert eines Testaments.

Überraschend appelliert er da an jenen Treuëid, *"den wir am Tage unserer Hochzeit vor dem Altar geschworen haben"*, und interpretiert ihn nach sechs Ehejahren jählings so:

"Eheliche Treue ist die wichtigste Tugend Verheirateter und das Fundament für alles, was man von Eheleuten an Gutem erwarten kann".

Was soll das jetzt noch: nach dem Abschied für immer? Zunächst offenkundig einem Rechenschaftsbericht, einer Selbstdarstellung, einer bilanzierenden Beichte die Tore öffnen. *"Was mich betrifft"* – mit unüberhörbar dialektischer Vorankündigung von nachfolgend Konträrem – , *"bin ich Dir gewissenhaftest treu gewesen, und seit dem Augenblick, da ich Dich zur Frau nahm, waren mir alle andern Frauen gleichgültig. Ich habe meiner Ehefrau nicht nur treu zu sein, sondern ihr auch jeden Anlaß zur leisesten Beunruhigung oder Verdächtigung zu nehmen getrachtet"*[79].

Erst mit so treuherzig selbstgerechtem Eigenlob findet er den Zugang zum vermutlich eigentlichen Thema dieses ganzen Abschiedsbriefes:

"Du hingegen bist in alledem nicht allzu sorgfältig verfahren, und Deine Lebensführung während meiner Abwesenheit gibt mir zur Beunruhigung endlose Anlässe, die mein spürsicheres und empfindliches Herz verbittert haben".

Jetzt ist es heraus, und sein ganzes bisheriges Gedruckse hat endlich offenbart: diese ganze Ehe hat ihn verbittert. Durch was, inwiefern?

"Ich sage dir ganz klar: ich kann die Freundschaft junger Männer, die sich im Leben noch durch nichts bewiesen haben, nicht ertragen".

Solche jungen Männer dürfte es also in Manuelas Leben zumindest während "Francos" Aushäusigkeiten gegeben haben.

"Diese vertraulichen Besuche in den verschwiegensten Ecken [oder abgelegensten Winkeln] sind mir abscheulich, mit einem Wort: ich wünsche, daß Du nur Leute mit gutem Leumund und einwandfreiem Lebenswandel besuchst und kennst"[79].

Das Gegenteil scheint also während ihrer Ehejahre der Fall gewesen und vom Ehemann ausdauërnd schweigend hingenommen worden zu sein. Jetzt erst, definitiv *post festum* also, platzt sein Mißmut zutage und benennt da vermeintlich schuldige Verführerinnen: *"Paß auch ohne Unterlaß auf den Anstand Deiner Dienerinnen auf; verhindere jedes Zusammensein mit jungen Männern"* [79]: *"toda mezcla de mozos"* – also schlimmer noch: *"jede Vermischung mit jungen Männern"*.

Noch unverhohlener und eschatologischer: *"Fürchte die jungen Verführer; fürchte Dich weniger vor dem Tode als vor den Schrecken eines Ehebruchs, der Dir nur grausame Gewissensbisse und fürchterliche Verbitterung beschert"*. Also: *"Liebe Gott, vertraue ihm Dein Herz an, und halte es rein und frei von Sünde"* [79].

Könnte der Emigrant solche Anschuldigungen und Drohungen jetzt nicht hinter sich lassen? Nein: *"Ich möchte die Sorgen der letzten Monate los werden und ein ruhiges, heiliges, geregeltes und beispielgebendes Leben führen"*.

Er hat die Verletzungen dieses Ehelebens noch keineswegs ausgestanden und verschmerzt. Dennoch sind Ton und Tonart dieses Briefes moderat. Keineswegs klagt er an: *"Ich verurteile Dich bestimmt nicht, und wenn ich jetzt so deutlich zu Dir rede, dann nur, damit Du vorsichtiger wirst und auf Deinen guten Ruf achtest"* [79]. Weder beschuldigt noch droht er. Fast schimmern interlinear Verständnis oder eingestandene Mitschuld durch. Er übt Nachsicht und bittet um Vorsicht.

Zwar verpackt er anschließend alles Gesagte in religiöse Konventionen und übergeordnet fromme Gemeinplätze. Aber gerade diese seine eigene strikte Bigotterie, die echt empfunden scheint, läßt ihn ein Wiedersehen vor dem *Jüngsten Gericht* voraussehen (*"cuando nos reunamos en la eternidad"*) und wünschen, daß es dann *"frei von Ehebruch"* sein möge: *"puro de adulterio"*. Das erhoffe er – nicht mehr von Manuelas Lebenswandel, sondern abschließend nur noch von Gottes Erbarmen: *"de la misericordia del Señor"*.

Der Rest dieses Abschieds- oder Trennungsbriefes besteht dann aus lauter beschwichtigenden Floskeln und halben Rückziehern, aber auch noch aus klammernden Liebesschwüren einer *"alma atribulada"*: einer gequälten Seele.

Diese Seele also suchte hiernach auf der Weiterflucht dieses amerikanischen Ahasverus ein erstes Obdach bei einem ehemaligen Mutis-Schüler, der im zentralkolumbianischen Tolima-Gebirge als Viehzüchter lebte. Aber auch der war schon auf und davon. Die Flucht ging also weiter: jetzt zu ominösen Schiffen unter argentinischer Flagge und englischem Kapitän im pazifischen Hafen von Buenaventura. De Caldas kannte die Schleichwege dorthin. Erleichtert erblickte er schließlich das rettende Meer; doch die ominösen Schiffe waren da schon weg.

Da konnte nur noch der Dschungel retten: am besten rings um jenen *Río Caquetá*, der durch kaum besiedeltes Dickicht irgendwann und -wo weit östlich in den Amazonas mündet und auf dessen Wege zum rettenden Atlantik portugiesischen Schutz vor den Spaniërn gewähren könnte.

Auf seinem Fluchtwege mindestens zur Quelle dieses Flusses südöstlich von Popayán machte er *"mit sehr wenig Hoffnung auf Rettung (con muy pocas esperancias de salvación)"* [3] Station in Paisbamba, wo seine Sippschaft an der Straße zwischen Popayán und Almaguer ein kleines Gehöft besaß: keine zehn Kilometer von seiner Mutter entfernt. Hier hatte er vor vielen Jahren seine hypsometrischen Versuche gemacht und glaubte sich nun halbwegs sicher.

Oder er resignierte.

Denn Simón Muñoz, Kreole und Mulatte, aber spanischer Oberst und Ortskommandant im nahen Pahá, dort im Bürgerkrieg zwar als sonderlich hilfsbereit und human ausgewiesen, ließ nächtens, vermutlich Anfang Juli 1816, diese *hazienda* der Caldas-Familië umzingeln und verhaftete alle Insassen: auch Francisco José de Caldas. Alle wurden in dessen heimisches Popayán transportiert (das seit der militärischen Niederlage auf der *Cuchilla del Tambo* am 29. Juni 1816 wieder spanisch war)

und hier ins Gefängnis eingeliefert.

Es dürfte dasselbe Gefängnis gewesen sein, in dem als Häftling in einer Nebenzelle damals auch schon

Carlos Montúfar y Larrea

einsaß: Humboldts leibhaftiger Adonis, sein *"Carlitos"* und nicht zuletzt Begleiter beim Empfang des *US*-Präsidenten Thomas Jefferson 1804 noch in der Baustelle des *Weißen Hauses* in Washington;

er hatte sich nach seiner amtlichen Rückkehr aus Spaniën im heimischen Quito, wo er gebührend willkommen geheißen wurde, ins politisch rebellische Lager seines urwaldfreundlichen Vaters, jenes Humboldt-Mäzens und jetzigen Vizepräsidenten der *Suprema Junta* geschlagen, dort dem madrilenischen Auftrage eines *Königlichen Kommissionärs* entsagt, als Junta-Mitglied den militärischen Oberbefehl über die Truppen der Revolutionsregierung übernommen und sie persönlich gegen jenes spanisch beherrschte Cuenca im südlichen Hochland angeführt,

(wo der erotisch ausgestochene de Caldas vor zwölf Jahren mitten im mahnenden Inka-Umland malariakrank kartografiert und Chinarinde gesammelt hatte ...) ;

für alles das und als Mitstreiter auch noch Simón Bolívars bei der Eroberung 1814 von Santafé

war er just dort verhaftet und nach Spaniën abgeschoben worden,

aber in Panama dieser Deportation entkommen, unverdrossen in die Armee der Rebellen heimgekehrt, um abermals spanisch verhaftet zu werden.

Jetzt wartete er im Kerker von Popayán und als Zellennachbar seines einstigen Rivalen de Caldas seinem Prozeß entgegen.

Ob sich diese beiden Humboldt-Favoriten dort jemals, sei es bei Hofgang oder Waschung, in Fesseln wiederbegegnet sind, hat niemand überliefert. Möglich und wahrscheinlich ist es.

Aus eben ihrem Gefängnis heraus wollte freilich jener Häscher Muñoz, der hierarchisch dem Regierungspräsidenten von Quito unterstand, sein Beutegut Caldas angeblich von seinen Mitgefangenen separieren und dorthin abschieben, wo er als stadtbekannter Gelehrter und angesehener Humboldt-Adlatus vermutlich in Sicherheit hätte überleben können: in Quito. Denn auch Toribio Montes, der dort inzwischen die Nachfolge jenes urwaldfreundlichen *Marqués de Selva Alegre* angetreten hatte, galt als gemäßigt und human.

Der solidaritätsbewußte Caldas aber wollte von einem solchen Privileg nichts wissen. Gemeinsam mit zwei Mitgefangenen schrieb er am 21. Juli 1816 in ihrer Zelle eine unterwürfig schmeichelnde Petition an diesen zuständigen Präsidenten Toribio Montes in Quito, gestand so Irrtümer wie auch Revolutions-Deliriën ein (*"delirios en la causa de la revolución"*), die er aber verabscheuë, bat um gemeinsame Überstellung in die Gerichtsbarkeit von Quito und appellierte an die berühmte Güte dieses Präsidenten, an die verheißene Milde König Fernandos VII. von Spaniën.

Auch Franciscos alte Mutter wandte sich mit einem Bittbrief an denselben Toribio Montes. Als sie hiernach ihren Sohn im Gefängnis besuchen durfte, brach sie zusammen und starb dort in dessen gefesselten Armen.

Toribio Montes aber soll da in seinem Quito als Regierungspräsident mit allen außermilitärischen Vollmachten eines Vizekönigs wirklich ein menschliches Rühren empfunden und inoffiziëll ein Bestechungsgeld von viertausend Pesos nach Popayán lanciert haben, um in schützender Mönchskutte eine Flucht des respektierten Gelehrten, dann sein unbehelligtes Leben bei einem seiner eigenen Brüder in ihrer aller Quito zu ermöglichen.

Der so Begünstigte lehnte es aber ab, sich von seinen Schicksalgenossen, denen solche Gnade verweigert wurde, zu trennen, und bestand auf bedrohlich gemeinsamem Rücktransport nach Santafé.

Dort aber hatte seit dem 6. Mai 1816 der siegreiche Eroberer Morillo die versprochene Amnestie inzwischen durch Terror und ein Pogrom ersetzt, das sich nicht nur gegen alle politischen Köpfe der nationalen Freiheitsbewegung richtete, sondern faktisch und prophylaktisch gegen eine ganze Generation von neugranadischen Intellektuëllen: *"efficiently eliminating*

a generation of intellectuals" [4].

"Besonders grausam", hat auffallend einschlägig noch der poststalinistische Historiker Josef Lawrezkij (*recte:* Josef Romualdowitsch Grigulewitsch aus Litauën, sowjetischer Agent und Attentäter) in seiner russischen Bolívar-Biografie bestätigt, *"rechneten die Kolonial-*

*herren mit Vertretern der kreolischen Intelligenz ab, mit 'Schriftkun-
digen', Studenten und Wissenschaftlern, denen die Hauptschuld an
der Proklamation der Unabhängigkeit gegeben wurde. [...] Jeder,
der lesen und schreiben konnte, galt als potentieller Rebell, ihm drohten [...] der Galgen, die Erschießung, das Henkerbeil oder der Tod
unter Stockschlägen. [...]*

Die Blüte der Gesellschaft

von Neugranada starb auf dem Schafott" [99].

Noch der kolumbianische Nobelpreisträger Gabriel García Márquez,
der es wissen dürfte, bestätigte 1989 *"die einfache Formel"* dieses
Massenmörders Morillo:

"jeder, der lesen und schreiben könne,

werde gehenkt" [94]. Er machte gnadenlos Jagd auf sie alle, *halalí*, ließ
sie massenweise verhaften, ohne viel Federlesens aburteilen und lieferte so das historische Muster für Adolf Hitlers öffentliche Münchner Drohung von 1938:

" ... die intellektuellen Schichten bei uns [...]

könnte man eines Tages ja, ich weiß nicht, ausrotten oder sowas" [103].

Doch seinem königlichen Auftraggeber meldete Morillo nach Madrid
den stalinistischen Vollzug: *"Ich habe das Vizekönigreich Neugranada von*

den Doktoren

gesäubert" (zitiert nach [99]).

Damit nicht genug, ordnete er auch noch pauschale Konfiskation an:

"Den Patrioten darf nicht nur das Leben, sondern muß auch der Besitz genommen werden" (zitiert nach [99]).

Sinforoso Mutis y Consuegra,

Neffe, Mündel und Liebling einer spanischen Ikone, aber auch einzig greifbarer Experte der legendären *Expedición Botánica* und deren lebenslänglicher Kustos, mußte zuerst dreißig Tage lang und streng bewacht diese ganze preziose Kollektion – Herbariën, Zeichnungen, Samen und Rinden, Manuskripte und Notizen aus dreißig Sammlerjahren – als deklariertes Regierungseigentum in 104 Kisten zum Abtransport nach Spaniën verpacken, wo sie zwar 1817 eintrafen, aber erst 1952, nach beinahe anderthalb Jahrhunderten, in Absprache mit der kolumbianischen Regierung veröffentlicht wurden;

inzwischen mußte Packer Sinforoso als schwer belasteter Häftling den Fußmarsch zur Festung *San Fernando* im zentralamerikanischen Omoa, heutigen Honduras, antreten, wo er viele Jahre verbrachte, ehe er 1822 auf freiëm Fuße in seiner Vaterstadt Bogotá verstarb: freilich wohl erst 49jährig.

Von seinen Brüdern, gleichfalls Neffen jener Nationalikone aus dem westandalusischen Cádiz, wurde der jüngere

Facundo Mutis y Consuegra

verfolgt und gehetzt wie ein tolles Tier, das seinen Häschern freilich eben noch entkam und auf freiëm Fuße erst 1839, 64jährig, starb,

während der Älteste von ihnen allen,

José Mutis y Consuegra,

zu schwerer Zwangsarbeit verurteilt wurde, gleich eingangs jenen Marktplatz vor der Kathedrale von Santafé, wo die Rebellion vor sechs Jahren ihren Anfang genommen hatte, bei praller Sommerhitze pflastern mußte, dennoch überlebte und als 85jähriger erst in der kolumbianischen Freiheit von 1858 verstarb.

Aber Straßenarbeiten waren bei Morillos Schnellgerichten überhaupt eine beliebte Bestrafung vermeintlicher Minderschuldiger. Ihre Zahl ist Legion. Mindestens neuntausend solche kriminalisierten Zusatzkräfte wurden für Verbindungswege durch Dick und Dünn von Santafé nach Antioquía, nach Chocó und Mariguita, über Berg und Tal aber auch von Socorro nach Popayán aus jenen Abgeurteilten und deren mitbeschuldigten Sippen rekrutiert – wenn sie nicht deportiert oder lebenslänglich ausgewiesen wurden. Auch deren Unzahl blieb unregistriert.

Anders als dieses anonyme Heer meist schuldloser Freiheits- und Vaterlandsfreunde wurden alle Todesurteile namentlich im Amtsblatt aufgelistet, das scheinheilig *"El Pacificador"*, der Befrieder, hieß und für sein obligates Sündenregister diese Rubrik reservierte:

"Verzeichnis jener führenden Rebellen im Königlichen Neugranada, die für ihre Verbrechen abgeurteilt und auf angegebene Weise hingerichtet wurden":

"Relación de los principales cabezas de la rebelión de este Nuevo Reino de Granada que después de formados sus procesos han sufrido por sus delitos la pena capital en la forma que se expresa".

Wer diesen schaurig ehrbaren Totentanz eröffnen durfte, ist kaum noch ergründbar.

Aber General Sámano, Morillos Statthalter, später gar neuërlich Vizekönig in Santafé, ließ hier als erste Amtshandlung auf der *Plaza Mayor*, dem zentralen Platze der Stadt, einen Galgen und im Zentralpark vier weitere Hinrichtungsstätten errichten. Das Liquidieren von Rebellen hielt er für gottwohlgefällig und seinem Könige dienlich.

Zu den ersten Opfern dieses Pogroms gehörten in Santafé schon nach wenigen Wochen dieser neuën Unterdrückung mit Sicherheit

Antonio Villavicencio

aus Quito, in Spaniën und am dortigen Königshof aufgezogen, gemeinsam mit jenem adonischen Carlos Montúfar jüngst im Mai 1810 als *Königlicher Kommisionär* der *Junta Suprema* aus Sevilla zurück-

gekehrt, um die neugranadischen Kolonieën zur Ordnung zu rufen
und fester an die Krone zu binden; aber er verband sich vielfach mit
den hiesigen Freiheitskämpfern, wurde Gouverneur von Tunja und
für das dortige *Exekutive Trimvirat* mit Manuel Rodríguez y Torices
und José Miguel Pey designiert, doch schon am 6. Juni 1816 hingerichtet;

ferner

José Ramón de Leyva

aus Spaniën, Sekretär des hiesigen Vizekönigs, schon nach dem Aufstand vom 20. Juli 1810 vorübergehend verhaftet, später Nariños Bri-
gadier gegen Tunja, Vizepräsident jenes Wahlkollegiums, das für
Cundinamarca die volle Unabhängigkeit ausrief, aber auch Verteidi-
ger Bogotás gegen Bolívars Marodeure und schließlich verdonnerter
Gehilfe Sinforosos beim Verpacken der *Expedición Botánica*, über
die er zeitweilig auch die Schlüsselgewalt besessen hatte:

nunmehr *"standrechtlich"* erschossen am 19. Juni 1816 in *Santafé de
Bogotá*,

und

José María Carbonell

aus Santafé, eine der wichtigsten Gestalten dieses Freiheitskampfes,
zum Tode durch den Strang verurteilt und gehängt, was dem unerfahrenen Henker aber so mißlang, daß der Delinquent nicht starb und mit
einem "Gnadenschuß" erledigt werden mußte: 38jährig.

Der Massenerschießung am 6. Juli 1816 fielen in Santafé ferner jedenfalls
zum Opfer:

Jorge Tadeo Lozano

aus spanischem Adel in Santafé geboren, Bruder eines Marqués und
Schüler von Mutis: Student der Medizin und Philosophie an ihrer al-

ler *Colegio del Rosario*, der Chemie, Mineralogie und Botanik in Spaniën; Arzt und Mathematik-Professor in Santafé, als Zoologe Ehrenmitglied der *Expedición Botánica*, als Publizist auch Autor der *"Fauna Cundinamarquesa"*, als Freiheitskämpfer Autor der Verfassung und erster Präsident von Cundinamarca,

45jährig in den Rücken geschossen, insofern entehrt und postum enteignet;

Miguel de Pombo y Pombo

aus Popayán, Neffe des Großunternehmers und Sponsors José Ignacio de Pombo, selbst Jurist und Naturwissenschaftler, Assistent der *Expedición Botánica* und Mitglied der *Suprema Junta* von 1810, deren Staatsanwalt in Finanz- und Inneren Angelegenheiten und 1811 deren *"Statthalter"* in Santafé, Kongreßabgeordneter der Föderalisten, denen er die *US*-amerikanische Verfassung in seiner spanischen Übersetzung zugänglich machte und ein Flugblatt mit ihren Idealen aufschrieb, als Publizist des *"Diario Político"* mit de Caldas eng befreundet,

37jährig;

Emigdio Benitez y Plata

aus Socorro, Student, dann Professor der Jurisprudenz, Junta-Mitglied in der Sektion für *Begnadigung, Justiz und Regierung ("Gracia, Justicia y Gobierno")*, Abgeordneter im Kongreß der *Vereinigten Provinzen*, Gouverneur von Socorro;

Crisante de Valenzuela,

Staatssekretär des Auswärtigen und Vetter des Priesters und Philosophie-Professors Juan Eloy de Valenzuela y Conde, eines Mutis-Favoriten in der *Expedición Botànica*, und energischer Befürworter jenes Atlas-Projektes des *"wohlverdienten Caldas"*[2] .

Unter den Füsilierten des 20. Juli 1816 war zwei Wochen später auch

Antonio Baraya

aus Bogotá, jener militärische Befehlshaber, dessen Herz für die Republik schlug, der bei Tunja daher mit seinem ganzen zehntausendköpfigen Heer ins Lager der Föderalisten übergelaufen war und hierfür, inzwischen 46jährig, hingerichtet wurde, und

Pedro de la Lastra

aus Santafé, hier Freiheitskämpfer und Präsident des revolutionären Rechnungshofes, der den Vizekönig gefangen hielt und in dessen Auftrag er in den *USA* Waffen gegen die Spaniër und zwei Druckmaschinen einkaufte, deren eine für de Caldas und dessen Zeitschriften bestimmt war.

Bei mehreren Exekutionen im August 1816 starben in Santafé neben vielen anderen auch

José Ayala y Vergara,

vormals Begleiter und Mitarbeiter Alexander von Humboldts,

Custodio García y Rovira

aus Cartagena, graduïerter Theologe und Jurist, der beim Militär bis zum General avancierte, 1814 und -15 Mitglied des *Exekutiven Triumvirats*, dann alleiniger und letzter Präsident von Cundinamarca,

und

José Joaquín Camacho

aus dem neugranadischen Pamplona, graduïerter Rechtsanwalt und führender Jurist seiner Zeit, 1810 Mitglied des Stadtrats (Cabildo) in

Santafé, Inhaber vieler Ämter der Revolution, Autor des *"Semanario"*
und als Mitherausgeber des *"Diario Político"* Partner von de Caldas,

vierzigjährig in den Rücken geschossen.

Aber nicht nur in Santafé ließ Morillo unbarmherzig exekutieren. Vergleich-
bare Blutgerichte gab es bald auch in Tunja, Quito, jenem *La Mesa de Juan
Díaz*, Ocaña und andern Orts.

Auch in Popayán wurde spätestens seit August 1816 öffentlich hingerichtet,
so am 19. dieses Monats

José María Cabal

aus jenem Llanogrande, dem heutigen Palmira, Akademiker gleichfalls des *"Colegio del Rosario"* in Santafé, schon als Mitherausgeber
der französischen "Menschenrechte" nach Spaniën deportiert und dort
freigesprochen, hiernach Student der Chemie und Mineralogie in Paris; zurückgekehrt, für de Caldas *"hauptsächlichster Bundesgenosse
auf wissenschaftlichem Gebiete"*[2] , auch Junta-Mitglied, dann Vizepräsident im konföderierten *Valle del Cauca*, Freiheitskämpfer noch
bei der Niederlage der *Cuchilla del Tambo*,

47jährig.

Auch eine nächste Exekution fand in Popayán statt, als de Caldas dort noch
eingekerkert einem ungewissen Schicksal im Machtkampf zwischen Morillo
in Santafé und Montes in Quito entgegensah:

Carlos Montúfar y Larrea (1780-1816),

sein Rivale aus *Los Chillos* und Humboldts Adonis, wurde nun am 3.
September 1816 just in Popayán, der Geburts- und Arreststadt seines
einstmals vermeintlichen Nebenbuhlers in Humboldts Gunst, vor Gericht gestellt, zum Tode verurteilt, rücklings erschossen und dadurch
entehrt, anschließend noch gehenkt, geviertelt und zur öffentlichen
Beschimpfung ausgestellt.

Er wurde 36 Jahre alt.

Noch sechs Jahre später formulierte Humboldt in einem Brief an Bolívar als dem Repräsentanten dieses gebeutelten, aber inzwischen freïen Neugranada sein Beileid, das vermutlich echt empfunden war:

"Die sterbliche Überreste unseres unglücklichen Freundes Carlos Montúfar ruhen auf republikanischem Boden. Dadurch wird dem Wert dieses Unglücklichen so gehuldigt, daß sie niemals vergessen werden" [77].

Er erwähnte ihn auch noch zwanzig Jahre später und ähnlich bewegt in seinen späten Briefen an Bonpland als *"meinen unglücklichen teuren Reisegefährten"* oder den *"armen Carlitos"* [33].

Als der junge Naturforscher Carlos Aguirre aus Quito (und aus eben jener Familië, in deren *hacienda* Pintag am Fuße des Vulkans Antizana Humboldt seinerzeit mit dem höhenkranken Carlos Montúfar das Nachtlager teilte), sehr viel später durch Europa reiste, unterstützte und empfahl *"der Baron"* diesen Nachwuchs aus der *Neuën Welt* allenthalben sicher nicht zuletzt so hilfsbereit und fürsorglich, weil der ein blutsverwandter Nachkomme jenes *"unglücklichen teuren"* Adonis und Mordopfers Carlos Montúfar war.

In Santafé wurden bei den nächsten Exekutionen am 3. und 10. September 1816 unter anderen hingerichtet

Liborio Mejia

aus Ríonegro in Antioquía, der sich am Aufstand im Süden beteiligt hatte und in das Debakel jener *"Cuchilla del Tambo"* vom 29. Juni 1816 geraten war,

und

Manuel Bernardo de Álvarez

aus Santafé, nach dem Putsch vom 20. Juli 1810 Stadtrat und Parlamentariër, nach Nariños Verhaftung diktatorischer Präsident von Cundinamarca, nach dem Siege Bolívars 1814 Delegierter des Kongresses.

Etwa zeitgleich wurde Morillos Befehl, die Gefangenen aus Popayán nach Santafé zu transportieren, unzögerlich in die Tat umgesetzt.

Caldas' Petition an Montes in Quito, seinerseits bei Morillo zu intervenieren, kam wohl zu spät. Anfang September begann in Popayán eine Sträflingskolonne ihren Fußmarsch, der fast zwei Monate dauërte und dessen "Komfort" leicht vorzustellen ist.

De Caldas inmitten dieser Elendskarawane wußte natürlich, daß er sich da inmitten eines groß angelegten Pogroms befand, zu dessen Opfern er gehörte, und daß er vermutlich einem Massaker entgegen wankte. Denn während ihres langen Marsches in Fesseln, über die Anden und durch dichten Urwald gingen allenthalben die Hinrichtungen der geistigen Elite dieses Landes zügig weiter.

Salvador Rizo

aus Santafé, Maler und 27 Jahre lang Oberster Pflanzenzeichner der *Expedición Botánica*, Mutis' Vertrauter und Erbe dessen wissenschaftlichen Testaments, begeisterter Anhänger der Befreiungsbewegung und Mitkämpfer mehrerer Schlachten unter Bolívar,

wurde am 12. Oktober 1816 in seiner Vaterstadt füsiliert,

Frutos Joaquín Gutiérrez,

Gast jener streng geheim revolutionären Soiréeën *"Del Buen Gusto"* (*"Zum Guten Geschmack"*) im Hause einer Ersten Gesellschaftsdame in Santafé, Mitunterzeichner mehrerer aufrührerischer Unterschriftsaktionen, Anwalt der Bürger- und Juntarechte in Quito,

im Oktober 1816 in Pore, nordöstlich des nordöstlichen Tunja hingerichtet;

Camilo Torres y Tenorio (1766-1816)

aus Popayán, Vetter von de Caldas, Jura-Student und 26jährig Vizerektor jener Universität *del Rosario* in Santafé, Autor der populären spanisch-kritischen *"Bittschrift der Beschimpfungen"* und absoluter Protagonist der Unabhängigkeitsbewegung, in deren exponiertester Position eines Parlamentspräsidenten in Tunja und Regierungschefs in Santafé, auch deren Verwalter und der eigentliche Entdecker Simón Bolívars,

wurde am 5. Oktober 1816 fünfzigjährig in den Rücken geschossen und dadurch entehrt, anschließend noch gehenkt, enthauptet, gevierteilt und sein Kopf schließlich öffentlich aufgespießt und in einem Käfig zur allgemeinen Beschimpfung herumgezeigt.

Am selben 5. Oktober 1816 starben solchen Meucheltod auch

José María Dávila

aus Ríonegro, Aufständischer vom 20. Juli 1810, Parlamentariër aus *Villa de Leiva*, Stellvertretender Kongreßpräsident in Tunja, schließlich de Caldas' Zellengenosse und Mitpenitent in Popayán,

36jährig;

Manuel Rodríguez y Torices,

aktiver Freiheitskämpfer in Cartagena, dortiger Präsident, Mitstreiter Simón Bolívars am *Río Magdalena*, Präsident der Vereinigten Provinzen, dann noch de Caldas' Zellengenosse und Mitpenitent in Popayán, rücklings erschossen und dadurch entehrt, anschließend noch gehenkt, gevierteilt und zur öffentlichen Beschimpfung ausgestellt,

sowie

Pedro Felipe Conde de la Casa Valencia

aus aristokratischer Familië, der nur als Todesgenosse von Torres, Dávila und Rodríguez in die uferlose Opfergeschichte des Barbarentums eingegangen ist.

Über dieses allgemeine Massaker sicher wohlinformiert, ergriff der erprobte Vielschreiber de Caldas bei einem Stop jenes Sträflingstransportes von Popayán nach Santafé ausgerechnet in jenem mehrfach stigmatisierten *La Mesa de Juan Díaz* wieder einmal die Feder und schrieb am 22. Oktober 1816 den langen Brief eines *"glücklosen Astronomen und Professors"*[80] an Pascual de Enrile y Alsedo, Feldmarschall, Flotten- und Generalstabschef des blutigen Oberbefehlshabers und Pacificadors Morillo und auch dessen engster Mitarbeiter, aber von Hause aus Naturwissenschaftler mit geodätischen Erfahrungen in Kataloniën und amtlichen Funktionen in der *Expedición Botánica*:

hier bedauërte der transportierte Häftling de Caldas, *"von dieser erbärmlichen Revolution, esta desastrosa revolución"* mitgerissen und zu einigen Fehlern, *"algunos errores"*, verführt worden zu sein; er habe aber nie und nimmer einem Spaniër nachgestellt und *"niemanden angezündet, ermordet, beraubt oder strafbar behandelt"*. Vielmehr habe er sein ganzes Leben damit verbracht, Astronomie, Geografie, Physik, Naturgeschichte und Schifffahrt (Schifffahrt, Herr Flottenchef!) zu pflegen:

"Toda mi vida la he consumido, señor, en cultivar la astronomía, aplicada a la geografía y a la navegación, a la física y la historia natural"[80];

Don José Celestino Mutis und der Freiherr von Humboldt hätten ihm für alles das ihre Hochachtung bekundet.

Unter Hinweis auf seine spanisch-national ehrenvollen Verdienste um die Chinarinde trug er *"Eurer Exzellenz"* seine lebenslänglichen Dienste wo auch immer auf dieser Erde an, erbot sich zu dienen, nachzufolgen und alle seine Kräfte, seinen ganzen Genius dem Dienst am Ruhme eines so gebildeten Vorgesetzten zu weihen:

"y consagraré todas mis fuerzas y todo mi genio en contribuir a la gloria de un jefe tan ilustrado"[80].

Daher bitte er Seine Exzellenz um Erbarmen für sich und seine unglückliche Familië, um Errettung zu Ehren des Königs.

Die Reaktion Enriles, der schon sofort nach dem Einmarsch in Santafé die gesamte private Bibliothek und Handschriftensammlung dieses Delinquenten sachkundigst beschlagnahmt hatte, ist nur kolportiert überliefert. Nach der Lektüre dieser unterwürfigen Anbiederei soll dieser genuïne Wissenschaftler ausgerufen haben, daß Spaniën keine Wissenschaftler benötige:

"España no necesita sabios".

Die Parallele zur Hinrichtung des großen Naturwissenschaftlers

Antoine Laurent de Lavoisier (1743-1794),

Begründers der neuzeitlich modernen Chemie, im Paris vor damals 22 Jahren drängt sich mit jenem weltberühmten *dictum* seines Blut-"Richters" Jean Coffinhal auf:

"Die Republik benötigt keine Wissenschaften".

Aber der belesene Enrile kann da sein Vorbild Coffinhal mit diesem Jahrtausendvotum durchaus auch bewußt zitiert haben, warum nicht!

Noch erschreckender: beide Szenen können unabhängig voneinander so verlaufen, beide Sätze separat und originär so erfunden und gesprochen worden sein. Sie sind ja auch in Zukunft immer wieder und wieder denkbar.

Kurz danach trafen de Caldas und seine gefesselten Leidensgenossen mit vermutlich wund gescheuërten Händen und Füßen in *Santafé de Bogotá* ein. Dort wurde zumindest dieser Pionier der lateinamerikanischen Naturwissenschaft unverzüglich der Farce eines Kriegs- oder Scheingerichtes unterworfen.

Es verhandelte sein Schicksal am Nachmittag des 28. Oktober 1816 im Schnellverfahren und überhörte schnöde das Plädoyer seines Pflichtverteidigers Brantio Molina.

Marschall Enrile persönlich verhörte ihn zu seinem Bittgesuch aus *La Mesa de Juan Díaz* und zur *Expedición Botánica*, die unbeschadet aller neugranadinischen Investitionen nur noch als spanisches Eigentum betrachtet wurde:

auch über jeden Hinweis des Angeklagten auf alles das hinweg, was er selbst da im Dienste an der spanischen Nation geleistet oder investiert habe und daß er, sei es vorübergehend im Kerker, gar in Ketten schon deshalb am

Leben bleiben sollte, um vorschriftsgemäß die Arbeiten an der *Expedición Botánica*, zu der einzig er noch Zugang habe, zu beënden und um die Koordination seiner geografischen und astronomischen Projekte abschließen zu können, indem er Petitionen oder spezifische Anträge einreiche ... .

Einige Beisitzer des Gerichtes waren zwar vom gefaßten und standhaften Vortrag dieser Argumente zu Tränen gerührt: *"conmovidos hasta verter lágrimas"*[3]; aber sie hatten da gar kein Urteil zu fällen, das noch beeinflußt werden konnte, sondern einzig und hastig eine Anordnung auszuführen: einen strikten Befehl.

Also verurteilten sie ihn dienstbeflissen zum Tode: wegen Hochverrats.

Er wurde in seinen Kerker abgeführt, der im *Colegio Mayor de Nuestra Señora del Rosario*, derselben Universität installiert war, in der de Caldas als Student seine naturwissenschaftlichen Kenntnisse fundiert und als Professor der Mathematik den intellektuëllen Nachwuchs unterrichtet hatte. Denn wer keine Wissenschaftler braucht, kann auch getrost aus Universitäten Gefängnisse machen.

Eben hier also schrieb de Caldas jetzt noch ein Gnadengesuch an den General Morillo: wieder verwies er auf seine Leistungen im Dienste an der spanischen Nation und darauf, daß er, sei es vorübergehend im Kerker, gar in Ketten schon deshalb am Leben bleiben sollte, um vorschriftsgemäß die Arbeiten an der *Expedición Botánica*, zu der einzig er noch Zugang habe, zu beënden und um die Koordination seiner geografischen und astronomischen Projekte abschließen zu können.

Der impulsive Morillo soll dazu geneigt haben, ihn hiernach zu begnadigen. Aber sein Flottenchef und Stellvertreter Pascual de Enrile – selbst ja privatim Naturwissenschaftler, selbst Geodät – war dagegen und widerriet.

Das Gnadengesuch wurde abgelehnt.

Also diktierte de Caldas am Morgen des 29. Oktober 1816 sein Testament. Es betraf *"frioleras de uso de poco valor"* für eine farbige Dienerin: *"Kleinigkeiten von geringem Gebrauchswert"*[81] aus der Mitgift seiner Frau. Nach einigen weiteren *"Entlastungen seines Gewissens"* habe er noch seine Gläubiger um Verzeihung gebeten.

Von seinem geistigen oder wissenschaftlichen Erbe scheint da gar nicht die Rede gewesen zu sein. Diese Dimension schien schon ausgelöscht. Hoffentlich war er sich all dessen und seiner zeitüberdauernden Gültigkeit gleichwohl bewußt und gewiß.

Simón Bolívar, einziger Hoffnungsträger jenes ganzen Kontinents, befand sich während all dessen noch immer auf Haïti in seinem Asyl und war machtlos.

Noch am selben 29. Oktober 1816 wurde Francisco José de Caldas mit anderen Verurteilten vom Bataillon Tambo unter Führung seines Kommandanten, Oberst Manuel Villavicencios (mit nicht eben allzu freundlicher Erinnerung an einen Namen aus dem Umfeld jenes "Adonis" Montúfar), zur öffentlichen Hinrichtung auf die altehrwürdige *Plaza de San Francisco* geführt. Auf diesem Platze, der dem Heiligen und Namenspatron auch dieses hoffnungslosen Francisco geweiht ist, stehen drei katholische Kirchen.

Eine kleine Kapelle, vermutlich der älteste christliche Sakralbau in ganz Cundinamarca, bot bei solchen Exekutionen jenen Geistlichen, die hier eingangs ein *Miserere* sangen, den gebotenen Schutz vor Fehlschüssen oder Irrläufern. Gegenüber stand vor der Kirche *Unserer lieben Frau von Veracruz* ein hölzernes Kruzifix, das die Delinquenten vor ihrer Hinrichtung küssen durften. In der dritten Kirche gleich nebenan, der *Tercera "mit stattlichem Turme"*[2)] pflegten die Gebeine der Abgestraften christlich bestattet zu werden.

Das Erschießungskommando wurde an diesem 29. Oktober 1816 vom diensthabenden Antonio Hidalgo aus Quito geleitet und von zweitausend Soldaten ringsum bewacht.

Zu den weiteren Opfern dieses Tages zählten

José Miguel Montalvo,

Poët,

José León Armero,

Gouverneur von Mariquita,

Miguel Buch,

catalanisch geborener Gouverneur der Provinz Chocó (mit ihrem pazifisch und atlantisch doppelten Fluchtweg),

und

Francisco Antonio Ulloa

aus Popayán, graduïerter Mathematiker, Philosoph, Naturwissenschaftler und Jurist; Kanzleisoziëtär des Freundes Santiago Arroyo, Mitarbeiter am *"Semanario"*, Mitglied der Regierungs-Junta in Popayán, Regierungs-Sekretär in Antioquía, mit de Caldas gut befreundet, jetzt 33jährig.

Auch Francisco José de Caldas y Tenorio mußte auf dieser *Plaza del San Francisco* vor Tausenden von Zuschauërn niederknieën.

Seine letzten Worte waren angeblich *"Es lebe das Vaterland!"*

Nach der Salve war ein lauter Schrei seine letzte Äußerung.

Er wurde von sieben Kugeln in den Rücken und von einer in den Hinterkopf getroffen: *por la espalda*, hinterrücks.

Das war als das sichtbare Schandmal eines vollkommen unehrenhaften Todes so befohlen worden.

Er war 47 Jahre alt geworden.

Im Exekutionsregister des befriedenden *"Pacificador"* erschien diese Listennotiz:

"29. Oktober – Doktor Francisco Caldas: General-Ingenieur des Rebellenheeres und Brigadegeneral. Wurde standrechtlich in den Rücken geschossen, das Eigentum konfisziert" (zitiert nach [41]).

Diese Bekanntmachung enthielt zwei sachliche Fehler: der Ermordete war weder General noch *Doktor*, sondern Militär-Ingenieur und *"docto"* = gelehrt.

Diese irrige Meldung war damals sein einziger Nachruf.

In seinem Geburtsort Popayán wurde nunmehr der Gouverneur Juan Sámano, der sich mit seinem Ehrenwort für das unbeschädigte Überleben dieses
großen Sohnes ihrer Stadt verpfändet hatte, in seinem Audiënzsaal von María Asunción Tenorio, einer greisen Tante des Ermordeten, in traditionell
perfekter Trauërkleidung *comme il faut* und *picobella* wegen seines Mein-
eids zur Rede gestellt und mit aller gebotenen *grandezza* öffentlich geohr-
feigt.

Hierfür blieb sie auffällig unbehelligt, unverfolgt und unbestraft.

In der Kirche *San José* in Popayán ruhen heute die Gebeine des gemeuchelten Sohnes dieser Stadt.

Aber am Vorabend seiner Hinrichtung brachte Ehefrau Manuela ihr viertes
Kind zur Welt: eine Tochter, von der nicht einmal der Name genau überliefert wurde – Carlota oder Ana María. Sie blieb am Leben, wurde unverhei-
ratet 77 Jahre alt und starb erst 1893: als freië Kolumbianerin in Popayán.
Aber sie und ihre Schwester Juliana, die mit einem blutsverwandten Ehemann die Tochter Dolores hatte, erhielten nach 1849, mindestens also ganze
53 Jahre später, immerhin eine Rente des Staates Kolumbiën.

Antonio Hidalgo, der den unseligen Exekutions-Befehl ausgesprochen hatte,
wurde selbst nur drei Jahre später fast auf den Tag genau, im Oktober 1819,
auf Befehl des Generals de Paula y Santander gleichfalls hingerichtet: aber
wegen seiner Beteiligung an jener entscheidenden militärischen Niederlage
der Spaniër gegen Simón Bolívar in Boyacá – als ein anderer Verlierer.

Denn schon Ende jenes blutigen Pogromjahres 1816, als das spanische Massaker auch nach dem Meuchelmorde an de Caldas unverdrossen weiterging,
war Simón Bolívar eine Rückkehr aus seinem Exil auf Haïti zunächst nach
Venezuëla, dann auch nach *Cartagena de Indias* geglückt, wo er zum Oberbefehlshaber des neugranadischen Heeres berufen wurde.

Im Sommer 1817 gelang ihm die folgenschwere Eroberung von Angostura
und im März 1818 bei *La Puerta* ein erster entscheidender Sieg über jenen
blutverschmierten General Morillo.

Auf dem Kongreß von Angostura, heute venezolanischem *Ciudad Bolívar*,
gab er im Februar 1819 seiner Utopie potentiëller *Vereinigter Staaten von*

Südamerika ersten öffentlichen Ausdruck und eine erste leibhaftige Verfassung schon im Voraus.

Nach siegreicher Schlacht am *Río Boyacá* bei Tunja im August 1819 erbat sich jener spanische General Morillo, in alle Ewigkeit blutig und blutend, infolge militärisch einflußreichen Widerstandes in Madrid gegen diesen endlosen Kolonialkrieg zuerst einen Waffenstillstand, dann schließlich auch noch ein persönliches Treffen mit Bolívar.

"Bolívar stimmte zu. Ende November [1820] näherte sich Morillo in Paradeuniform, mit Orden und Medaillen übersät, unter dem Schutz einer Schwadron Husaren und von fünfzig Offizieren seines Stabs begleitet, der Stadt Santa Ana. Ihm entgegen ritt auf einem Maulesel Bolívar, von nur zehn Offizieren begleitet. Der Libertador trug seine einfache Felduniform, einen abgetragenen Sombrero, keine Orden oder andere Auszeichnungen. [...] Sie umarmten sich, wie es die kastilische Sitte verlangte. [...] Während des Festmahls in Santa Ana tauschten sie Komplimente [...].

Die Nacht verbrachten Bolívar und Morillo im selben Raum" [99] .

Auf Morillos argen Vorschlag eines Paktes von Kreolen und Spaniërn gegen Indianer und Mestizen ging Bolívar höflich und elegant unter jener einzigen kleinen Bedingung ein,

"daß Madrid die volle Unabhängigkeit der Kolonien anerkenne" [99] .

Hiernach berichtete Morillo nach Madrid:

"Bolívar – das ist die Revolution" (zitiert nach [99]).

Dieser selbst hatte inzwischen sein utopisches Sísyphos-Projekt der *Vereinigten Staaten von Südamerika* mit der Gründung der Republik Großkolumbiën eingeleitet, die sich aus der Verschmelzung von Neugranada mit Venezuëla rekrutierte und Simón Bolívar zu ihrem ersten Staatspräsidenten wählte.

Im Juni 1821 besiegte er die Spaniër bei Carabobo in Venezuëla, im Frühjahr 1822 (just von Popayán aus) auch in den Schlachten von Bomboná und Pichincha, mit denen er das heutige Ecuador in sein damaliges Großkolumbiën integrierte und

"die Niederlage der Spanier im nördlichen Südamerika besiegelte" [91] .

Simón Bolívar

Undatiertes Porträt eines unbekannten Malers

in der Gemäldegalerie der *Perry-Castañeda Library of the University of Texas at Austin*

Im Juni 1822 zog er mit seinem Freunde und Feldherrn Antonio José de Sucre als Triumphator in Quito ein, im Juli 1822 in der Hafenstadt Guayaquil und machte sich zur Eroberung letztendlich Perus auf den Weg.

Wirklich befreite er nicht nur Peru, sondern auch jenes *"Hoch-Peru"*, auf historischem Inka-Terrain zum damals argentinisch-brasilianisch benachbarten Vizekönigreich *Río de la Plata* gehörend, von ihrem spanischen Joch,

indem sein 29jähriger Feldherr Antonio José de Sucre am 9. Dezember 1824 bei Ayacucho, dem indianischen *"Totenwinkel"* 3 400 Meter über dem fernen Meeresspiegel und unweit der Inka-Residenz Cuzco, die ultimative Schlacht dieses ganzen gigantisch zwanzigjährigen Unabhängigkeitskrieges in Südamerika gewann. Zwölftausend Krieger unter spanischem Kommando gerieten in die Gefangenschaft eines Feldherrn, der sich nicht zuletzt *"durch seine Barmherzigkeit beim Siegen"*[92] auszeichnete.

"Die Neue Welt war nicht mehr spanisch"[99].

Sieger de Sucre meldete seinem Oberbefehlshaber Bolívar: *"Zur Belohnung bitte ich Euch, mir auch künftig Eure Freundschaft und Euer Vertrauen zu schenken"* (zitiert nach [99]).

Aus Hoch-Peru wurde nun ein autonomer Staat, der sich nach seinem gefeierten Befreiër heute noch Bolivien nennt und ihn damals ebenso zu seinem Präsidenten auf Lebenszeit ernannte wie seinerseits auch der Kongreß in Peru.

Bolívar übernahm solche Spitzenämter nur widerwillig. Erst vor drei Jahren hatte er am 6. Mai 1821 in Cúcuta, der neuen Hauptstadt Großkolumbiëns, jenen Kongreß, der dieser jungen Republik eine demokratische Verfassung geben sollte, in seiner Rede gebeten, *"ihn von seinem Posten als Präsident zu befreien"* [99]:

"Ein Mann wie ich ist gefährlich für die Volksmacht, eine unmittelbare Gefahr für die nationale Souveränität. Ich möchte ein ehrlicher Bürger sein, um ein freier Bürger zu sein. [...] Der Name 'Bürger' ist für mich kostbarer als 'Libertador'. Der erste entstammt dem Gesetz, der zweite dem Krieg" [102].

Jetzt jedoch fragte ihn einer der vielen Kriegsveteranen, plötzlich zum sozialen Problem geworden: *"Wir haben nun die Unabhängigkeit, General. Aber jetzt sagen Sie uns, was wir damit anfangen sollen"* (zitiert nach [92]).

Seinem *"General"* war das klar: es galt, die Sklaverei und jede andere Form von Leibeigenschaft, Zwangsarbeit und Rassismus, wie er sie schon in Großkolumbiën gegen heftige Widerstände der Oberschicht beseitigt hatte, nun auch im peruanischen Süden gesetzlich zu verbieten und durch demokratische Gleichberechtigung aller Einwohner zu ersetzen.

"Unsere Bevölkerung ist ein Gemisch aus Afrikanern und Amerikanern", hatte er sich schon vor fast sieben Jahren in Angostura gegen die europäischen Unterdrücker festgelegt: *"Ihnen allen müssen wir politische Gleichheit gewährleisten ... Die neue Ordnung muß republikanisch sein und sich auf die Souveränität des Volkes stützen ... Die bürgerlichen Freiheiten sind zu garantieren, die Sklaverei muß verboten und alle Privilegien müssen abgeschafft werden"* [100].

Das wiederholte er nun am 2. August 1824 bei einer Truppenparade im peruanischen *Cerro de Pasco*, nördlich von Lima, fünftausend Meter über dem Meeresspiegel und vor Soldaten aus allen südamerikanischen Ländern zwischen Panama und der argentinischen Pampa:

"Soldaten! Ihr seid berufen, eine der wichtigsten Aufgaben zu vollenden, die der Himmel jemals Menschen gestellt hat: die Welt von der Sklaverei zu erretten."

Damit überholte er bewußt die benachbarten *USA* mit all ihrer rassistischen Versklavung, aber auch das restaurativ und postnapoleonisch feudalistische Europa von 1824:

"Soldaten! ... Sogar das liberale Europa blickt voller Begeisterung auf euch, denn die Freiheit der Neuen Welt ist eine Hoffnung für die ganze Erde"[101].

Eigens den Indianern hatte er schon im Frühling desselben Jahres mit seinem Dekret vom 30. März 1824 die Befreiung von der drückenden Kopfsteuer und nur acht Tage später die Zuteilung eigenen Grundes und Bodens zugesichert: damit *"kein einziger Indianer ohne ein angemessenes Stück Land bleibt"* (zitiert nach [99]). Vollends in Cuzco, der traditionellen Inka-Residenz, verbot er per Dekret jede landesübliche Zwangsarbeit sei es in Erzminen oder beim Straßenbau und jede Leibeigenschaft in der Landwirtschaft:

"Niemand hat das Recht, jemanden zur Arbeit zu zwingen, ohne vorher einen Vertrag mit ihm zu schließen, in dem der Arbeitslohn festgelegt ist" (zitiert nach [99]).

Doch alles das war nur das Eine.

Das Andere war: dieser *"General"*, nunmehr fast *"allmächtiger"* Präsident über ein Gebiet von der fünffachen Größe Europas (von Panama bis zur argentinischen Grenze) berief 1826 einen panamerikanischen Kongreß nach Panama ein, um dort mit Delegierten aller süd- und nordamerikanischen Staaten den friedlichen und freiwilligen Zusammenschluß aller latein-amerikanischen Völker von Mexico bis zum *Kap Hoorn* zu beraten und in die Wege zu leiten. *"Unsere Heimat heißt Amerika"*.

Aber aus dem Süden nahmen überhaupt nur sein Großkolumbiën und Peru, aus dem Norden nur Mexico und Zentralamerika teil. Das waren – bei zwei Delegierten pro Land – ganze acht Personen. Sie tagten einen ganzen Monat. *USA* und Boliviën trafen erst nach Ende der Tagung ein. *"Die getroffenen Vereinbarungen"*, hat Karin Schüller all die Resultate von damals und von vielen *"vergleichbaren Kongressen in späteren Jahren"* lakonisch zusammengefaßt, *"blieben jedoch weit hinter den ursprünglichen Plänen Bolívars zurück, und von den wenigen in Panama unterzeichneten Verträgen wurde keiner ratifiziert"*[91] .

Ihre Freiheit hatten die Völker gewollt, ihre Einheit bis heute noch nicht. Wahrscheinlich mußten sie vorher ihre eigene, eine different autarke Identität zu entwickeln versuchen.

Die Folge waren nationalistische Bürgerkriege zwischen den losgelassenen Einzelstaaten. *"Hier wird es keinen Krieg mehr geben"*, läßt der historisch akribische Gabriel García Márquez seinen belletristischen Bolívar sagen, *"nur Kämpfe jeder gegen jeden"*[92] , und aus der Perspektive von 1989 bestätigen: *"Es war [...] in der Republik Kolumbien der erste von neunundvierzig Bürgerkriegen, die wir bis Ende des Jahrhunderts erleiden sollten [...] . Anarchie und Chaos wüteten allenthalben"*[92] .

In den südlicheren Ländern ging es nicht gesitteter zu: *"Soldaten meuterten, weil sie monatelang keinen Sold erhalten hatten. Bauern erhoben sich und forderten den ihnen versprochenen Boden. Sklaven verlangten die ersehnte Freiheit. Generale putschten, weil sie selbst Machthaber werden wollten. Andere Unruhen wurden von fanatischen Priestern angezettelt. Die Anhänger eines föderativen Regierungssystems wandten sich gegen die Verfechter einer starken Zentralgewalt und umgekehrt. Und schließlich sorgten Komplizen der Spanier, die die Hoffnung auf eine Rückkehr der Kolonialherren nicht aufgegeben hatten, für Unruhen"*[99] .

Bolívar legte in Peru und Boliviën das Präsidentenamt nieder und kehrte in sein Großkolumbiën zurück. Aber auch hier war er jetzt mit seinen allzu frühen panamerikanischen Ideeën eher unwillkommen. *"Intrigen und Verschwörungen"*[91] zumal der reaktionären Oberschicht kulminierten am 25. September 1828 in einem neuërlich mitternächtlichen Attentat auf ihn, das nur scheiterte, weil diesem inzwischen historisch gewordenen Befreiungshelden in letzter Sekunde aus dem Schlafzimmerfenster seines Regierungspalastes in Bogotá zu springen und sich vor 38 eingedrungenen, 38 um sich säbelnden und schießenden Mördern eben noch im Gebüsch unter einer Brücke zu verstecken gelang.

Drei Monate später trat er auch als Staatsoberhaupt jenes Großkolumbiën zurück, das dann schnell in die Einzelstaaten Kolumbiën, Venezuëla und Ecuador zerfiel und bis heute zerfallen blieb.

In Bogotá, wo er sich aufhielt, *"gab es keine schmutzige Verleumdung oder Beschuldigung, die nicht tagtäglich in der Presse über ihn verbreitet wurde"*[99], und als er es schließlich verließ, wurde er noch an seinem letzten dortigen Abend von *"aufgebrachtem Pöbel [...] in effigie hingerichtet"*[92].

Graffiti riefen an den Mauërn des ganzen Landes zur Ausrottung seiner Familië *"bis ins fünfte Glied"* auf.

Aber wohin mit ihm? Sein heimisches Venezuëla hatte ihm die Einreise verboten und ihn durch jenen *Kongreß*, den er ihm selbst erst gegeben hatte, als *"Verräter der Heimat"* und *"ehrgeizigen Vernichter der Freiheit"* für immer aus dem Lande verbannen lassen. Sein Boliviën bot ihm die Position just eines Botschafters im fernen Vatikan an, Quito wenigstens einen vagen Wohnsitz irgendwo in Ecuador, und in Kolumbiën *"halten sie mich in einem Lande fest, in dem ich nichts mehr verloren habe"*. Denn *"jeder Kolumbianer ist ein feindliches Land"* (zitiert nach [92]).

Er selbst hatte daher Auswanderung im Sinne, dachte an Jamaica oder England und verkaufte seine Pferde, sein Silber, letzte Wertgegenstände nur, um noch 34 Tage lang den *Río Magdalena* flußabwärts zu schippern und die atlantische Hafenstadt *Cartagena de Indias* zu erreichen. Dort lag ein englisches Postschiff vor Anker und hätte ihn nach London bringen können.

Aber eine solche Reise über den rettenden Atlantik konnte er da schon gar nicht mehr bezahlen. Denn *"sein Gehalt hatte er nur selten beansprucht und es dann gewöhnlich zur Unterstützung von Kampfgefährten oder von Familien gefallener Patrioten verwendet"*[99].

Nur ein halbes Jahr später, im Juni 1830, wurde sein engster Vertrauter und *"Grand Mariscal"*

Antonio José de Sucre,

Sieger über die Spaniër in den Entscheidungsschlachten von Pichincha, Tumosla, Tarqui und Ayacucho mit dem *"Talent zum Staatsmann"*[92], daher designierter Nachfolger des resignierenden Bolívar, aber selbst ohne machtpolitischen Ehrgeiz und *"ein Mann von kristallklarer Sauberkeit, bescheiden, treu und aufrichtig"* [99],

auf dem Wege von *Santafé de Bogotá* nach Quito im wenig freundlichen Urwald bei Berruecos von Bolívars Feinden in einen Hinterhalt gelockt und hinterrücks erschossen.

Er wurde 35 Jahre alt.

Nach ihm heißen heute noch

die nominelle Hauptstadt Boliviëns: *Sucre*;
ein ganzer Bundesstaat Venezuëlas: *Sucre*;
ein Departement Kolumbiëns: *Sucre*;
ein Stadtteil, der Flughafen und die westliche Umgehungsstraße von Quito,
ferner zahlreiche Straßen, Plätze und Museën in ganz Lateinamerika und früher gar die bolivianische Währung: alles *Sucre*.

Ein halbes Jahr nach Sucres Tod starb auch Simón Bolívar: als obdachloser Ahasver und Gast eines Freundes im nordkolumbianischen *Santa Marta*.

"Als Präsident hatte er die Todesstrafe für jeden Staatsbeamten verordnet, der mehr als zehn Pesos veruntreute oder stahl. Mit seinem Privatbesitz hingegen ging er so großzügig um, daß er innerhalb weniger Jahre einen beträchtlichen Teil des ererbten Familiënvermögens für den Unabhängigkeitskrieg ausgegeben hatte. Sein Sold wurde unter den Witwen und Kriegsversehrten verteilt. Seinen Neffen schenkte er die Zuckermühlen, die er geërbt hatte, seinen Schwestern das Haus in Carácas, und den größten Teil seines Landbesitzes teilte er unter den zahlreichen Sklaven auf, die er freigelassen hatte, bevor die Sklaverei abgeschafft wurde. Er lehnte eine Million Pesos ab, die ihm der Kongreß von Lima in der Euphorie der Befreiung angeboten hatte. Das Landhaus in Monserrate, das die Regierung ihm übereignet hatte, damit er einen würdigen Wohnsitz habe, schenkte er wenige Tage vor seinem Rücktritt einem Freund, der in Schwierigkeiten geraten war" [92].

Er wurde nur 47 Jahre alt, just wie auch de Caldas. Selbst empfand er sich da als *"alt, krank, müde, enttäuscht, angefeindet, verleumdet und schlecht bezahlt"* (zitiert nach [92]). In einem Brief an letzte Freunde in Bogotá bilanzierte er:

"Ich habe einen Umsturz niemals gern gesehen. In diesen Tagen habe ich sogar die Aufstände gegen die Spanier bedauert. [...] Ich glaube, daß alles für immer verloren ist und daß es die Kräfte des Menschen übersteigt, die Welt zu verändern. Da ich nicht in der Lage bin, das Glück für mein Land zu erringen, lehne ich ab, es zu regieren. Außerdem haben mich die Tyrannen meiner Heimat vertrieben und mich für vogelfrei erklärt. So habe ich keine Heimat mehr, der ich mich opfern könnte" (zitiert nach [99]).

Letzten Begleitern in Cartagena diktierte er:

"Amerika ist unregierbar. Wer sich der Revolution verschreibt, pflügt das Meer. Dieses Land wird unweigerlich einer enthemmten Masse in die Hände fallen, um dann unter die Gewalt kleiner Tyrannen aller Farben und Rassen zu geraten" (zitiert nach [92 und 99]).

So starb er am gebrochenen Herzen eines undankbar verkannten, eines ausgebrannten, überfordert zerstörten, von seinen befreiten Völkern im Stiche gelassenen *Libertadors* und politisch sicher genialen Visonärs: an Enttäuschung und Verschleiß für ein Ideal, das die beschenkten Bevölkerungen noch gar nicht haben, geschweige realisieren wollten.

Eine der ersten Reaktionen auf diesen Tod eines großen Landsmanns war die Proklamation des venezolanischen Provinzgouverneurs in Maracaibo:

"Bolívar, der Genius des Bösen, die Fackel der Anarchie, der Unterdrücker seiner Heimat, ist nicht mehr. Dieses Ereignis ist eine große Wohltat für die Sache der Freiheit und das Wohlergehen des Volkes" (zitiert nach [99]).

Die schuldig verurteilten Attentäter vom 25. September 1828 wurden begnadigt.

Denn mit seiner Devise *"Einigkeit oder Anarchie"* hatten viele diesen Rigoristen schließlich nur noch als Belastung und Hemmnis auf dem Wege in ihren bevorzugten provinziëllen Chauvinismus empfunden und wählten da teils bis ins 21. Jahrhundert hinein doch sehr viel lieber die national separierte Anarchie, sei es in Diktaturen.

Heute ist dieser Störenfried ein leuchtendes Fanal zumindest im ganzen Norden Südamerikas, und in seiner venezolanischen Heimat muß heute noch jeder Bürger alles, was er haben will, mit *Bolívares* bezahlen. (Recht geschieht ihm so?)

Noch im transatlantisch fernen Bonn kann seit 1984 eine Statuë dieses Mannes betrachtet werden, die vom deutschen Bundespräsidenten Richard von Weizsäcker mit dieser Begründung eingeweiht wurde:

"Er stand für Menschenrecht, Freiheit, Vernunft, Würde, Unabhängigkeit und immer wieder Humanität. Er war Romantiker und Realpolitiker zugleich, Visionär und Diplomat, ein aktiver ebenso wie ein kontemplativer und künstlerischer Mensch und ein Meister der Tat nicht nur, sondern auch des Wortes" (zitiert nach [8]).

Auf dem Sockel dieses Denkmals wird der Verehrte selbst mit dieser Inschrift zitiert:

"Schwieriger ist es, das Gleichgewicht der Freiheit zu erhalten, als die Last der Tyrannei zu ertragen" (zitiert nach [8]).

Francisco José de Caldas

hingegen wurde erst deutlich und lange nach seiner Massakrierung gebührend gewürdigt.

Zwar hatte Alexander von Humboldt eben noch zu seinen Lebzeiten, 1814, jene Landkarte, die de Caldas 1797 und 1805 vom Quellgebiet des *Río Magdalena* bis hinauf nach *Santafé de Bogotá* erstellte, unter Namensnennung in seinem großen Atlas publiziert. Von den zahllosen Dokumenten dieses Pioniers der südamerikanischen Kartografie sind wir heute nur noch über sieben informiert, aber lediglich diese eine bei Humboldt ist erhalten geblieben.

Der junge kolumbianische Staat besann sich erst 64 Jahre nach dem Pogrom von 1816 auf seine nationalmoralischen Ehrenpflichten oder chauvinistischen Aushängeschilder.

Am 7. April 1880 erließ er ein Gesetz, das für Popayán die Errichtung einer Bronzestatuë und für den Plenarsaal des kolumbianischen Senats in Bogotá ein Bildnis dieses bahnbrechenden südamerikanischen Naturwissenschaftlers zur Vorschrift machte. Der Wortlaut dieses Gesetzes besagt:

"Die Republik huldigt den ruhmreichen Talenten von de Caldas, erkennt ihn als Wissenschaftler an, der Erkenntnisse früh zu definieren wußte, und ehrt jene Dienste, die er dem Vaterland erwiesen hat, bis er die nationalen Belange auf dem Schafott mit seinem Blute besiegelte" (zitiert nach [2]).

In Bogotá wurde überdies auf Anordnung der Regierung sein letztes Wohnhaus am 29. Oktober 1881, der 65. Wiederkehr seines Todestages, in Anwesenheit seiner Tochter Juliana, inzwischen Ende sechzig, und vieler Honoratioren mit einer Marmortafel markiert, die im Latein des Wissenschaftlers auf Francisco José de Caldas hinweist, wie er dieses Haus mit *"INTEGERRIMA VITA"*, seinem höchst makellosen Leben, geweiht, *"SCIENTIARIUM CULTU"*, mit wissenschaftlicher Kultur, veredelt habe und dessen Tod für das Vaterland es der Verehrung seiner Landsleute anempfehle: *"CIVIUM VENERATIONI TRADIDIT"* (zitiert nach [7]).

Heute trägt in Bogotá auch die Hochschule *Universidad Distrital de Colombia* den Namen *Francisco José de Caldas*. Sein Porträt zierte dort auch eine Briefmarke und einen Geldschein.

In Popayán heißt der zentrale Platz heute *Parque Caldas*.

In Bogotá wurde ihm ein Standbild errichtet.

Noch 2008 schrieb Werner Biermann in seinem Humboldt-Buch für den Rowohlt Verlag in Berlin, dieser Caldas sei

"einer der bedeutendsten Geographen und Astronomen seiner Epoche, ein bahnbrechender Wissenschaftler und Hochschullehrer in Bogotá. [...]

In Ecuador und Kolumbien wird er bis heute als eine historische Schlüsselgestalt verehrt" [28].

Aber nur dort. Sonst blieb er eher unbekannt.

Pablo Morillo, der jenes barbarische Massaker an der kolumbianischen Intelligenz ersonnen und zu verantworten hatte, wurde nach seiner Niederlage gegen Simón Bolívar im März 1818 als Verlierer zwar nach Spaniën zurückbeordert, dort jedoch zum *Conde de Cartagena* und *Marqués de La Puerta* nobilitiert, auch zum *Capitán General de Madrid y de Castilla la*

Nueva befördert und starb erst 1837 fast sechzigjährig bei Gott in Frankreich.

Pascual de Enrile, der die Begnadigung des großen Gelehrten de Caldas vereitelt hatte, wurde später Gouverneur *Seiner Katholischen Majestät* auf den Philippinen, führte dort Handelsgerichte und Glücksspiele ein, kehrte 63jährig nach Madrid zurück, wo er 64jährig unbehelligt starb.

(Quellen und Anmerkungen zu diesem Kapitel auf Seite 629 ff.)

"Jeder, der lesen und schreiben kann, werde gehenkt."

Gabriel García Márquez, 62: *"Der General in seinem Labyrinth"*, 1989

"Der Mensch erträgt es nicht, daß etwas Verborgenes da ist,
er tötet es.
Das ist die Eifersucht seiner Vernunftseite.
Es ist das Töten Abels, das immerwährend geschieht."

Friedrich Weinreb, 70: *"Kabbala im Traumleben des Menschen"*, 1980/81

"Es gibt zuletzt noch den motivlosen Angriff –
als wäre das Ungewöhnliche nicht zu ertragen, nicht duldbar."

Ingeborg Bachmann, 33: Brief vom 9. November 1959 aus Zürich
an Paul Celan in Paris

"Dulden heißt beleidigen.
Die wahre Liberalität ist Anerkennung."

Goethe (1749-1832): *Aus dem Nachlaß (Über Literatur und Leben)*

"Mit den Verfolgten in spätem, un-
verschwiegenem,
strahlendem
Bund."

Paul Celan, 43: *"MIT DEN VERFOLGTEN"*, Ende November 1963

MORDCHE BERTIG (MORDECHAJ GEBIRTIG)

In Kazimierz, dem Krakauër Judenviertel, wurde dem jüdisch orthodoxen
Krämer- oder Hökerpaar Bertig am 4. April 1877 ein Sohn geboren, den es
Mordche nannte.

Krakau war damals österreichisch, wie es im Laufe seiner wechselvollen
Geschichte auch schon mährisch, ungarisch, litauïsch, böhmisch, schwe-
disch, neapolitanisch, tschechisch, sächsisch und trotzdem immer polnisch
gewesen war. Immer polnisch und immer jüdisch.

Denn Juden, seit mehr als einem Jahrtausend in Krakau nachgewiesen, waren vollends im 12. Jahrhundert vor dem Fanatismus christlicher Kreuzzüge
hierher geflohen, erst recht aber 1348/49, als in Portugal und Spaniën, in
Frankreich und Deutschland just ihnen als notorischen Brunnenvergiftern
die Schuld an der grassierenden Pest angelastet wurde. Grausame Massaker
trieben sie daher allenthalben außer Landes und vielfach eben in dieses Krakau, wo König Kazimierz III. der Große (1310-1370) sie als belebende Elemente begrüßte, ihre Religionsfreiheit garantierte und sie mit weiteren Privi-
legiën den polnischen Handel stimulieren ließ.

Als das die polnischen Untertanen zu verstimmen begann, verzogen sich die
Juden schon seit 1386 in jene Ortschaft außerhalb, die Kazimierz III. vor
fünfzig Jahren jenseits der Weichsel unter seinem eigenen Namen, dem
deutschen Kasimir, mit autarken Wehranlagen und mehreren christlichen
Kirchen hatte bauën lassen.

Doch auch in solcher Diaspora am Stadtrand noch machten diese Fremdlinge ihren Gastgebern böses Blut. Schon 1407 kam es zu polnischen Pogromen. Jeder Jude, der da seiner Ermordung entging, ließ sich damals taufen.
Auch *"alle jüdischen Kinder, die von den Christen verschont blieben oder
dem Greuel entkommen konnten"*, hat der polnische Historiker Jan Długosz
(1415-1480) damals festgehalten, *"wurden getauft"*. Die ungetauft Verbliebenen wurden schikaniert und beruflich gewaltsam in ihren Handels- und
Gewerberechten eingeschränkt.

Trotz alledem dominierten sie hier schon 1494 in einem Maße, daß sie zur
Strafe endlich einer verheerenden Brandstiftung beschuldigt wurden und ein
Pogrom sie folglich aus Krakau vertreiben sollte.

Aber auch hiernach blieb dieses Kazimierz jenseits der Weichsel vollends
Judenstadt. Der große Rabbi und Polyhistor Moses Isserles, ein Vorfahre
der berühmten Mendelssohns und oft auch Remu genannt, ließ hier 1553 jene *Alte Synagoge* errichten, die heute das *Jüdische Museum* beherbergt.
Weitere Synagogen folgten, bis es in ganz Krakau schließlich siebzig gab.

Auf dem *Jüdischen Friedhof* von 1551 sind in Kazimierz neben dem großen
Isserles auch die bedeutenden Talmudisten Joël Sirkes und Jomtow Lipman
Heller begraben. Durch sie und ihre Nachfolger wurde Kazimierz zu einem
Zentrum auch der Rabbinischen Literatur, zumal es dort schon seit 1534 ei-
ne erste hebräische Druckerei gab.

Aber auch noch unter den Österreichern, denen dieses Krakau schließlich
seit 1795, aber langfristig und als Einheit mit Galizïen vollends seit 1846
angehörte, war es eigentlich polnisch und so jüdisch, daß in der *Wiener Hofburg* 1867 beschlossen wurde, all die Juden dieses ursprünglich autonomen,
inzwischen aber eingemeindeten Vororts den Krakauër Polen gesetzlich
gleichzustellen und ihr Kazimierz zu einem gleichberechtigten Stadtteil
Krakaus zu erklären. "*Unabhängig davon*", präzisiert das die Hamburger
Doktorandin Christina Pareigis, "*ob sie Bärte und Pajes tragen oder durch
Habitus und Erscheinung die Zugehörigkeit zur fortschreitenden Assimila-
tionsbewegung demonstrieren, ob sie Jiddisch, Polnisch oder Deutsch sprechen, dürfen sich nach nunmehr vierhundert Jahren Jüdinnen und Juden
frei in Krakau niederlassen*"[1].

Als Mordche Bertig hier geboren wurde, war dieses Kazimierz also erst seit
zehn Jahren das gesellschaftlich so emanzipierte Krakauër Judenviertel –
aber dennoch "*durch die Jahrhunderte nahezu unverändert*"[1].

Auch die Muttersprache der meisten Juden war unter dieser polnischen
Fremdherrschaft unverändert Jiddisch. Nur als Behördensprache diente, als
der kleine Mordche Bertig geboren wurde, österreichisches Deutsch.

Seit der k. u. k. Eingemeindung von Kazimierz in die alte Kultur- und Kö-
nigstadt Krakau lebten hier insgesamt *circa* 64 000 Juden.

Ihre Mehrzahl empfand sich ohnehin primär als Polen und solidarisierte sich mit den Polen im gemeinsamen Kampfe für ein unabhängig freiës und vereinigtes Polen. Der jüdische Anteil am gesellschaftlichen und kulturellen Leben der Polen war damals voll integriert und sehr groß.

Trotzdem war jene nationaldemokratische Partei, die schon 1898 entstand, so antisemitisch, daß sie Polen gegen Juden hetzte. Die Juden sahen sich seither zu wachsam militanten Selbstverteidigungsgruppen genötigt.

Denn außerhalb von Kazimierz, gar im Zentrum von Krakau, durften Juden nach wie vor nur leben und arbeiten, wenn sie sich westeuropäisch kleideten und ihre Kinder in öffentliche Schulen schickten. Das taten nur ihre reichen, emanzipierten und laïzisierten Glaubensgenossen. Die Armen und Orthodoxen blieben in Kazimierz, diesem traditionellen Mittelpunkte jüdischen Gesellschafts-, Kultur- und Wirtschaftslebens, aber verdienten da im ganzen ersten Drittel des 20. Jahrhunderts ihr karges Brot *"nicht in Geschäften, sondern von Handkarren, Bauchläden, an Marktständen oder direkt aus der Manteltasche"* [1]: noch bis 1939. Seit 1929 lebten fünfzig Prozent der jüdischen Bevölkerung in Polen am oder unter dem Existenzminimum, 1931 waren dreißig Prozent arbeitslos.

Und in eine solche Atmosphäre der Armut, in solche sozialen Gegebenheiten also wurde 1877 der kleine Mordche Bertig hineingeboren.

Auch seine Muttersprache war das Jiddische. Schon dreijährig kam er in den obligaten und obligatorischen *chejder*, jene jüdische Grundschule, deren Unterricht privat in der Wohnung des Lehrers stattfand und sich auf die religiösen jüdischen Traditionen beschränkte. Dort wurden hebräische Schrift und Sprache gelehrt, dann Texte der Thorah und des Talmud gelesen und erörtert.

Früh schon zeigte sich das Interesse des kleinen Mordche für alles Geschriebene. Wohl auch für Gesungenes. Wann er es damit selbst versuchte, weiß heute niemand mehr. Aber seine Neigung auch zu säkularer jiddischer Literatur führte ihn schon früh in die kulturellen Veranstaltungen der jüdischen Arbeiterbewegung.

Denn herangewachsen, stand er den jüdischen Sozialisten nahe: ihrem *"Bund"*. 1897 in Vilnius gegründet, war das der *"Allgemeine Jiddische Arbeiterbund in Lite, Pojln un Russland"*: die sozialistische Partei der Juden und zugleich auch ihre Gewerkschaft. Neben sozialen Zielen für das Wohl des jüdischen Proletariats in Polen hatte sie keinerlei zionistische Utopieën, sondern kämpfte für die Autonomie der Juden in Polen und Rußland. Den Weg eben dorthin sollte diesen *doikes* oder *Hierbleibern* ein Aufklärungs- und Bildungsprogramm zu ebnen versuchen. Auch dessen Sprache war daher nicht *Iwrit*, sondern ihrer aller Muttersprache: *mame-loschn*, das Jiddische.

Im überwiegend konservativ monarchistischen Krakau hatte dieser *"Bund"* nur etwa fünfzig Mitglieder. Ob auch Mordche Bertig eines Tages nominell dazu gehörte, ist nicht überliefert. Fest steht nur, daß er *"a langyeriker mitglid"* einer Gruppe war, die sich *bruderlekhait* nannte und vom *"Bunde"* beeinflußt wurde.

Hier ermutigte ihn der Literat Avrom Rajzen, in der Krakauër Zeitung *"Socjaldemokrat"* eigene Texte zu publizieren. Das erste Gedicht, das er so veröffentlichte, hieß *"Der general-schtrajk"*.

Als Mordechaj Erlich, ein wichtiges Mitglied des Krakauër *"Bundes"*, starb, widmete Freund Mordche Bertig ihm ein Lied, das *"Di nacht kumt on zu schwejbn"* heißt: *"Die Nacht schwebt herein"*.

Ein begnadeter Lyriker meldete sich da zu Wort.

Aber auch Rezensionen für eine Theaterzeitung schrieb dieser junge Mordche Bertig.

Da er freilich von alledem nicht leben konnte, hatte er gleich im Anschluß an den *chejder* das Tischlerhandwerk erlernt und war geworden, was er selbst als *"Möbelarbeiter"* bezeichnete. Er reparierte alte Möbel oder arbeitete sie auf. Aber kaufmännisch wurde seine kleine Werkstatt in der *Krakauer Straße* von seinem Bruder Markus geleitet.

Denn an der Hobelbank war Mordche bis zu zwölf Stunden täglich auch damit beschäftigt, sich Lieder auszudenken: aber nicht nur die Texte, sondern gleich auch die Melodieën dazu. *"Am Tage hobelt er an Möbeln"*, sagten die Nachbarn, *"und abends an jiddischen Liedern"*.

Anfangs waren es Lieder für das eigene Familiënleben gleich um die Ecke in der Berká-Joselewicza-Straße 5: also Liebeslieder und Wiegenlieder für Ehefrau Blumke oder Kinderlieder für die Töchter Chawa, Schifra und Lea (oder Lola). Auch die Nachbarskinder kamen gern in seine Werkstatt und hörten da seinen Gesängen zu.

So aber kam es, daß er plötzlich auch *"zart verspielte Bilder"*[1] aus dem Alltag der kleinen Leute ringsum in diesem Judenviertel Kazimierz sang. Alles, was Mordche um sich herum erlebte, sah oder hörte, schrieb er, oft schon in der Werkstatt, in gereimten Versen auf kleine Zettel.

Die Melodieën dazu erfand er abends, wie Ahne Jubal schon in der Thorah, auf einer Pan- oder Hirtenflöte. Oder er spielte sie mit einem Finger auf dem Klavier seinen Freunden vor: dem Kantor Baruch Sperber oder

Julius Hofman,

der in der *Liberalen Synagoge,* jenem "Tempel" der Krakauër Reformgemeinde, Kapellmeister war und Mordches Lieder ebenso notenkundig zu Papier brachte und der Nachwelt überlieferte wie später auch noch sein Sohn Dr. Jan Hofman.

Vater Julius Hofman war schon in der sozialistischen *bruderlekhkayt* ein Gesinnungsgenosse des jungen Mordche gewesen und wurde später unter den Nazis sein Leidensgenosse. Mit einer NS-Phenol-Injektion direkt in sein schlagendes Herz wurde er in Auschwitz ermordet.

Aber von seiner Tochter Julia Hofman, die später viel über Mordche Bertig überliefert hat, wissen wir, daß seine Freunde – meist Handwerker und Schauspieler – schon damals *"flegn zingen zayne lider in die krayzn fun der sotsialistisher grupe 'bruderlekhkayt' "* (zitiert nach [1]).

Trotzdem hielt Mordche diese Produkte noch für Privatangelegenheiten, die es nicht wert waren, je publiziert zu werden. Daher waren ihm öffentliche Darbietungen eher peinlich. Dennoch sollen schon 1906 solche Lieder des 28jährigen erschienen sein. Niemand weiß, wo. Sie sind verschollen.

Als 1914 der *Erste Weltkrieg* ausbrach, wurde Mordche Bertig österreichischer Soldat. Aber der schon 37jährige diente nur als Sanitäter im Krakauër Militärlazarett. Auch dort freilich traf er auf das Elend des Krieges. Er beschwor es in Liedern wie *"zog mir levone"* und jener *"krigsinvalid"*, der *"um eine Gabe bat"*:

"Ich bet a nedowe, oj jiddische kinder!
Bej unds in der hejm is a nojt,
di mame a kranke, der tate a blinder,
farsorgn mus ich sej mit brojt".

Dieses soziale Engagement ließ ihn nach dem Kriege erst recht nicht mehr los. Massenentlassungen, Arbeitslosigkeit, antisemitische Zulassungsbeschränkungen in vielen Berufen, auch an Schulen und Universitäten ließen seine Lieder politischer und satirischer werden.

Nachdem er solche Texte bei einer Parteiversammlung des Krakauër Lokalverbandes vorgetragen hatte, beschloß der *"Bund"* 1919, eine Sammlung mit zwanzig Gedichten dieses Poëten im Parteiverlag *"Doss bichele"* unter dem Titel *"Folksstimlech lider"* herauszugeben.

Deren Autor hieß dann da schon Mordechaj Gebirtig. Das blieb seither zumindest sein Pseudonym als Liedermacher. Manche halten es für eine wörtliche Übersetzung des jiddischen *Bertig* ins Deutsche.

Diese erste Anthologie, die 1920 in Krakau erschien, enthielt Frühlings- und Liebeslieder, religiöse, erotische und komische Texte (*"Di kortn-lejgerin"*), aber auch sozialpolitische (*"In fabrik"*, *"arbetlozer-marsch"*), sogar blasphemische: *"ajer tate – er hert ajch nischt mer!"*

Eine jüdische Theodizee begann da zu fragen,

"far woss schwajgt er dort?",

um beschwichtigend zu antworten:

"Schwajg, majn kind, freg mer kejn schajk!": frag nicht mehr!

Den Abschluß bildet das Gedicht *"Unter gejt di welt"*.

Menachem Kipnis (1878-1942), jüdisch polnischer Publizist und Sammler jüdischer Volkslieder, schrieb diesem ersten Gedichtband von Mordechaj Gebirtig ein Vorwort in jiddischer Sprache. Angelika Rudolph und Manfred Lemm haben es wortgetreu so übersetzt:

"Gebirtigs Lied beklemmt das Herz, wärmt und erfüllt die jüdische Seele mit süßer Melancholie und freudigem Zittern. Nicht von reichen Salons singt Mordechaj Gebirtig, nur von den vier kahlen Wänden der jüdischen Stube

*und vom jüdischen Handwerker. Vier kahle Wände des Chejder, vier kahle
Wände der Stube, und sogar das Einschläfern des Kindes vom Lied der
Mutter kommt auch vor in den nackten armen vier Wänden. Gebirtigs Lied
ist das Lied der Not"* (zitiert nach [2]).

So aber ist es auch ein Volkslied. *"Gebirtig schreibt Volkslieder im wahrsten Sinne des Wortes"*, nannte Ulrike Müller das noch 2002 beim Namen,
*"und mit dem Volk verbreiten sie sich dann auch in Windeseile durch ganz
Polen"* [3].

Aber Christina Pareigis erkannte in ihnen noch 2004 den Ausdruck *"eines
Kollektivs, das sich am Rande einer sprachlich wie kulturell geschichts-
mächtigen Majorität befindet"* und sie dort *"umso mehr in die Lage versetzt,
einer – seiner – anderen Gemeinschaft Ausdruck zu geben, einer Poesie für
ein anderes Bewußtsein, für eine andere Sensibilität"*, die *"in der zärtlich gezeichneten Welt jüdischen Lebens, Lernens und Liebens beharrlich auf deren Bedrohung verweisen"* [1].

Eben das mag diese Lieder bei allen Juden so populär gemacht haben. Julia
Hofman, Tochter jenes notenkundigen Kantors und Helfers, hat als Beleg
dafür diese Anekdote kolportiert:

"es iz geshen amol az a vanderndiker betler hot farblondshet [= verirrt]
*oyfn hoyf, vu gebirtig hot gevoynt. er hot geefnt zayn 'konsert' mit gebirtigs
lid 'kinderyorn'. der betler hot falsh gezungen di melodye un fardreyt dem
tekst. gebirtig hot mer nit gekont fartrogn dos felshn, er hot ayngelodn dem
betler tsu zikh aheym un im fargeleygt im oystsulernen vi azoy zingen dos
lid. der betler hot zikh shtark baleydikt un getaynet. 'ze nor, ze! dos lid zing
ikh shoyn tsvantsik yor u n   e r   v i l   m i k h lernen vi azoy men zingt es!'"*
(zitiert nach [1]).

Aber einige seiner Lieder schrieb Gebirtig auch exklusiv und extra für sein
Jüdisches Theater in der Krakauër Bocheńska-Straße, mit dessen Schau-
spielern, etwa Dina Blumenfeld und Molly Pikon, er selbst sogar persönlich
auf der Bühne oder bei literarischen Soiréeën im Café *"Pod Szmatka"* und
im Restaurant *"Thorn"* als Sänger seiner eigenen Lieder auftrat.

Als 1936 *"Idl mitn Fidl"*, der erste jüdische Spielfilm, in Polen gedreht wurde, traf er diese Molly Pikon (1898-1992) wieder, die inzwischen amerikanische Sängerin, Schauspielerin und Texterin war und in den *USA* später

auch *"Anatevka"* drehte. Sie kaufte da dem armen Poëten in seiner erschrekkend armseligen Hinterhof-Behausung, einer jener *"feuchten, dunklen und schrecklichen Wohungen"* in Kazimierz (Wortlaut des Krakauër Malers Manuel Rympel, zitiert nach [1]) die Aufführungsrechte einiger seiner Titel für den horrenden Preis von 25 Dollar pro Stück ab, nahm sie ins eigene Repertoire auf und exportierte sie so nach Amerika.

"Huljet, huljet, kinderlech" und *"Kinder-yorn"* mögen dortige Exiljuden so bewegt haben, daß sie sie weitersangen, weitergaben: bald schon bis nach Argentiniën. *"Überall, wo Juden aus Osteuropa zusammen waren"*, berichtet Manfred Lemm, Gebirtigs bundesrepublikanischer Sänger und Herold, *"kannte man die Lieder des 'Tischlers aus Krakau', nur der Verfasser war ihnen unbekannt"* [2].

Ulrike Müller bestätigte noch 2002: *"Für die jüdischen Auswanderer sind sie ein Stück Heimat, das sie mitnehmen können ins Irgendwohin"* [3].

Nach und nach wurden sie in aller Welt auch publiziert, aber meist ohne Nennung ihres Autors und erst recht ohne Honorierung.

Im Archiv von *Jad Vashem*, der Gedächtnisstätte des Holokaust in Jerusalem, findet sich heute noch ein Brief von Markus Bertig an das *Jiddische Theater* in Warschau: mit der Bitte, seinem bedürftigen Bruder Mordechaj nun endlich einmal für all die inzwischen vorgetragenen Lieder dieses Autors doch auch Tantièmen zu zahlen.

Denn obwohl er seit 1924 auch Vorstandsmitglied in der *"Gesellschaft der Freunde Jüdischer Kunst"* war, lebte Mordechaj Gebirtig nach wie vor von seiner Arbeit als Möbeltischler oder Restaurator.

Vielleicht auch deshalb gab der sozialistische *"Bund"* zu Gebirtigs dreißigjährigem Autorenjubiläum einen zweiten Band seiner Texte heraus. *"Majne lider"* erschien 1936 in Krakau und ist ebenso vielseitig wie der erste Band,

"basingt doss jidische ejgnartike lebn, di jidische libe, doss jidische familienlebn, mame un kind, jidische nojt un oremkejt":

"besingt das jüdische eigenartige Leben, die jüdische Liebe, das jüdische Familienleben, Mutter und Kind, jüdische Not und Armut" (Menachem Kipnis, zitiert nach [2]).

Not und Armut, *nojt un oremkejt* gab es in den Jahren 1935 bis '37 auf dramatische Weise in vielen polnischen Städten und Dörfern. Dort hatte sich die wirtschaftliche Misere ganz allgemein in einem Maße zugespitzt, daß es zu grausamen Pogromen der Polen gegen die beschuldigten Juden kam. Noch 1951 hat Yankev Leshtinski in *Buenos Aires* darüber publiziert und 1996 Jolanta Żyndel in Warschau.

Manchmal genügte da schon eine Nichtigkeit. In der kleinen Ortschaft

P r z y t y k

südöstlich von Warschau kam es 1936 auf dem Markt zu einem Streit zwischen jüdischen Bauern und randalierenden polnischen Antisemiten. Aus dem Streit wurde schnell ein Handgemenge. Dabei löste sich aus irgendeiner Waffe plötzlich ein Schuß. Er tötete einen jüdischen Bauern. Aber dieses Mordes beschuldigt und angeklagt wurden die Juden selbst. Sie wurden auch gerichtlich verurteilt: weil sie sich gewehrt hätten.

Gegen solch ein Urteil wehrten sie sich erst recht.

Aber vorausgegangen war da ein Hirtenbrief des Erzbischofs Primas August Hlond, der zu einer sozialen Isolation der polnischen Juden aufrief. Das wieder griffen Flugblätter einer katholischen Presseagentur auf und forderten zusätzlich die Entlassung jüdischer Schüler und Lehrer aus öffentlichen Schulen.

Schon war da im christlichen Polen eine Kampagne losgetreten. Simon Wiesenthal hat, was da zunächst in Przytyk geschah, in seiner *"Chronik jüdischen Leidens"* unter dem Titel *"Jeder Tag ein Gedenktag"* 1988 auch auf Deutsch zugänglich gemacht:

"die Bevölkerung war durch eine antisemitische Kampagne so lange aufgehetzt worden, bis sie am 9. März ins Judenviertel zieht, und zwar in Begleitung der Polizei". Drei weitere Juden wurden da noch ermordet, zwanzig bis dreißig schwer verletzt. *"Alle jüdischen Häuser werden demoliert und angezündet"* [4].

Wenige Tage später wurden im Dorfe Sławy fünf weitere Juden ermordet. Antisemitische Gewaltaktionen gab es dann jedenfalls auch in Grodno,

Myślenice, Odrzywół, Częstochowa und Mińsk-Mazoviecki. Insgesamt
wurden zwischen 1935 und 1937 bei rund 150 polnischen Pogromen insgesamt 79 Juden getötet und etwa fünfhundert verletzt. Den Sachschaden hat
da niemand registriert.

Als das ausgestanden schien, schrieb Mordechaj Gebirtig ein Lied, das die
Literatur *unisono* auf dieses polnische Pogrom von Przytyk bezieht. Aber
eher bezog es sich wohl auf jene ganze *"Welle von Pogromen im Polen der
Jahre 1935 bis 1937"* [1], vielleicht ja auch noch auf das Fanal der Berliner
"Reichskristallnacht" vom 9. und 10. November 1938.

Erst 1938 nämlich schrieb Gebirtig jenes Lied, das heute meist *"Es brennt"*
genannt wird. Es heißt auch *"Gore"* oder *"Ss'brent"* oder *"Undser schtetl
brent"*. Von seinen vier Strophen lautet die erste so:

""Ss'brent! Briderlech, ss'brent!
Oj, undser orem schtetl nebech brent!
Bejse wintn mit irgosn [= Zorn]
rajssn, brechn un zeblosn
schtarker noch di wilde flamen,
als arum schojn brent."

Der Refrain hat dreimal diesen Wortlaut:

"Un ir schtejt un kukt asoj sich [= umher]
mit farlejgte hent
un ir schtejt un kukt asoj sich –
undser schtetl brent ... ".

Aber die vierte Strophe und ihr variïerter Kehrreim verändern die bisherige
Stimmung und wenden den Spieß:

"Ss'brent! Briderlech, ss'brent!
Di hilf is nor in ajch alejn gewendt.
un ojb doss schtetl is ajch tajer,
nemt di kejlim [= Werkzeuge]*, lescht doss fajer,*
lescht mit ajer ejgn blut,
bawajst, as ir doss kent.

    Schtejt nit, brider, ot asoj sich
    mit farlejgte hent.

Schtejt nit, brider, lescht doss fajer –
undser schtetl brent" (zitiert nach [2]).

Dieser Aufruf zur Selbsthilfe scheint zunächst seinen Autor verändert zu haben. Was er hiernach schrieb, war überwiegend politisch.

Freilich wurde Polen schon ein Jahr später von den deutschen Hitlertruppen überfallen. Schon am sechsten Kriegstage wurde Krakau die Hauptstadt des nazideutschen *"Generalgouvernements"*, und unter Leitung von Heinrich Himmler, dem neuërnannten *"Reichskommissar für die Festigung des Deutschtums"*, sorgten hier deutsche *"Einsatztruppen"* schlagartig für die Einführung *"deutscher Ordnung"*: sie machten Jagd auf Juden wie Polen.

Aleksander Bieberstein und Augenzeugen wie Salek Schein und nachstehend Poldek Maimon haben beschrieben, wie Juden zwischen zehn und sechzig Jahren mit Schlägen und anderen Erniedrigungen öffentlich zu demütigenden Arbeiten gezwungen wurden:

"Die Nazis schnitten den Juden den halben Bart ab, die Juden mußten vor den Soldaten tanzen, Menschen wurden einfach von der Straße weg zur Zwangsarbeit fortgeschleppt [...] . Sofort war allen klar, daß wir Juden völlig rechtlos wären. Wenn sich jemand wehrte, wurde er erschossen" (zitiert nach [1]).

Ab Oktober 1939 mußten Juden eine weißblauë Armbinde und auf ihrer Kleidung öffentlich sichtbar den Davidstern tragen. Auch jüdische Geschäfte mußten mit einem solchen *"Judenstern"* markiert werden. In alle jüdischen Pässe wurde ein verräterisches J gestempelt.

Am 5. Dezember 1939 riegelten nazideutsche Soldaten das Judenviertel Kazimierz ab und *"gehen von Haus zu Haus, um mit brutaler Geste Geld und Wertsachen zu konfiszieren"* [1]. Dabei wurden *"die Juden geschlagen, Tempel und Synagoge durchwühlt [...] , Andachtsbücher und Thora in den Dreck geschmissen und verhöhnt"* [5].

Alles Religiöse wurde den Juden ebenso verboten wie auch Schulbesuch und die meisten Berufe.

Ab Januar 1940 durften Juden die öffentlichen Verkehrsmittel nicht mehr benutzen.

Im März 1940 mußten sie ihr Vermögen registrieren lassen. Ihre Wohnungen wurden nach *"unerwünschtem Schrifttum"* gefilzt.

Am 12. April 1940 vertraute Hans Frank, *"Generalgouverneur"* in Krakau, seinem Tagebuch den Entschluß an, seine Metropole bis zum 1. November 1940 *"judenfrei zu machen"*, damit deutsche Generäle und Beamte nicht *"die gleiche Luft einatmen wie die Juden"* (zitiert nach [1]).

Im Juli 1940 wurden alle jüdischen Organisationen und Institutionen aufgelöst, ihr Vermögen beschlagnahmt.

Im März 1941 wurde auf Befehl des *"Distriktgouverneurs"* Otto Wächter der polnische Stadtteil Podgórdze zum Judenghetto deklariert. Alle dreitausend polnischen Einwohner mußten dort ihre Wohnungen räumen, und bis zu 22 000 Krakauër Juden wurden hier in 320 Gebäuden auf einem Areal von 240 Quadratmetern hinter Stacheldraht und einer Mauër zusammengepfercht, die als Persiflage auf jüdische Grabdenkmäler gestaltet wurde. Über dem Haupteingang stand in hebräischer Schrift die jiddische Aufschrift

y i d i s h e r   v o y n b e t s i r k .

Die *"Krakauer Zeitung"* vom 19. Mai 1941 berichtete:

"Die Ummauerung des jüdischen Wohnbezirks von Krakau ist in einer der Hauptstadt des Generalgouvernements würdigen Weise vorgenommen worden" (zitiert nach [1]).

Das Ghetto war mit vorgetäuscht normaler Infrastruktur *"ein eigener Stadtteil für die zum Tode verurteilten Menschen"*[1].

Nur Tadeusz Pankiewicz , der polnische Apotheker, durfte im Ghetto bleiben. Dieser Katholik ließ seine kleine *"Apotheke unterm Adler"* zum *"Treffpunkt des jüdischen Widerstandes"*[2] werden.

Denn *"der Terror der SS-Männer gehört zum Alltag. Grundlos und wahllos schlagen sie Passanten zusammen oder schneiden den Juden gewaltsam die Bärte und Schläfenlocken ab"*[6].

Über das Leben im Krakauër Ghetto informiert so jenes *"Tagebuch der Partisanin Justyna"*, das

Gusta Davidson-Draenger (1917-1943?)

von Februar bis April 1943 im Frauëngefängnis der Krakauër Helclow-Straße auf dreiëckige Abrisse von Toilettenpapier notiert hat.

Sie war die Ehefrau und Mitarbeiterin von

Shimshon (Szymon, Szymek) Draenger (1917-1943?),

einem jungen Publizisten, der bis 1939 der Herausgeber von *"Divrei Akiba"*, dem Organ der zionistischen Jugendbewegung *"Akiba"* war. Im NS-okkupierten Krakau gab er die jüdische Untergrundzeitung *"Hechaluz Halochem"* heraus, die mit ihren dreihundert Exemplaren *"praktische Tips für den alltäglichen Widerstand und den Aufbau von Partisaneneinheiten"* [6] erteilte; zwölf dieser Ausgaben liegen heute noch vor.

Aber als einer der Kommandanten von ZOB, der *"Vereinigten Jüdischen Kampforganisation"*, war Shimshon für das Beschaffen und Fälschen von Dokumenten zuständig. *"Er war kein Zeichner oder sowas"*, hat sein überlebender Mitstreiter Poldek Maimon später in einem Interview berichtet, *"aber er wußte, daß Papiere sehr wichtig sind. Also hat er es gelernt und perfekt gemacht. Was er anpackte, hat er perfekt gemacht. Auch im Gefängnis. Dort war ein ungarischer Häftling, also hat er Ungarisch gelernt."* Im Gefängnis der Nazis.

Denn *"als Shimshon sich für den Kampf entschied, gab es für ihn nichts anderes mehr als dieses Ziel, für das er alles gegeben hat [...], dachte er an nichts anderes mehr, als wie die Gruppe zum Kampf zu bringen ist"* [6].

Zusammen mit Ehefrau Gusta gehörte er so zum Kader dieser jüdischen Stadtguerilla. Quasi vertraglich hatten die beiden vereinbart, daß jeder von ihnen sich freiwillig den Nazis stellt, falls der andere verhaftet wird.

Das geschah schon im Herbst 1939. Shimshon wurde von der Gestapo gefangen genommen. Gusta denunzierte sich selbst sofort als seine finanziëlle Sponsorin. Beide wurden in das Arbeitslager Troppau deportiert. Nach sechs Monaten gelang es Shimshons Eltern, sie durch die Zahlung von Lösegeld an einen korrupten Funktionär der Gestapo freizukaufen.

Jetzt erst konnte sich ihr Widerstand ganz entfalten: aber im Untergrunde. *"Jetzt sind wir frei"*, schilderte Gusta diesen Schritt noch im Oktober 1942 ihrem Tagebuche, aber *"die letzten Verbindungen zu den Familien sind abgebrochen. Es war ein tragisches Gefühl von Freiheit, bestehend aus der Vernichtung der Familien"* (zitiert nach [6]).

Im Januar 1943 wurden beide erneut verhaftet, weil einer ihrer eigenen Kampfgenossen unter dem Druck der Folter im Arrest der Nazis ihr Versteck verraten hatte. Aber diesmal gelang es den Draengers, schon nach drei Monaten aus dem Zuchthaus Montelupich zu fliehen.

Sofort ging ihre Partisanenarbeit weiter. Als Shimshon im November 1943 zum dritten Male arretiert wurde, lieferte sich Gusta abermals freiwillig den Nazis aus.

Damit fand der jüdische Widerstand in Krakau sein Ende.

Aber *"als Shimshon in die Zelle kam"*, hat der Überlebende Poldek Maimon das beschrieben, *"organisierte er uns. Wie bei den ersten Treffen der Akiba saßen wir nun zusammen im Kreis. Er unterrichtete uns weiter in der Bibel und in der Geschichte des Landes Israel. Nachdem die Tür geöffnet wurde, wir geprügelt wurden und uns die Gestapo endlich wieder alleine ließ, forderte Shimshon uns auf, dort weiterzumachen, wo wir aufgehört hatten, ganz egal, warum die Tür geöffnet wurde. Auch nach Exekutionen sollten wir weitermachen, als wäre nichts geschehn. Und er forderte noch etwas von uns: Wir sollten nicht auf die Brotration des Nachbarn schauen, sondern uns mit dem begnügen, was wir bekommen hatten. Auch wenn das Brot des andern vielleicht einen Viertel Millimeter dicker war, sollten wir uns nur um unser eigenes Stück kümmern. Damit wollte er uns beibringen, daß es immer, in jeder Situation möglich ist, die menschliche Würde und die gedankliche Freiheit zu bewahren"* (zitiert nach [6]).

Hiernach verliert sich die Spur dieser beiden Draengers. Sie dürften beide von den Nazis ermordet worden sein.

Shimshon und Gusta Draenger wurden beide nur 26 Jahre alt.

Gustas Tagebuch auf dem dreiëckigen Toilettenpapier enthielt auch eine testamentarische Verfügung mit diesem Wortlaut:

"Aus dieser Gefängniszelle, die wir nie mehr lebend verlassen werden, grüßen wir jungen todgeweihten Kämpfer Euch.

Wir opfern unser Leben bereitwillig für unsere heilige Sache und bitten lediglich, daß unsere Taten in das Buch ewiger Erinnerung einfließen.

Mögen die Erinnerungen auf diesen zerstreuten Papierfetzen zusammengetragen werden und ein Bild unserer standhaften Entschlossenheit im Angesicht des Todes ergeben.

Die Kämpfer, derer Taten in dieser Erzählung gedacht wird, waren Mitglieder verschiedener jüdischer Jugendbewegungen. Diese überwanden ideologische Unterschiede, um sich zum Kampf gegen jene unmenschlichen Kräfte zusammenzuschließen, die sie als Rasse, Religion, Kultur und Volk vernichten wollten. Diese Organisationen sind:

A. H. H. Akiba
Dror Freiheit
Hashomer Hatzair
Hashomer Hadati
Der Kreis junger jüdischer Literaten
Histradut Hanoar Hechaluzi, bekannt als Hechaluz

Dies ist mein letzter Wille und Testament: Wer immer nach dem Krieg diese versteckten Zettel findet, sende sie an eine der folgenden Adressen: Kibbuz Akiba, Hadera, Palästina, oder Beit Yoshua, Palästina-Hasharon.

G. D. D."

In Krakau wurde Gusta Davidson-Draengers Tagebuch von der *Jüdischen Historischen Kommission des Zentralkomitees der Befreiten Juden in Polen* 1946 veröffentlicht.

Bald erschienen Übersetzungen auch in den *USA* und in Israël.

Eine vollständige Ausgabe in deutscher Sprache gibt es erst seit 1999. Sie wurde also mehr als ein halbes Jahrhundert nach der Ermordung ihrer Autorin von Jochen Kast, Bernd Siegler und Peter Zinke im Verlage *Elefanten Press Berlin* für die Erben der Mörder zugänglich.

In diesem Buch, in dem die schreibende Gusta aus Sicherheitsgründen nur in der dritten Person als Justyna, ihr Ehemann Shimshon nur als Symek oder Marek erscheint und das auch andere Personen schützend umbenennt, ist nachzulesen, daß die antifaschistischen Partisanen damals auch eine eigene Jugendgruppe hatten, zu der in Kielce (zwischen Krakau und Łódź) der junge Dramatiker

Iszrael Schreibtafel

gehörte. Sein erstes Drama hieß *"Rabbi Akiba"* und hatte ihren Jüdischen Kampfbund zum Thema.

In Gustas Tagebuch wird dieser Iszrael sicherheitshalber Władyslaw genannt. Sein bester Freund, der junge Literaturkritiker

Jozef Wulf (1912-1974),

heißt hier Jozek.

Von diesen beiden jungen Musensöhnen heißt es da:

" ... Jozek hatte neuerdings mitgeteilt, daß er seinen Freund Władyslaw für die Sache gewonnen habe. Die beiden verband ihr gemeinsames künstlerisches Interesse. [...] Sie hatten ihren geschlossenen Kreis junger Künstler, die selten aus den Grenzen ihres Schaffens heraustraten. Sie hatten sich keiner gesellschaftlichen Tätigkeit verschrieben, waren alle vom Typ der Ästheten, deren Gedanken die ganze Welt eroberten, die aber im praktischen Leben unbeholfen waren wie kleine Kinder" [6].

Von ihnen aber erfuhr *"Justyna"*-Gusta, daß *" 'von dem ganzen jüdischen Künstlerkreis nur ganz wenige der erst im Aufblühen oder bereits in voller Entfaltung befindlichen Talente übriggeblieben sind. Und auch diese machen sich allmählich fertig, sterben den Hunger-*

tod, wenn die Ausweisung sie inzwischen nicht vollständig wegfegt. Man weiß nicht, wer von uns überleben wird, aber ... '

'Ich denke, niemand', warf Justyna ein.

'Jedenfalls, wenn irgendeiner überleben soll, dann sollen es lieber jene sein, die Auserlesenen, diejenigen, durch die der Geist des ganzen Volkes spricht. ... ' "[6].

Iszrael Schreibtafel überlebte nicht.

Er starb im Konzentrationslager Mauthausen.

Aber "Justyna"-Gusta Davidson-Draengers Skepsis, was ihrer aller Überleben betraf, liest sich an anderer Stelle dieses Tagebuches so:

"Wer im Ghetto nicht registriert war und erfaßt wurde, hatte die Todesstrafe zu erwarten. Wer sich der Zwangsarbeit entzog, hatte die Todesstrafe zu erwarten. ... Wer jedoch gehorsam im Ghetto blieb und sich nach den Vorschriften richtete, der hatte auch die Todesstrafe zu erwarten"[6].

Der Apotheker Tadeusz Pankiewicz hat das in seinen Memoiren bestätigt:

"Es war nicht einfach, im Ghetto eines natürlichen Todes zu sterben" (zitiert nach [6]).

Aber einer Deportation in dieses Todesghetto entging Mordechaj Gebirtig zunächst noch, weil er mittellos und verängstigt im Oktober 1940 mit seiner Familië bei polnischen Bauern im Dorfe Lagiewniki Asyl fand. Hier galt der Ghettozwang noch nicht.

Aber hier entstanden schon gleich im Oktober 1940 Verse wie diese über Kain und Hewel:

"Kajns rojter flek,
Hewlss blut fun harzn -
doss wascht sich nischt awek.
Trajbt unds fun di diress [= Wohnungen],
schnajdt unds op di berd!

Jidn soln sajn frejlech!
Mir hobn sej in d'r erd!"

In Lagiewniki schrieb Gebirtig auch so erschütternde und herzbewegende
Lieder wie *"Ss'tut wej"* (1940), *"Gehat hob ich a hejm"* (1941), *"Majn cho-*
lem" (*"Mein Traum"*, 1941) und *"A tog fun nekome"* (*"Ein Tag der Rache"*,
1942).

Aber schon im Januar 1941:

"Ich hob schojn lang, schojn sejer lang
nischt gehert kejn fidl-klang,
nischt gesungen, wi ich fleg oft,
kentik [= offenbar] , *as majn muse schloft.*

Ch'hob derfar sich ongehert
doss gesang fun bikss un schwerd,
fun bombowzess [= Bombern] *doss gebrum,*
sum – sum – sum, brum – brum – brum.

Ch'hob gehert un ich her noch hajnt
wi alz jomert, klogt un wejnt,
zi fun hunger, nojt un pajn –
ejn jelole [= Geschrei], *ejn gewajn ...*

Ss'wejnt a mame, wejnt si blind,
noch a sun, ir ejnzig kind,
trogt arum baj sich im tasch
fun sajn guf [= Körper] *a bissl asch.[...]*

Ss'wejnen felder, ss'wejnt der wald
noch jetwedn mentsch, woss falt,
ejn gewejn ojf gor der welt [= auf der ganzen Welt],
nor der tajwl lacht un kwelt [= quillt: vor Freude]" (zitiert nach [2]) .

Noch im Januar 1942 versuchte Gebirtig zu trösten:

"Ss'wet kumen der tog, jo, ich hof un glojb,
ich se, brider, sajn omkum fun wajtn,
un brengen wet er unds, wi nachess [= Freude] *a tojb*
a b'schojre [= Kunde] *fun fridleche zajtn"* (zitiert nach [2]) .

Mordechai Gebirtig [9]

Aber schon bald danach wurden die Krakauër NS-Judengesetze auch auf die ländliche Umgebung ausgedehnt, die ebenfalls *"zwangseingemeindet"* wurde.

Denn von Juni bis Oktober 1941 hatten die Nazis zweitausend Juden aus dem Krakauër Ghetto in die Vernichtungslager Bełżec, Treblinka und Auschwitz deportiert. Also gab es wieder Platz in jenen 320 Wohnungen von Podgórze.

Im Frühjahr 1942 wurde hier also auch Mordechaj Gebirtig mit seiner Familië eingesperrt. Amerikanische Freunde hatten ihm zwar mit der Bürgschaft eines *Affidavit* schon die Einreise in die *USA* ermöglicht. Er aber lehnte ab: *"Einen alten Baum verpflanzt man nicht. Schickt einen Jungen"* (zitiert nach [2]). Er war ein *doike*: ein Hierbleiber.

Wahrhaftig also im Ghetto, lernte Mordechaj Gebirtig *"das gesamte Terror-repertoire aus Zwangsverordnungen, Raub und Mord"* kennen, wie es dort den Alltag beherrschte. Wer noch arbeiten konnte, mußte sich das durch jenen Stempel in der Kennkarte quittieren lassen, der einzig und allein vor der drohenden Deportation bewahrte. Wer ihn bekam, wurde in den umliegenden Fabriken ausgebeutet: in der *"Deutschen Rüstungsfabrik"*, in Handwerkstätten der Gestapo, militärischen Fahrzeugwerken, einer Barackenfabrik, einer Ziegelei, auf dem Flugplatz oder in den Werkstätten jenes Krakauer Zuchthauses Montelupich, wo ihre Glaubensgenossen schmachteten.

Wer abends von dort in streng bewachtem Kordon und zu Tode erschöpft durch das Ghettotor zurückzukehren glücklich genug war, hoffte mit Inbrunst auf den Stempel für morgen. *"Da waren die langen Reihen von ausgemergelten Menschen"*, hat Pankiewicz das durch sein Apothekenfenster beobachtet: *"Wieviel Trauer und Schmerz lagen in ihren glanzlosen Augen"* (zitiert nach [1]).

Denn *"die Angst wird jeden Tag schlimmer. Und das Geschrei. Kein Mensch redet mehr normal. Entweder sie schreien, oder sie weinen, oder sie flüstern"*. So hat

Roma Liebling (geboren 1938)

das später geschildert. Diese Kusine des Filmregisseurs Roman Polański war in Krakau geboren und damals runde zwei bis fünf Jahre alt. Ihrer Mutter gelang es 1943, mit diesem Kinde aus dem Ghetto zu flüchten und sich bei einer polnischen Familië zu verstecken. Dort überlebte Roma unter dem polnischen Decknamen Ligocka, den sie auch später nicht mehr ablegte: hatte er sie doch vor der Ermordung zu bewahren geholfen.

Roma Ligocka wurde Malerin. 1965 floh sie mit ihrem Ehemann, dem polnischen Regisseur Jan Biczycki, aus Krakau nach München, wurde hier Kostümbildnerin an westdeutschen Theatern, auch bei Film und Fernsehen und mit diversen Preisen ausgezeichnet.

Als sie sich 1994 in Steven Spielberg's Film *"Schindlers Liste"* als kleines Mädchen in einem roten Mantel wiedererkannte, schrieb sie ihre Ghetto-Memoiren: *"Das Mädchen im roten Mantel"*.

In diesem Bestseller finden sich auch noch diese Zeilen:

"Wenn wir auf die Straße müssen, huschen wir nur. Wie graue, dünne Tiere. Wir sitzen in unserem Versteck und sehen zu, was sie mit den anderen Tieren machen. Dauernd wird jemand geholt und umgebracht. Alle sprechen darüber. Wer geht als Nächster? Jeder von uns kann der Nächste sein" (zitiert nach [1]).

Denn *"immer öfter erreichten uns Nachrichten"*, hat der Apotheker das ergänzt und erläutert: *"Über die Ungeheuerlichkeiten, die sich beim Verladen
der Menschen in die Waggons abspielten; über die geheimen Bahnhöfe ohne Namen, auf denen Züge tagelang standen und die Menschen ohne Wasser und Brot warteten; über die blinden Gleise, die in dichten, von Stacheldraht eingezäunten Wäldern verschwanden, aus denen man keine Stimmen
mehr hörte"* (zitiert nach [1]).

Inmitten einer solchen Atmosphäre also schrieb Mordechaj Gebirtig noch
im Mai 1942 seine Frühlingslieder: *"Sun, sun, sang"* (*"Sonne, Sonne, Ähre"*)
und *"Undser friling"* mit der Schlußstrophe

"... Friling – schojn friling – bald kumt on der maj.
nor in der luft filt sich pulwer un blaj.
ss' akert der talin sajn blutike schwerd,
ejn grojss bejss ojlom – di erd" (zitiert nach [2]).

Talin ist das jiddische Wort für *Henker* und *ojlom* für *Versammlungsort*
(Lemm und Rudolph übersetzen es mit *Massengrab*).

Aber dieser geschundene Poёt besuchte da halb verhungert auch die *"Apotheke unterm Adler"*, diesen *"Treffpunkt des Widerstandes"*. Der "arische"
Apotheker Tadeusz Pankiewicz hat noch 1947 in seinem Buche *"Apteka w
Getcie Krakowskim"* (*"Die Apotheke im Krakauer Ghetto"*), dessen Übersetzungen 1985 auch in Israёl, 1987 in den *USA* und 1995 endlich in
Deutschland erschienen, berichtet, wie Gebirtig dort selbst sein Lied
"Ss'brent" vorgetragen und eingestanden hat:

*"Dieses Gedicht habe ich mit meinen Tränen geschrieben, denn ich habe
beim Schreiben geweint wie ein Kind"* (zitiert nach [2]).

Schwerlich hat Gebirtig noch erfahren, daß dieses Lied da nicht nur zur
*"Hymne der kämpfenden jüdischen Jugend im Ghetto, sondern auch aller
Partisanen"*[2] geworden war.

Wohl Gebirtigs letzte Lieder vom Mai 1942 hießen *"In geto"* und *"Ss'is gut"*
mit dieser vierten Strophe:

"... Ss'is gut, ss'is gut, ss'is gut,
di jidelech schrajn: ss'is gut.

Der ssojne [= Feind] Ejrope hot
halb schojn basezt
un halt in ajn nemen,
der bojch im schir plazt,
un jidelech schrajn: ss'is gut,
un jidelech kweln [= freuen sich] – ss'is gut,
un jidelech kweln – ss'is gut,
ss'is ken mer nischt arajn

[Letzte Zeile: *mehr kann nicht hinein*]" (zitiert nach [2]).

Mehr konnte doch noch hinein. Denn am 1. Juni 1942 gingen neuë Transporte in die Vernichtungslager.

Zweitausend Ghetto-Opfer wurden da von der *"Aktion Reinhard"* ins benachbarte Konzentrationslager Bełżec deportiert. Sondereinheiten der SS umzingelten das Ghetto und schossen in jedes Fenster, hinter dem sie einen Menschen erblickten. Dann wurden Wohnungen durchsucht und geplündert. Wer von den Einwohnern in der Kennkarte keinen gültigen Stempel hatte, wurde zum "Friedensplatz" Plac Zgody abgeführt.

"Bei Tagesanbruch des 2. Juni 1942 sehen wir die Betroffenen wie einen Alptraum an uns vorüberziehen", hat der christliche Apotheker bezeugt, *"wie eine gespensterhafte Vision ...Wie Schatten, wie Traumgebilde aus einer Horrorgeschichte schleppen sie sich langsamen Schrittes dahin und tragen auf ihren Schultern ihr Hab und Gut, das fast ebenso schwer wiegt wie die Tragik ihres Schicksals ..."* (zitiert nach [6]).

Weil das aber die angestrebte "Entjudung" Krakaus noch nicht hinlänglich förderte, kehrte die SS in der Nacht vom 3. zum 4. Juni 1942 zurück und leitete mit schwer bewaffneten Einheiten den Transport von weiteren fünftausend Menschen nach Bełżec in die Wege. *"Überall im Ghetto"*, hört man in der Apotheke, *"hallen Schüsse. Die Soldaten halten ihre rauchenden Gewehre in den Händen, die Offiziere ihre Revolver, Totschläger, Ruten und Stöcke ... Die Deutschen schießen wie verrückt auf alles, was gerade vor ihnen ist oder worauf sie gerade Lust haben. Das Blut facht offensichtlich ihre Bestialität und ihren Sadismus an"* (zitiert nach [6]).

Wer nicht gehen konnte, wurde sofort erschossen.

Die lebenden Opfer dieses Massakers wurden – nachdem ihre Uhren, Ringe und Zigarettenetuis gewaltsam entwendet und in großen Kisten zu anderweitiger Verwendung sonstwohin abtransportiert worden waren – ins Krakauër Zwangsarbeiterlager Płaszów getrieben.

"Neben ihnen laufen die deutschen Polizisten", weiß Pankiewiczs Protokoll noch heute; *"jeder hat ein Gewehr in der Hand und die Finger am Abzug [...] . Das alles vollzieht sich unter ständigem Geschrei, unter unbarmherzigem Schlagen, Treten und Schießen. Es gibt viele Tote und Verwundete..."* (zitiert nach [1]).

Halina Nelken (geboren 1924)

aus Krakau kam als Jugendliche in dieses Ghetto, überlebte hiernach acht Konzentrationslager, sogar Auschwitz, studierte später Kunstgeschichte und Philosophie in Krakau, wurde promoviert und emigrierte 1959 über Wien in die *USA*, arbeitete dort in diversen Museën und als Kunsthistorikerin an der *Cambridge University* in Boston.

Ihre Publikationen zum Beispiel über Alexander von Humboldt wurden mehrfach übersetzt und preisgekrönt.

Unter dem Titel *"Pamietnik z getta w Krakowie"* erschien ihr *"Krakauer Tagebuch"* von 1978 zuerst im kanadischen Toronto und 1996 endlich auch auf Deutsch: *"Freiheit will ich noch erleben"*.

Dort berichtet sie nicht zuletzt, wie sie als Neunzehnjährige von ihrer täglichen Zwangsarbeit auf dem Krakauër Flugplatz zu ihrer Familië ins Ghetto zurückkehrte und dort den 3. und 4. Juni 1942 erlebte:

"Um sechs Uhr früh erschienen Bekanntmachungen: Aussiedler dürfen 25 kg Gepäck und 25 Zloty mitnehmen, die Wohnung ist offenzulassen, die Schlüssel an den Türen. [...]

Der Tag verging wie auf dem Folterbett. Als wir am Abend heimkehrten, ging bereits der zweite Transport ab, und aus dem Ghetto kamen Fuhrwerke mit Brot und Wasser für die Aussiedler, die in Płaszów auf den Zug warteten. Sie waren noch nicht abgefahren, als Arbeiter vom Baudienst schon ihre Wohnungen räumten und Tische, Schränke und Betten hinaustrugen; die übrigen Habseligkeiten warfen sie auf die Straße und luden sie auf einen Wagen. Das durcheinandergeworfene Gerümpel erzeugt einen schrecklichen Eindruck von Verlassenheit. [...]

Vom Platz der Einheit ratterte ein Wagen der Müllabfuhr über das Pflaster, dahinter blutbefleckte Sanitäter – wie Metzger! Ich entdeckte meinen Bruder Felek unter ihnen; mit der einen, schmutzigen Hand hält er die Plane des Wagens fest [...] .

'Um Himmels Willen! Was ist hier passiert? Was machst du?!'

' ... Jemand muß die Toten wegschaffen!'

Entsetzt bemerkte ich die unter der Plane herausragenden Füße und Hände. Ich raste nach Hause, sprang über die Blutlachen an der Ecke ... Atemlos stürzte ich in unsere Einzimmerwohnung, direkt in die Arme der Eltern.

Mama erzählte, daß man verboten habe, das Haus zu verlassen, und daß dann systematisch, Straße um Straße, die Aussiedlung erfolgt sei, begleitet vom ohrenbetäubenden Gebrüll der Soldaten, von Schüssen, Weinen und Schreien. [...] Heimlich beobachtete sie durch die Gardinen, was sich in unserer Sackgasse abspielte. Aus jedem Haus rannten Leute, gehetzt von Gebrüll und von Schüssen, mit Gewehrkolben und Reitpeitschen geschlagen. Verschreckt preßten sie ihre elenden Bündel an sich, als ein dicker Offizier ihnen befahl, vor der Hauswand an der Ecke niederzuknien, und sie mit einem Schuß tötete. Die Leiber fielen übereinander, es entstand ein wachsender Berg von Leichen!

Jetzt sah ich aus dem Fenster, daß dort noch einige Bündel und eine Beinprothese lagen.

Mama rief aus: 'Neuman, Abraham Neuman, weißt du, dieser hochgewachsene Maler, der hinkte ... ' " [5] :

Abraham Neuman,

1873 in Sierpc zwischen Thorn und Warschau als Sohn eines Forstbeamten geboren,

hatte seit 1897 an der Kunstakademie in Krakau bei Jacek Malczewski, namhaftem Vertreter des symbolistischen *Jungen Polen*, und in den Ateliers der Maler Leon Wyczolkowski und Jan Stanislawski studiert,

seit 1900 dann an der Académie Julian im Paris der Weltausstellung.

Nach der Heimkehr über England, Belgiën, Holland und Deutschland ließ er sich zuërst in Krakau, dann südwärts im walachisch-goralischen Künstlerdorf Zakopane, einem polnischen Worpswede oder Cadaquès am Fuße der *Hohen Tatra*, nieder.

Dort machte er sich besonders als produktiver Landschaftsmaler, aber auch mit Stilleben, Blumenbildern und Porträts einen Namen. Zwei Reisen nach Palästina (1904 und 1926/27) bereicherten seine Arbeiten um oriëntalische Motive und architektonische Malerei. Aber er bereiste auch die *USA*.

Während der NS-deutschen Besatzung nahm er an konspirativen Schulungskursen teil, um Widerstand zu leisten.

1942 wurde er von der NS-deutschen Besatzung im Ghetto von Krakau kaserniert und schon beim Abtransport ins Vernichtungslager Bełżec umgebracht.

" *'Ach ja, und Herr Gebirtig'* ", fuhr Halinas Mutter als Augenzeugin fort: *"der dir beigebracht hat, 'Rajzele' zu singen. Sie gingen am Ende der Gruppe, beide alt und krank. Neuman kniete nicht nieder. Er erhob seinen Gehstock gegen den Kommandanten. Gebirtig haben sie auch erschossen"* [5].

Das geschah am 4. Juni 1942 in Krakau an der Ecke Janowa-Wola- und Dabrówki-Straße.

Abraham Neuman wurde 69 Jahre alt.

Mordechaj Gebirtig war da 65 Jahre alt.

"Die Leichen der Getöteten wurden auf den Hof des Spitals gefahren", fährt Halina Nelken in Massachusetts fort, *"in einem Massengrab auf dem Friedhof sollen 130 Menschen bestattet worden sein"* [5].

Mordechajs jüngste Tochter

Lola Gebirtig,

die schon eine erfolgreiche Sängerin war und auf Krakauër Kleinkunstbühnen auch die Lieder ihres Vaters vortrug, hatte gerade noch
rechtzeitig für deren Rettung vor den nazideutschen Barbaren gesorgt.
Erst im selben Frühjahr 1942 schenkte sie ganze handgeschriebene
Hefte voll damit den Schwestern Julia und Anne Hofman, Kindern jenes Komponisten Julius Hofman, der Gebirtigs Melodieën zu notieren
geholfen hatte.

Dessen Töchter also versteckten jetzt unter Lebensgefahr Gebirtigs
Liederhefte unter einem Kohlenhaufen im Keller jenes Hauses, in
dem Joshana Palgi, vorgeblich Polin, außerhalb des Ghettos überlebte.

Lola Gebirtig wurde nach der Ermordung ihres Vaters zusammen mit
Mutter Blumke und den Schwestern Chawa und Schifra wohl noch
am selben 4. Juni 1942 deportiert.

Zuletzt wurden sie im Lager Płaszów gesehen, das noch im Krakauër
Stadtgebiet auf den Gräbern zweiër jüdischer Friedhöfe lag und 1944
zum offiziëllen Konzentrationslager unter seinem berüchtigten Kommandanten Amon Goeth "aufgewertet" wurde.

*"Aus dem engeren Familienkreis des Dichters und Tischlers hat nie-
mand den Krieg überlebt"* [7].

Das künstlerische Erbe Vater Mordechajs wurde nach dem Kriege unter den
schützenden Kohlen hervorgezogen, von seinen drei Retterinnen nach Israël
exportiert und von dort aus auch dem *YIVO-Institute for Jewish Research* in
New York übergeben, jenem schon 1925 in Berlin und Vilnius gegründeten
Yidisher visnshaftlekher institut zur Pflege jiddischer und ostjüdischer Kultur.

Doch mit solchen Liedern hatte Mordechaj Gebirtig auch in seinem Polen
überlebt.

Hella Rufeisen-Schüpper (geboren 1921),

eine katholische Zionistin aus Krakau, Mitkämpferin der Draengers, Vorsitzende der Warschauër jüdischen Jugendbewegung *"Hachscharah"* und als Partisanin damals *"Ghettokurierin zwischen Krakau und Warschau"*, hat in ihren Memoiren aus dem Widerstand, die 1998 auch auf Deutsch erschienen, erzählt, wie sich im Sommer 1942 nach Mordechajs Ermordung die verbliebenen Jugendlichen des Krakauër Ghettos in Höfen trafen,

"wo sie zu Grüppchen zusammensaßen und jiddische Weisen von Gebirtig sangen. So sangen sie das Lied Es brennt, *das Gusta ins Polnische übersetzte"* (zitiert nach [1]).

Aus derselben Quelle dieser Untergrundsheldin, die auch Waffen, Geld und gefälschte Dokumente schmuggelte und bei einem Fluchtversuch von den Nazis angeschossen wurde, wissen wir, wie an jenem 18. Januar 1943 der jüdische Widerstand auch im Warschauër Ghetto seinen Anfang nahm:

"Ich brachte ihnen das Lied von Gebirtig bei: Es brennt. *Dieses Lied war im Untergrund des Krakauer Ghettos bekannt und sollte jetzt auch in Warschau gesungen werden"* (zitiert nach [1]).

Wirklich wurde es dort *"zum Kampflied der Aufständischen im Warschauer Ghetto, die mit diesem Lied auf den Lippen kämpften und starben"* (Pankiewicz, zitiert nach [1]).

Im Sommer 1943 wurde diese Hella Rufeisen verhaftet und bis zur Befreiung 1945 im Konzentrationslager Bergen-Belsen eingesperrt. Nachdem sie von hier aus auch den "Todesmarsch" 1945 überlebt hatte, ging sie nach Israël in einen Kibbuz, von wo aus sie in ihren Memoiren auch jene Zeit im KZ beschrieb:

"Einmal hatte ich auf meiner Pritsche gelegen und die spielenden Kinder beobachtet. [...] Sie drehten sich im Kreis, sangen dabei, und auf einmal trat ein kleines Mädchen aus dem Kreis heraus und sagte: 'Gusta in Montelupich hat mir das Lied hier beigebracht', und sie summte in Polnisch ein paar Verse des Gebirtig-Liedes Es brennt" (zitiert nach [1]).

Sechzig Jahre später resümierte das alles eine Hamburger Doktorandin so:

"Vom jüdischen Viertel Kazimierz in das Krakauer Ghetto, vom Ghetto in Warschau bis in das Vernichtungslager funktioniert das sprunghafte Erinnern von Mordechaj Gebirtigs Lied und seine Verbreitung in Sprüngen. Die Kurierinnen und Sänger springen als Subjekte des Gesungenen von Botschaft zu Gesang [...] und fächern auf diese Weise das singular vertonte Bewußtsein einer Gemeinschaft unter dem Zeichen der Verfolgung über die Karte der kollektiven Vernichtung auf: undzer shtetl brent!"[1].

Nach dem Ende der braunen Blutspur verstummten Gebirtigs Lieder mitnichten. Roma Ligocka hat in ihren Erinnerungen aufgeschrieben, wie sie 1945 noch als kleines Mädchen im roten Mantel in Krakau wieder eine jüdische Schule mit lauter traumatisierten Kindern besuchte:

"In der jüdischen Schule singen wir oft Lieder von Mordechaj Gebirtig. [...] Seine Lieder sind furchtbar traurig, aber ich liebe sie. Obwohl wir alle weinen müssen, wenn wir singen.

Ein Lied klingt mir noch in den Ohren:

Unser Städtchen brennt [...]

Das Lied berührt irgendetwas in mir, ganz tief. Eigentlich halte ich es in der Schule nur noch aus, weil wir diese Lieder singen" (zitiert nach [1]).

Schon 1946 gab die *Zentrale Historische Kommission* des *Zentralkomitees Befreiter Juden* in Krakau einen dritten Band mit den unveröffentlichten und letzten Liedern Mordechaj Gebirtigs unter dem Titel *"s'brent"* heraus.

Ferner erschienen 1949 in Paris *"Mayne lider"*, 1967 in Jerusalem ein Band mit Faksimilia, hebräischer Übersetzung und dem Titel *"undzer shtetl brent!"*, in Tel Aviv 1997 eine Edition von *"mayn fayfele. umbakante lider"* dieses Autors und in Rom 1998 *"ale lider fun mordekhay gebirtig"*.

Im Lande seiner Mörder dauérte es genau ein halbes Jahrhundert, bis zum Gedenken an das Pogrom der sogenannten *"Reichskristallnacht"* am 10. November 1988 eine Feiërstunde im *Deutschen Bundstage* mit einer muskalischen Darbietung eingeleitet wurde. Noch bevor Ida Ehre da die *"Todesfu-*

ge" von Paul Celan sprach, sang ein Chor der *Bach-Gesellschaft* Mordechaj Gebirtigs *"Unser schtetl brent"*: im Parlament der Mordbrenner-Erben.

Erst hiernach gelang es endlich dem Wuppertaler Sänger, Gitarristen und Komponisten Manfred Lemm, 1946 als Sohn einer Hugenottenfamilië in Potsdam geboren, ein repräsentatives Buch über Gebirtig herauszugeben. Wiewohl mittellos, tat er das auf eigene Kosten. Denn das inzwischen wieder üppig erblühte deutsche Verlagswesen zeigte sich uninteressiert. Aber viele politische und kulturelle Institutionen unterstützten das opulente Projekt, das nicht nur ausführlich über Gebirtig berichtet, sondern auch ganze 87 seiner nie gezählten Lieder mit Noten, jiddischem Text in hebräischer Schrift, lateinischer Transkription und deutscher Übersetzung von Lemm und Angelika Rudolph zur Verfügung hält.

Parallel hierzu hat derselbe Manfred Lemm auch vier *compact discs* mit Liedern von Gebirtig in jiddischer Originalsprache besungen. Aber da hatte auch schon

Lea-Nina Rodzynek (1925-2006)

jiddische Lieder für die Firma *Columbia* auf eine Schallplatte gesungen, die *"Es brennt"* hieß. Auch Paul Celan in Paris hat die besessen und gehört.

Aber lange vorher war ihre Sängerin aus dem polnischen Heimatdorf jenseits der Weichsel nach Deutschland geflüchtet, dort als Fabrikarbeiterin mit falschem Namen und falschem Paß als Jüdin aufgespürt, also in ein Konzentrationslager deportiert worden. Auch von dort glücklich ausgebrochen, lebte sie versteckt in irgendeinem Untergrunde.

Nach dem Kriege tingelte sie als der *"Schwarze Engel vom Montparnasse"* durch Pariser Nachtlokale, resignierte aber, ging als Kosmetikerin in die Schweiz und hatte 1962 endlich ihren Durchbruch in einer deutschen Fernseh-Show: als Belina. Unter diesem Namen und mit dem namhaften Gitarristen Siegfried Behrend konzertierte sie in 120 Ländern, war als *"Madame Chanson"* ein Weltstar in vielen Sprachen und machte überall auch Mordechaj Gebirtig mit seinem *"Es brennt"* international populär.

Erst im Dezember 2006 starb Belina 81jährig in Hamburg.

In ihrer Nachfolge gleichfalls mit den Liedern von Gebirtig konzertierte
Manfred Lemm auch in israëlischen Kibbuzim, wurde 1989 vom Polnischen
Fernsehen gar nach Krakau eingeladen und inspirierte dort nach vierzig Jahren eine Gebirtig-Renaissance auch in den Mediën. Die Erlöse seines Krakauër Konzertes überließ er dem dortigen Restaurierungs-Komitee *SFOK.*

Lemm engagierte sich auch für ein Festival *"Tage der jüdischen Kultur"* in
Krakau und veranlaßte eine Gedenktafel, die heute am Wohnhaus in der
Berka-Joselewicza-Straße 5 auf Jiddisch und Polnisch an Mordechaj Gebir-
tig erinnert:

*"do hot gevoynt der grester poylisher yidisher folks-dikhter un zinger mor-
dekhay gebirtig (mordkhe bertig), geboyrn 4tn april 1877 in kroke, dershosn
fun a daytshn zelner 4tn yuni 1942 in kroke geto.*

*Tutaj mieszkał ż ydowski poeta i pieśniarz Mordechaj Gebirtig (Mordche
Bertig), urodzony w Krakowie 4 kwietnia 1877 r., zastrzelony w krakowskim gettcie przez niemieckiego żołnierza 4 czerwca 1942 r."* (zitiert nach [1]).

In Jerusalem wurde auch für ein Gedenken an Tadeusz Pankiewicz gesorgt,
jenen todesmutigen und hilfreichen Apotheker mitten im Krakauër Ghetto:
im *Jad Vashem,* der Gedenkstätte an die NS-Judenermordung, wurde im
"Garten der Gerechten unter den Völkern" auch diesem christlichen Polen
ein *"Baum der Gerechten"* gepflanzt und mit seinem Namen markiert.

Ein angemessen literarisches Denkmal errichtete der österreichische Schriftsteller Robert Schindel, der erst 1944, aber am 4. April, just Gebirtigs Geburtstag, im oberösterreichischen *Bad Hall* geboren wurde. Seine Eltern waren als Juden und Kommunisten nach Frankreich emigriert und hatten sich
im Sommer 1943 von der Exil-KPÖ als *"elsässische Fremdarbeiter"* wieder
nach Österreich einschleusen lassen, um in Linz eine Widerstandsgruppe
gegen die Nazis aufzubauen. Vater

René Hajek (1911-1945),

der sich jetzt Pierre Lutz nannte, wurde im August 1944 entlarvt und verhaftet. Im März 1945 wurde er im Konzentrationslager Dachau erschossen.

Er war da 34 Jahre alt.

Auch Robert Schindels sonstige Familië wurde mehrheitlich in NS-deutschen KZs ermordet. Nur seine Mutter,

Gerti Schindler (geboren 1913)

alias Susanne Soël, überlebte die Konzentrationslager Auschwitz und Ravensbrück. Ihren viermonatigen Säugling Robert hatte sie rechtzeitig als *"Waise von asozialen Eltern unbekannter Herkunft"* unter falschem Namen in einem NS-Wohlfahrtsheim untergebracht.

Seinem ersten Roman gab der erfolgreiche Lyriker und Elias-Canetti-Stipendiat Robert Schindel 1992 den Titel *"Gebürtig"* und als zentrale Figur einen österreichischen Exiljuden namens Hermann Gebirtig, der fünf Jahre in einem Konzentrationslager der Nazis überlebte, inzwischen Autor von Komödiën und Musicals in den *USA* ist und sich nur widerwillig von der Tochter eines Opfers zum Prozeß gegen den KZ-Schergen Anton Egger nach Wien zurückholen läßt:

"Ich bin Gebirtig und will Komödien schreiben und mit polnischen Jüdinnen schlafen und dann sterben" [8].

In einem *Inneren Monologe* offenbart er sich als einen (fiktiven) Vetter von Mordechaj Gebirtig, dessen seinerzeit verweigerte Emigration nach Amerika er quasi verwirklicht hat und auslebt. *"Wo ist die Schallplatte meines Cousins?"*, fragt er sich in *New York*. *"Soll mir Mordechai wieder was vorsingen. Es hört ja sonst niemand. Warum kommen mir denn die Tränen? Was haben wir denn davon, wenn der Engel des Herrn einen Anton Egger heimsucht? [...] Strecken sich die Gebirtigs dann gemütlich in ihrem Aschenstern zur ewigen Ruhe? [...] Was lassen sie mich nicht in Ruhe.*

Ich will, daß die Schweine lachen, wenn sie aus meinen Stücken kommen. Ich möchte selber lachen. Welcher Jude ist sich witzig vorgekommen, als er den Satz erfunden hat: der Weg der Erlösung heißt Erinnerung. Was soll

*denn da erlöst werden bei welcher Erinnerung? [...] Lassen wir die Toten
weinen, wir können ihren Jammer nicht lindern, können wir nicht. Lachen
Sie, liebe Frau, so wie ich lache.*

'Wejn nischt, wejn nischt, kleiner Josem
Oj wi schlecht, wen 's felt a trer
Wen dos hartz is ful mit lejdn
Un di ojgn senen ler.'

*Ja, ja, Mordechai, sing nur, warum nicht, werd ich halt nicht weinen, hast
ja recht. Schlafen werd ich versuchen zu gehen [...] , denn so wie er jetzt
seine Ruhe hat, so möcht ich Ruhe haben, auch wenn ich noch lebe, zufällig
lebe, hier am East River"* [8].

Wieder in Wien, ist dieser Vetter von Mordechaj Gebirtig im Roman versucht, in Wien zu bleiben. Aber als Anton Egger, der *"Schädelknacker"*, von
einem Schwurgericht freigesprochen wird, kehrt er nach *New York* zurück.

Dieser Roman, der den Wissenden an Mordechaj Gebirtig erinnern könnte,
brachte seinem Autor einen staatlichen Förderpreis, 1993 den *Erich-Fried-
Preis* ein und wurde 2001 unter Mitarbeit des Drehbuchautors

Georg Stefan Troller (geboren 1921),

eines österreichischen Juden, der 1938 sechzehnjährig vor den Nazis
durch ganz Europa floh und schließlich in die *USA* emigrierte,

mit Außenaufnahmen in Auschwitz-Birkenau

und mit Peter Simonischek in der Rolle des Hermann Gebirtig in Österreich
verfilmt, mit Nominierungen für die Preise der Filmfestivals im Karlsbade
Karlovy Vary 2002 und Emden 2003 akklamiert und seit 2004 auch in
Deutschland gezeigt.

Gleichfalls seit 2004 ist Autor Schindel Mitherausgeber von *"Landvermessung"*, einer österreichischen Bibliothek der *"Vergessenen. Bleibenden.
Künftigen"*.

Aber seine Kollegin, die polnische Lyrikerin Anna Kamienska (1920-1986),
deren Gedichtband *"Eine Handschrift gefunden im Schlaf"* 1985 gar auf

Deutsch erschien, hat auch ein großes Poëm geschrieben, das *"Mordechaj Gebirtigs Tisch"* heißt. Es ist sehr lang. Ungefähr sein erstes Viertel hat in einer anonymen Übersetzung diesen deutschen Wortlaut:

"Vom Morgen an regnete die Trauer,
als hätte ich nun endlich verstanden,
daß die Toten
tatsächlich tot waren

da erschien in der Tür
der hohe Schalmeiklang,
ich erkannte ihn an seinen großen Ohren,
an den feuchten Augen
und am frohen Mund.

So sehen biblische Engel aus,
aus der Zeit vor dem Krieg,
verkleidet als arme Tischler,
so spricht Jesaja über sie:
Das Lied sei Euch
wie die heilige Nacht
und die Freude des Herzens,
die mit der Hirtenflöte kommt.

'Sie sind traurig',
sagte Mordechaj Gebirtig,
'und doch ist die Welt Gottes.
Ich werde Ihnen eine Anrichte machen,
die immer gefüllt ist mit Rosinen,
ich werde Ihnen einen Stuhl machen,
der selbst die größte Unruhe
zu besänftigen weiß.
Aber am liebsten fertige ich Ihnen
einen Tisch,
der dichtet selbst,
und wenn er gut gelaunt ist,
wird er vielleicht auch singen.'

*Ich hatte ein Heim, einen warmen Raum
ein bißchen Hab' wie bei armen Leuten,
fest wie ein Baum schlug ich
in dieser geliebten Armut meine Wurzeln*

*Und im Nu füllte sich Mordechaj Gebirtigs Haus
mit Spänen, gleich Locken von Enkelkindern,
und das frische Holz begann zu singen.
Oj, warum laufen die Kinder hinter ihm her?
Hier war der Tischler Gebirtig,
noch steht der Gesang im Hof.
Ich werde auf Jiddisch singen,
vielleicht übersetzt Polnische Kiefer
das Lied ... "*

Aber im letzten Viertel kehrt dieses große Klagelied von Anna Kamienska wieder zu ihrer Verwurzelung in Mordechajs Tisch zurück:

*" ... und wenn Sie von diesem Tisch aufstehen,
dann werde ich gehen,
Und Sie werden denken,
daß es mich nicht gibt,
daß der Tischler Gebirtig niemals hier gewesen ist! [...]*

> *Es brennt, Brüder, es brennt
> Alles ringsumher brennt!
> Und ihr steht und gafft
> wie unser Städtchen brennt!*
>
> *In unseren Händen liegt
> das Schicksal unseres Städtchens,
> löscht das Feuer
> mit eurem Blut!"* (zitiert nach [2])

Aber dieses Lied *"Ss'brent"* von Mordechaj Gebirtig wird heute noch an jedem *Jom Hashoah*, dem *"Tage der Shoah"*, am 27./28. Nisan, unserm deutschen späten April, als auch Hitler geboren wurde und sich totschoß, von allen Juden der ganzen Welt gesungen, nachdem die Sirenen zwei Gedenkminuten angekündigt und den Verkehr zum Verharren gezwungen haben:

"Ss'brent! Briderlech, ss'brent!
Di hilf is nor in ajch alejn gewendt.
un ojb doss schtetl is ajch tajer,
nemt die kejlim, lescht doss fajer,
lescht mit ajer ejgn blut,
bawajst, as ir doss kent".

(Quellen und Anmerkungen zu diesem Kapitel auf Seite 631)

"Wer seine Hand gegen einen Dichter erhebt,
der sei verflucht."

Irisches Sprichwort

"Zum Jüngsten Gericht treten die Völker mit ihren Liedern an."

Ernst Jünger, 87: *"Siebzig verweht" III*, 17. Januar 1983

"Mit Vorliebe schilderte Paul Celan
eine Szene vom Jüngsten Gericht, vor dem sich
reiche russische Kaufleute zu verantworten hatten.
Der göttliche Richter nimmt sie scharf ins Verhör,
das schließlich in der Frage gipfelt:
'Was habt ihr für Ossip Mandelstam getan? habt ihr ihn
gekleidet und auch wohl ernährt?' –
Fragen, die über Gnade oder Verdammung entschieden."

Gerhart Baumann, 66: *"Erinnerungen an Paul Celan"*, 1986

"Ein Narr tanzt auf dem Eis: – soll es ihn tragen?"

Shakespeare, 36 / Hans Rothe, 28: *"Troilus und Cressida"*, um 1601/1922

"Theresienstadt? Welcher anständige Mensch
ist n i c h t in Theresienstadt gestorben?"

Paul Celan, 37: Brief vom 18. Juli 1957 an Alfred Andersch

῾ΥΠΑΤΙΑ
HYPATÍA

Hypatía wurde im Jahre 370 auf Zypern geboren: vielleicht aber auch schon früher, frühestens jedoch 355.

Ihre Mutter hieß Hermióne und soll armenische Prinzessin gewesen sein. Ihr Vater hieß Théon, stammte aus Smyrna, dem heutigen Izmir, war insofern ein Landsmann Homers und dürfte daher gewesen sein, was man später einen Osmanen, heute einen Türken nennt. Dessen Eltern sollen in Laodíkeia zu Hause gewesen sein, jenem medizinischen Zentrum des 4. Jahrhunderts, nicht fern von Pamakkule mit seinen Thermen im Tale des *Großen Mäander,* heutigen Menderes: also mitten im pittoresken Südwesten eindeutig der Türkei.

Auf Zypern jedenfalls waren dieser Türke und seine Armeniërin mit Töchterchen Hypatía und Söhnchen Epiphánios allesamt nicht eben einheimisch: Zugereiste, Ausländer, Gastarbeiter mit migrantem Hintergrunde und auf diesem griechischen Chauvinisten-Eiland vielleicht schon damals, in ihrer unsympathischen Mischehe auch noch, nicht gerade allzu willkommen.

Als Tochter Hypatía, dieser heterogene "Mischling", ein Jahr alt war, also irgendwann zwischen 356 und 371, wurde Vater Théon von Verwandten aus Alexándreia in diese zweitgrößte Stadt des oströmischen Reiches gelockt, vielleicht ja auch gerettet.

Mit ihren *circa* 200 000 Einwohnern war sie bis dahin selbst eine echte Metropole, aber auch der denkbar liberalste Schmelztiegel aller Kulturen und Religionen, Sprachen und Hautfarben oder Rassen gewesen. Denn dort im Delta des Nil hatte damals fast jeder einen migranten Hintergrund und verehrte am liebsten oder problemlosesten die Gottheit Sérapis, jenes künstliche Amalgam aus vielen religiösen Importen.

Aber Théon ging wohl eher aus beruflichen Gründen von Zypern in dieses Alexándria. Er war Astronom, und es gab dort das legendäre Museîon, die damals berühmteste Universität der Welt mitsamt ihrer sagenhaften Bibliothek, einer unvergleichlichen wissenschaftlichen Bedeutung und mit Steuerfreiheit für den Lehrkörper. Dort forschen zu dürfen und Lehrkraft zu sein, war der Traum jedes damaligen Gelehrten.

Hier hatte ja schon Archimédes studiert und sich mit dem Polyhistor Eratosthénes aus Kyréne befreundet, der eine Weltkarte zeichnete und deren Vermessung hinterließ, hier waren die homerische *"Ilias"* in ihre heutigen 24 Gesänge unterteilt und angeblich sogar das *Alte Testament* von siebzig hier eingesperrten Schriftgelehrten ins Griechische oder Zugängliche übertragen worden, Hewel also eben hier zu Abel mutiert.

Für Théon war noch attraktiver, daß hier die Kugelform der Erde bewiesen und ihr Umfang ebenso erstmalig berechnet worden war wie auch ihre Entfernung vom Monde. Kurz: für einen Astronomen und Mathematiker wie ihn war das Museîon von Alexándreia wahrhaftig ein *Land Orplid*.

Théon nahm hier den vakanten Lehrstuhl für *Höhere Mathematik* ein, gründete und leitete auch die Philosophen-*"Schule Plotins"*, jenes früheren hiesigen Studenten, und wurde, was für manchen Historiker später *"der bedeutendste Mathematiker und Astronom seiner Zeit war"* [1].

Denn dieser "Théon von Alexándreia" edierte, kommentierte und ergänzte nicht nur seine großen Vorgänger Euklid und Klaúdios Ptolemaîos, sondern berechnete auch selbst die zeitgenössischen Eklipsen von Sonne und Mond, die "Konsularfasten" der *Florentiner Handschrift* und akute Probleme der Nilschwelle. Auf dem Monde gibt es gar einen Krater namens dieses spätantiken Astronomen. Aber er soll auch ambitionierter Astrologe und Mantiker gewesen sein: *"allem Überirdischen und Wunderbaren aufgeschlossen, aber kein Christ"* [1].

Sein beruflicher Glücksstern wurde freilich mit privatem Unheil quittiert: schon nach einem Jahr im alexandrinischen Museîon verlor er seine Prinzessin Hermióne durch eine Seuche. An ihrer Bahre gelobte er, sein Leben unbeweibt zu beschließen.

Seine Fürsorge für die allzu jung mutterlose Hypatía gestaltete sich umso glückhafter, als sich das kleine Mädchen schon siebenjährig mathematisch, astronomisch und philosophisch hinlänglich interessiert und begabt erwies, um Vater Théon auch ihren Lehrer und Tutor eben auf dessen eigenen Spezialgebieten, aber in Personalunion gleich auch in allem sonstigen "Elementarwissen" sein zu lassen.

Unter seiner also doppelt liebevollen Anleitung erblühte in ihr eine junge Wissenschaftlerin von Rang primär in den väterlichen Disziplinen, namentlich in der Geometrie: nur daß eben sie sich, "die Frau", noch eindeutiger und nach ihrem Vorbilde, der thrakischen Kynikerin Hipparchía (4. Jahrhundert vor Christos), auch noch *"den Philosophenmantel umwarf"* [2].

Schon zwölfjährig nämlich hatte sie ausreichend *"alle elementaren Kenntnisse"* erworben, um sich akademisch immatrikulieren lassen zu können. Eben im Museîon von Alexándreia, das aber nicht nur *Alma mater*, sondern auch Musentempel war, studierte sie seither

"die Philosophie des Platon und Aristoteles, die Epen des Homeros, die Lieder des Pindaros, die Mathematik des Euklid, die Mechanik des Archimedes, die lateinischen Rhetoren und Philosophen, die hebräische und chaldäische Sprache, die Mythologie der Hellenen und Inder, die Heilkunst des Hippokrates und Galenos, die Magie der Perser und Inder, die Rhetorik des Isokrates und Demosthenes und in jedem Fachgebiet jedes Wissen und jede Kenntnis. Und da sie von Natur aus ausgestattet war mit einem starken Gedächtnis, konnte sie Bücher vollständig auswendig lernen und fehlerfrei wiedergeben" [3].

So sind auch ihre großen medizinischen Kenntnisse zu erklären, die vielleicht noch auf Besuche bei ihren Großeltern an den Thermen des türkischen Kurorts Laodíkeia zurückzuführen sind.

Schon früh muß Vater Théon sie an seinen Kommentaren der großen antiken Mathematiker hinlänglich beteiligt haben, um sie für eigene schriftliche Erläuterungen zu den *"Arithmetica"* des alexandrinischen Algebraïkers Dióphantos (wohl um 250 nach Christos), zu den Kegelschnitten des pamphylischen Geometers Apollónios aus Pérge (im 2. Jahrhundert nach Christos), gar zum *"Mathematike Syntaxis"* des alexandrinischen Polyhistors Klaúdios Ptolemaîos (im 2. Jahrhundert nach Christos) zu stimulieren.

Aber alle Texte der Hypatía sind zumindest verschollen, noch eher verloren oder vernichtet. Es gibt sie nicht mehr.

Trotzdem ist überliefert, daß sie nach regulärem Studiënabschluß Dozentin war und *"denjenigen, welche sie hören wollten, im öffentlichen Auftrage die platonischen oder die aristotelischen Schriften oder die Werke irgendeines anderen Philosophen"* [2] erklärte. Hierbei erwies sie sich auch dialektisch und rhetorisch geschult und so versiert, daß sie selbst ihren Vater, gar als Astronomin auszustechen begann. Entsprechend groß war die Zahl ihrer Schüler auf vielen Gebieten.

Sie scheint sie in ihrem Wohnhaus unterrichtet zu haben. Andere Quellen quartieren sie auch privatim im Museĩon ein, wo die Gelehrten nach Art des Hauses auf Staatskosten gern auch logierten. Jedenfalls verschmolz auf solche Weise die Frau mit der Professorin und diese mit jener.

Was sie lehrte und diskurierte, war wohl primär jener spezifische Platonismus des Iámblichos aus dem syrischen *Chalkís ad Belum* (250 bis 330 nach Christos): dessen heimische Variante der neuplatonischen Schule, *"in der es von Dämonen, Engeln und Wundern nur so wimmelt"*[1].

Derselbe Iámblichos hat uns in seiner Monografie des Pythagóras vorgerechnet, daß dessen Philosophie von insgesamt siebzehn Frauën aufgegriffen und fortgeführt worden sei. Aber in Paulys allwissendem *"Lexikon der Antike"*[4] hält der Münsteraner Altertumsforscher Heinrich Dörrie eben die Hypatía für die allererste Frau, die in Alexándreia, diesem Zentrum aller antiken Wissenschaft, platonische Philosophie betrieben und unterrichtet habe. Das mag dort zugetroffen haben.

Für das ganze antike Jahrtausend vom 6. vorchristlichen bis zum 5. nachchristlichen Jahrhundert soll es rund ums Mittelmeer etwa 60 bis 120 Berufsphilosophinnen gegeben haben. Das ist zwar wenig, war aber damals offenbar nicht so vollkommen ausgeschlossen wie später mancherorts sonst.

So erklärt sich auch Hypatías persönlicher Erfolg in Alexándreia: nicht als sensationelles Exotikum, sondern aus ihrer wissenschaftlichen Qualität. Freilich hat der Kirchenhistoriker Sokrátes Sscholastikós (380 - ~ 440) als einziger Zeitzeuge überliefert, daß es *"für sie keine Scheu gab, mitten unter Männern zu verweilen. Alle hatten nämlich wegen ihrer überragenden Klugheit und Bescheidenheit ehrfurchtsvolle Scheu vor ihr und wurden immer wieder in Staunen versetzt"*[5].

Denn auch charakterlich war sie *"von Natur edler veranlagt als ihr Vater"*, von bestechender Unbestechlichkeit und Integrität, erreichte *"auch auf dem Gebiete der praktischen Tugend eine hohe Stufe"*, war nicht nur *"rechtschaffen und keusch"*, sondern *"auch im praktischen Handeln besonnen und von*

Bürgersinn beseelt" [2], so daß sie *"von fast allen Seiten – Heiden wie Chri-sten – Bewunderung erfuhr"* [6].

Diese Unterscheidung war insofern bedeutsam, als auch jenes Alexándreia, seit vierhundert Jahren römisch, erst seit höchstens zehn Jahren (395) zum oströmisch autarken Imperium Konstantinopels gehörte, wo seit knapp hundert Jahren das

Christentum als Staatsreligion

verehrt werden mußte. In der ägyptischen Diaspora war das noch höchst problematisch und führte mehr und mehr zu christlichen Treibjagden auf alle "Altgläubigen", zu bürgerkriegsähnlichen Auseinandersetzungen mit den tradierten griechisch-"heidnischen" Überzeugungen, aber auch zu antisemitischen Pogromen gegen die vielen israëlitischen Bürger Alexándreias. Scheinbar religiös motivierte Gewaltaktionen wurden also auch in diesem Paradies der Synkretisten alltagsüblich: *halalí*.

"Der inhaltliche Streit", hat Annemarie Maeger das alles bilanziert, *"entzündete sich an der Frage nach der Natur Christi, der Inkarnationslehre, der göttlichen Trinität sowie der Auferstehungslehre und der Vergänglichkeit von Himmel und Erde. Doch auch hier galt wie überall: Welche Ansicht nützt den eigenen Interessen mehr?"* [6]

Mitten in alledem fungierte Hypatía als eine Wortführerin der "heidnisch"-griechischen Gruppierung, dürfte als solche freilich weniger polarisiert als auszugleichen und zu beschwichtigen versucht haben. Annemarie Maeger, die sich ausführlich und gründlich mit ihr befaßt hat, hält es sogar für möglich, daß sie die Hohepriesterin eines vorchristlichen Mysteriënkultes, aber dennoch bemüht war, Orthodoxieën ebenso zu relativieren wie vermeintliche Häresieën.

Dafür spricht auch, daß keine der beiden streitbaren Parteiungen diese prominente Stimme sei es vereinnahmte, sei es verdammte. Lange muß sie wirklich inmitten geblieben sein, als begehrte Beraterin auch der Administrablen gleichwohl öffentliche Diskussionen gemieden und sich während christlich-jüdischer Metzeleiën und Brandschatzungen beim byzantinischen

Statthalter Oréstes, einem gemäßigten oder konservativ-synkretistischen
Arianer, versteckt gehalten haben: der Brisanz all dessen nur allzu bewußt.

Umso riskanter und heikler gestalteten sich auch die akademischen Probleme, als um 405 Vater Théon etwa siebzigjährig starb und das Philosophisch-
Mathematische Dekanat im Museîon verwaist hinterließ. Seine gleichfalls
hellenisch-"heidnische" Tochter zur Nachfolgerin zu ernennen, war einerseits kaum vermeidbar, andererseits jedoch eine Zumutung und Provokation
für die mehrheitlich inzwischen christlichen Studenten und Dozenten. *Pro*
und *Contra* befehdeten sich leidenschaftlich.

Inzwischen hatte Hypatía am Sterbebette ihres Vaters eine viel schwerer
wiegende Entscheidung als Gelöbnis formuliert: nie einen Mann zu heiraten, der ihr geistig nicht ebenbürtig sei. Das kam bei dieser Frau einem
Keuschheitsgelübde gleich und dürfte umso gravierender gewesen sein, als
sie eine durchaus erotische, auffallend schöne junge Frau, auch gesellschaftlich umschwärmt und vielfach begehrt war.

Daß sie in den Rivalitäten zwischen der kaiserlichen Residenz Konstantinopel und der musisch-wissenschaftlichen Hochburg Alexándreia auch zum
leibhaftigen Politikum wurde, das die oströmischen Cäsaren durch eine Verheiratung dieser Protagonistin mit ihrem dortigen Statthalter Oréstes oder
gar mit dem pubertierenden damaligen Thronfolger Arcadius integrativ zu
lösen planten, vermutet und erläutert die Expertin Annemarie Maeger.

Umso gewichtiger war nun Hypatías Entschluß, daß

weder dieser Oréstes, der ihr Freund war,

noch auch jener aristokratische Studiënkollege und Schüler, gar Nenn- oder
Pflegebruder Synésios, der später ungetauft Bischof im heimatlich libyschen
Ptolemaís und im Herzen dennoch "Heide" war, als ein urbaner Macchiavelli der Spätantike bezeichnet wurde und brieflich die vestalisch geschwister-
liche Hypatía bewunderte und verehrte,

als Männer für sie in Frage kamen.

Doch einer ihrer Schüler verliebte sich in diese attraktive Professorin mit einer Vehemenz, die nicht mehr schmeichelhaft, sondern nur noch aufdringlich war. Eingedenk des Ortes ihrer fatalen Begegnungen versuchte Hypatía,
diesen liebestollen Eleven eben in jenem Museîon zunächst mit musischen

Mitteln von einer Passion zu kurieren, die ihr nur noch krankhaft erschienen sein muß.

Als belesene Philosophin wußte sie natürlich,

daß Pláton, Aristotéles und Próklos, aber sogar schon die Pythagoreër und namentlich jener

Dámon,

der als Musiker und Musiktheoretiker im 5. Jahrhundert vor Christos auch Periklẽs, den legendären demokratischen Politiker Athens, in Musik unterrichtete und hierbei inoffiziëll zu dessen so maßgeblichem und einflußreichem Berater wurde, daß die Volksversammlung ihn aus Angst vor etwa eigenen tyrannischen Ambitionen mit der Mehrheit ihres Scherbengerichtes ostriakisierte: also vorsorglich, präventiv, für ein ganzes Jahrzehnt in die Verbannung schickte, wo er dann die tiefe Verwandtschaft von Musik und Seelenleben für die Jugenderziehung nutzbar machen zu können behauptete,

daß alle die also einen solchen und jeglichen Liebeswahnsinn für heilbar hielten: eben durch eine Musik, die möglichst von Flöten, sei es längs oder quer, ertönen sollte. Diese Theorie mag da schon ein knappes Jahrtausend lang durch überzeugende Beweise bestätigt und erhärtet worden sein.

Folglich sorgte die lästig Angeschmachtete für eine entsprechende Therapie ihres heillosen Verehrers. Es muß sich da um spezifische Varianten der möglichst paarig geblasenen *Anloi*, zum Beispiel die *Mónauloi*, auch unpaarig geblasener Langrohrpfeifen, der *Plagíauloi*, einer Querflöte mit Anblasevorrichtung, oder gar der *Níglaroi* mit ihrem sonderlich schrillen Ton oder eines anderen Blattinstrumentes gehandelt haben, dessen Rohr in einen umgebogenen Schallbecher zu münden pflegte. Aber auch das griechische Natur- oder Schneckenhorn oder Trompeten, die mit *"Kesselmundstück oder einer entsprechenden Bohrung angeblasen"*[4] wurden, oder gar die fortgeschritten orgelnde *Hydraulis* mögen da für negativen Liebeszauber bevorzugt worden sein. Oder aber spezifische Rhythmen, wenn nicht gar ein esoterisches Tongeschlecht waren damals erprobte Anti-Aphrodisiaka.

Nur dürfte es für derlei da kulturhistorisch schon zu spät gewesen sein.
Denn solche *"musikalischen Kenntnisse"*,

läßt uns ein anderer Neuplatoniker und bald schon nachgeborener Kollege
oder sobezeichneter *successor* der Hypatía, der aus Damaskos stammte, auf
seinen syrisch arabischen Geburtsnamen aber dienlich verzichtete und sich
Damaskios, den Damaszener, nannte, etwa um die nächste Jahrhundertwende wissen,

solche *"musikalischen Kenntnisse waren damals schon längst in Verlust geraten"* [2] : man beherrschte sie nicht mehr, warum auch immer.

Der amourös Entflammte also blieb auch nach diesem Therapieversuch mit
Blasmusik noch unverändert amourös entflammt.

Da griff die Hypatía in den Nöten ihrer Belästigung zu einem so drastischen
Mittel, wie es wohl kaum je seinesgleichen fand oder findet. Sie zog nämlich unverhofft hervor, was man zumindest in Aléxandreia φυλακεῖα nannte.
Wörtlich bedeutete das eine *Wächterin*, aber meinte im Falle eines bestimmten Textils damals das, was in heutigem Deutsch als *Damenbinde* oder *Tam-
pon* umschrieben wird. Rudolf Asmus übersetzte diese heikle Vokabel des
Damaskos von *circa anno* 500 mit dem Wortschatz von 1911 als *Weiberlappen*, *Wischtuch* oder *Schutzlappen*.

Diese *Phylakeîa* also, die jedenfalls in Athen mit der ersten Regelblutung einer jungen Frau deren ganzes Sexualleben noch der jungfräulichen Göttin
Ártemis weihte oder unterordnete und seinerzeit auch bei der Eheschließung
ein ausschlaggebendes Indiz war, wurde von dieser Hypatía, die solchem
Blute auch Heilkräfte gegen jedwedes Übel zugetraut haben mag, just so
blutig, wie es grade war, hervorgezogen und dem süchtigen Anbeter ihrer
Körperschönheit vor Nase und Augen gehalten.

Dabei habe sie *"auf dieses Wahrzeichen der Unreinheit allen Werdens auf
dieser Welt hingewiesen und gesagt: 'In Wahrheit ist das hier das Ziel all
deiner Liebessehnsucht, junger Mann! Aber keinerlei Schönheit!' "* [7]

Dieser mutige, uneitel nüchterne Realitätssinn einer unverkennbar unbürger-
lichen und starken Persönlichkeit habe bei jenem schmachtend verliebten
Jüngling, berichtet gleichfalls der Damaskios, *"Scham und Verblüffung über
so unanständige Darbietung nicht nur eine seelische Wandlung herbeige-*

führt, sondern auch die Bekehrung zur Keuschheit" [7]. In heutiger Deutlichkeit: er wurde ein Weiberfeind, und Hypatía war ihn los.

Ob solche Argumentation gar jenen Gremiën imponiert hat, die über ihre Ernennung zur amtlichen Nachfolgerin ihres Vaters zu befinden hatten, ist nicht überliefert. Aber sie wurde es. Sogar mit Stimmenmehrheit. Denn ihre Wahlmänner hatten sich vor der Alternative gesehen, diese unliebsame "Heidin" zu ernennen oder die ganze Fakultät, die sich immerhin rühmte, den großen Plotínos, Begründer des Neuplatonismus, schon vor zweihundert Jahren zu ihren Studenten gezählt zu haben, definitiv zu schließen. Zwar gab es für diesen Posten wirklich viele Bewerber, aber keinen einzigen ernsthaft möglichen Gegenkandidaten zur Hypatía.

Deren *"Kenntnisse waren derart groß, wie sie noch nicht einmal die größten damaligen Professoren des Hellenismus besaßen. Als Kennerin der Mathematik, der Philosophie, der Rhetorik und Heil-Magie, dazu sprachenkundig wie kein anderer, sprach sie* – wie ihre Muttersprache [= Aramäisch?, Türkisch?, Ägyptisch?, Lateinisch?] jedenfalls – *die altgriechische, hebräische, arische, sendische, chaldäische und die lateinische Sprache"* [3].

Die kundige Annemarie Maeger bestätigt: *"Sie war der strahlende Mittelpunkt der Wissenschaften und Philosophie der damaligen Welt, alle überragend"* [3].

Schon jener Rechtsanwalt Sokrátes, der in der ersten Hälfte des 5. Jahrhunderts, also kurz nach alledem, fast noch als Zeitzeuge und sobezeichneter "Scholastiker" seine Kirchengeschichte über die Zeit von 305 bis 439 in Konstantinopel niederschrieb, hat im 15. Kapitel seines 7. Buches über die Hypatía festgehalten:

"Zu einem solchen Grad an Bildung war sie gelangt, daß sie alle zu ihrer Zeit lebenden Philosophen übertraf, die platonische, von PLOTINOS übernommene und weitergeführte Schule übernahm und alles philosophische Wissen denen, die es wollten, auseinandersetzte. Weswegen auch von überall her die an Philosophie Interessierten zu ihr hinliefen" [5].

Kaum gewählt, trat sie energisch dieses Amt ihres Vaters an und verwaltete es tatkräftig viele Jahre lang. *"Daher wurde sie verdientermaßen von der ganzen Stadt willkommen geheißen und mit Auszeichnung begrüßt"* [2].

Wohl während dieser ihrer Amtszeit hat der Epigrammatiker

> ***Palladãs*** (um 400),
>
> dessen sozial- und christenkritische, "heidnisch" serapische Sinnge-
> dichte so volkstümlich wurden, daß sie noch auf fernen Heiligengrä-
> bern ebenso zitiert wurden wie in ephesischen Latrinengraffiti,
>
> ihrem Autor freilich eine Denunziation und die folgende Kündigung
> seines Brotberufes als alexandrinischer Lehrer bescherten,

diese prominente und vielbewunderte Landsmännin und Zeitgenossin gut
genug gekannt oder eben beobachtet, um ein Gedicht auf sie zu schreiben,
das Stephan Wolf, Gymnasialdirektor aus jenem bukowinischen Czernowitz
(Paul Celans, Wilhelm Reichs, Josef Schmidts oder Gregor von Rezzoris!)
in seinem Buche über die Hypatía 1879 in Wien erstmalig für unsre Neuzeit
zu veröffentlichen glaubte [8] und das einen Wortlaut wie diesen hat:

"An die Philosophin Hypatia.
Bewundernd blick' ich auf zu dir und deinem Wort,
Wie zu der Jungfrau Sternbild, das am Himmel prangt.
Denn all' dein Thun und Denken strebet himmelwärts,
Hypatia, du Edle, süßer Rede Born,
Gelehrter Bildung unbefleckter Stern" (zitiert nach [1]).

Aber Prominenz und gesellschaftliche Anerkennung dieser Frau gingen damals weniger aus solcher Schulmeister-Panegyrik als aus der Tatsache hervor, daß die Beamten der Stadtverwaltung tagtäglich jeweils vor ihrem
Dienstbeginn bei dieser Philosophin Visite zu machen und eine Tradition zu
pflegen wußten, auf die spätere Kollegen von Albertus Magnus bis Martin
Heidegger oder Peter Sloterdijk zu verzichten sicherlich gewohnt sein mußten.

Schon der byzantinische Kirchenhistoriker Sokrátes Sscholastikós hat bestätigt, daß diese Gelehrte *"auch den Regierenden"* so unbekümmert gegen-
übertrat, daß alle diese öffentlichen und mächtigen Männer *"immer wieder*
von ihrer überragenden Klugheit in Staunen und Respekt versetzt wur-
den" [7].

"Obwohl nämlich die praktische Betätigung der Philosophie", hat jener Damaszener später hinzugefügt, *"bei den Männern, welche das Steuer der Staatsverwaltung handhaben, heutzutage in Verlust geraten ist, so besaß doch ihr Name wenigstens bei ihnen damals noch einen prächtigen und wunderbaren Klang"* (zitiert nach [1]).

Kann es größere Popularität, größere Zustimmung einer breiten Masse geben? Hypatía scheint sie so genossen, vielleicht sogar benötigt zu haben. Denn sie *"machte ihre Ausgänge mitten durch die Stadt"*: führte also nicht zurückgezogen das isolierte Leben einer weltfremden Gelehrten, sondern suchte offensichtlich Kontakte und Bekanntschaften, genoß ja vielleicht auch den öffentlichen Applaus.

Sowas pflegt in menschlichen Gesellschaften kaum je ohne Mißgunst zu bleiben, die ihren Neid am liebsten in Verleumdungen umsetzt.

Im Falle dieser Hypatía wurde das von den religiösen Spannungen zwischen Christen und "Heiden" begünstigt und geschürt. Schon gab es die christlich obligaten Gerüchte, diese potente und beliebte Frau sei in Wahrheit *"eine Magierin, die mit ihrer Schönheit, Astronomie und Musik die Männer der eigenen Kirche verhexte"* [6]: hatte sie doch auch schon jenen verliebten Studenten mit dem musikalischen Hokuspokus heidnisch esoterischer Flötentöne zu manipulieren versucht.

Noch in der Chronik jenes eifernden koptischen Fundamentalisten Johannes von Nikiu, der runde dreihundert Jahre später Bischof und Generalinspekteur aller oberägyptischen Klöster war, wird in einem von 122 Kapiteln diese Hypatía erbarmungslos diffamiert und gleich im ersten Satze dort als *"Heidin"* gebrandmarkt: *"sie war allzeit der Zauberei, Astrolabien und den Musikinstrumenten zugetan, und sie verführte viele Menschen mit ihren satanischen Tricks"*, für die sie also nicht nur Musik machte, sondern auch jenes Astrolabium, den Winkelmesser der antiken und die geodätische Armillarsphäre der heutigen Astronomie, sogar eigens erfunden habe; sogar den kaiserlichen Statthalter Oréstes soll sie *"mit ihrer Magie betört"* und zur Reduzierung seines Kirchgangs angestiftet haben [9].

Vollends die Episode mit dem blutgetränkten "Weiberlappen" ist noch heutigen Darstellungen dieser Philosophin bekannter als ihre Werke und Lehren. Dafür mag schon ihr damaliger Leumund bei allen Feinden Sorge getragen haben.

Aber selbst ihre geschwisterlich vertraute Verbindung mit Bischof Synésios bot den fanatischen Mönchen im abessinischen Wüsten- und Eremitenkloster Nitria runde 65 Kilometer südlich von Alexándreia willkommenen Anlaß zu übler Nachrede, die eine so "heidnische" Gelehrte in gnadenlos moralisierenden Scherbengerichten auf eigene Faust denunzierte und verdammte. Denn Mathematik hielten diese vermeintlichen Gottesmänner damals ohnehin für Teufelswerk, also den, der sie betrieb, für des Teufels.

Aber in so pseudo-religiös aufgeheizter Stickluft wurde der Hypatía auch ihre Freundschaft zum kaiserlichen Statthalter Oréstes nachteilig ausgelegt. Böswillig wurde unterstellt, diese hellenische "Heidin" hintertreibe jede versöhnliche Zusammenarbeit dieses Christen mit Kýrillos, seinem Bischof. Also sei sie auch an all den blutigen alexandrinischen Streitigkeiten jener Tage die eigentlich Schuldige.

Kýrillos aber, der schon vor seiner Usurpation des hiesigen Patriarchenamtes selbst einem solchen Eremitenorden in der Wüste angehörte, war gebürtiger Ägypter. Aus reichem Hause und hervorragend ausgebildet, hatte dieser weitgereiste Neffe seines bischöflichen Vorgängers auch das kaiserliche Konstantinopel mit seinen Hofkabalen und Machtspielen ebenso kennengelernt wie sogar jene brutale Hetzkampagne gegen den dortigen Erzbischof Johannes Chrysóstomos auf der sogenannten Eichensynode *anno Domini* 403 im bithynischen Kloster Rufinianai bei Chalkedon, dem heutigen Stadtteil Kadiköy in İstambul.

Als Kýrill dann *anno Domini* 412 zum Bischof und Patriarchen seines Geburtsortes Alexándreia aufstieg, trat er dieses wichtigste Amt des christianisierten Südostens als gestandener Dreißiger an, der ein ebenso versierter Theologe und Dogmatiker wie auch Kirchen- und Machtpolitiker war.

Heute wird er von römischen und griechisch-orthodoxen Theologen und Dogmatikern als christologisch-homousianischer Sieger über Arianer, Nestorianer und Novatianer, von den Philologen aber auch als bedeutender Lexikologe verehrt, der mit seinem ersten allgemeinen griechischen Glossar die ganze spätere Lexikographie beeinflußt hat. Aber den hier gespeicherten reichen Wortschatz wußte er auch selbst in seinen zahlreichen theologischen Schriften und Briefen im Dienste seiner Orthodoxie zu instrumentalisieren.

Die erwähnten Spannungen dieses streitbaren neuen Repräsentanten der Amtskirche mit dem kaiserlichen Gouverneur Oréstes waren teils zwar theologischer oder dogmatischer, teils aber auch durchaus machtpolitischer Natur. Es ging um die Vorherrschaft in Alexándreia.

Zumal Kýrillos kämpfte da mit harten Bandagen. Als Oréstes eines Tages durch die Stadt fuhr, traf er auf eine Gruppe jener fanatisierten Mönche aus der Wüste. Einer von denen, Ammónios, pöbelte da wahrhaftig den Statthalter des Kaisers *"in höchst schankwirtartiger Weise"* an:

" 'Weh dir!', schreit er, 'Du Opferpriester, Schlächter und immer noch ungläubiger Hellene!' Das soll heißen: 'Weh dir, der du immer noch Fleischer und Götzenanbeter bist!' – Der Statthalter ist betroffen, aber aus Furcht vor der Volksmenge entgegnet er: 'Du täuschst dich, Mönch! Christ bin ich und getauft von Attikos, dem Bischof von Konstantinopel!' Doch Ammonios stellt sich hierzu taub, bückt sich und ergreift einen handgroßen Stein und schleudert ihn gegen Orest und verwundet ihn gefährlich am Kopf, worauf dieser fast bewußtlos in seinen Wagen fällt"[3].

Man denkt da als Heutiger sofort an die Wegelagerer von Dallas und an

John Fitzgerald Kennedy (1917-1963)

in seinem dortigen Präsidentencabriolet nach anderthalb Jahrtausenden. Aber was in jenem texanischen Lagerhaus 1963 keine Schießübung und kein Luftgewehr war,

das sollten wohl auch damals im Nildelta keineswegs lausbubenhafte Schleuderspielereïen sein, sondern der Auftakt zu einer Steinigung: zu Mord.

Die *confratres* des Ammónios aber flüchteten eilbeinigst. Ihrem großmäulig katapultierenden Pseudo-David freilich, dem noch dreihundert Jahre später jene Chronik des Bischofs Johannes von Nikiu als *"berühmtem Mönch aus Nitria"* huldigte, gelang es nicht einmal, solches Hasenpanier zu ergreifen. Er wurde schon von der Leibgarde seines Goliath verhaftet, schnell verhört und vor Gericht gestellt. Dort berief er sich auf seinen Bischof Kýrillos, der ihn tatsächlich noch zu retten versuchte. Aber er wurde zum Tode verurteilt und hingerichtet.

Demonstrativ ließ nun Kýrillos seine Leiche kostbar kleiden und *"wie einen Märtyrer der Religion Jesu"* ehrenvoll bestatten. Wirklich reihte er diesen Attentäter unter dem Namen *Der Wundersame* unter die *Heiligen Märtyrer* der Kirche Christi ein.

Dieser Vorfall, der sich später nur als ein erstes Vorspiel zu noch Ärgerem entlarven sollte, dramatisierte die Fehde zwischen Staatsoberhaupt und Kirchenpräses in einem Maße, daß im fernen Konstantinopel die Abberufung zumindest eines der beiden ernsthaft erwogen wurde.

Aber noch ehe es hierzu kommen konnte, folgte ein zweites Vorspiel zu drohendem Ärgeren.

Hierfür muß daran erinnert werden, daß die Israëliten, die schon seit Gründung der Stadt vor rund siebenhundert Jahren einen großen Anteil der Bevölkerung von Alexándreia stellten, den aktuëllen Zwist der Christen und ihrer Oberhäupter nutzten, um ihre eigenen Positionen im Gemeindeleben zu stärken. Sie taten das auf ihre Weise meist mit musischen Mitteln, die sie sonderlich gut und talentiert beherrschten.

Ihre Musiker kamen daher allsabatlich aus allen Bezirken zusammen, sangen, sei es tagelang die Psalmen ihrer Propheten, machten so unter der Hand aus ihren Synagogen attraktive Konzerthallen für jedermann und lockten auch viele Christen aus ihren immer leereren Kirchen.

Bischof Kýrillos, aller Sinnenkunst abhold, forderte den Gouverneur Oréstes zu gesetzlichen Maßnahmen hiergegen auf, aber blieb zunächst erfolglos.

Als jedoch eines Tages ganz Alexándreia einem Theaterabend mit beliebten Tänzern entgegenfieberte, erklärte Präfekt Oréstes kurzfristig das ganze gut frequentierte Theater zur Volksversammlung, die das erhoffte Vergnügen nach griechischem Vorbild ersetzen oder verhindern und eine Neuregelung öffentlicher Vergnügungsveranstaltungen betreffen sollte. Denn so erreichte er am besten auch alle musischen oder theaterlustigen Juden, deren Domäne und soziale Ausweitung speziëll zur Debatte stehen mochte.

Als alle versammelt waren und nervös auf den Anfang der befürchteten Repressionen warteten, erschien auch der Lehrer Hiérax im Theater. Er war Christ und gehörte zu den ergebensten Anhängern oder Untertanen des Bischof Kýrillos, der ihn umso lieber auch als seine Clacque und sein dienliches Allzweckwerkzeug benutzte. Jetzt erschien dieser Hiérax vermutlich als Spion im Theater, um die erhofften staatlichen Novellen brühwarm seinem Patriarchen berichten zu können.

Aber sein Erscheinen provozierte auf den Rängen des Amphitheaters ringsum zumindest auch die besorgten Juden, von denen dieser Schulmeister namens *Habicht* sich seinerseits ebenso provoziert gefühlt haben soll wie eben jeder Raubvogel von seiner Beute. Ein Wort dürfte da das andere ergeben haben. Immerhin muß der pädagogische Liebediener sich so verhalten oder geäußert haben, daß sich der Statthalter Oréstes veranlaßt sah, diesen Greifvogel ergreifen zu lassen, seine alexandrinische Schaubühne schon knappe anderthalb Jahrtausende vor Schiller zum Tribunal zu machen und einen offen bekennenden Antisemiten flugs seiner *"öffentlichen Bestrafung im Theater"* zuzuführen: worin auch immer die bestanden haben mag.

Kýrillos scheint sich hiervon persönlich angegriffen und beleidigt gefühlt zu haben, schürte also die wundgeriebenen Animositäten nur umso mehr und führte in den nächsten Tagen Handgreiflichkeiten herbei, die sich auswuchsen und später am liebsten – zurecht oder Unrecht – den Juden angelastet wurden. Sie sollen, weiß der mißgesonnene Bischof Johannes noch nach dreihundert Jahren, *"Frevel über Frevel verübt"*[9] und ein veritables *"Blutbad durch einen gemeinen Hinterhalt"* wahrhaftig geplant haben.

Niemand weiß das so genau, wie man hingegen über die Brandschatzung der St. Alexander- oder Athanasios-Kirche heute noch Bescheid weiß. Just an einem Sabbat-Abend des Frühjahrs 415 stand sie plötzlich in Flammen, *"und da das Wetter bewölkt und der Wind stark war, brannte die Kirche nieder, bevor die Feuerwehr etwas retten konnte "*[3].

War das der vermutete, erwartete oder gar erwünschte "Hinterhalt" der Israeliten? Oder hatte da ein anderer Habicht des Bischofs schon in weiser Voraussicht gezündelt?

Unsereins muß da natürlich an den brennenden Reichstag im Berlin von 1933 denken.

Damals in Alexándria aber *"wurde sofort vermutet, daß die Hebräer das Feuer gelegt hätten. 'Tod!', rief eine Stimme aus einem christlichen Hause, 'Tod den Hebräern, die uns verbrennen!' "*[3]

Ein wechselseitiges Massaker

soll ausgebrochen sein, das Oréstes militärisch niederzuschlagen weniger glückhaft war als ein gnädiger Regen vom Himmel. Aber andern Tages versammelten sich die aufgebrachten Christen bei ihrem väterlichen Patriarchen

"und marschierten wutentbrannt zu den Tempeln der Juden und nahmen sie in Besitz und reinigten sie und verwandelten sie in christliche Kirchen.[...] Und sie vertrieben die jüdischen Mörder aus der Stadt und beschlagnahmten alle ihre Besitztümer und trieben sie hinaus völlig entkleidet"[9].

Jetzt dürfte mancher Leser an die Reichskristallnacht von 1938 denken.

Zu alledem aber ermutigte seinerzeit den Kýrillos wie auch viele seiner Kollegen *urbi et orbi* ein erst vor *circa* fünfzig Jahren erlassenes Dekret des oströmischen Kaisers Constantius II., Hexen und sonstige Ketzer rigoros zu bekämpfen und deren Tempel gnadenlos zu demolieren.

So also wurde aus dem Kýrillos, diesem orthodoxen Homousianer und kirchenhistorisch nachhaltigen Dogmatiker der Christologie, auch ein kaiserlich abgesegnetes Vorbild für die SS. Seine lokale Leistung glich schon jenem gemeinsamen Ziel: *"judenfreie Zonen"* herzustellen. Sein Pogrom war der Versuch einer Ausrottung des alexandrinischen Judentums.

Sein Kollege und Chronist Johannes in seinem inzwischen okkulten Nikiu höhnte noch drei Jahrhunderte später: *"Orest, der Präfekt, war unfähig, ihnen zu helfen"*[9]. Tatsächlich hilflos vor so barbarischer Brutalität, soll er den Juden nur empfohlen haben: *"Beendet eure Feindseligkeiten gegen die Christen!"* Das kann nach Lage der Dinge nur gemeint haben: fügt euch ihnen, unterwerft euch!

Sowas mag den Kýrill und seine geistlichen Truppen stimuliert haben, andern Tags gleich unverzüglich weiter zu "säubern", ehe noch ihr Blutrausch sich verflüchtigen konnte.

Schon des Öfteren nämlich hatte dieser Bischof an jener akademischen Residenz, wo ja auch die Hypatía wohnte und lehrte, *"ein großes Gedränge vor der Türe wahrgenommen von der Rosse Gewirr und der Männer"*, von Fußvolk also ebenso wie von Berittenen oder Kutschierten, quer durch alle Gesellschaftsschichten. Kýrillos registrierte in solchen Szenen auch, wie

"die einen kamen, die andern gingen und wieder andere stehen blieben.Er fragte, was die Menschenansammlung zu bedeuten habe und worüber man bei dem Hause einen Lärm mache. Da hörte er von seinem Gefolge, man begrüße eben die Philosophin Hypatia, und das Haus sei das ihrige"[2].

Also konnte dieser Menschenauflauf nur ein schmerzhaft stechender Dorn im Auge eines Mannes sein, der das geistliche Oberhaupt in dieser zweiten Stadt und geistigen Metropole des byzantinischen *Imperium Romanum* war und der ohnehin die Begriffe "geistig" und "geistlich" nicht separieren wollte oder konnte.

Denn für einen Menschen wie diesen Patriarchen dürfte Mathematik damals ohnehin bestenfalls überflüssig und entbehrlich, Philosophie jedoch der profane Einbruch in die Hoheitsgebiete der Theologie gewesen sein. Weisheit konnte in seinen Augen nur päpstlich anerkannten Gottesmännern zugänglich sein: nicht aber geometrischen Berechnungen einer obskuren und exotischen Heidin, die auch noch Türkin oder sonstwas war und seiner eigenen Aussöhnung mit dem kaiserlichen Statthalter verhängnisvoll im Wege stand. Erst deren libyscher Pseudo-Bruder und Briefpartner Synésios verband in seinen Schriften als Bischof im heimischen Ptolemaís, nahe des heute ebenso libyschen Tolmeitha, christliche Theologie mit neuplatonischer Philosophie.

Wirklich gab also jene Auskunft seiner *"Parabolanen"*, einer Leibwache des Kýrillos aus geistlich ausgebildeten Krankenpflegern, daß die Vorlesungen einer Mathematikerin und Philosophin besser besucht waren als seine eigenen bischöflichen Messen in schlecht frequentierten Kirchen,

"seinem Herzen einen solchen Stich, daß er sofort einen Mordanschlag, den allergottlosesten Mordanschlag, gegen sie ersann"[2].

Also alarmierte er nunmehr seine Anhänger und jene fanatischen Judenjäger just von gestern Abend.

Auch die Chronik jenes Bischofs Johannes von Nikiu, der aus geheimen klerikalen Archivierungen preisgab,

"die Verfolgung der griechischen Philosophin habe sich auch gegen die Naturwissenschaften, insbesondere die forschende Astronomie gerichtet" [1],

erinnert sich noch dreihundert Jahre später genau: es

"erhob sich eine Menge Gläubiger in Gott unter Führung des Vorlesers Petrus, der in jeder Hinsicht an Jesus Christus glaubte, und sie machten sich auf und suchten die heidnische Frau, die die Menschen in der Stadt und den Präfekten mit ihren Einflüsterungen verwirrt hatte" [9].

Dieser Petrus, dessen Lesekünste ihn als gebildeten Mann oder Intellektuéllen ausweisen und der von Berufs wegen wußte, wie man ein Auditorium für sich gewinnt und demagogisch fanatisiert, versammelte also, eher wohl mit als ohne einen Auftrag seines Bischofs, *"eine Menge Gläubiger"* um sich und wappnete sie präventiv gegen alle voraussichtlichen Betörungs- und Redekünste ihres Opfers, das ja Hexe sei, mit einem Homer-Zitat und riet, die eigenen Ohren gegen derlei zuvor so mit Wachs zu verstopfen, wie Odysseus es erfolgreich gegen die vergleichbaren Sirenen tat.

Jene "Gläubigen" aber, die ihm hierbei folgten und sich zum ausgeheckten Verstoß gegen ihr *Fünftes Gebot* überreden ließen, das freilich ursprünglich erst das sehr viel weniger gewichtige dreizehnte war, sollten in dieser Frühzeit des Christentums möglichst unerschütterlich und so besessen sein wie kaum jemand sonst oder so fanatisch, wie nur dezidierte Pioniere einer jungen Staatsreligion es sein konnten, außerdem tunlichst Männer: also Mönche, wie sie auch schon Steinwurf oder Attentat auf den Oréstes ausgeführt hatten.

Denn dortige Orden rekrutierten sich damals überwiegend aus Opfern radikaler Christenverfolgungen, die ihrerseits in Razziën und Pogromen vor keiner barbarischen Brutalität zurückgeschreckt hatten. Deren Verfolgte also flohen in Gebirge oder Wüsten, versteckten sich in Höhlen oder Berglöchern und verwahrlosten dort als heroïsche Märtyrer ihres blinden Glaubens. Viele dieser Entkommenen bezeichneten sich seither in ihrer lediglich erzwungenen Ehelosigkeit fadenscheinig als Mönche.

Bald wurden sie so zu Magneten auch für gescheiterte städtische Existenzen aller Art, nicht selten auch für Kriminelle.

Solche ägyptischen und asiatischen Zivilisationsflüchtlinge bevorzugten die abessinische Wüste Nigritia jenseits der Nilkatarakte als ihr Asyl und führten dort ein relativ sicheres Leben in Einsamkeit und Kontemplation, aber auch in Verwilderung und mit dem selbsterteilten, sei es kaiserlichen Auftrag, jedwedes Ketzertum in benachbarten Städten gnadenlos zu ahnden und zu verfolgen, zu rächen und blutigst auszumerzen.

So kamen sie als gefährdete und häufig exotische Rache-Engel ohne sprachliche Verständigungsbasis aus ihren Wüsten- und Eremitenklöstern auch nach Alexándreia, wo der Präfekt Oréstes sie tunlichst zu vertreiben, der Patriarch Kýrillos sie aber durchaus zu dulden trachtete oder gar willkommen hieß.

Denn da er selbst fünf Jahre lang in einem ihrer Klöster des *Wadi an-Natrum* auf halber Strecke zwischen Alexándreia und Kairo am Rande der *Libyschen Wüste* ihr asketisches Leben geteilt hatte, dienten sie seinem jetzigen Episkopat nur umso ergebener als eine Art bedingungsloser Privatarmee.

Gute Beziehungen zu diesen Ordensbrüdern, hieß es, galten außerdem als Empfehlung für höchste klerikale Ämter. Aber schon der zeitgenössische Historiker Eunápios von Sárdes, selbst neuplatonischer Rhetor in Athen und dezidierter Gegner des Christentums, nannte solche Mönche *"nur äußerlich Menschen"*.

Bei so inhuman "Gläubigen" also dürften die "Vorlesungen" jenes Petrus auf fruchtbarsten Boden gefallen sein. Denn für sie und ihren "Glauben" war die Hypatía keine bedeutende Neuplatonikerin im Gefolge Plotíns, dieser *"ewigen Gestalt des Abendlandes"* [10], sondern eine ketzerische Zauberin aus dem Ausland, die ihren Gouverneur verhexte.

Also lauërten sie ihr Tage lang festentschlossen im Hinterhalt einer günstigen Ruïne auf.

Eines Abends kam sie vom Empfang zurück, den der kaiserliche Statthalter Oréstes in seinem Palast für einen andern Professor, also Kollegen, aus Konstantinopel gegeben hatte. Ihr Heimweg führte zu später Stunde durch die menschenleere und nicht ganz geheure Cäsarenstraße. Als sie da in eine Seitenstraße abbiegen wollte,

"stürmte auf einmal eine Rotte von vertierten Menschen auf sie ein – wahrhaft frevelhafte Menschen"[2],

die sie aber tapfer ansprach. Ein kurzer Wortwechsel soll sich vorwiegend biblischer Zitate bedient haben, mit denen die Hypatía ihre Furchtlosigkeit offenbarte, ihre Religiosität betonte und die Gerechtigkeit beschwor, ein Sprecher der Mönche namens Onuphrios aber, vermutlich ein Töpfer, deren Entschlossenheit, jeden Übeltäter *"zu zerschmettern wie Keramik"*.

Solches Wortgefecht wie auch immer muß dem Vorleser Petrus, der jetzt zum Anführer und Vorkämpfer werden wollte, zu lange gedauert oder schon zu sophistisch gewesen sein. Jedenfalls zitierte er selbst nun unmißverständlich *Das Erste Buch der Könige* und dort den Propheten Elija in seinem Kampfe gegen alle Anhänger des altjüdischen Götzen Baal:

"Greift die Propheten Baals, daß ihrer keiner entrinne! Und sie griffen sie. Und Elija führte sie hinab an den Bach Kison und schlachtete sie daselbst."

Das mochte als Stichwort verabredet worden sein. Denn Petrus warf

e i n e n   e r s t e n   S t e i n

auf Hypatía, damals schon *"eine hochbetagte Frau"*[11], die bewußtlos zu Boden stürzte.

"Da stürmten alle Mönche los, und mit den Knüppeln und Steinen, die sie gepackt hielten, traten sie nieder und schlugen auf sie ein wie auf einen tobenden Hund"[3].

Der Damaskios aus Damaskos wußte außerdem:

"Während sie noch schwach zuckte, schlugen sie ihr die Augen aus"[2].

Noch der viel spätere Johannes von Nikiu wußte: *"Sie rissen ihr die Kleider herunter und schleiften sie durch die Straßen der Stadt, bis sie starb"*[9].

Aber schon lange vor ihm hatte da der scholastische Sokrátes für seine Nachwelt überliefert:

"Sie zogen ihr die Kleidung aus und töteten sie mit Scherben"[5]. Oder mit Schildkrötenpanzern: *ostrakois*. Oder auch mit Austernschalen. Denn *"sie kratzten ihr"*, hat der bedeutende britische Historiker Edward Gibbon um 1780 zu wissen geglaubt, *"mit Austernmuscheln das Fleisch von den Knochen."*[14].

Das mochte jenem kaiserlichen Dekret entsprechen, das alle Zauberer wilden Tieren zum Fraße vorzuwerfen gebot: in allen Provinzen des riesigen *Imperium Romanum* jedoch, wo es solche wilden Tiere nicht gab, sollte daher jedem Magiër das Fleisch mit eisernen Haken heruntergerissen werden.

Hypatías Mörder jedenfalls *"zerschmetterten ihren Kopf, bis sie sie totgeschlagen hatten. Das Blut lief in Strömen aus ihrem Körper und dessen Wunden. Aber niemand zeigte Rührung. Denn ihr Haß erreichte seinen Höhepunkt"*[3].

Aber *"nachdem sie Glied für Glied zerrissen hatten"*, hat jener Jurist Sokrátes hinzugefügt, *"brachten sie die Glieder gemeinsam zum sogenannten Kinaron"*, dem Schindanger im Stadtteil Rhakotis, *"und vernichteten sie dort durch Feuer"*[5]:

"damit nicht der Teufel ihren Leichnam umbilde in ein Gespenst [...] . Deshalb zerschmetterten sie auch die verkohlten Knochen und verstreuten sie dann im Umkreis ... "[3].

Das alles geschah wohl im März *anno Domini* 415, als das Mordopfer mindestens 45, aber vielleicht auch schon 60 Jahre alt war.

Diese nächtliche Untat hatte niemand außer einer gegenüber wohnenden Familië beobachtet. Die jedoch war jüdisch und seit dem gestrigen Pogrom noch so verschreckt und eingeschüchtert, daß sie zu hilfreich verhinderndem Eingriffe viel zu verängstigt war. Um aber bei den anschließenden Verhören im ganzen Umfeld als Juden nicht selbst bezichtigt zu werden, verwiesen diese einzigen Augenzeugen daher tollkühn auf die wahren Täter.

Dreißig Mönche wurden verhaftet. Alle gestanden den Mord an Hypatía.

Weil sie aber mit diesem Verbrechen Blutschuld und Schande auf eine Metropole des oströmischen Imperiums geladen hatten, schickte der ergrimmte Kaiser Theodosius II., damals dreizehn Jahre alt, einen Aidesios als Untersuchungsrichter von Konstantinopel aus an den Tatort.

Dort ließ der sich aber prompt bestechen: bloß von wem? Wer konnte das da? Und in wessen Interesse dürfte das gelegen haben? Es muß auch reichlich genug dotiert gewesen sein, um einen solchen Delegierten des Kaisers korrumpieren zu können.

Jedenfalls ließ er die Mörder unbehelligt laufen.

Die Ermordung der Hypatía wurde so nie geahndet.

Geschweige gesühnt, so es derlei gibt.

Angeblich auf Veranlassung ausgerechnet jenes selben Synésios, der ein Schüler und enger Vertrauter der Ermordeten, inzwischen aber Bischof im libyschen Ptolemaís und insofern an der Makellosigkeit seiner Kirche interessiert war, wurde nach acht Verhandlungsmonaten auf einer Synode aller alexandrinischen Bischöfe in Gegenwart des Präfekten Oréstes beschlossen, was dieser freilich über den libyschen Vermittler mit dem angeschlagenen Kýrillos zur Bewältigung dieser Krise schon zuvor vereinbart hatte:

"Durch die heute, am 25. November, zusammengekommene örtliche Synode wurde – bei Anrufung des Heiligen Geistes – entschieden, daß die Ansicht gerecht sei, der zufolge die Hypatía von Leuten getötet wurde, die nicht wußten, welche Gesinnung sie hatte, und glaubten, diese handele gegen das Göttliche und Heilige, [und hiermit wird sie], ebenso wie alle andern, die ihr Blut vergossen haben aus Liebe zu unserm Gottmenschen und Retter, als Märtyrerin anerkannt. Zum Tag zur Erinnerung an sie aber wird festgesetzt der heutige Tag. Aber damit wir nicht denen einen Vorwand geben, die das Gerechte verdrehen, wurde kollegial vereinbart, daß diese in den heiligen Messen in Zukunft den Namen Aikaterina tragen soll"[3].

Mit diesem Trick war die ruchlose Ermordung der Hypatía weder verurteilt noch entschuldigt, wohl jedoch verklärt. Der Name des Opfers war aus der christlichen Erinnerung listig getilgt. Konfessionell verdrängende Vergangenheitsbewältigung.

Aber wirklich gibt es im Lexikon der katholischen Heiligen heute unter mehreren Namens-"Vetterinnen" eine veritable

Katharina von Alexandria,

"deren historische Persönlichkeit unfaßbar bleibt", die jedoch, sei es hundert Jahre vor der Hypatía, just aus Zypern, just Prinzessin und just eine Jungfrau – nur eben Christin war.

Doch auch sie *"liebte es, mit bedeutenden Gelehrten und Mitgliedern des römischen Kaiserhauses über Gott und die Welt zu sprechen"*, und hierbei *"gelang es ihr nicht selten, ihre Gesprächspartner zum Christentum zu bekehren"* [12].

Daher lud Kaiser Maxentius in Rom (oder dessen Gegenkaiser Maximinus Daia in Byzanz) sie ein, *"in seiner Anwesenheit mit fünfzig der besten heidnischen Philosophen und Rhetoriker ein Streitgespräch über die Wahrheit des Christentums zu führen. Ihre überzeugenden Argumente konnte niemand widerlegen"* [12].

Alle fünfzig konvertierten und wurden prompt auf den Scheiterhaufen geschickt.

Einzig der Kaiser blieb "Heide", aber bot der gescheiten Katharina seine Hand an.

Katharina lehnte ab, wurde ausgepeitscht, eingekerkert und nach zwölftägigem Hunger-Arrest zum Tode verurteilt. Aber die hierfür vorgesehenen Räder, die sich *"mit eisernen Sägen und spitzen Nägeln"* [13] gegeneinander bewegen und die Delinquentin so in Stücke zerreißen sollten (wie die Hypatía später), zerbarst und tötete viertausend Heiden auf einen Streich.

Katharina wurde enthauptet, aber aus ihrem gemarterten Körper floß kein Blut, sondern Milch.

Das ereignete sich zwischen den Jahren 306 und 313.

Alle Augenzeugen dieses grauslichen Mirakels einschließlich Kaiserin, Kerkermeister und Wachsoldaten ließen sich hierauf taufen und wurden gleichfalls hingerichtet.

Engel trugen Katharinas Leichnam in den Sinaï und übergaben ihn dort just jenen Wüsten- und Eremitenmönchen, die am Fuße des Berges Sinai, wo Gott Seine *Zehn Gebote* an Moses ausgehändigt hatte, zur ehrenvollen Bestattung.

Über ihrem Grabe wurde schon 324 eine Kirche, um 550/60 jenes Katharinenkloster errichtet, das heute noch Touristen aus aller Welt beeindruckt und jenen nostalgisch alexandrinischen Synkretismus von *anno* dunnemals mit einer islamischen Moschee innerhalb der katholischen Klostermauërn friedenstiftend wiederbelebt. Kloster und Kirche blieben daher auch unter muslimischer Hoheit stetig unbehelligt.

Der Heiligenkalender des Vatikan nennt als Festtag dieser *"Katharina von Alexandria"* just jenen 25. November ihrer schlauën Verschmelzung mit der Heidin Hypatía. Um sie aber vor schnöden Detektiven und deren unehrerbietigen Schnüffeleiën zu schützen, wurde sie für alle Katholiken zur meistverehrten und beliebtesten weiblichen Heiligen gleich nach Maria, deren dogmatische Gottesmutterschaft ebenfalls den Bischof Kýrillos zum Urheber hatte.

Circa sieben Jahrhunderte lang galt diese Katharina ihrer Kirche auch auf allen Heiligenbildern mit Buch und Schreibgerät oder Zirkel und Globus in der Hand als die Patronin (statt Matrone) zumal der Schüler, Lehrer, Studenten, Gelehrten, Rhetoren, Theologen, Philosophen und Juristen, der Schulen und Universitäten, namentlich der Pariser Sorbonne, der Bibliotheken und Krankenhäuser, aber auch der Buchdrucker, sicherheitshalber sogar der Töpfer mit ihrer Keramik und überdies noch als Nothelferin bei Sprachproblemen; die Hypatía war da also komplett integriert und immer latent präsent.

Im 15. und 16. Jahrhundert gab es erfolglose Versuche, diese ganze Mogelei oder geistige Ermordung aus der Heiligenliste des Vatikans zu streichen. Aber erst bei jenem *II. Vatikanischen Konzil*, das von 1962 bis 1965 unter seinem Reformpapst Johannes XXIII. viele Veränderungen beschloß, mag es der katholischen Kirche des 20. Jahrhunderts mit diesem Schwindel allzu mulmig geworden sein. Ohne große Debatten oder Veröffentlichungen wurde der 25. November dieser "Katharina" mit Wirkung vom 1. Januar 1970 aus dem einschlägig *Allgemeinen Römischen Kalender* gestrichen.

Heute räumt das allwissende *wikipedia* ein: *"ihre Existenz ist historisch nicht belegt"*.

Die Heilige Katharina Hypatía

Undatiertes Ölgemälde
von Onorio Marinari (1627-1715)

Leihgabe der Sammlung Schönborn-Buchheim
in der Residenzgalerie Salzburg

Aber die wahre Hypatía wurde weder dort noch sonstwo vom Vatikan rehabiliert.

Sie wäre auch der Geschichtsschreibung als Name und Person ebenso entschwunden wie ihre wissenschaftlichen Manifeste, wenn nicht dieser spektakuläre Tod mit vielen kriminologischen Spekulationen über den Mörder ihren Nachruhm anderweitig befestigt hätte.

Schon Philostórgios, kappadokischer Zeitgenosse und unorthodoxer Kirchenhistoriker, beschuldigte unverdrossen "die Homousianer": also die Anhänger jener Lehre einer Wesensgleichheit von Gottvater und Gottsohn, wie eben Bischof Kýrillos sie mitersonnen und verbindlich zu dogmatisieren geholfen hatte; er also war Haupt und Symbolfigur dieser Homousie und insofern hier auch Code für Hypatías Mörder.

Etwas später, um die Mitte des 6. Jahrhunderts, pauschalierte der syrische Rhetor und oströmische Historiker Ioánnes Malálas diese Ermordung zur Kollektivschuld und bezichtigte so verschwommen wie unverjährbar *die Alexandriner"* in Bausch und Bogen: so wie "die Deutschen" Auschwitz untilgbar auf dem Gewissen haben.

Sein Kollege Sokrátes Sscholastikos sah in Hypatía ein Opfer politischer Rivalitäten und in ihren Mördern *"einige stolze und frömmlerische Eiferer"*.

Erst im 7. Jahrhundert verklärte Kýrills Kollege Johannes von Nikiu mit seiner Chronik, deren griechischer Wortlaut auch in oriëntalische Sprachen übersetzt wurde, diesen Meuchelmord zur geistlichen Läuterung. *"Das ganze Volk umringte den Patriarchen Kyrillos ..., denn er hatte den Götzendienst in der Stadt besiegt"*[9]: eine Baalsdienerin geschlachtet. Johannes begrüßte also diesen *"Auftragsmord"*[1].

Aber so schamloses Bekenntnis zur präjesuïtischen Heiligung von Mitteln durch ihren Zweck war jenen frühmittelalterlichen und frühchristlichen Epochen doch noch allzu weit entfernt, um sie sich schon als offiziëlle Lesart dieses Massakers an einer schuldlosen Geistesgröße anzueignen.

Verdrängen, Verbrämen und Vergessen mögen angemessenem Gedächtnis so lange vage die Waage gehalten haben, bis im 10. Jahrhundert endlich die byzantinische *Suda*, jene so verdienstvolle frühe Enzyklopädie mit einem ersten Anspruch auf Vollständigkeit, auch den Namen der Hypatía unter ihre Suchwörter aufnahm und unverlierbar festhielt, daß diese bedeutende Philosophin und Mathematikerin ermordet wurde.

Hier war jetzt ein Fundament für alle späteren Denkmäler gelegt.

Ihr philosophisches Weltbild jedoch, so es sich denn tatsächlich an den Entwürfen des Plotínos aus dem 3. Jahrhundert oriëntierte, könnte mit dessen Begriffen von einem Übersein und Nichtsein, die er zur eigentlichen Materië dieses Universums erklärte, den Erkenntnissen der Atom- und Astrophysik im 21. Jahrhundert schon erstaunlich zugearbeitet haben.

Wenn es aber stimmt, daß sich Hypatías neuplatonisches Philosophieren an jenem Iámblichos aus dem syrischen *Chalkís ad Belum* oriëntierte, waren dessen Infiltration in die florentinische Renaissance 1423 und Marsilio Ficinos dortige Übersetzung gar von dessen *"ägyptischen Geheimnissen"* ins populärere Latein vielleicht auch ein Umweg für die Lehren der Hypatía durch eine geistesgeschichtliche Hintertür. Peter O. Chotjewitz, der dieses arme Mordopfer auf gebildete und interesssante Weise in die abendländische Kulturgeschichte eingebettet hat, hätte dann Recht mit seinem Verdacht:

"Ihr Denken wäre dann schon Ende des 15. Jahrhunderts auf Europa übergesprungen, und sie hätte nicht nur die Aufklärung beeinflußt, sondern auch die Romantiker, Esoteriker, Geistheiler und so weiter"[1].

Hierzulande scheint dann wirklich der erste neuzeitliche Monograf der Hypatía jener irische Philosoph

John Toland (1670-1722)

gewesen zu sein, der 1720, zwei Jahre vor seinem Tode und im Alter von fünfzig Jahren in London einen Text publizierte, dessen Titel zeitgemäß barock war:

"Hypatia: Or, The History of a most beautiful, most vertuous, most learned, and every way accomplish'd lady; who was torn to pieces by the clergy of Alexandria, to gratify the pride, emulation, and cruelty of their archbishop, commonly but undeservedly stil'd St. Cyril".

Toland war 1670 in der Gegend des legendären Londonderry geboren worden und wohl schon früh, was wir heute einen Freidenker nennen. Sechzehnjährig konvertierte der Katholik zum Protestantismus und studierte dann in Glasgow und Leiden, in Oxford und Edinburgh Theologie und Philosophie. Das Resultat war schon im Alter von 26 Jahren sein Hauptwerk: *"Christianity not mysterious"* oder *"Christentum ohne Geheimnis"*. Gottlob ließ er es anonym erscheinen, denn es wurde in großen Teilen zunächst in Middlesex verworfen, dann in Dublin, seiner bigotten Landeshauptstadt, angezeigt, angeklagt, vom Parlament als häretisch verboten und 1697 öffentlich verbrannt. Wirklich begründete es den angelsächsischen Deïsmus und befreite die christliche Lehre von aller Mystik.

So radikale Aufklärung war dort damals ebenso lebensgefährlich wie der antiklerikale Pantheïsmus dieses Autors. Er flüchtete also vor einer möglichen eigenen Verbrennung: zunächst nach London. Dort jedoch erregte der 29jährige mit seiner Werkausgabe und Biografie des heutigen Klassikers John Milton, mehr vermutlich mit seiner öffentlichen Forderung, nie wieder einen Katholiken auf den britischen Thron zu lassen, so viel Ärgernis und Mißgunst, daß er weiterfloh: nach Holland, Prag und wiederholt nach Deutschland.

Hier traf er in Hannover und Berlin auf die Gunst jeweils einer Landesfürstin und machte daher vermutlich nur umso lieber die Hypatía zur weiblichen Galionsfigur seiner Kritik an theokratischem Chauvinismus. Er war es sicher auch, der erste Kenntnisse über diese Märtyrerin des Freigeistes nach Deutschland importierte. Jedenfalls in Preußen wurden sie und ihr Tod zum Gesprächsstoff höfischer oder gebildeter Kreise.

Ihren Tod beschrieb ihr Wiederentdecker Toland kurz und umso lapidarer so:

"Sie zogen sie nackend aus und töteten sie mit Ziegeln. Dann schnitten sie sie in Stücke und brachten ihre Gliedmaßen zu einem Platz, der Kinarion hieß.

Dort verbannten sie sie zu Asche" (hier zitiert nach [1].

Hiernach machte auch der große Voltaire die Hypatía wiederholt zum Thema der europäischen Aufklärung.

Da aber war aus dem Patriarchat von Alexándreia längst die autarke Kirche der Kopten und aus deren Wegbereiter Kýrillos eine kanonisierte Ikone des gesamten Katholizismus mit separaten Gedenktagen der römisch-katholischen, griechisch-orthodoxen, anglikanischen und armenischen Kirche geworden. Papst Leo XIII. ernannte ihn noch 1882 zum *Kirchenlehrer*, die griechisch-orthodoxen Christen verehren ihn als ihren *Kirchenvater*.

(Quellen und Anmerlungen zu diesem Kapitel auf Seite 632)

"Ich gab, ich gab – als Stein kommt es zurück.
Es schwirrt.
Es trifft."

Paul Celan, 40: *"JUDENWELSCH, NACHTS"*, 1961

"Wär es nur nicht gar zu trostlos,
allein sich unter die närrische Menge zu werfen
und zerrissen zu werden von ihr!"

Friedrich Hölderlin, 29: *"Hyperion oder der Eremit in Griechenland"*, 1799

"Entkleidet ihn, so wird er heilen,
Und heilt er nicht, so tötet ihn!
's ist nur ein Arzt,'s ist nur ein Arzt."

Franz Kafka, 33: *"Ein Landarzt"*, 1916/17

"Die Menge kann tüchtige Menschen nicht entbehren,
und die Tüchtigen sind ihnen jederzeit zur Last."

Goethe, 74: *"Kunst und Alterthum. Vierten Bandes zweites Heft"*, 1823

"Ihr Dome.
Ihr Dome ungesehn ... "

Paul Celan, 39: *"Köln, Am Hof"*, 1959

สว่าง ลือคำหาญ
SAWAANG LYHKAMHAHN

Der อีสาน spricht sich deutsch Ihßáhn aus, leitet diese Bezeichnung vermutlich von Ihsan, einem der vielen Namen für Shiva, jene polymorphe oberste Hindu-Gottheit, ab und bezeichnet pauschal ganze neunzehn Provinzen im östlichen Thailand zwischen Laos im Norden und Kambodscha im Süden.

Mit seinem Areal von rund 160 000 Quadratkilometern ist der Ihßáhn etwa doppelt so groß wie zum Beispiel Österreich oder Irland, viermal so groß wie Schweiz oder Niederlande und achtmal so groß wie Israël.

Diese Fläche wird von rund zwanzig Millionen Menschen, etwa einem Drittel aller Thais, bewohnt, die hier fast sämtlich Theravâda-Buddhisten sind, aber neunzehn verschiedene Sprachen verwenden. Fast alle jedoch beherrschen sie außer der Amts- und offiziëllen Landessprache Thai auch das Idiom Ihßáhn, das dem Laotischen verwandt ist.

Die Region Ihßáhn ist ältestes Kulturland, älter wohl sogar als im *Fernen Westen* jenes archaïsche Mesopotamiën mit seinem *Fruchtbaren Halbmond*, nämlich seit mindestens siebentausend Jahren besiedelt, bebaut und die archäologisch preziose Werkstatt von Geräten, Keramik, Artefakten und Höhlenmalerei aus der hiesigen *Bronze-*, europäïsch neolithischen *Jungsteinzeit* um 5000 vor Christos.

In historisch dingfesteren Perioden wurde dieser Ihßáhn

zunächst etwa ein halbes Jahrtausend lang von den "burmesischen" Mon-Ethnieën der Dvaravati und deren Buddhismus beherrscht,

seit dem 10. Jahrhundert knapp ein anderes halbes Jahrtausend lang von jenen kambodschanischen (aber unroten) "Khmer", die zwar ungefähr so geschrieben, hier jedoch *Kaménn* ausgesprochen werden,

und nach deren schleichendem Ruïn seit etwa unserem 13. Jahrhundert von der laotischen *Lahn-Tschaang*-Dynastie, die freilich seit dem frühen 18.

Jahrhundert den Ihßähn mehr und mehr an das damalige *Sajamm* (englisch eher *Siam*) und spätere Thailand abtreten mußte.

Unter all diesen Fremdherrschaften war und blieb der Ihßähn jedoch mit seinem subtropischen Klima, seiner Durchschnittstemperatur von 26 Grad Celsius, seinem unfruchtbar sandigen, salzigen und sauren Boden, der entweder ausgetrocknet oder überschwemmt zu sein pflegte, das stete Armenhaus jeweils des ganzen Landes. Er ist es auch heute noch.

Reis-, Zuckerrohr- und Maniok-Ernte bleiben hier meist so unzulänglich, daß mit Viehzucht nachgeholfen wird. Aber auch Büffel, Schweine, Geflügel und Fische werden hier nicht immer satt. Menschen, die über Fantasie verfügen, behelfen sich daher oft mit dem Verzehr von Eidechsen, Heuschrekken, Seidenraupen, Fröschen, frischgeschossenen Reis- oder Bambusratten und Zikaden, Mistkäfern oder sonstigen Insekten. Hierzu wird Klebereis in Kugelform aus der Hand, als Vorspeise chilischarfer Papajah-Salat oder schmalgeschnitten harte Schweineschwarte gegessen. Gibt es je Fleisch, bleiben aus Sparsamkeit alle Knorpel, Sehnen, Knöchelchen oder Zotteln tunlichst unentfernt, werden mitgegessen; nur sollte es ja nicht vom Wasserbüffel stammen, der hier seit treckerlosen Jahrhunderten als Arbeitskollege gebraucht und respektiert, also keinesfalls verfuttert wird.

Unübersehbar kann man die Jahrtausende auch so überdauern. Aber immer gab es hier auch eine Landflucht in jenen großen Scharen, die als Hilfsarbeiter oder Prostituierte in den Metropolen zu überleben hofften. Kätner und Reisbauern wurden dort zu Proletariern und litten so nicht weniger Not.

Daß diese zugewanderten Fremdlinge anderwärts meist auf Verachtung stießen, die oft gnadenlos war und sich gern auch rassistisch gerierte, läßt sich leicht denken. Namentlich sogenannt laotische Physiognomieën mit ihren varianten Sattelnasen übernahmen hier dunkelhäutig die Rolle anderweitiger "Judennasen" und waren nur unschwer zu verleugnen.

So ungeliebte Immigranten gab es seit unserem 16. Jahrhundert freilich vornehmlich auch in den nördlichen Provinzen selbst des Ihßähn, als sich im benachbarten Königreich Laos die "burmesischen" Überfälle aus Myanmar zu häufen begannen. Die nordlaotische Bevölkerung wurde in den Süden ihres Landes evakuïert und floh von dort aus gern noch weiter in die sajammesische Thai-Provinz *Nohng Kaai*, die sich runde dreihundert Kilometer lang eben ganz im Norden des Ihßáhn an das südliche Ufer des beherrschenden Grenzstroms Maekong, jener namentlichen *"Mutter aller Flüsse"*, anschmiegt.

Dort irgendwo bezeichnet das Dörfchen สามหนอง, deutsch als *Saam Nohng* (mit weit offenem O) auszusprechen, wörtlich *Drei Wasserstellen, drei Tränken* oder *Sümpfe*, ist zwar auf keiner Landkarte aufzuspüren, aber weist sich durch veritabel moorig stehende kleine Gewässer aus, an denen pittoresk pubertierende Hirten mit unverkennbar laotischen Sattelnasen und einzig mit ihrem buntkarierten ผ้าขาวม้า oder *Pahkahmah*, einem Lendentuche, bekleidet, auch heute noch täglich zwischen baumhohen Bambushainen ihre Herden hochsensibler Wasserbüffel grasen, trinken, baden oder leicht gereizt zum Ufergras gegenüber hindurchwaten lassen, während andere prähistorisch pittoreske Jünglinge mit laotischen Sattelnasen und buntkarierten Lendentüchern in diesen selben drei sumpfigen Wasserstellen zwischen baumhohen Bambushainen ohne jede Gerätschaft mit bloßen Händen höchst schmackhafte Fische herauszuklauben wissen.

Einer von denen war da um 1968 Kempah Lyhkamhahn, ein wortkarger *Twen* mit laotischer Sprache und Sattelnase, der gern Architekt oder auch Verwaltungsbeamter geworden wäre, sich aber solche Rosinen aus dem Kopfe schlagen mußte, weil seine Familië für jeden beruflichen Höhenflug viel zu arm war. Er konnte gar nichts werden, aber hatte schon geheiratet und wurde Vater.

Im Februar 1969 wurde in jenem *Saam Nohng*

zwischen baumhohen Bambushainen, sumpfigen Wasserstellen und nervösen Wasserbüffeln in einer quergenagelten Bretterbude, die auf lotrechten Pfählen gegen Hochwasser nicht etwa dicht an der Dorfstraße, sondern wie ein Gesindehaus oder Stall erst in zweiter Reihe armselig und provisorisch jeden Christen an die Notunterkunft von Bethlehem erinnern mochte,

sein erstes Kind geboren: ein Sohn. Er nannte ihn Sawaang: das bedeutet auch in offiziëllem Thai noch *Der Helle*, für einen strikten Buddhisten wie Vater Kempah gewißlich sogar *Der Erleuchtete*. Eine Lichtgestalt wurde da ersehnt und beschworen oder programmiert.

Aber die standesamtliche Eintragung dieses Namens zog sich wochenlang hin. Fußgänger ohne Motorfahrzeug kamen damals nicht so leicht in die

Kreisstadt und zu deren Behörden. Vater Kempah erledigte derlei pauschal erst Ende April oder Anfang Mai 1969. Da mußte den Bürokraten verheimlicht werden, daß das angemeldete Kind schon zwei Monate alt und insofern eine Strafgebühr fällig war. Also erwies sich auch Vater Kempah da als helle genug, die Geburt seines strahlenden Stammhalters auf den 16. April *anno Domini* 1969 zu verschieben.

Mit diesem nachdatierten Geburtstag wuchs der aufgeweckte Junge zu einer überraschend erfreulichen Sumpfblüte heran. Erst seinem vorgeschrittenen Alter eröffneten die Eltern eines fernen Tages jene kleine Retouche seiner Dokumente. Nur konnten sie sich da nicht mehr präzise auf das echte Datum seiner Epiphanië besinnen. Sie wußten nur noch, daß er im Februar 1969 am Donnerstag nach Neumond auf diese Welt gekommen war.

Oder sie sagten ihm das richtige Datum, und er vergaß es bald wieder. Jedenfalls wußte er sein ganzes Leben lang nie, wann sein wahrer Geburtstag war. Dabei blieb es. Doch ihm fehlte da nichts. Der Donnerstag nach Februar-Neumond genügte diesem leuchtenden Naturkind auch zur astrologischen Oriëntierung als Geschöpf eines buddhistischen Hahnenjahrs.

Das alles mochte ihm dann längst auch als buddhistischer Hinweis darauf dienen, daß mit unserm diesmaligen Geborenwerden gar nichts anfängt, weil es als Wiedergeburt eher peinlich ist und unser Lebensanfang, der allenfalls beachtet werden könnte, jedenfalls nicht mit der jetzigen Rückkehr zusammenfällt.

Ohnehin diente sein Geburtstag, falsch oder echt, ihm nie zur Feiër seiner selbst mit lärmender Party, sondern immer nur als Anlaß, sich bei benachbarter Buddha-Statuë und Vater Kempah mit kleinen Gaben für sein Dasein zu bedanken. All sowas tat er zeitlebens gern: Dingen auf den Grund gehn; sie angemessener regeln als üblich; Zuwendung nicht erwarten, sondern geben.

Aber je mehr er so leben zu lernen begann, desto peinlicher erfuhr sein Vater, daß er diesen Sohn und seine Mutter täglich ernähren mußte. Das war für einen Arbeits- und Berufslosen in *Saam Nohng* ebenso aussichtslos wie im ganzen Ihßähn. Kempah beschloß daher auszuwandern: bloß wohin?

Geld konnte einer wie er in Thailand am besten in der Provinz Krabih verdienen: ganz im Süden, über mehr als sechzehnhundert Kilometer hinweg –

wie in einem Ausland aus Urzeit, Fruchtbarkeit und felsiger Bizarrerie in exotischsten Farben und Tönen

Dort also lebte die Familië Lyhkamhahn hinfort als belächelte und mißachtete Minderheit mit Sattelnasen und laotischem Idiom im Dörfchen *Bâhn Saithai* oder บ้านไสไทย und fühlte sich zwischen flammenden Kalksteinfelsen, androgynen Mangrovensümpfen, okkulten Prielen der Andamanensee und künstlichen Gummiplantagen inmitten des Dschungels lange sehr fremd. Aber Vater Kempah verdiente hier allnächtlich ein karges Geld als Kautschukzapfer und hauste mit Frau und drei Kindern im unaufgeteilt armseligen und primitiven Großraum einer abgelegenen Stallung aus Palmenflechtwerk, wie sie ihm sein wohlbetuchter Arbeitgeber am untersten Ende jeden sozialen Gefüges, doch an rieselndem Bachbett zwischen Kokospalmen und wilden Bananenstauden verächtlich zur Verfügung stellte: weltfern, pover, entrückt, aber tief in die Friedlichkeit subtropischer Natur eingebettet und einem magischen Waldkloster mit der weithin dominierenden Riesenstatuë eines *Ruhenden Buddha* eng benachbart.

Eigentlich hier verbrachte auch der erstgeboren helle Sawaang seine Kindheit und frühe Jugend: an einem unaufwendig magischen Platz ohne jeden Anspruch, zivilisationsfern, aber bestens geeignet zu Meditation und Selbstbegegnung, zu Konzentration und Mystik. Hier sensibilisierte er sich außergewöhnlich, hier öffnete er seine Seele dem ganzen Kosmos, und hier erwachte sein unstillbarer Wissensdurst.

Kaum hatte er in der Dorfschule jene 42 Konsonanten, 18 Vokale, 16 Diphthonge und 3 Triphthonge des thailändischen Alphabets voneinander zu unterscheiden und alle

d i e s e   i n s g e s a m t   7 9   B u c h s t a b e n ,

53 mehr als etwa im deutschen ABC, zu schreiben gelernt, da brach schon sein Lesehunger aus und begleitete ihn lebenslänglich.

Schickte seine Mutter dieses noch zwanzig Jahre später beglaubigt *"gute Kind"* mit einigen Münzen in der Faust um ein Tütchen Salz aus, kehrte es stattdessen oft mit irgendwas Gedrucktem zurück.

Inner- und außerhalb der Schule las dieser kleine Sawaang nunmehr wahllos alles, was ihm unter die buchstabensüchtigen Augen kam. Auch keinerlei Werbetext, Firmenschild, Gebrauchsanweisung, Aufschrift, Verbotstafel, Hand- oder Flugzettel, Etikett und Prospekt blieb seither unverschlungen, von Zeitungen und Zeitschriften, so sie sich je zu ihm verirrten, ganz zu schweigen. Gar je ein Buch, möglichst seiner späteren Lieblingsautoren Rong Wongsawan oder Lung, eines faszinierenden Relativisten, verführte ihn, völlig in ihm zu versinken und alles ringsum zu vergessen. Noch später inhalierte er eine Enzyklopädie Wort für Wort wie Atemluft.

Er schien auch nichts von all dem Aufgesogenen je wieder zu vergessen.

Dieser manische Bildungshunger, der inmitten einer anhaltend illiteraten Gesellschaft seinem allseitig extremen Interesse entsprang, blieb so zwanghaft bis zu seinem Tode. Wahllos nahm er alles auf und konservierte es zu jeweiliger Verwendung. Daß solche Lesezwänge allmählich auch Denkzwänge auslösten, scheint da unvermeidlich.

Irgendwie gelang es tatsächlich, diesen heißhungrig wißbegierigen *studiosus naturalis* trotz aller Armut das Gymnasium besuchen zu lassen. Das lag aber nächstenfalls in Krabih, der Provinzhauptstadt, und machte den Jungen früh zum Fahrschüler im Minilaster *Sohngtäo*: mit täglicher Hin- und Rücktour von insgesamt rund zwei Stunden.

Die wurden vollends zum Problem, als seine Mutter eines Tages ihn, seine beiden jüngeren Geschwister und ihren Mann verließ, plötzlich ihrer Wege ging: weg aus der Armut, in eigenes Geldverdienen, notfalls auch zeitweise in ein (buddhistisches) Nonnenkloster in Bangkok, dann in die Arme eines vermeintlich bemittelteren Mannes, irgendwie aufwärts aus den Niederungen ihrer Fron. *"Sowas muß überall entsetzlich sein"*, sagte Sawaang noch ganze zehn Jahre später, *"aber in Thailand war das damals, in den frühen Achtzigern, eine absolute Katastrophe"*. Es traumatisierte jedenfalls unverkennbar diesen etwa Dreizehnjährigen, dessen Bruder Hmuh und deren Vater, der ohnehin zur Schwermut neigte. Noch Jahrzehnte später lachte er einzig unter Alkoholeinfluß. Beide Söhne sollten im Ernstfall folgenschwere Frauenprobleme haben. Da war Porzellan zerschlagen worden, das Kristall ihrer jungen Männerseelen geborsten.

Für den Fahrgymnasiasten hatte das zur Folge, daß er seiner restlichen Familië die fehlende Mutter ab sofort als Hausfrau ersetzen mußte. Denn jede Verwandtschaft, die da hätte einspringen können, war im äonenweit entfernten Ihßáhn, und für bezahlte Hilfskräfte fehlte jedes Geld. Also führte der kleine Sawaang seither ohne Hilfe eines Kühlschranks den tropischen Haushalt ihrer vierköpfigen Familië und bekochte sie auch: noch vor oder nach dem täglichen Gymnasialunterricht im fernen Krabih. So lernte er schuften.

So verlernte er auch, sich je zu schonen. Er lernte, verfügbar und für alles zuständig, ansprechbar, kompetent zu sein. Für gar nichts war er sich hinfort zu schade. Bald vermochte er auch wirklich alles und jedes, was er nur in Angriff nahm. Oder er wiederholte es so lange, bis er es vermochte. Verweigerungen blieben ihm von nun an fremd. Notgedrungen entwickelte er seinerseits just an dieser Stelle zerstörten Urvertrauëns und künftiger Verlustängste die stabile Gegenwelt einer absolut verläßlichen und jederzeit beanspruchbaren eigenen Mütterlichkeit.

So wurde er zum *Passepartout* in allen Lebenslagen, zu einer *grande utilité*, die fast alles beherrschte oder wußte, und folglich von nun an allseits kräftig beansprucht, ausgenutzt oder ausgebeutet. Daß er das wehrlos zuließ, mag schon seine angeborene oder kluge Güte erwiesen haben: eine Hilfsbereitschaft ohne Vorbehalte.

Auf so halsbrecherische Weise bestand er gleichwohl problemlos den gymnasialen Abschluß, unser Abitur. Daß jetzt ein Hochschulstudium der angemessene nächste Schritt dieses klugen jungen Mannes gewesen wäre, dürfte er mit seinem depressiven Vater nicht einmal erörtert haben. Selbst über eine sonstige Ausbildung brauchte in einer Familië, die kein Geld, aber eine Tochter besaß, gar nicht nachgedacht zu werden. Wenn die schmalen Bezüge des väterlichen Kautschukzapfers für die Berufsbildung allenfalls eines seiner drei Kinder hinreichen mochte, konnte das dort und damals keineswegs dem Begabtesten zugestanden werden. Erst recht nicht dem Erstgeborenen, sondern einzig der Tochter. Denn sollte die später nicht geheiratet werden, bliebe ihr ohne Beruf nur der Ausweg auf den Strich. Also erübrigte sich da auch nur jedes Zukunftsgespräch, und der frischgebackene Abituriënt mußte sehen, wie er fortan und ab sofort als Hilfskraft irgendwo seinen Lebensunterhalt verdiente.

In einer Gesellschaft mit grassierender Arbeitslosigkeit war das wenig aussichtsreich. Mit seinem schmalen Gymnasial-Englisch war er aber glücklich genug, auf der modisch werdenden Touristeninsel *Go Pih Pih* eine Anstellung als Kellner im Restaurant eines Luxushotels zu ergattern.

Dort erwies er sich zwar schnell als intelligent, charmant, aufmerksam und hilfsbereit genug, um zum Liebling nicht nur der Kundschaft, sondern auch der Mitarbeiter und Vorgesetzten zu werden. Doch in subtropischem Monsunland mit nur drei Jahreszeiten dauert die Touristensaison bestenfalls drei Monate. Dann pausiert auch ein solches Fünf-Sterne-Hotel aus Gästemangel.

Sawaang mußte also sehen, wo er hiernach blieb. Er schlug sich

i n   d e n   N i e d e r u n g e n   s e i n e r   G e s e l l s c h a f t

durch, half in obskuren Spelunken aus, auch im Rot- und Zwielicht des islamisch-chinesischen *Haat Yai* mit seinen Schiebern, Schmugglern und Killern an der malaysischen Grenze, versuchte sich in der Not auch als Koberer, gar als Zuhälter, als *Dealer* und lernte, notfalls zuzuschlagen. *"Good experience"* nannte er derlei im Nachhinein, sei es zur Beschwichtigung seiner eigenen vergewaltigten Seele.

Was aber noch viel schlimmer verlief als eine so "gute Erfahrung", lernte da schon der Neunzehnjährige mit einem Fatalismus hinzunehmen oder durchzustehen, der zutiefst buddhistisch und schon eine erste Form von Demut gewesen sein dürfte: *"okay for me"*. Was er als *okay* akzeptierte, war immer gerade überhaupt nicht *okay* und glossierte insofern das Vexier dieser strapazierten Modevokabel. *"Okay for me"* war von nun an immer stereotyp das recht eigentlich Unerträgliche, dem er sich aber alternativlos fügte oder unterwarf: denn wer war er schon?

"Just stay" wurde damals schon zu einer andern seiner überlebensdienlichen Devisen. Eine weitere war bald die ewig unbeantwortbare Frage *"why not?"*. *"Why not?"* – : keine Antwort, zuverlässig! Na, denn ... !

Denn *keinerlei Negation könne je hienieden plausibel und zwingend begründet werden*: das hatte der überzeugte Buddhist da schon begriffen.

Ging dann im November jeweils die Regenzeit endlich ins ersehnte *nâh naǎo*, die "kalte" Jahreszeit mit ihren Sommergästen aus Fernwest und Australiën, über, fand Sawaang wieder wechselnde Anstellungen im Tourismus: als Kellner, als Barmann, teils auch mit *Dealer*-Verpflichtung zum Vorteil seines Arbeitgebers, auch als Hausknecht, als Mädchen für alles ohne Begrenzung seiner Aufgaben und an wechselnden Badeorten jener Gegend: in Krabih, in *Ao Naang*, in *Ao Lykk*, gar im wohlfeil kommerzialisierten, verhurten Patohng auf der Insel Puhgett ganz im südlichen Westen.

Überall schuftete er dort rund um die Uhr für kargen Freitisch, Unterbringung in kasernierten Gesinde-, also Mehrbettzimmern, in Bretterverschlägen oder gruftigen Kellerhöhlen hinter Bauschutt oder Müll und für einen Hungerlohn, der erst am Ende von Saison oder Arbeitsverhältnis, dann auch oft nur in Rudimenten des Zugesagten ausbezahlt oder gar vollends verweigert wurde. Auf Puhgett bezahlte ihm eine Bar für zwei Monate umgerechnet sechzig *Deutsche Mark*, eine andere in *Ao Naang* für fünf Monate Maloche gar nichts. Proteste blieben da umso effektloser, als er sich seinen Vorgesetzten anzubiedern immer unterließ, Dienst von Schnaps oder Drogen also strikt zu trennen wußte.

Häufiger Stellenwechsel war die notorische Folge, zahllose Bewerbungen, meist resonanz- und resultatlos, die notorische Folge hiervon.

So aber lernte Sawaang Lyhkamhahn da die Frühformen dessen kennen, was zehn Jahre später allenthalben *Globalismus* heißen sollte und was er selbst schon damals pauschal als *Mafia* bezeichnete.

Mafia oder nicht: suspekte Geldleute boten dem auffällig charismatischen Barmann in Patohng eine Lehre des Hotelfachs in *Frankfurt am Main* und anschließend lukrativ garantierte Positionen im Geschäftsleben Thailands an. Sawaang geriet in größte Seelenbedrängnis. Denn was sich ihm da zu eröffnen schien, war die denkbar weiteste Entfernung von allem, was die Thais seit 2500 Jahren von ihrem Buddha gelernt und in ihrem Alltag seither beherzigt hatten: niemals gierig zu sein.

Jetzt lernten sie, wie sie eben das in den Untergang führte. Wer heutzutage nicht gierig war, überlebte nicht.

Der junge Lyhkamhahn begriff das. Immer öfter floh er aus diesem Dilemma an dienstfreiën Tagen in stundenlangen Bus-, *Sohngtäo*- oder Moped-

Touren unter das bergende Obdach des geflochtenen Vaterhauses am Rande
der Kautschukplantagen von Saithai: um dort zwar der Armut ohne Strom,
ohne fließendes Wasser, ohne Möbel und mit väterlichen Depressionen zu
begegnen, die sogar ansteckend wirken, die gefährden mochten.

Gleichwohl behaupteten sie sich unfern jenes fossilen Muschel-"Friedhofs"
Ssussaan Hoi, der mit seinen versteinerten Konchyliën-Schichten ganze 75
Millionen Jahre alt ist und Ewigkeit verkörpern mochte, über viele Krisen
hinweg als naturverbunden stabileres und unverzichtbares Gegengewicht zu
den unzuverlässigen Verlockungen der mafiosen Welt profitabler Geschäfte
mit all ihrem Luxus zwischen Korruption, Erpressung und Bestechung.

Irgendwann damals und irgendwo dort begann Sawaang, wieder und wieder
von einer schwarz-weiß melangierten Maschine zu träumen, die bedrohlich
und zerstörerisch vom Himmel fiel. Ihr krasser Farbkontrast war aber weder
technisch noch politisch, sondern eher metaphysisch und religiös im Sinne
von Hell und Dunkel oder Gut und Böse zu verstehen und forderte den
Träumenden unabdingbar zu einer Entscheidung für oder gegen *"one of the
two ways"* heraus.

Das war aber umso schwieriger, als jede dieser beiden moralisierten Farben
auch den Kern ihres Gegensatzes schon im Traumverlauf in sich trug: weiß
war da auch schwarz, schwarz auch weiß. Hierin lag auch ein unwiderstehli-
cher Reiz.

Von diesem Albtraume immer wieder heimgesucht und gebeutelt, begriff
Lyhkamhahn, daß ihn das Mafiose schon ebenso tief zu okkupieren begonnen hatte wie seine buddhistische Herkunft und Erziehung. Er gestand sich
die Faszination der Geldwelt ein, die er in der Tiefe seiner laotischen Seele
zwar für verwerflich, schwarz und böse, zugleich aber auch für eine unbe-
siegbare Weltmacht hielt. Er ahnte, daß er ihr eines fernen Tages nicht mehr
werde widerstehen können. Was ihn gleichwohl ängstigte, war mafiotische
Erpressung von Familiënangehörigen.

Das alles belastete ihn ungemein und verfolgte ihn unaufhörlich: jeden Ausländer hielt er bald für einen angesetzten Agenten des kriminalisierten Globalismus.

Er ahnte ferner, daß er solche Ängste thematisieren und schriftlich formulie-
ren sollte, versuchte das auch heimlich, doch verschob es dann und ersetzte

es zunächst in Ermangelung kompetenter Freunde und Gesprächspartner gern durch ratlos fragende Monologe vor dem eigenen Spiegel.

So die ihm nicht mehr genügten, leitete er probehalber zaghaften Austausch mit Arbeitskollegen in vergleichbaren Situationen in die Wege. Denen aber waren seine Skrupel und Bedenken allzu exotisch. Sie stempelten ihn flugs als Sonderling und Eigenbrötler ab, verleumdeten ihn als Fremdling immer hemmungsloser, tratschten bösartig über ihn, hängten ihm psychische Erkrankungen (*"craziness"*) an und stigmatisierten ihn mit unbeliebtem Abelsmal: *"Er denkt zu viel"*.

In Wahrheit beneideten sie seine Besonderheit, wurden schnell eifersüchtig und aggressiv. Manche provozierten ihn, sei es mit vorgehaltenen Messern, zu haßerfülltem Kräftemessen in Schachpartieën, gar zu Schlägereiën, die er dann aber souverän verweigerte und durch intellektuëlle Rochaden ersetzte, die seine Angreifer schließlich schachmatt ihrem Haß oder seinen Friedenszigaretten überließen.

Nach Dienstschluß, wenn längst schon die Hähne krähten, floh dieser Barkeeper oft noch in die Geistes- und Gegenwelten eines Lexikons, das seine Mafia-Krisen mit all den Reichtümern mindestens dieses Planeten bisweilen aufzuwiegen vermochte.

Als er aber eines Nachts oder frühen Morgens übermüdet und erschöpft von Krabih nach Saithai zum väterlichen Flechtwerk und Fluchtpunkt unterwegs war, mag er auf seinem Moped und auf unbelebter Landstraße eingeschlafen sein. Schwer verletzt wurde er abseits der Piste auf verdorrtem Brachacker wach, erst Stunden später dort gefunden und moribund geborgen. Denn seinen starken Blutverlust zu kompensieren, war lange nicht einmal im Krankenhause möglich, weil erst mühsam und zeitaufwendig ein Spender seiner unparat raren Blutgruppe AB aufgespürt werden mußte. Nur durch die Hartnäckigkeit einer mütterlichen Fremden gelang das schließlich wundersam mit willkommenem Freundesplasma.

Aber das linke Bein war so kompliziert gebrochen und zersplittert, daß es innerlich geschient werden mußte. Erst nach vielen Wochen konnte der behelfsmäßig Wiederhergestellte hinter einer Bar wieder Geld verdienen: aber nur mittels zweiër Krücken und unter steten Schmerzen. Als Sklave der Marktwirtschaft war er so nur noch unbrauchbarer geworden.

Der spirituëlle Schriftsatz, den ihm ein greiser buddhistischer Mönch aus
klinischem Nebenbett mit astrologisch fundiert fixierten Himmelsrichtungen
mitgegeben hatte, wurde zum Talisman, der ihn den Irrweg des Mafiotischen ringsum ebenso durchschauën ließ wie aber auch die Aussichtslosig-
keit seiner eigenen Existenz inmitten dieses allmächtigen, aber völlig konträren Systems. Hinter seinem Bartresen ungeduldige Touristen durch hum-
pelnden Service verärgernd, empfand er sein Leben in merkantiler Gesellschaft als absolut chancenlos. Verbessern und ausbauën konnte er auf deren
Märkten gar nichts mehr.

*"Sein beschönigungsloses Bewußtsein, zum wehrlosen Abschaum dieser
marktwirtschaftlichen Hierachie zu gehören"*, hatte in seinem Spezialfall
zweifellos auch masochistische Züge zur Folge. Bisweilen nämlich war es
ihm *"fast eine Wollust, die erniedrigendste aller möglichen Varianten aus-
zuwählen. Als wolle er sich beweisen, auch ihr mit seiner Demut und friedlichen Genügsamkeit gewachsen zu sein und auch das Allerschlimmste noch
ertragen zu können: ihm konnte keiner. Er beschenkte sie alle trotzdem und
ließ sie gelten"*[4] .

Eines Abends aber erschien er nicht zum eingeteilten Dienst. In seinem Kel-
lerloch hinter Schutt und Abfall schloß er sich ein und reagierte auf keine
kollegiale Anfrage mehr. Er hatte seinen Tiefpunkt erreicht.

Just in diesem Augenblick verlangte ein hartnäckiger Tourist nach ihm. Er
ließ sich nicht abwimmeln, drang sogar über Bauschutt und Müll bis zur
verrammelten Tür des Verstummten vor und rief nach ihm.

Sowas war dem Sawaang Lyhkamhahn in all seinen 24 Lebensjahren noch
nie begegnet. Er war ratlos, öffnete daher zaghaft seinen Bunker und stand
vor einem europäischen Gast, den er vor mehr als fünf Jahren in jenem Luxushotel auf *Go Pih Pih* mit recht viel wechselseitiger Sympathie bedient
und damals gar zu gemeinsamen Ausflügen eingeladen hatte.

Dieses ungewöhnlich liebenswürdige Urlaubserlebnis war jenem Globetrot-
ter seinerseits irgendwo unverhofft wieder in den Sinn gekommen und hatte
jählings nach einer Fortsetzung so erfreulicher Begegnung oder Lebensof-
ferte verlangt. Als aber dieser charismatische Kellner von damals nun weder
in seinem Luxushotel noch überhaupt auf jener Insel wiederzufinden war,
hatte eine fast manische Suche nach dieser verschollenen Preziose einge-

setzt und den Suchenden selbst in ihrer sinnlos erscheinenden Hartnäckigkeit fast erschreckt.

Mehrfach brach er so erfolglos wie einsichtig ab, wurde dann aber überstürzt wieder aktiv, konnte sich das selbst nur halbwegs plausibel erklären,
wurde nach vielen Fehlschlägen und Umwegen in *Ao Naang* schließlich
fündig, stand also eines Tages dort in ebenjenem Hochhaus-Hotel *"Beach
Terrace"*, das ihn selbst luxuriös in seiner palmenumrauschten obersten Eta-
ge beherbergte, im verwahrlosten Kellergewölbe endlich vor dem verschollen Geglaubten. Jetzt umarmten sie sich sogar auf vollkommen unasiatische
Weise: so groß war die unbegreifliche Freude auf beiden Seiten. *"Amico!"*,
verfremdete der überrumpelte Sawaang seine Emotionen und wiederholte
das aufgewühlt stammelnd immer wieder und wieder im Idiom just der Mafia:

"amico – amico – amico!"

Wirklich wurde nach so mysteriösem Wiederfinden aus jener unerklärlichen
Zufalls- und Feriënbekanntschaft nunmehr eine kostbare Freundschaft, die
noch über mehr als sechs Jahre bis zum frühen Tode Sawaangs und noch
weit darüber hinaus mysteriösen Bestand haben sollte.

Schon am selben Abend ließ Sawaang, der Fügungen und Schicksalswinke
zu erkennen wußte, seine Krücken liegen und bewegte sich seither wieder
ohne sie. Aber erst kurz vor seinem Tode verriet er diesem Freunde mit der
helleren Haut, wie sehr er an jenem Abend an einem definitiven Tief- oder
Endpunkt seines Lebens angelangt war. Er ließ offen, ob er seinen Freitod
gerade beschloß oder gar schon einzuleiten begann, als sein unbegreiflich
manischer Sucher den gerade noch verhinderte.

Aber eine Fusion auf solcher Basis war von nun an ziemlich belastbar und
beiden viel wert. Dieser sein *farang*, wie in Thailand alle unasiatischen Ausländer einheitlich bezeichnet werden, kam nun jährlich, bisweilen mehrfach
wieder.

Doch alle nächsten Begegnungen mit seinem Freunde Sawaang blieben fast
immer kompliziert und ermöglichten sich erst nach Irrwegen, Pannen oder
Widerständen, die der verwöhntere und ältere Kosmopolit nur halbwegs

scherzhaft als dämonisch empfand: als solle es da keine Fortsetzung mehr geben. Als sie ein Jahr später gemeinsam durch ganz Thailand tourten und auch den Ihßáhn mit *Nohng Kaai* und *Saam Nohng* besuchten, kamen sie bei einem Verkehrsunfall in *Sakonn Nakonn* um Haaresbreite beide ums Leben: nur Millimeter und ein Sekundenbruchteil trennten sie da von gemeinschaftlichem Sterben – und verbanden sie seither nur umso intimer.

Dabei hatten beide aufs Allerdiskreteste und Behutsamste inzwischen zu klären vermocht, daß keine plumpe Körpergier sie aneinander kettete. Simpler Homo-Sex schloß sich schon deshalb aus, weil ihre Affinität unübersehbar spirituëllerer Natur war. Apersonale Urerinnerungen, die sehr viel älter waren als ihre jetzige Bekanntschaft, schwangen da unverkennbar aus ganz anderen Dimensionen mit: *"Urpartnerschaft, Urgemeinschaft, Ureinheit"* [4].

Zuërst sogar der Erbe des Christentums, erst später der Buddhist neigte zu einer reïnkarnativen Deutung ihrer Symbiose. Denn landläufig stand ihr alles entgegen. Lebensalter, Sprache, Kultur und Religion, auch Ausbildung und Lebenserfahrung, Welt- und Menschenkenntnisse: alles sprach eher für Separierung getrennter Wege als für irgendein Miteinander.

Sie einigten sich schließlich halbwegs humorig, halb jedoch unausweichlich auf karmatische Verbindungen schon in früheren Existenzen: als Gebrüder, *pih* und *nohng*, als Vater und Sohn oder langjährig abgehobenes Ehepaar. Einzig so war ihnen auch die jetzige Keuschheit ihrer zwanghaften Affinität erklärlich.

Doch jeden Versuch des *farang*, diesem familiär hintan gestellten Bruder einer Schwester (und inzwischen schon praktizierenden Krankenschwester) noch zu Studium oder Ausbildung zu verhelfen, wurde von diesem Stiefkinde seiner eigenen Gesellschaft resolut verworfen. Da fiel dann schnell leitmotivisch jenes trotzige und energische ทำเอง, *tamm ehng: für sowas sorge er selbst*, autark (oder resignierend: entsagend wie der späte Goethe?).

Penibel achtete er auch darauf, nie in jene stereotype Rolle eines ausgehaltenen Schmarotzers zu geraten. Noch mit seinem allerletzten Baht lud lieber er diesen wohlsituiërten Europäer auf Fährschiffe oder in Geschäfte, Garküchen, Bars und allenthalben ein: als seinen Gast.

Ahnungslos machte er ihn hierbei indirekt auch zum Kronzeugen, gar Komplizen seiner nahenden Tragödie: später zu deren Chronisten.

Zunächst jedoch verschwand er auch wieder schwer auffindbar. Aber als Mixer in der Mafioso-Bar *"Koala blue"* schräg gegenüber einem buddhistischen Tempel in der *Bangla Road* des Sündenbabel Patohng auf Puhgett konnte der mütterlich so traumatisierte Frauënskeptiker inmitten der libidinös allgemein radikalen Enthemmung dieses internationalen Vergnügungszentrums den Avancen einer siebzehnjährig gewitzten Schönheit schon deshalb nicht widerstehen, weil sie ihm schon von Kindheit an aus ihrer beider heimatlichem *Bahn Saithai* bekannt und seiner krassen Isolation in der verhurten Sexualität des hiesigen Billig-Tourismus als willkommene Zuflucht in heimelig Wohlvertrautes erschienen sein mag. Überdies hieß sie noch wie er: *Sawoi, die Helle*, und schien also – sei es als landesüblich verkürzte "Oi" – eine andere Lichtgestalt in all der Düsternis ringsumher zu sein.

Prompt war sie schwanger und machte nach altsiamesischem Brauchtum so aus einem Liebespärchen automatisch und unbürokratisch Ehe und Familië. Als *stante pede* noch eine zweite Tochter unterwegs war, schwor sich Sawaang, seinen Kindern für ein besseres Zuhause zu sorgen, als er selbst es erlitten hatte.

Patohng und das ganze zerstörte Puhgett deuchten ihm hierfür der falsche Ort. Für ein paar Monate siedelte dieser unerfahrene Dschungelbub mit Kind und Kegel über achthundert Buskilometer hinweg in die Millionenmetropole Bangkok über, um dort sein Glück oder wenigstens ein paar ausbezahlte Baht zu ergattern. Er und die schwangere Sawoi residierten dort mit ihrem leuchtenden Erstling,

der *Pettsurih*, also *Sonnenjuwel* getauft war, aber kurz *Präh* genannt wurde, also *Seide*,

in einer Notunterkunft für Gastarbeiter aus dem Ihßähn oder aus dem noch verachteteren "burmesischen" Myanmar: in wand- und schutzlos preisgegebenen, verwahrlosten Bauruïnen halbfertig abgebrochener Ladenlokale oder schaufensterartig gereihten Einraumslums ohne jede unöffentliche Intimität.

Dort aber träumte er eines Nachts, sein zweites Kind, dessen Ankunft ja kurz bevor stand, solle den Namen *tehp pohn* (mit offenem O) bekommen: das hieße *Gottesgabe*.

Aus jenem Slum heraus Arbeit zu suchen, war aber so entwürdigend und aussichtslos, daß dieser demütige Diogénes aus Laos mit seiner kleinen *Heiligen Familië* über andere achthundert Buskilometer hinweg in ihr nördliches Bethlehem weiterzog, Sawaang also, völlig obdachlos, zu seinen Quellen und ohne augustinischen Kaiser probehalber *"wie ein Jeglicher in seine Stadt"* zurück: in den dörflichen Frieden von *Sahm Nohng* an den archaïschen Wasserquellen seiner Großeltern zwischen baumhohen Bambushainen in jener Maekohng-Provinz *Nohng Kaai.*

Auch jetzt war in der dortigen Armut und Arbeitslosigkeit eine vierköpfige Familië zu ernähren vollkommen aussichtslos. Nach wievielen schlaflosen Nächten in den Asylen seiner notleidenden Verwandtschaft jener junge Vater mit all seinen pädagogischen Illusionen im Kopfe zur Entscheidung seines Lebens gelangte, weiß niemand mehr. Er sprach auch später nie über diesen erniedrigenden Findungsprozeß eines talentierten Intellektuëllen.

Das Ergebnis war der unumkehrbare Entschluß, der globalistisch mafiotischen Marktwirtschaft endgültig zu entsagen, ihr jede Unterwerfung zu verweigern, sich ihrem Terror zu entziehen, über 1600 Omnibuskilometer mit Kind und Kegel ins südliche Thailand zurückzukehren und im pseudo-heimatlichen *Bahn Saithai* als Kautschukzapfer mit exotisch migrantem Hintergrunde just so an den Ursprüngen zu leben wie schon sein Vater.

Diese Absage an den Mammon, an dessen Pervertierungen und humanes Zerrbild war eine Heimkehr in den mütterlichen Schoß regenerierender und heilender Natur. So jedenfalls wollte Sawaang Lyhkamhahn sie selbst verstehen und praktizieren. Nur daß diese scheinbare Weltflucht ihn zu den Quellen und in die Zentren des Allerrealsten führen sollte: zu sich selbst.

Er selbst nämlich *sei jetzt nur noch glücklich,* gestand er sich und Wenigen, *weil er sich vom Geschäftsdenken immer mehr befreië und zu sich selbst zurückkehren fühle. Nun gelte es nur noch zuzuwarten. Denn alles sei ein immer wiederkehrendes Kreisgeschehen, das man an sich vorbeiziehen sehe, bis das Angemessene für einen erscheine.*

In solchem Sinne angemessen erschien ihm nunmehr keineswegs jenes Grundstück mit finanziertem Hausbau zu sein, das Frau "Oi" ihm als väterliches Erbgut im Landkreise Trang mit in ihre Ehe hätte einbringen können.

Lage, Nachbarschaft und Familiënanschluß mißfielen ihm da hinlänglich,
um die Erbin zum Verzicht zugunsten ihres Bruders anzustiften.

Umso resoluter verwahrte sich die Enttäuschte nunmehr gegen die väterlich
erträumte Bezeichnung ihrer zweiten Tochter als einer *Gottesgabe*: das klin-
ge doch viel zu männlich. Sawaang fügte sich, vertagte diesen Plan und
nannte das Neugeborene offiziëll stattdessen *Suwapohn* (mit offenem O): etwa *"Alles wird gut"* (= Synonym für *Gottesgabe?*).

Was im Leben dieses aufgeweckten 25jährigen damals wahrhaftig gut zu
werden schien, sah in jener letzten Dekade des 20. Jahrhunderts so aus:

mit Frau und Töchtern bezog er statt eines Eigenheims bei Trang nunmehr
mitten in den Kautschukpflanzungen von *Bahn Saithai* auf gerodetem
Dschungelboden sein erstes eigenes Domizil – ein ganzes Steinhaus mit
zwei Zimmern, halbhohen Zwischenwänden, einer Küche mit einflammiger
Kochstelle, aber ohne Strom, ohne fließendes Wasser, ohne Kühlschrank
und Waschmaschine, ohne Betten, Tische und Stühle, ohne Telefon und
Fernsehen, mit Ziehbrunnen im Walde statt Badezimmer und mit prähistori-
schem Plumpsklo statt WC. Die Miete für alles das wurde ihm gleich vom
Lohn abgezogen und gaukelte insofern kostenloses Wohnen nur vor.

Zum nächsten Tante-Emma-Laden im Dörfchen wanderte, wer so auch auf
jedes Vehikel verzichten mußte wie diese Familië, hinwärts etwa 45, beladen heimwärts runde 60 Minuten. Dortzulande lebte der Lebensmittelhänd-
ler aber nicht von dem, was seine mittellose Kundschaft bezahlte, sondern
von dem, was sie schuldig blieb und anschreiben ließ.

So litten auch Sawaang und Oi mit ihren Kindern niemals allzu lange Hunger, obwohl ihr *netto* winziger Monatslohn meist schon nach vierzehn Tagen aufgebraucht war. Und die restlichen zwei Wochen? Sawaang: *"Die
Leute hier können schreiben"*.

Aber manchmal wußte er trotzdem nicht,

w a s   s i e   b l o ß   a l l e   e s s e n   k ö n n t e n .

Sein Nachtschlaf endete nunmehr immer um halb eins. Er und seine Oi verbrachten jede zweite Hälfte einer Nacht in der Gummiplantage und wechsel-

ten mit Karbidlampen auf den Stirnen vollgetropfte Kautschuknäpfchen an zahllosen leichtesthändig angeritzten Stämmen gegen leere aus. Nach Sonnenaufgang verdünnten sie die eingesammelte Gummimilch mit Wasser und einer Säure, füllten diese Mixtur in dosierende Blechbehälter, tretelten sie dann Stück für Stück und barfuß zu fußmattenförmigen Gebilden, die hiernach in handbetriebenen Mangeln ausgewrungen und für den Rest jedes Tages massenhaft vor dem Hause zum Trocknen in der Tropensonne ausgebreitet wurden.

Das war nicht ohne Härten, verlangte namentlich beim Ritzen der Stämme eine lockere und sensible Meisterhand an unverkrampftem Arme, ließ aber Zeit und Muße für Fantasieën und Gedanken in dieser kollegenlosen Einsamkeit und Autarkie einer nächtlichen Plantage. Einem Menschen wie Sawaang bekam solch ein Alltag ohne Kontrolleur unverkennbar gut: zumal nach all dem Streß der letzten Jahre im mörderisch wuchernden, kannibalischen Tourismus.

Er setzte jetzt auch sein dortzulande damals noch völlig unüblich ausgeprägtes ökologisches Bewußtsein in umwelt- und kinderfreundliche Entschlüsse um, mied widernatürliche Materialiën und Industrieprodukte und verhinderte oder unterließ möglichst alle sonstigen Versündigungen an *Mutter Natur*. Sie vor aller drohenden Zerstörung zu bewahren, ließ ihn unbuddhistisch missionieren und sich in unasiatische Ekstase steigern, wenn er passioniert und leitmotivisch Bewahrung beschwor: *"to keep, keep, keep"*. Da spürte jeder, wie spät es schon war.

In seiner Fantasie gar braute sich so bereits das Thema eines eigenen Buches zusammen: eine futuristisch vorausschauënd hellsichtige Erkundung des menschlichen Untergangs als Parallele zum Aussterben der Sauriër.

Doch mit allem, was er da zuvor noch für realisierbar hielt, begann er jetzt erst einmal selbst. Mit manchem Aufhören auf buddhistische Weise selbst einfach anzufangen, hielt dieser königstreuë Demokrat für den einzig gangbaren Weg zur Verbesserung von Argem.

Am dringlichsten erschien ihm die gebotene Zurückstufung monetärer Überschätzung. Geld, das grade ausbezahlt oder eben noch vorhanden war, gab er vorbehaltlos aus, vergeudete und verschleuderte es leicht verächtlich oder ließ es sorglos offen liegen, wo es allzuleicht davonflog oder gestohlen wurde. Auch seine Kinder ließ er, kaum daß sie sich fortbewegen konnten, protestlos mit Geldscheinen spielen, in die offene Dschungellandschaft laufen und ohne sie wiederkehren: sie konnten ihm gar nicht früh genug lernen, daß Geld gar kein Wert an sich, sondern nur was zum Ausgeben, Umsetzen, Weiterreichen sei. *"Wenn es weg ist, ist es eben weg: vielleicht gar nur umso besser. Jedenfalls bloß kein Geschrei um derlei, keinen Streit, kein Gezänk!"*

Gefälligkeiten ließ er sich folglich in aller Armut prinzipiëll nicht honorieren, freiwillige Arbeiten erst recht nicht. Er legte auch nie einen Notgroschen auf die hohe Kante, sparte nichts, sondern schenkte lieber, lud ein oder spendete sogar für die Moschee der mißliebigen Moslems und "verlieh" auf Nimmerwiedersehen.

So sein *farang* finanziëlle Überbrückungen anbot, wehrte er standhaft mit der Begründung ab, erst einmal selbst um derlei kämpfen zu wollen; aber als ihm derselbe Freund vorsorglich bei *Thai Farmers' Bank* so Spar- wie Girokonto etablierte, waren beide schnell leer und blieben es dauërhaft trotz weiterer *incassi* aus "Übersee".

Befragt, was ihn bloß zu besserer Einteilung, gar zum Sparen bewegen, sein unreflektiertes Verplempern von Geld zumindest eindämmen könnte, antwortete er lachend: *"Gar nichts"*. Wirklich stand er nicht unter, sondern über dem Gelde.

Also träumte er jetzt beruflich bisweilen von einer eigenen Gastronomie ohne Zahlzwang: *"Jeder gibt freiwillig, was er für angebracht hält oder aufbringen kann"*.

Wenn es in solchem Zusammenhang dann lakonisch um Gewinner und Verlierer, um *winners and losers* in dieser *US*-merkantilen Gesellschaft ging, verkündete er sofort: *"Ich möchte gar kein Gewinner sein"*; nach kurzer Pause: *"Auch kein Verlierer"*; nach noch kürzerer Pause: *"Aber bloß kein Gewinner!"*

Vielleicht eben deshalb erprobte er auch, wieviel besser es für ihn und alle andern sei, von einem uferlosen Pensum lediglich jeweils zehn Prozent hundertprozentig zu erledigen als ganze neunzig Prozent nur zehnprozentig: die Erfahrung also des Primats von Qualität vor Quantitäten, raren Werten vor leeren Zahlen oder Inhalten vor ihrer puren Bezifferung und Bemessung –

– aber in so konträren Zeiten?
– "I don't know."
– "But you know quality?"
– "Yes, I know."

So baute er auf eigene Faust in seinem Umfeld an einer Gegenwelt zu modischen Statistiken. Er verglich da gern auch das ganze Weltvolumen mit einem Alphabet, das jede Menschenkraft übersteige. Daher begnüge er sich mit den ersten drei oder zwei, gar nur einem einzigen Buchstaben eines solchen Universal-ABCs, beherrsche aber diesen winzigen Ausschnitt so fundiert, daß er von ihm und sich verkünden könne: *"I know everything"* (rhetorisch synekdochisches *pars pro toto* oder Goethe in Hinterindiën?).

Aber auch manche Lehre seines hierbei soufflierenden Buddhismus hinterfragte er jetzt aufmüpfig. Dessen These, daß hienieden gar nichts wichtig sei, konterte Sawaang jetzt keß mit der Antithese, daß alles wichtig sei: *freilich nicht allzusehr;* und: *gleichzeitig sei auch alles unwichtig; aber: wer alles für ausschließlich unwichtig erklärt, könne gar nicht leben;* insofern *sei alles wichtig.*

Als ein Mönch ihm hierauf jenen *"mittleren Weg"* empfahl, der keinen springen lasse, der sich vorher nicht hinlänglich abgesichert habe, trotzte er unbotmäßig: *"Ich springe immer, auch ohne Sicherheit".*

Wirklich hatte er das tollkühn und lebensverändernd gerade getan und fühlte sich seither wie befreit. Aber fand er so und hier, was er zu suchen eigens in die Wildnis aufgebrochen und geflüchtet war: sich selbst?

Hierfür lernte er zunächst, mehr noch als je zuvor, aber anders als bisher auf seine aufmerksam registrierten Träume zu achten. Er begriff, daß sie nicht mit ihren scheinbar konfusen Inhalten, sondern mit vermittelten Stimmungen ihren Träumer jeweils ermuntern oder warnen, ermutigen oder bremsen und insofern zu beherzigen seiën.

Aber irgendwann und -wo hatte er da schon erschrocken zur Kennntnis nehmen müssen, daß ihm alles, was er erlebte und erfuhr, zuvor schon im Traume widerfahren oder begegnet war. Erst träumte er, dann lebte er es. Gelebtes Leben war ausgeführter Traum. So lernte er, die vermeintliche Wirklichkeit des Menschen als manifeste Wiederholung von Vorgegebenem, Fixiertem einzuordnen, zu bewerten, hinzunehmen.

Daß es ein so unbegreiflich magisches und totales, eine universales Palm-
blattarchiv mit einem Weltgedächtnis wie in der *Akascha-Chronik* nicht nur
in Bangalore und Madras, sondern auch irgendwo in seinem Thailand gab,
wußte er nur vom Hörensagen. Aber er ahnte jetzt: alles gab es auf mehreren Ebenen; alles stand schon chronisch-chronikalisch fest und geriet bei
seiner profan banalen Wiederkehr (oder Reïnkarnation?) zur akuten Bewäh-
rungsprobe des Probanden – wie verhielt sich der da, wie reagierte der, wie
bestand er solche Prüfung?

Um über die übliche Erkenntnisgrenze hinweg mit so abgrundtiefem Blick
in geheime Weltgesetze umgehn und hieraus geistiges, biografisches oder
zwischenmenschliches Kapital schlagen zu können, hatte dieser Sawaang
Lyhkamhahn sich wohl schon lange selbst einzugestehen nicht umhin ge-
konnt, daß er über sensitive Fähigkeiten verfügte, wie andere Thais und *fa-
rangs* sie eher entbehrten, verloren oder grobhin verscherbelt hatten und als

"c r a z y"

verachteten.

Er jedenfalls erkannte, bemerkte, sah oder spürte täglich Vieles, was seiner
modernen Umwelt verschlossen blieb. Er nutzte das im Dienste an seinem
neuën Weltbild jenseits der Lautsprecher, Scheinwerfer und Märkte. Wie
aber schlug das im Alltag zu Buche: wie äußerte es sich konkret?

Zum Beispiel so:

Wem in seiner Gegenwart plötzlich nach einem Glase Wasser dürstete, dem
kredenzte Sawaang es schon, ehe es noch erbeten wurde;

wenn er jemanden besuchen fuhr, der nicht zu Hause war, lenkte er sein damaliges Moped plan- und ziellos in den Dschungel und traf dort den Ge-
suchten unverzüglich;

fühlte zum Beispiel ein europäischer Gast sich ermüden und beschloß bei
sich, demnächst aufzubrechen, reichte Sawaang ihm schon auf ganz unasiatische Weise die Hand und sagte *Buona notte* oder *Gute Nacht* oder *Sleep
well*;

wirklich konnte er nämlich Gedanken lesen und ersparte seinem Gegenüber
oft dessen ersten Satz, indem er ihm punktgenau zuvorkam oder schon ins
zweite Wort fiel: auch bei unvorhersehbarem Themawechsel; selbst wenn
der Andere auf eine Frage gerade zu verzichten beschloß, gab Sawaang ihm
schon die passende Antwort;

jene leicht masochistische Unart eines Freundes, eigene Wünsche aus Rücksicht zu verschweigen, durchschaute er im Voraus und erfüllte sie wortlos
im Sinne des Verleugners;

verabredete Telefonate blieb er schuldig, weil er eine baldige Begegnung
mit dem Partner voraussah, überraschenden Anrufen kam er "fernmündlich"
überraschend zuvor;

ihn selbst zu überraschen, war so kaum möglich. Sprachprobleme oder -hin-
dernisse verringerten sich hierbei praktikabelst;

als er mit aufgebocktem Dioskuren jene Stelle seines argen Unfalls passierte, die sein Fahrgast gar nicht kennen konnte, fragte dieser in okkult gegen-
läufiger Gedankenübertragung unverhofft, wo sich denn eigentlich, *by the
way*, sein Unfall ereignet habe. *"Ja, es war hier"*, gab Sawaang da als heim-
licher Inspirator und Dirigent auch fremder Denkprozesse scheinbar beiläufig preis;

erzählte ihm jemand von rätselhaften Problemen mit unbekannten Menschen oder Situationen gar in andern Kontinenten oder längst verstrichnen
Jahrzehnten, pflegte er kurz die Augen zu schließen, um sich dort hinüber
zu konzentrieren und nach kurzer Pause Erklärungen zu liefern, die plausibel zu klingen und sich später als richtig zu erweisen pflegten: noch über
Tausende von Kilometern oder viele Jahre hinweg;

einen erotomanischen Landsmann auf seinem Motorrad mitten im Walde
kommentierte er nach erstem Anblick, aber noch vor irgend erstem Wort
dieses schweigenden fremden *womanizers* mit der Frage *"How many ladies
this man?"*;

einem Barbesitzer, der ihn um seinen Arbeitslohn prellte und zu folgen-
schwerer Kündigung zwang, sagte er das baldige Ende seiner blühenden Bar
voraus und behielt auch hiermit Recht;

aber als jener befreundete *farang* und Lebensretter seiner Einladung folgte
und ihn in der Kautschukplantage besuchte, kam er mit akuten Rücken-
schmerzen und der festen Absicht, sich hier eine ganz bestimmte Matratze
zu kaufen und so vor der obligaten Nächtigung auf gnadenlosem Betonfußboden zu bewahren; aber als er aus Europa eintraf, lag just eine solche Matratze schon im "Gästezimmer" bereit, sogar in der vorgestellten Farbe;

doch als dann dieser selbe Besuch seinen telepathischen Gastgeber nach einer neuën Plastiktüte für seine Reiseapotheke irgendwann demnächst zu fragen plante, erschien der schon mit einem solchen Utensil und packte wortlos
all die Medikamente aus dem zerfledderten Behältnis um;

suchte dieser Gast vergeblich seine Sandalen, die er nach Landessitte beim
Betreten des Hauses abgestreift und vor der Eingangstür hatte stehen lassen,
konnte er sicher sein, daß Freund Sawaang sie schon beizeiten zur Hintertür
getragen hatte, weil sein Besuch sie demnächst eben dort benötigen würde;

und als dieser Beglückte weiterflog, warnte ihn sein Wahrsager vor dem ge-
buchten Fluge: der sei islamistisch gefährdet und sollte ausgewechselt werden; da das in Saithai allzu kompliziert erschien, blieb es bei der Buchung
einer Maschine nach Melbourne, die dann in letzter Sekunde vor dem *em-
barkment* wahrhaftig gesperrt und gegen eine andere ausgetauscht wurde;
für diese Hellsicht später belobigt, zeigte ihr Prophet sich ganz unüber-
rascht: er lebte mit dieser Gabe und kannte ihre Zuverlässigkeit zwischen
diversen Wirklichkeitsebenen;

kurz nach Weihnachten 1998, als der Präsdent in Washington für alle Thais
noch *Kalindonn* (= *Clinton*) hieß, sah Sawaang, politisch eher uninformiert,
schon (fast drei Jahre vor dem islamistischen Angriff auf das *World Trade
Center*) voraus, daß ein nächster Krieg der *USA* sich nur scheinbar gegen
den Irak, eigentlich aber gegen den ganzen Islam richten werde;

als jedoch jener okzidentale Freund und musisch polyglotte Privatier seinem
Dschungelintimus von einem ersten literarischen Versuch berichtete und
seine Zweifel sofort hinzufügte, ob dieses Buch auch je ein Erfolg werde,
schloß Sawaang nach bewährter Manier, nur diesmal zukunftsbezogen seine
Augen, pausierte kurz und verblüffte dann mit der enttäuschend unglaub-
würdigen Auskunft, es sei schon ein Erfolg. Aber nach einer zweiten kurzen
Pause fügte er hinzu: *"Nur daß du das nicht mehr erlebst"*.

Das klang wieder nach *Akascha-Chronik* oder Palmblattbibliothek wo auch immer: alles steht von Anbeginn fest, oder Zeit ist illusorisch. Für Sawaang war sie das zweifellos. Er lebte wirklich termin-, kalender- und uhrlos ohne jede Hetze, ohne Eile, ohne Streß und Termine, auch möglichst ohne jedes Nachher oder Später oder Übermorgen und ohne jede Ungeduld: mit Muße. Wo er auf Zeiteinteilung stieß, hob er sie lächelnd auf: dann war sie weg.

So außergewöhnliche Himmelsgaben wie *Clairvoyance* oder Telepathie konnten in vertraulichen Gesprächen schwerlich unerörtert bleiben. Aber alles vermeintlich guruhaft, gar messianisch Missionierende wies dieser Sensitive ausdrücklich von sich. Er bestand darauf, auch aus "Erleuchtungen", die er weder leugnen noch erklären konnte, keinerlei anmaßend besserwisserische Doktrin oder Theorie und Lehre, keinerlei Ideologie oder religiöses Dogma abzuleiten: er wolle *"niemanden belehren, glaubte auch schwerlich, eine mitteilenswerte Wahrheit zu besitzen, die verbreitet werden müßte"*.

Das merkte sich damals schon sein staunender Kronzeuge aus dem Abendlande: *"Sawaang lebt nach seinen Einsichten vor sich hin. Damit ein Beispiel geben zu wollen, würde er vermutlich schon für hybrid halten"*[4].

Er vermied auch tunlichst jede Vermarktung und jeden Applaus, jede Form von Popularität, wie sie seinerzeit schon naheliegen mochte.

Was er wollte, war, den Umkreis eines unbekannten kleinen Kautschukzapfers mitten im profanen Alltag für jedermann etwas lebenswerter, angenehmer und erfreulicher zu gestalten: in anonymer Bescheidenheit und Unauffälligkeit; diese Welt inmitten all der globalen Marktwirtschaft an Ort und Stelle nach Maßgabe seiner eigenen Kräfte, in Demut und hierorts fast exotischer Rücksichtnahme aufmerksam und dienend erträglicher zu machen.

Er wußte zwar um seine Erleuchtungen. Aber nie hielt er sie für eigenes Verdienst, immer für pure Gegebenheit und allenfalls Auftrag. Selbst solche Bescheidenheit aber hielt er weniger für bescheiden als für Realismus:

a l l e s   s e i   e b e n ,   w i e   e s   i s t .

Alles zwischen Geburt und Tod schien ihm generell austauschbar. Insofern verurteilte er nie etwas, saß auch über Menschen nie zu Gericht (*"sicher so aus Gutem und Schlechtem gemischt wie auch du und ich"*), tolerierte alles und alle, lebte selbst ambitionslos, bedürfnislos und weitestgehend auch meinungslos. Zu einer Stellungnahme oder Äußerung seiner Ansicht genötigt, antwortete er mit Vorliebe *"any"*: *wie auch immer, egal.*

Sein Gesprächspartner aus Fernwest hielt das alles gern für messianisch und eine Inkarnation von Numinosem. Für Sawaang jedoch war da jedwedes Vorgefundene ohnehin schon numinos und er selbst beileibe kein Sonderfall.

Doch er war es. Welcher andere erziehungslose Kautschukzapfer aus dem Armenhause des laotischen Ihßähn hätte einem fremden Touristen schon bei einem ersten gemeinsamen Ausflug in die Labyrinthe undurchdringlichen Urwalds zwischen Lianenfallen und Dornenkrallen auf Schritt und Tritt mit graziösen Verbeugungen allerhöflichsten Vortritt gelassen?

Wer sonst nahm einem Händler auf der merkantil entfesselten Sukumwit in Bangkok dringend benötigte Kleidungsstücke in völlig falschen Größen ab, nur um ja den Verkäufer nicht zu enttäuschen oder zu schädigen?

Wer sonst bestand beim Einkauf von Bagatellen eines Papiergeschäfts in Krabih auf Bezahlung in passender Münze: nur um der Verkäuferin die Panik des Kopfrechnens zu ersparen?

Wer sonst half notfalls in überfüllten Restaurants mit Personalmangel ungebeten und kommentarlos als Kellner aus und bediente die ungeduldigen Touristen improvisiert auf eigene Faust, aber ohne jeden Obolus?

Welcher andere südostasiatische Proletariër faßte einen *farang* aus Ländern mit konträren Verkehrsregulierungen bei jedem Überqueren einer Autostraße an der Hand, am Arm oder um die Schulter und lotste, dirigierte oder beschützte den vermeintlich gefährdeten Exoten so?

Wer sonst unter all seinen illiteraten Landsleuten füllte den amtlichen Fragebogen eines sozialen Hilfsprogramms für die Allerärmsten nur deshalb so penibel wie eine unabdingbare Pflichterfüllung aus, weil er so dem eingeteilten Verwaltungsbeamten in seiner Behördenkarriëre behilflich sein zu können hoffte?

So aber wurde aus dem Hilfsbedürftigen ein Helfer, der Arme zum Schenkenden, und Sawaang blieb sich treu. Das gelang ihm ohne jede Mühsal, weil er jeden Wunsch eines Anderen zum eigenen machte. Dann wollte er dasselbe wie der und realisierte es tunlichst.

Bisweilen nahm das bedenkliche Formen an. Etwa als ein Los, das er nur dem Verkäufer zuliebe erworben hatte, ihm den astronomischen Gewinn von 30 000 Baht (oder 1800 DM oder 900 Euro) bescherte. Prompt erschienen Hinz und Kunz bei diesem Glückspilz und bettelten ihn um "Leihgaben" an. Er enttäuschte da keinen Einzigen und war den ganzen Goldregen ohne jeden eigenen Nutzen umgehend wieder los.

Als sein europäischer Gefährte das ebenso aufrichtig kritisierte wie bewunderte und die auffallend hilfsbereite Solidarität der hiesigen Unterschicht pries, bestätigte Sawaang sie als den Bodensatz buddhistisch überlieferter Gemeinschaftskultur nur unter einem Vorbehalt:

falls je ein Armer das wirklich große Los des Lebens ziehe und sich reich verheirate oder einen amerikanischen Krösus als Sponsor gewinne oder sonstwie zu eindrucksvollem Wohlstand gelange, verwandle sich heutzutage dieser ganze bislang so schöne Zusammenhalt der mittellosen Unterklasse in schnöden, aggressiven Neid und schlage irgendwie zu: in einer Melange aus Enteignung, Haß, Zerstörung und Wut. So sei das leider im hiesigen Imperium einer andern Mafia inzwischen.

Auch sonst wußte dieses belesene und bewußte Kind des Volkes mit all seinen Antennen und Sensoriën selbst für Unbeweisbares viel über Thais und deren Psyche oder Brauchtum, über hiesigen *theravâda*-Buddhismus und dessen Riten oder Ethik, dessen Theorie und Praxis zu berichten.

Von hier aus dehnten sich die Gespräche mit seinem europäischen Hausgast auch auf dem unbequemen Betonfußboden jener Waldarbeiterhütte in den Gummiplantagen von *Bahn Saithai* schnell uferlos in jener problemlos funktionierenden Geheimsprache aus, die mit ihren englisch und südsiamesisch geradebrechten, mit erratenen und geahnten Elementen oder individuëllen Nuancen und Assoziationen unvermittelbar einzig diese beiden Freunde beherrschten.

In so verschlüsseltem Idiom vertieften oder streiften sie zum Beispiel Themen der aktuëllen Währungswirtschaft, der französisch revolutionären *égalité*, der Atomphysik oder auch der Dialektik von Prädestination (etwa seiner Träume und der Palmblattarchive) und unleugbar freiëm Willen.

Da zwischenhinein produzierte Lyhkamhahn nicht nur Kautschuk, sondern
reparierte auch archaïsche Brunnen oder elektrische Motoren, erkletterte
Kokospalmen, jagte mit selbstgebastelter Flinte Warane und Eichhörnchen
oder fischte ergeben und tapfer mitten in schmerzhaft nesselnden Quallen-
schwärmen, gleichwohl erfolgreich mit einem Netzsegment in der bloßen
Hand auch aus der Brandung des *Indischen Ozeans*, deponierte den zappeln-
den Fang in seiner Hosentasche und kochte oder briet ihn später als asiati-
scher Lukull. So verfügbar und erschwinglich, servierte er dann gern auch
so kaviarartige Leckerbissen wie selbsterbeutete Ameisen- oder Hornissen-
eiër.

Nach dem Essen wurden Cholesterinspiegel, das Zusammenwirken von
Körper und Geist im Menschen und im Mikro- wie Makrokosmos, physika-
lische Feldtheorieën, die pädagogischen Prinzipiën in Eton, aber auch die
Prophetieën des Nostradamus und Lavoisiers Erkenntnis vom Energie-Er-
halt erörtert. Hiernach ging Sawaang ein Stück Urwald roden, schlachtete
sei es ein Huhn oder sei es bei hilflosem Nachbarn ein Schwein

und rettete aus seinem artesischen Ziehbrunnen einen abgestürzten Eisvo-
gel, der dann angstlos und vertrauënsselig so lange auf der ausgestreckten
Hand dieses anderen *Heiligen Franziskus* sitzen blieb, bis sein Gefieder so
trocken war, daß es den Weiterflug gestattete.

Auf eben dieser selben Startbahn verbrachten auch einzelne Glühwürmchen,
pausenlos äußerst erotische Lichtsignale funkend, in aller Seelenruhe und
Sympathie ihre wohlig genossene Siësta. Führte ihr funkelnder Weiterflug
sie dann ausnahmsweise in die ungewohnte Höhe der Kautschukwipfel, sah
Sawaang zuverlässig einen bald schon strömenden Tropenregen voraus.

Es folgten oft ebenso verläßliche Wettervorhersagen auf Grund von Amei-
senverhalten oder Bewegungen einer stinkenden Käferart, auch Glücksver-
heißungen angesichts eines Wespennests im Wohnhaus oder einer wandernden Erdwürmerkolonie und mancher Schlange, je nach Bewegungsrichtung.
Unglück hingegen verkündete ihm *ling lomm*, eine der vielen Lemurenarten
hierorts, die sogar Tod bedeute und jeden Jäger, auch Sawaang sofort seine
Jagd abbrechen ließ.

Jagte er Eichhörnchen, die dort lauthals zu schwadronieren lieben, entnahm
er diesen Mitteilungen zuvor, ob sie nur ihre Artgenossen vor ihm warnen

oder aber ihren Nachwuchs unterrichten. Aber er respektierte auch Reinlichkeit und Sensibilität, Aufmerksamkeit und Nachwuchskultur von Kakerlaken, die er weder vertrieb noch tötete, kannte sich in den rätselhaften Hochzeitsbräuchen von parasitären Baumwurzelfressern wie von weiblichen Termiten aus und wußte gar, wie man hinderliches Flattern und Gackern gegriffener Hühner verhindert, indem man sich zuvor die Hände mit Zwiebeln einreibt: *das beschwichtige Geflügelpanik.*

Doch notfalls beherrschte Sawaang auch die Heilung von Tierbissen, Stichen und Quallenverbrennungen oder Schnittwunden mittels okkulter Urwaldpflanzen in ebenso simpler wie magisch unfehlbarer Verarbeitung sei es mit Mörser oder eigenem Speichel.

Schon während solcher Therapieën fanden freilich hitzige Debatten statt:

etwa über Möglichkeitssinn und Sozialpolitik, altägyptische Sphinxen und deren mythisches Schweigen, den etymologischen Zusammenhang von Bikarbonat und Bisexualität oder die Inhalte von Quantentheorie und Unschärferelation (unter souverän mühelosem Verzicht auf solche Fachbegriffe und Vokabeln)

oder auch ein ausgedehntes Kolleg dieses kundigen Heilers über animistisch-altsiamesisch weit verbreiteten Geisterglauben etwa an *pih daai hah, pih sing, pih bleht, pih dschihn oder pih nahm plaai* und wie diese spirituëllen Elemente tunlichst zu respektieren seiën (die später auch noch in Kinofilmen seines prominenten Landsmanns Apitschatpong Wihrasethakunn cinéastisch hochkarätige Festivalpreise in Cannes und sonstwo errangen),

von hier aus in kühnem Sprung zu den Weltreligionen, die er gut genug kannte, um islamische Straf- oder Rachegedanken ebenso befremdlich zu finden wie die hingehaltene andere Wange des Christen; beides ersetzte er lieber durch buddhistisch realisierbareres *"just stay"* und exerzierte das so eindrucksvoll wie überzeugend auch persönlich.

Aber schon kam einer jener zahlreichen Nutznießer seiner Güte aus der Nachbarschaft angeknattert und entführte ihn auf dem Moped des Betuchteren zur unverzichtbaren Hilfe in bürokratischen, technischen, handwerklichen oder organisatorischen Engpässen. Denn allenthalben war Sawaang ein wohlerprobter Improvisator, ein Rundumtalent, eine Omnipotenz, die väterlich und mütterlich für alles oder jeden sorgte und alles bedachte, beschaffte, veranlaßte oder eigenhändig machte. Nichts war ihm da zu mühselig, nichts zu kompliziert; alles packte er zielsicher an und bewältigte es zufriedenstellend: aber immer beiläufig, spielerisch, unmerklich, schnell und so unaufwendig, als lösten sich Dinge und Probleme ohne sein Zutun von selbst.

Falls er hierbei seinen fernwestlich musischen Besuch zu einer hautnah aneinandergepreßten Triole mit auf dieses Moped ein- oder auflud, mußte der unumgänglich registrieren, wie Sawaang unterwegs vor allen Tempeln, Altären oder Buddhastatuën, wie sie dort allenthalben den profanen Alltag der Armut mit sakralen oder spirituëllen Gegengewichten ausbalancieren, im Vorüberknattern

m i t   a n e i n a n d e r   g e l e g t e n   H a n d i n n e n f l ä c h e n

seinen ehrerbietigen *wai* hinüberschickte, oft jedoch auch anhalten ließ, um Räucherstäbchen anzuzünden, niederzuknieën und zu beten. Anschließend sprachen sie auch hiervon.

Als einsichtiger Buddhist vermied Sawaang es, mit so mikroskopischen Gesten und Aktionen etwa Gott persönlich behelligen zu wollen. *Der sei ihm auch noch nie und nirgends begegnet.*

Um was er dann aber bete?

Um Wohlergehen.

Wessen, für wen denn?

Na, für alle natürlich: die ganze Menschheit.

Auch zum Beispiel für Moslems?

Auch für Moslems.

Und bei wem?

Wie bitte?

Also, wen er um dieses Wohlergehen für alle bitte?

Na, Gott bestimmt nicht. Der hat Wichtigeres zu tun.

Sondern?

Wie bitte?

Wen denn sonst er um dieses allgemeine Wohlergehen bitte?

Na, sich selbst natürlich: erst einmal habe er selbst dafür zu sorgen.

– Pause. –

Wenn Gott sich dann auch noch daran beteiligen wolle, sei es ja 'up to him'.

Ein gutes Jahr hiernach knüpfte er dann mit seinem Elefantengedächtnis bei einer magischen Rundfahrt durch die Verzauberungen jener okkulten Fleet- und Mangrovenlandschaft von Saithai im Boot seines Kumpels Dschían unverhofft an dieses frühere Gespräch über Gott und Gebete an und sagte, er halte nicht nur ihr jetziges Trio, sondern jeden, aber nicht nur jeden, sondern alles im ganzen Kosmos ringsum für ein Stück Gottes. Zumindest Brahma, Spinoza und Pláton applaudierten da vernehmbar erfreut in ihren pantheïstischen Gräbern.

Der somit Akklamierte selbst jedoch hatte sich hierbei unter der Hand bereits aus dem verantwortungsbewußten Familiënvater seiner Mannesjahre wieder zu Dschíans übermütigem und ausgelassenem Kindheitsfreunde oder zum unbeschwerten Spaßvogel früherer Zeiten verwandelt, der sich mitten in den Göttlichkeiten von Tieren und Pflanzen, von Nacht und Gezeiten befreit und beseligt zu Hause fühlte. Die Mimikry seines leuchtenden Guru-Gesichtes verriet da sein weites inneres Spektrum ebenso, wie es bei der Immobiliënverhandlung in einem Taucher-Laden jählings die profane Gewöhnlichkeit eines handfesten Bauërnburschen annehmen oder bei der Verfolgung von Waranen auch minutenlang die gnadenlose Grausamkeit eines Urjägers offenbaren konnte.

Beim Pflücken von Wildgemüse unterwegs und dessen Verarbeitung zu einem der mindestens zehn *gappkaaos* (กับข้าว) zum Reis des Abendessens sprach Sawaang dann gern wieder über Themen wie Genforschung und Hormonhaushalt, sonderlich häufig über Relativismus (sei es Einsteins oder Lungs, sei es überhaupt: *"Wie lang ist ein Meter?"*, *"Wie gut ist ein Meter?"*), über das künftige Verhältnis von Technik und Magie, erst recht von Weltwirtschaft und Spiritualität, dann aber jählings auch über jenen fernen

Thomas Edison (1847-1931),

der so lange für ebenfalls crazy *gehalten worden sei, bis er der Menschheit das elektrische Licht schenkte*: über artverwandte Zusammenhänge also von Außenseitertum und Genialität.

Auf das ausführlich dargelegte Beispiel Edison's ließ er jäh in stichwortartiger Aufzählung eine Serië europäïscher Genies folgen, die alle von ihren Zeitgenossen für *crazy* gehalten worden waren.

So genau und sehnsüchtig wußte er um seine Auserlesenheit. (Und daß ihn seine eigene Umwelt gleichfalls gern für *crazy* hielt.)

Kamen dann zur Mahlzeit eingeladene, häufiger ungeladene Gäste, blühte dieser Hausherr meist zum bestrickenden Zentrum einer amüsanten Geselligkeit auf, die er mit funkelndem Charme und überrumpelndem Witz zu dominieren vermochte: unverhofft eine schlagfertig parierende Stimmungskanone und gleichwohl Meister jener buddhistisch beschämenden Gesprächskultur, die primär auf diszipliniertem Zuhören beruht, konträre Meinungen gelten läßt und protestierenden Widerspruch mit Zustimmung einleitet, moderat intoniert und niemals aggressiv oder unduldsam klingen läßt. Harmonie und Würde der Anderen werden da nie verletzt, auch jeder gegensätzlich Denkende fühlt sich somit willkommen und geborgen.

So also wußte dieser Waldarbeiter ihrer aller verzweifelten Spagat zwischen Neuzeit und Archaïk, zwischen Elektronik und Magie mit den scheinbar unbegrenzten Gaben seiner intellktuëllen wie handwerklich manuëllen, sciner technischen und spirituëllen Potenz brillant zu bewältigen oder vorzuturnen. Er schien die global desolaten Spannungen dieses nahen Jahrhundert- und Jahrtausendwechsels aushalten und per Gegenkurs beherrschen zu wollen.

Freilich hatte dasselbe Kalender-*Event* für siamesische Buddhisten natürlich schon vor 543 Jahren, also *anno Domini* 1457 stattgefunden, als Europa sich vor der Invasion muselmanischer Türken fürchtete und schüchtern einen ersten Humanismus seiner frühen Renaissance dagegenzuhalten versuchte. Im frühen Thailand wurde schon damals die friedliche Hochkultur von Sukotai durch den gnadenlosen Absolutismus von Ajutajah abgelöst, der die buddhistische Jahrhundert- und Jahrtausendwende damals nicht eben humaner verlaufen ließ, als die "christliche" es sich nunmehr global herausnahm.

Wie man solche Umbrüche, solche Attacken übersteht und seinen Zeitgenossen hierbei hilft, mochten so vielseitige Universaltalente wie dieser Sawaang Lyhkamhahn in ihren Genen verankert vorgefunden haben. Dieser Kautschukzapfer jedenfalls versuchte das nicht nur gegen toleranzlose Herrsch- und Angriffslust militanter Moslems (*"Sonst wäre man ja genauso!"*), sondern seinerzeit mit breitestem Spektrum und höchst bewußt zumal gegen jeden Terror des Mammon und all seiner kommerziëllen Prioritäten.

Nur ein einziger Bereich schien sogar in allen Unterhaltungen mit seinem europäischen Musenfreund ausgespart zu werden: allzu Ästhetisches, allzu spezifisch Künstlerisches.

Zwar wußte Sawaang bei Gelegenheit Pablo Picasso zu benennen, angemessen einzuordnen und den noblen Chris de Burgh zu seinem musikalischen Favoriten zu erklären; und vor den architektonischen Preziosen in Sukotai und *Sih Satschanalai,* gar in Pimaai bewies dieser Laië ein verblüffend sicheres Qualitätsgefühl oder Auge für Details und Nuancen noch im kambodschanischen Ornament. Dennoch war von Kunst bei ihm rein mengenmäßig eher selten die Rede.

Aber leitmotivisch erwähnte er doch immer wieder sein Fernziel eigener Niederschriften. Er gestand auch, schon seit Jahren selbst zu schreiben. *Habe aber noch niemandem je was gezeigt. Überhaupt verschweige er die persönlichsten Dinge lieber. Wenn sein* farang *endlich so weit sei, Thai lesen zu können, werde er für ihn schreiben. Andere Leser gebe es ja doch nicht für einen wie ihn. Zuvor jedoch müsse er genügend Material angesammelt haben, um* "über sein Leben schreiben" *zu können, das dann freilich nur stellvertretend für* "ein Leben" *oder* "jedes Leben" *stehen werde:* bewußter Symbolismus also.

Doch jede europäische Freundesempfehlung, solche Ambitionen handwerklich vorzubereiten und die angepeilte Lesbarkeit rechtzeitig zu trainieren, verwarf Sawaang scheinbar überheblich: *es gehe hierbei nicht um Lesbarkeit, nicht um Resonanzen der Umwelt, nicht um Erfolge. Es brauche das auch niemand zu lesen.*

Wie denn das nicht?

Es gehe darum, daß man es tut.

Touché: das war schon mehr als professionell, es war elitär: das Kriterium einer literarischen Minderheit, der autarken *happy few*, deren esoterisch souveräne Theorie vom Glück und Sinn aller Kreativität, allen Machens überhaupt.

Diese Auskunft war alles andere als banausen-, amateur- oder laiënhaft. Sie war "eingeweiht" und dürfte es mangels Erfahrung *ab ovo* gewesen sein: künstlerisch.

Er führte auch aus, daß in den unterschiedlichen Kulturen nur die Systeme differieren, Aufgabenstellung und Ziele aber überall immer dieselben seïen.

Als er unverhofft in *Klohng Muang* einer Frau begegnete, die ebenso gehörlos wie kontaktfreudig war, beglückte er sie auf Anhieb mit verständlicher, aber nie zuvor gelernter oder praktizierter Gebärdensprache: aus purem Instinkt für drängenden Ausdruck.

Woher aber wußte, kannte und konnte dieser "Kautschukzapfer" sowas alles? Er war ein Wunder, ein Himmelsgeschöpf.

Denn lesen durfte da dieser eingeboren süchtige Literat in seinem eigenen Hause schon längst nicht mehr. Frau Oi fühlte sich durch seine Lektüre herabgesetzt und verbot sie sich.

Natürlich machte er sich auch diesen Wunsch eines Mitmenschen unverzüglich zu eigen und wollte also von Stund' an auch selbst nicht mehr lesen: verkniff sich die Erfüllung dieser Urlust effektiv und las nicht mehr. *Es mache ihn ja auch nur noch 'more crazy'.*

In seinem Haushalt gab es daher auch kein einziges Buch, das diesen Notoriker hätte verführen und rückfällig werden lassen können. Selbst also schreibend oder nicht, lebte er so illiterat wie sein hinterwäldlerisches Umfeld.

Das gereichte bisweilen zu unverhofften Bildungslücken: was Juden sind, zum Beispiel. Also auch die Ortschaft Auschwitz, in anderer Unschuld. Oder als es beim Trockentrampeln der Kautschukmasse eines frühen Morgens um Lichtfiguren der Weltgeschichte ging, die Sawaang gern als Prozeß einer konservierenden Korallisierung begriff, fragte er jählings, wer denn bloß jener oft erwähnte Che Guevara gewesen sei. Das zu erfahren, schien ihm ein Anliegen. Notgedrungen fiel die Auskunft in ihrer Geheimsprache etwas umständlich aus: auch weil diese ferne Heilsgestalt so vieles in sich vereinigt. Aber Sawaang begriff sofort und erriet den Rest: vermutlich nicht zuletzt dank einer tief affinen Wahlverwandtschaft zu diesem andern verhinderten Messias der Humangeschichte.

Und trampelte unverdrossen und vergnügt sein Kautschuk tretmühlenartig weiter: Anlaß genug, an die inzwischen längst überfällige Entfernung jener Schiene aus seinem linken Unfallbein zu erinnern. Er winkte nur ab und verschob es scheinbar verächtlich. Doch in Wahrheit fürchtete er eine abermals fällige Vollnarkose, in deren Schutz dort angeblich mittellose Patiënten damals um eine Niere oder sonstwas erleichtert zu werden pflegten, was sich als Organspende einträglich weiterverkaufen ließ. Das führe nicht selten auch zum Tode des Patiënten, hatte er munkeln hören und hielt es als Unterprivilegierter eines kapitalistisch verwahrlosten Systems für absolut plausibel: also lieber später mal!

Den Rest dieses selben und jeglichen Tages verbrachte er dann wieder ungetrübt als jene mozartisch engelhafte Himmelserscheinung, die er in dieser Phase seines kurzen Lebens meist zu sein schien: heiter, transparent, gut gelaunt, einfallsreich, gütig, leuchtend, höflich, zutiefst respektvoll, zutiefst religiös, dabei handfest, diesseitig, praktisch, versiert. Auch seine grenzenlose Lachlust lag damals unbesiegbar auf einer Lauër, die numinos markiert schien. Denn sein laotisches Gesicht, hier immer noch Gegenstand rassistischer Belustigung, hatte jetzt immer häufiger die Schönheit des Geistes.

"Er war zu den Quellen der Brunnen zurückgekehrt, wo alles Licht von der Sonne und von Glühwürmchen kommt. Oder eben von Seinesgleichen. Dort hatte er mit Zivilisation bezahlt und Kultur bekommen. Er hatte Armut gewählt und Glück gefunden. Er war heiter und frei, ein Herr seiner selbst und seines ganzen Lebens" [2].

In dieser Phase lehnte er es ab, auch nur zeit- oder leihweise ein mobiles Telefon in sein Haus aufzunehmen. Doch in umso höherem Maße teilte er damals weltentrückte Friedlichkeiten aus: *"Er befriedet alles ringsum durch seine Ruhe und Bescheidenheit. Er strahlt Frieden aus und Herzlichkeit, allerbeiläufigst, aber unwiderstehlich infektiös: Güte"* [4].

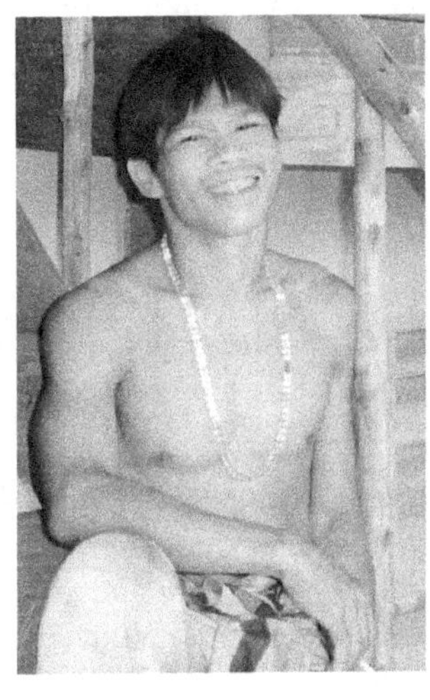

Sawaang Lyhkamhahn

Foto: Nohng Noh, *Klohng Muang*, Juli 2000

An solcher Freundeshand empfand da auch jener *amico* aus Fernwest seinen hiesigen Aufenthalt als den zaghaften Versuch eines eigenen Austritts aus der Geschichte: quasi zeitloses Eintauchen in Naturkreisläufe.

Diesbezügliche Komplimente seines *farang* überraschten Sawaang nicht allzu sehr, aber trübten seine Leuchtkraft. Bei solcher Gelegenheit erzählte er eines Nachts, daß schon in jenem alten Thailand ihrer Sagen und Legenden jedes erste Kind eines magisch Begnadeten mißlang, nie zu gehen lernte und den Vater so zum Verzicht auf seine Zauberkräfte veranlassen sollte. Daraus erhelle auch heute noch, *daß man für alles, auch für Auserwähltheiten und Gaben bezahlen müsse – aber nicht mit Geld: mit Leben.*

Sprach's fast vergnügt und überwand oder übertünchte so alle sonstige Neigung zu Depressionen über seine unveränderbare Chancenlosigkeit.

Mit Leben bezahlen: eine *conditio sine qua nil* auch in siamesischen Kautschukplantagen oder Dschungeln noch des späten 20. Jahrhunderts?

Auf globalistisch heutige Art und Weise schien sich das nur allzubald zu bestätigen. Fristlos wurde Sawaang von seinem Arbeitgeber aus der Kaut-

201

schukplantage entlassen, fristlos mit Frau und Kindern auch aus ihrer Unterkunft vertrieben. Warum? Begründungslos. Vermutlich waren im letzten Monat die Gummi-Erträge etwas geringer ausgefallen, oder ein Rivale war noch billiger zu haben, oder jene Mißgunst der Slums und Märkte hatte ihn wegen seines europäischen Hausgasts denunziert, der ein Millionär sein, also Sippenhaft auslösen mußte. Sollte der vielleicht sogar erpreß- oder sonstwie anzapfbar sein und an seinem Goldregen angemessen teilhaben lassen?

Denn als dieser Schicksalsschlag sich ereignete, war jener *farang* just im Lande und zu Besuch bei Freund Sawaang. Umso mehr fühlte er sich, als jede anderweitige Bewerbung in den Kautschuk-Imperiën ringsumher aussichtslos scheiterte, zur Hilfe in dieser Existenznot veranlaßt.

Ohnehin spielte er seit langem mit dem verlockenden Gedanken, hierzulande zumindest eine vorläufig zweite Existenz zu gründen und sie später gegebenenfalls zu seinem Alterssitz aufzuwerten. Das aber war in Thailand, das zurecht darauf stolz war, schon früher keine Kolonialherren in sein Land gelassen zu haben, für jeglichen Ausländer nur erreichbar, indem er alle bürokratischen Hürden mit Person und Namen eines Thai zu umgehen oder überwinden vermochte. Fremdherrschaft war hier auch durch die Hintertür des Tourismus unerwünscht, und Immobiliën konnten dort damals nur Thais erwerben.

Mit ausdauërnder Überredungskunst gelang es diesem künftigen Bauherrn, der inzwischen in einem angemieteten Reihenhäuschen des abgelegenen Dörfchens *Tung Donn Piek* auf dem Wege von Krabih nach *Ao Lykk* seinerseits die bislang so gastliche Familië Lyhkamhahn beherbergte, den widerstrebenden Sawaang zur Suche nach einem passenden Areal für sie alle zu bewegen. Er übernahm das nur mit der Maßgabe, seinem wertgeschätzten Freunde einen exotischen Wunsch zu erfüllen, und ohne jede eigene Besitzgier oder Absicherungsbeglückung: späterer Aus- oder Umzug sonstwohin und Autonomie blieben vorbehalten. Denn er sei geistig ein Nomade und von Natur ein *nokk kaminn*.

– Ein, bitte, was?
– Jener Vogel, der kein eigenes Zuhause habe und immer unterwegs sei: weder seßhaft noch festgelegt, ungreifbar und frei.

Dabei unterschlug dieser ostasiatische Ahasver hintersinnig, daß sich just nach ebenjener Grasmückenart, in Thailand höchst populär, schon seit 1985 auch ein weitverzweigtes soziales Hilfswerk für obdachlose Kinder benannte: *nokk kaminn.*

Aber in einem seiner Träume, die er immer aufmerksamer ernst zu nehmen begonnen hatte, sah er ihren Hausbau schon im Vorhinein und verifizierte auch konkret dessen Grundstück.

Nach langwierig komplizierter Suche, die sich etwa von Trang (auf halbem Wege nach Malaysia) über runde dreihundert Kilometer bis zu jenem fernen *Kao Lakk* erstreckte, das nördlich von Puhgett nur vier Jahre später durch den historischen Tsunami von 2004 sonderlich verwüstet wurde, fanden sie endlich auf halber Strecke zwischen Krabih und *Pang Ngah,* unter Berücksichtigung vorrangig wirklich der Belange von Ehefrau Oi und den Kindern, vielleicht gar des väterlichen Traumes

im muslimischen Dörfchen บ้านคลองม่วง oder *Bâhn Klohng Muang,* nicht weit von *Laem Haang Naak,* jener golden herüberleuchtenden Sommerresidenz der hiesigen Königsfamilië, ein passables Terrain mit Eichhörnchen in den Palmen, Waranen im Dschungel des Hinterlandes, "Erdfischen" in saisonalem Flußlauf

und den Baumeister anstandshalber gleich in der Sippe der eben aus Mekka heimgepilgerten Vorbesitzer dieses Grundstücks.

Aber die Leitung ihres Hausbaus, der ein Steingebäude für die junge Thai-Familië Lyhkamhahn und ein traditionelleres Holzhaus für den europäischen Nostalgiker nebeneinander stellen und mit hölzerner Brücke über einen Lotosteich inmitten verbinden sollte, übernahm wie selbstverständlich und problemlos Sawaang. Er übte diese ungewohnte Tätigkeit so souverän und pannenlos aus, als habe er so schon ganze Städte errichtet, und offenbarte sich unverhofft auch als Rechenmeister ohne jeden Taschencomputer.

Doch als er einsah, daß ein Baumeister des Jahres 2543 ohne mobiles Telefon nicht funktionsfähig wäre, beherrschte er dieses erste elektronische Gerät seines Lebens nach nur kurzem Überfliegen der komplizierten Gebrauchsanweisung ebenso problemlos wie virtuos.

Aber nicht nur wies er von nun an bedacht jenen Baumeister an und über-
wachte dessen Arbeit und Mannschaft, er berechnete und bestellte auch alle
benötigten Materialiën, verhinderte deren nächtliche Entwendung durch im-
provisierte Beleuchtung der stromlosen Baustelle, sorgte auch für schnellen
Fortgang der Bauarbeiten, schnelles Wachsen ihres Baus und möglichst gute
Stimmung allenthalben durch pünktliche Ratenzahlung von Honoraren iund
Löhnen. Alles das gelang ihm zunächst ganz erstaunlich.

Allerdings hatte er sich eingangs ausbedungen, daß ein buddhistischer
Mondkalender angeschafft wurde, *der für Grundsteinlegung, Baubeginn
und einzelne Bauabschnitte hierzulande unverzichtbar sei.* Dieser Mondkalender befand sich in einem Buch von 730 Seiten und war in eine Anthologie archaïscher Naturbeobachtungen, astrologischer oder magischer Daten,
Tabellen, Berechnungen, Informationen und Anweisungen zu eigenständi-
gen Vorhersagen eingebettet. Sie allesamt verhießen für das aktuëlle *Jahr
der Schlange* einen glückhaften Hausbau wann auch immer.

Nach hier beschriebenen Riten zelebrierte Sawaang an regnichtem Donners-
tage nach Vollmond im Mai 2000 *anno Domini* (oder 2543 *Buddhist Era*)
die Vermessung und Grundsteinlegung. In protestloser Anwesenheit des islamischen Baumeisters versenkte er nach Maßgabe dieses Buches Talisma-
ne mit Natursymbolen im Boden, besprengte den abgesteckten Grundriß mit
geweihtem Tempelwasser und betete über einem Amalgam aus Blüten, Ba-
nanenblättern, Reis, Palmenkern, Münzen und Räucherstäbchen.

Aber kurz danach markierte am selben Platze ein unkommentierter Pfahl
mit unerfindlich weißem Plastikgebilde an seiner Spitze auch islamische
Geisterbeschwörung. Später wurde das als *"Schwarze Magie"* gedeutet.

Denn wirklich wurde parallel zum schnellen Wachsen der beiden Häuser
ihre Szene immer mysteriöser. Bauleiter Sawaang lag jetzt ganze Nächte
lang, wenn seine Ehe-Oi schlief, bäuchlings auf dem betonierten Küchenbo-
den und versank in den 730 Seiten jenes buddhistischen Mondkalenders: so
manisch, als hole er jahrelangen Lese-Entzug eines Süchtigen endlich nach.
Oder als verhexe ihn solche Lektüre eines Buches, das erst 1992 in Bangkok
erschienen war und den anspruchsvoll dehnbaren Titel *"Das Leben"* trug.

Es informierte lunar-astrologisch oder magisch, welche Pflanzen auf diesem
Grundstück gut gedeihen würden, warnte diesen sensitiven Leser vor einem

Abgang seiner Herzensdame und steigerte seine latenten Gefährdungen oder Ängste schubweise bis ins Unermeßliche.

Als Oi ihn schließlich dieser Versündigung an ihrem Ehe-Verdikt überführte, brach eine schwelende Ehekrise offen aus.

Dieser Mann sei ihr unbegreiflich,

gestand sie, ihrerseits ratlos, und hatte damit sicher Recht. Kurz zuvor schon hatte er seinerseits Zweifel formuliert, ob ein Eheleben mit dieser Frau harmonisch sein könne. Es würde nur *"leichte Dinge unnötig schwer machen"* und ihn vielleicht ins Kloster treiben, wo ein Mönch aller Fürsorgepflichten für Frau und Kinder prinzipiëll enthoben wäre.

Doch das eigene Erlebnis allzu früher Mutterlosigkeit bewegte ihn, seinen Kindern einen so unguten Lebensstart zu ersparen. Jeweils wenn die profane Oi aus dieser schiefen Ehe in den Slum ihrer Mutter geflüchtet war, hatte er sie inständig angefleht, zu ihren Töchtern zurückzukehren.

Als sie jetzt mit provozierend rotgemaltem Kußmund zu einem Liebhaber durchbrannte, verzichtete Sawaang auf ihre Rückkehr, die sein Mondkalender ohnehin nur noch als gegebenenfalls bedrohlich gebrandmarkt hatte. Die Kinder wurden erst aufgeteilt, dann beide dem Vater aufgebürdet, ihm später beide wieder weggenommen. Aber noch in jenen schwer belasteten Tagen dachte Sawaang daran, seine sonderlich bezaubernde Zweitgeborene nunmehr endlich auch offiziëll mit dem erträumten Namen einer *Gottesgabe* zu zieren.

Dazu kam es vielleicht auch deshalb nicht, weil seine Älteste, vierjährig, kürzlich erst verkündet hatte: *"Wenn die Mamma weggeht, ist der Pappa bald tot".*

Wirklich begann er damals, mit seinem baldigen Tode zu rechnen.

Doch der wohlfeile Baumeister bot sich zunächst einmal an, die Entlaufene und ihren Galan zur Strafe zu liquidieren: er könne auch solchen Auftrag übernehmen ...

Gleichzeitig wurden die Bauarbeiter immer feindseliger, namentlich ihrem Bauherrn und Geldgeber aus Europa gegenüber, dessen Freundschaft mit Sawaang sie schließlich zu verdächtigen und so zu diffamieren begannen, daß dieser Fremde endlich realisieren mußte, was es auch noch im scheinbar aufgeklärten Jahre 2000 heißen mochte, als erster "ungläubiger" Exot in eine so geschlossene Dorf- und andere Religionsgemeinschaft einzubrechen.

Der unverhoffte Terror, den auch eine so bäuerlich unverbildete und religiös vermeintlich geläuterte Landgemeinde auszuüben begann, rekrutierte sich vermutlich *"primär aus Neid und Mißgunst, auch Habgier und bedient sich solcher Mittel wie übler Nachrede, Verleumdung, Intrige, Schikane bis hin zur psychischen Ausgrenzung oder Ächtung. Asiatisch dezente Hexenjagden"*, halalí: *"Jegliche, auch nur vermeintliche, zumal pekuniäre Ausnahmestellung wird gnadenlos geahndet und bestraft. / Präkulturelle Atavismen und spätkapitalistische Marktgesetze fallen da verhängnisvoll zusammen"* [4].

Jedenfalls schwelte da ganz unverkennbar ein irrationaler Haß und versuchte gar, die beiden entstehenden Häuser nach konträren Ideeën fertigzustellen. Seher Sawaang behauptete, bei geschlossenen Augen eindeutig zu erkennen, daß der militante Wortführer dieser Opposition am Bau, ein gehätschelter Ziehsohn der Grundstückverkäufer, der neuë Geliebte seiner Oi sei; tatsächlich blieb auch der nach ihrem Abgang verschwunden und kehrte erst kurz vor Beëndigung des Neubaus nur umso feindseliger in den Brennpunkt all des verhängnisvollen Geschehens zurück: vielleicht um sich noch letzte Änderungswünsche zu erfüllen und bezahlen zu lassen.

Immer häufiger kamen jetzt von Nah oder Fern auch Verwandte und Freunde der bisherigen Grundbesitzer, die sich dann als stolze Hausbesitzer gerierten, und besichtigten in ganzen Gruppen staunend diesen Neubau, der mit solchen Führungen zur dörflichen Sensation entartete.

Der Bürgermeister von *Klohng Muang* verzögerte indessen schikanös rein formelle Genehmigungen und schien Bestechung zu erwarten, aber einträglich steigerbar zunächst noch vor sich her zu schieben.

Das alles zusammen belastete auch Sawaang erheblich und lähmte seine Arbeitskraft in immer erschreckenderem Maße: als läge kein Segen auf dieser ganzen Unternehmung. Oder als sei sie verwunschen. Das stabile Naturkind fühlte sich auch gesundheitlich angeschlagen, litt an ungewohnten Kopf-

schmerzen und an Unruhe, Herzrasen, Beklommenheit, an Vergeßlichkeit
und Schlaflosigkeit. Jählings hatte er nun den Eindruck, persönlich bedroht
zu werden: sei es verfolgt. Der sensitiv Begnadete spürte nahende Gefahren,
gar für sein Leben. Plötzliche Fremde hielt er leicht für gedungene Killer,
Lemuren mit rotleuchtenden Feuëraugen auf Elektrokabeln am Straßenran-
de für Todesboten und Mahlzeiten in Restaurants für rituëll vergiftet: er
schlug sie aus und hungerte lieber.

Mitten dahinein kam die Nachricht, daß sein Vater in all der Schwerlebig-
keit seines Alterns beschlossen hatte, fern im heimatlich laotischen Norden
der Provinz *Nohng Kaai* auf unbestimmte Zeit in ein Kloster einzutreten.
Seine Mönchsweihe, für Buddhisten eins der respektiertesten Familiënfeste,
fand schon nächste Woche statt. Sawaang blieb ihr ebenso fern wie auch
seine beiden Geschwister. Ein Zwist um die Veräußerung einer kleinen
Landparzelle im Ihßähn mochte da zusätzlichen Schatten auf eine Familië
werfen, die den Verlust der Mutter nie verwunden hatte.

Als aber in *Klohng Muang* Ende Juli 2000 die befremdlichen beiden Neu-
bauten fertig waren und bezogen werden konnten, mußte ihr Bauherr just
unter bürokratischen Zwängen kurzfristig nach Europa zurück, um dort primär sein abgelaufenes Aufenthaltsvisum für Thailand erneuërn zu lassen.

Er verabschiedete sich von Sawaang schon im begehbaren Dachgarten ihres
Steinbaus und im Zwielicht just einer *Totalen Mondfinsternis* von Selten-
heitswert. Denn der Erdschatten überfiel da den vollen Mond von rechts und
verließ ihn auch wieder nach rechts: kam von rechts oben und ging nach
rechts unten. Der belesene Inhalator des Mondkalenders wußte auch für diese Anomalie die natürliche Erklärung und begründete sie mit Krümmung
von Erd- und Mondbahn, doppelter Kugelform und dem aktuëllen Sichtwin-
kel von 45 Graden.

In derart gezeichneter Mondnacht also ergänzte Sawaang unverhofft sein
viel früheres *dictum*, er habe Gott noch nie gesehen, um diesen Zusatz:

Gott lasse sich nicht sehen, weil er die Menschen fürchte;

denn sie würden selbst Ihn kaputt machen;

also bleibe Er für sie lieber unsichtbar.

Gott bestrafe die Menschen für ihr arges Treiben, indem Er sie nicht beachte, sondern machen lasse,was sie wollen: eine härtere Strafe sei kaum denkbar.

Bei der Verabschiedung auf dem kleinen Flughafen von Krabih schlugen dann Sensitivität und rücksichtsvolle Güte dieses gefährdet Begnadeten noch ein letztes Mal zu Buche. Er wußte, daß es ein Abschied für immer war, wollte das dem Freund sowohl mitteilen als auch schonend vorenthalten. Also entschied er sich für eine schwangere Frageform:

"Glaubst du, daß ich dich wiedersehe?"
"Ja, natürlich: in vierzehn Tagen."

Diese Antwort ließ Sawaang Lyhkamhahn reaktionslos im Leeren stehen.

Als der Abgereiste ihn aus Deutschland anzurufen versuchte und das mehrfach nacheinander scheiterte, weil mobile Telefone im Bergesschatten von *Klohng Muang* schlecht erreichbar waren, rief Sawaang, ohne noch über jene technische Krücke eines verräterischen *displays* zu verfügen, seinerseits beim Rufenden an: um dessen Rufen spürsicher wissend.

Zunächst ging es den beiden da um den vereinbarten Umzug in den Neubau. Denn die Wünschelruten jenes Mondkalenders *"Das Leben"* hatten diese Übersiedlung in ihr lunar so stigmatisierte Gebäude erst für einen Zeitpunkt empfohlen, als der Bauherr schon in Europa war. Sawaang hatte das noch für relativ problemlos gehalten, da in Thailand jeder Umzug jeweils von Nachbarn und Freunden geradezu lustvoll erwartet, in Angriff genommen und eilbeinigst durchgeführt zu werden pflegt.

Hiernach nunmehr befragt, konnte Sawaang nur von Scheitern und Abbruch berichten: kein einziger Helfer war erschienen, um ihm beim Tragen zu assistieren. Jene bewunderte Solidarität der Armen schien an ihrem erörterten Ende und in aktive Mißgunst umgeschlagen zu sein.

Also hatte der verschreckte Sawaang nach diesem Debakel auch den fixierten Termin für die Grundbuchübertragung auf seinen Namen tatenlos verstreichen lassen, um nicht vor der Rückkehr seines europäischen Protektors schutzlos zum Eigentümer zu mutieren, der den Neid der Besitzlosen nur noch aggressiver werden lassen könnte.

Auch das Gespenst der *Schwarzen Magie*, aus waffenloser Frühzeit allen animistischen Elementen des Buddhismus noch immer wohlvertraut und als schamanistische Tötung nur mit geistigen Mitteln schwer widerleglich, weil vielfach erlitten und bezeugt, geisterte durch dieses letzte Interkontinentalgespräch, zu dem die Seelenkräfte des asiatischen Sensitiven aber ohnehin kaum noch auszureichen schienen. Da brach die Verbindung ab: die Batterie seines mobilen Telefons war wohl ebenso leer wie unüberhörbar auch seine eigene: energielos und ohne Widerstände. Beide wurden nicht mehr aufgeladen.

Andern Morgens blieben in einer Hamburger Wohnung alle Uhren stehen. Sogar die Zeitanzeige der elektronischen Schaltuhr im Videorecorder streikte da: am mitteleuropäisch frühen Morgen des 14. August 2000.

Als sein abendländischer Freund zwei Tage später überstürzt in Thailand landete, war Sawaang Lyhkamhahn tatsächlich tot.

Er war 31 Jahre alt geworden.

Das Gesicht des bereits Eingesargten, das drei Jahrzehnte lang meist überirdisch geleuchtet hatte, war in diesem Tode tief verstört und hatte seine gewohnte Güte einer schweren Belastung weichen lassen. Es war völlig unbefreit, unerlöst.

Zwar wurde ein Selbstmord vermutet oder vorgetäuscht, gar von Oi für einzig wahrscheinlich erklärt, aber die ihn in seinem neuën Steinhaus angeblich vorgefunden hatten, verstrickten sich allzu schnell und heillos in arge Widersprüche, konnten auch keineswegs erklären, wie einem Suïzid ein Rippenbruch vorausgehen könnte. Gar die Farbspuren vom Feuerlöscher, gegen befürchtete Brandstifter wohlweislich angeschafft, auf dem Unterbauche des Toten ließen sich schwerlich in eine Selbsterdrosselung integrieren. Vollends letzte Requisiten und die Position der wenigen Möbel sprachen aussagekräftigst dagegen.

Sawaangs Personalausweis und Mobiltelefon (für *SOS*) blieben unauffindlich verschwunden; als Barvermögen fanden sich in seinen Taschen vierzig Baht, also zwei *Deutsche Mark* (oder ein späterhin einziger *Euro*). Auch jene nagelneuë Kette aus Bergkristall war entwendet, die Sawaang zu später Stunde vom Freunde ausgeliehen, deren mysteriös gerissenen Faden er selbst noch apathisch repariert hatte, um sie in den letzten Wochen seines

Lebens fast unausgesetzt um den Hals zu tragen: als populärsten energetischen Schutz der Thais gegen böse Geister oder *Schwarze Magie*.

Auch seinen ahnungsloseren Geschwistern war jetzt schnell klar, daß hier kein Freitod stattgefunden hatte, sondern Mord:

M o r d   a n   e i n e m   w e h r l o s   G e m a c h t e n .

Denn Bruder und Schwager identifizierten jenen ominösen muslimischen Talisman mit seinem weißen Plastikgebilde auf dem Baugelände mühelos und einstimmig als *"black magic"*. Da fühlte der aufgeklärte Enkel Descartes' und Voltaires sich jählings ahnungslos, sträflich machtlos und recht eigentlich kastriert: inkompetent. *"In Wahrheit"*, notierte er sich damals verzweifelt, *"haben uns die Rationalisten nicht aufgeklärt, sondern erblinden lassen. Hilflos tappen wir seither im Nebel"*[4].

Der hier vermutlich Verhexte aber hatte eben daher auch die fällige Grundbuchübertragung nicht mehr unterschreiben können. Sein hastiges Testament in letzter Sekunde noch zugunsten seiner beiden minderjährigen Töchter war insofern wertlos. Der Besitz, längst voll bezahlt, blieb also unüberschrieben. Vielleicht deshalb hatten die Mörder die bekannt gegebene Rückkehr des Bauherrn nicht mehr abwarten wollen und vorher schnell zugedrückt.

Ein Polizist in Sawaangs Familië notierte sich all das Verdächtige und versprach kriminalistische Klärung des vermutlichen Mordfalls.

Zu den Bestattungsfeiërlichkeiten, die dort vier Tage dauërn, erschienen in *Bahn Saithai* Mutter und Geschwister, viele Freunde des Toten und das ganze Dorf. Sein Vater blieb fern. Auch Ehefrau Oi blieb fern. Auch jene Vorbesitzer seines Grundstücks und ihr Baumeister blieben fern: *weil sie Moslems seiën*.

Andre Moslems kamen: etwa weil sie wußten, wie Sawaang auch Mohammedaner immer in seine Gebete einbezogen, ihre Moschee gar finanziëll gefördert hatte?

Präh und Miu aber, 4 und 2, setzten sich jubelnd dem *farang* ihres Vaters auf den Schoß und verrieten ihm plappernd ihre Vergatterung: *"daß er Polizist sei"*.

Bei der Verbrennung des entsargten Leichnams auf klassischem Holzstoß war Sawaangs Gesicht auch nach drei Tropentagen noch unverwest, aber unverändert belastet und tief verstört: verschreckt, entsetzt und völlig unerlöst ...

Die alkoholisierten Leichenbestatter schenkten dem fremdelnden *farang* jene unverbrennbare Schiene aus dem linken Unfallbein des Toten: *"als Souvenir"*.

Unverbrannte Knöchelchen wurden teils hüllenlos in den nahen Dschungel entsorgt, teils eingesegnet und im Sockel jener selben Buddha-Statuë eingemauërt, in deren Umkreis Sawaang alle wichtigsten Abschnitte seines Lebens zugebracht hatte.

Der ambitioniert involvierte Polizist der Familië teilte schon nach vier Wochen mit, die Beweispflicht läge in diesem Falle bei denen, die verdächtigten: *"If we have evidence we can tell police. I know you want to clear this event but you may understand. It's impossible, o. k.? The law of Thailand if you don't have evidence he hasn't trust you"*[4] . Offenkundig wollten seine Vorgesetzten nicht ermitteln oder waren anderweitig beeinflußt.

Alles schien ungeklärt zu bleiben, sofern es einer Klärung da überhaupt noch bedurfte.

Eine externe Exorzistin im exotischen Bergamo, der ganzen Vorgeschichte vollkommen unkundig, diagnostizierte das gesamte Anwesen im fernen *Klohng Muang* über Tausende von Kilometern hinweg als auch jetzt noch hochvoltig verhext: sie habe es auf ihrer spirituëllen Erkundungs-Reise dorthin sofort fluchtartig verlassen müssen – *"sono uscita subito"*, *so verstrahlt sei es gewesen. Die ganze Bausubstanz habe eine Art* Wodù *erkennen lassen. Es stamme von einem auffallend dunkelhäutigen Nicht-Thai (wie jenem* Moslem und Vorbesitzer, im eignen Familiënkreise oft *"Der Schwarze"* genannt) *und von einer zierlichen jungen Frau mit Kind aus intimem Umfeld des Opfers.*

Rechtzeitig vorher, so noch immer jene esoterische Lombardin, *seien dessen Herz und Hirn durch* Schwarze Magie *elektrisch negativ aufgeladen und entmachtet worden*. Tatsächlich hatte der vitale Sawaang den ganzen letzten Monat über Herzschmerzen, in jenem letzten Telefonat über *"Kälte im Herzen und rhythmisches Hämmern im Gehirn"* geklagt.

Auch die bergamesische Auflistung aller möglichen Symptome einer solchen Verhexung, *wie sie auch in medizinischem Labor hätte stichhaltig nachgewiesen werden können*, entsprach genau den Beschwerden Sawaangs seit den Bauarbeiten: Kopfschmerzen, Unruhe, Herzrasen, Beklommenheit, Vergeßlichkeit, Schlaflosigkeit.

Zurück in Europa, las der zurückgebliebene Freund bei Raymond Moody, jenem *US*-amerikanischen Psychiater der *East Carolina University* in Greenville mit weltweit aufsehenerregenden Publikationen über ein *"Leben nach dem Tode"* und ein *"Leben vor dem Leben"*, von einem Phänomen, das dieser Experte nach jahrzehntelangen Forschungen in so obskuren Grenzbereichen als *"Zaubertod"* bezeichnet: *"bei dem ein Mensch stirbt, weil ein anderer ihm den Tod an den Hals wünscht"*; es fehle, weiß Moody, *"in der medizinischen Literatur nicht an den einschlägigen Belegen [...] , daß es den Zaubertod gibt"*[4].

Der das las, bilanzierte damals in seinen Notizen: *"Ich muß einsehen lernen, daß meine Träume von Klohng Muang an mißgünstiger Habgier zerschellt sind, die sich eines islamischen Fememordes bediente und diesen als den Selbstmord eines gehörnten Buddhisten kaschierte. Für den 'Christen' im Bunde wurden drohende Menetekel an die Wand geschrieben. Ökumene 2000"*[4].

Den in Thailand noch Verschonten, doch von dort Vertriebenen streckte zweieinhalb Jahre später in der *Freien und Hansestadt Hamburg* eine sehr rätselhafte, aber lebensgefährliche Erkrankung nieder, die in Bergamo für eine Folge jener fernöstlich angewandten *Schwarzen Magie* gehalten und mit lombardischen Zaubersprüchen ausgetrieben wurde. An der Regeneration eines stark geschwächten Immunsystems, das diese "Hexe" vom fernen Iseo-See als den "Selbstschutz" in der rissigen "Aura" eines Verwunschenen restabilisierte, beteiligte sich die Schulmedizin des Universitätsklinikums mit ihrer Globulin-Infusion ebenso uneingeweiht wie erfolgreich.

Sawaangs Sterbestunde war von denen, die ihn gefunden zu haben behaupteten, erst einen Tag später vermutet worden, als die deutschen Uhren das festgehalten hatten. So blieb das Datum seines Todes ebenso diffus wie zu seinen Lebzeiten schon der Geburtstag. Anfang und Ende einer so numinosen Erscheinung entzogen sich noch am Ende des 20. Jahrhunderts jeder bürgerlichen Fixierung, verharrten sozusagen beidseitig offen oder unbegrenzt und zeitentrückt. Vielleicht auch *sei es legitim*, hatte sich sein *farang* schon fünf Jahre vorher notiert, *"daß sich dieses Himmelsgeschenk eines Tages als Epiphanië erweist und sich als solche wieder verflüchtigt"* [4].

All deren *"Poësie einer außergewöhnlichen Freundschaft, Liebe und Güte"* blieb so zwar buchlos und ungeschrieben, aber manifestierte sich als *"orphisch gelebt"*.

Von all den historischen Märtyrern solchen Gottesgnadentums, von so prominent hingeopferten Lichtgestalten wie

Orpheus, Baldur, Jesus, Gandhi, Jeanne d'Arc, Robert Blum, *den* **Kennedys, Sadat, Martin Luther King, Lumumba, Jitzchak Rabin, John Lennon, Olof Palme**, **Dag Hammarskjöld, Zoran Đinđić, Rudi Dutschke, Che Guevara** *und allen, "die von der Menschheit wegen allzu großer Helligkeit hienieden nicht geduldet wurden"* [2],

von ihnen allen unterschied sich dieser fast namenlose Kautschukzapfer aus laotischem Grenzlande auch insofern, als er ohne politischen, missionarischen oder sonstig öffentlichen Anspruch sein Licht verbreitet hatte. *"Er hatte a priori auf jegliche Publizität verzichtet"*, wußte freilich bald nur sein hanseatischer Kronzeuge noch, *"und sich zu einem anonymen Dienen in Demut entschlossen. Das war angesichts seiner Einsichten und Talente ein geistiger Akt von hoher Qualität. Ihm schien es wichtiger, im privaten Alltag und ohne die Verführungen des Scheinwerferlichtes für Erhellung und Erleuchtung zu sorgen./ Selbst das ist nun nicht geduldet, sondern mit Todesstrafe geahndet worden"* [4].

Er selbst hatte das wohl schon so kommen sehen, als er seinerzeit, noch im Übergang von *Tung Donn Piek*, vorausgesagt hatte, *"daß man auch für Auserwähltheit und Gaben bezahlen müsse – nicht mit Geld: mit Leben"* [4].

Nach fünf sehr belasteten Jahren voller Skrupel, Schuldzuweisungen und bohrenden Fragen nach diesem Lebensende voller Schrecken kreuzte den Weg dieses so betroffenen Hinterbliebenen *anno Domini* 2005 unverhofft eine bergische Goldschmiedekünstlerin, die über starke mediale Fähigkeiten verfügte und Kontakte zu Verstorbenen herstellen zu können behauptete. Voller Skepsis reiste Sawaangs deutscher Freund zu dieser Edelmetallspezialistin in einen abgelegen hinterwäldlerischen Weiler der Gemeinde Aeugst im Bezirk Affoltern des Kantons Zürich.

Dort brauchte diese moderne junge Frau, just schwanger und vielleicht nur umso sensibilisierter, in einer nüchternen Atmosphäre ohne Beschwörungszauber und sonstiges Abrakadabra lediglich den Vornamen des betreffenden Toten zu erfahren, der dieser Deutschen im Falle *Sawaangs* also nicht einmal dessen Geschlecht, Nationalität und Herkunft verriet. Auch sonst blieb sie ohne jede weitere Information über ihn und sein Lebensende.

Trotzdem konnte sie gleich eingangs verblüffend genau beschreiben, wie er ausgesehen hatte, und erfuhr, angeblich von ihm persönlich, daß die sprachliche Verständigung mit einem solchen Exoten ihrem Kunden schon im Vorhinein wirklich Sorgen bereitet hatte. Das stimmte bereits. Sie erfolgte jetzt wirklich rein mental und wortlos.

Als seriös erwies sich dieses Medium dann auch insofern, als es längst vergessene und sehr ausgefallene Gespräche zitierte, die nur Sawaang und ihr jetziger Mandant kennen konnten, und wurde nur an sich selbst fast irre, als der Kontaktierte die Hamburger Wohnung seines Freundes nie gesehen zu haben behauptete. Trotzdem machte er dort ein Detail der Inneneinrichtung dingfest, das selbst dem dortigen Wohnungsinhaber gar nicht so bewußt war und das dieser erst nach seiner Rückkehr aus der Schweiz zu verifizieren tatsächlich gar nicht umhin konnte. So mochte sich die Seriosität der Aeugster Szene erweisen.

Vorsichtig und schonend ließ dann dieses immer überzeugendere Medium sein vielleicht ja ahnungsloses Gegenüber der Körperwelt wissen, daß dieser Tod seines Freundes nicht ohne Zutun von außen stattgefunden habe.

Pause: aber keinerlei Erschrecken beim uunüberraschten Gegenüber. Daher:

dieser Mord sei von ebenjenem Einzeltäter verübt worden, den auch der Konsultant ja selbst schon verdächtige.

– Er verdächtige aber nicht nur eine Einzelperson.
*– Richtig: eine Frau sei am Plan beteiligt gewesen, gemordet habe dann
aber nur ein einzelner Mann. Just dessen Mordabsicht zu begreifen, sei für
das Opfer übrigens der größte Schock des ganzen Vorgangs gewesen.*

*Schuldig sei der fragende Freund in dieser ganzen Tragödië, ließ der Geop-
ferte ihn wissen, allenfalls an jenem letzten Wassertropfen, der ein volles
Faß zum Überlaufen bewege, der Tote selbst jedoch insofern, als er zu al-
lerfrühestem Zeitpunkt verabsäumt habe, für hinlängliche Informationen
seiner Umwelt zu sorgen.*

Der das da in Aeugstertal hörte, wußte sofort, was damit gemeint war, aber
behielt und behält es für sich.

Als der Kontaktierte auf eine weitere Frage eher Nein zu antworten geneigt
sein konnte, vermied er das vermutlich und griff statt dieses negativen Wortes, das es im Thai so auch gar nicht gibt, zu einer ausweichend höflichen
Indifferenz, wie der Lebende das in vergleichbaren Situationen immer zu
praktizieren pflegte. Keine Goldschmiedin aus Solingen und in Aeugst
konnte davon was ahnen.

Aber vollends wurde jeder letzte Zweifel an Sawaangs Präsenz beseitigt, als
er ungefragt seinerseits darauf hinwies, daß es seinem Mörder seelisch zur
Zeit so schlecht ergehe, daß jedermann dringend aufgerufen sei, ihm zu helfen. So unwahrscheinlich übermenschliche Fürsorge und Vergebung war da
einer geschickten Mogelantin auf so schlüpfrigem Terrain wahrhaftig nicht
zuzutrauën. Sowas sagte wirklich unverkennbar nur Sawaang Lyhkamhahn.

Zurück in Hamburg, las der Aufgewühlte, was er seinerzeit bald nach dem
Morde notiert hatte:

*"Wahrscheinlich setzt sich dieser Sawaang am ortlosen Orte seiner jetzigen
Freiheit nur umso nachsichtiger für ihrer aller Begnadigung ein.*

*Seine Mörder und deren Artgenossen benötigen solche Fürsprache nur
noch mehr denn je."*[2]

So spirituëlles Fortwirken bestätigte sich jetzt dauërhaft als umso essentiël-
ler, als alle leibhaften Spuren dieses außergewöhnlichen Erdenwandels endgültig getilgt zu werden im Begriffe waren. Schon der historische Tsunami
von 2004 hatte in Puhgett, in *Kao Lakk*, auf *Go Lann Tah*, im ganzen Land-

kreis Krabih, vor allem aber auf jener initialen Insel *Go Pih Pih,* wo alles angefangen hatte, gnadenlos gewütet und auch mögliche Erinnerungen zertrümmert.

Der hierdurch gleichfalls bedrohte Neubau in *Klohng Muang* war zwar unversehrt geblieben, aber wurde jetzt just von einem *"Security Service"* okkupiert, der materiëlle Sicherheiten garantierte und sie grade da verkaufte, wo es keine gab, sich aber weigerte, Sawaangs Kindern als den testamentarischen Erben dieses Märtyrers der Geldgier auch nur die allerkleinste Miete zu zahlen: zynischer Nachschlag globalistisch mörderischer Marktwirtschaft.

Sawaangs Bruder Hmuh überlebte den Tsunami just am sonderlich betroffenen Strande in Patohng auf Puhgett um Haaresbreite, litt aber dauërhaft und hinlänglich am Verlust seines Bruders, um noch neun Jahre später Mönch im selben Kloster an der heimatlich laotischen Grenze in *Nohng Kaai* zu werden, wo sein Vater schon seit neun Jahren vielleicht auf diesen verbliebenen Sohn gewartet hatte.

Mit Sawaangs *farang* blieb dieser Hmuh in telefonisch und brieflich überaus herzlichem Kontakt. Wenn sie an einem 14. oder 15. August miteinander radebrechten, fragte der Klosterbruder behutsam: *"Weißt du, was heute war?"*

Eine jener beiden Töchter, denen Sawaang ein anderes Leben als sein eigenes zu ermöglichen als tieferen Lebenssinn erachtet haben dürfte, wurde mit zwölf Jahren geschwängert und mit jenen dreizehn Jahren verheiratet, mit denen ihr Vater seine Mutter verlor. Ihr notdürftig beanspruchtes Erbteil in *Klohng Muang* blieb ihr juristisch ebenso verwehrt wie auch ihrer Schwester und den Bemühungen des eigentlichen Käufers aus Europa.

Auch dieser Ausbruch aus den inhumanen Niederungen terroristischer Geldwelt mißlang.

Als der *farang* ihres toten Vaters in einer Küche der katalanischen Balearen besten Freunden von seinen Erlebnissen in Aeugstertal berichtete, blieb während seiner Schilderung die elektrische Küchenuhr stehen, was dort weder vorher noch nachher jemals passierte.

Als im hiesigen Kapitel dieses Buches *"Halali"* die Passage von Sawaangs Tod in den Computer übertragen wurde, blieb die Uhr auf dem benachbarten Schreibtisch unerklärlich stehen.

Ihr Besitzer hatte sich aus *Klohng Muang* ein einziges persönliches Erinnerungsstück nach Hamburg gerettet: Sawaangs weiße, windblusenartige Jakke für Regentage – mit aufgedruckter Werbung für HONDA und KPL, jene staatlich laotische Nachrichtenagentur, und mit auffälligen Farbeffeken in Gelb und Lila. Irgendwann las er in seinem Tagebuch vom November 1988 auf *Go Pih Pih*, daß er schon nach ihrer allerersten dortigen Begegnung nachts vorausgeträumt hatte, wie Sawaang ihm *"seine sehr originelle, auffällige, knallgelbe Jacke"* schenkte; aber er bekleckerte sie in jenem Traum sofort. *"Meine aufwendig umständlichen Bemühungen, diese Befleckung auf Sawaangs Jacke zu tilgen, beherrschen lange den Traum und verschulden, daß wir uns aus den Augen verlieren"* [1].

Schon damals also, als jene Jacke noch gar nicht in Sawaangs Besitz, vermutlich noch gar nicht hergestellt war, könnte demnach alles festgestanden haben.

Seither strapazierte dieser einzige Kronzeuge jener Epiphanië mit Abelsmal aus *Bahn Saithai* deren zeitentrückte Sommerjacke, so oft ihm sein nordatlantisches Klima das irgend gestattete, nur umso bewegter: als Fanal eines Martyriums im Kapitalismus des 20. Christen-Jahrhunderts.

Aber im *Palih-Kanon*, der mit Notaten aller Lehrreden des erleuchteten Siddarta Gautama in einem Wortlaut des 5. Jahrhunderts zu den ältesten buddhistischen Dokumenten zählt, läßt sich in deutscher Übertragung noch von 1994 lesen:

"Geöffnet seien allen, die hören, die Tore zur Todlosigkeit!" [5]

(Quellen und Anmerkungen zu diesem Kapitel auf Seite 632 f.)

*"Er kam in die Welt und war in der Welt,
um allen Menschen Licht zu geben.
Die Welt war durch ihn geschaffen worden,
und doch erkannte sie ihn nicht.
Er kam in sein eigenes Land,
doch sein eigenes Volk wies ihn ab."*

Evangelium des Johannes, um 95 nach Christos

*"Wir sind Scharfe, denn wir wollen wissen,
aber er ist heiter und verteilt."*

Rainer Maria Rilke, 46: *"Die Sonette an Orpheus"*, 1922

*"Hier möchte ich nur sagen,
daß er einer der großen, von der Welt nicht erkannten,
vom Himmel aber sehr geliebten Menschen war."*

Friedrich Weinreb, 78: *"Begegnungen mit Engeln und Menschen"*, 1988

*"Wahrscheinlich gab es in jedem Jahrhundert Genies,
die unbekannt geblieben sind, weil ihnen der Entdecker mangelte."*

Ernst Jünger, 86: *"Siebzig verweht"* III, 1. Juni 1981

BEDŘICH LÖWY (FRITZ LÖHNER-BEDA)

Am 9. Mai 1871 heiratete im mährischen Boskowitz, heute tschechischen
Boskovice, der 30jährige Kaufmann David Löwy aus Teindles, jetzigem
Dondleby am vormals *Weitraër Steig*, einer alten Handelsstraße von Böh-
men nach Österreich,

die 21jährige Annette Scherbak (oder Scherbok oder Czerbock) eben aus
diesem selbigen Boskowitz oder Boskovice.

Beide waren jüdischen Glaubens und ließen sich zunächst in jenem nordost-
böhmischen Wildenschwert nieder, das nördlich des damaligen Leitomischl
liegt, heutzutage *Ústí nad Orlicí* heißt und zur Region *Pardubický kraj* gehört.

Erst nach zwölfjähriger Ehe kam am 24. Juni 1883 ein Sohn zur Welt:
Friedrich Löwy. Gleich zwei Jahre später folgte ihm 1885 Bruder Rudolf.

Wiewohl im Hause dieser Löwys vorwiegend Deutsch gesprochen wurde,
hieß Stammhalter Friedrich oft auch auf Tschechisch Bedřich, was sich liebevoll und zärtlich gern zu Beda verkürzen ließ. *"So nannten ihn die Eltern
und ich"*, hat Bruder Rudolf überliefert, *"aber auch seine Mitschüler. Und
dieser Name blieb ihm"* [1].

Als dieser Beda also knapp vier Jahre alt war, hatte Vater Löwy genug verdient, um 1887 mit ganzer Familië in die k. u. k. Haupt- und Kaiserstadt
Wien umzusiedeln und im dortigen 3. Bezirk (erst Hörnes-, später Hießgas-
se), selbst 47jährig, ein Leben im Wohlstand zu beginnen: nur noch als
"Hausbesitzer" und "Privatier" namens Löhner. Diese Umbenennung wurde
allerdings *"laut Bewilligung der niederösterreichischen Statthalterei"* erst
fast ganze zehn Jahre später offiziëll: 1896.

Da war auch aus Beda Löwy längst in der Landstraßer Kundmanngasse der
Gymnasiast Fritz Löhner geworden, der dort im Schuljahr 1901/02 matu-
rierte.

Aber schon als Schüler hatte er zwei folgenschwere Entscheidungen in die
Wege zu leiten begonnen:

er schrieb Gedichte, publizierte sie seit 1901 unter dem Pseudonym Beda in der progressiven Münchner Kulturzeitschrift *"Jugend"*,

und er wurde Mitglied der zionistischen Schülerverbindung *"Giskala"*: nicht zuletzt aus Protest gegen virulenten Antisemitismus in Österreich und entsprechend opportunistische Assimilationsversuche seines Vaters und vieler anderer Wiener Juden.

Als Student der Rechts- und Staatswissenschaften an der Wiener Universität versuchte der 19jährige, auch diese beiden parallelen Entwicklungen fortzusetzen:

er wurde einerseits Mitglied der *"Kadimah"* (*"Vorwärts"*), jener ersten nationaljüdischen und schlagenden Studentenverbindung, die in der Frühzeit des Zionismus, 1882, von Nathan Birnbaum in Wien gegründet worden war und sich inzwischen *"als eine Art Leibgarde Theodor Herzls fühlte"* [3],

und schrieb andererseits fortgesetzt anpassungskritische Gedichte, deren ersten Band der 24jährige wieder als Beda und unter dem Titel *"Getaufte und Baldgetaufte"* 1908 im angesehenen Wiener Verlage *Häber & Lahne Nachfg.* publizierte. Hier waren schon Verse wie diese zu lesen:

"Ich glaube nichts, ich halte nichts –
Wozu soll ich mich raufen?
Der kleine Doktor Pollak sprichts
Und geht uns läßt sich taufen.
Denn mit dem Taufschein in der Hand
Kommt man bekanntlich durch das Land,
Das Österreich geheißen."

Oder auch:

"Nach dem Texte tiefgefühlter Lieder
Sind bekanntlich alle Menschen Brüder;
Demzufolge wischt der edle Zweck
Alle Völkerunterschiede weg:
Tschechen, Polen, Russen und Franzosen,
Ungarn, Deutsche (größtenteils aus Posen),
Doch die allermeisten heißen Kohn
Ohne Unterschied der Konfession." [4]

Im selben Jahre einer solchen Veröffentlichung wurde der 24jährige auch
zum *Dr. iur.* promoviert und als Konzipiënt in eine Wiener Anwaltskanzlei
aufgenommen.

Nur umso passionierter schrieb er weiterhin Gedichte und veröffentlichte
schon im Folgejahr 1909 einen zweiten Band bei *Häber & Lahne Nachfg.*:
"Israeliten und andere Antisemiten". Er wurde der *"Kadimah"* gewidmet
und enthielt nun (im Gedicht *"Masken"*) schon Verse wie diese:

*"Sehr kleidsam sind auch die flatternden Trachten
der salbungsvollen Kosmopoliten.
Jedoch den größten Beifall entfachten
Die Gruppen der jüdischen Antisemiten"*

oder auch wie diese (im Gedicht *"Jüdisch"*):

*"Mißachten, was man 'jüdisch' nennt,
Ist leider, leider jüdisch!"* [5]

Solche Verse wurden schnell populär und *"bei allen zionistischen Veranstaltungen mit großer Begeisterung vorgetragen"*, erinnerte sich Jontow
Ludwig Bato noch 1972 im *"offiziellen Organ der Israelitischen Kultusgemeinde Wien"*:

*"Es gibt heute noch in allen Weltteilen Zionisten, die diese Dichtungen aus-
wendig können"* [6].

Denn 1910 gab dieser "Beda" seine juristische Tätigkeit auf und jetzt bereits
bei einem Berliner Verlage den Band *"Die milde Marie & andere Gemeinheiten. Satiren & Chansons"* schon mit Kabarett-Texten heraus, 1912 dann
"Neue Satiren" mit 24 Gedichten, die zuvor im *"Blauen Montag"*, der satirischen Beilage der Wiener Wochenzeitschrift *"Der Morgen"* oder in der
"Wiener Sonn- und Montagszeitung" erschienen waren. Für dieses links-li-
berale, antiklerikale Blatt, *"das sowohl gegen die Christlichsozialen wie
auch später gegen die Nationalsozialisten Stellung bezog"* [2], schrieb er als
ständiger Mitarbeiter neben Autoren wie Joseph Roth, Alfred Polgar, Roda
Roda und Anton Kuh vierzehn Jahre lang allwöchentlich ein aktuëll satiri-
sches Gedicht.

Aber dieser "Beda" agitierte nicht nur poëtisch. In jenem selben Jahre 1909
bereits wurde er als vormalig aktiver Mittelstürmer eines Fußballclubs und

erster Wiener Sportberichterstatter auch zum Mitbegründer und ersten Präsidenten des jüdischen Sportvereins *"Hakoah"* in Wien.

Dieser wurde nicht zuletzt durch sogenannte "Beda-Abende" finanziert, bei denen namhafte Kabarettisten auftraten. Dadurch waren diese Veranstaltungen ungemein populär, dadurch so ertragreich, daß sie ihren *"Hakoah"* überlebens- und ausbaufähig machten.

Das wurde bald schon immer wichtiger. Denn *"wer Sport trieb bei der Hakoah – dem hebräischen Wort für Kraft – "*, hat Hajo Jahn, Vorsitzender der *Else Lasker-Schüler-Stiftung*, noch heutzutage im Internet festgehalten, *"der wollte der antisemitischen Propaganda von der angeblichen Schwächlichkeit der Juden Paroli bieten"*[7].

Anfangs nur Fußballclub, 1925 gar *Österreichischer Fußballmeister*, weitete *"Hakoah"* sich bald zu einem der größten jüdischen Vereine Europas für alle Sportarten aus. Als dessen Ehrenpräsident bedichtete und glossierte Beda im April 1925 die ekstatische Popularität solcher Wettkämpfe in der *"Wiener Sonn- und Montagszeitung"* unter dem Titel *"Match"*:

"Zwanzigtausend Menschen brüllen,
Boxen, hüpfen wie die Füllen,
Schwenken Hüte, schwingen Stöcke,
Werfen in die Luft die Röcke,
Schwitzen bis ins Jägerhemde,
Küssen sich, wiewohl sie Fremde,
Brave Onkels, dicke Tanten,
Sind Mänaden und Bacchanten,
Und der Lederhändler Kraus
Zieht sich fast die Hosen aus!

Ward die Menschheit, qualgebettet,
In das ew'ge Glück gerettet?
Wurde in geweihten Stunden
Ewiger Jugend Born gefunden?
Ist zum Segen aller Frommen
Der Messias angekommen –
Oder gar nach bittern Jahren
Stadtrat Breitner abgefahren?

Hühneraugen – Kukirol – !
Massen-Orgiasmus – Goal!!
Nicht die Schlacht bei Pavia –
Hakoah schlug Slavia!" (zitiert nach [2]).

Wer solche Verse schrieb, war schnell auch für die Wiener Kabaretts von Interesse. Der *"Hof- und Gerichts-Advokat Dr. Fritz Löhner"*, wie Beda die k.u.k. Zensurbehörde einzuschüchtern wußte, wurde zum ständigen Mitarbeiter der drei führenden hiesigen Kleinkunstbühnen:

"Die Hölle" (mit ihren Protagonisten Fritz Grünbaum und jenem

Egon Friedell [*recte* Egon Friedmann: 1878-1938],

Dr. phil., Kulturphilosoph, Journalist, Schauspieler, Kabarettist, Conférencier, Religionswissenschaftler, Dramatiker, Historiker, Theaterkritiker und Dramaturg bei Max Reinhardt in Berlin und Wien, Autor jener vielgelesenen *"Kulturgeschichte der Neuzeit"*,

der im März 1938, als die SA um zehn Uhr abends schon mit seiner Haushälterin randalierte, aus dem Fenster seiner Wiener Wohnung in den Tod sprang und dabei schnell noch rufend die Passanten warnte: *"Achtung!"*),

"Theater und Kabarett Fledermaus", später *"Femina"* (mit den Hausautoren Egon Friedell und

Alfred Polgar [*recte* Alfred Polak: 1873-1955],

Wiener Dramatiker, Übersetzer und Kritiker meist in Berlin, floh 1933 vor den Nazis über Prag, Wien, Zürich, Paris, Marseille und Lissabon nach Hollywood und New York, wurde dort amerikanischer Staatsbürger und kehrte erst sechzehn Jahre später nach Europa zurück: aber nur noch bis ins unverfänglichere Zürich)

und seit 1912 im *"Biercabaret Simplicissimus"*.

Bedas Texte wurden hier allenthalben meist von Richard Fall vertont. Oder
auch von jenem

Leo Ascher (1880-1942),

einem promovierten Juristen, der dreißig Operetten komponierte,
auch verfilmt und gar am Broadway gespielt wurde: mit ihm gemeinsam schrieb Beda zwischen 1910 und 1913 für *"Fledermaus"*, *"Ko-
losseum"* oder *"Apollotheater"* seine ersten Singspiele oder Operetten: *"Die keusche Susanne"*, *"Der fromme Silvanus"*, *"Rampsenit"*,
"Eine fidele Nacht" und *"Die goldene Hanna"*;

nach kurzer Nazi-Haft emigrierte Ascher 1938 über Frankreich und
England nach New York, wo er als Jurist überlebte, aber auch Musicals, *US-* patriotische Lieder und Unterrichtsliteratur für Kinder
schrieb; er starb auch dort.

Aber jener neugebackene Librettist schrieb auch für die Komponisten Béla
Laszky oder Richard Heller und schließlich im großen *"Bürgertheater"* für

Edmund Eysler (1874-1949),

der die Nazis selbst als Wiener Ehrenbürger und Hitler-Favorit nur in
Verstecken des heimischen Untergrundes unwürdig drangsaliert überleben sollte,

die Operette *"Frühling am Rhein"*: *"von Fritz Beda"*.

Aber deren Uraufführungsdatum fiel im Oktober 1914 schon in den *Ersten
Weltkrieg.*

Fritz Löhner, inzwischen 31jährig, wurde als Kriegsfreiwilliger für *"geeignet zum Dienst ohne Waffe"* befunden und als uniformierter Schreiber oder
"Rechnungshilfsarbeiter" im Kriegspressequartier beschäftigt: wie auch viele andere Literaten, die da für die griffige Formulierung einer angemessenen
Kriegspropaganda zugunsten des bröckelnden Habsburgerreiches zu sorgen
hatten.

Namens Löhner oder Beda war auch dieser böhmische Jude in so kritischer Notzeit nur umso bemühter, sich gerade jetzt als guter Patriot, als solidarischer k.u.k. Landsmann und Nationalchauvinist zu bewähren. Schon in der ersten Kriegsausgabe jener *"Wiener Sonn- und Montagszeitung"* erschien am 3. August 1914 sein waffenrasselnd antipazifistisches Gedicht *"Das Erwachen"*:

"Der Kaiser ruft! Und niedersaust
Die eisengepanzerte Riesenfaust
Auf giftgeschwollene Mäuler – – – " (zitiert nach [2]) .

Noch ganze zwei Kriegsjahre folgte da allwöchentlich solch ein Kommentar in Versen zum aktuëllen Geschehen und enthielt jeweils *"all jene Motive und Klischees, die damals in der propagandistischen Dichtung hoch im Kurs standen: Aggression und Verachtung gegenüber den politischen Gegnern"* [2] oder allen Kritikern jenes Krieges.

Eigens denen war ein erster Gedichtband gewidmet, der schon 1915 erschien: *"Die Gerüchterstatter"*. Nur ein Jahr später folgten *"Wie man sich trifft im Ampezzotal"* sowie die meisten seiner da schon vorpublizierten Kriegsgedichte unter dem Sammeltitel *"Mit Bomben und Granaten von Beda"* und mit doppeltem Untertitel:

"60 Gedichte über den Krieg und seine Erscheinungen!
60 Gedichte voll Humor, Witz und Satire!"

Die Werbung versprach hier *"beste Unterhaltung und gleichzeitig eine Hilfe für die Kriegsfürsorge"*.

Ein weiteres Geschoß mit ungewöhnlich weithin streuënder Explosivkraft und einem Zeitzünder über noch ein halbes Jahrhundert hinweg wurde von diesem Beda schon 1915, gleich im ersten Kriegsjahr konstruïert und abgefeuërt: ein hämisch frozzelndes Soldatenlied, das auf sehr viel ältere Wurzeln zurückging.

Denn schon während der Industrialisierung im 19. Jahrhundert entstanden im Umland der polnischen Stadt Łódź die jiddisch gesungenen Spottverse *"Itzek, komm mit nach Łódź"*. In jenem *"östlichen Manchester"* [8] also verhieß die erblühende Textilindustrie schon seinerzeit einen schnellen Ausbruch aus ländlicher Armut und regte daher auch zu dieser (immer noch spezifisch jüdischen) Variante an:

"Leo, wir geh'n nach Łódź,
wir bau'n ein Haus und eine Fabrik".

Von diesem schon halbwegs absurden *"Schmonzes"*-Liede gab es im Laufe der Jahre zahlreiche Variationen: alle mit der Sehnsucht nach jenem ökonomisch und nahegelegen *"gelobten Lande"*[8], wo nicht eben Milch und Honig, wohl jedoch lohnende Reichtümer in Tuchmanufakturen zu erwerben waren. Aus dem ewig irreal *"nächsten Jahr in Jerusalem"* war in dieser polnischen Diaspora ein viel konkreteres und erreichbares Ziel geworden:

"Leo, wir gehn nach Łódź".

Das mag damals so populär gewesen sein, daß es für Fritz Löhner-Beda 1915 in seinem k.u.k. Pressequartier des *Ersten Weltkriegs* schon reizvoll war, den hinlänglich bekannten Text dieses Liedes zu parodieren, indem er aus jenem *Leo* eine *Rosa* machte, die er nach Łódź zu gehen ermunterte:

"Rosa, wir fahr'n nach Łódź".

Nur daß er aus der sozialen Schmonzette ein aktuëll persifliertes Kriegslied machte. Denn seine Rosa war keine darbende polnische Jüdin mehr, sondern ein moderner Kanonentyp der k.u.k. österreichischen Artillerie, ein Mörser des Kalibers 35, und die Melodie von Artur Marcell Werau (1887-1931) ein *"Marsch-Couplet (Hymnus über unsere 36.5 ctm Mörser)"*[9]:

"Der Franzl hat a neue Braut,
Seit er beim Militär ist,
Die ist ganz tadellos gebaut,
Wenn's auch a bissel schwer ist. [...]
Die Taille dieser Nymphe
Ist sechsunddreißig-fümfe.
Lang hat der Franzl nachgedacht,
Wohin die Hochzeitsnacht er macht.
Da plötzlich kam das Kriegsgebraus,
Und Franzl rief begeistert aus:

> *Rosa, wir fahr'n nach Łódź.*
> *Rosa, wir fahr'n nach Łódź.*

Es geht direkt ein Zug von Wien,
Der Hindenburg fährt auch schon hin.
Rosa, wir fahr'n nach Łódź." [10)]

Dieses satirische Kriegslied wurde knapp sechzig Jahre später reaktiviert, als 1972 die österreichisch-deutsche Verfilmung von Jaroslav Hašeks Roman *"Die Abenteuer des braven Soldaten Schwejk"* nach einem Drehbuch von Eckart Hachfeld, satirischem Nachfahren Löhner-Bedas, auch im deutschen Fernsehen ausgestrahlt wurde und in der Inszenierung Wolfgang Liebeneiners jenes Łódź- und Soldatenlied als zeitgenössisches Dokument verwendete. In der sechsten Folge wurde es in einem k.u.k. Offizierskasino (mit leicht verändertem Text in der dritten und vierten Zeile des Refrains) gesungen:

"Der Hindenburg, der ist schon dort;
Der Hötzendorf, der kommt sofort."

(Originaler Löhner? Oder Beda? Der Nachspann ignoriert sie "beide".)

So aber kam dieses Łódź-Lied durch das deutsche Fernsehen auch dem griechischen Sänger Leandros Papathanassiou zu Ohren, der sich als Komponist den Namen PANAS, dann Leo Leandros gab. Er griff den historischen Schlager auf und renovierte ihn für seine singende Tochter Vassiliki, die sich ab sofort nur noch Vicky Leandros nannte und ihn seit 1974 in zahlreiche Hitparaden hineinsang:

"Theo, wir fahr'n nach Łódź".

Er wurde ein internationaler Erfolg und hieß in den *USA* seither *"Henry, Let's Go To Town"*, in England *"Danny, Teach Me To Dance"* und in Frankreich wie Kanada *»Théo, on va au bal«.*

Nicht auf allen, aber auf vielen Tonträgerlabels ist da auch heute noch zu lesen: *Lyrics by Fritz Löhner.*

Der aber hatte damals schon im selben Kriegsjahr außer diesem höhnischen Kanonen-Song auch noch jenes *"Trutzlied"* geschrieben, das kein Geringerer als Franz Lehár, damals 45jähriger Autor immerhin schon solcher Operettenerfolge wie *"Die lustige Witwe"* und *"Der Graf von Luxemburg"*, einer Vertonung würdigte und in seinen eigenen Liederzyklus *"Aus eiserner Zeit"* integrierte. Die Gunst aller Mächtigen oder Einflußreichen niemals unterschätzend, widmete der Ungar Lehár diesen ganzen Zyklus gleich dem Oberhaupt seiner größten Kliëntel: *"Seiner Majestät dem Deutschen Kaiser Wilhelm II., König von Preußen in tiefster Ehrfurcht zugeeignet"*.

Von den sechs Strophen dieses Beda-Liedes, das den Zyklus immerhin eröffnet, lauten die beiden letzten beispielsweise so:

"Wir wagen und schlagen Hieb um Hieb,
Und wir halten durch bis zum Ende,
Wir lohnen den Toten Lieb um Lieb,
Wie immer das Schicksal sich wende!

Der eiserne Würfel fällt und rollt,
Wir konnten anders nicht wählen,
Wir haben das Schreckliche nicht gewollt,
Nun gnad' aber Gott ihren Seelen" (zitiert nach [2]) –

das alles zu Lehár-Klängen: Etappenkunst einer unbegriffen ersten Völkerschlacht!

Denn für den Texter dieses Liedes gab es da noch keinerlei Grund, seine Mitarbeit an der heilen Welt von Operettenseligkeiten einzustellen. Der neu gefundene Kontakt zu Franz Lehár ließ für diesen unbestrittenen König seines Genres noch aus der k.u.k. Schreibstube jenes Kriegspressequartiers heraus auch ein nächstes Libretto entstehen: jetzt schon von *"Dr. Fritz Löhner"*. Der gemeinsame *"Sterngucker"* also von Franz Lehár und Fritz Löhner hatte am 14. Januar 1916 immerhin im traditionsreichen Schauspiel-*Theater in der Josefstadt* Premiere, doch gefiel da nicht, fiel da mitsamt seinen Lehár-Melodieën mitten im *Ersten Weltkriege* einfach durch.

Andere Kriegsoperetten mit unverbindlich heiteren Libretti von "Fritz Löhner" waren *"Der Weltenbummler"*, uraufgeführt 1915 in Berlin, und *"Die Dame von Welt"*, gespielt 1917 im Wiener Apollotheater, beide zur Musik von

Richard Fall (1882-1945),

Sohn des Komponisten Moritz Fall und Bruder der Komponisten Leo Fall und

Siegfried Fall (1877-1943),

Träger des Mendelssohn-Preises und 1938 Emigrant in französisches Exil, bei der Weiterflucht in die Schweiz von den Nazis verhaftet und im Konzentrationslager (Theresienstadt oder Auschwitz) zu Tode gekommen;

sie alle stammten aus dem damaligen Gewitsch, heute tschechischen Jevíčko (nur sechzehn Kilometer von Boskovice entfernt, wo ja auch Bedas Mutter geboren war und sein Vater sie geheiratet hatte);

aber Gebruder Richard Fall lebte als Operettendirigent in Berlin und Wien, als Filmkomponist schon seit 1930 in Hollywood (für die Tonfilme *"Liliom"*, *"East Lynne"*, *"Merely Mary Ann"* und andere), kehrte 1932 wegen französischer und österreichischer Filmaufträge (*"Sehnsucht 202"* mit Magda Schneider und Attila Hörbiger) nach Europa zurück,

floh 1938 vor den Nazis nach Frankreich, dann nach Hollywood, kehrte 1943 wieder nach Frankreich zurück, wurde in Nizza von Nazis verhaftet, nach Auschwitz deportiert und dort ermordet;

Ehefrau Else Fall wurde vorher oder nachher irgendwo auf offenem Marktplatz von den Nazis erschossen.

Aber in jenem selben dritten Kriegsjahr 1917

veranstaltete ein Ensemble *"Bunte Bühne"* unter Fritz Löhners Leitung eine Art Bunten Abend mit *"einaktigen Komödiën, Satiren und künstlerischen Szenen"* überwiegend aus der Feder seines Intendanten

und gelangte *"Der rote Prinz"*, jener erste Kinofilm nach einem Drehbuch von Fritz Löhner, zur Premiere.

Im damaligen *"Etablissement Ronacher"* folgte kurz danach die Oper *"Anne Marie"* mit Musik nach Franz Schubert und Texten von Fritz Löhner.

Aber im vierten Kriegsjahr 1918 heiratete dieser operettenselige Feldwebel Löhner *"laut Trauschein vor der israelitischen militärischen Seelsorge"* die elf Jahre jüngere Mutter seines da schon vier Monate alten Sohnes Bruno: Anna Akselrad aus Krakau.

Diese Ehe hielt sieben Jahre und fand in jenen goldenen zwanziger Jahren statt, in denen Beda, der reaktivierte Verskommentator seiner *"Wiener Sonn- und Montagszeitung"*, einen luxuriösen Lebensstil

auch als ständiger Mitarbeiter des neuën links-liberalen Magazins *"Der Götz von Berlichingen"*, einer *"lustigen Zeitschrift gegen alle"*,

mehr noch mit weiteren österreichischen Filmen finanzierte, für die er die (stummen) Drehbücher, meist für die Hauptdarsteller Liane Haid und Eugen Neufeld, schrieb (oder mitschrieb).

Weitere Operettenlibretti verfaßte er damals für die Komponisten Karl Hajos (später in Hollywood erfolgreich), Oskar Jascha, Hans Duval-Diamant und Willy Engel-Berger,

aber mit *"Muschi"* und *"Kikeriki"* auch für keinen Geringeren als

Robert Stolz (1880-1975),

der nach 1933 in seiner eigenen Limousine mit irreführenden Hakenkreuzwimpeln 21 politisch Verfolgte persönlich illegal (teils in Teppiche eingerollt) über die Grenze aus Deutschland nach Österreich rettete und selbst

nach 1938 über Zürich und Paris, wo er als *"feindlicher Ausländer"* interniert wurde,

nach New York emigrierte, wo er mit Filmmusiken für Henry Koster und René Clair zweimal zum *"Oscar"* nominiert wurde, während SS-Führer Himmler persönlich seine Ausbürgerung aus dem *Deutschen Reich*, seine dortige Enteignung und die Ausplünderung seiner Wiener Wohnung veranlaßte, die dann Albert Speer bewohnte,

und mit *"Das Herz"* und *"Das Zuckergoscherl"* *für*

Arthur Guttmann (1891-1945),

Komponisten von mindestens 65 Filmmusiken, der 1933 von Berlin nach Wien und 1936 über Spaniën nach Hollywood emigrierte, wo er kurz nach Hitler verstarb.

Aber gegen Ende jenes produktiven Jahrzehnts zwischen Weltkrieg und Hitlers Machterschleichung krönte Fritz Löhner seine Arbeit in diesem Genre als Co-Autor und Lieder-Texter für drei strahlende, unvergängliche Welterfolge: *"Ich hab' mein Herz in Heidelberg verloren"* (1927) von Fred Raymond und zwei neuë Operetten von Franz Lehár: *"Friederike"* (Berlin, 1928: *"O Mädchen, mein Mädchen, wie lieb' ich dich!"*) und – *"Das Land des Lächelns"* (Berlin, 1929). Dessen früheren Mißerfolg als *"Die gelbe Jacke"* machte er mit der Erfindung dieses neuën Titels und besonders als Liedertexter mit zeitlosen Evergreens für immer vergessen: mit *"Immer nur lächeln, immer vergnügt"*, *"Von Apfelblüten einen Kranz"*, *"Dein ist mein ganzes Herz"* und mit so unverwüstlichen Duëtten wie *"Wer hat die Liebe uns ins Herz gesenkt"* oder *"Meine Liebe, deine Liebe hat nur einen Sinn"*.

An der zeitüberdauërnden Millionenschwere in welcher Währung des Globus auch immer waren damals außer Lehár und Löhner

als dramaturgischer Co-Autor und Handlungsarchitekt auch Ludwig Herzer beteiligt

und als Prinz Sou-Chong in jener Berliner Uraufführung, auch seither immer wieder und wieder der Sänger

   Richard Tauber (*recte* Richard Denemy: 1891-1948),

   jener Jahrhundert-Tenor der Musikgeschichte, der 1933 vor dem Berliner *Hotel Kempinski* von der *SA* mit den Worten „*Judenlümmel, raus aus Deutschland*" niedergeschlagen wurde, nach Wien ging und 1938 nach einer Welttournee in England blieb, wo er die Staatsbürgerschaft erwarb und sich im Kriege als Truppenbetreuër betätigte.

Aber zur eigentlichen Krönung seines Lebens fand Fritz Löhner-Beda durch zwei technische Erfindungen, die seine allerspeziëllste Begabung erst provozierten und förderten: den Rundfunk (in Österreich seit Herbst 1924) und die hierdurch endlich wahrhaft erblühende Schallplatte (mit einer Umsatz-steigerung zum Beispiel in Deutschland von vier auf dreißig Millionen nur in vier Jahren).

Beide benötigten und begünstigten ein Genre der sogenannten Kleinkunst, für das ein Autor von satirischen Versen und gesungenen Texten das rechte Talent besaß: Songs, Chansons oder Schlager mit all ihren Misch- oder Zwischenformen, wie jener Zeitgeist der zwanziger Jahre sie

als okkulte Trauërarbeit gegen die Traumata des unbegreiflichen und unverschmerzten *Ersten Weltkriegs* mit all seinen Grausamkeiten und Verlusten

oder gegen ganz akute Massenarmut, Arbeitslosigkeit, Inflation und Wirtschaftskrise

in einem neuartig faszinierenden Amalgam aus Zynismus, Witz, Absurditäten, exotischer Weltflucht und Galgenhumor produzierte.

Als ungewöhnlich erfolgreichen Liederautor lernte Fritz Löhner-Beda sich selbst etwa seit 1922 kennen, als er mit dem Wiener Komponisten und Kabarettisten Hermann Leopoldi zusammen arbeitete, der damals Direktor eines eigenen kleinen Brettl-Theaters, bald schon einer der populärsten Klavierhumoristen ganz Europas war.

Mit diesem musikalischen *Allround*-Talent beschwor Löhner-Beda also das *"Rauschen des Wienerwalds"* und *"blühenden Wein"* oder *"enge Gassen"* und erzielte so seinen ersten durchbruchartigen Liederfolg: *"Wien, sterbende Märchenstadt"*.

Diesen Einstieg in heimatselige Vokalmusik, der beide Autoren spätestens nunmehr vollends berühmt machte, setzte er später mit Willy Engel-Berger (*"Das ist die Donau"*, 1924) und 1928 mit Heinrich Strecker fort: *"Drunt' in der Lobau"*, als "echtes" Wienerlied im Repertoire auch von Hans Moser, Fritz Imhoff, Erich Kunz, Peter Alexander, Greta Keller und Oskar Werner.

Schon 1923 freilich schlug er auch noch eine völlig konträre, aber folgenschwere Spielart des Sololiedes ein, als der Wiener Bohème-Verlag ihn bat, für den *US*-amerikanischen Erfolgsschlager *"Yes! We Have No Bananas"* von Frank Silver und Irving Cohn eine Fassung in deutscher Sprache zu texten. Er ersetzte das unübersetzbare Wortspiel der Titelzeile mit jenem inzwischen unsterblich gewordenen *"Ausgerechnet Bananen"*, steigerte mit so freiër und schlüpfriger Adaption den Welterfolg dieses Liedes auch noch hierzulande bis in jüngere Einspielungen durch Ralf Bendix, Chris Howland, Peter Kraus und Gottlieb Wendehals hinein, machte es zum Titel von späteren Kino- und Fernsehfilmen, gar zur deutschen Redewendung

und seinen Erfinder zum Krösus. *"Bananen!"* waren denn auch eigene Verse übertitelt, die er schon im Februar 1924 in seiner *"Sonn- und Montagszeitung"* publizierte:

"Anfangs schien es mir noch heiter,
Aber jetzt – o bitt're Pein!
Nein! So geht es nicht mehr weiter!
Nein! Ich stampfe alles ein!

Wo ich gehe, wo ich stehe,
Wo ich sitze, wo ich ruh',
Aus der Ferne, aus der Nähe
Stürmt es qualvoll auf mich zu! [...]

Unablässig und zelotisch,
Nervenpeitschend, hemmungslos,
Magendrehend, idiotisch,
fast gespenstisch, mammutgroß –

Hunderttausend Grammophone
Und Klaviere ohne Zahl
Klimpern, quietschen mir zum Hohne
Den entsetzlichen Choral! [...]

Konnt' ich wissen, konnt' ich ahnen,
Daß die Welt ins Irre hopst
Ausgerechnet durch Bananen,
Dieses harmlos-dumme Obst?!

Doch geschehen ist geschehen!
Ich schreib' nur Prosaisches,
Und ich will ins Kloster gehen.
(Wo ist ein mosaisches?)" (hier zitiert nach [2]).

Da es ein Kloster für solche Zionisten wie ihn ja erst recht nicht gab, hielt er nach vergleichbaren Okkasionen Ausschau. Er fand sie keineswegs in "Prosaïschem", eher in den Versen neuër Liedertexte.

Ähnliche Erfolge als Übersetzer ausländischer Ohrwürmer erzielte er zwar

1926 mit der Verdeutschung von *"Valencia"* aus der Zarzuela *"La bien amada"* von José Padilla Sánchez und Enrique de Prada (allein in Deutschland auf 22 Millionen Schallplatten verkauft),

1931 mit Karel Vaceks Tango *"Cikánka"*, den er *"Du schwarzer Zigeuner"* nannte und noch von Sängern wie Rudi Schuricke, Vico Toriani und Karel Gott als Evergreen bestätigen ließ,

und mit dem lateinamerikanischen *"Ay, ay, ay"* von Osman Perez Freire zu *"Schlaf ein, mein Blond-Engelein"*, wie es nicht zuletzt Richard Tauber, Fritz Wunderlich und Jochen Kowalski sangen.

Aber diese Resonanz als Übersetzer fremder Schlager stimulierte Fritz Löhner nur umso mehr auch zur Besinnung auf das Refugium eigener Liedertexte. Die meisten vertonte wieder (nach zwei gemeinsam geschriebenen Operetten) jener wohlerprobte Richard Fall. Mit ihm zusammen schrieb er in den zwanziger Jahren mindestens zehn erfolgreich überdauërnde Einzeltitel, darunter solche Evergreens wie

"Was machst du mit dem Knie, lieber Hans?" (1925, aber noch 2003 in *charts* vertreten),

"In Nischnij Nowgorod" (1926) und

"Heinrich, wo greifst du denn hin?" (1929).

Ihr gemeinsam gefundener Ohrwurm *"Wo sind deine Haare, August?"* stammt aus der Ausstattungsrevue *"Apollo? Nur Apollo!"*, die sie mit anderen Autoren 1925 für das Wiener *Apollo-Theater* schrieben,

aber ihre Dauërbrenner *"Was hast du für Gefühle, Moritz?"* (1927) und *"Liebe Katharina, komm zu mir nach China"* (1927) wurden nicht zuletzt im Repertoire eines exotischen Sängers aus Budapest populär:

Paul O'Montis (1894-1940),

eigentlich Paul Wendel und evangelisch, in Hannover aufgewachsen, zählte seit 1924 als Sänger, Parodist und Spezialist *"mondän-karika-turistischer Couplets"* oder zwielichtig mehrdeutiger *"Ulk- und Nonsensschlager"* bald schon *"zu den ganz Großen der Berliner Kabarettszene"*[11] im *"Charlott-Casino"* am Kurfürstendamm, im *"Café Meran"*, im *"Florida"*, im *"Simpl"*, im *"Wintergarten"*, in der *"Scala"*, im Hamburger *"Trichter"*, auf Tourneën und beim Rundfunk, seit 1927 mit siebzig Titeln bei *"Odeon"* (auch mit Bedas *"Drunt' in der Lobau"*), seit 1929 bei der *"Deutschen Grammophon"*. 1926 bescheinigte ihm der Berliner Kabarett-Kritiker Max Hermann-Neiße, er habe

"die Technik, die banalsten Modechansons so zu bringen, daß sie auch anspruchsvolleren Menschen Spaß machen, weil er, über ihnen stehend, sie schon gleich launig persifliert"[12].

Ende 1933 flüchtete O'Montis vor den Nazis nach Wien, hatte dort, in der Schweiz und in Holland gelegentliche Auftritte, wie sie ihm für Deutschland 1935 offiziëll verboten wurden, und produzierte noch eine einzelne einsame Schallplatte.

1938 floh er vor den Nazis weiter nach Prag, wo sie ihn 1939 einholten und verhafteten, zunächst nach Zagreb, dann nach Łódź und schließlich, Ende Mai 1940, als bekennenden Homosexuëllen, ins Konzentrationslager Sachsenhausen deportierten: als unprominenten Paul Wendel mit der Häftlings-Nummer 25.131.

Fritz Löhner-Beda aber hatte schon vor alledem nicht nur für Paul O'Montis und Richard Fall auf seine satirisch gewitzte Weise die Liedertexte geschrieben. Auch andere Sänger sangen, andere Komponisten vertonten sie:

so Jara Beneš: *"Ja, was will dieses Mädel von mir?"* (1923), *"Ich hab' zu Haus ein Grammophon / Das macht so schön Trara"* (1925), *"Benjamin, ich hab' nichts anzuziehn"* (1927),

so auch

Robert Katscher (1894-1942),

promovierter Jurist aus Wien, dort Rechtsanwalt, aber auch erfolgreicher Unterhaltungskomponist, dessen Revue *"Die Wunderbar"* mit Al Jolson 1931 am Broadway gespielt und 1934 in Hollywood verfilmt wurde. Er schrieb Operetten, Schlager und Filmmusiken für Deutschland, *USA* und Österreich (*"Episode"*, 1935, mit Paula Wessely und Rosa Albach-Retty, Romys Großmutter)

und vertonte 1924/25 Bedas Volltreffer

"Es geht die Lou lila,
Von Kopf bis Schuh lila",

aber flüchtete 1938 vor den Nazis nach New York, dann weiter nach Hollywood und starb dort noch während des *Zweiten Weltkriegs* als Exilant.

Jerzy Petersburgski (1895-1979)

aus Warschau, *"Legende der polnischen Unterhaltungsmusik"* [13], schrieb 1928 für die Revue *"Warszawa w kwiatach"* (*"Warschau in Blumen"*) den *"Tango Mílonga"*, dem Beda-Löhner mit seinem deutschen Text *"Oh, Donna Clara, ich hab' dich tanzen gesehn"* schon 1930 zu einem Welterfolg verhalf, bevor sein Komponist in die Sowjetunion, von dort nach Teheran, von dort nach Jordaniën, von dort nach Palästina emigrierte und noch nach dem *Zweiten Weltkrieg* zwanzig Jahre in lateinamerikanischem Exil verbrachte.

"Oh, Donna Clara" wurde von den *Comedian Harmonists* ebenso erfolgreich gesungen wie Jahrzehnte später noch von Max Raabe

und *"Robes Modes"*, Bedas Satire auf die Mode von 1925 mit der Melodie von Moe Jaffe und Nat Bonx, von Max Hansen und vielen, vielen Nachfolgern.

Doch das vielleicht erfolgreichste Nonsense-Couplet von Beda war unter mehr als zweitausend solcher Texte wohl jener Onestep mit diesem Refrain:

"In der Bar zum Krokodil
am Nil, am Nil, am Nil,

verkehrten ganz incognito
der Joseph und der Pharao.
Dort tanzt man nur dreiviertelnackt
im Rumba- und Dreivierteltakt.
Es trifft mit der Geliebten sich
am Abend ganz Ägypten sich,
in der Bar zum Krokodil
am Nil, am Nil, am Nil."

Dieser Text wurde 1927 von Willy Engel-Berger (1890-1946), einem Operetten-, Film- und Kabarettkomponisten aus Bonn, vertont und im Repertoire jenes

Paul O'Montis

populär, der es 1928 erstmals für eine Schallplatte aufnahm, selbst ja jedoch seit 1940 nur noch die anonyme Nummer 25.131 in Sachsenhausen war.

Dieses Konzentrationslager war mit Isolierungsbaracken und Strafkommandos vornehmlich auf die Liquidation von schwulen Häftlingen spezialisiert. Auch Nummer 25.131 wurde dort in den Block 35 der eingezäunten *"Isolierung"* eingewiesen und dem dort besonders grausamen *"täglichen SS-Terror ausgeliefert"*:

"Tagsüber werden die Gefangenen u. a. in der Strafkompanie Schuhläufer geschunden. Elf Stunden müssen sie über eine Prüfstrecke aus Kies, Sand, Schlamm und Kopfsteinpflaster marschieren, um im Auftrag des Reichswirtschaftsministeriums Schuhe, Socken und andere Kleidungsstücke auf ihre Haltbarkeit zu überprüfen. Oder sie müssen den ganzen Tag im sogenannten 'Stehkommando' strammstehen. Prügel hagelt es für jeden noch so geringfügigen Verstoß gegen die 'Lagerordnung'. Oberscharführer Ficker läßt die Häftlinge längere Zeit in der Kniebeuge sitzen und verbrennt ihnen dabei mit einer Zigarette Nase, Stirn oder Bart. Oberscharführer Knittler legt die Häftlinge über einen Tisch, traktiert sie mit Knüppel oder Peitsche und läßt sie die Hiebe zählen.

Die Überlebenschancen in der Isolierung sind gering. [...] Besonders perfide sind die angekündigten Morde, ein Schicksal, das auch Paul O'Montis trifft. Wenn der Blockführer beim Appell sagt: 'Dieses Schwein möchte ich morgen nicht mehr sehen', ist das das Todesurteil" [11].

Der politische Häftling Robert Brink, damals *"Lagerältester der Isolierung"*, hat später eidesstattlich bezeugt:

"Eines Sonntagnachmittags kam der bekannte Vortragskünstler, genannt Paul Remontes [sic!], zu mir und bat mich um meinen Schutz, da ihm von Seiten des Blockältesten Ruppel angedroht worden war, er würde in der kommenden Nacht erledigt werden" [11].

Wirklich findet sich im Sterberegister des Standesamtes Oranienburg dieser Eintrag 3312:

"Paul Wendel, 17. 7. 40, 2 Uhr. Freitod durch Erhängen" [11].

Aber einem zugrunde liegenden Bericht der Lagerleitung, der von solchem *"Freitod"* spricht, stehen Zeugenaussagen entgegen [14].

Doch *"In der Bar zum Krokodil"* wurde noch Jahrzehnte lang weitergesungen: von den *Comedian Harmonists* über Helen Vita und Brigitte Mira zu Max Raabe und bis in den Klingelton mobiler Telefone hinein. Wer aber weiß da heute noch, wenn solch ein "Handy" irgendwo so läutet, wer für diese Melodie die okkulten Verse geschrieben, wer sie als Erster gesungen hat?

Damals freilich hatte seit 1927 in Studios und Kinos der Tonfilm begonnen, den Stummfilm abzulösen. Natürlich wurde da ein Liedertexter vom Range Fritz Löhners hinzu- und einbezogen. Schon 1928 schrieb er Gesangstexte eben für jenen ersten abendfüllenden Tonfilm der Berliner Ufa, der *"Melodie des Herzens"* hieß und mit dessen Liedern für Willi Fritsch die Karriëre von Paul Abraham begann.

Für Fritz Löhner folgten umgehend Aufträge, Liedertexte für weitere deutsche Kinofilme zu schreiben:

1929/30 für *"Ich glaub' nie mehr an eine Frau"* (mit Richard Tauber und Gustaf Gründgens),

1930 für *"Zwei Welten"* (für den Artur Marcell Werau unter Verwendung fremder Kompositionen Musik geliefert hat: etwa für ein Łódź-Lied in diesem Drama um ein galizisches Dorf im *Ersten Weltkrieg*?) und für das verfilmte *"Land des Lächelns"* (mit Richard Tauber),

1931 für *"Die schwebende Jungfrau"* (mit Adele Sandrock und Szöke Szakall)

und 1932 für allererste Piloten von *"Der Hexer"*.

Es blieb jedoch in diesem neuën Medium nicht bei Liedertexten. Der Librettist Fritz Löhner war sofort auch als Drehbuchautor gefragt:

schon 1927/28 für *"Sechs Mädchen suchen Nachtquartier"* (mit Jenny Jugo),

1930/31 für *"Fra Diavolo"*,

1931 für *"Er und sein Diener"*,

1932 für *"Der angenehme Patient"* und *"Der Dienstmann"* (beide mit Hans Moser, den er mit seinen Texten für Kabarettszenen schon 1925 entdecken half).

Ruhm und Honorare jenes verführerischen neuën Ausdrucksmittels ließen Löhner seinem angestammten Unterhaltungstheater nicht untreu werden. Auch noch in diesen hereingebrochenen dreißiger Jahren war er, meist als Co-Autor für die Liedertexte, am Libretto für Operetten von Jara Beneš (dreimal), Leo Ascher (zweimal), Josef Beer (zweimal), Oskar Jascha und Nikolaus Brodsky, auch für die erste Marika-Rökk-Revue, *"Der Stern der Menge"* (1934), beteiligt.

Aber gemeinsam mit

Ludwig Herzer,

jenem Wiener Gynäkologen Ludwig Herzl (1872-1939), der als Operettenlibrettist für Edmund Eysler, Robert Stolz und Franz Lehár (schon *"Friederike" und "Land des Lächelns"*) sehr gefragt, 1923 mit seinem "Notturno" namens *"Morphium"* 64 Male auch von einem Broadwaytheater in *New York* gespielt worden war,

aber 66jährig den Nachstellungen der Nazis durch riskante Flucht vom vorarlbergischen Hohenems ins sanktgallische Diepoldsau gerade noch entging, doch schon knappe fünf Monate später im Exil von Sankt Gallen verstarb,

mit ihm also schrieb Löhner auch am Lehár-Libretto *"Schön ist die Welt"* (1930 im Berliner Metropol-Theater)

und gemeinsam mit

Paul Knepler (1879-1967),

einem Bankbeamten, Buchhändler, Verleger und Komponisten, dann auch Librettisten für Eduard Künneke, Robert Stolz, Oscar Straus, Emmerich Kálmán und Lehárs *"Paganini"*,

1938 Emigrant in London, dort Kabarettist und Publizist, 1955 Remigrant nach Wien: noch 75jährig!,

an Franz Lehárs letzter Operette *"Giuditta"* (1934 leibhaftig noch mit Jarmila Novotná als Titelheldin in der ausverkauften Hochburg der Wiener Staatsoper uraufgeführt, schon als Mediënereignis mit über hundert angeschlossenen Rundfunksendern *live* in alle Welt übertragen und jenem italiënischen Diktator Mussolini gewidmet, der diese Huldigung jedoch nicht annahm).

Jeweils wieder für Richard Taubers Tenor lieferte Löhner hier so unverwüstliche Gesangsvorlagen wie das unaufhörlich wiederholte *"Meine Lippen, die küssen so heiß"* (noch von Anna Netrebko ahnungslos aufgegriffen).

Franz Lehár erreichte jetzt das Rentenalter, wurde weltweit gespielt und verfilmt (1933 auch mit der gemeinsamen *"Friederike"*), war in Deutschland inzwischen der Liebling von Adolf Hitler und Joseph Goebbels, also rechtschaffen lustlos, noch mühselig weiterzukomponieren.

Fritz Löhner ersetzte ihn daher in seinem eigenen Operetten-Kosmos durch jenen jugendlich erstrahlenden Stern aus ihrer beider Ufa-Film *"Melodie des Herzens"*: Abráhám Pál oder meistens jetzt schon Paul Abraham.

Zusammen mit dem Co-Autor

Alfred Grünwald (1884-1950),

der schon Kálmán, Straus und Stolz zugearbeitet hatte,

vor den Nazis 1938 nach Paris, 1940 weiter in die *USA* floh, von dort nie mehr wiederkehrte, aber noch postum seinen Sohn Henry A. Grunwald, den Herausgeber von *"Time Magazine"*, von 1987 bis 1990 Botschafter der *USA* in Wien sein ließ,

legte Fritz Löhner da die Libretti für solche Erfolgsoperetten wie *"Viktoria und ihr Husar"* (1930), *"Die Blume von Hawaii"* (1931) und *"Ball im Savoy"* (1932) zu Vertonung und vielfacher Verfilmung vor, dem erfolgloseren Nazi-Flüchtling und Emigranten Paul Abraham auch noch für seine unerwünschteren Wiener Operetten *"Märchen im Grand Hotel"* (1934) und *"Dschainah, das Mädchen aus dem Tanzhaus"* (1935).

Da aber sang schon die ganze Welt aus dessen großen deutschen Sukzessen *"Bin nur ein Johnny"*, *"Blume von Hawaii"*, *"My golden Baby"*, *"Meine Mama war aus Yokohama"*, *"Pardon, Madame"* und *"Reich mir zum Abschied noch einmal die Hände"*: alle mit den Worten von Fritz Löhner-Beda.

Oder von Beda-Löhner? Oder von Fritz Löhner? Oder von Beda? Oder von B. Loehner. Oder von Beda Fritz Löhner. Oder Dr. F. Löhner-Beda. Oder F. Löhner. Oder F. Löhner Beda. Oder F. Lühner. Oder Fr. Löhner. Oder Löhner-Beda. Oder, in den Zeitschriften: kurzer Hand ß = griechisches β (oder Beta für Beda. Oder Bedřich). So viele Talente, so viele Namen.

Denn unter all diesen nominellen Varianten war er, was seine Biografen Barbara Denscher und Helmut Peschina als *"genialen Schöpfer von Gebrauchstexten"* und *"als überaus flexibel"* bezeichnen: *"Ob für den Schlager, ob für das Kabarett, ob für die Operette oder für die Zeitung: Immer verstand er es, den Bedingungen und Anforderungen des jeweiligen Mediums in adäquater Weise zu entsprechen"*[2].

Denn nach wie vor schrieb er außer Libretti, Drehbüchern, Schlagern und Chansons auch immer noch aktuëlle satirische Gedichte, die der politisch wach und bewußt gebliebene Zionist nicht nur als Mitarbeiter des *"Jüdisch-Politischen Kabaretts"*, sondern auch noch zu Hunderten meist in der Tages- oder Wochenpresse publizierte. Hier attackierte oder glossierte dieser volkstümliche Lyriker, den

Oscar Teller (1902-1985),

Wiener Rezitator, Sänger, Kabarettist und Autor, Gründer und Leiter von *"Jüdischer Kulturstelle"* und 1927 *"Jüdisch-Politischem Cabaret"* in Wien,

1939 vor den Nazis über England in die *USA* geflüchtet, in *New York* Gründer der jüdisch-politischen Kleinkunstbühne *"Die Arche"*,

noch 1982 in Israel *"füglich als den ersten zionistischen Satiriker"*[15] bezeichnete, in gereimten Versen *"die schlechte Wirtschaftslage und die Instabilität des Staates"*[2] ebenso wie *"grassierende Korruption, veraltete Justiz und zunehmenden Antisemitismus"*[2] oder *"internationale politische Entwicklungen. Seine Zielgruppe war der liberal-konservative, gehobene Mittelstand und dabei vor allem das wohlhabende jüdische Bürgertum"*[2].

" 'Wer ist schuld? – Dar Jud!' " war da schon am 7. Mai 1923 von ihm zu lesen und *"Hakenkreuz und Sowjetstern"* am 6. Oktober 1924, nachdem schon am 1. September 1924 seine warnende Reaktion auf Hitlers Münchner Putsch und Gefängnisstrafe unter dem unverfänglichen Titel *"Der Münchner"* zu lesen war:

"Denn der Münchner ist im Grunde
Seiner Seele pazifistisch,
Und er denkt zur Vesperstunde
Bierokratisch-optimistisch.

Und mit kräftigem Geschnurre
Sieht er, innerlich gebessert,
An der Wand die Hakenkreuze,
Während er sich sanft entwässert".

Als sich schon 1927 der österreichische Tourismus antisemitisch zu gerieren begann und zum Beispiel im Pinzgauër Kurort *Zell am See* keine jüdischen Feriëngäste mehr zu sehen wünschte, reimte Beda:

"Alle sind es, die wir luden,
Exklusive die Herrn Juden,
Denn wir halten unsre Sitten
Rassenrein und unbeschnitten;
Und der Gegend schönster Reiz
Sei fortan das Hakenkreuz!" (zitiert nach [2]).

Aber dieser ß Löhner, Nachfahre jenes Picander, befaßte sich kritisch auch *"mit Sportereignissen"*, mit *"Neuigkeiten aus dem kulturellen Bereich"* und *"mit kleinen, alltäglichen Ärgernissen"*, mit *"Wiener Lokalpolitik, gesell-schaftlichen Ereignissen, Jubiläen"* oder *"dem Ansteigen der Tabakpreise, der Einführung einer 'Bierumlage' oder der Erhöhung der Weinsteuer"* [2].

So viele Namen also, so viele Themen oder Interessen auch.

Als 1925 eine Neuauflage seines Gedichtbands *"Getaufte und Baldgetaufte"* erschien, witzelte sein kongenialer Kollege Fritz Grünbaum bewunderungs- und liebevoll in der Hommage eines ironischen Vorworts:

"Du hast ein Formtalent, das andere Dichter zu lyrischen Bänden von Me-terlänge [...] exploitiert hätten! Was hast du mit deinem Formtalent ge-macht? 'Ausgerechnet Bananen!' Daß du dich nicht schämst! / Dein satiri-scher Einfall hat Ohrfeigenhände. Ein anderer, mit ihrer klatschenden Wucht ausgerüstet, hätte die Welt mit Pamphleten vor den Magen gestoßen. Was hast du mit deiner Satire angefangen? [...] Daß du dich nicht schämst!" (zitiert nach [2]).

Aber auch neuë Gedichtbände erschienen da nach und nach: *"Die Muse im Negligee"* (1919), *"Ecce ego"* (1920), *"Tanz der Millionen"* (1929).

Alles in allem, bilanzieren seine Biografen, war er nicht nur *"zu einem der erfolgreichsten und meistgefragten Autoren der Wiener Kleinkunstszene ge-worden"*, sondern *"in den 1920er und frühen 1930er Jahren zu den gefrag-testen Textern im deutschen Sprachraum"* [2] überhaupt und mit einer Popu-larität *"wie kaum ein Textdichter vor ihm, ausgenommen vielleicht Lorenzo da Ponte oder Hugo von Hofmannsthal"* [3]. Entsprechend fürstlich wurde er honoriert. Einzig mit seinem Anteil am Libretto zu Paul Abrahams Operette *"Viktoria und ihr Husar"* soll er einen Gegenwert zu 280 000 heutigen Euro eingenommen haben.

Im März 1925 ließ sich Fritz Löhner 51jährig scheiden, um einen Monat später in der *Israëlitischen Kultusgemeinde Wien* die fast zwanzig Jahre jüngere Helene Jellinek, 23, zu heiraten. Mit ihr hatte er die Töchter Liselotte und Eva Löhner, geboren 1927 und 1929. Ihnen allen bot er nur jeden erreichbaren Luxus.

"Er hat sehr groß gelebt", hat sein späterer Co-Autor Hugo Wiener einem Interview anvertraut: *"Er hat einen Buick gehabt, der damals zu den teuersten Autos gehört hat. Mit eigenem Chauffeur. Er hat eine riesige Wohnung gehabt, in der Lange Gasse. Da gab es Treppen zur Wohnung darunter, die war nur für seine beiden Mädchen. Die Kinder haben eine eigene Wohnung gehabt,[...] fast genau so eingerichtet wie die obere, die Möbel nachhgemacht, nur alles kleiner. Sie war sehr, sehr süß, diese Wohnung"* (zitiert nach [2]).

1932 kaufte sich der glückliche Familiënvater eine der luxuriösesten Villen in *Bad Ischl*, jener Sommeresidenz früher der Habsburger, seit Anton Bruckner speziëll auch vieler Komponisten, auch Franz Lehárs und anderer Künstler, im oberösterreichischen Salzkammergut. Die Löhners bezogen da das Schlößchen *"Felicitas"* inmitten einer Parkanlage von elf Quadratkilometern und modernierten es prunkvollst. Es hatte vormals jener prominenten Hofschauspielerin Katharina Schratt gehört, die sich von ihrem Galan, dem Kaiser Franz Joseph persönlich, auch hier vermutlich incognito mindestens den Hof machen ließ, *"für ihn Kaffee kochte"* und *"deren ruhige und diskrete Zuneigung ihn"*, weiß der wohlinformierte Claudio Magris zu berichten, *"über die unruhevolle Gemütsverfassung der Kaiserin Elisabeth hinwegtröstete"* [58]. In eben diesem selben *Steinbruch 43* verbrachten also nunmehr die Löhners alljährlich zumindest die Sommermonate zwischen Stilmöbeln, goldenen Wasserhähnen und Kutschen oder Autos mit Chauffeur.

Bernard Grün, Jahrgang 1901 aus Mähren, damals in Wien Komponist von 26 Operetten, später in London Bernard Grun und Franz Lehárs Biograf, dürfte diesen Landsmann noch persönlich gekannt haben:

Fritz Löhner-Beda

anonymes Foto um 1925

im Bildarchiv der Österreichischen Nationalbibliothek in Wien

*"Fritz Löhner [...] war eine starke, vehemente Persönlichkeit: blitzscharf
von Verstand, athletisch von Gestalt, Jurist, Germanist, Offizier – grundmu-
sikalisch, aggressiv, kühn, Ankläger alles Hohlen, Bösen und Scheinheili-
gen, Bewunderer alles Neuen, Unkonventionellen. Ganz Wien kannte ihn
und nannte ihn Doktor Beda"*[20] .

Angemessen geachtet, wurde der erfolgreiche Villenbesitzer und Tantiè-
menmillionär am 27. April 1934 zum Vizepräsidenten der *"Österreichischen Gesellschaft der Autoren, Komponisten und Musikverleger (AKM)"*
gewählt.

Er befand sich im Zenit seines Lebens und konnte nicht wissen, was sich auf
den Tag genau nur sieben Monate später, am 27. November desselben Jahres 1934, in Deutschland schon gegen ihn zusammenzubrauën begann.

In einem Brief unter diesem Datum nämlich informierte das *Kulturpoliti-
sche Archiv der Dienststelle Rosenberg* den Ortsverband Halle der *NS-Kulturgemeinde* über prinzipiëlle Bedenken gegenüber dem undeutschen Ungarn Franz Lehár und dessen Werken: sie seiën

"für die Kulturpolitik des Dritten Reiches ein strittiges Problem".

Zwar habe Lehár, dieser ungarische Staatsbürger, selbst schon früh und freiwillig *"in einem Schreiben vom 16. August 1933 der Reichsleitung des
Reichsverbandes Deutsche Bühne e. V. seine eigene arische Abstammung
versichert"*, aber dennoch sei *"eine Annahme von Aufführungswerken Lehárs für die NS-Kulturgemeinde nicht tragbar"* (zitiert nach [16]).

Das schrieb immerhin schon damals die Behörde Alfred Rosenbergs, der
auch der weisungsbefugte Vorgesetzte der angewiesenen Besucherorganisa-
tion *NS-Kulturgemeinde* war. Sie begründete ihr promptes Verdikt Franz
Lehárs *"durch seinen ständigen Umgang mit Juden"*:

*"Die von Lehár laufend vertonten Texte entbehren, von Juden geliefert, jeg-
lichen deutschen Empfindens"* und hätten ihn *"nicht zuletzt durch hämische
Bemerkungen über den Nationalsozialismus außerhalb des Kreises der Mitarbeiter an der Kulturpolitik des Dritten Reiches gestellt"* (zitiert nach [16]).

Das kam für die Werke Franz Lehárs und aller seiner Librettisten schon einem Todesurteil nahe.

Nur sechs Wochen später, am 7. Januar 1935, wurde solches Votum in einer
der folgenden

*"Informationen des Kulturpolitischen Archivs im 'Amt für Kulturpflege'
beim Beauftragten des Führers für die gesamte geistige und weltanschauli-
che Erziehung der N.S.D.A.P."*,

ex cathedra Rosenberg also und ausdrücklich *"Vertraulich!"* dahingehend
wiederholt und präzisiert, daß Lehár

*"sich ausnahmslos jüdischer Textbuchverfasser bedient: Leo Stein, Béla
Jenbach, Bodanzky, Reichert, Julius Bauer, Brammer, Grünwald, Herzer,
Löhner-Beda, Martos, Willner"* (zitiert nach [17]).

Aber es blieb nicht bei so pauschaler Auflistung einschlägiger *"Delinquenten" in spe*, sondern erwies sich schon in jener Frühzeit des Nazi-Reiches
auch über Landesgrenzen hinweg als erschreckend informiert:

*"Löhner-Beda gehört den Kreisen der Zionisten um Theodor Herzl an und
ist Mitbegründer der jüdischen Sportclubs 'Hakoah' und 'Bar-Kochba'. Er
ist ausgesprochener jüdischer Aktivist und verhöhnte durch satirische Gedichte seinerzeit den Nationalsozialismus"* (zitiert nach [16]).

Von so bedrolicher Registrierung wußte der Vorgemerkte im Ischler Luxus seiner österreichisch vermeintlichen Sicherheit natürlich nichts. Er hatte zur Zeit dieser vorsorglichen NS-Recherchen wohlgemut und ahnungslos die Zusammenarbeit mit einem neuën Co-Autor begonnen: jenem

Hugo Wiener (1904-1993)

aus Wien, der Komponist, Librettist, Chanson- und Kabarett-, auch Drehbuch- und Bühnenautor, überdies noch Pianist und Kapellmeister, also rundum talentiert war, über hundert Kabarettprogramme und etwa vierhundert Chansons schrieb,

gleichwohl schon im April 1938 von einem Wehrmachtsangehörigen vor seiner eigenen Haustür zum "Mitkommen" gezwungen und in ein Gasthaus verschleppt, dort vor Publikum zu fünfzig Kniebeugen, zum Ex-Trinken eines Liters kalten Biers und zum Reinigen von Aschenbechern mit bloßen Händen genötigt,

hiernach, noch einmal freigelassen, ein Gastspiel des Wiener Revuetheaters *"Femina"*, der genuïnen *"Fledermaus"*, im fernen columbianischen Bogotà (des Francisco José de Caldas) zur Emigration benutzte, in Südamerika blieb und ins venezolanische Carácas (Simón Bolívars) weiterflüchtete, wo er Klavierstunden und *"Wiener Abende"* gab, eine Bar eröffnete, deren Pianist und Tausendsassa vom Dienst, deren *grande utilité* oder Chamäleon er, in Sorge um seine Angehörigen jedoch, die sämtlich von den Nazis deportiert und ermordet wurden, depressiv und wiederholt auch akut suïzidgefährdet war,

bevor er 1954 schließlich – erst ein ganzes Jahrzehnt nach Ende der Naziherrschaft – zum zweiten Teil seiner strahlenden Karriere nach Wien remigrierte, die Chansons *"Ich kann den Novotny nicht leiden"* und *"Aber der Nowak läßt mich nicht verkommen"*, aber mit der Serië *"Ein verrücktes Paar"* (mit Harald Juhnke) von 1977 bis 1980 noch deutsche Fernsehgeschichte schrieb und fast neunzigjährig in Wien ein Ehrengrab dieser seiner arg stigmatisierten Heimatstadt erhielt.

Was dieser Wiener und Löhner damals, 1934/35, vermutlich beide nicht durchschauten, war Franz Lehárs faktische Gefährdung als Ehemann der Jüdin Sophie Paschkis.

Was Lehár freilich selbst nicht erfuhr, war die Denunziation durch den *Deutschen Musikverlag* in Wien, der schon im Mai 1934 die Reichssendeleitung des NS-Rundfunks darauf hingewiesen hatte, daß Franz Lehár "nichtarisch" verheiratet sei [18]. Dieser selbst jedoch machte schon vorsorglich in Berlin gut Wetter, bezeugte dort nicht nur in liebedienerisch vorauseilender Unterwürfigkeit sein eigenes "Ariërtum", sondern reiste im Olympiadenjahr 1936 erst zum NS-Komponisten- und Autorenkongreß nach Berlin, ließ sich dort vom Dr. Goebbels hofieren und nur sechs Wochen später bei der Jahrestagung der *NS-Reichskulturkammer* vom überaus leutseligen Adolf Hitler persönlich in ein huldvolles Gespräch verwickeln, dann in die Reichskanzlei einladen.

Hitler seinerseits war auch *"Tage danach beglückt über dieses bedeutungsvolle Zusammentreffen"*, hat Augenzeuge Albert Speer noch Jahrzehnte später in seinen *"Spandauer Tagebüchern"* aufgefrischt: denn für den *"Führer"* war Lehár *"in allem Ernst einer der größten Komponisten der Musikgeschichte. Seine Lustige Witwe rangierte für Hitler gleichrangig neben den schönsten Opern"* (zitiert nach [17]). Seit einem Besuch dieses Werkes schon 1906 im Wiener *Kaiserjubiläum-Stadttheater* pflegte Hitler, damals siebzehnjährig, Melodieën dieses Werkes vor sich hin zu pfeifen.

Klaus Mann hat vom Nachbartisch einer Münchner Teestube aus noch 1932 beobachtet, wie Hitler da, *"kaum einen Meter entfernt"* und *"umgeben von ein paar bevorzugten Spießgesellen"*, in *"seiner halb infantilen, halb raubtierhaften Gefräßigkeit"* ein Erdbeertörtchen mit Sahne nach dem andern verschlang, hierzu *"seine Tasse Schokolade schlürfte"* und dabei verkündete, daß " *'Operetten überhaupt etwas Nettes seien': ' ... gesunder Humor ... man lacht sich mal gründlich aus ... ' "* [19].

Doch sogar noch aus den späten Kriegsjahren hat Oberregierungsrat Dr. Henry Picker in seinen *"Tischgesprächen aus dem Führerhauptquartier"* bezeugt:

"Hatte Hitler über Tag viel Ärger gehabt, hörte er sich auf dem – ihm 1942 von Furtwängler zum Geburtstag geschenkten – Magnetophon-Standgerät

*Tonbänder mit Beethoven-, Bruckner-, bzw. Richard Wagner-Kompositio-
nen an [...] und Franz Lehár (Lustige Witwe)"* (zitiert nach [16]).

Nur drei Tage nach seiner Plauderei mit Hitler in der Berliner *Philharmonie*
dirigierte Franz Lehár im dortigen *Theater am Nollendorfplatz* die Premiere
einer Neuinszenierung zwar nicht der favorisierten *"Lustigen Witwe"*, sondern seines *"Zarewitsch"*, die gleichwohl von Hitler und Goebbels frequen-
tiert zu werden die Ehre hatte. *"Der Führer ist ganz groß in Aktion. Er ist
ein wahres Genie"*, notiert sich das parataktische Tagebuch des Reichspro-
pagandaministers am 30. November 1936: *"Er versteht von allem das Wesentliche. Das ist so bewundernswert an ihm. Abends gehen wir mit ihm in
den Zarewitsch. Lehár dirigiert. Ein richtiges Schmalz für Auge und Ohr.
Das Publikum ist begeistert. Das ist auch schön so. Wir haben alle viel
Spaß daran, und Lehár ist ganz glücklich"* (zitiert nach [17]).

Mehr noch als nur das: er war *"ganz benommen von der Gunst des Diktators"*, hatte Peter Herz, der jüdische Textdichter mehrerer Lehár-Lieder,
noch 1968 genau in Erinnerung: er *"genoß es in vollen Zügen, nunmehr auf
allen staatlichen und privaten Bühnen Deutschlands als Lieblingskomponist
Hitlers persona grata zu sein"* (zitiert nach [17]).

Er bedankte sich dafür zu Hitlers 49. Geburtstag mit einer Mappe, die in ro-
tes Maroquin-Leder gebunden, rechts oben mit einem silbernen Hakenkreuz, unten mit einer silbernen Plakette verziert war: *"Meinem lieben Führer gewidmet. Lehár"*. Sie enthielt auf sechs Seiten ausgerechnet die Lehár-
Lieder *"Es waren zwei Königskinder"* und *"Zauber der Häuslichkeit"* sowie
sein Manuskript des Duëttwalzers *"Lippen schweigen / 's flüstern Geigen /
Hab mich lieb"* eben aus der ästimierten (und gepfiffenen) *"Lustigen Witwe"*.

Lehár selbst hat dieses Geschenk noch elf Jahre später, im März 1947, so
kommentiert (oder sentimental zu rechtfertigen versucht): Walther Funk,
seit Februar 1938 Hitlers Reichswirtschaftsminister, vorher Staatssekretär
im Goebbels-Ministerium, Vizepräsident der *Reichskulturkammer* und als
Homosexuëller so erpreßbar wie gefügig,

*"sagte mir, daß Hitler meine Musik liebe und daß er, als er in Wien war und
kein Geld hatte, immer auf der Galerie war, um die Lustige Witwe zu hören. Insbesondere erinnere er sich [...] an die 50. Aufführung. 'Haben Sie*

noch ein Programm? Früher wurden bei Jubiläen kleine Heftchen verteilt'. Ich hatte noch so ein Programm. Er sagte: 'Machen Sie ihm doch die Freude und schicken Sie es ihm. Er hat am 20. April seinen Geburtstag!' Er gab mir den Rat, es einbinden und oben am Rand ein Hakenkreuz anbringen zu lassen ... " (zitiert nach [20]).

Lehár folgte diesem Rat und verschenkte besagte Mappe ausweislich als *"Erinnerung an die 50. Aufführung der Operette DIE LUSTIGE WITWE am 17. Februar 1906"*, zum nunmehr 20. April 1938: fünf Wochen also nach Hitlers Einmarsch in Wien.

Seine anstößig jüdischen Mitarbeiter waren da so oder so schon alle auf und davon.

Aber noch fünf weitere Jahre später beschenkte sich Hitler zu seinem 54. (und vorvorletzten) Geburtstag selbst mit dem Besuch einer Münchner Aufführung dieses seines Lieblingswerkes – jüdische Ehefrau hin oder her. Anschließend soll er sich zu Hause *"vor den großen Spiegel gestellt, der Arme, den Zylinder aufgesetzt, sich einen Schal umgeworfen"* und seine Haushälterin gefragt haben: *"Na, was sagen Sie? Bin ich vielleicht kein Danilo?"* [21].

So geschehen im Kriegs-Frühjahr 1943, schon nach dem Verlust von Stalingrad: offenbar mit Zweifeln nunmehr an seiner Berufswahl.

Immerhin haben Wilhelm Karczag (1857-1923), glänzender Operetten-Intendant im *Theater an der Wien* und im Wiener *Raimund-Theater*, und

Betty Fischer (1887-1961),

als *"Lercherl von Hernals"* populäre Operettensängerin mit einem Stimmumfang von dreieinhalb Oktaven, *"Lustige Witwe"* im *Theater an der Wien*, europäischer Tourneestar,

von 1933 bis 1947 anderthalb Jahrzente lang in luxemburgischem Exil, hiernach fast vergessen, heute in einem Ehrengrab in Hernals und Namenspatronin des *Betty-Fischer-Weges* am Wiener Heuberg,

übereinstimmend überliefert, daß der junge Hitler sich im *Theater an der Wien* als Tenor des Opernchores beworben und hierfür just das Auftrittslied des Danilo aus der *"Lustigen Witwe"* vorgesungen habe: *"Da geh' ich zu Maxim, da bin ich sehr intim"*. Sein Engagement sei verhängnisvoll nur daran gescheitert, daß dieser passable Chor-Tenor den damals hierfür benötigten Frack nicht besessen habe [17].

Das dürfte sich gleichfalls um 1906 so ereignet haben. Ein vorhandener Frack hätte damals viel verhindern können: ganze Jahrhundert- und Welt-Katastrophen.

Volle dreißig Jahre hiernach aber konnten Fritz Löhner-Beda und Hugo Wiener, als sie für Jara Beneš noch das Libretto zu dessen *"Der gütige Antonius"* schrieben, immer noch davon ausgehen, daß der Komponist jenes Danilo und der *"Lustigen Witwe"* auch noch während der gnadenlosen Herrschaft jenes tenoralen Choraspiranten und nationalen Berserkers der meistgespielte Operettenkomponist in dessen deutschem Territorium sein und noch lange bleiben würde.

Denn *"der Schöpfer der Operette 'Die lustige Witwe', der seine bedrohte Frau sicherheitshalber zeitweise ins Ausland schickte, war, ohne daß Hitler besondere Vorkehrungen getroffen hätte, von jeder Arier-Diskussion ausgeschlossen – auch das 'Reichssippenamt' kannte seine Grenzen"* [22].

Das scheint den inzwischen längst gefährdeten Fritz Löhner-Beda noch all die nächsten Jahre, als sein Landsmann Hitler wie auch viele seiner sonstigen Landsleute einem NS-Anschluß Österreichs beiderseits schon zunehmend entgegenfieberten, in trügerischer Sicherheit gewiegt zu haben:

"Der Hitler liebt meine Lieder, der wird mir nichts tun".

Aber als in Deutschland seine sämtlichen Operetten verboten wurden, die er für Paul Abraham und andere jüdische Komponisten getextet hatte, wurde er schon kleinlauter:

"Es wird schon nicht so schlimm werden".

Spätestens als sogar seine Lehár-Operetten *"Friederike"* und *"Giuditta"* von den deutschen Spielplänen verschwanden und alle deutschen Tantièmenflüsse versiegten, schien er

"sehr mit seinen Nerven fertig zu sein" (Verlagsbrief im April 1937 an Lehár, hier zitiert nach [17]). Immerhin hatte da, 1936/37, der NS-deutsche

"Reichssender Berlin" bereits *"eine schwarze Liste von Kulturschaffenden, die nicht beschäftigt werden durften"* [55], zusammengestellt und in Gebrauch; sie brandmarkte 239 Künstler und enthielt schon Namen wie

Jara Beneš, Walter Braunfels, Paul Dukas, Erich Engel, Egon Friedell, Alexander Glasunow, Manfred Gurlitt, Paul Henckels, Werner Richard Heymann, Mascha Kaléko, Emmerich Kálmán, Wilhelm Kienzl, Will Meisel, Edmund Nick, Reinhold Schünzel und Igor Strawinskij,

aber eben auch die Eintragung *"Beda-Benes (Pseudonym für Dr. jur. Fritz Löhner) Schriftsteller und Texter"*. Jetzt war es bedrohlich geworden.

Hugo Wiener, mit dem gemeinsam Löhner-Beda in diesen letzten Jahren für Jara Beneš die Libretti zu den Operetten *"Auf der grünen Wiese"* (1936) und *"Gruß und Kuß aus der Wachau"* (1938) schrieb, hat noch 1991 in seinen *"Erinnerungen eines alten Jünglings"* das damalige Klima bestätigt:

"Beda war besonders gefährdet, weil bereits verschiedene Anzeigen der österreichischen Neidgesellschaft gegen ihn vorlagen. Anzeigen konnte jeder jeden, und wenn der Angezeigte Jude war, war er von vornherein schuldig. Und Beda hatte einige Dummheiten gemacht. So hatte er täglich beim Betreten des Café Heinrichshof dem Ober zugerufen: 'Bringen Sie mir den Völkischen Beobachter [= die deutsche Nazi-Zeitung] *! Ich möchte sehen, was der Tapezierer macht* [= Synonym für Anstreicher und verächtliche Anspielung auf die malerischen Ambitionen des jungen Adolf Hitler]*!'. Er bedachte nicht, daß der Ober oder einer der Gäste ein Nazi sein konnte. Wir bestürmten ihn, ins Ausland zu fahren, und zwar sofort. Und wenn er nur nach Preßburg fährt. Bloß um abzuwarten. Beda weigert sich"* [23].

Dieser jüdische Böhme oder genuïne Tscheche hielt es für *"unpatriotisch"*, seine österreichische Wahlheimat jetzt im Stich zu lassen. Die Bindung seiner ganzen Existenz an die deutsche Sprache mag da noch zusätzlich ins Gewicht gefallen sein. Freilich ahnte er nichts von der *"belastenden Akte"* bei der Gestapo in Linz jedenfalls schon seit 1935.

Auch *"Parteistellen"* hatten ihn, weil er *"als einer der wenigen Operettenlibrettisten politisch aktiv "* war, *"schon lange auf ihre schwarze Liste gesetzt"* [17].

Wirklich war er *"für seine bewußt jüdische Haltung bekannt, hatte aus seiner Ablehnung der Nazis kein Hehl gemacht und war deshalb"*, bestätigen auch seine Biografen Barbara Denscher und Helmut Peschina, *"mehrfach denunziert worden"* [2].

Davon mag er nichts gewußt haben. Aber auch noch nachdem er in *Bad Ischl*, seinem Landsitz, in Tätlichkeiten mit randalierenden Nazis verwickelt wurde, blieb er gutgläubig oder blauäugig im Lande und startete noch am 18. Februar 1938 mit Jara Beneš und Hugo Wiener ihr Gemeinschaftswerk *"Gruß und Kuß aus der Wachau"* im Wiener Volkstheater.

In Hugo Wieners Tagebuchnotizen aus den verbliebenen drei Wochen bis zum Einmarsch der Nazideutschen ist nachzulesen:

"18. Februar: Sprengstoffanschläge der Nationalsozialisten mehren sich. [...] Dem Theaterbesuch tut das keinen Abbruch, die 'Wachau' ist nach wie vor ausverkauft.

20. Februar: [...] Die 'Wachau' hat blendende Kritiken, aber langsam frage ich mich, ob das noch wichtig ist.

24. Februar: [...] Die Umtriebe der Nazis werden immer bedrohlicher. Schon tragen sie das noch immer verbotene Hakenkreuz im Knopfloch. Die Polizei kann nicht eingreifen – ihr neuer Chef ist Seyß-Inquardt [= Nazi-Staatsrat].

9. März: [...] In ganz Österreich setzen nationalsozialistische Demonstrationen ein.

10. März: Überall Zusammenstöße zwischen Regierungstreuen und Nationalsozialisten, blutige Prügeleien, Auslagen von jüdischen Geschäften werden eingeschlagen.

11. März: Grenzorgane melden die Verlegung deutscher Truppen an die Grenze mit Österreich. [...] Göring droht mit dem Einmarsch von 240 000 Mann. Schuschnigg [= österreichischer Bundeskanzler] will jedes Blutvergießen vermeiden.

Um 19 Uhr 45 hält er im Radio seine Abschiedsrede. [...]

*Ich hörte die Rede Schuschniggs und fuhr sofort in die Volksoper. Das Haus
war ausverkauft, aber halb leer. Entweder die Leute wagten sich nicht auf
die Straße, oder sie waren nicht in der Stimmung, ins Theater zu gehen. Ich
ging in die Direktionsloge, um mir das Stück, vielleicht zum letzten Mal, anzusehen. Es war eben das Ende des 1. Aktes. Anstatt beide Arme zu heben
und ins Publikum zu winken, wie es angeordnet war, hob eine unserer Soli-
stinnen, die ich besonders protegiert habe, damit sie das Engagement bekommt, den rechten Arm zum Hitlergruß";*

ein Kollege daneben *"gab ihr einen Schlag auf das Handgelenk, daß sie den
Arm sinken ließ. Aber was nützte es? Andere hatten es ihr bereits nachge-
macht [...] . Ich fuhr nach Hause. Unterwegs sah ich bereits österreichische SA-Männer, die jüdische Greise an ihren weißen Bärten durch die
Straßen zerrten, und ich sah die johlende Menge [...] , die ihnen folgte"*[23].

Das geschah so in Wien am 11. März 1938.

Am folgenden Tage, dem 12. März 1938, wurde Österreich ins deutsche Nazireich einverleibt.

Aber noch bevor in den Morgenstunden dieses Schicksalstages, den die Nazis ihren *"Blumenfeldzug"* nannten, jener Einmarsch deutscher Truppen in
Österreich begann, war Heinrich Himmler, der NS-deutsche *"Reichsführer
SS"*, in Aspern, dem damaligen Wiener Flughafen, gelandet und hatte die
unverzügliche Verfolgung politischer Gegner in die Wege zu leiten begonnen. In den ersten 48 Stunden fanden hier 86 000 Verhaftungen, 6 000
Dienstentlassungen und 200 Morde statt. Selbst Eisenbahnzüge wurden da
auf freiër Strecke schon nach Flüchtlingen gefilzt.

Gleich am nächsten Tage, dem 13. März 1938 (oder "erst" am 14. März),
wurde auch Fritz Löhner-Beda festgenommen.

Die Umstände sind nur kontrovers überliefert. *"Wenig wahrscheinlich
scheint die Version, er sei in seiner Ischler Villa [...] verhaftet worden,
nachdem er die einheimischen Nazis, die ihn bedrohten, hinausgeworfen
hatte. Einem andern Gerücht zufolge soll ihn sein Chauffeur, der Partei-
mitglied war, in Wien verraten haben"*[17].

Jedenfalls wurde der 54jährige sofort nach dem Einmarsch der Nazis verhaftet und in jenes Polizei-"Gefangenenhaus" auf der Wiener Elisabethpromenade abtransportiert, das im Volksmund "Lisl" hieß.

Ab sofort bedurfte auch jegliche Verfügung über das Vermögen des Ehepaars Löhner einer Genehmigung durch die *Geheime Staatspolizei (Gestapo)*.

Jenes *"Lisl"* diente ab sofort als Sammelstelle für eine Aktion, die später als *"Prominententransport Nr. 1"* in die schauerlichsten Annalen einging.

Erst zu einem Drittel jüdisch, bestand diese Deportation aus 151 oppositionellen Künstlern, Journalisten, Industriëllen und sozialdemokratischen, kommunistischen, auch christlichsozialen und monarchistischen Landes- oder Kommunalpolitikern.

Viktor Matejka (1901-1993),

Sohn eines Heurigensängers, derzeit Bildungsreferent der Wiener Arbeiterkammer, vorher Obmann der Volkshochschule Ottakring, nach seiner Haftzeit in den Konzentrationslagern Dachau und Flossenbürg als Wiener *Stadtrat für Kultur und Volksbildung* um die Rückkehr der österreichischen Emigranten bemüht, privater Kunstsammler zu den Themen *Hähne* und *Porträts*, heute Namensgeber der *Viktor-Matejka-Stiege* im Wiener Bezirk Mariahilf,

aber damals im *"Lisl"* unverhofft Löhner-Bedas Zellengenosse, hat zehn Jahre später ihre makabre Zusammenlegung beschrieben, die einzig auf der alphabetischen Nähe ihrer Familiënnamen beruhte und dem bürokratischen Ordnungszwang der Faschisten zu verdanken war. Im Kapitel *"L, M, N auf der 'Lisl' "* ist in seinem Vortrag vor der späteren *"Lagergemeinschaft Dachau"* nachzulesen:

"Am letzten Abend des März 1938 machte sich eine Umgruppierung auf der 'Lisl' bemerkbar. [...] Die abgeführten Häftlinge kamen jeweils in eine größere Sammelzelle".

Auch Matejka wurde so verlegt:

"Mein SA-Begleiter öffnete eine Zellentür. Es war stockfinster, der Raum schien leer zu sein. Nach einigem Zögern setzte ich mich auf den Boden. Es dauerte nicht lange, da hörte ich eine Stimme flüstern: 'Wie fängt dein Name an?' [...] Es war Dr. Fritz Löhner-Beda, der Librettist von Franz Lehár. Er erzählte mir seine bisherige Lebensgeschichte, war aber voll Zuversicht, daß Lehárs Beziehungen zu seiner Befreiung beitragen würden. [...] Dann redeten wir über die Anfangsbuchstaben, über die unmittelbare Nachbarschaft von L und M [...] . Für mich war klar, daß der weitere Weg ins KZ führte, und ich versuchte, ihm plausibel zu machen, daß wir für einen Transport sortiert wurden. Löhner kalkulierte mit dem Weg in die Freiheit"[24] .

Wirklich wurden sie schon andern Abends, am 1. April 1938, *"in alphabetischer Reihenfolge"* aufgerufen und in *"zackiger Ordnung"* zum Wiener Westbahnhof abtransportiert. Der Wiener Journalist

Rudolf Kalmar (1900-1974),

promovierter Redakteur beim *"Deutschen Volksblatt"*, Chefredakteur bei *"Der Wiener Tag"* und *"Der Morgen"*,

von 1938 bis 1944 im Konzentrationslager, dann in einer Strafeinheit als Kanonenfutter an die Front geschickt,

1945 aus der Kriegsgefangenschaft zurückgekehrt, Redakteur, dann Chefredakteur des *"Neuen Österreich"* und einer der populärsten Wiener Publizisten, seit 1960 Leiter des *Literarischen Büros der Bundestheaterverwaltung,*

war am 17. März 1938 verhaftet worden und hat das 1946 so geschildert:

"Als wir damals, im März 1938, auf dem Westbahnhof von der Wiener Poli-

zei der Dachauer SS übergeben wurden, hörten wir auf, Menschen zu sein..
[...] Man trat mit genagelten Stiefeln nach uns, stieß uns die Gewehrkolben
in die Rippen, schlug uns mit geballten Fäusten mitten ins Gesicht [...] .
Damals kam in mir zum ersten Mal jenes Gefühl hoch, das quälender ist als
jeder physische Schmerz; das Gefühl der unentrinnbaren, weglosen Einsam-
keit, des völligen Ausgestoßenseins aus allen Bezirken des Menschlichen"
(zitiert nach [25]).

Viktor Matejka hat dieselbe Szene am Wiener Westbahnhof so bestätigt:

"Am Bahnhof: 'Raus!' SS half mit Gewehrkolben nach. Sie war an die Stelle
der SA getreten. Das Gebrüll steigerte sich. Mancher wurde zu Boden ge-
treten [...] . Wer versuchte, sich zu retten, mußte mit zusätzlichen Prügeln
rechnen. Die SS-Stiefel halfen nach. 'Rein in die Waggons!' [...] Jeder be-
kam seinen Sitzplatz zugewiesen, in alphabetischer Reihenfolge. [...] Mit
einigen L waren alle M in einem kleinen Abteil. Der Posten stand vor der
Tür. Es begann eine 'Spezialbehandlung'. Sie bestand aus einer Unzahl von
Ohrfeigen, stundenlangem Ins-Licht-Starren, Kniebeugen, Fußtritten, Ge-
brüll, blutigen Gesichtern, Gewehrkolben in die Zähne. Um 10 Uhr nachts
setzte sich der Zug in Bewegung. [...] Es war die Nacht der Übermenschen
gegen die Untermenschen [...] , eine Höllenfahrt Richtung Stadt der Bewe-
gung" [24] –

aber mit dem Endziel Dachau.

Im Konzentrationslager Dachau mußte Fritz Löhner-Beda erleben, wie die
Häftlingskolonnen bei ihrem täglichen Ausmarsch zu den Außenkommandos ihrer Sträflingsarbeit auf Befehl der SS-Bewacher einen Slowfox ausgerechnet von jenem irischen *songwriter* Jimmy Kennedy (1902-1984) sangen
oder brüllten, der Texte und Melodieën nicht zuletzt für Bing Crosby, Dean
Martin, Louis Armstrong, Glenn Miller, Elvis Presley, Engelbert Humper-
dinck und die Beatles geschrieben hat. Sein *"Roll Along, Covered Wagon"*,
das die Popularität eines Volksliedes hatte, hörte Beda jetzt in Dachau aus
geschundenen Kehlen in seiner eigenen, nicht minder volkstümlichen deutschen Fassung von 1935 singen:

"Hüahoh, alter Schimmel, hüahoh –
unser Weg ist der gleiche sowieso.
Hier und dort und überall

sucht ein jeder seinen Stall,
hüaho, alter Schimmel, hüaho. [...]

Hüaho, alter Schimmel, hüaho –
ja wir zwei gehn zusammen sowieso.
Durch die Wüste, durch den Sand,
in ein schönres Land, bessres Land,
hüaho, alter Schimmel, hüaho."

Die zynische SS war ungebildet genug, um zu übersehen, daß sie selbst da täglich die deutschen Verse eines Juden, nun auch noch eines ihrer Häftlinge mit anhören mußte. (Heute werden sie von *Google* als ein Kinderlied anonymer Autoren dargeboten.)

In *Bad Ischl* wurde Ehefrau Helene Löhner währenddessen schon im Juli 1938 vom NSDAP-Ortsgruppenführer, der antisemitische Denunziationen aus der Bevölkerung vorlegte und korrekte Legalität vortäuschte, indirekt genötigt, ihre dortige Villa *"Felicitas"* an "Arier" zu verkaufen.

Sie verwehrte sich dagegen und hoffte, so den Besitz noch in postfaschistische Zeiten hinüberretten zu können.

Aber dieses Dachau mit seinem täglichen *"Hüahoh"* war für Löhner-Beda nur ein Zwischenstop. Schon nach knapp einem halben dortigen Jahr wurde er Ende September 1938 mit 2 200 anderen österreichischen Juden ins Konzentrationslager Buchenwald am Stadtrand von Weimar verlegt.

Auf dem dortigen Ettersberge, durch Texte deutscher Klassiker längst literarisch verewigt, wurden seit 1937 insgesamt rund 250 000 Menschen aus ganz Europa interniert: 56 000 von ihnen kamen dort ums Leben, die meisten wurden in die Vernichtungslager *Bernburg an der Saale, Sonnstein bei Dresden*, Majdanek, Treblinka oder Auschwitz (mit Birkenau, Buna oder Monowitz) weiterdeportiert, nur 21 000 überlebten vor Ort.

"Der Transport ins Lager und das Durchschreiten des KZ-Tores" Buchenwald haben die beiden überlebenden österreichischen Häftlinge

Erich Fein (1909-1983)

aus der gewerkschaftlichen Jugend- und Widerstandsbewegung,

schon seit 1935 als Antifaschist inhaftiert, von 1938 bis 1945 in Buchenwald,

hiernach preisgekrönter Journalist, Sekretär des *Bundesverbandes österreichischer Widerstandskämpfer und Opfer des Faschismus* ("KZ-Verband") und Vorstandsmitglied des *Dokumentationsarchivs des österreichischen Widerstandes,*

und

Karl Flanner (Jahrgang 1920),

Elektroschweißer und Widerstandskämpfer in der illegalen Arbeiterjugendbewegung gegen den Austrofaschismus,

neunzehnjährig verhaftet, nach sechs KZ-Jahren

wohlgeachteter Historiker, Sozialforscher und preisgekrönter Publizist,

in ihrem Standardwerk *"Rot-weiß-rot in Buchenwald"* beschrieben:

sie waren *"mit ständigen Schmähungen, Beschimpfungen und Drangsalierungen seitens der SS-Wachmannschaften verbunden. Es hagelte Fußtritte, Fausthiebe und Schläge mit dem Gewehrkolben oder mit dem Ochsenziemer"* [26].

Als Fritz Löhner-Beda da am 26. September 1938 jenes berüchtigte Eingangstor durchschritt,

über dem die platonisch-ciceronische Devise klassisch abendländischer Rechtsprechung aus dem lateinischen *suum cuique* ins zynisch und rachelüstern deutsche *Jedem das Seine* pervertiert wurde,

soll dieser Urheber auch des Stücktitels *"Land des Lächelns"* zum befreundeten Wiener Kaberettisten und Mitgefangenen Fritz Grünbaum geäußert haben: dies hier sei nun *"kein Land des Lächelns"* mehr.

Das war es in der Tat auch für ihn nicht. Denn Buchenwald wurde – wie Neuengamme und Auschwitz II (Birkenau) – noch während Löhner-Bedas dortiger Haft im Auftrage Heinrich Himmlers zur *Lagerstufe II* erklärt: offiziell für *"erziehungs- und besserungsfähige"* Gefangene.

Deren *"Erziehung"* oder *"Besserung"* fand zumal für Juden zunächst in sogenannten *Trägerkolonnen*, im Schacht- oder sonderlich bestialischen Arbeitskommando *Steinbruch* statt, wo die Fron so schikanös und strapaziös war, daß sie häufig durch pure Erschöpfung zum Tode führte. Schon die reguläre *"Besserungs"*- oder Arbeitszeit betrug für "Ariër" vierzehn, für Juden sechzehn Stunden täglich [34].

Diese Benachteiligung von Juden hatte sich hier schon kurz nach Löhner-Bedas Ankunft noch zugespitzt. Denn seit der sogenannten *Reichskristallnacht* im November 1938 wurden hier alle Juden in noch gesteigertem Maße *"erzogen"*: eben durch jene verlängerten Arbeitszeiten bei reduziertem Essen, durch Sonntage mit ganztägiger Arbeit, aber ohne jede Mahlzeit, durch Rauchverbot, Kantinen- und strikte Briefsperre. Eine medizinische Behandlung kranker Juden war ohnehin untersagt.

"Jeder ins Lager eingelieferte Häftling wurde [...] mit einer Nummer und mit verschiedenfarbigen Markierungen versehen" [26] , die auf linker Brust und rechtem Hosenbein den Haftgrund mühelos ablesbar machten: gelb hieß jüdisch.

Fritz Löhner-Beda war hier aber nicht nur eine solche Nummer mit gelbem Winkel, sondern in den Listen der SS-Lagerleitung auch ein *"politischer Jude"* und nur noch jener Friedrich Löwy, als der er im jetzigen *Reichsprotektorat Böhmen und Mähren* geboren worden war. Zumal seine ganze künstlerische Existenz unter welchem Pseudonym auch immer sollte hier ignoriert werden und erlöschen.

In Wien wurde Mitte November 1938 Ehefrau Helene Löhner zur NSDAP-Gauleitung Oberdonau vorgeladen und mit einem kostenpflichtigen Zwangsverkauf ihrer Villa im Ischler *Steinbruch 43* konfrontiert. Deren inzwischen gerichtlich eingeholter Schätzwert von 50.000 Reichsmark wurde eigenmächtig auf 40.000 heruntergestutzt, ihr aber überhaupt nur zu einem Fünftel dieses Preises zugestanden.

Als sie um Bedenkzeit bat, wurde sie prompt mit der Schutzhaft ihres Mannes erpreßt, der *"überhaupt nicht mehr herauskomme, wenn ich den Vertrag nicht unterschreibe"*. Notariëlle Bedenken und ihre eigenen Hinweise auf die Ungesetzlichkeit dieser Nötigung wurden mit der Drohung erwidert, *"daß ich kein Geld mehr von der Bank beheben dürfe"* und *"mich zur Unterschrift zu zwingen"*, andernfalls *"man mir mein Haus dann so wegnehme"* (zitiert nach [37]).

Also unterschrieb sie am 23. November 1938 und überschrieb so ihre Ischler Immobilië für einen Kaufpreis von 8.000 Reichsmark an das *Land Oberdonau*.

Im Februar 1939 wurde sie vom Beauftragten der *VJB* (*Verwaltung jüdischer Besitze*) brieflich informiert, daß sich dieser hinterlegte Erlös auf seinem Sperrkonto noch um fällige Steuern, Vertragsgebühren, Grundbuchkosten, Schornsteinfegerrechnungen, Spesenbelege und eine *"Immobiliargebühr"* auf insgesamt nur noch 6.200 Reichsmark reduziere.

Aber auch dieser Betrag wurde ihr nie ausgezahlt.

Ihre juristisch abgestützte Beschwerde vom März 1939 bei Josef Bürckel, pfälzischem Volksschullehrer, nunmehr NS-Gauleiter und zuständigem *"Reichskommissar für die Wiedervereinigung Österreichs mit dem Reich"*, blieb vorläufig ohne jede Resonanz.

Der Besitz wurde gleich im Mai 1939 an einen Linzer Rechtsanwalt verkauft, der schon vor dem "Anschluß" geheimes Mitglied der NSDAP gewesen war und jetzt einen Kaufpreis von 45.000 Reichsmark aufbringen mußte. Für weitere 7.600 Reichsmark übernahm er auch einen Großteil des Mobiliars, dessen Reste versteigert oder anderweitig veräußert wurden.

Das Land Oberdonau erzielte so als Makler dieser Villa *"Felicitas"* einen Reingewinn von rund 48.000 Reichsmark. Seine Bereicherung durch den Zwangsverkauf aller 120 jüdischen Liegenschaften in *Bad Ischl* werden heute auf etwa 3,6 Millionen Reichsmark geschätzt.

Kurz danach schon, im Sommer 1939, drehte in der Wachau Hubert Marischka, früher Kollege Löhner-Bedas und Regisseur seiner *"Giuditta"*-Uraufführung, für den Produzenten Paul Hörbiger und den Berliner *Tobis-Filmverleih* einen Unterhaltungsfilm mit Maria Andergast und Wolf Albach-Retty (Romys Vater): da wurde Bedas höchst populäres Lied *"Drunt' in der Lobau hab' ich ein Mädel geküßt"* nicht nur von ihrem Komponisten, Bedas Co-Autor Heinrich Strecker, persönlich gesungen, sondern auch als einer von zwei möglichen Titeln dieses Filmes verwendet – ohne Namensnennung des Texters und ohne jede Honorierung, versteht sich.

In Buchenwald wurde gleichzeitig der Häftling Fritz Löwy zur Arbeit nachweislich in der Strumpfstopferei, in der "Gärtnerei", in der Latrinen-Entleerung, zwischenzeitlich wie *"fast alle österreichischen Häftlinge"*[26] auch in Steinbruch [*sic!*] und Schachtkommando abkommandiert.

Von dort kam in die Strumpfstopferei nur, wer so geschwächt war, daß ihm eine "Schonfrist" zugebilligt wurde. Aber *"die SS und der Kapo forderten eine bestimmte Tagesleistung von gestopften Socken; wer diese nicht erbringen konnte, mußte dieses Kommando verlassen. [...] Nach Ablauf der Schonfrist kehrte man üblicherweise in sein früheres Arbeitskommando zurück"*.

Zumal die jüdischen Strumpfstopfer wurden meist schon nach einer solchen "Schonzeit" von nur acht Tagen *"strafweise dem Arbeitskommando Steinbruch zugeteilt"*[26], SS-Oberstumbannführer Karl Koch, der Lagerkommandant persönlich, stürmte dann,

hat Häftling Hans Sündermann (1900-1966) aus der kommunistischen Jugend- und Widerstandsbewegung dem *Dokumentationsarchiv des österreichischen Widerstandes* hinterlassen,

mit SS-Gefolge, alle *"mit schweren Prügeln bewaffnet"*, herein, *"brüllte mit schriller Stimme: 'Wo in der Strumpfstopferei sind die Juden?' Und ebenfalls einen Knüppel schwingend, stürzte er auf sie hin und schlug wild auf sie ein. Auch die andern SS-Leute prügelten nach Herzenslust, Koch brüllte noch: 'Hinaus mit den Juden! Antreten und im Laufschritt hinaus in den Steinbruch!' "*[26]

Damit war aber nicht mehr Löhners Villenadresse am *Steinbruch 43* in *Bad Ischl* gemeint, und solchen "Schonungsdienst" gab es auch nur, *"solange es im Lager noch Socken und Strümpfe gab"*[26], später nicht mehr.

Ebenso schonungslos war das Arbeitskommando "Gärtnerei". *"Das steinige Gelände, das sich entlang der Umzäunung des Lagers erstreckte, war im Grunde für den Gartenbau ungeeignet. Deshalb mußten die Häftlinge im Laufschritt und unter den Knüppelschlägen des Kommandoführers Dumböck und seiner Vasallen Humuserde in kistenförmigen Holztragen herbeischleppen. Erst dadurch wurde der etwa 20 Meter breite Geländestreifen für den Gartenbau brauchbar. [...]*

Mit der Gärtnerei untrennbar verbunden war das Arbeitskommando 'Latrinen-Entleerung' "[26].

Als Dr. Fritz Löhner-Beda dieser "Latrinenentleerungskolonne" (oder *"Kolonne 4711"*) zugeteilt wurde, mußte sie den Inhalt diverser Massen-Aborte zum erwähnten Gartengelände transportieren. *"Mancher Häftling brach bei dieser Arbeit unter der schweren Last zusammen, und mancher ist [...] 'darin kalt und überlegt ersäuft worden'."*[26]

Auf dem so gedüngten Boden wuchsen Blumen für die Frauën der SS und Gemüse für die "Führerhäuser". *"Es war natürlich streng verboten, aus der Gärtnerei irgendeine Frucht mitzunehmen"*[26]. Trotzdem brachte mancher Abkommandierte, namentlich auch Löhner-Beda *"wiederholt Karotten, Kartoffeln oder Zwiebeln auf ihre Wohnblocks"*[26] und verteilte sie dort an die Hungernden.

Trotz alledem oder grade eben deshalb hörte dieser politische Jude Friedrich Löwy auch in Buchenwald nicht auf, insgeheim Gedichte zu schreiben. Einige waren sogar tatsächlich noch politisch:

"Kindermärchen

*Es war einmal ein Drache,
der hatt' ein großes Maul
und Zähne wie ein Tiger
und Hufe wie ein Gaul.*

*Er hatte immer Hunger
und fraß die ganze Stadt,*

fraß Länder auf und Völker
und wurde doch nicht satt.

Er hat von früh bis abends
gefressen und geschmatzt.
Doch bei dem letzten Bissen
ist er am End' geplatzt." (zitiert nach [26]).

Oder Löhner-Bedas formvollendetes *"Sonett auf das Revier im KZ Buchen-wald"*, wohl 1940 im winterlichen Krankenbau entstanden und im *"Buchen-waldarchiv beim Deutschen Institut für Zeitgeschichte"* in Berlin konser-viert, endet in seinem Abgesang mit diesen Terzinen:

"Ward solches Schicksal je gelebt auf Erden?
Da liegen Fiebernde, vom Schmerz zersägt,
und zittern angstgepeitscht, gesund zu werden" (zitiert nach [2]).

Fritz Löhner-Beda hatte begriffen:

"Du magst dich drehen, du magst dich wenden,
Du magst dich wehren mit Füßen und Händen.
Der möcht' es segnen, der möcht' es fluchen,
Der eine fliehen, der andere suchen.
Ganz gleich, das große Geschehen spricht:

Die Welt bekommt ein anderes Gesicht! [...]

In allen Ecken schwelt das Feuer,
Es rieselt deutlich im alten Gemäuer.
Es kommt, es kommt in tausend Gestalten,
Es kommt, es kommt und läßt sich nicht halten.
Die alte Form des Daseins zerbricht:

Die Welt bekommt ein neues Gesicht!" (zitiert nach [54]).

So war aus dem flinken, gewitzten und scharfzüngig kritischen, auch gefüh-ligen Verseschmied gar ein Lyriker von Rang geworden und schrieb zum Beispiel *"Apokalypse"*:

"Die Wolken möchten weinen.
Der Teufel mit dem Schnabelschuh

Drückt ihre Tränendrüsen zu
Und läßt die Sonne scheinen.

Am Himmel grünt der letzte Mond,
Den Bösen stimmt das heiter,
Er wittert geil am Horizont
Den ersten seiner Reiter.

In starrem Schweigen liegt die Welt,
Es dröhnt vom Huf der Pferde,
Der Embryo des Hungers bellt
Im Bau der dürren Erde.

Nun rast die blut'ge Konsequenz,
Die Zeit ist nicht zum Spaßen.
Der dritte Reiter Pestilenz
Wird sich nicht bitten lassen" (zitiert nach [54]).

Solche Verse *"gingen von Hand zu Hand und wurden vorgetragen"* [26]. Hierzu eigneten sich sonderlich kalendarische Rudimente des politischen oder bürgerlichen Außenlebens. Sie wurden unter eingehaltenen *"Regeln der Konspiration in den Räumen des* [Kranken-]*Reviers, in der Pathologie, in der Bekleidungs-, in der Effektenkammer"* oder sonstwo so feiёrlich wie heimlich begangen. Politisches Gedenken, etwa für den österreichischen Bürgerkrieg 1934 zwischen Linken und Rechten, wurde

"umrahmt von einem kleinen künstlerischen Programm. Gedichte wurden rezitiert, und dazu ertönte feiёrlich die leise Musik von Violinen" (Hans Sündermann, zitiert nach [26]).

Denn tatsächlich gab es

V i o l i n e n   i n   B u c h e n w a l d .

Es gab auch ein Streichorchester. Es bestand aus Häftlingen und mußte *"zur Unterhaltung der SS"* vor deren Verwaltungsgebäude meist Heimatlieder oder Operettenmelodieёn aufspielen.

Diese Lagerkapelle war ein Steckenpferd des SS-Obersturmbannführers Arthur Rödl, eines *"dicken Menschen mit aufgedunsenem Gesicht und bärig-tapsigen Bewegungen"* [27].

Häftling Nummer 996 (Walter Poller) hat diesen *"Schutzhaftlagerführer"* als *"Träger des goldenen Parteiabzeichens und des Blutordens, Trunkenbold, Sadist, Mörder"* beschrieben, *"der viele, viele tausend wehrlose 'Schutzhäftlinge' brutalst zu Tode quälte"* [27].

Die Häftlinge Nummer 2.400 und 76.356 (Erich Fein und Karl Flanner) haben hinzugefügt:

"Er war der Typus eines Nationalsozialisten, verleugnete als Bayer nicht seinen Dialekt, befleißigte sich aber kurzer und abgehackter Kommandoreden, in denen er seinen 'Führer' kopierte, er war theatralisch im Auftreten bis zur Lächerlichkeit, scheute sich trotz seines hohen Dienstgrades nicht, gelegentlich an den einen oder andern Häftling selbst Hand anzulegen. Er hätte wohl die Welt in die Luft gesprengt, wenn ihm sein geliebter Führer den Befehl dazu erteilt hätte" [26].

Diese *"Bestie in Menschengestalt"* [27] hatte gleichwohl zwei "Marotten". Die eine waren *"meistens kurze Ansprachen"* beim täglichen Appell vor und nach der Arbeit, die aber unverständlich blieben; denn er *"knödelte ein furchtbares, völlig zusammenhangloses Dialektdeutsch. [...] Nur das Ende dieser Ansprachen war uns stets klar, denn das letzte Wort [...] war immer 'Arschvull' "* [27].

Seine andere Marotte war die Idee jener Lagerkapelle, die er schon 1938 ins Leben rief und *"deren Hauptaufgabe es war, beim Ein- und Ausrücken der Häftlinge Märsche zu spielen, damit die endlos langen Kolonnen in gleichmäßigem Takt durchs Tor marschierten"* [27]. Anfangs waren es meist nur *" 'Zigeuner' mit Gitarren und sogenannte Asoziale, die mit Mundharmonika musizierten. Später kamen eine Trommel, eine Posaune und zwei Trompeten hinzu. Alles mußte von den Häftlingen besorgt werden, und die SS gab ihnen keine Hilfe. Der Lagerführer sah die Kapelle nur als Verschwendung von Arbeitspotential und als 'Übel' an. Sie hatte zweimal täglich zu spielen, einmal zum Abmarschieren und dann zur Wiederkehr des Arbeitskommandos"*: möglichst *"lustige Zigeunermärsche"* [28].

Trotzdem mußten diese Musiker *"tagsüber am Holzplatz oder in der Schreinerei arbeiten"* und abends mit zerschundenen Händen ihre Instrumente beherrschen.

Aber 1940 *"entschloß sich der SS-Hauptsturmführer Florstedt, eine ordentliche Blaskapelle zusammenzustellen, die mit allen erforderlichen Instrumenten ausgestattet werden solle. [...] Die nun verstärkte Blaskapelle bestand aus 16 Musikanten, unter denen 12 Trompeten und 4 Posaunen waren, die alle von der Arbeit befreit waren.*

Vormittags waren Proben der Bläser und nachmittags zwei- bis vierstündige Proben der Streicher. Auf diese Proben wurde bald von sämtlichen Blockführern Einfluß genommen, so daß nun alle möglichen Schlager in den Proben gespielt werden mußten. So wurde in den vier Stunden ein Schlager bis zu sechzehnmal wiederholt. Täglich wurden die unterernährten Musiker gezwungen, etwa 25 bis 30 Märsche [...] am Tor zu spielen"[28].

SS-Obersturmführer Gust ließ die Musizierenden zusätzlich Leibesübungen vollziehen und bis zu zweieinhalb Stunden lang "Hinlegen!" und "Aufstehen!" exerzieren.

"Nicht selten", berichten Fein und Flanner als Augen- und Ohrenzeugen, wurden auch die täglichen Prügelstrafen *"unter Musikbegleitung"* vollzogen:

"Wir waren [...] Zeugen, wie Häftlinge ausgepeitscht wurden. Auf einen Bock niedergeschnallt, erhielten sie mit daumenstarken Ochsenziemern 25 Doppelschläge von besonders kräftigen SS-Männern über das Gesäß. Und dazu spielte die Musik sentimentale Lieder"[27].

Wie oft da auch Melodieën erklangen, zu denen der Häftling Friedrich Löwy die Texte geschrieben hatte, ist unüberliefert geblieben.

Im Frühjahr 1942 wurde der tschechische Häftling Vlastimil Louda zum Leiter dieser Lagerkapelle bestimmt, *"wobei er bemüht war, die Kapelle zu vergrößern, um so viele Menschen wie möglich der 'kriegswichtigen' Produktion zu entziehen. So hatte die Blaskapelle bald 32 Musiker und das Streichorchester 84"*[28].

Schutzhaftlagerführer Rödl jedoch war es beim täglichen Appell über solche Orchestermusik hinaus *"offenbar ein großes Vergnügen, sich von den Zehn-*

tausenden ein Ständchen bringen zu lassen"[27]. Ganz unverkennbar bevorzugte seine musische Ader den menschlichen Gesang.

"Gesungen werden mußte häufig während harter körperlicher Arbeit. Dadurch sollte das Arbeitstempo in konstantem Takt gehalten werden; nach Kriegsbeginn wurde die Drangsal [...] durch Einführung des Laufschritts bei der Arbeit nebst Singen noch erhöht"[28].

Eigens hierfür mußten die Häftlinge deutsche Marschlieder auswendig lernen. *"Jeder mußte mitsingen, wenn er nicht bestraft werden wollte. So standen sie oft zwei Stunden ausgehungert und am Rande ihrer Kräfte auf dem Appellplatz und sangen die Lieder, die ihre Nationalität und Muttersprache diskriminierten, während die SS-Männer mit Knüppeln um die Blocks gingen"*[28].

Eugen Kogon (1903-1987),

katholischer Publizist und Politologe, im Kloster aufgewachsen und erzogen, in Wien promoviert und

seit 1936 von den Nazis wiederholt verhaftet, sechs Jahre lang Gefangener im Konzentrationslager Buchenwald, dort noch im Frühjahr 1945 zur Liquidation selektiert, doch in einer Kiste hinausgeschmuggelt,

publizistischer Kronzeuge des Erlebten (*"Der SS-Staat"*), *"einer der intellekuellen Väter der Bundesrepublik Deutschland und passionierter Europäer"*[29],

hat über jenes Buchenwalder *Kommando Fuhrkolonne* berichtet, das aus *"15 bis 20 Mann als Gespann eines schwer beladenen Wagens"* bestand: *"an Stelle von Pferden in Gurte gespannt, im Laufschritt vorwärtsgetrieben. Ein SS-Führer fährt mit dem Motorrad voraus, um das Lauftempo der Kolonne anzugeben, die außerdem singen muß! Die Lagerführer Plaul und Kampe hatten [...] für ein solches Fuhrkommando den die SS begeisternden Ausdruck 'Singende Pferde' geprägt"*[32].

Bei der Ankunft neuër Häftlinge wurde der Gesang des Liedes *"Alle Vögel sind schon da"* mit dem Text des ahnungslosen Hymnenlieferanten Hoffmann von Fallersleben anberaumt. Auch beim "Strafsport" mußte von den Gefolterten gesungen werden.

Aber gesonderten Wert legte jener musische Rödl auf sein *"Ständchen"* beim abendlichen Appell:

"Die Lagerkapelle setzt ein, intoniert die Melodie 'Schlößchen im Walde', und bei der zweiten Wiederholung setzen die Zehntausende zu einem gewaltigen Massenchor ein. Drei-, viermal muß eingesetzt werden, ehe es klappt, und dann braust es orkanartig über den Platz [...] mit einem Chorgesang, der wie die Posaunen des jüngsten Gerichtes in der Phantasie eines religiösen Menschen donnernd und tosend dröhnt.

Als der letzte Ton verklungen ist, gibt Rödl ein Zeichen [...], und blockweise rücken die Häftlinge ab ins Barackenlager"[27].

Für eigens abgesonderte Juden-Formationen hatte die SS bei einem Häftling, den der überlebende österreichische Journalist Dr. Gustav Herzog als *"deutschen Asozialen"* bezeichnete und *"der sich damit Gunst zu erwerben und freizukaufen suchte"* (zitiert nach [28]), ein speziëlles Judenlied in Auftrag gegeben. Dieses Schmählied *"mußte von allen Juden gelernt und auf dem Appellplatz gesungen werden. Dies war insbesondere der Fall, wenn 'besserer' Besuch angemeldet war"*[28]

Die Strophen dieses Liedes von einem also armseligen Anonymus lauteten so:

"Jahrhundert' haben wir das Volk betrogen,
kein Schwindel war uns je zu groß und stark,
wir haben geschoben nur, gelogen und betrogen,
sei's mit der Krone oder mit der Mark.

Jetzt hat das Paradies ein jähes Ende,
vorbei ist Schmutz und alle Gaunerei.
Jetzt müssen unsere verkrümmten Maklerhände
zur ersten echten Arbeit auch herbei.

Wir sind die Kohns, die Isaks und Wolfensteiner,
durch unsere Fratzen allgemein bekannt.
Gibt's eine Rasse, die noch viel gemeiner,
so ist sie sicherlich mit uns verwandt."

Aber der Refrain, der dreimal gesungen wurde, hatte diesen Text:

"Jetzt endlich hat der Deutsche uns durchschauet
und hinter sichern Stacheldrahl gebracht.
Uns Volksbetrügern hat es längst davor gegrauet,
was wahr geworden plötzlich über Nacht.
Nun trauern unsre krummen Judennasen,
umsonst ist Haß und Zwietracht ausgesät.
Jetzt gibt's kein Stehlen mehr, kein Schlemmen und kein Prassen,
es ist zu spät – – für immer ist's zu spät." (zitiert nach [51]).

Der Überlebende Manfred Langer hat berichtet:

"Selbst dem damaligen SS-Lagerführer Rödl war das Judenlied zu dumm, so
daß er es nur einige Male singen ließ. Erst die SS-Lagerführer Florstedt
und Plaul holten es wieder hervor. Und nun hieß es regelmäßig am Schluß
des Abend-Zählappells: 'Juden stehenbleiben!' Wenn das übrige Lager ab-
gerückt war, mußten wir noch stundenlang, manchmal bis tief in die Nacht
hinein, das Judenlied singen" (zitiert nach [26]).

Die Überlebenden Erich Fein und Karl Flanner haben dem hinzugefügt:

"Mitunter steigerten sich die SS-Leute dabei in eine Pogromstimmung, in
deren Verlauf sie jüdischen Häftlingen schwerste Mißhandlungen zufüg-
ten" [26].

Weil dieses Judenlied aber selbst dem *"mit Intelligenz nicht sehr gesegneten*
Schutzhaftlagerführer SS-Sturmbannführer Arthur Rödl" [26] offenbar zu
langweilig war, verkündete er eines Dezembertages 1938 *"nach einer der*
täglichen Häftlingszählungen am Appellplatz durch den Lautsprecher: 'I
wüll a Lagerlied hob'n. Wer ans macht, der kriagt zehn Mark' " [26].

Was ihm hiernach vorgelegt wurde, genügte seinen Ansprüchen nicht.

Also schrieb da schließlich Fritz Löhner-Beda sein *"Buchenwald-Lied"*.

Er selbst hielt es später, wie der Überlebende Fritz Kleinmann als Ohrenzeuge noch 1993 in einem Rundfunk-Interview der ORF berichtet hat, für
"das Schönste und Würdigste, was er je geschrieben habe" (zitiert nach [2]):
es sei sein *"erstes anständiges Lied"* (zitiert nach [18]).

Als es *"in kürzester Zeit"*[30] mit seinen drei Strophen und einem Kehrreim fertig war, gab er es auch dem mitgefangenen Landsmann Hermann Leopoldi zu lesen, mit dem er vor Jahr und Tag schon ihre heimatselig *"sterbende Märchenstadt"* Wien so erfolgreich besungen hatte und von dem Robert Dachs noch 1997 sagte: *"Im Grunde kann sich kein Wiener die Wiener Musik ohne Hermann Leopoldi vorstellen"*[3].

Hermann Leopoldi (eigentlich Hersch Kohn: 1888-1959)

wurde fünfzigjährig schon am 26. April 1938 in seiner Wiener Wohnung von den Nazis verhaftet: als vermeintlicher Autor jenes hymnenartig zelebrierten Liedes auf den österreichischen Bundeskanzler

Engelbert Dollfuß (1892-1934),

der nach seiner Ermordung durch die Nazis 1934 zur nationalen Martyriën-Ikone stilisiert worden war.

Der beschuldigte Verfasser mußte jetzt *"sein Geld und alle Wertsachen abgeben. In der Nacht wird er am Westbahnhof in einen Waggon zu anderen Häftlingen gesperrt und in Richtung Dachau abtransportiert. Beaufsichtigt von siebzehn- bis achtzehnjährigen bewaffneten, total besoffenen, sadistischen SS-Leuten. Zehn Stunden lang müssen die Häftlinge, die Hände auf die geschlossenen Knie gelegt, stillsitzen und ununterbrochen ins Licht schauen. 'Wem vor Müdigkeit die Augen zufielen, der wurde blutig geschlagen' (Leopoldi). Es war nicht erlaubt zu sprechen oder hinauszugehen auf die Toilette. [...] Wer bei dieser Zugfahrt das Pech hatte, austreten zu müssen, mußte zuerst einmal hundert tiefe Kniebeugen machen und dabei laut mitzählen. Aber selbst wenn man bis zur hundertsten Kniebeuge gekommen war, wurde grinsend erklärt, dies sei gelogen, und man mußte von vorn beginnen. Das wiederholte sich so oft, bis die Person zusammenbrach. Es gab sieben Todesopfer auf dieser Fahrt.*

Nach einem halben Jahr im KZ Dachau wurde Leopoldi mit vielen anderen wieder in einen Zug gepfercht – die Fahrt ging nach Buchenwald. Auf dieser Fahrt riefen SS-Männer in den Waggon [...] : 'Ist der Leopoldi da?' Es waren SS-Leute aus Österreich. Sie verlangten von ihm, daß er während der Fahrt das Fiakerlied singt. Die ganze Nacht hindurch mußte er es singen, von Dachau bis nach Buchenwald" [3] : runde 350 Bahnkilometer.

Unter den Repressaliën des Konzentrationslagers Buchenwald denunzierte Leopoldi den wahren Autor jenes Dollfuß-Liedes, einer österreichischen Reaktion auf das deutsche Horst-Wessel-Lied: seinen Kollegen Rudolf Henz (der aber unbehelligt überlebte).

Hiernach ließen die Nazis sich auf einen kostspieligen Freikauf durch Leopoldis Schwiegereltern in den USA ein, wohin er 1939 emigrierte. Dort produzierte er im *New Yorker "Old Vienna"* mit der amerikanischen Fassung seines Liedes *"In einem kleinen Café in Hernals"* einen *US*-Radio-Hit und überlebte so die Emigration.

Damals in den *USA* hat Leopoldi schriftlich festgehalten:

"Nach unserer Einlieferung ins KZ Buchenwald hatten wir bei dem befohlenen Singen vorerst nur Kinderlieder (Thüringer Kinderlieder z. B. 'Großmütterchen nickt') zur Verfügung. Da rülpste eines Tages der meist alkoholisierte Lagerkommandant (Rödl), der kaum einen ganzen Satz, sondern meist nur in abgehackten Bruchstücken sprach, den Auftrag hervor:'Macht's ein eigenes Lagerlied! 10 Mark für's beste, aber was Zünftiges ... '

Dies war der Anlaß für Dr. Fritz Löhner (Beda) und mich, unser Buchenwaldlied zu schreiben. Es erhielt den Preis; das heißt, wie ich gleich hinzusetzen will, die 10 Mark wurden niemals an uns ausbezahlt" [31] .

Denn *"daß sie Juden waren, wurde vertuscht"* [30] : ob zum Schutze des Liedes oder der Autoren, ist umstritten.

Das Lied *"gefiel dem amtierenden Kapo der Poststelle, der sich daraufhin als Autor des Stückes ausgab"* [32] .

Oder auch: *"Also fand sich ein Kamerad aus dem Arbeitskommando Poststelle bereit, das Lied als seine eigene Schöpfung zu erklären, worauf die SS ihre Zustimmung gab"* [26] , *"weil der damalige Kapo der Poststelle, ein BVer [= Berufsverbrecher] und von Beruf Conferencier, über die nötigen Verbindungen bei der SS verfügte"* (zitiert nach [51]).

Jedenfalls: *"Die beiden Österreicher wurden als eigentliche Autoren verschwiegen"* [32].

"Was mag in Beda-Löhner, der so viele Lieder- und Operettentexte für Lehár gedichtet hat, bei der Formung der drei Strophen für das Buchenwaldlied vorgegangen sein?", haben die Überlebenden Erich Fein und Karl Flanner noch 1987 einfühlsam gefragt: *"Was dachte Hermann Leopoldi, der, statt Wiener Lieder und Kabarettmelodien zu komponieren, eine geeignete Notenfolge für das Lagerlied suchte? Beide fanden in genialer Weise das Richtige"* und schrieben da also *"ein Lied, das keiner vergessen wird, der je in Buchenwald gewesen ist"* [26].

Sogar dem Lagerführer Rödl gefiel es. Er erklärte es zum Lagerlied.

"Das Lied wurde blockweise einstudiert", hat Leopoldi später selbst erzählt, *"und nach dem Kommando 'Legt die Platte auf!' mußte es von allen 24 000 Mann gesungen werden. So haben alle Kumpels es täglich zum Abmarsch zur Arbeit und nachher gesungen. Das Lied [...] war im Grunde revolutionär, aber die benebelten Gehirne unserer Antreiber sind nie darauf gekommen."* [31]

Die es in erschöpftem Zustande singen mußten, vermutlich auch nicht oder erst allmählich.

"Das Buchenwaldlied", haben die Häftlinge Nr. 2.400 und 76.356 bezeugt, *"mußte oft stundenlang bis zum Überdruß, am Appellplatz stehend, eingeübt werden"* [26],

und der Häftling Nr. 996 aus Block 39 hat bestätigt: *"Oft mußten die Häftlinge zehn- und fünfzehnmal ansetzen, ehe der Massengesang einigermaßen klappte. Da Rödl dabei immer wieder in Wut kam und irgendeine blödsinnige Massen- oder Einzelbestrafung durchführte, organisierten wir Häftlinge die Sache so, daß nur die in der Nähe stehenden Blocks mit doppelter Vehemenz singen mußten, indes die entfernteren Blocks, zu denen der Schall erst Sekunden später gelangte, einfach nur die Lippen bewegten. Trotzdem klang der Massenchor immer noch wie ein wilder Orkan"* [27].

"Man kann sich denken, welch infernalisches Konzert auf dem Platz los-
ging", hat der überlebende Stefan Heymann das gleich im Sommer 1945 der
dortigen *"Thüringer Volkszeitung"* geschildert: *"Als Rödl merkte, daß es auf
diese Weise nicht ging, ließ er Strophe für Strophe [...] immer wieder wiederholen. Erst nachdem das ganze Lager auf diese Weise vier Stunden in
bitterster Kälte gestanden hatte, gab er den Befehl zum Abmarsch. Aber
[...] in Zehnerreihen ausgerichtet, mußte jeder Block am Tor bei Rödl und
anderen besoffenen SS-Führern stramm vorbei marschieren und dabei das
Buchenwald-Lied singen. Wehe dem Block, der nicht genau ausgerichtet
vorbeikam oder bei dem das Singen noch nicht ganz nach Rödls Wunsch
klappte! Er mußte unbarmherzig zurück und nochmals vorbeimarschieren"*
(zitiert nach [51]).

Zu Weihachten 1938 (oder im Januar 1939) soll dieses Buchenwaldlied
dann erstmals wunschgemäß und *"mit Musikbegleitung"* vom ganzen Lager
auf dem Appellplatz oder auf dem Weg zur Arbeit so gesungen worden
sein:

"Wenn der Tag erwacht,
eh' die Sonne lacht,
die Kolonnen ziehn
zu des Tages Mühn
hinein in den grauenden Morgen.
Und der Wald ist schwarz und der Himmel rot,
Und wir tragen im Brotsack ein Stückchen Brot
Und im Herzen, im Herzen die Sorgen.

Und die Nacht ist heiß
und das Mädel fern,
und der Wind singt leis',
und ich hab' sie so gern,
wenn treu sie, wenn treu sie nur bliebe!
Und die Steine sind hart, aber fest unser Schritt,
und wir tragen die Pickel und Spaten mit
und im Herzen, im Herzen die Liebe.

Und die Nacht ist so kurz
und der Tag so lang,
doch ein Lied erklingt,

das die Heimat sang,
wir lassen den Mut uns nicht rauben!
Halte Schritt, Kamerad, und verlier nicht den Mut,
denn wir tragen den Willen zum Leben im Blut
und im Herzen, im Herzen den Glauben!"

Das waren die drei Strophen

d e s   B u c h e n w a l d l i e d e s   v o n   F r i t z   L ö h n e r - B e d a .

Aber nach jeder dieser drei Strophen, also insgesamt dreimal wurde der Refrain gesungen. Dessen Text war dieser:

"O Buchenwald, ich kann dich nicht vergessen,
weil du mein Schicksal bist.
Wer dich verließ, der kann es erst ermessen,
wie wundervoll die Freiheit ist!
O Buchenwald, wir jammern nicht und klagen,
und was auch unser Schicksal sei,
wir wollen trotzdem Ja zum Leben sagen,
denn einmal kommt der Tag, dann sind wir frei!"

"Wir sangen", hat der überlebende Oszkár Betlen bezeugt: *"Zehntausend Menschen sangen das Buchenwaldlied [...] mit Tränen in den Augen. Es weinten auch die Bibelforscher, [...] es weinten die mit dem grünen Winkel an der Jacke gekennzeichneten Berufsverbrecher, [...] es weinten zusammen mit deutschen Kommunisten österreichische Monarchisten und polnische Nationalisten"* [53].

Aber dieses Lied mußte von nun an *"bis zum Überdruß"* gesungen werden: *"auf dem Marsch zur Arbeit, während der Arbeit, auf dem Marsch von der Arbeit"*, und nicht selten wurden die Häftlinge *"mitten in der Nacht von ihren Pritschen gerissen und mußten im tiefsten Winter, in ihrer leichten Zwilchkleidung, stundenlang am Platz marschierend, singen:'O Buchenwald, ich kann dich nicht vergessen' "* [23].

Also auch: *"einmal kommt der Tag, dann sind wir frei"*.

"Die Melodie dieser letzten Refraintakte war von der Art", haben die beiden mitsingenden Überlebenden Erich Fein und Karl Flanner schriftlich festgehalten, *"daß sie die Worte wie eine unabdingbare Forderung hinausschmettern ließ. [...] Welche Zuversicht und welchen Zukunftsglauben vermittelte doch dieses Lied!"*[26)]

"Das Lied war etwas weich", hat der Überlebende Julius Freund später ausgesagt, *"wurde es aber von verbitterten Männern gesungen , so wirkte es — besonders wenn der letzte Vers als Drohung hinausgeschmettert wurde"* (zitiert nach [25)]).

"Immer wenn wir es sangen", hat selbst der Kapo (und illegale Widerständler) Robert Siewert, dieses achtbare *"Beispiel der Sauberkeit, Menschlichkeit und des persönlichen Mutes"*[51)], empfunden, *"haben wir unseren ganzen Haß und unsere ganze Zuversicht in das Buchenwaldlied hineingelegt"* (zitiert nach [54)]).

Der Überlebende Viktor E. Frankl, 1977:

"Ein erschütterndes Dokument, dessen populär eingängige Verse im Marschrhythmus zur Haltung aufrufen und den Glauben an die Befreiung predigen. In diesem Text findet sich die Zeile 'Wir wollen trotzdem Ja zum leben sagen!' "[33)],

und der Überlebende Walter Poller schon 1947:

"Der Text war so abgefaßt, daß seine Doppelsinnigkeit nur dem eingeweihten Häftling bekannt war. Bei der Mentalität der Lagerleitung war es klar, daß ihr diese Doppelsinnigkeit nicht einging"[27)].

Besagter Doppelsinn mag im Geschick dieses Textes gelegen haben, den grausamen Lageralltag nüchtern beim Namen zu nennen, also therapeutisch auszusprechen, und zugleich Hoffnung und Überlebenswillen, also eine Utopie zu nähren. So mag er beim Singen einer Vision gedient und Kraft gegeben haben: *"trotzdem Ja zum Leben sagen"*.

Auf solche Weise wurde für viele Gefangene diese gezielte Folter, auf Anordnung auswendig lernen und singen zu müssen, eben zum Rest eines geistigen Freiraums in einer anderen Welt, zu *"Nischen der Selbstbehauptung"*, einer letzten *"Form des Widerstandes"*[32)].

"Durch unsere Arbeitskolonnen wurde das Lied in die umliegenden Dörfer getragen", freute sich Hermann Leopoldi, *"und es war bald im ganzen Land bekannt. Auch die alliierten Sender nahmen es auf, und Radio Straßburg sendete es in seiner Deutschlandsendung"* (zitiert nach [54]).

Auch so also wurde das Buchenwaldlied von Fritz Löhner-Beda und Hermann Leopoldi *"seither international bekannt"* [24] und selbst später noch *"fester Bestandteil der Gedenkfeiern zum Jahrestag der Befreiung des KZ Buchenwald"*:

"von ehemaligen Häftlingen in Erinnerung an die Lagerzeit gesungen" [25].

Von solchem Doppelsinn *"in der Grauzone zwischen fremd- und selbstbestimmter Musik"* [32] dürfte ihrem Auftraggeber schwerlich etwas aufgefallen sein. Lagerfüher Rödl war *"begeistert von dem Lied, obwohl sein eindeutiger Revolutionscharakter zu erkennen war. Er bemerkte auch nicht, daß das Lied für die Häftlinge trotz dem bestialischen Zwang, es zu üben, eine Art Hymne wurde"* [32].

Er ließ es daher nicht nur *"mit Nachdruck einüben und bei Appell und anderen Gelegenheiten singen"*, sondern *"als Marschied spielte es die Lagerkapelle zum Ein- und Auszug der Arbeitskolonnen"* [32] auch *"konzertant"*.

Dieser zynisch pervertierte Begriff von "Konzerten" mußte notgedrungen auch mißbraucht werden, wenn die Häftlinge unter solchem Deckmantel, solchem Schutzschild veritable Kabarett-Vorstellungen ermöglichten. *"Eine Baracke wird vorübergehend geräumt"*, hat Viktor E. Frankl solche "Konzerte" später beschrieben, *"ein paar Holzbänke werden zusammengeschleppt oder zurechtgezimmert und ein 'Programm' zusammengestellt"* [33].

"Besonderes Niveau erreichten diese kleinen Kabarettnachmittage, als [...] eine Reihe prominenter Künstler in das Lager kamen", ist heute noch in jener Dokumentation nachzulesen, die das *Internationale Buchenwald-Komitee* 1960 unter dem Titel *"Buchenwald, Mahnung und Verpflichtung"* herausgab: *"es sei hier nur an den Librettisten Franz Lehárs, Beda-Löhner, erinnert [...] . Seine geistreichen Sketches und witzigen Gedichte haben manchem Häftling Freude und Kraft gegeben"* (zitiert nach [26]) – vermutlich auch jenes eine, das *"Der Häftling"* hieß:

"Ich bin ein Häftling, sonst bin ich nix,
hab' keinen Namen, die Nummer X.
Gestreift ist mein Rock, die Hose auch,
ich schnüre den Riemen um gar keinen Bauch – und warte!

Ich schaffe am Tag an die vierzehn Stund',
ich kriech' in den Stall und bin müd' wie ein Hund.
Dann ess' ich die Handvoll verkrümeltes Brot
und fall' auf den Strohsack und schlafe wie tot – und warte!

Doch mich frißt kein Tiger, mich schlägt kein Hai,
der Tod geht täglich an mir vorbei.
An mir beißt der Teufel die Zähne sich aus.
Ich fühl' es: ich komm' aus der Hölle heraus! Ich warte!" (zitiert nach [26])

Aber zu den Organisatoren und Darstellern dieser "Konzerte" gehörten auch Hermann Leopoldi, Komponist des Buchenwaldliedes und vor dieser Haft ja immerhin *"einer der populärsten Klavierhumoristen Europas"*, wie anfangs auch

Paul Morgan (eigentlich Paul Morgenstern: 1886-1938)

aus Wien, namhafter Schauspieler in mehr als fünfzig Filmen, auch in Hollywood, und prominenter Conférencier im Berliner *Kabarett der Komiker*, noch kürzlich (1936) Autor des Benatzky-Musicals *"Axel an der Himmelstür"* (das die Karriëre Zarah Leanders begründete); noch Anfang März 1938 sah er keinen Grund, aus Österreich wegzu-gehen: *"Ich habe ja gar nichts getan"*, doch Ende noch desselben Mo-nats verhafteten sie ihn und plakatierten mit seinem Foto:

"Paul Morgan, der Held aller Bühnen,
sitzt endlich hinter schwedischen Gardinen" (zitiert nach [3]);

in Dachau, dann in Buchenwald Schicksalsgenosse seines Kollegen Fritz Grünbaum:

"Sie gingen gemeinsam von Baracke zu Baracke und versuchten, ver-zweifelte Leidensgenossen mit Sketches aufzuheitern" [3].

Aber schon nach wenigen solchen "Konzert"-Kabaretts starb Paul Morgan am 10. Dezember 1938 *"an den Folgen medizinischer Experimente"*[3], offiziëller Totenschein:

"Häftling Nr. 9477. Einer Lungenentzündung erlegen"[3].

Trotzdem wurde da weitergemacht: *"Ein paar Lieder, die gesungen werden, ein paar Gedichte, die aufgesagt werden, ein paar Späße, die gemacht werden, auch mit satirischer Tendenz in bezug auf das Lagerleben, dies alles soll vergessen helfen. Und es hilft!"*, weiß Viktor E. Frankl wohl aus eigenem Erleben: *"Es hilft sogar so sehr, daß die vereinzelten nichtprominenten, gewöhnlichen Lagerhäftlinge, die sich trotz des Tages Mühen ins Lagerkabarett begeben, es in Kauf nehmen, daß sie dadurch die Suppenausteilung versäumen"*[33].

Denn außer Löhner-Beda schrieb und agierte da auch noch jener überragende österreichische Kabarettist

Fritz Grünbaum (1880-1941),

promovierter Jurist aus Brünn, aber lange Jahre beliebter Conférencier im Wiener Kabarett *"Die Hölle"* und im Berliner *"Chat Noir"* bei Rudolf Nelson, auch Librettist, Regisseur und Schauspieler, der schon 1910 die antisemitischen Zwischenrufe eines k.u.k. Offiziers während einer Kabarettvorstellung mit Ohrfeigen quittierte (für die er im folgenden Duëll verwundet wurde), später Mitglied des Wiener Burgtheaters und Darsteller in Berliner Filmen,

1938 bei der Flucht vor den Nazis an der tschechischen Grenze abgewiesen, bald danach in seinem Wiener Versteck denunziert und verhaftet (*"Den Grünbaum haben wir!"*[38]), in die Konzentrationslager Dachau und Buchenwald deportiert, wo er Strümpfe stopfen und Latrinen entleeren mußte.

Gleich im August 1945 berichtete der überlebende Psychoanalytiker Ernst Federn der unauffindlichen Witwe Lilly Grünbaum aus übervollem Herzen einfach auf gut Glück ins Blauë hinein:

*"Welch ein großer Künstler Ihr Fritz war, liebe Frau Lilly, das wis-
sen nur mehr Wenige. Denn nur Wenige haben das KZ überlebt, die
ihn noch im Lager auftreten gesehen haben.*

*Das ist große Kunst, die in einer überfüllten Stube, als Bühne einen
Tisch, ohne alle Utensilien, von schrecklichen Strapazen ermüdete
Menschen in ein Meer von Heiterkeit zu tauchen versteht. Eine Heiterkeit ohne Konzessionen an die Instinkte, immer auf dem Boden feiner Geistigkeit stehend, eine Philosophie, die einen vor Lachen beinahe hat bersten lassen und doch voller Tiefe war.*

*Es ist mir noch gut in Erinnerung, daß ich in Dachau meinte, ich wer-
de nie mehr in meinem Leben lachen können. Aber Fritz Grünbaum
hat es mich wieder gelehrt, als er, das erste Mal in einem deutschen
KZ, eine Kabarettvorstellung inszenierte. [...] Nie hat er Nein gesagt, wenn man ihn um seine Mitwirkung bat, es konnte ihm noch so
beschwerlich fallen. Müde oft und deprimiert stieg er auf das impro-
visierte Podium; aber kaum sprach er die ersten Worte, machte er die
ersten Gesten, da sprang sein Fluidum auf die Zuhörer über, und er
hob sie hoch, diese Unglücklichen [...] , zu seiner hohen und reinen
Kunst"* (zitiert nach [34]).

So mag es wohl auch als "Konzert" verschleiërt worden sein, als dieser Fritz Grünbaum am 7. April 1940 in Buchenwald seinen 60. Geburtstag erlebte. *"Beda-Löhner hielt eine warmempfundene und natürlich formvollendete Geburtstagsrede, unser damaliger Blockälte-
ster gratulierte im Namen seiner Mithäftlinge, und am Ende antwortete Fritz in einer unvergleichlichen Rede. Er sprach von der gerin-
gen Aussicht, die für ihn bestehe, lebend das Lager zu verlassen. Aber
er werde mit dem Bewußtsein zu seiner Zeit abtreten, seine Pflicht getan zu haben"* (zitiert nach [34]).

Auch das schrieb Ernst Federn im August 1945 an Lilly Grünbaum.
Die aber hat diesen Brief nie erhalten. Denn schon im Oktober 1942
hatte sie eine Vorladung zur Gestapo erhalten und ist seither verschollen: also ermordet. Die Wiener Wohnung der Grünbaums war
sofort geplündert, ihr Kunstbesitz (von Degas bis Rembrandt) NS-ge-
stohlen worden.

Doch als das geschah, war auch ihr Fritz schon tot. Er wurde noch im Herbst 1940 aus unerfindlichem Grunde von Buchenwald wieder zurück nach Dachau transportiert. Dort trat er noch im selben Winter bei einer Silvesterveranstaltung vor seine Leidensgenossen, um jedoch schon am 14. Januar 1941 irgendwo *"tot aufgefunden"* zu werden: infolge einer Schwindsucht, *"die er sich in Buchenwald zugezogen hatte"*[34].

Aber das ist wohl eher eine der offiziëllen Beschönigungen. Denn ein Mithäftling hat Grünbaums Sterben so überliefert:

"Mit einem Kunstgriff, wie man es bei Hunden kennt, wurde ihm die Zunge herausgezogen, und die ganze Begleitmannschaft des Zuges ging an ihm vorüber und wischte sich die Sohlen ihrer Stiefel an der Zunge ab, bis diese nur mehr ein unkenntlicher verschwollener blutiger Fleischklumpen war, den er kaum mehr in die Mundhöhle zurückführen konnte" (zitiert nach [3]).

Noch 1997 hat der österreichische Biograf Robert Dachs ergänzt:

"Man hat ihn zuletzt auf einem Haufen zerrissener Strümpfe sitzen sehen"[3]. Denn er war auch hier dem Arbeitskommando Strümpfestopfen zugeteilt[26].

Sein offiziëller Totenschein behauptet: *"An Herzlähmung abgegangen"*[3].

Erst sehr viel später hat Robert Stolz ihn mit einem Baum in israëlischer Erde unvergeßbar und "unsterblich" gemacht.

Aber die zynische Verharmlosung dieses Dachauër Mordes dürfte in Buchenwald damals unbekannt geblieben sein.

Bekannt jedoch wurde in der dortigen Gerüchteküche nach und nach, wer den Text der Buchenwald-Hymne und auch so manchen "Konzert"-Sketch jener okkulten Kabarett-Abende geschrieben hatte: der Häftling Friedrich Löwy mit der *"Nummer X"*. Denn zu jenen Veranstaltungen kamen nicht zuletzt auch *"Capos oder Lagerarbeiter, die nicht zu Außenkommandos hinausmarschieren müssen"*[33].

"So erfuhren die KZ-Bewacher schließlich, daß der Häftling Löwy des Füh-rers Lieblingslieder geschrieben hatte. Deshalb wurde er an jedem Sonn-abend in die Wachbaracke bestellt, und wenn der Großdeutsche Rundfunk ein Lied von ihm brachte, mußte er sich vor dem Lautsprecher verbeugen und ausrufen: 'Der Autor dankt'. "

Das dürfte seit Kriegsbeginn besonders oft bei jenem *"Wunschkonzert für die Wehrmacht"* der Fall gewesen sein. Noch heute nennt die elektronische Enzyklopädie *www.radiope-dia.de* es *"die populärste Sendung im national-sozialistischen Deutschland"*, durch die zweimal wöchentlich *"vor allem der Durchhaltewille der Bevölkerung und der Soldaten gestärkt und vom Kriegsalltag abgelenkt werden"* sollte.

Natürlich wurde diese ebenso sentimentale wie nationalchauvinistische und siegestrunkene Radiosendung mit ihren tränenseligen Grüßen an die Front auch von der SS im Lager Buchenwald gehört. *"Einer der beliebtesten Songs im Wunschkonzert des Weltkriegsdeutschlands"* [18] stammte aus der Operette *"Giuditta"* von Franz Lehár:

"Freunde, das Leben ist lebenswert!"

Der Text dieser inzwischen klassisch gewordenen Tenor-Arië, die Richard Tauber kreïert und jeder Tenor bis hin zu Rudolf Schock, Fritz Wunderlich und René Kollo nachgesungen hat, wurde vom selben Fritz Löhner-Beda geschrieben, der ihn nun in Buchenwald wiederhören und mit verspottetem Kotau quittieren mußte: *"Der Autor dankt"* [18 u.a.)].

Unmöglich für den Gedemütigten, hierbei nicht an Franz Lehár zu denken: zumal am 30. April 1940 dessen 70. Geburtstag draußen NS-pompös gefei-ert wurde.

Was Beda in Buchenwald nicht wissen konnte:

Dieser Ehrung waren erhebliche interne Turbulenzen vorausgegangen. Denn im Juli 1938 war von Lehár ein neuërlicher "Ariërnachweis" angefordert worden – diesmal auch mit peinlichen Fragen nach Abstammung und Ver-mögen seiner jüdischen Frau, die sich von ihm jetzt *"zur Taufe überreden ließ"* [17]. Unter Berufung auf diesen Katholizismus seiner Frau und seine ei-gene ungarische Staatsangehörigkeit versuchte der Bedrängte auszuwei-chen. Goebbels intervenierte persönlich und notierte sich parataktisch:

"Lehár hat wegen seiner Frau Schwierigkeiten mit der Partei gehabt. Ich helfe ihm [...] Ich spreche mit dem Führer ... der Fall Lehár findet nun seine endgültige Erledigung" [35]. Wirklich kam es so zu einem persönlichen Schutzbrief Adolf Hitlers für Sophie Lehár, gar mit ihrer Ernennung zur *"Ehrenariërin"*.

Trotzdem regten sich nur anderthalb Jahre später orthodoxe Proteste der NS-Kulturbürokratie gegen die geplanten Huldigungen zu Lehárs 70. Geburtstag. Goebbels mußte eigens ein Rundschreiben seines Ministeriums an die gleichgeschalteten Journalisten veranlassen und verfügen, es

"soll in der Presse nicht etwa von dem 'ungarischen' Komponisten Lehár gesprochen werden, sondern von dem Meister der deutschen Operette. Jede Polemik in bezug auf Lehárs Musik und Person ist selbstverständlich unerwünscht" (ztiert nach [16]).

In den Akten des Reichspropagandaministeriums findet sich noch zehn Tage vor jenen feiërlichen Ehrungen die beschwichtigende Notiz (von Goebbels persönlich): *"Er hat mir mitgeteilt, daß er die Absicht habe, seine Frau künftig im Ausland leben zu lassen"* (20. April 1940, hier zitiert nach [17]).

Von all diesen unterschwelligen Gefährdungen Lehárs konnte Beda nichts ahnen, als er in Buchenwald sehnlichst darauf wartete, daß dieser Lieblingskomponist des "Führers" ihn aus seiner Hölle befreië.

Auch falls es den Tatsachen entsprach, daß Lehár schon sofort nach Bedas Verhaftung beim "Führer" persönlich interveniert hatte, wartete der vermeintliche "Schützling" noch immer auf ein Ergebnis und dichtete jenes

"Ich fühl' es: ich komm' aus der Hölle heraus! Ich warte!"

Peter Herz (1895-1987),

Textdichter vieler Einzellieder von Lehár, aber seinerzeit im englischen Exil und auf der *Isle of Man* interniert, wo er ein *Stacheldrahtcabaret* begründete und später in London durch die nostalgische Kleinkunstbühne *"Blue Danube Club"* ersetzte,

hat noch 1973 in der Zeitschrift *"Die Gemeinde"* einen Artikel über *"Die*

Ehrenarierin" publiziert und dort zu wissen vorgegeben, Lehár sei damals umgehend eigens nach Berlin gereist:

"nur zu dem Zweck [...] , bei Hitler die Freilassung seines Mitarbeiters [...] aus dem KZ zu erbitten. Hitler speiste Lehár mit der Bemerkung ab, er werde sich den Akt Löhner-Beda kommen lassen und dann weitere Mitteilung machen" (zitiert nach [16]).

Diese Mitteilung ist entweder nie gekommen oder geheim geblieben. Geholfen hat sie keinesfalls. *"Belege für eine derartige Unterredung sind allerdings nicht vorhanden"* [2]: außer Vera Kálmáns Erwähnung *"einer plötzlichen Berlin-Reise Lehárs in dieser Zeit"*.

Ferner hat Friedl Weiß-Delling, prominente Wiener Diseuse, Tante des Schauspielers Ernst Stankovski und Löhner-Bedas einstige Geliebte, *"die sich selbst wegen dessen Schicksal bittere Vorwürfe machte"* [17], weitererzählt, wie Franz Lehár ihr im *Café Bayer* und in Gegenwart der legendären Operettensängerin Mizzi Günther, seiner ersten "Lustigen Witwe", *"von seinem vergeblichen Einsatz für Löhner erzählt habe"* [17].

Beda soll aus Buchenwald sogar selbst einen Brief an Lehár geschrieben und um Hilfe gebeten haben. *"Lehár antwortete, er sei beim Führer gewesen und habe sich für ihn verwendet. Der wolle die Akten prüfen. Ob's stimmt?"* [18].

Denn dieser Antwortbrief ist nirgends überliefert und wird überwiegend angezweifelt. *"Ich warte!"*

Stattdessen dürften SS-Zeitungsleser ihn bei den Klängen eines Wunschkonzertes oder sonstiger Gelegenheit taktvoll haben wissen lassen, wie der 70. Geburtstag seines Kollegen Lehár 1940 effektiv begangen wurde.

Der "Führer" verlieh jetzt diesem Komponisten der strittigen und NS-verbotenen Goethe-Operette *"Friederike"* wie zum zynischen Generalpardon ausgerechnet die Goethe-Medaille; die Stadt Wien, Stätte ihrer beider Koproduktionen, überreichte ihm ihren "Ehrenring", und der Jubilar durfte ihrer beider *"Land des Lächelns"* an diesem Ehrentage sogar im Gral der ersehnten *Wiener Staatsoper* dirigieren – vermutlich in Anwesenheit des "Führers": sei es letztmalig, denn just an Lehárs 75. Geburtstage nahm sich dieser Fan, nur einen Tag später sein Gönner Goebbels das Leben.

Was feststeht: die Librettisten dieses nobilitierten Werkes blieben auch an jenem Festtage 1940 ebenso unerwähnt und unhonoriert wie bei allen andern Lehár-Aufführungen des *Tausendjährigen Reiches* landauf-landab nicht minder.

Für all die erwiesene Gnade aber revanchierte sich Lehár schon beim nächsten Geburtstag des "Führers" 1941 mit diesem Gratulationstelegramm:

"Den zahllosen Glück- und Segenswünschen dieses Tages sich anschliessen zu dürfen, bittet aus tiefempfundenem dankbarem Künstlerherzen Franz Lehár" (zitiert nach [17]).

Schon 1940 hatte er den Geburtstag von Hermann Göring mit *"aufrichtigen Glückwünschen"*, den von Joseph Goebbels aber mit *"wirklich aufrichtig von Herzen kommenden Glückwünschen"* bedacht und hinzugefügt: *"Mögen Eurer Exzellenz, dem Förderer und Schutzgeist aller schönen Künste, der ernstlich aus innerster Berufung mit dem schaffenden Künstler denkt und fühlt, noch viele Jahre segensreicher Tätigkeit beschieden sein. Heil Hitler F.L."* (zitiert nach [17]).

Aber mit ähnlichen Telegrammen machte Lehár diese drei und noch viele andere NS-Großfunktionäre zum Beispiel 1942 auch auf eine Radioübertragung seiner Operette *"Paganini"* aufmerksam: *"Wäre glücklich, wenn Sie mithören würden"* (zitiert nach [17]).

Etwa gleichzeitig sah Gottfried Benn, nur drei Jahre jünger als der mißhandelte Buchenwald-Häftling Löhner-Beda und früher ja durchaus Sympathisant zwar nicht gerade dieser Großfunktionäre, aber doch just eben dessen, was er nunmehr, genau 1942/43, mit einer Chiffre des Marburger NS-Anthropologen Erich Rudolf Jaensch als *"Genesungsbewegung"* codifizierte und in den haussuchungssicher hochgestochenen Tresor seines unveröffentlichten Essays *"Zum Thema Geschichte"* hineinkritisierte,

dieser Benn also sah da mit all seinem früheren Stigma (oder *haut goût*) inzwischen sehr wohl jene unterirdischen Kulturzusammenhänge zwischen *"mythologisierenden Gauwächtern, idealisierenden Stammräubern, Halluzinationen, Fetischen, Phrasen"* oder sonstigen *"motorischen Typen, Rossebändigern, Freischwimmern, Furtenüberquerern"* einserseits und dem Trivialen, wabernden Schmonzetten oder *"gefühlsbeseelten Pygnika"* andererseits, deren mystische Symbiose er so durchschaute:

"Der Held und der Durchschnitt –, ein affektives Begegnen! 'Wo du nicht bist, kann ich nicht sein' – Lehársche Melodik, und dies Land des Lächelns heißt Geschichte – ein Lächeln allerdings auf den Zügen von Leichen" [49].

Damit widersprach Benn bereits jenem allzu bequemen Zitat des emigrierten Kollegen Heinrich Mann – *"Deutschland hat seine Bestien hochgelassen"* – und wehrte sich vehement dagegen: *"Nein, man muß bekennen, es waren nicht die Bestien, es war Deutschland, das in dieser Bewegung seine Identität zur Darstellung brachte"*. Ja, wirklich: *"Es ist ganz Deutschland, es eint sich in dieser Genesungsbewegung, dieser großen geistigen Bewegung, die nach Łódź den 'Graf von Luxemburg' und nach Stavanger 'Kollege kommt gleich' trägt, an das Parthenon die Marschklänge 'Panzer rollen nach Afrika' schmettert und an den Strand von Syrakus eine Führer-Büste spült"* [49]. (Der *Limes Verlag* jedoch mit all seinen Rechten an diesen Texten ließ in der Kurstadt Wiesbaden ihre postume Veröffentlichung erstmals im Sommer 1959, dreizehn Jahre erst nach definitiver Entsorgung von Führer-Büsten, zu: *"aus Rücksicht auf noch bestehende Empfindlichkeiten"* [50] – wessen: der hessischen Nachbarin *I.G. Farben* etwa immer noch?)

Dennoch hat Zeit- und Genesungsgenosse Lehár mit all jenen *"tiefempfundenen"* Führer-Kotaus, mit Gutwettertelegrammen, Programmhinweisen und verräterischen Łódź-Exporten seinem petrushaft verleugneten und schwer mißhandelten Librettisten und Initial-Kollegen F. L.

sogar noch einmal das Leben gerettet, solange der in Buchenwald war.

Denn der Kriegsausbruch im September 1939 war für die Nazis ein willkommener Anlaß gewesen, ihre *"Erziehung"* der *"besserungsfähigen"* Juden deutlich strenger zu gestalten und deren bisherige *"Schutzhaft"* zunehmend zum gnadenlosen Massenmord der *Schoah* umzugestalten.

Dr. Otto Georg Thierack, vormals NS-sächsischer Justizminister, Vizepräsident des NS-Reichsgerichts und Präsident des NS-Volksgerichtshofs (als Vorgänger Roland Freislers *horribile dictu*), bilanzierte im September 1942, gut drei Wochen also nach erfolgter Beförderung zum NS-Reichsjustizminister, seine erste Amtsabsprache mit einem Ministerkollegen so:

"Hinsichtlich der Vernichtung asozialen Lebens steht Dr. Goebbels auf dem Standpunkt, daß Juden und Zigeuner schlechthin [...] vernichtet werden

sollen. Der Gedanke der Vernichtung durch Arbeit sei der beste" (zitiert nach [36]).

Mehr und mehr also wurden auch in diesem "pädagogisch" konzipierten Buchenwald die älteren, kranken oder irgend schwächlichen Männer zur direkten und schnelleren Ermordung zunächst ins anhaltinisch benachbarte Vernichtungslager *Bernburg an der Saale* deportiert: jenes spätere Zentrum der NS-Euthanasie.

"Bei so einer Selektion für einen Abtransport", hat der Überlebende Fritz Kleinmann den Biografen Löhner-Bedas noch 1997 öffentlich anvertraut, *"war einmal auch Beda dabei, weil er ja auch schon älter war"*.

Offenbar war er da zum Abtransport auch schon fix und fertig aussortiert. Wie ihm da zumute war, läßt sich nachempfinden.

"Doch ein politischer Häftling ist an Lagerführer Schobert herangetreten und hat gesagt, man soll diesen Mann nicht nehmen, denn er ist eigentlich der Dichter der Lehár-Operetten, und Lehár ist ja der Lieblingskomponist des Führers. Da hat Schobert ohne weitere Erklärung gesagt: 'Na, dann soll er wieder in die Reihe gehen'.

So ist Beda damals einer der ersten Vergasungen entgangen. Aber natürlich hatte er nun immer die Angst: 'Wie lange wird das noch geh'n?" (zitiert nach [2]).

Denn er wurde schon 59, und die Kräfte schwanden. *"Ich warte!"*

Worauf noch? Vielleicht auf das, was im fernen *Buenos Aires* noch am 16. Juni 1940 das *"Argentinische Tageblatt"* für dortige Emigranten in deutscher Sprache richtigzustellen für wichtig genug hielt:

"Dr. Loehner-Beda, dessen Ableben wir auf Grund von Nachrichten englischer und französischer Blätter vor längerer Zeit berichteten, lebt und hat, wie uns mitgeteilt wird, Aussichten, demnächst aus dem Lager Buchenwald herauszukommen".

Wirklich wartete er sicherlich nicht zuletzt eben hierauf – und dichtete weiterhin getrost, wovon er träumen mochte:

"Das Weib und die Kinder, die sitzen zu Haus'.
Bald sind es fünf Jahre! Wie seh'n sie wohl aus?

Ich sehe die große verdunkelte Stadt,
da sind sie verkrochen und werden nicht satt – und warten!"

Auf was?

Juristisch wohl noch immer auf eine Antwort des Gauleiters Josef Bürckel.

Am 7. März 1939 hatte Helene Löhner sich mit Hilfe zweiër Advokaten und einer formellen Anfrage brieflich an dessen Wirtschaftsbeauftragten in der zuständigen Vermögensverkehrsstelle gewandt und auf eine rezente Kompetenzverlagerung bei der Veräußerung jüdischen Vermögens berufen.

Seit den Pogromen der *"Reichskristallnacht"* im November 1938 war diese Abwicklung zentralisiert und mit *"sämtlichen Befugnissen"* von den Reichsgauën einheitlich auf das Reichswirtschaftsministerium übertragen worden, das in der *"angeschlossenen Ostmark"* vom *"Reichskommissar für die Wiedervereinigung Österreichs mit dem Deutschen Reich"* vertreten wurde: jenem NS-Gauleiter Josef Bürckel also in Personalunion. *"Alle diesbezüglichen Geschäfte, die seit dem 1. November 1938 abgeschlossen worden waren, sollten rückgängig gemacht werden"*[37].

Insofern entsprach jener Zwangsverkauf der Ischler Villa *"Felicitas"* nicht mehr den Reichsgesetzen. Hierauf hatte sich Frau Löhner in ihrer Petition bezogen:

"Am 27. November 1938 erklärte Reichskommissar Gauleiter Bürckel in seiner öffentlichen Rede, daß Übertragungen jüdischen Eigentums nicht mehr vollzogen werden dürfen. Dessen ungeachtet, ist die grundbücherliche Übertragung meines Anwesens auf das Land Oberdonau [...] vollzogen worden, obwohl ich die Herrn des Landes Oberdonau ausdrücklich auf die Ausführungen des Reichskommissars Bürckel aufmerksam gemacht hatte. Ich habe das unbedingte Vertrauen in den Gerechtigkeitssinn des Herrn Reichskommissars, Gauleiter Bürckel, dem ich diese Eingabe vorzulegen bitte, daß er das Vorgehen des Landes Oberdonau nicht billigen und dulden [...] , sondern das Land Oberdonau anweisen wird, mir das Eigentum an meinem Hausanwesen nebst Einrichtung unverzüglich zurückzuübertragen" (zitiert nach [37]).

Drei Jahre lang schwieg die angeschriebene NS-Behörde. Aber hinter den Kulissen hatte sie jene eigenmächtigen Zwangsmakler, also NS-Ortsgruppenführer und Beauftragten der *VJB (Verwaltung jüdischer Besitze)* zur schriftlichen Stellungnahme aufgefordert.

Diese beiden Rechtsbrecher also gar von NS-Gesetzen hatten sich inzwischen nicht allein mit beigefügten Protokollen von einschlägigen Denunziationen begnügt, sondern ihr siebenseitiges Rechtfertigungsschreiben auch mit dem *"politischen Moment dieser Affaire"* begründet: *"Ich bitte auch, die politische Impertinenz dieser Jüdin zu beachten"* (zitiert nach [37]).

"Der Fall der Villa der Löhner in Bad Ischl war vollkommen korrekt", behaupteten daher die Bezichtigten: denn *"die Löhner hat die Villa im Sinne der Vertragsbestimmungen freiwillig dem Lande Oberdonau überlassen und versucht nun, den Kaufvertrag unter verlogenen Einwendungen zur Aufhebung zu bringen"*.

Es wäre überhaupt zu prüfen, *"ob das Eigentumsrecht der Frau Löhner an dieser Villa echt war, bezw. woher das Geld zum Kaufe kam"*.

Aus dieser Verdächtigung wurde verleumderisch gefolgert und infam zurückgeschlagen:

"Da die Ehegatten Löhner in gleichverbrecherischer Weise reichsgefährlich waren und sind, beantragen wir die Beschlagnahme des restlichen Kaufschillings aus diesem Kaufvertrage, so daß die Frau Löhner auch diese RM 8.000,-- nicht bekommt, weil sie ihr auch gar nicht gebühren. So würde die Anrufung des Gerechtigkeitssinnes des Gauleiters Bürckels zu einem gerechten Ziele für die Frau Löhner führen" (zitiert nach [37]).

Nicht zuletzt anhand dieser Vorlage fällte dann schließlich am 27. März 1942 das Amtsgericht Wien sein Urteil und stellte es Frau Löhner zu. Es ist nicht überliefert. Aber es dürfte abschlägig ausgefallen sein, da der Linzer Käufer noch bis 1945 unverändert im Grundbuch als Eigentümer eingetragen blieb.

Aber im selben Schreiben jenes NS-Ortsgruppenführers und des Beauftragten der *VJB* an das zuständige Reichskommissariat ist auch die folgende Empfehlung zu lesen:

"Im übrigen müssen wir es der Gestapo überlassen, sich mit der Frau Beda Löhner [...] näher zu befassen, damit die Behörden von diesen Angriffen dieser Jüdin für alle Zukunft befreit sind" (zitiert nach [37]).

Wirklich wurden folgerichtig und wunschgemäß schon am 31. August 1942 auch die vierzigjährige Ehefrau Helene und die Töchter Liselotte, vierzehn-, und Eva, dreizehnjährig, verhaftet und nach Minsk verschleppt.

Nach Minsk?

Diese Hauptstadt der *Sowjetrepublik Weißrußland*, damals zu etwa einem Drittel von Juden bewohnt, war schon sechs Tage nach ihrem Überfall auf die Sowjetunion von den nazideutschen Truppen zerstört, erobert, verbrannt und verwüstet worden. Zehntausende Minsker wurden ermordet, weggeschleppt oder unbarmherzigem Hungertode ausgeliefert.

Die *circa* hunderttausend jüdischen Einwohner wurden zumeist deportiert und "liquidiert". Sechzigtausend von ihnen waren schon bald in einem der größten Sammellager Europas auf zwei Quadratkilometern zusammengepfercht.

Angeschlossen war das zwölf Kilometer südöstlich von Minsk etablierte Vernichtungslager beim Dörfchen *Maly Trostinjez*, wo in den beiden Jahren zwischen 1942 und 1944 etwa vierzig- bis sechzigtausend Menschen, meist Juden, ermordet wurden.

Als *"Aktionen"* wurden da Massenerschießungen bezeichnet, mit denen für deportierte Juden aus dem "Reich" Platz geschaffen wurde, damit sie hier Zwangsarbeiten der *Organisation Todt* verrichteten.

Hierher also wurden über eine Luftlinië von etwa tausend Kilometern und mit andern tausend Juden im selben Eisenbahntransport auch die drei jungen Frauën der Familië Löhner verschleppt.

Diese Transporte pflegten jeweils vier bis fünf Tage zu dauërn. Wohl in Wolkowysk, gleich nach der polnisch-sowjetischen Grenze, wurde mitten in der Nacht der Zug gewechselt. Hierbei pflegte das Begleitkommando blind-

lings drauflos zu prügeln, und *"alte oder gebrechliche Personen blieben unter diesen Knüppelschlägen auf dem Bahnsteig liegen. In dieser Nacht haben viele den Verstand verloren. [...] Die Transportleitung gab den Auftrag, sämtliche irrsinnig Gewordene in einen separaten Waggon zu sperren.
Was sich in diesem Waggon abspielte, ist nahezu unbeschreibbar"* [37].

In Minsk oder *Maly Trostinjez* eingetroffen, wurden die österreichischen Juden unverzüglich *"einer Sonderbehandlung unterzogen"*. Aus dem überlieferten Tätigkeitsbericht des SS-Unterscharführers in einem eingeteilten Bataillon der Waffen-SS *"zur besonderen Verwendung"*

*"wird nicht deutlich, ob bei der Ermordung Gaswägen eingesetzt oder ob
die Opfer erschossen wurden. Als gesichert [...] geht der häufige Einsatz
der drei in Minsk stationierten Gaswägen zweifelsfrei hervor"* [37].

Familiënvater Fritz Löhner-Beda in Buchenwald erfuhr natürlich nichts von
dieser Verschleppung und "Sonderbehandlung" seiner Frau und Töchter.
Weiterhin lebte er in Gedanken nur noch für sie und dichtete:

*"Wenn sich müd' die Glieder senken,
tief ersehnen Ruh und Traum,
zieht ein süßes Deingedenken,
Liebste, durch der Seele Raum.*

*Große Kinderaugen schauen
wie aus einem Märchenwald
hold mit kindlichem Vertrauen,
fragend: 'Papi, kommst du bald?'*

*Und mir ist es so, als schwebe
Eu're Liebe über mir.
Und ich weiß, warum ich lebe,
und ich fühl' es tief, wofür."* (zitiert nach [26]).

Aber als er das (undatiert) in Buchenwald niederschrieb, war seine Familië
vielleicht bereits in *Maly Trostinjez*.

Dort wurde seine Frau Helene vermutlich schon am 5. September 1942 ermordet: direkt nach ihrer Ankunft und wohl in einem jener abgefeimten
Gaswagen. Sie war da vierzig Jahre alt.

Vermutlich am selben Tage wurden da auch schon die beiden Töchter dieses Paares in einem solchen Gaswagen ermordet: die vierzehnjährige Liselotte Löhner und die dreizehnjährige Eva Löhner.

Auch hierüber blieb der verwitwete Familiënvater Fritz Löhner-Beda ohne jede Nachricht.

Aber schon vor rund dreizehn Jahren, als Helene noch 27 war, hatte er ihr 1929 seinen Wortlaut jenes Lehár-Liedes persönlich gewidmet, das auch heute noch mit diesen Worten um die Welt geht:

"Dein ist mein ganzes Herz.
Wo du nicht bist, kann ich nicht sein."

Er konnte wirklich in diesem Buchenwald ohne sie nicht sein.

Er konnte wohl auch auf diesem Planeten ohne sie nicht mehr sein.

Er mußte es auch nicht mehr lange. Nur noch drei Monate lang:

"Dein ist mein schönstes Lied,
weil es allein aus der Liebe erblüht."

Aber auf den Tag genau sechs Wochen nach der vermeintlichen Ermordung seiner Familie wurde Fritz Löhner-Beda am 17. Oktober 1942, "Führers" Lieblingsoperetten hin oder her, aus diesem Buchenwald, wo er ganze vier Jahre überstanden hatte, abtransportiert: nach Auschwitz.

Von seinem Reisecomfort auf dieser Zugfahrt mit vierhundert Reisegefährten über runde sechshundert Straßenkilometer bis ins polnische Oświeçim (südlich des "oberschlesischen" Kattowitz, heutigen Katowice) ist nichts überliefert.

"Sag mir noch einmal, mein einzig Lieb,
oh, sag noch einmal mir: ich hab dich lieb!"

Am 19. Oktober 1942 traf der Transport mit Fritz Löhner-Beda nach nur zwei Reisetagen in jenem Dörfchen Monowice ein, das sechs Kilometer östlich vom Stammlager *Auschwitz I* lag, damals noch *"Lager Buna"*, später *Arbeitslager Monowitz*, erst seit November 1943 *Konzentrationslager Auschwitz III* und seit Ende 1944 nur noch wenige restliche Wochen lang *Konzentrationslager Monowitz* hieß.

Dort verbrachte Fritz Löhner-Beda die nächsten sechseinhalb Wochen.

Dieses "Buna" war das erste Konzentrationslager der Nazis,

d a s   a u s   r e i n   g e s c h ä f t l i c h e n   I n t e r e s s e n

von einem "reichsdeutschen" Firmenimperium installiert, finanziert und
ausgeschlachtet wurde: von der *I.G. Farben.*

Dieser Unternehmenskomplex bestand seinerzeit aus 56 Fabriken mit drei
Produktions-Abteilungen:

Stickstoff und Benzin;

Chemikaliën, Farbstoffe, Leichtmetalle, Arzneimittel (zum Beispiel "Bayer");

Filme (zum Beispiel "Agfa") und Nylon.

Insofern war er in allen bezeichneten Bereichen das, was man heute markt-
beherrschend nennt: der größte Chemiekonzern der Welt.

Seit 1936 produzierte er zusätzlich synthetischen, also künstlichen Kautschuk, den er *Buna* nannte. Zumal seit Kriegsbeginn war das so gefragt, daß
die bisherigen Produktions-Standorte Schkopau, Hüls und Ludwigshafen
bald nicht mehr genügten. Für ein viertes Werk standen Plätze in neuën
Reichsgebieten zur Debatte: in Norwegen oder "Oberschlesiën" (Polen).

Das NS-Wirtschaftsministerium, das an einer Integration kriegerisch usur-
pierter "Ostgebiete" auch ökonomisch interessiert sein mußte, begünstigte
den Standort Monowice bei Auschwitz und gewährte einer dortigen Nieder-
lassung Steuërfreiheit, Garantieën und lukrative Sonderabschreibungen.

Als aber dort für die *I.G. Farben* eine Personalbeschaffung problematisch
erschien, machte SS-Führer Heinrich Himmler im Februar 1941 zwei unwiderstehlich verführerische Zusagen:

*als Arbeitskräfte stünden in Monowice die Häftlinge des benachbarten Kon-
zentrationslagers Auschwitz zu einem günstigen Niedrigstpreise zur Verfügung,*

und für die Unterbringung importierter Fachkräfte oder Führungspersonals jener 170 beteiligten deutschen Firmen räumte er in der Stadt Auschwitz viertausend Wohnungen jüdischer Familiën frei.

Hierauf stieg die *I.G. Farben* mit einem Kapital von siebenhundert Millionen Reichsmark und mit zwei Fabriken in das Projekt Monowice ein: eine für Buna und die andere für Treibstoff.

Hierfür wurden nicht nur die erforderlichen Werksgebäude errichtet, sondern auch zwei Firmensiedlungen, entsprechende Straßen und drei produktionsbedingte Kohlengruben: *"eine gewaltige industrielle Anlage, Dutzende im Bau befindlicher Fabriken"*, hat Löhner-Bedas Mithäftling Oszkár Betlen das alles später beschrieben:

"Wir halten an einer Gruppe von Holzbaracken. Unsere neue Wohnstätte, das Lager Monowice, ist noch nicht fertig. [...] Das neue Lager hat noch keinen Drahtzaun. Schlimm für uns. SS-Posten werden den Stacheldraht ersetzen, und mit Hochspannung geladener Draht ist nur ein Hundertstel so gefährlich wie diese Totenkopfbanditen"[53].

Aber mit Zwangsarbeitern waren die kommerziëllen Interessen der *IG Farben* nur im Rahmen einer konstruktiven Zusammenarbeit mit der SS aus den beiden Konzentrationslagern Auschwitz I und II (Birkenau) realisierbar.

I.G. Farben brachte benötigte Baumaterialiën im Tauschgeschäft gegen dreitausend Häftlinge ein, von denen jeder mindestens elf Stunden täglich arbeiten und seinen Tageslohn von anfangs 1,50, schließlich 5 Reichsmark *brutto* der kassierenden SS überlassen mußte. Sie finanzierte hiervon den vermeintlichen Transport der Häftlinge, die vom Stammlager Auschwitz I jedoch stundenlang zu Fuß ganze sechs Kilometer bis zur Arbeitsstelle so lange marschieren (und zurückmarschieren) mußten, bis sich das den Buchhaltern der SS und den finanziëll mitbeteiligten Schutzmannschaften als zu unrentabel erwies.

So entstand das autarke *"Lager Buna"* mit einer Baubelegschaft von rund zwanzigtausend Personen.

Für die *circa* viertausend zugeteilten Häftlinge jenes Winters 1942/43, als Fritz Löhner-Beda hier eintraf, waren von *I.G. Farben* damals vierzehn Baracken des *Reichsarbeitsdienstes* hingestellt und von der SS mit Pritschen bestückt worden. Jede Baracke war für 55 Bewohner konzipiert, aber wurde hier mit durchschnittlich 250 Zwangsarbeitern belegt. *"Meist mußten sich zwei Häftlinge eine Bettstelle teilen"*[41]: auf faulem Stroh oder blankem Holz ohne Decken. Eine *"Fabrikeinfriedung"* aus Stacheldraht umzäunte den ganzen Komplex.

"Die SS stellte die Bewacher, denen die I.G. Farben ihren Werkschutz (eine Art 'Fabrikpolizei') zur Seite stellte"[39]. Zwar *"ging die Beteiligung der IG in Auschwitz nicht auf den Wunsch zurück, Juden umzubringen oder sich zu Tode arbeiten zu lassen, sondern auf [...] Erweiterung der Produktion von 'Buna' "*[39].

Aber radikale Profitoriëntierung ließ sich auch da nicht just als Humanismus verbrämen: Kapitalismus und Faschismus sind Verwandte.

Gegebenenfalls sah die Firma sich auch schnell veranlaßt, Verletzungen ihrer Vorschriften tunlichst durch die SS ahnden und bestrafen zu lassen. In solchem Zusammenspiel machte sie sich gar die *"Methoden und Mentalität der SS zu eigen"*[39]. Zum Beispiel übernahmen ihre Vorarbeiter schon in der Konstruktionsphase jenes "Arbeitstempo" der SS und ließen auch Zement nur *"im Laufschritt!"* auf- und abladen oder transportieren.

Oder neuë Häftlingskontingente erfuhren schon bei einer "Begrüßungsansprache", daß sie hier nicht leben, sondern *"in Beton verrecken"* würden. Der überlebende Arzt Dr. Nicolae Nyiszli hat eidesstattlich vor Gericht bezeugt, daß damit die Buna-Gepflogenheit gemeint war, Häftlingsleichen in den Ausschachtungen für Kabelleitungen unter Beton verschwinden zu lassen[39].

Bis es dazu kam, wurden diese armen Zwangsarbeiter auch im *"Lager Buna"* in diverse "Arbeitskolonnen" aufgeteilt: etwa zwei Drittel von allen als (mindestbezahlte!) "Hilfsarbeiter" auf Baustellen, bei Straßenbau, Erdarbeiten oder Lastentransport, auch bei Regen und strengem Frost in dünner Drillichkleidung. *"Unsere Kräfte sind schon im Schwinden"*, hat Löhner-Bedas Mitgefangener Oszkár Betlen später wissen lassen, *"wenn wir dann, von SS eskortiert, nach dem IG-Gelände ziehen, Erde schaufeln, Steine tragen und Zementsäcke schleppen"*[53]. Ohnehin chronisch unterernährt, *"mußten sich die Häftlinge zu Tode rackern"*[39].

Dabei waren sie hilf- und rechtlos der Willkür nicht nur ihrer SS-Bewacher, *"sondern auch der Zivilangestellten der deutschen Firmen ausgeliefert"* [40].

Denn die *"I.G. Farben hatte Angestellte, die als Kontrolleure fungierten"*, hat der Überlebende Salomon Kohn beeidet: *"Sie meldeten jeden Häftling, der ihrer Meinung nach nicht genug leistete, sich zu lange auf der Toilette aufhielt oder sich am Ofen wärmte. Diese Meldungen kamen zur Betriebführung der IG, die sie an die Lagerleitung weitergab"* [48].

Vorherrschend wurden aber die Zwangsarbeiter *"der Aufsicht von Häftlingen (Oberkapos, Kapos und Vorarbeiter) unterstellt"* [39]. Diese *"Funktionshäftlinge"*, überwiegend kriminelle *"Berufsverbrecher"* (BV), waren von jeder Arbeitspflicht befreit und hatten Überlebenschancen, *"solange sie die Erfüllung ihrer Aufgabe zur Zufriedenheit erledigten"* [41]. Nur umso brutaler mißhandelten sie ihre ausgelieferten Mithäftlinge.

Wer von denen hiernach zu geschwächt oder krank war, um noch vorschriftsmäßig arbeiten zu können, wurde durch "Selektionen" der SS gegen andere ausgetauscht. Von knapp viertausend solchen Strafgefangenen, wie sie noch Anfang Dezember 1942 Löhner-Bedas Schicksalsgenossen waren, lebte im Februar 1943 nur noch die Hälfte. *"Insgesamt gingen etwa 35 000 Häftlinge durch Buna. Mindestens 25 000 starben. Die Lebenserwartung eines jüdischen Häftlings in der IG Auschwitz betrug drei oder vier Monate, in den außerhalb gelegenen Kohlenbergwerken etwa einen Monat"* [39].

Das erzählt vielleicht mehr, als jede sprachliche Beschreibung ihrer hiesigen Folterungen es vermag.

" 'O Buchenwald, ich kann dich nicht vergessen ... ', zitiert jemand hinter mir beim Ausmarschieren das berühmte Buchenwaldlied. Ich drehe mich um. Es ist Fritz Löhner. Ich erkenne ihn kaum, so sehr ist sein Gesicht in wenigen Tagen eingefallen. Er zitiert sich selbst, denn er ist der Textautor des Liedes" [53].

Trotzdem hat er in den knapp sechs Wochen seines qualvollen hiesigen Aufenthaltes noch zu dichten versucht. Jedenfalls ist, sei es analog zu jenem Buchenwald-Liede anbefohlen oder angetragen, ein sogenanntes *Buna-Lied* erhalten, als dessen Textautor er bezeichnet wird. Die Melodie stammt diesmal nicht von Hermann Leopoldi, der zu dieser Zeit schon in *US*-amerikanischer Freiheit war, sondern von Anton Geppert aus Wien, über den heute

nicht einmal so allwissende Auskunfteien wie *Google* und *Wikipedia* noch
Zeugnis zu geben vermögen.

Der Wortlaut des *Buna-Liedes* ist mit dieser Strophe überliefert:

"Steht am Himmel noch freundlich Frau Luna,
erwacht das Lager der Buna,
steigt empor die schlesische Sonne,
marschiert die Arbeitskolonne.
Und auf Schritt und Tritt
geht das Heimweh mit
und das schwere Leid
dieser schweren Zeit,
doch die Arbeit winkt,
und das Lied erklingt:

Hierauf folgte der Refrain:

Nur die Arbeit macht uns frei,
an ihr gehn die Sorgen vorbei,
nur die Arbeit läßt uns vergessen
alles das, was wir einst besessen.
Nur die Arbeit macht uns hart,
wenn uns das Schicksal genarrt,
und die Zeit vergeht, und das Leid verweht,
nur das Werk unsrer Hände besteht" (zitiert nach [42]).

Dieser Text, den das *Norbert Wollheim Memorial* im November 2008 noch
im Park des *I.G. Farben* Konzerns auf dem *Campus Westend* der Frankfurter Goethe-Universität präsentiert, mag ironisch sein oder unterwürfig oder
nur verwirrt oder opportunistisch oder einfach hilflos und verzweifelt. Das
soll hier nicht entschlüsselt, erst recht nicht beurteilt und bewertet werden.

"Das Buna-Lied", hat Löhner-Bedas überlebender Mithäftling Oszkár Betlen bezeugt, *"war von einer ganz andern Stimmung getragen als das Bu-*
chenwaldlied. Dieses war noch das Lied der kämpfenden und glaubenden
Gefangenen gewesen [...] , wieviel Trotz lag darin! Das Bunalied aber ist
das Lied der Resignation, der Hoffnungslosigkeit" [53].

Von seinem Autor ist aus diesem *Lager Buna* sonst nur bekannt, wie *"oft er an Lehár dachte, von ihm sprach und klagte: 'Hat er mich vergessen?' "*[20] , und wie er im Winter 1942, *"schwerkrank, zwischen den Baracken, Operettenmelodien sang"*[3] . Er *"weigert sich aber, in die Krankenbaracke zu gehen, denn das bedeutet den sicheren Tod"*[25] . Krankenhausakten des Lagers *Auschwitz III* beweisen, daß von knapp siebentausend kranken Juden gut 1300 nach *Auschwitz II* (Birkenau) geschickt wurden: zur Vergasung; gut sechshundert starben schon vor Ort.

Dr. Friedrich Entress, damals Lagerarzt im *Lager Buna* und SS-Hauptsturmführer, hat im *US*-amerikanischen Mauthausen-Prozeß, der ihn zum Tode verurteilte und hinrichten ließ, über die Buna-Gepflogenheiten eidesstattlich zu Protokoll gegeben,

"daß der Stand des Krankenbaus möglichst klein gehalten werden soll, damit möglichst viele arbeitsfähige Häftlinge im Lager sind. Es wurde daher angeordnet, daß Häftlinge, die zu lange krank waren, ins Stammlager verlegt werden. Von dort kamen sie dann größtenteils nach Birkenau zur Vergasung. Wenn der Krankenstand über fünf Prozent der Lagerstärke betrug, mußte der Lagerarzt eine Selektion durchführen. [...] Ein großer Prozentsatz der Kranken hatte Phlegmone, vor allem an den Füßen. Sie wurden durch die Holzschuhe verursacht. Oft bedeuteten Holzschuhe, die die Häftlinge bekamen, eine Art Todesurteil" (zitiert nach [18] . Als

P h l e g m o n e

bezeichnen Mediziner eine Art Wundrose, die meist durch Staphylokokken in Hautverletzungen verursacht wird und sich als eiternde Entzündung des Gewebes diffus verbreitet. Sie äußert sich auch durch Fieber, Schmerzen oder reduziertes Allgemeinbefinden, kann zu Blutvergiftung, zerfallenden Karzinomen und zum Tode führen [43] .

Speziëll aus dem *Lager Buna* bestätigt noch das enzyklopädisch bemühte *Wikipedia*:

"Es mangelte an geeignetem und passendem Schuhwerk, so daß es zum Beispiel durch scharfe Kanten oder drückende Nähte häufig zu Fußverletzungen und Phlegmonen an den Füßen kam"[41] .

Tatsächlich *"waren die halbnackten Füße immer naß und in den Schuhen immer Schnee"*, hat der Überlebende Viktor E. Frankl berichtet: *"Das hatte natürlich alsbald Erfrierungen, aufgebrochene Frostschäden usw. zur Folge. Buchstäblich jeder einzelne Schritt wurde zu einer kleinen Höllenqual"*[33].

Das dürfte Effiziënz und Tempo der Arbeitsleistung bisweilen beträchtlich vermindert haben und besonders negativ aufgefallen sein, wenn Inspektionen des Lagers durchgeführt wurden: durch hohe Reichsbeamte und Parteifunktionäre wie Reichsjustizminister Dr. Thierack oder Generalgouverneur Dr. Hans Frank.

Aber auch die Chefs der *I.G. Farben* nahmen diesen Ort ihrer fabelhaften Profite bisweilen persönlich in Augenschein.

Der Überlebende Salomon Kohn hat noch im Mai 1947 in einem der Nürnberger "Nachfolgeprozesse" über das ausgestandene *Lager Buna / Monowitz* und dessen Mechanismen eidesstattlich und nachlesbar zu Protokoll gegeben:

"Die IG war [...] über die schlechten Zustände in Monovice dadurch informiert, daß die Betriebsleitung persönlich ins Lager kam, um für Facharbeiterkommandos Häftlinge auszusuchen. Ich habe persönlich am Tor mehrere Male Dürrfeld [= den Werksdirektor] *gesehen, der in Begleitung von SS-Hauptsturmführer Schwarz* [= dem Lagerkommandanten] *, SS-Sturmführer Schöttl* [= dem Lagerführer] *und SS-Hauptscharführer Rakers* [= dem Rapportführer] *die ausmarschierenden Häftlinge beobachtete"*[48].

In solchem oder ähnlichem Sinne kam auch Anfang Dezember 1942 eine hochkarätige Delegation dieses Weltkonzerns nach Monowitz und kontrollierte oder inspizierte da dies oder das. Sie bestand aus jedenfalls diesen fünf hohen Herren:

Carl Krauch, damals 56jährig, Vertrautem und Amtsnachfolger schon des Firmengründers Carl Bosch, jetzt Präsident des NS-*Reichsamts für Wirtschaftsausbau* im *Vierjahresplan*, dort Generalbevollmächtigter für Sonderfragen der Chemieproduktion und deren Expansion, insofern auch am Bau des Lagers Buna hauptverantwortlich beteiligt, daher zusätzlich von *I.G. Farben* noch als vormaliges Vorstandsmitglied weiterbezahlt und schon ein halbes Jahr später mit dem *Ritterkreuz des Kriegsverdienstkreuzes* ausgezeichnet;

Dr. Fritz ter Meer, damals 59jährig, seit 1925 Vorstandsmitglied der *IG Farben*, jetzt auch Vorsitzender des *Technischen Ausschusses* und insofern für die gesamte Produktion der *I.G. Farben*, speziell ihrer Abteilung II (Chemikaliën, Farbstoffe, Leichtmetalle, Arzneimittel) verantwortlich, als Leiter der Sparte II im Reichskriegsministerium und "Wehrwirtschaftsführer" auch führend an der Herstellung des Nervengases Tabun in der Giftgasfabrik Dyhernfurth beteiligt, auch Mitinitiator des Lagers Buna mit seinen Menschenversuchen zur chemikalischen Substanzprüfung (*"verantwortlich für IG-Auschwitz war Fritz ter Meer"*[44]) und schon ein halbes Jahr später mit dem *Ritterkreuz des Kriegsverdienstkreuzes* ausgezeichnet;

Dr. Walter Dürrfeld, damals 43jährig, seit 1927 für *I.G. Farben* tätig, Werksdirektor vor Ort mit dem Titel eines Betriebsleiters der *IG Auschwitz*, der das Lager Buna/Monowitz aber selbst nur fünf- bis zehnmal besucht haben will, *„mit seiner Familie in der Nähe von Auschwitz"* lebte, sich gleichwohl persönlich an der Selektion erkrankter Häftlinge beteiligte und in seiner Freizeit Jagdpartieën mit Rudolf Höß, jenem berüchtigten Lagerkommandanten von Auschwitz, unternahm, der Dürrfeld im Prozeß dennoch schwer belastete: *halalí*!;

Dr. Otto Ambros, damals 42jährig, bei *I.G. Farben* zunächst Giftgas- und Buna-Experte im Hauptausschuß "Pulver und Sprengstoffe" und im "Sonderausschuß C" zur Entwicklung chemischer Kampfstoffe, derzeit Vorstandsmitglied des *Technischen und Chemischen Ausschusses* und Stellvertreter Betriebsdirektor der *"Betriebsgemeinschaft Oberrhein"* (= Filiale Ludwigshafen), Betriebsführer der Giftgaswerke Dyhernfurth und Gendorf, Mitinitiator der *IG Auschwitz* und schon ein Jahr später mit dem *Ritterkreuz des Kriegsverdienstkreuzes* ausgezeichnet;

Dr. Heinrich Bütefisch, damals 48jährig, seit 1930 bei *I.G. Farben* Leiter der *Leuna Werke;* schon 1932, noch vor der Naziherrschaft, vom damaligen Firmenchef Carl Bosch auf gut Glück zu Hitler ausgeschickt, um dessen Wahlkampf mit einer Spitzenspende von 400 000 Reichsmark zu unterstützen und jenen Vertrag zwischen *I.G. Farben* und dem NS-Regime einzufädeln, der nach 1933 dem Konzern durch lukrative Aufträge schnell das Leben rettete; 1936 als Produktionsbeauftragter für Öl im Rüstungsministerium und „Wehrwirtschaftsführer" Mitarbeiter von Carl Krauch im Amt für Deutsche Roh- und Werkstoffe, dem späteren Reichsamt für Wirtschaftsausbau, das an der Verwirklichung der Rüstungsziele des Vierjahresplans arbeitete, jetzt Vorstandsmitglied der Abteilung I (Stickstoff und Benzin), bei *IG Auschwitz* Leiter der Treibstoffproduktion, seit einem Jahr Ehrenmitglied der SS und des *„Freundeskreises Reichsführer SS"* im Range eines Obersturmbannführers, bald auch mit dem *Ritterkreuz des Kriegsverdienstkreuzes* ausgezeichnet; nach eigenen Aussagen nie im KZ Buna/Monowitz zu Gast, nur selten auf der dortigen Baustelle zu Inspektionsbesuchen.

Diesen fünf feinen Mitgliedern ihres Aufsichtsrates also fielen eines frühen Dezembertages 1942 beim Kontroll- und Besichtigungsbummel auf ihrem Werksgelände zwei jüdische Strafgefangene auf. Einer der beiden hieß Raymond van den Straaten, hat Auschwitz überlebt und am 18. Juli 1947 als Zeuge im Nürnberger *IG-Farben*-Prozeß eidesstattlich versichert:

"Eines Tages begaben sich zwei Buna-Häftlinge, Dr. Raymond van den Straaten und Dr. Fritz Löhner-Beda, an ihre Arbeit, als eine aus IG-Farben-Größen bestehende Besuchergruppe des Wegs kam" (zitiert nach [2] und [39]).

Dr. van den Straaten konnte dem Gericht auch richtig die Namen der einzelnen Inspektoren nennen und fuhrt fort:

"Einer der Direktoren wies auf Dr. Löhner-Beda und sagte zu seinem SS-Begleiter:

'Diese Judensau könnte auch rascher arbeiten'" (zitiert nach [2] und [39]).

Wirklich war der Bezichtigte wohl schon so entkräftet, daß er *"sich auf seinen Holzschuhen nur noch dahinschleppte"* [18].

"Darauf bemerkte ein anderer IG-Direktor", gab Augen- und Ohrenzeuge van den Straaten weiter zu Protokoll: *" 'Wenn die nicht mehr arbeiten können, sollen sie in der Gaskammer verrecken' "* (zitiert nach [2] und [39]).

Dr. van den Straaten hat nicht angegeben, von wem genau aus der namentlich aufgelisteten Direktorengruppe seines Arbeitgebers diese beiden fatalen Sätze ausgesprochen wurden. In Frage kommen nur Direktor Krauch und die Doktoren ter Meer, Dürrfeld, Ambros oder Bütefisch. Zwei von denen waren es.

Was sie damit auslösten, liegt uns nur in leicht widersprüchlichen Berichten vor.

Der beanstandete Dr. Löhner-Beda wurde entweder gleich nach abgeschlossener Vorstands-Inspektion *"aus dem Arbeitskommando geholt"* oder erst beim obligaten Appell *"noch am selben Abend"* oder nächsten Morgen *"von SS-Leuten"*, einem kriminellen mitgefangenen Aufseher oder gar betrunkenen Kapo *"geschlagen und mit Füßen getreten"* (zitiert nach [2] und [39]) oder aber *"niedergeknüppelt, wobei er schwerste Verletzungen erlitt; es wurden ihm mehrere Zähne ausgeschlagen und eine Rippe gebrochen. Von Freunden wurde er vorerst gerettet und im Krankenbau untergebracht"* [45].

Dort sei er noch gesehen worden, *"wie er torkelnd Operettenmelodien, darunter aus dem 'Land des Lächelns', sang. Immer wieder hat er gewimmert, er wolle nicht sterben: ' [...] Ich habe der Welt noch so viel zu geben!' "* [26].

Das müssen die "Therapeuten" des Krankenreviers in Monowitz anders gesehen haben. Noch 1966 hat der SS-Sanitäts-"Dienstgrad (SDG)" Gerhart Neubert im Zweiten Frankfurter Auschwitz-Prozeß ausgesagt, daß an Fritz Löhner-Beda *"das an so vielen anderen Häftlingen praktizierte Todesspiel gespielt"* worden sei: *"das Totprügeln"* [26].

Andere erinnern sich so: *"Als er dort die Nachricht vernahm, daß alle über fünfzig Jahre alten Häftlinge nach dem Lager Auschwitz-Birkenau überstellt werden sollten, hielt sein Herz diese neue, krampfvolle Angst nicht mehr aus. Er starb an Herzschlag. Am nächsten Tag wäre er [...] in die Gaskammer gejagt worden"* [45].

Später soll ein Soldat der prominenten Wiener Diseuse Friedl Weiss-Delling, Bedas einstiger Geliebten, berichtet haben, daß ihr Fritz *"in den Gaskammern von Birkenau umkam"* (zitiert nach [17]).

Aber der ungarische Überlebende Oszkár Betlen hat im September 1962 als Zeuge beim Ersten Frankfurter Auschwitz-Prozeß zu Protokoll gegeben, daß Löhner-Beda *"dort erschlagen wurde"* (zitiert nach [17]), und in seinem Auschwitz-Buch aus demselben Jahr berichtet:

*"Eines Morgens wurde ich gerufen, ich solle helfen, einen Toten in die Lei-
chenkammer zu tragen.*

'Erkennst du ihn nicht?' fragt unterwegs der andere Pfleger.

*Ich sehe ihn aufmerksam an. Nein, den habe ich nie gesehen. Ein völlig
fremdes Gesicht.*

'Das ist Fritz Löhner', sagt der andere.

*Entsetzlich! Nichts, nicht das Geringste an diesem leblosen Körper, an die-
sem abgezehrten Gesicht erinnert an den berühmten Librettisten der Operetten Lehárs. Der arme Löhner, jahrelang hat er gehofft, der einflußreiche,
mit den Nazis befreundete Komponist werde ihn aus dem Lager herausho-
len. Aber der Schöpfer großer Operetten [...] ließ den Mitautor seiner zu
Weltruhm gelangten Werke jämmerlich zugrunde gehen"*[53].

Viktor E. Frankl hat 1946 aufgeschrieben, daß er als Mithäftling und Patiënt
der Auschwitzer Fleckfieberbaracke beobachtet hat, wie dort Leichen damals abtransportiert wurden:

*"Wieder ist einer gerade gestorben. [...] Ich sehe zu, wie sich ein Kamerad
nach dem andern an die noch warme Leiche heranmacht; der eine ergattert
die übriggebliebenen verdreckten Kartoffeln vom Mittagessen, der andere
hat festgestellt, daß die Holzschuhe an der Leiche doch noch etwas besser
sind als die, welche er selber trägt, und tauscht die Paare aus; ein dritter
unternimmt das gleiche mit dem Rock des Toten, ein weiterer schließlich ist
froh, daß er sich einen – man denke: echten! – Bindfaden sichern kann.
Teilnahmslos sehe ich dem zu. Endlich raffe ich mich auf und trage dem
'Pfleger' auf, die Leiche aus der Baracke (einer Erdhütte) hinauszuschaffen.
Sobald er sich dazu entschließt, packt er den Leichnam an den Beinen, läßt
ihn auf den schmalen Mittelgang zwischen den beiden Bretterreihen links
und rechts davon – wo die fünfzig Fiebernden liegen – hinabkollern und
schleift ihn dann über den holprigen Erdboden zur Barackentür. Dort gibt
es zwei Stufen, die hinauf und hinaus ins Freie führen, – immer ein Problem für uns vom chronischen Hunger Ermattete [...] . Jetzt kommt der
Mann mit der Leiche. Mühsam schleppt er sich selber und dann den Toten
hinauf und hinaus – erst die Füße des Toten, dann den Rumpf, bis schließlich mit einem unheimlichen klappernden Geräusch der Schädel über die
zwei Stufen kollert. Unmittelbar darauf wird das Faß mit der Suppe zur Ba-*

racke gebracht, die Suppe ausgeteilt und verschlungen. [...] Während ich gierig den Inhalt schlürfe, schiele ich zufällig beim Fenster hinaus: draußen gafft der Leichnam [...] mit starren Augen durchs Fenster hinein. Vor zwei Stunden habe ich mit diesem Kameraden noch gesprochen. Ich schlürfe die Suppe weiter"[33].

Dem toten Fritz Löhner-Beda wurde nach ausgestandenem Leiden als aktenkundige Todesursache *"Altersschwäche"* in den NS-Totenschein eingetragen.

"Altersschwäche": er wurde 59 Jahre alt.

Auf seinem Meldezettel im Wiener Stadt- und Landesarchiv findet sich die lakonische Notiz.

"Mit rechtskr. Beschl. des Lg. Wien f. ZRS. Abt. 48 Zl 48 T 3491/47-12 vom 26. 5. 1948 wird als bewiesen erkannt, daß Umgenannter im Lager Buna bei Auschwitz gestorben ist, und ausgesprochen, daß er den 31. Jänner 1943 nicht überlebt hat."

Fast neun Jahre später wurde diese Eintragung erweitert:

"Mit rechtskr. Beschl. des LG Wien vom 23. 4. 1957 Zl. 48 T 3491/47-12 wird als Todestag des Dr. Fritz Löhner der 4. Dez. 1942 festgestellt."

Bezüglich seiner Ehefrau Helene Löhner und ihrer beider Töchter findet sich auf dem dortigen Meldezettel nur der zynische Vermerk:

"Fortgezogen am 31. 8. 1942 nach Minsk" (zitiert nach [2]).

Im dortigen *Maly Trostinjez* hatte die SS schon 1943 wohlweislich damit begonnen, alle Spuren ihrer Massenmorde tunlichst zu beseitigen und sowjetische Kriegsgefangene dazu gezwungen, alle Massengräber zu öffnen und deren halbverweste Leichen auf Rosten aus Eisenbahnschienen zu verbrennen: vielleicht ja auch Ehefrau und Töchter von Fritz Löhner-Beda.

Einzig Bruno Löhner, Sohn aus der ersten Ehe seines Vaters, war schon in den dreißiger Jahren beizeiten in die *USA* entronnen und hat dort überlebt.

Zum Ableben des Familiënvaters Fritz Löhner-Beda kann aus den diversen Überlieferungen eindeutig gefolgert werden, daß er auf Veranlassung von Direktoren der *I.G. Farben* mit Todesfolge zusammengeschlagen wurde.

Dieser Mord wurde nicht von ideologisch, sondern von kommerziéll verblendeten Fanatikern angeregt: von enthemmten Profiteuren oder kriminell verwahrlosten Kapitalisten.

Einer aus deren hohem Quintett der Bosse als Mörder oder Hehler war jener Dr. Otto Ambros, der nach seiner Rückkehr vom inspizierten *Lager Buna-Auschwitz* nach Ludwigshafen seinem Komplizen oder Spießgesellen Dr. Fritz ter Meer in *Frankfurt am Main* sogar schriftlich bestätigte:

"Außerdem wirkt sich unsere neue Freundschaft mit der SS sehr segensreich aus. Anläßlich eines Abendessens, das uns die Leitung des Konzentrationslagers gab, haben wir weiterhin Maßnahmen festgelegt, welche die Einschaltung des wirklich hervorragenden Betriebes des KZ-Lagers zugunsten der Buna-Werke betreffen" (zitiert nach [18]).

So erschreckende Sätze legitimieren Raul Hilbergs entsetzliche Erkenntnis: *"Die I.G. Farben war kein bloßes Unternehmen; sie war [...] ein*

H a u p t f a k t o r   d e r   V e r n i c h t u n g s m a s c h i n e" [39] .

Daher wurde ihr 1947/48 der Prozeß gemacht: auch wegen *"planmäßigen Einsatzes von Zwangsarbeitern aus dem eigens für den Bau der Buna-Werke errichteten KZ Auschwitz III Monowitz"*. Dieses Verfahren eines *US*-amerikanischen Militärgerichts wurde von den

"Vereinigten Staaten vs. Carl Krauch et al."

geführt, war der sechste von insgesamt zwölf Nachfolgeprozessen gegen Verantwortliche des NS-*Deutschen Reichs* und klagte 23 Führungspersönlichkeiten der *I.G. Farben* an:

nicht zuletzt den Aufsichtsratsvorsitzenden Carl Krauch und die Doctores Otto Ambros, Heinrich Bütefisch, Walter Dürrfeld und jenen Fritz ter Meer, der ihre Menschenversuche zur chemikalischen Substanzprüfung vor Gericht so begründete:

"Den Häftlingen ist dadurch kein besonderes Leid zugefügt worden, da man sie ohnedies getötet hätte" (zitiert nach [47 u.a.]).

Dieses Quintett, das auch die Ermordung Fritz Löhner-Bedas schnöde und skrupellos ausgelöst hatte, wurde am 29./30. Juli 1948 (nach lebhafter Fürsprache aus Kreisen der Wirtschaft, Politik und Kirchen der jungen Bundesrepublik) zu Freiheitsstrafen zwischen sechs und acht Jahren verurteilt.

Von den vier amerikanischen Richtern gab zu diesem Urteil nur ein einzelner seine *"Abweichende Meinung"* *(„Dissenting Opinion")* zu Protokoll: Paul Macarius Hebert, Jurist der *Law School* an der *Louisiana State University* und zuvor (1939-1945) Vizegouverneur im Staat Ohio. Er zweifelte die Notstandsbehauptung der Angeklagten an und befand: *„Aus dem Verhandlungsprotokoll schließe ich, daß die I.G. [...] freiwillig am Sklavenarbeitsprogramm mitwirkte"* [56]. Hierin sah er *"eine Tatsache, die als Kriegsverbrechen und Verbrechen gegen die Menschlichkeit [...] anzusehen ist"*, und folgerte: *"Diese Angeklagten ließen sich in ihrer Mißachtung der grundlegenden Menschenrechte durch nichts hindern"* (zitiert nach [57]).

Er selbst jedoch konnte jenes milde Urteil seiner Kollegen nicht verhindern.

Alle fünf Delinquenten wurden überdies vorzeitig, spätestens 1951, nach einer Haftverbüßung von nicht einmal zweieinhalb Jahren, aus dem Gewahrsam entlassen und beruflich wieder voll integriert.

Dr. ter Meer befand: *"jetzt, da die Amerikaner mit Korea zu tun haben, sind sie viel freundlicher"* (zitiert nach [39]);

Dr. Ambros sagte einem Journalisten der *"San Francisco Chronicle"* auf die Frage, was er im Kriege getan habe: *"Das ist doch schon lange her. Es hatte mit Juden zu tun. Wir denken darüber nicht mehr nach"* (zitiert nach [18]).

Das traf nicht auf alle zu. Im fernen *New York* hatte *"Die kleine Bühne"* schon im November 1945, nur ein halbes Jahr also nach dem blutigen Finale des braunen Spuks, ein Gedenkveranstaltung zu Ehren Fritz Löhner-Bedas und Fritz Grünbaums im Programm: sie hieß *"Wer zuletzt lacht"*.

Nicht gerade lachend scheint sich auch schon 1945, *"unmittelbar nach Kriegsende"*, sogar Franz Lehár seines verleugneten Zulieferers inzwischen klassisch gewordener Liedertexte erinnert zu haben. In einem Radio-Interview für den *Rundfunksender Salzburg* weigerte sich der 75jährige zwar, auf entsprechend gezielte Fragen des Journalisten Andreas Reischek *junior* zu antworten, erzählte jedoch *"aus seinem bewegten Leben und spielte dazu [...] aus seinen Werken. Mitten in der Erzählung unterbrach er sich selbst und holte die vergessene Erwähnung der Librettisten nach, wobei sich der Fünfundsiebzigjährige [...] verhedderte und bei 'Dr. Beda' den Faden verlor. [...] Dann holte ihn die Erinnerung endgültig ein: 'Wenn ich aufgeregt war und dort und dort ein bißchen gepatzt habe, müssen Sie verzeihen, aber wissen Sie, wenn ein ganzes Menschenleben vor einem ist ... ' – und brach schluchzend ab"* [17].

Vielleicht hierauf schickte ihm Viktor Matejka, der zwei Konzentrationslager überlebt hatte und sich unverzüglich in Wien um den nicht nur politischen, sondern auch geistigen, moralischen und psychischen Wiederaufbau bemühte, noch im selben Befreiungsjahr 1945 per Adresse *Baur au Lac*, Zürichs Nobelhotel, wo Lehár inzwischen permanent residierte, eine Petition:

"Er solle von den in der Hitlerzeit einkassierten Millionen freiwillig einen Betrag spenden für Hinterbliebene von Kollegen, die wie Beda im KZ umgekommen waren" [24].

Auch Lehárs Reaktion ist in Matejkas *"Notizen eines Unorthodoxen"* nachzulesen:

"Lehár schickte mir zwanzig Photos mit faksimilierter Unterschrift, ich solle sie verkaufen und den Erlös verwenden für ... " [24].

Dennoch, behauptet sein Biograf Bernard Grun eher vage, *"bedrückte ihn der Gedanke, ob irgendjemand in der Nazi-Hierarchie ihm hätte helfen können, den Freund zu retten: den Freund, der als der beredteste Nazihasser verschrien war. Und wie und wann es möglich gewesen wäre! 'Fragen (erklärt ein Ohrenzeuge) voll endloser Gewissensnöte'"* [20]. (Den Namen dieses Zeugen verheimlicht Grun ebenso diskret wie die Quelle dieser Zeugenschaft.)

Doch in einem Brief vom 20. November 1946 wittert dieser dezente Biograf *"den Unterton folternder Selbstanklage"* in Lehárs Eingeständnis:

"Ich wurde quasi *beschuldigt, am Tod Bedas verantwortlich zu sein"* (zitiert nach [20]).

Das mag sich nicht zuletzt auf den lästigen Spendensammler Matejka beziehen, der noch 1984, fast vierzig Jahre später, den Satz publizierte:

"Löhner mußte sterben, weil Lehár ihn verdrängte" [24] .

Aber *"schon 1945 wurden in Wien wieder Lehár-Operetten mit Fritz Löhner-Bedas Libretti aufgeführt"*, referiert anonym "MN" im *www.wollheim memorial* zum Thema

>auschwitz/buna/monowitz>biografien von häftlingen des kz buna/monowitz>fritz löhner-beda (1883-1942),

"doch wie auch bei den Aufführungen während des Nationalsozialismus findet der Librettist in Programmheften häufig keinerlei Erwähnung, auch sein Tod nicht" [42] .

Aber als sich im erwachenden, wachsenden Wohlstand der diversen Nachkriegsgesellschaften international auch die Statistik der aufgeführten Lehár-Operetten wieder erholte oder neu zu erblühen und gar zu steigern anschickte, mag auch der Komponist bisweilen daran gedacht haben, daß jetzt Librettisten allmählich wieder erwähnt werden sollten: selbst wenn sie Juden waren.

Als am 5. September 1946 in einem Theater am *New Yorker Broadway* *"Das Land des Lächelns"* wieder auf einer *US*-amerikanischen Bühne erschien und Richard Tauber da sogar die ersten Vorstellungen inclusive Löhner-Bedas weltberühmter Texte auf Englisch sang (*"Yours is My Heart"*) und als da *"die Generalprobe unter dem deutschen Originaltitel für jüdische Emigranten zugunsten des* Hakoah Relief Funds, *mithin der Überlebenden des Holocaust stattfand"* [17] , da protestierte Lehár immerhin öffentlich:

"Meine Original-Librettisten Beda-Löhner und Ludwig Herzer wurden einfach totgeschwiegen, kamen auf dem Theaterzettel gar nicht vor" (zitiert nach [17]).

Theatermann Stefan Frey glossierte diese Empörung noch 1999 so:

"Lehár schien verdrängt zu haben, daß schon im Dritten Reich die Original-Librettisten nicht mehr auf dem Theaterzettel standen und im Fall Bedas nicht nur totgeschwiegen wurden" [17] .

Diese NS-Gewohnheit, den Fritz Löhner-Beda oder Beda-Löhner oder Fritz Löhner oder Beda oder Dr. Löhner als Autor von noch so populären und zeitüberdauernden Schlagern und Chansons oder weltberühmten Operetten-

liedern in Programmheften und *"booklets"* oder auf *"labels"* weiterhin
ebenso zu unterschlagen wie auch viele, viele seiner jüdischen Kollegen,
hält noch heute an. Das Verdikt wird gedankenlos (oder allzu gern) einfach
weitervererbt.

Zahllose seiner Texte sind inzwischen internationale *evergreens* oder
volkstümlich weithin vertrautes Liedgut. Doch der Name ihres Autors ist
sogar im heimatlichen Österreich und Deutschland mittlerweile unbekannt.
Da haben die Nazis ihr Ziel erreicht: *"ausgerottet"*! Insofern sind diese Mörder immer noch unter uns, ist der Schoß, aus dem das kroch, wirklich immer
noch fruchtbar. Als zum Beispiel

die sympathische Stadt Heidelberg

1996 ihr achthundertjähriges Bestehen feierte, veranstaltete sie eine historische Ausstellung unter dem Titel *"Ich hab' mein Herz an Heidelberg verloren"*. Der Journalist Otto Köhler hat damals recherchiert und in der Wochenzeitung *"DIE ZEIT"* referiert, daß weder die Ausstellungs- noch die Ju-
biläumsleitung noch auch das Stadtarchiv Heidelberg Herkunft oder Autor
dieses titelgebenden Zitates kannten, das ja die Popularität eines Sprichwor-
tes hat, weltweit Besucherströme nach Heidelberg lockt und dort Postkarten,
Sammeltassen, T-shirts und sonstige Souvenirs ziert. Seit 1933 unterschlagen, hatte sich Autor Fritz Löhner-Beda, dem der dauerhaft boomende Hei-
delberg-Tourismus viel verdankt, nachhaltig in die Anonymität verflüchtigt.

Otto Köhler stellte damals gleichfalls fest, daß es in Heidelberg nicht nur
verlorene Herzen, sondern auch eine Straße gab, die nach einem ihrer prominenten Einwohner benannt war: nach Carl Bosch, dem Begründer der unseligen *I.G. Farben*. Immerhin in der *"ZEIT"* schlug Köhler vor, dieselbe
oder eine andere Straße nach Fritz Löhner-Beda zu benennen, diesem klassisch gewordenen Promotor einer höchst einträglichen Heidelberger Stadt-
werbung.

Auch vierzehn Jahre später, *anno Domini* 2010, gibt es in Heidelberg eine
solche Fritz-Löhner-Beda-Straße noch immer nicht, wohl aber immer noch
die *Carl-Bosch-Straße* [46].

In seiner Heimatstadt Wien jedoch gibt es im Stadtteil Meidling inzwischen eine *Fritz-Löhner-Beda-Gasse*.

Dafür hat *Frankfurt am Main* seit November 2008 das *Norbert Wollheim Memorial*. Es befindet sich im Park des sogenannten IG-Hochhauses, das früher Firmensitz der *I.G. Farben* war und heute die geistes- und kulturwissenschaftlichen Fachbereiche der Frankfurter *Goethe-Universität* beherbergt. In *"einem kleinen Pavillon am Rand des Geländes"* werden hier also seit Neuëstem *"historische Informationen und Dokumente zu den IG Farben, ihrem KZ Buna/Monowitz und zur NS-Zwangsarbeit"* präsentiert. Im Zentrum stehen *"Zeugnisse der Überlebenden von Buna/Monowitz"*[42] .

Einer von ihnen war

Norbert Wollheim (1913-1998)

aus Berlin, von den Nazis als Jude 1933 an seinem Jurastudium behindert, als Geschäftsführer des *Bundes deutsch-jüdischer Jugend* an der Organisation von Kindertransporten der *Jüdischen Gemeinde* nach Großbritanniën und Schweden, auch an Umschulung von Juden beteiligt, die aus ihren Berufen vertrieben wurden;

noch im März 1943 wurde auch er mit ganzer Familië verhaftet und nach Auschwitz deportiert, wo er im Lager Buna als Zwangsarbeiter den Tod von Frau und Kind überlebte;

nach 1945 half er, in Deutschland wieder jüdisches Leben aufzubauen, und war Funktionär in jüdischen Organisationen.

1950 verklagte er persönlich die *I.G. Farben* auf Schadenersatz, Schmerzensgeld und Arbeitslohn. Das Landgericht *Frankfurt am Main* verurteilte die *I.G. Farben* nach dreijährigem Verfahren zur Zahlung eines Schmerzensgeldes von 10.000 DM. In Zweiter Instanz vor dem Oberlandesgericht *Frankfurt am Main* wurde die Beklagte durch einen globalen Vergleich veranlaßt, 30 Millionen DM an mehrere tausend ehemalige Zwangsarbeiter der *I.G. Farben* zu zahlen.

1951 wanderte Wollheim in die USA aus, wurde dort Wirtschaftsprüfer und arbeitete ehrenamtlich für das *US Holocaust Council* und andere Organisationen von Überlebenden aus NS-deutschen Konzentrationslagern.

Seine erfolgreiche Musterklage gegen die *I.G. Farben* wurde zum Präzedenzfall, der in den Folgejahren, als *"eine staatliche Anerkennung und Entschädigung für NS-Zwangsarbeit auf unabsehbare Zeit verschoben schien"*[42], für fast fünfzehntausend Betroffene *"in aller Welt"* zumindest Einmalzahlungen ermöglichte. Wollheim hatte mit seinem Prozeß auch für die internationale *Jewish Claims Conference* in *New York* die Tore geöffnet.

Was er gleichwohl nicht verhindern konnte, war die rasche berufliche und gesellschaftliche Rehabilitation all der schuldig gesprochenen Direktoren der *I.G. Farben*. 1951 vorzeitig amnestiert, war auch jenes erlauchte Inspektoren-Quintett, das Löhner-Bedas Ermordung veranlaßt hatte, allzubald wiederum in Ämtern und Würden oder an der Spitze des deutschen Wirtschaftslebens und entsprechend einträglicher Gehaltslisten:

Carl Krauch wurde Mitglied des Aufsichtsrates bei der *IG Chemische Werke Hüls* in Marl und starb 1968 in Brühl: im Alter von achtzig Jahren;

Fritz ter Meer wurde schon 1950 *"wegen guter Führung"* aus der Haft entlassen und noch vor der Aufhebung jener alliierten Sperrklausel für Kriegsverbrecher zum Aufsichtsratsvorsitzenden der Firma *Bayer A.G.*, dann auch zum Aufsichtsratsmitglied unter anderen der *Theodor Goldschmidt A.G.* (vormals *Degussa*, heute *Evonik*), der *Commerzbank A.G.*, des *Bankvereins Westdeutschland A.G.*, der *VIAG* und der *Waggonfabrik Uerdingen* erkoren. Als Schwiegervater des CDU-Schatzmeisters Walther Leisler Kiep starb er 1967 in Leverkusen: im gesegneten Alter von 83 Jahren. Eine Studienstiftung, mit der die Firma *Bayer* Stipendiën für Chemiestudenten finanziert, heißt inzwischen *Fritz-ter-Meer-Stiftung*. Wozu er sonst noch angestiftet haben mag, verschweigt sie;

Walter Dürrfeld wurde 1955 in den Vorstand der *Scholven-Chemie A.G.* in Gelsenkirchen-Buer, auch in die Aufsichtsräte von *Phenolchemie* in Gladbeck und *Friesecke & Hoepfner* in Erlangen gewählt. Er starb 1967 in Kettwig an der Ruhr: 67-, nicht 59jährig;

Otto Ambros, seit 1952 wieder auf freiem Fuße, übernahm hiernach Aufsichtsratsposten bei den Firmen *Hibernia, Süddeutsche Kalkstickstoffwerke,*

Grünzweig und Hartmann, Knoll (Tochter von *BASF*), *Chemie Grünenthal*, *Pintsch Bamag, Feldmühle* und *Telefunken*. Schließlich war er auch wieder Direktor bei sechs deutschen Unternehmen und Berater bei *Distillers Ltd. of England*, der französischen Firma *Pechiney*, bei der *US*-amerikanischen Firma *W.R.Grace and Company* und bei *Dow Europe* in der Schweiz. Außerdem war er auch persönlicher Berater Konrad Adenauers und Friedrich Flicks. Er starb 1990 in Mannheim: im gesegneten Alter von 89 Jahren;

Heinrich Bütefisch schließlich erhielt nach vorzeitiger Haftentlassung Aufsichtsratsposten bei der *Deutschen Gasolin A.G.* in Berlin, bei den Firmen *Feldmühle* in Düsseldorf und *Ruhrchemie* (im Besitz von *Hoechst* und *Mannesmann*) in Oberhausen, dann die Direktorenämter beim *Technischen Sachverständigenausschuß* und bei der *Internationalen Tagung der Stickstoffindustrie*. 1964 durch den Bundespräsidenten Heinrich Lübke mit dem *Großen Verdienstkreuz der Bundesrepublik Deutschland* ausgezeichnet, gab er es nach energischen öffentlichen Protesten zurück, um einer immerhin bevorstehenden offiziellen Aberkennung durch Lübke zuvorzukommen. Er starb 1969 in Essen: im gesegneten Alter von 75 Jahren.

Aber 1948 wurde Helene Löhners Schwester, der eine Emigration in die *USA* noch rechtzeitig gelungen war, der Entscheid einer zuständigen Rückstellungskommission im Falle der Villa *"Felicitas"* in *Bad Ischl* zugeleitet. Er hatte diesen Wortlaut:

"Auf Grund der vorliegenden Unterlagen [...] hat die Rückstellungskommission angenommen, daß die Eigentümerin der in Anspruch genommenen Liegenschaft als Jüdin der Nürnberger Gesetze politischer Verfolgung im Sinne des §2, A. III RG unterworfen war. Bereits im Kaufvertrag mußte Helene Löhner die Erklärung abgeben, Jüdin zu sein. Aus der Todeserklärungserkenntnis des Landgerichtes für Zivilrechtssachen vom 17. September 1948 geht hervor, daß die Eigentümerin Helene Löhner [...] verschleppt wurde und seither vor ihr jede Nachricht fehlt" (zitiert nach [37]).

Damit war ihre Schwester in den *USA* nunmehr Eigentümerin jener Immobilië einer Kaiserliebschaft in *Bad Ischl*.

Bleibt nur die Bitte an Plácido Domingo, Rolando Villazón und jeden künftigen Tenor, der sich umjubeln läßt, nachdem er *"Dein ist mein ganzes Herz"* gesungen hat:

möge er mitten in den internationalen Ovationen oder schon zuvor beim Singen seiner hinreißenden Spitzentöne ein paar Sekunden lang daran denken, wie der Erfinder dieser Worte im *Lager Buna* der *I.G. Farben* zusammengeschlagen wurde oder wie die Frau, der dieses Lied zugeeignet wurde, am heimtückisch umgeleiteten Kohlenmonoxyd eines Gaswagens in *Maly Trostinjez* erstickte;

dann, nach nur wenigen Sekunden, wieder *"Bravo!"*, *"Bravissimo!"*, *"Bis!"* und *"Dacapo!"*. Unweigerlich gilt es dann aber immer auch jenen beiden Mordopfern mit.

Ihnen gilt nicht zuletzt auch jenes wiederholt zitierte Buch von

Viktor E. Frankl (1905-1997),

namhaftem österreichischem Neurologen, Psychiater und Begründer der Logotherapie;

bis 1937 im Wiener Psychiatrischen Krankenhaus Oberarzt für suïzidgefährdete Frauën, durfte er nach dem NS-Anschluß keine "arischen" Patiënten mehr behandeln, sondern die Neurologie nur noch in jenem "Rothschild-Spital" für exklusiv jüdische Kranke leiten, von denen er viele vor dem NS-Euthanasie-Programm bewahrte;

37jährig wurde er mit seiner Frau, mit Eltern und Bruder verhaftet, die alle in Konzentrationslagern ermordet wurden. Er selbst überlebte als Erdarbeiter und beim Bahnbau als Streckenarbeiter die KZs in Theresiënstadt, Auschwitz und Kaufering IV (Dachau-Türkheim).

Nach der Befreiung setzte er seine medizinische Karriëre glänzend fort, wurde in Wien habilitiert, absolvierte Gastprofessuren an den *US*-amerikanischen Universitäten Harvard, Stanford, Dallas, Pittsburgh und im kalifornischen *San Diego*, Gastvorträge an 173 Hochschulen aller Kontinente, wurde weltweit mit 29 Ehrendoktoraten ausgezeichnet und als Autor von 32 Publikationen in zwanzig Sprachen übersetzt. 1976 wurde er Ehrenbürger im texanischen Austin und sein Lebenswerk im Saale der Wiener Hofburg mit dem *Donauland-Preis* ausgezeichnet.

Seine KZ-Erlebnisse hat Frankl schon 1946 in einem Buch festgehalten, das mehr als fünfzig Auflagen erlebte, mehrfach zum *"Buch des Jahres"* erkoren, *"in fast alle denkbaren Sprachen"* übersetzt wurde und mit einem Vorwort von Hans Weigel erschienen ist; sein erster Titel wurde später zum Untertitel: *"Ein Psychologe erlebt das Konzentrationslager"*.

Denn zum Haupttitel wurde schließlich ein Zitat aus jenem *"Buchenwaldliede"* von Fritz Löhner-Beda:

" ... trotzdem Ja zum Leben sagen".

"Dieses Buchenwald-Lied erklingt heute in aller Welt" (Stefan Heymann in [51]).

(Quellen und Anmerkungen zu diesem Kapitel auf Seite 633 ff.)

"Jedem das Wort, das ihm sang,
als die Meute ihn hinterrücks anfiel –
Jedem das Wort, das ihm sang und erstarrte."

Paul Celan, 33: *"ARGUMENTUM E SILENTIO"*, 1953/54

"Lieder der Verfolgten und Deputierten [...] erklangen überall,
in Gefängnissen, Zuchthäusern und Ghettos ebenso
wie in den Konzentrationslagern.
Die Geschichte dieser Orte ist deshalb auch
eine Geschichte von Liedern,
die Menschen hier in Situationen der Erniedrigung,
geschrieben und gesungen haben."

Andreas Jordan, 46: *"Die Verfolgung / Musik im KZ – Lagerlieder"*, 2008:
http://www.gelsenzentrum.de/gelsenkirchen_verfolgung.htm

"Laßt euch die fackel halten"

Stefan George, 39: *"Der Siebente Ring"*, 1907

"Du darfst es nicht als ein einfaches Trosteswort auffassen,
wenn ich Dir sage, daß ein Dichter
wohl nirgends wahrer und schöner lebt
als in den Herzen derer,
die ihm nach seinem Tode Treue bewahren."

Paul Celan, 30: Brief vom 10. März 1950 aus Paris an Claire Goll in Metz

NORBERT VON HELLINGRATH

Die beiden Prinzessinnen Cantacuzène waren Schwestern, stammten aus Rumänien oder Griechenland, verheirateten sich beide in München und bezeichneten dort ihren angestammten Adelstitel gern als kaiserlich byzantinisch.

Wohl wirklich war die Familië der Kantakuzenos *"ohne Zweifel das bedeutendste aller großen Häuser des christlichen Orients"*[44] seit dem Mittelalter. Schon vor, neben oder nach Ioannes Kantakouzenos – bis 1186 *"Caesar"* oder Mitregent und designierter Thronfolger in Konstantinopel – waren dessen Vorfahren, Brüder oder Nachkommen allesamt meist Generäle, Gouverneure, Großgrundbesitzer oder *"Sebastokratoren"*: kaiserliche Verwandtschaft.

Byzantinische Kaiser aus dieser Sippe waren dann eindeutig jedenfalls 1199 Michael Kantakouzenos, dann von 1347 bis 1354 Johannes VI. Kantakouzenos und von 1353 bis 1357 dessen Sohn Matthaios Asanes Kantakouzenos, ein belesener Autor von Bibelkommentaren und von 1380 bis 1383 noch als Nachfolger seines Bruders Manuel Kantakouzenos byzantinischer Despot der Peloponnes (damals noch Morea) mit der Residenz in Sparta, später Mistra.

Auch im türkischen Islambol (→ İstanbul) nach 1453 blieben die Kantakuzenos, sofern sie nicht nach Serbiën oder Italiën geflohen waren, einflußreiche *"Fanarioten"* und loyale Oberschicht im Dienste osmanischer Sultanate.

Viele von ihnen bezogen sich auf byzantinisch kaiserliche Ahnen, sei es zumindest mütterlicherseits. Doch am exponiertesten war vermutlich jener spätere

Michael Kantakuzenos (~ 1525-1576/8),

der als Pächter von Salinen, Zollverwaltung und Fischereiën des *Osmanischen Reiches*, als Großimporteur von russischem Pelzwerk, als Besitzer von sechzig Galeeren, die er zu einem Viertel seinem Sultan schenkte, wie auch eines Palastes im assyrisch-kilikischen Anchiale

so einflußreich wurde, daß das türkische Volk ihn *"şeytan oğlu"* (=
Sohn des Teufels) nannte, aber Sultan Murad III. ihn restaurativ byzantinischer, also anti-osmanischer Konspiration verdächtigte und
hinrichten ließ: ob ebenso *"mit der Bogensehne"* wie auch seine fünf
eigenen rivalisierenden Brüder, steht dahin.

Bald hiernach wanderten Teile dieser gebrandmarkten Sippe in die (später
rumänischen) Donaufürstentümer und nach Rußland aus. Seither gab es die
moldawische, walachische und russisch-bayerische Linië dieser Fürsten
Kantakuzenos oder Cantacuzino oder Cantacuzino-Pascanu oder Catacasi
oder Cantacuzène.

Jeweils in ihrer alten oder neuën Diaspora wurden die Söhne dieses immer
weiter verzweigten Stammes vielfach in exponierte Positionen berufen oder
heirateten Töchter hoch- und höchstgestellter Persönlichkeiten. So also findet man heute in der byzantinischen und moldawisch-walachischen Ahnen-
tafel der Cantacuzino-Pascanus so manchen Großhetman, Großlogotheten,
Großpostelnic, Großwormic, Großen Drogman der *Hohen Pforte*, Großwi-
stiar, Großspatar, auch *paharnic, clucer, stolnic, sluger*, also Kanzler, In-
nen-, Außen- und Finanzminister, Großsiegelbewahrer, Stabchef, Zeremo-
niënmeister, Senatspräsidenten, Kammerpräsidenten, Festungskommandan-
ten, Senator, Marschall oder Offizier,

aber auch *Regierende Fürsten* der Moldau, einen Kaiser von Trapezunt, König von Armeniën, Herzog von Thessaliën, Baron des *Heiligen Römischen
Reiches*, auch Sultane, Despoten und Prinzen.

Manche von ihnen, noch so hoch aufgestiegen, stürzten auch wieder: so der
angeheiratete

Gregor Callimaki,

Schwiegervater des Fürsten Matei Cantacuzino, Wirklichen Geheim-
rats beim Zaren Alexander II., und Regierender Fürst Moldawiëns,
der 1769 auf Befehl eines Sultans enthauptet wurde.

In der russischen Linië, deren importierter Fürstentitel zaristisch anerkannt wurde, gab es zumindest einen Kaiserlichen Geheimrat, einen Außenminister, Generäle, Offiziere, Diplomaten und Großgrundbesitzer, ferner je einen spanischen Diplomaten, einen bessarabischen Adelsmarschall, französischen Admiral, griechischen General (im Freiheitskriege des 19. Jahrhunderts gegen die Türken) und einen hohen Beamten im legendären Czernowitz mit bukowinischen Latifundiën.

Aber auch Mönche gab es in diesen diversen Verzweigungen, auch einen Universitätsprofessor, einen Schriftsteller, einen französischen Maler, eine russische Tänzerin.

Etwa um die Mitte des 19. Jahrhunderts verschlug es die Sippe auch vollends westwärts, und ihre Kinder wurden schon zum Beispiel in Wien, auf Schloß Straß bei Passau, gar in Leipzig oder Kassel, immer häufiger freilich in München geboren. Viele lebten dann auch hier und vermengten sich ehelich mit deutschen Aristokraten zum Beispiel der Familiën von Manteuffel, Kotzebue, Koskull, Schönborn oder *Hohenthal und Bergen*.

Dimitrij Fürst von Cantacuzène, noch 1817 in der Ukraïne geboren, aber Flügeladjutant des griechischen Königs, rumänischer Senator und moldawischer Großgrundbesitzer, hatte in Athen 1835, selbst achtzehnjährig, die Gräfin Sophie von Armansperg-Egg, Tochter eines königlich-bayerischen Staatsministers und Erzkanzlers, geheiratet und starb 1877 erst sechzigjährig im oberbayrischen Schloß Guttenburg.

Sein Sohn Theodor Fürst von Cantacuzène, 1841 im mütterlich niederbayrischen Schloß Egg bei Deggendorf geboren, wurde bayerischer Ulanenoffizier und heiratete in Prag 1864, selbst 23jährig, die 22jährige Gräfin Caroline Deym von Střítež aus böhmischem Adel.

Von deren drei Töchtern nunmehr also lebten und heirateten jedenfalls zwei in München:

Elsa (1865-1947), klein und graziös, verlor dort 1898 jenen wohlklingend angestammten Familiënnamen einer Prinzessin von Cantacuzène an Hugo Bruckmann, Erben und Direktor des erfolgreichen *Bruckmann Verlages für Kunst und Wissenschaft* in der *Nymphenburger Straße*, und eroberte hierfür den bajuwarisch schicken Doppelnamen Bruckmann-Cantacuzène wie auch sehr viel Reichtum und Einfluß. Das mochte sie, die *"bekannte Größen und schöne Frauen um sich haben wollte und begabte Jugend dazu"* [46], für all die entstellenden "Pocken"- oder Aknenarben im Gesicht ebenso entschädigen wie auch ihre umtriebige Geselligkeit als Zentrum nunmehr literarischer, aristokratischer und politischer Prominenzen. Zu den Protégés ihrer *"fürstlichen Kaufmannsresidenz"* [45)] im ehemaligen *Prinz-Georg-Palais* (und heutigen Sitz des *"Sparkassenverbandes Bayern"*) am Karolinenplatz gehörte immerhin seit 1910 auch Rainer Maria Rilke.

Ihre jüngere Schwester, Prinzessin Marie von Cantacuzène (1866-1954), heiratete wenigstens nicht bürgerlich, sondern etwa 21jährig in eine rheinisch-bayrische Generalsfamilie. Ihr auserkorener oder erhörter Maximilian von Hellingrath (1864-1948) dürfte damals Sekondeleutnant und etwa 23 Jahre alt gewesen sein. Später brachte er es noch bis zum Generalmajor, Kommandeur des 10. Feldartillerieregiments zu Nürnberg und *Königlich Bayrischen Kämmerer*.

Aus dieser Ehe ging am 21. März 1888 ein erstes Kind hervor: Friedrich Norbert Theodor, offiziëll später Norbert von Hellingrath.

Er erwies sich schon früh als *"eine in sich gekehrte Natur, die sich nur schwer in Beziehung zu andern fand"*, berichtet Ludwig von Pigenot, sein Biograf [1)] und Vollender.

Aber seine fürstliche Tante Elsa in ihrem verlegerischen *Prinz-Georg-Palais* hatte ihren bürgerlichen Ehe-Bruckmann schon vorehelich auf diesen siebenjährigen Neffen hingewiesen: *"An dem Buben hätt'st Du auch Deine Freud. So geht er lebhaft und voll Wißbegierde und Fantasie auf Alles ein"* (zitiert nach [45)]).

Dessen Schwester Elisabeth, drei Jahre jünger und *"Seelchen"* genannt, hat später über *"gemeinsame Spiele"* mit Bruder Norbert berichtet, *"in denen er immer der Held war, der tapfer für seine Sache fiel"* (zitiert nach [49)]).

Schon vom zwölf- und vierzehnjährigen Schüler des *Humanistischen Gymnasiums* in der väterlichen Garnison Erlangen, dann des *Königlichen Theresien-Gymnasiums* in München sind noch erste poëtische Texte erhalten, der Sechzehnjährige versuchte sich an einer griechisch-christlich-germanischen Trilogie namens *"Götterdämmerung"*, und der Siebzehnjährige schrieb 1905 Passagen wie diese in seinen Dialog *"Der König und die Seherin"*:

*"Winddurchwehte Harfe kling' ich
Und es weht die Welt durch mich.
Meine Lust mein Leiden sing' ich,
Doch es weht die Welt durch mich.
Und so gibt mein leises Singen
Kunde von den letzten Dingen
Denn es weht die Welt durch mich ... "* (zitiert nach [1]).

Aber siebzehnjährig notierte er sich auch im Tagebuch:

"Die harte ungefüge Sprache verlangt Gestaltung, eine Riesenarbeit von Gestaltung, von Zucht und Selbstzucht. Wohlan – Wohlauf!" (am 15. November 1905, zitiert nach [1]).

Sein Gymnasialdirektor Prof. Dr. Max Hergt, dessen Sohn Hermann wohl Norberts bester Freund war, förderte diese literarischen Impulse des Gymnasiasten in einem Maße, daß heute noch zwei Märchen, eine Erzählung, ein Romanfragment, mehrere Dramen und viele Gedichte aus dieser Zeit überliefert sind.

Achtzehnjährig bestand er das *"Gymnasial-Absolutorium"* seines Abiturs und setzte sehr zur Unlust seines Vaters, der, inzwischen *"pensioniert und verbittert"*, nur *"wenig Verbindung mit dem anscheinend unsoldatischen Sohn"* [2] hatte, fort, was er selbst die *"Komödie der Berufswahl"* nannte: denn für den Nachkommen einer Offiziersfamilië gab es *normaliter* nur die Entscheidung zwischen Infanterie und Artillerie.

Aber "umso größer war der Einfluß der Mutter" [2].

Im Wintersemester 1906/07 begann dieser Norbert, den die Familië meist *Norbs* oder *Knurr* nannte, an der *Ludwig-Maximilians-Universität* mit dem Studium der Philosophie, griechischer und deutscher Philologie, diese meist beim Nietzsche-Forscher Otto Crusius, aber auch von Naturwissenschaft und Mathematik: nicht zuletzt bei Konrad Röntgen und Alfred Pringsheim, Schwiegervater da schon des *"Buddenbrooks"*-Autors Thomas Mann.

Doch schon im Sommer 1907, seinem zweiten Semester, wurde dieser junge Studiosus im Seminar des namhaften Germanisten Friedrich von der Leyen mit einem Referat betraut: *"Über Verlaine-Übersetzungen von Stefan George"*. Mit diesem seinem *"sehr gründlichen"* Text präsentierte er aber nur den

Übersetzer, noch keineswegs den Lyriker Stefan George, von dem er sich gleichzeitig mit dem angemessenen Mittel eines eigenen Gedichtes eher distanzierte:

"Wer knieen kann in deinem blassen Land",

attackierte er Georges Verehrerschar und deren Kult um ihren "Meister",

*"Der kniee betend mit gerungenen Händen
Vor dir, der du dem Gott von einstmals gleich"*.

Er seinerseits lehnte das im Sommer 1907 noch ab:

*"Wer das nicht kann, soll nur von ferne sehn [...]
Die fremde Welt in einem fremden Licht
Und sie bewundern und vorübergehn"* (zitiert nach [3]).

Freilich war Stefan George mit seinem obskuren Jünglingsflor in der illustren Gästeschar seiner Tante Elsa Bruckmann eher selten oder gar nicht anzutreffen. Wenn Norbert, längst *"zum geistigen Sohn"* dieser kinderlosen Mäzenatin geworden, die ihm *"die ganze Mütterlichkeit ihres leidenschaftlichen Herzens"*[47] zukommen ließ, mit dieser Schwester seiner Mutter spazierenging, wurden sie stattdessen von Hugo von Hofmannsthal, damals 35, und Rudolf Alexander Schröder, 31, begleitet. *"Sogar Stefan George hat sie gern"*, hoffte nur Hanna, verehelichte Wolfskehl: ohne sich da freilich auf Nominativ und Akkusativ verbindlich festzulegen.

"Nobs" jedoch korrespondierte bald mit Rilke und Stefan Zweig, aber nicht mit Stefan George. Bei den Donnerstags-*Jours* in Tante Elsas *"geräumiger Bibliothek fanden sich Gruppen zusammen, die über Literatur und Tagesfragen diskutierten, im Großen Salon wurde musiziert"*[50]: aber *"auf geistigen Stelzen"*, kritisierten manche, *"es war nichts Natürliches dabei"*[46] , sondern glich *"einer schlecht geschmierten Maschine"*[48] .

Stud. phil. Hellingrath freundete sich freilich dort auch mit Ludwig Klages an, über dessen psychologische und grafologische Theorieën er für eine Fachzeitschrift schon referierte. Doch traf er da auch die Kulturphilosophen Rudolf Kassner und Houston Stewart Chamberlain, den Kunsthistoriker Heinrich Wölfflin.

Im Februar 1908 jedoch lernte der noch nicht ganz Zwanzigjährige dort
auch eben

Karl Wolfskehl (1869-1948)

kennen: jenen 39jährig vielseitigen Literaten, hessisch-zionistischen
Synkretisten und engsten Mitarbeiter Stefan Georges, Freund aber
auch des Professors von der Leyen, und mit eigenem *"Jour"* der zentrale *"Zeus von Schwabing"*. Hitler vertrieb ihn mit seiner Hanna
1933 quer durch Europa bis ins ferne Neuseeland, von wo sie nie
mehr wiederkehrten.

*"Norbert von Hellingrath war unter den hiesigen Freunden wohl mein
nächster"*, schrieb Wolfskehl noch am 12. Mai 1917 an seinen holländischen Kollegen Albert Verwey, *"ein vielfach ähnlich gerichtetes Arbeiten –
dichterisches und betrachtendes – , eine gemeinsame Ironie, ein gemeinsames Pathos und dann die unaussprechliche Affinität des Wesens, die doch
der wahre Grund aller Freundschaft ist, hatten uns verbunden"* [2].

So war es auch Wolfskehl, der den jungen Hellingrath Ende 1908 dazu stimulierte, Georges lyrischen Zyklus vom *"Siebenten Ring"* zu lesen. Der tat
das schließlich fieberhaft die ganze Silvesternacht auf 1909, um anschlies-
send *"im Purpurlicht der Zauberei"* alle eigene Lyrik nur noch selbst verbrennen zu wollen:

*"Mich Stückwerk will ich nun in Stücke schlagen
ich Flamme mich zu grauer Asche kehren
ich Sturm die Asche in die Winde streun"* (zitiert nach [1]).

Er erkannte den gereiften George *"als antiromantischen Geist, als religiösen Mittelpunkt einer gegen den Fortschrittswahn und den kulturellen Verfall des Jahrhunderts gerichteten 'geistigen Bewegung' "* (Ludwig von Pigenot in [1]).

Schon im Januar 1909 revidierte also Hellingrath auch seine Verse auf Stefan George und ergänzte sie um ein Gedicht *"George II"*, das ihn nun selbst
in die Schar der vormals kritisierten Anbeter eingemeindete:

*"Nun darf ich knieen in dem vollen licht
nun darf ich knieen: wie die fluten strömen"* (zitiert nach [1]).

Flugs hatte er von George auch schon die Kleinschreibung von Substantiven übernommen, um sie ausdrücklich dauërhaft beizubehalten.

Nach der begierig gewordenen Lektüre auch weiterer Lyrik dieses Poëten ließ er im Juli 1909 schließlich noch *"George III"* folgen und dort artikulieren, was ihm trotz aller George-Verehrung nun *"mein harter Dämon"* sage:

"Nirgend liegen bleiben auf dem Wege",

sondern den eigenen Weg verfolgen.

Von diesem eigenen Wege als einer *"großen wendung meiner politik"* berichtete er im September 1909 aus Schloß Lichtenau,

dem Elternhause seiner späteren Verlobten (damals erst vierzehnjährig) im Kärntner "Waldviertel",

seiner Tante Bruckmann und verglich George mit den Göttern ihres Salons:

"Hofmannsthal ist ein viel besserer dichter als er [...]. (So waren Schiller Brentano Eichendorff oder so wer bessere dichter als Hölderlin; [...]: aber aus George spricht der Gott, das pythische orakel der menschheit" [1] .

Da also war ihm schon zum Kriterium alles Poëtischen geworden: *"daß der Dichter vom Gott erfüllt ist und daß seine Stimme Göttliches kundtut, bei dieser Erkenntnis bleibt er stehen. Hölderlin ist für ihn der mit den Göttern geschwisterlich vertraute Prophet"* [60] .

Denn inzwischen hatte schon 1908 sein Professor von der Leyen, ja ebenfalls Wolfskehls Freund, den gerade Zwanzigjährigen mit einer neuen Seminararbeit beauftragt, die Norbert am 13. Juli 1909 vortrug: über Hölderlins Übersetzung des *"Oidípous týrannos"* von Sophoklẽs. Das war dann tatsächlich doch noch sehr viel schicksalhafter als die Begegnung mit Stefan George.

Bei dieser jetzigen Arbeit über Hölderlins Sophoklẽs-Übertragungen nämlich stieß er in der spärlichen und nicht allzu kompetenten Sekundärliteratur jener Zeit auf eine Fußnote von Carl C. T. Litzmann, dem Herausgeber von Hölderlins Briefwechsel:

"Auf der K. Bibliothek in Stuttgart befindet sich u. A. ein dickes Octavheft, mit den, in entgegengesetzter Richtung geschriebenen Übersetzungen einer Anzahl (15) Olympischer und Pythischer Oden Pindars" [4].

Diese aber, erfuhr er, *"seien nie zur Veröffentlichung gekommen"* (Norberts Mutter, zitiert nach [1]).

Litzmanns Marginalië also ließ ihn Ende Oktober 1908 nach Stuttgart reisen. Richtig stöberte er nach Überwindung bibliothekarischer Widerreden in den Verliesen der dortigen Landesbücherei die Handschrift einiger Hymnen des späten, des vermeintlich heillos wahnsinnigen Hölderlin und dessen Pindar-Übertragungen auf, die damals niemand kannte.

Hierzu muß man wissen, daß die gesamte Hölderlin-Rezeption seinerzeit noch recht lustlos und anämisch war. Die Germanistik hatte diesen großen Poëten *"mit schiefen Urteilen so unglücklich umstellt, daß es mehr peinlich als erfreuend war, von ihm zu sprechen. Sie hatte ihn"*, resümierte noch 1944 Hellingraths postumer Mitarbeiter Ludwig von Pigenot,

"nur als interessante Spielart des klassizistischen Epigonentums oder als Lückenbüßer eines klassisch-romantischen Zwischenreiches genommen. Ferner schien die Tatsache seiner geistigen Erkrankung von der Verpflichtung zu befreien, sich um sein Spätwerk philologisch überhaupt tiefer zu bemühen. Die großen Hymnen lagen großenteils im 'Staub der Bibliotheken' begraben, die gedruckten aber waren durch hundert sinnstörende Fehler verunstaltet und galten allgemein als die grotesken Erzeugnisse eines zerstörten Hirnes, die höchstens von der pathologischen Seite her einiges Interesse verdienten. Schon war es nahe, daß Hölderlin ganz und gar die Beute der Psychiater und Psychoanalytiker würde, die getrosten Mutes den Strich zwischen den relativ gesunden und den entschieden kranken Schichten des Werkes ziehen zu können vorgaben " (zitiert nach [1]).

Noch 23 Jahre hiernach, erst 1967, bestätigte auch der inzwischen verdienstvolle Hölderlin-Forscher Friedrich Beißner, daß es *"damals noch kein angemessenes Hölderlin-Verständnis"* gab, das *"das Bild des lange verkannten Dichters"* [5] hätte korrigieren können. Er zitierte auch den Philosophen Wilhelm Dilthey, immerhin Begründer jener geisteswissenschaftlichen Methode, die alle Literatur immer als Ergebnis von *"Erlebtem"* zu erschließen versuchte (um ihren Autor *"besser zu verstehen, als er sich selbst verstand"*),

und wiederholte, wie dieser junge Germanist (1833-1911) und gerade noch
Zeitgenosse des jungen Hellingrath schon 1867 Hölderlins Dichtung den
"Zaubergesang eines unendlichen formlosen Stimmungslebens" und dessen
Herkunft *"eine in verschwimmenden Stimmungen sich verlierende Gemüts-
verfassung"* nannte.

"So nahm der Leser", begriff da 1909 auch der 21jährige Hellingrath, *"das
Fremdartige der zum erstenmal in der kurzen und stockenden Geschichte
des deutschen Geistes so unverstellt sich vorwagenden Dichtersprache gerne für Spuren des Wahnsinns, da ja viel mehr der romantische Reiz der
Krankheit als die Kraft des Werkes Hölderlin Leser zuführte und diese Leser am Irrsinn sich erregen, nicht vom Werke wollten ergriffen werden"* [6].

Dieses Werk nun aber *"von einem Unverstandenen und Unbekannten, über
dessen Liebe nur und Wahnsinn da und dort freilich lüsterne Neugier tu-
schelte"*, hatte sein Autor Hölderlin unsystematisch, *"ungesammelt und un-
geordnet hinterlassen"*: eine Menge *"von Ungedrucktem in Handschriften,
die er [...] durcheinandergewühlt und durch unverständliche Zusätze vollends unentwirrbar gemacht hatte; verstümmelte Abschriften [...] gingen
hin und her unter den wenigen, die seine Bedeutung ahnten"* [6].

Umso alarmierter kehrte jetzt der junge Hellingrath mit seiner Stuttgarter
Leihgabe, die für alle Eingeweihten eine Sensation war, in die Klausur des
Handschriftenzimmers in der Münchner Staatsbibliothek zurück: *"wahrhaft
besessen vom 'Dämon Hölderlins' "* [14]. Seine Mutter: *"Norbert war selig"* [1].

Er hielt diese Arbeit sofort für *"die schönste, die ich mir denken kann"*,
schrieb er der Baronin Ehrenfels, seiner Schwiegermutter *in spe*: *"Ich habe
den handschriftlichen Nachlaß Hölderlins, den irgendein Geschick mir zu
großem Teil noch undurchgearbeitet aufhob, hierhergebracht und sitze, solange nur die Bibliothek geöffnet ist, über meinen Schätzen"*, auch über einem aufgespürten Dichter, *"dem unsre Sprache am heiligsten und vertraute-
sten und innigsten sich hingab, und von einer Reinheit und Innigkeit des
Wesens, vor der ich nur beten kann"* (am 23. Januar 1910, zitiert nach [1]).

Umso alarmierter aber auch informierte Freund Wolfskehl seinen *"Meister"*
George, der nur allzugut wußte und spürte, was ihn zutiefst mit diesem Hölderlin verband. Wie er auf Hellingraths *trouvaille* reagierte, wissen wir freilich nachweislich einzig aus einem Briefe von

Otto Peil (1885-1915),

der 1885 in Winzingen, einem seinerzeit autonomen Ortsteil des heutigen *Neustadt an der Weinstraße*, geboren wurde, aber als Sohn eines Eisenbahnbeamten häufig wechselnd die Gymnasiën in Speyër, Bingen und Mainz besuchte. In München, Berlin und Gießen studierte er *Klassische Philologie*, absolvierte 1910 und 1911 in Gießen seine Prüfungen und wurde nach dem Praktikum an einer Militärvorbereitungsschule in Kassel 1911 Gymnasiallehrer für antike Sprachen im pfälzischen Birkenfeld.

Diese Daten seines kleinstädtisch-bürgerlich ausgerichteten Lebens wurden von Liebhabereiën begleitet, die überwiegend musisch waren. Er sammelte preziose Bücher und Bilder, aber widmete sich vorrangig der damals jungen Kunst des Fotografierens. Auf Reisen nach Belgiën und England wie auf Wanderungen in den Mäandern des Altrheins und im Hunsrück fotografierte er Landschaften, mehr und mehr auch Blumen, speziëll Narzissen und Orchideeën in vielfachen Varianten, Ausschnitten und Beleuchtungen.

Aber seine geistigen und künstlerischen Interessen galten schon seit Studiënzeiten auch der Literatur, hier bevorzugt der Lyrik Stefan Georges, dessen Sympathie und Freundschaft der 24jährige schon 1909 persönlich zu gewinnen das Glück hatte.

Otto Peil war damals ungewöhnlich schlank, von peniblem Äußeren und schon von Weitem an seinem hüpfenden Gang, aber auch an seinen vorgezogenen Schultern zu erkennen. Vollends unüblich war in jenen eher preußischen Zeitläuften sein schon damals meist leger hochgeschlagener Mantelkragen.

Von seiner Korrespondenz in stets säuberlich gemalten Druckbuchstaben sind drei Briefe überliefert, in denen er nicht zuletzt über Besuche bei Stefan George berichtete. Besonders aufschlußreich ist da sein Brief vom 26. September 1910 an einen andern Freund:

"Am Rochusfest war ich in Bingen. Für den folgenden Mittwoch hatte ich die definitive Einladung zu Stefan George.

Dort war es dann so: Die einleitenden Erkundigungen und Mitteilungen gingen bald über in eine Unterhaltung über Pädagogik."

Die mag da dem Lehramtsaspiranten schon ebenso am Herzen gelegen haben wie dem Poëten mit seiner Jünglingsschar jede Variante von bildnerischer *paideía*. Doch *"beim Tee"*, fuhr stud. phil. Peil in diesem selben Briefe geheimniskrämerisch fort, *"wurden dann so viele Themata angeschlagen, auch auf halbem Weg liegengelassen, daß ich nur einiges hervorheben kann"*. Das meiste verschwieg er also.

Aber unter dem wenigen Hervorgehobenen kam dann *"auch die Rede auf den neuen Blätter-Band (Neunte Folge 1910)"*.

Damit war Georges periodische, aber unregelmäßige Publikation gemeint, die seit 1892 unter dem Titel *"Blätter für die Kunst"* erschien. Hierzu fand nun 1909 mit diesem Otto Peil ein Dialog statt, der in mancher einschlägigen Literatur seither zahllose Male zitiert oder nacherzählt wurde. An seiner hiesigen Quelle beginnt er mit Georges Mitteilung, daß er nach Erscheinen des letzten Bandes seiner Zeitschrift (Achte Folge 1909) gefragt worden sei, *"ob und wann ein neuer erscheinen solle"*. Seine Antwort sei da gewesen:

"Nicht eher, als die Götter vom Himmel selbst uns zu einem Beitrag verhelfen. Das sei nun geschehen. Einer der Freunde hätte nämlich die bisher verschollenen Pindarhymnen von Hölderlin entdeckt. Und die kamen nun in den Blättern zum Abdruck.

Er las mir eine vor und bemerkte dazu, das sei ja alles so wundervoll ... " (zitiert nach [7]).

Damit hatte er diesem jungen Otto Peil gegenüber jenen schicksalhaften Brückenschlag bezeichnet, der mit Norbert von Hellingraths Hilfe die Poësieën Pindars, Hölderlins und Stefan Georges als artverwandt entdeckte und über Jahrhunderte hinweg miteinander verband.

Hiernach wechselten die beiden pädagogischen Plauderer von Bingen abermals das Gesprächsthema ihrer Teestunde, und George beklagte den Zustand der gegenwärtigen Presse. Aber *"als ich mich gegen sieben Uhr verabschiedete, lud er mich für den anderen Morgen zum Spaziergang ein. Ehe wir (am andern Tag) gingen, zeigte er mir eini-*

ge fotografische Aufnahmen: Mitglieder des Kreises im Wolfskehl-schen Hause versammelt" (zitiert nach [7]).

Wirklich machte George um diese Zeit den jungen Magdeburger Bildhauer Ludwig Thormaehlen auch zum Leibfotografen seiner selbst und seines Kreises: so fasziniert war er von diesem neuën Dokumentations- und Ausdrucksmittel.

Nach entsprechender Fachsimpelei nun auch mit Otto Peil habe Stefan George dann diesem jungen Fotografen freigestellt, *"an einem beliebigen Tage der nächsten Woche unangemeldet zu kommen"* [7]: ein Beweis von großer Gunst und Wertschätzung.

Wie dieser Kontakt sich weiterhin entwickelt haben mag, ist aus Mangel an überlieferten Dokumenten unbekannt.

Anfang 1915 wurde Otto Peil zu den sogenannten *"Siebzigern"* nach Saarbrücken einberufen, trotz seiner zartbesaiteten Konstitution den gnadenlosen Strapazen einer militärischen Grundausbildung ausgeliefert und dann in die Schützengräben im nördlichen Rußland transportiert: an eine Front des *Ersten Weltkriegs* also. Bei einem Ausfall gegen den russischen Feind *"geriet Otto Peil in das Seitenfeuer eines Maschinengewehrs"*, wurde *"von vielen Kugeln durchbohrt"* und brach tot zusammen.

Das geschah im Sommer 1915.

Otto Peil war da höchstens 30 Jahre alt.

Er wurde an Ort und Stelle vergraben.

Aber in seinem pfälzischen Birkenfeld und der Ludwigshafener Tageszeitung *"Rheinpfalz"* war noch 1952 *"unter ehemaligen Kollegen und Schülern die Erinnerung an Otto Peil lebendig"*:

"Seiner inneren und äußeren Haltung nach galt Peil als Ästhet" [7].

Auf dessen Beitrag zur Kulturgeschichte wies noch 1967 Robert Boehringer in seinem Gedenkbuch zu Georges 100. Geburtstage hin [8].

Stefan George aber hatte sich damals jenen 21jährig fündigen Schatzgräber byzantinischer Herkunft gleich im November 1909 mehrmals im Hause Wolfskehl präsentieren lassen. Hellingraths Tagebuch vom 26. November 1909 fixiert in nominalem Stakkato und fast formelhaft beschwörend *"bei Wolfskehl Stefan George. Hölderlins Pindar"* (zitiert nach [3]).

"Gar manches Mal hat Wolfskehl dann beim nächsten Jour", bezeugt der Augenzeuge Edgar Salin, *"einen Gast am Arm genommen und ihn ins Nebenzimmer geführt, wo George ihn erwartete. So Hellingrath. Und die Zurückgebliebenen haben sich bedeutsam angeschaut oder leise miteinander geraunt, bis Wolfskehl zurückkehrte"* [2].

Da war in diesem Falle jene Brücke über die Jahrtausende hinweg geschlagen worden.

"Hellingrath war von mittlerer Größe", bezeugt Edgar Salin, damals Freund und Mitglied des George-Kreises, später 42 Jahre lang, von 1920 bis 1962, nicht irgendwer, sondern Professor für Nationalökonomie an der Universität Basel: *"Auf dem rundlichen Kopf saß über einer nicht hohen, doch edel durchgebildeten Stirn ein rötlich-blonder, widerborstiger Haarschopf"* [2].

"Norbert war doch niemals 'rötlich-blond'!",

protestierte noch 1949 die österreichische Schriftstellerin Imma von Bodmershof, mit der sich Hellingrath insgeheim schon im Januar 1913 in Nürnberg, offiziёll erst zwei ganze Jahre später, 1914 in München, verlobte, als sie noch die siebzehn- oder neunzehnjährige Emma Lilly Isolde und Tochter des Prager Philosophieprofessors Christian Freiherrn von Ehrenfels war:

"Norberts Blond war das sanfteste Blond, reifenden Roggenfeldern im Juni / nie im Juli! / vergleichbar. An den Schläfen und am Hinterkopf ins Aschfarbene gehend, war es über die Stirne von einem Goldhauch überweht – dem stärksten Kontrast zu den schwarzen Brauen und Wimpern" [2].

Diese Korrektur mit ihrem Hinweis auch noch auf eine *"Spannweite in Norberts Wesen"* bestätigte für Salin nur *"den eigentümlichen Zauber von Hellingraths Antlitz und Haar"* und ließ ihn unbestritten fortfahren:

"Der schön geschweifte Mund war nur in finsteren Stunden fest geschlossen, wie gepreßt; wenn Hellingrath heiter war und angeregt einem Ge-

*spräch folgte, war der Mund leicht geöffnet, so als liege die kluge, sarkasti-
sche Bemerkung ihm schon auf den Lippen, die er dann später mit anmuti-
gem Neigen des Kopfes vorbrachte. Die tiefliegenden, kleinen Augen konnten hart und scharf blicken; doch meist saß auch um die Augenwinkel ein
heiterer oder leicht moquanter Zug. Die Nase war klein und scharf, – auffallend groß die Nüstern, – sie trugen dazu bei, daß das ganze Gesicht leicht
den Ausdruck gespannten Witterns erhielt.*

*Hellingraths bevorzugtes Kleidungsstück war ein langer, grauer, herrlich
abgetragener Gehrock, der ihm das Aussehen eines Klausners gab und den
Körperbau verhüllte"* [2] .

Dennoch wurde er nach und nach in jenen Kreis aufgenommen, den George
nach dem Vorbild der platonischen Akademie, fast mehr noch nach den persönlich frequentierten Dienstagstreffen bei Mallarmé in Paris

a l s   a n d e r n   e l i t ä r e n   Z i r k e l

begründet hatte, wo musische, intellektuëlle und charakterliche, mentale
Qualitäten noch wichtiger waren als erotische Reize. Das mochte nicht immer fein säuberlich zu trennen sein.

In Hellingraths sprödem Falle mochte noch die sehr spezifische Sonderrolle
eines literarisch glückhaften Wünschelrutengängers zwischen den Göttern
der Poësie ihre attraktive Rolle spielen.

Also stellte Stefan George jenen wartenden *Neunten Band* seiner Zeitschrift
"Blätter für die Kunst" schon im Februar 1910 für den spektakulären Vorab-
druck zweiër Olympischer und fünf Pythischer Oden von Pindar (immerhin
um 500 vor Christos) und von dessen kongenialem Dolmetsch Hölderlin mit
einem kurzen Vorwort des Entdeckers Hellingrath zur Verfügung.

Noch im Herbst 1910 folgte im selben Verlage eine Buchausgabe mit sämtlichen übertragenen Oden und zwei zusätzlichen Fragmenten Pindars. Als
Redakteur fungierte da Georges schöner Freund Friedrich Gundolf, damals
29jährig und mit seiner germanistischen Habilitationsschrift über *"Shakespeare und den deutschen Geist"* beschäftigt. Ihm schickte Hellingrath
schon am *"9. dec. 9"* die Unterlagen und kommentierte die anfallenden Pro-

bleme einer Entschlüsselung der entdeckten Manuskripte in einer eigenen
Melange aus Hölderlin- und George-Kapricen:

*"Die orthographie Hölderlins habe ich gewahrt · offenbare schreibfehler
verbessert · die inconsequenzen aber stehen gelassen | Gabe – Gaabe
Kilikisch-Cilizisch ... [?] · zwischen ss und sz unterscheidet er nur manchmal ich liesz daher den unterschied ganz fallen · ff und f wechseln auch ·
das liesz ich stehen: in den stücken die ich schon in München hergab und
die nicht durchgesehen sind ist die Sache noch etwas bunter. Gefährlicher
ists dass man 'den' 'der' 'des' | und selbst auch 'die' | oft nicht voneinander
unterscheiden kann eben so die entsprechenden nominalendungen"* [3].

Aber Hellingrath betonte noch im selben Briefe, Hölderlin sei *"noch dunkler
als Pindar wie er ja auch dunkler ist als Sophokles"* [3].

Damit griff er schon voraus. Denn inzwischen hatte er sich längst entschieden, diesem kostbaren Fund auch mit seiner Dissertation ein Entree in der
gelehrten Welt zu verschaffen. Schon am 30. Juni 1910 reichte der 22jähri-
ge sie unter dem Titel

"Pindarübertragungen von Hölderlin. Prolegomena zu einer Erstausgabe"

bei der *"Ersten Sektion der Philosophischen Fakultät der Ludwig-Maximi-
lian-Universität zu München"* ein.

Aber die offenen Türen des George-Kreises hatten ihn nicht verführt. *"Für
die Herausgabe der Pindarübertragungen"*, räumte er im Nachwort dieser
Doktorarbeit ein, *"sind beträchtliche Schwierigkeiten zu überwinden"*. Prinzipiëll betonte er, *"daß es sich hier um ein Kunstwerk handelt, das lebendig
ist und dessen Leben der Zukunft angehört"* [9].

Wohlweislich hatte er daher schon gleich im Vorwort auf die vorliegenden
Veröffentlichungen in den esoterisch avantgardistischen *"Blättern für die
Kunst"* verwiesen und sich auch auf die Anregungen seines bestrenommier-
ten Doktorvaters Friedrich von der Leyen bezogen. Aber hellsichtig sicherte
er sich gegen allen wilhelminischen Zeitgeist auf eine Weise ab, die weder
unterwürfig noch bescheiden war und insofern damals als vorlaut empfunden werden mochte:

*"Subjektiver Grund der Veröffentlichung ist eine Wertschätzung, einmal von
Hölderlins Spätzeit überhaupt"*,

(die damals offiziёll ein Synonym für dessen vermeintliche Geisteskrankheit war),

"dann seines Pindar im besonderen. Ästhetische Werturteile nun, als Nacherlebnis bedürftig, sind praktisch unbeweisbar" (zitiert nach [1]).

Ein solcher Maulkorb schon *a priori* mußte die Herren Referenten dieser Doktorarbeit im Jahre 1910 ungemein provozieren.

Hellingrath wußte das natürlich und hielt die Arbeit selbst – noch in einem Briefe vom 18. Juni 1910 an Freund Hermann Hergt – für *"ganz übergeschnappt"*: *"Wenn sie angenommen wird ists ein Hunneneinbruch in die civilisirte literarhistorie"* (hier zitiert nach [45]). Schon in seinem Ersten Kapitel über den *"Kunstcharakter der Pindarübertragung"* erklärte er es daher zur einschüchternd *"Sokratischen Weisheit"*, willig *"einzusehen, wie dunkel die klassischen Texte sind"*. Da Hölderlins Zeitgenossen hierzu nicht imstande waren, hätten sie ihm seinerzeit vorgeworfen, er *"habe die drei Hauptfehler damaliger Übersetzer gemieden: Reflexionen über Inhaltliches in den Text zu verarbeiten, den Kunstcharakter der Vorlage zu mißachten, dafür aus eigenem Reichtum 'Poesie' ihr zu schenken"*.

Eben das mochte Hellingrath auch von seinen Korreferenten ebenso gewärtig sein wie die voraussehbare Unterschätzung dieses äußerst eigenwilligen Übersetzers:

"Ein gewöhnlicher Übersetzer nun nimmt seine Sprache als etwas Gegebenes, sie hat ihm ihren festen Wortschatz und ihre festen Gesetze". Nicht so Hölderlin. Denn *"jenen ganz Großen ist die Sprache etwas zu Schaffendes ihre Worte und ihre Gesetze unbegrenzt"* [9] .

(Schon wurden auch philologisch zwingende Kommata unterschlagen.)

"Man wird diese Sprache gewaltsam nennen, das ist aber Pindars Sprache auch, auch sie ohne jeden Zusammenhang mit täglicher Rede" [9] .

Hierzu eine noch empörendere Fußnote:

"Hölderlins Übertragung unterscheidet sich auch dadurch von allen andern, daß sie in unvergleichbar höherm Grade privat ist, d. h. ohne jede Bezugnahme auf ein Publikum. Ein Mann, der sich in Pindar vertieft, eingelebt, eingesponnen hat, versucht, nur um zur persönlichen Auseinanderset-

*zung mit dessen Kunstcharakter etwas Greifbareres zu haben als die tote
Sprache des Originals, eine Verdeutschung, die sein ganzes Vertrautsein
mit dem Urtext beim Leser voraussetzte, oder richtiger: das Gegenteil nicht
voraussetzt, und insbesondere nicht vermitteln, zumal nicht Inhaltliches,
vermitteln will"* [9] .

Das leitete schon über zur befürchteten Wahnsinnsdiagnose für diesen
Übersetzer und begegnete ihr im Zweiten Kapitel über *"Die Pindarübertragung im Gesamtschaffen Hölderlins"* gleich recht aggressiv.

*"Nun ist zwar die geistige Verfassung eines Dichters verhältnismäßig
gleichgültig. Ein Kunstwerk fordert absolute Betrachtung. In der Geschichte
der Kunst wird es danach gewertet, welche Erweiterung, Befestigung, Ver-
feinerung der Kunstmittel es brachte. Ob der Autor das aus einsichtiger
Überlegung erreichte oder aus Wahnsinn oder wider Willen aus Unge-
schick, das kommt erst für die Geschichte des Künstlers in Betracht. Dennoch wage ich nicht, diese Frage hier ganz unbeantwortet zu lassen, gerade
weil Meinung schroff der Meinung entgegensteht"* [9] .

Was gemeinhin und völlig unstrittig seit vielen Generationen als Hölderlins
Geisteskrankheit galt, deutete Hellingrath hier so:

*"... immer weiter entfernt er sich von den Menschen, immer unverständli-
cher wird er denen, die um ihn leben und versucht es oder vermag es nimmer, ihnen begreiflich sich zu machen"* [9] .

An dieser Stelle verweist eine weitere Fußnote auf einen Autor, den Hellingrath hier ungewöhnlich anpreist und auf dessen *"vortreffliche Arbeit, die
für jede Darstellung und Untersuchung von Hölderlins späterer Zeit den
Grund gelegt hat"* [9] .

Dieser Autor ist

Emil Petzold (1859-1932),

am 26. November 1859 in Wien geboren, aber im ukraïnischen Lwiw,
damals k. u. k. ostgalizischen Lemberg, aufgewachsen. Er war da
Schüler des österreichischen Gymnasiums, dann Student der *Deutschen Philologie* an der dortigen Universität und hörte nicht zuletzt

beim jungen August Sauer, später 34 Jahre lang prominentem Germanisten an der *Deutschen Universität* in Prag.

Petzold wurde Deutschlehrer am *k. u. k. Erzherzogin-Elisabeth-Obergymnasium* in Sambor, einer damals galizischen, heute ukraïnischen Kleinstadt am Dnjestr.

Dort schrieb er in seiner Freizeit eine Untersuchung über *"Hölderlins Brod und Wein. Ein exegetischer Versuch"* und publizierte sie zweiteilig 1896 und 1897 als *"Separatabdruck aus den Jahresberichten der Direction des k. k. Erzh. Elisabeth-Obergymnasiums zu Sambor für die Schuljahre 1895/6 und 1896/7"* mit den polnischen Titelblättern

"Sprawozdanie dyrekcyi c. k. gimnazyum Arcyksiężniczki Elżbiety w Samborze za rok szkolny 1896 ... ".

Sein Lehrer, August Sauer, mit frühen Anregungen sogar daran beteiligt, erwähnte und belobigte diese Arbeit in seiner Zeitschrift *"Euphorion"* schon 1898, aber als *"specimen eruditionis"* oder *"Bildungsprobe"* doch eher gönnerhaft von oben nach unten.

Erst Hellingrath machte ernsthaft auf diesen Forscher aufmerksam und versuchte mit einer Übersendung seiner eigenen Dissertation, Kontakt aufzunehmen. Petzold gestand in seinem Dankesbrief (vom 14. Mai 1912), diese Arbeit eher *"versteckt"* zu halten:

"Sie ist mir von Anfang an in ihrer vernachlässigten äußeren und inneren Form stets so unreputierlich vorgekommen und heute so überholt und reif zum Umguß, daß ich sie unaufgefordert niemand zukommen lasse" [10].

Wohl aus entsprechender Scheu ging er auch einer naheliegenden Münchner Begegnung mit Hellingrath lieber aus dem Wege.

Der aber sattelte da noch eins drauf und wies in seinem eigenen Kommentar zu *"Brod und Wein"* noch ausführlicher, auch *"nachdrücklich und mit Bewunderung"* auf dieses Buch aus Galiziën hin:

"Es hat in vorbildlicher Weise gezeigt, wie j e d e s der großen Gedichte Hölderlins interpretiert werden müßte, ist nicht bloß das ge-

*wichtigste Werk der ganzen Hölderlinliteratur, sondern eines der all-
zuwenigen klassischen Denkmäler deutscher Literaturwissenschaft
überhaupt; schade daß es in den Jahresberichten eines galizischen
Gymnasiums vergraben so schwer zugänglich ist"* [62].

Mittlerweile war Petzold seit 1898 wieder in Lemberg, unterrichtete
dort Schüler des Gymnasiums und der Staatlichen Gewerbeschule,
seit Sommer 1914 schließlich einige Semester lang mit einem Lehr-
auftrag auch die Studenten der dortigen Universität, auch in polnischer Literatur, und hatte zeitweilig Aussichten auf einen Lehrstuhl in
Warschau. Aber 1918 wurde Polen autark, und solche Pläne zerschlu-
gen sich für fremdsprachige Exoten.

Petzold blieb in Lwiw, das jetzt Lwów hieß, und mag an jenem zweiten wissenschaftlichen Projekt gearbeitet haben, das er schon 1912 erwähnte, weil es schon damals *"nicht recht vom Fleck"* wollte, sich mit
einer Erforschung des literarischen Stromsymbols befaßte, aber niemals fertig, auch unfertig nirgend veröffentlicht wurde.

Am 15. Juli 1932 starb Emil Petzold in Lwów.

Er war da 73 Jahre alt.

Seinen individuëll neubrandenburgischen Paul-Abraham-Weg mag
ihm knapp 35 Jahre, eine halbe Lebenszeit später kein Geringerer als
Friedrich Beißner bereitet haben. Dieser inzwischen prominente Hölderlin-Forscher der ersten Reihe und Herausgeber der achtbändigen
kritisch-historischen Stuttgarter Hölderlin-Ausgabe von 1946-1985
hat Petzolds Büchlein mit einem schmeichelhaften Nachwort versehen, es 1967 als "Neudruck" reprografiert und im Verlage der renommierten *Wissenschaftlichen Buchgesellschaft Darmstadt* jeder weiteren Forschung zugänglich gemacht, um *"das Bild des lange verkannten Dichters runder und richtiger"* erscheinen zu lassen.

Da überrascht es noch heute durch seine sachliche Konzentration auf
Wesentliches, durch Verzicht auf jedes zeitgemäß wilhelminische
Geschwafel, kakanisch Verkitschte oder militant Chauvinistische,
analysiert konkret, aber Inhalte und Formen, und enthält sich morali-
scher und ideologischer Kriteriën. Es könnte hundert Jahre später geschrieben sein, konnte aber wohl ebendeshalb hundert Jahre zuvor

noch nicht angemessen gewürdigt werden. Es vergilbte auf halber
Strecke zum Balkan in slawischen Schülerbüchereïen ...

Bei diesem unbeachtet gebliebenen Petzold also fand Hellingraths Dissertation sich in ihrer Kampfansage gegen die Vorurteile der herrschenden Hölderlin-Rezeption ganz überraschend bestätigt und bestärkt.

"Ich meine die Gewohnheit", schrieb Petzold gleich eingangs, *"das pathologische Moment bei der Betrachtung des Dichters stets in den Vordergrund zu schieben, es gleich als Erklärungsgrund herbeizuziehen, wenn das Verständnis seiner Gedichte auf Schwierigkeiten stößt, überhaupt seine dichterische Eigenart a priori mit seinem Schicksal in einen engen, fast selbstverständlichen Zusammenhang zu bringen.*

Ich bin nun der Meinung, daß Hölderlin, soll er anders nicht unwissenschaftlich ahnender und tappender Behandlung zum Opfer fallen, von der literaturgeschichtlichen Forschung als gesunder Mann und seine Producte höchstens als der Textkritik und der philologischen Exegese äußerst bedürftig angesehen werden müssen – bis in die Mitte 1802 [...] .

Aber auch von den Gedichten und sonstigen Leistungen der folgenden 3 Jahre, während welcher ja Hölderlins vertrautester Freund, Sinclair, hartnäckig an der Überzeugung festhielt, der Dichter sei geistig gesund [...] , wird bei fleißigem Forschen noch manches zu retten sein, zumal wenn man bedenkt, daß die Texte bekanntlich nicht selten durch Lese-, Druck- und sonstige Fehler entstellt auf uns gekommen sind, die zur Verwirrung viel beigetragen haben" [10] .

Hellingrath griff das auf und potenzierte es gar für seine Professoren. Zwar hätte er Hölderlins Geisteszustand mühelos aussparen, elegant übergehen können. Just das jedoch vermied er provokant: *"gerade weil Meinung schroff der Meinung entgegensteht"* [9] .

Was aber war dann die Meinung dieses 22jährigen? Er meinte, daß Hölderlin sich 28jährig ohne jede *"Absicht zur Veröffentlichung"* an diesem Pindar versuchte, der ihm fortan über 2300 Jahre hinweg auch für viele eigene Gedichte zum Vorbild wurde. Denn ihm war mittlerweile

"kein anderer Dichter so innig verwandt als dieser stets ernste, tief religiö-
se, priesterlich weihevolle, vom Bewußtsein seines hohen Berufes durch-
drungene Lyriker. Ihm hat Hölderlin die kühn verschlungene Gedankenfüh-
rung mit ihren überraschenden saltus dithyrambici abgelauscht, das Ver-
flechten des Persönlichen mit Allgemeinem, des Aktuellen mit dem Mytholo-
gischen, das Auslegen dunkler Sagen, ja manche poetische Wendung und
manchen stilistischen Kunstgriff" [9].

Auch viele übernommene Motive begünstigten diese *"Wiedergeburt Pinda-*
rischen Gesanges". Gemeinsam mit *"der hart gehaltenen Weisheit sopho-*
kleischer Chöre", die Hölderlin damals gleichfalls übertrug, entstand so jene *"Sinnesart, die man mit einem Wort aus seiner Spätzeit die h e i l i g -*
n ü c h t e r n e nennen könnte" [9]. In dieser

H i n g a b e   a n   H e i l i g n ü c h t e r n e s

freilich hatte Hölderlin *"die Bezüglichkeit auf das Publikum verloren"*. Mit
der *"fremdartigen Größe seiner Sprache"*, zu der ihn die Griechen ermutig-
ten, fand er sein elitäres

"Bewußtsein höherer Sendung nicht mehr ungewöhnlich, und je mehr er den
Zusammenhang mit der äußeren Welt aufgab, je mehr ihm diese an Realität
verlor gegen seine selbstgeschaffene Welt, umso weniger vermochte er zu
scheiden zwischen seinem Persönlichen und dem Göttlichen, dessen Träger
er war. Dies Prophetenbewußtsein mußte rückwirkend seine Trennung von
den Menschen und ihrem Verständnis weiter fördern, er fühlte sich der Hy-
bris schuldig und suchte diese Schuld auszugleichen durch gesteigerte De-
mut, er beteuert immer seine ehrfürchtige Unterordnung unter Religion, Fa-
milie, äußere Pflichten, seine warme Anteilnahme an den Verwandten und
den Menschen, die ihn umgeben, Dinge, wonach er auch wahrhaft und auf-
richtig rang" [9].

Aber besagtes Prophetenbewußtsein bezog er aus griechisch antikem Pantheïsmus und dem Glauben, nur der *"sei zur Rettung berufen"*, der *"das Hei-*
lige, Rettende, Jugendliche" des *"göttlichen Weltlaufs"*, sei es leidend *"in*
sich bewahre" und so zum *"Verkünder des nahen kommenden Heils"* werde.

Schon Petzold bestätigte und lieferte die Beobachtung zu, daß Hölderlin
*"für zweierlei Publicum zu dichten begann: für den engen Kreis der Wissen-
den und für das grosse deutsche Publicum, von dem er in dem Masse ge-
ringschätzend dachte, als er den Freundschaftscult, das Vertrauen in die
'wenigen Edlen' hochhielt. So trennte sich seine Poesie in eine exoterische
und eine esoterische. Letztere gewann je später, je mehr die Oberhand"* [10] .

Hellingrath begriff so, wie Hölderlin in seiner gern verdrängten Spätzeit
*"dem Verständnis der Mitlebenden entschwand, dem folgenden Jahrhundert
fremd blieb und wie Maße und Begriffe, die der durchschnittlichen deutschen Literatur entsprechen, nicht mehr anwendbar sind auf ihn"* [9] .

Das aber konnten akademische Potentaten wie der Literarhistoriker Franz
Muncker, der *"zeitlebens in Fragen der Dichtung ahnungslos gewesen"* [2]
war, just als Repräsentanten der geschmähten Durchschnittsliteratur so nicht
hinnehmen. Sie erwogen gar, diese ganze heilignüchterne Dissertation so
nicht hinzunehmen, sondern abzulehnen.

Vollends Hellingraths Eigenmächtigkeit, in einer abschließenden Fußnote
erst auf der letzten Seite dieser Doktorarbeit auch noch *"die rein paläogra-
phische oder typographische Frage der Mischung von majuskularen und
minuskularen Buchstaben"* aus ihrer üblichen Bindung an das Orthografi-
sche zu befreien, sollte im Nachhinein erklären, warum er sich hier zu einer
"Vermeidung unnützer Majuskeln" oder eben überwiegender Kleinschreibung entschlossen hatte, wie sie der Lehrkörper der *Ludwig-Maximilian-
Universität* 1910 allenfalls aus den suspekt avantgardistischen Gedichten
eines Stefan George kennen mochte.

"Ein Teil der Professoren", hat Mutter Marie von Hellingrath, in der Familië wohl mit gutem Grunde *"Burg"* genannt, beschützend festgehalten,
*"wollte das Thema über Hölderlins Pindar-Übertragungen überhaupt nicht
zulassen, da er sowohl den Dichter als seinen Interpreten gar nicht für ge-
nial, sondern für wahnsinnig hielt"* (zitiert nach [1]).

Wen aber nannte sie da *"sowohl den Dichter als seinen Interpreten"*: Pindar
und Hölderlin? Oder, viel aggressiver und gefährlicher: Hölderlin und Hellingrath? Den vermeintlichen Wahnsinn sah sie jedenfalls weiterverteilt.

Am 26. Juli 1910 teilte ihr Norbert dem Freunde Hermann Hergt den Termin seines Rigorosums mit: *"mein examen ist Mittwoch 10h [...] . Halte*

Mittwoch um 12h einen lorbeerkranz und einen leichenwagen bereit. ich möchte doch mit lorbeer auf dem haupt, wie Hölderlin, begraben sein" (zitiert nach [45]).

Nur der Fürsprache des Hellenisten Otto Crusius – hier schon mit seinem *dictum* über aisopische Fabeln eindrucksvoll (I, 84) – und des Germanisten Friedrich von der Leyen war es zu verdanken, daß Hellingrath trotz jenes *"unkritischen Enthusiasmus"* seiner Dissertation promoviert wurde: sogar *"magna cum laude herausgeschunden"* hatte.

Aber der früh Verwöhnte hatte da Ablehnung kennen gelernt.

Die strittige Dissertation erschien dann freilich gleich bei zwei ersten Adressen: als akademische Ausgabe bei *Breitkopf & Härtel* in Leipzig, allgemein zugänglicher bei *Eugen Diederichs* in Jena.

Noch im Herbst 1910 floh der junge Dr. Hellingrath nach Paris und war dort durch Vermittlung des umtriebigen Kunstagenten und Bruckmann-Autors Rudolf M. Riefstahl (*recte* Rudolf Adalbert Meyer aus München) Tutor oder Lektor (*"lecteur d'allemand"*) an der namhaften *École Normale Supérieur*, jener Eliteschule für Gymnasiallehrer in der *rue d'Ulm*, wo er *"unweit des Pantheon"* [45] mit demselben Riefstahl immerhin im einstigen Zimmer just des Philosophen und Historikers Hippolyte Taine (1828-1893) anfangs zusammenwohnte, dann auch zu gemeinsamer Reise aufbrach: in die Provence und an die *Côte d'azur*.

"Besonders die Tage in l'Estaque (einem Fischerdorf nahe Marseille) mit ihren weiten Märschen waren wundervoll", rapportierte Riefstahl in jenes Prinzenpalais nach München, Neffe Norbert gehe *"im allgemeinen schwer aus sich heraus, aber alles was er sagt ist ursprünglich und gedacht"* (zitiert nach [45]).

Zurück in Paris, berichtete Hellingrath selbst der Prinzessin Tante an die Isar, seine hiesige Arbeitsstelle *"beherbergt die élite der französischen jugend. sie sieht daher einem zigeunerlager so ähnlich als es nur geht. 200 menschen [...] hausen hier, 6 oder 8 sind germanisten und meine besonderen pflegebefohlenen"* (zitiert nach [45]). Einer von denen war wohl immerhin André François-Poncet, französischer Botschafter später neun Jahre lang in Hitlers Berlin und sechs in Adenauers Bonn.

Aber Hellingrath hörte selbst auch Vorlesungen nicht zuletzt zweimal wöchentlich bei Henri Bergson (an Gundolf: *"der beste docent den ich je hörte"*[45]), wollte bald im Lehrplan der Sorbonne Uhland gegen Stefan George austauschen, fuhr in den Osterferiën 1911 nach Bordeaux, um da Hölderlins dortigen Aufenthalt zu recherchieren, und kämpfte bei Wiederbegegnungen mit dem älteren Rilke, schon 36, *"mit meinem ewigen dummen Gefühl, überflüssig zu sein"* (im Mai 1911 an Tante Elsa Bruckmann-Cantacuzène).

Rilke, der am 30. September 1910 erstmals im Salon der Bruckmanns Gast war und dort schon zwei Tage später, am 2. Oktober 1910, bei seinem zweiten Besuch den 22jährigen Neffen Norbert kennenlernte, traf den nur einen Monat hiernach, am 2. November 1910, nunmehr in Paris, fand *"einen originellen und sehr lieben Kerl"* (zitiert nach Rudolf Kassner[45]), bat ihn in seine Wohnung im *Palais Biron, 77 rue de Varenne* (Hellingrath: *"tee mit ihm"*, *"sehr nett"* und *"gebummelt Boulevards"*, *"noch einen nachmittag sehr gemütlich"*[45]), bevor er sich von einer reichen Pelzhändlersgattin zu einer Nordafrika-Reise einladen, dort jedoch als *"lächerlich hypersensibles Wesen"* verachten ließ: *"gar kein Mann"* (zitiert nach [45]).

Aber mit dem Zugang zu seiner Wohnung stellte Rilke, *"dem alles Bohèmehaft-Sorglose so völlig fremd ist"*[51], diesem Hellingrath, als der in den ersten Wochen 1911 mit *"einer großen depression"* zu kämpfen hatte, seine Bibliothek zur Verfügung, die dieser favorisierte Adept im März und April wiederholt frequentierte: *"in Rilkes wohnung bücher holen"*, *"wie er mir erlaubt hatte in der leeren wohnung [...] mit ihren wenigen möbeln"*[45]. Für Rilke war das *"ein durchaus ungewöhnliches Zeichen von Vertrauen"*[51].

Als sie sich im April 1911 wiedersahen, war Rilke damit befaßt, *"Le Centaure"* von Maurice de Guérin (1810-1839) zu übersetzen, und ließ sich nun von Hölderlins Verarbeitung jener fragmentarisch erhaltenen *"Chíron"*-Ode Pindars, die schon in Hellingraths Dissertation ausführlich behandelt worden war, stimulieren. *"Der Centauer"* Chíron, halb Mann, halb Hengst und thessalisch arkadischer Naturdämon, war für Hölderlin *"wilder hirte"*, aber *"ursprünglich lehrer der naturwissenschaft"* und hatte ihn als *"gewalt der aufwärts wachsenden erde"* zum eigenen Titel *"Das belebende"* angeregt, das in Paris jetzt zum gemeinsamen Thema der neuën Freunde wurde:

> *"Das belebende.*
>
> *Die männerbezwingende, nachdem*
> *gelernet die Centauren*
> *die gewalt*
> *des honig süssen weines, plötzlich trieben*
> *die weisze milch mit händen, den tisch sie fort, von selbst,*
> *und aus den silbernen hörnern trinkend*
> *bethörten sie sich."* (zitiert nach [45]).

Auch diese beiden kentaurischen Literaten in Paris betörten sich offenkundig am Belebenden dieser männerbezwingenden Gewalt.

Rilke bedankte sich umgehend *"für die sorgfältige Mitteilung jener merkwürdigen Hölderlinschen Centauren, durch die ich noch aufmerksamer und gleichsam erfahrener zu dem Centauer Guérin's zurückkomme"* [45] .

Aber er kam auch zu Hellingrath. *"Rilke bei mir"*, notierte der sich am 12. Mai 1911, und schon andern Tags: *"Bei Rilke: der Kentauer nach Guérin"*.

"Diese gemeinsamen Stunden", erkannte noch nahezu hundert Jahre später Klaus E. Bohnenkamp als verdienter Herausgeber ihres Briefwechsels, *"heben Hellingraths Beziehung zu Rilke auf eine neue Stufe"* [45] : *"Rilke hab ich sehr lieb gewonnen"* (damals an Tante Elsa).

Sie treffen, verfehlen und verletzen sich dann noch mehrfach, ehe Rilke, schon im Juli 1911 *"gegen Böhmen"* wieder abreist: diesmal zur Fürstin Marie von Thurn und Taxis-Hohenlohe und auf deren Schlösser Lautschin (inzwischen tschechisch Loučeň im Bezirk Nymburk) und Duino an der friaulischen Adria.

Aber vorher stellte er noch den Kontakt zu seinem siebzehnjährigen Brieffreund Thankmar Freiherrn von Münchhausen her, der später Leiter des Pariser Goethe-Hauses sein und im *Insel Verlage* Rilkes französische Gedichte edieren sollte, sich aber jetzt, schon im Herbst 1911, an der hiesigen *École de Droit* als Student der Jurisprudenz und Nationalökonomie immatrikulierte, wohl auch Hellingrath besuchte und hiernach schriftlich lamentierte:

*"Was ist Paris gegen Paris und Hellingrath / und was ist das bunte und un-
berechenbare Leben, das mich hält, gegen die Ruhe in dem Bewußtsein, daß
ich in Hippolyte Taine's Zimmer heute oder morgen oder spätestens übermorgen einen abend lang selig sein würde"* (zitiert nach [45]).

Hellingrath selbst scheint damals weniger oder seltener so selig gewesen zu
sein.

Denn geradezu leitmotivisch fragte er sich selbst und seine deutschen Briefpartner damals immer wieder: *"Was soll ich in Paris?"*, gestand *"zahllose
trübe stunden des allein seins und in mir wühlens, sehr viel beschämung
und wut und ein klein wenig hoffnung und stolz für meine lieben vaterländer
und daß ich weniger als je weiß wer ich bin und wos mit mir hinaus soll"*
(vermutlich im Sommer 1911 an Friedrich von der Leyen, zitiert nach [3]).

Es war wohl ein Leitmotiv seines Lebens. Noch drei Jahre später, im Mai
1914, gestand er am Vorabend gleichsam des *Ersten Weltkriegs* seiner anverlobten Imma brieflich: *"Manchmal kommt mir die Frage: bin ich nicht
nur übrig geblieben vom alten Geschlechtsadel, heimatlos, weil ich weiß,
daß der tot ist?"* (zitiert nach [59]).

Auch die Bindung an Rilke half da kaum weiter: *"Was wollen wir uns geben? wir sind beide leute [...] die sich noch nicht gefunden haben; unsere
sehr verschiedene geschichte (in der vergangenheit wie in der zukunft) erlaubt uns nicht mitsammen suchen zu gehen"* (wohl kurz zuvor an Tante
Elsa [45]).

Rilke ist ihm da wohl tatsächlich schon *"so lieb und vertraut geworden"*,
mutmaßt Herbert Singer, *"daß er immerfort Gründe sucht, sich aus dieser
Beziehung innerlich zurückzunehmen; die Sprödigkeit seiner Natur ver-
schanzt sich hinter dem alten Gedanken: 'Ich glaube mir zum Heil finde ich
keinen Freund. Die Welt ist allzu leicht für Zweie'* (Hellingraths Tagebuch
schon vor sechs Jahren: am 15. November 1905)"[51].

Aber schon seit mindestens drei Jahren rumorte in ihm: *"In der Tiefe meines Wesens bin ich Philolog, meine Oberfläche ist Dichter – deshalb werde ich Dichter werden und Philolog sein"* (Tagebuchnotiz vom 17. August
1908 [45]).

Nur ein Jahr später, schon im Herbst 1912, als sich diese beiden ungleichen Poëten und Magneten in München wiedertrafen, *"hatte die Freundschaft beider Männer eine neue Qualität gewonnen"* (Bohnekamp [45]). *"Rilke einen Augenblick"*, fixierte da Hellingraths Oktober-Tagebuch, *"bei Bruckmann Rilke"*, *"mit Rilke im englischen garten: [...] George – Hölderlin – [...] – Rülke"* (wie der in Wahrheit zu heißen glaubte), *"bei Rilke"*, *"bei Wassermann Rilke"* und, *summa summarum: "er ist schon ein lieber mensch"* (am 14. Oktober 1912 an Marie von Sladovich, Kusine seiner demnächst anverlobten Imma von Ehrenfels [45]).

Aber am 17. Oktober 1912 schickte Hellingrath Abschriften eigener Gedichte zu Rilke ins *"Hôtel Marienbad in der Barerstraße"* und fügte betont hinzu,

"daß ich nicht der angreifer bin der Sie mit den gedichten beschwert um etwa beraten gewiesen belobt zu werden. um die zeit wo ich Sie kennen lernte hätt ich mir das wol noch gewünscht. jetzt fühl ich dafür zu sehr dass meine gedichte nur für mich da sind nicht für die andern. also nicht eigentlich gedichte sondern mehr stichproben [...] die mir zeigen können wie mein leben weitergeht" [45].

Wie es weitergehen könnte, ahnte er selbst allenfalls, als er nach Rilkes baldigem Aufbruch zu großer Spaniënreise umso zurückgelassener der Freundin Marie von Sladovich gestand, er sei

"verliebt in Rilke, verliebt wie ein kleines mädchen. gerade darein bin ich verliebt, daß er so klein ist, nur davon kommt seine entzückende tapferkeit. er geht unter allen unschuldigen dingen umher und ihm erscheinen sie groß und furchtbar. und er hebt seine dünne stimme auf und greift so tapfer sie an als je von den schweren riesen einer, Hölderlin oder George oder Klages mit göttern und dämonen gekämpft hat um welten, er ist so ganz allein und sieht sich nicht um und denkt an keine hilfe und kein reich, das ist seine tapferkeit, und er ist so leicht und seine kleine stimme steigt so himmelan – man kann nur an einen singvogel denken oder an seinen Cornet, wie er allein in die feinde reitet und in dem leichten flackern eines tuches aufflammt zu den wolken und nicht mehr da ist. es muß entzückend sein so leicht sein und flattern zu können" (am 21. November 1912 [45]).

Wirklich vollzog dieser Liebende seine schmerzhafte Trennung vom Angehimmelten schon seit dem Pariser Juli des Vorjahrs 1911. Da schickte er seine in Jena inzwischen publizierte Dissertation schon nicht mehr nur an Rilke im *Palais Biron*, sondern ausdrücklich auch an den habilitierenden Friedrich Gundolf, der zu den Herausgebern von Stefan Georges *"Jahrbuch für geistige Bewegung"* gehörte, und legte ein zweites Exemplar hinzu, das sein Empfänger wunschgemäß an Stefan George weiterleitete und es *"manchmal wohl etwas zäh und schrullig, aber im ganzen höchst erfreulich"* nannte. Ihm gefiele diese Arbeit nämlich generell, teilte Gundolf dem jungen Autor unter der prompten Anrede *"Lieber Freund"* persönlich mit, *"als Symptom"* der Erneuerung: *"Philologie wird man wieder übersetzen dürfen mit 'Liebe zum geistigen (wirklichen, gewirkten) Wort', zum Logos, nachdem es generationenlang hieß: 'Beschäftigung mit Wörtern' "* (Sommer 1911, zitiert nach [3]).

Derzeit noch wichtiger Gundolfs Bitte: *"Lassen Sie mich auch fürderhin an Ihrem Hölderlin weiter teilnehmen. Wer dies verschüttete und verkrustete Götterbild wieder ganz ins Licht, in unser nährendes und reinigendes Licht heben hilft, den rechne ich zu meinen persönlichen Wohltätern"* (zitiert nach [3]).

Wirklich spielte Hellingrath schon in Paris immer unabdingbarer mit dem Gedanken an weitere Hölderlin-Projekte, verschob aber die geplante Habilitation zunächst noch und entschloß sich stattdessen zur dringend benötigten *Historisch-Kritischen Ausgabe "Sämtlicher Werke"* von Hölderlin.

Sein hierzu erforderlicher Mitarbeiter sollte zunächst *"mein französischer doctorand"* sein:

Joseph Claverie (1881-1914),

der damals Lektor an der Universität in Jena war, dort über Hölderlin arbeitete und mit Hellingrath korrespondierte.

Der Professorensohn aus Paris war sieben Jahre älter als Hellingrath und hatte schon im Gymnasium Condorcet aus Neigung oder Vorahnung angefangen, Deutsch zu lernen. Daraus wurde später ein Studium der Germanistik an der Sorbonne und in Göttingen. *"In der metaphysischsten aller Literaturen"*, glossierte das später sein fassungs-

loser Herausgeber André Cuisenier, fand er eigene Gedankengänge
bestätigt. Er hoffte hier auch auf einen Weg, seine persönliche Religiosität rational begründen zu können.

"Zugleich aber lernte er ein Volk besser kennen", das Cuisenier noch
1921 als *"redoutable"* bezeichnete: als *furchtbar, fürchterlich*. Es sei
"die dringendste Pflicht eines Patrioten", sich damit auseinander zu
setzen [11].

1907 legte der 26jährige sein Staatsexamen ab und wollte hiernach
die erworbenen Kenntnisse ebenso gern in der Forschung wie in der
Lehre erproben. Er ging zunächst als Studienrat nach Brest und genoß
dort anfangs die Gelegenheit, auf junge Geister einwirken zu können.

Hier wurde er auch zum Anhänger des pazifistischen Publizisten und
Politikers Marc Sangnier (1873-1950), jenes Pioniers der Volksbildung, einer katholisch christlichen Demokratie und des europäischen
Gedankens, später auch Vorsitzenden der *Internationalen Friedens-
aktion* und postum noch Träger des Aachener *Karlspreises*.

Unter seinem Einfluß widmete Claverie sich noch einmal seinen wissenschaftlichen Forschungen und kehrte erneut und für lange Zeit in
jenes Deutschland zurück, *"das ein Franzose nie ganz kennenlernt"*
(Cuisenier [11]). Insofern habe er seiner Pflicht nicht nur als Forscher,
sondern eben auch als französischer Patriot genügt, als er da über ein
deutsches Thema zu schreiben begann, das für die Deutschen selbst
damals noch dringend vonnöten war: über Hölderlin.

Sollte ihm das gelungen sein, dann nicht zuletzt, weil er sich selbst da
so persönlich eingebracht hat. Jene Mystik in der Freundschaft wie
auch im Naturgefühl gehören zu Hölderlin ebenso wie zu Claverie.
"Zwischen diesen beiden Geistern gab es eine Seelenverwandtschaft",
behauptete Cuisenier, *"die ihn beglückte"* [11] .

Zugleich betätigte er sich als aufmerksamer Beobachter des deutschen Lebens und bemühte sich, es so unparteiïsch wie möglich zu
beurteilen. *"Ich habe Gelegenheit gehabt"*, schrieb er am 1. Februar
1910 in einem Brief aus Göttingen, *"ein sehr kultiviertes Milieu unter
günstigsten Umständen zu erleben; diese Menschen hier sind beacht-
lich, manche auf ihre Weise groß, aber die Entwicklung ihres Geistes*

ist immer einseitig; universelle Kultur ist ihnen fremd und ein Gespräch mit ihnen fast unmöglich ...

Im Umgang mit den Professoren fehlt vor allem die Seele, und oft war ich überrascht, wie leer mich ein Abend ließ, den ich mit einem Manne von unstrittiger Bedeutung verbracht hatte. Die Studenten, mit denen ich gesprochen habe, sagen, das sei in Deutschland überall so. Keine Distanz ist größer als die zwischen Professoren und Studenten, und diese Eigenart wiederholt sich in den größeren Proportionen des sozialen Lebens, wo Politiker und Intellektuëlle sich nebeneinander nie miteinander vermischen; die deutsche Politik ist heute ebenso ungeistig wie 1813 oder 1848, sie wird nicht von Philosophen bestimmt, sondern Bürokraten und Militärs überlassen: hierin liegt eine Keimzelle für Verfall und Auflösung" (zitiert nach [11] und in eigener Übersetzung).

Solche Eindrücke vermischten sich mit befremdlichen Landschaftserlebnissen zumal im Harz. *"Die Natur macht mir hier Angst"*, teilte ein Göttinger Brief vom 12. Juni 1910 mit, *"die Berge, die Felsen, die Flüsse scheinen mir bösartig gegen den Menschen verbündet ... Nur ein- oder zweimal war die kostbare Herrlichkeit eines blühenden Landes stärker als die konzentrierte Bitternis, die ich in mir ausgebreitet fühlte"* (zitiert nach [11] und in eigener Übersetzung).

Das wird im deutschen Winter nur noch schlimmer. *"Am heutigen Sonntagnachmittag habe ich eine Herbstlandschaft durchquert"*, klagte sein Göttinger Brief vom 3. Dezember 1910, *"rußschwarze Wälder, frostverharschte Wege, blasse Wolken, die den Himmel verbargen, und in dieser Landschaft habe ich mich tief deprimiert gefühlt"* (zitiert nach [11] und in eigener Übersetzung).

Nur umso mehr empfand er sich auch dort noch den Utopieën Marc Sangniers verbunden. In ihnen hoffte er *"eine Lösung der sozialen Probleme"* ebenso zu finden wie auch *"die Möglichkeit, ein inneres und brüderliches Leben zu führen"*, schrieb er am 1. Oktober 1910 aus Göttingen, *"in friedlichen Staaten, bei erleuchtetem Bewußtsein, ohne individuëlle Einschränkungen und mit dem Weltall in Einklang"* (zitiert nach [11] und in eigener Übersetzung).

Das Jahr 1911 brachte die Welt mit dem sogenannten Panthersprung der Deutschen vor Agadir schon an den Rand eines Krieges. Claverie war seit langem darauf gefaßt. Er nahm auch die materiëllen Vorbereitungen der Deutschen aufmerksam zur Kenntnis.

Trotzdem baute er auf Sangniers Pazifismus und vertiefte sich nur umso mehr in Hölderlins Metaphysik.

Aber im Januar 1914 starb unverhofft sein Vater, den er fast kultisch verehrte. Jetzt konnte er die Einsamkeit des deutschen Exils nicht mehr ertragen. Bedürftig nach familiären Zuwendungen, kehrte er nach Paris zurück. Dort blieb er nun bis zum Tage der Mobilmachung schon nach sieben Monaten: im August 1914.

Seine deutschen Sprachkenntnisse machten ihn jetzt zum Dolmetscher des französischen Generalstabs. Erste Briefe von der Front klangen noch enthusiastisch. Aber während des Feldzugs im Norden und der Schlacht an der Marne hüllte er sich in Schweigen.

Am 15. September 1914 wurde er 33jährig von einem deutschen Granatsplitter in Courcelles-sur-Aire (Meuse) getroffen. Dort hat man nur noch seine Überreste gefunden.

Die Landsleute seines Hölderlin hatten ihn totgeschossen.

Sein unvollendetes Buch über *"La jeunesse d'Hoelderlin"* erschien in Paris als Torso, aber erst 1921 und mit jenem Vorwort von André Cuisenier, das aus den Vorbehalten gegen die Nation seiner Mörder kein Geheimnis macht [11].

Dieses Buch ist heute noch unübersetzt und unberührt intakt in mancher deutschen Universitätsbibliothek von den Nachkommen seiner Todesschützen auszuleihen.

Hellingrath begann noch in Claveries Paris mit den Vorarbeiten zur sechsbändig konzipierten

Gesamtedition ihres Hölderlin,

kehrte dann vorzeitig, Ende 1911, nach München zurück, überließ dort den *Ersten Band* mit Jugendgedichten und Briefen der Frühzeit doch anstelle jenes *"französischen doctoranden"* in Jena lieber einem deutschen Mitarbeiter namens Friedrich Seebaß aus Gandersheim und redigierte selbst pragmatisch zunächst den *Fünften Band* mit Hölderlins Übersetzungen und den Briefen von 1800 bis 1806. Hierfür hatte er als Dissertant und Herausgeber der Pindar-Übertragungen bereits so entscheidend vorgearbeitet, daß keine Zeit mehr vergeudet werden mußte.

Aber *"er begnügte sich nicht, den Nachlaß Hölderlins in den Archiven und Büchereien zu durchforschen"*, bestätigte Friedrich Wolters, Stefan Georges *"Blätter"*-Redakteur und publizierender *"Paulus"*,

"sondern folgte all seinen Wegen nach, suchte alle Orte zwischen Jena und Bordeaux, Driburg und Hauptwyl auf" [12)].

Auch hierbei stellte Hellingrath freudig fest, *"in den Freunden des George-Kreises und in George selbst Mitleser, Mithörer, Mitdeuter zu finden, wodurch ein erstaunlich rascher Fortgang möglich wurde"* [2)].

Gerade hierdurch freilich wurden auch Fehlschläge möglich. Alexander Baron von Bernus, theosophisch-alchimistischer Schriftsteller und Hausherr des Benediktiner-Stiftes Neuburg im Neckartal bei Heidelberg, war im Besitze kostbarer Hölderlin-Handschriften. Obwohl er mit Hellingrath, der ihn schätzte, gut bekannt war, verschwieg er ihm diese Manuskripte: nur weil dieser zu den sogenannten *"Georginen"* gehörte, gegen die Bernus Vorbehalte hatte. Lieber überließ er da seine Schätze zur Erstveröffentlichung einem Fremden.

In Heidelberg selbst lebte damals auch noch Frida Arnold, Enkelin von Hölderlins Stiefbruder Carl Friedrich Gok. Sie wußte Hellingraths persönlichen Fragen nach Autographen ihres großen Stiefgroßonkels damenhaft auszuweichen und ihn ergebnislos ziehen zu lassen: vielleicht auch sie als Gegnerin des damals umstrittenen Jünglings-Kreises um George. Denn nur wenig später veröffentlichte sie selbst *"Die Briefe der Diotima"* und ließ sich vom jungen Herausgeber Carl Viëtor dabei assistieren.

Ergiebiger verliefen da nur Hellingraths Kontakte mit den beiden Münchner Damen de Bary, in deren Frankfurter Besitz sich eine Büste befand, die der

Bildhauer Landolin Ohnmacht von Hölderlins angebeteter Susette Gontard angefertigt hatte und die Hellingrath bei den alten Damen lediglich fotografieren zu dürfen erbat. Das wurde zwar problemlos genehmigt, aber kaum war er in Frankfurt, folgte auf dem Fuße als Bedingung der Familië Gontard, eine öffentliche Abbildung dieser Büste sei nur mit dem Zusatz möglich, daß Hölderlin zu dieser Susette *"in idealster, durchaus unerwiderter Liebe entbrannte"*: so oder gar nicht. Nur Hellingraths eloquente Begeisterung von der Schönheit dieser Skulptur bewegte die beiden alten Damen nach und nach zu einer Lockerung ihres tugend- oder wahrheitswächterischen Verdiktes und zu einem schließlich gerührten *imprimatur*.

Trotz solcher Hindernisse und Pannen erschienen schon 1913 die Bände 1 und 5 der geplanten Gesamtausgabe, jeweils mit einem Vorwort Hellingraths. Hier nannte er Hölderlin *"den Größten ebenbürtig, keinem vergleichbar, mit keinem fremden Maße auszumessen"*, die Deutschen aber für hundert Jahre lang *"unfähig, solche Größe zu sehen"*. Daher hätten sie ihn *"in einer fremden Welt mehr durch seinen Wahnsinn als durch sein Werk berühmt"* werden lassen und sich als unwillig erwiesen, ihm zu folgen, *"wo er sein eigenstes Reich, ihnen freilich fremdes Land, betritt"*:

"So nahm der Leser das Fremdartige [...] gerne für Spuren des Wahnsinns, da ja viel mehr der romantische Reiz der Krankheit als die Kraft des Werkes Hölderlin Leser zuführte ... " (zitiert nach [1]).

Daher werde hier nun versucht, *"das reichste Erbe, das je ein großer Dichter so unversorgt hinterlassen hat, endlich rund und ganz denen zu geben, denen es gehört"* und *"dessen Wirken zu großem Teil jetzt erst beginnt"* (zitiert nach [1]).

Den Übertragungen seines *Fünften Bandes* schickte Hellingrath sein Bedauern voraus, *"daß dieses Werk lange konnte unbeachtet und verborgen bleiben"*, weil Poësie inzwischen nur noch sinngemäß aufgenommen werde: nicht mehr als *"Körper, das Gestaltwerden, das Ausgestaltetsein"*, nicht als *"Sprachgestaltung"*. Hier aber komme es durch Hölderlin zu einer *"Wiedergeburt griechischen Rausches"* durch *"der rechnenden Vernunft sich entziehende Dinge"*.

Die Briefe aber aus dieser selben Spätzeit Hölderlins seïen *"Ausdruck des Menschlichen, des Lebens in seiner getragenen Einfachheit, und dieses*

Leben ist ganz erfüllt und aufgesogen vom Göttlichen, dem Werk" (zitiert nach [1]).

Schon im Januar 1913 las Hellingrath jener gebildeten Prager Professorentochter in der Nürnberger Garnisonswohnung seiner Eltern täglich sechs oder sieben Stunden lang Gedichte von Stefan George, Ludwig Klages und aus eigener Feder, vom Guru Hölderlin aber aus dem *"Hyperion"* und dort just eines der Poëme an die ungeliebt geliebte "Diotima" vor. Hierbei einigte er sich mit seiner Zuhörerin auf eine solche *"gemeinsame Welt"*, die schwerlich allzu körperlich gewesen sein dürfte, und verlobte sich mit ihr *secretissime* unter Ausschluß jeglicher Öffentlichkeit und Sippschaft.

Dann begann er mit der Arbeit am *Vierten Bande* seiner Hölderlin-Ausgabe und siedelte zum Wintersemester 1913/14 nach Heidelberg über, wo Stefan Georges Intimus Friedrich Gundolf inzwischen Professor und die willige Anlaufstelle für alle Jünger des George-Kreises war.

" 'In der heiteren Neckarstadt' ", zitiert Klaus E. Bohnenkamp, *"kann er sich in der Nähe Gundolfs und der versammelten Freunde in engem Austausch mit Edgar Salin und Wolfgang Heyer ungehindert dem entscheidenden Vierten Band widmen [...] . Hier fühlt er sich 'glücklicher als irgendwo sonst' "*[45].

Denn *"das Nöpschen"*, referierte er selbst, ist hier *"ein berühmter Mann, das Gerücht verbreitet sich, 'es' sei da, und alles drängt, es kennen zu lernen, es bei sich zu haben"*[56].

Gundolfs naheliegenden Vorschlag einer Habilitation jedoch verwarf dieses Nöpschen da noch immer. Sein Vertrauen in die Kapazität der prüfenden Akademiker mochte allzu erschüttert sein. Er könne zwar *"fürs erste nichts machen als mich habilitieren"*, schrieb er schon im August 1913 an Tante Elsa, aber

"in München mit dem Kopf durch und wenn das geht, ists nicht u n möglich, daß ich genug bekomm. In Heidelberg wieder wird es wohl gehn, aber kaum so viel bringen als not ist. Also etwas statt dem Dozieren?"

Aber was?

Doch in Heidelberg begegnete er auch wieder dem "Meister" persönlich und
in ihm, überraschend, dem allerunbarmherzigsten Kritiker seiner Hölderlin-
Ausgabe. Wirklich kam es ihretwegen *"zu heftigen Auseinandersetzungen"*.

Schon die zitierte Vorrede des *Fünften Bandes* verwarf George als *"unver-
ständlichen Schwulst"*, der *"nur verdunkle"*, und ihre *captatio benevolentiæ*
untersagte er: *"So etwas Kompromißlerisches schreibt man nicht"* [2]. Die eigentliche editorische Leistung tadelte er wegen ihrer *"sklavischen Beibehal-
tung"* von Hölderlins Orthografie: *"Halten Sie das für einen Dienst am
Dichter?"*

Hellingraths Verteidigung (unter Gundolfs Assistenz), Genauigkeit der Wie-
dergabe sei für eine Erstausgabe unerläßlich, wischte George als *"Totengrä-
ber-Arbeit"* und *"Firlefanz"* weg: *"Weil Sie ein barocker Kauz sind, wollen
Sie Hölderlin verschnörkeln!"* [2]

"Da begann ein großer streit und ich hab nicht nachgegeben", hat Bruno
Pieger den Gescholtenen noch 1992/97 zitiert: *"kurz er schimpfte den ganzen abend / aber sehr lieb / und ich hatt wenig schlechtes gewissen"* (zitiert
nach [57]).

Also entfernte der *"Meister"* die Ohrenzeugen Gundolf und Salin, um mit
Hellingraths Hölderlin unter vier Augen vermutlich noch härter ins Gericht
zu gehen. Zumindest unterschwellig ging da Stefan George auch mit Norberts Rilkebindung ins Gericht, die er *"sehr verdacht"* und über die er einmal, Frau Bruckmann gegenüber, eifersüchtig *"seinem Groll Ausdruck gegeben"* haben soll [51].

Hiernach, gab Hellingrath brieflich zu, *"war ich wirklich noch gründlich
elend [...] , und es hat lang gedauert, bis mirs gelang auf die Bibliothek zu
kommen"* (am 21. Dezember 1913 aus München an Salin, zitiert nach [2]).

Aber in seinem Briefwechsel mit dem so viel liebevolleren Rilke wurde Stefan Georges Name kein einziges Mal auch nur erwähnt.

"George hatte nie übersehen", referierte genau und überzeugend noch nach
35 Jahren Edgar Salin, der *"den Meister"* aus langen Jahren ebenso gründlich kennen mochte, wie er mit Hellingrath vertraut war,

*"daß dieser eckige, dickschädelige Bayer eigenbrötlerische Züge besaß und
mit offensichtlicher Lust entwickelte, die jedes volle Aufgehen in der Ge-*

meinschaft der Freunde erschwerte. Der Fund und die Veröffentlichung der Pindar-Übertragungen hatten ihn dann hoffen lassen, der junge Gelehrte werde in andrer Weise seinen Platz im Freundeskreis einnehmen und ausfüllen. Die genannte Schrift schien unbedenklich, wenn sie auf den Zweck der Promotion ausgerichtet und beschränkt war. Aber das klare Auge des Meisters sah beim erst-erschienenen Band der Ausgabe dann sofort die Gefahr, daß Hellingraths betonte und gepflegte Eigenheiten das Werk Hölderlins, die Dichtung schädigten, und darum griff er unnachsichtlich und mit schärfstem Tadel ein" [2] .

Jetzt irgendwann mag sich im Freundeskreise Hellingraths Spitzname "Nöpsi" vollends durchgesetzt haben. Aber Gundolf nannte ihn liebevoll *"das Heidenknörzel"*. Jeweils fällt da ein prägnantes Ö auf, das an Hölderlin ebenso erinnern mag wie an Schnörkel und Sprödigkeiten. Auch an Störrisches und Schönes. Auch an Hörigkeit. An Eigenbrötler. Mönch.

Das alles mag überraschen, weil gerade dieser "Nöps" vielfach als *"typischer Vertreter"* des Jünger-Kreises um Stefan George, als *"Mund und Kämpe Georgeschen Geistes"* [2] wahrgenommen wurde. Aber *"so wichtig George Norberts Leistung sofort nahm und so wichtig sie für seine eigene Dichtung geworden und geblieben ist, so vergaß er nicht, daß Hellingrath nicht ganz zu ihm gehörte noch gehören wollte. Hellingrath ist durch George und nur durch George ganz er selbst geworden.*

Ganz er selbst,

– das hieß aber bei ihm: nicht nur Georges, sondern in erster Linie Hölderlins Folger, Deuter und Künder ... " [2] .

"Er ist ein weit originalerer Geist", bilanzierte noch 1957 der Germanist Herbert Singer, *"als der Kreis wahrhaben will; sein 'Meister' ist Hölderlin, [...] der das Leitbild George verdeckt"* [51] .

Aber Georges Vorbehalte gegen Hellingraths Hölderlin-Ausgabe mögen auch mit den sperrigen Inhalten jenes ersten *Fünften Bandes*, mit Sophoklēs und Pindar, zusammengehangen haben. Gerade jedoch, weil George seither befürchten mußte, *"Norberts Einzelgängertum könne den wieder gefundenen, neu erweckten Hölderlin aus dem Raum der lebendigen Dichtung in gefährlichen Historismus bannen, – darum begrüßte und förderte er seine Freundschaft mit uns in so reichem Maße. Und darum war ihm die Kunde so willkommen, daß Hellingrath die Arbeit am wichtigsten, dem vierten Bande der Ausgabe, nicht mehr in einsamer Verspinnung [...] zu Ende führte"* [2], sondern *"im gemeinschaftlichen Lesen und Hören und Besprechen"* eben mit Edgar Salin und Wolfgang Heyer, zwei besten Freunden.

Aber *"wir saßen völlig ratlos"*, hat der einbezogene Salin das später geschildert, *"und konnten nur Hellingrath bewundern, der mit traumwandlerischem Spürsinn den Weg durch das Dickicht fand und dann das zunächst mehr Erahnte als Gelesene mit einer großen Lupe durch genaue Überprüfung jedes Wortes, ja jedes Buchstaben zu sichern wußte"* [2].

Denn dieser *"tief vom Hölderlinschen Geheimnis Durchdrungene"*, stellte Salin fest, war auch *"von einem fast missionierenden Eifer besessen [...] , den Zugang zu Hölderlin zu erleichtern"* [2]. Dabei bezog er, begriff auch später noch Ludwig von Pigenot, *"alle wesentlichen Maßstäbe aus Hölderlin selbst"* [14] und akzeptierte vermutlich recht mühelos dessen Entschluß, *"in selbstgeschaffenen Welten zu leben"* [9].

"Denn ich habe manches mit Hölderlin gemeinsam", gestand er seinem Lehrer Friedrich von der Leyen brieflich (schon am 14. Mai 1910) und zerstreute die Bedenken dieses Mentors gegen eine allzu starke Bindung an Stefan George damit, daß *"ich mich vorher schon an meinen Hölderlin verloren hatte"* (am 7. Mai 1910, jeweils zitiert nach [1]).

Wirklich mag er sich da 22jährig selbst verloren oder eben selbst gefunden haben. Denn *"ich fühle selbst genau [...] , daß das übergewaltige Dichterische, das mich ergriffen hat, das Gärtchen eignen Dichtens, das mir Freude und Hoffnung war, überschwemmte"* (am 14. Mai 1910 an von der Leyen, zitiert nach [1]).

Seither trug er die jeweils wichtigsten oder aktuëllsten Hölderlin-Materialiën, später -Druckfahnen in einer kleinen roten Ledermappe bei sich, für die er sich eigens große Taschen in seinen grauen Gehrock hatte einnähen lassen. Mehr und mehr identifizierte er sich auch persönlich mit seinem Auftrag, so daß der auch von der *"eigenen schöpferischen Begabung und hoher künstlerischer Entflammbarkeit mitgespeist wurde"* [15].

Hellingrath hat wohl nie an seiner Mission gezweifelt, Hölderlin zu entdek-
ken. Skrupel beschlichen ihn später, *"ob es auch recht war, dieses seiner innersten Vision geschenkte Bild dem grellen Licht der Öffentlichkeit preiszu-
geben"* (Pigenot, zitiert nach [1]). Denn er wußte nur zu gut, *"daß 'einen Gott
ins Leben reißen' den Anfang seines Unterganges bedeutet"*. Was ihn dennoch fortfahren ließ, *"ist der Gedanke an die brennende Not des von finstern
Geistern bedrohten Zeitalters, dem ein Lichtrest nur durch die Opferung eines Gottes gerettet werden kann"*. Daher sei *"der 'Dichter seiner Reinheit
und bloß verkündenden Art wegen' der Gefahr des Untergangs weniger
ausgesetzt als die ihn tragende Gottheit"* (noch Pigenot [1]).

Also fühlte Hellingrath sich weiterhin verpflichtet, Hölderlin zu offenbaren.

So entstand auch jener *Vierte Band* der Gesamtausgabe mit den späten Gedichten, Elegieën und Hymnen in antiken oder freien Strophen. *"Das hier zu
Leistende war zunächst im engsten Sinn philologische Arbeit"*, bestätigte Pigenot. *"Es galt das Neue aus den oft arg verwirrten und schwer lesbaren
Handschriften herauszulösen, das schon Gedruckte auf seine Gültigkeit dem
Original gegenüber zu prüfen. Hellingrath scheut keine Mühe, um Texte
buchstäblicher Treue herzustellen, auf die sich unser Vertrauen zu gründen
vermöchte. Aber zu den jedem Herausgeber kritisch-treuer Texte bekannten
Mühen trat im Fall Hellingraths noch diese besondere Schwierigkeit: die
meisten der großen wie kleineren Dichtungen Hölderlins lagen in der Handschrift in einer Unzahl von Vorstufen und verschiedenen Fassungen vor, die
den Charakter bisweilen bis in die innersten Elemente hinein verwandelten"*
(zitiert nach [1]).

Das scheint auch George schließlich verwandelt zu haben. Denn Hellingrath
selbst hat brieflich berichtet, wie der *"Meister"* ihm *"einen sessel her-
schleppt"* und jetzt schon bei den Korrekturfahnen *"den bogen durchgele-
sen, was hat er für augen! er hat mir kleine ungenauigkeiten gezeigt, eigenheiten der schrift, die ich nie bemerkt hatte, wie das 'h' grösser ist als das
'T', über Hölderlins Rechtschreibung geredet (zum drittenmal mit mir), über
seine mundart ... "* [16]: *"er war sehr lieb"* – und blieb das seither durch viele
folgende Begegnungen hindurch.

Was so entstand, war dann, was Hellingrath selbst gleich im ersten Satze
seiner Vorrede zu diesem *Vierten Bande "Herz, Kern und Gipfel des Hölderlinschen Werkes, das eigentliche Vermächtnis"* [12] nannte: *"der Dichter*

redet, als hätte er niemals in anderer als einer mythischen Welt gelebt", und
als sei *"keine Entwicklung darüber hinaus denkbar, nur Verstummen oder
gänzlicher Umschwung [...].*

*Eine Wende des äußeren Lebens bezeichnet den Beginn dieses Abschnittes:
In der Hoffnung getäuscht, als Dichter seine Stelle in der bestehenden bürgerlichen Gesellschaft finden zu können, wohl schon von dem Gefühl erfaßt
und in sein Inneres zurückgeworfen, daß ihm bei Mitlebenden weder Gehör
noch Widerklang beschieden sei, sucht er nicht mehr nach Äußerungsarten,
durch die er wirken könnte, denkt er nur noch ans Gedicht, nicht mehr an
Leute, die es hören, spricht einzig allein aus der Not und der Hoffnungsfülle
seines Herzens; da strömt es in ihm, da quillt die einsame Stimme, ist bloß
sich selber zur Freude, ruht, ihr eignes Asyl in sich selber, fühlt alle Götter-
kräfte in sich und sich vor dem Angesicht der Götter [...]; die Stimme wird
immer einsamer, ruft immer weiter in eine Zukunft hinaus ohne Sorge, ja
ohne Verständnis für ein Verstandenwerden durch Mitlebende. Neigt sich
dabei immer hingegebener der Freude am reinen Können, am Spiel der
Kunstmittel zu, bis es kein Weiter mehr gibt und geben kann"* (zitiert
nach [1]).

Solch einer eigenen *Inneren Stimme* folgend, fragte Hellingrath schon im
Juli 1913 bei seinem Verleger-Onkel Hugo Bruckmann an, ob fünfzig separate Exemplare dieses *Vierten Bandes* seiner Hölderlin-Ausgabe als Sonderdruck vorausproduziert werden könnten, denn er *"hätte gern wieder einmal
etwas zum Verschenken. [...] Könnte das sehr teuer kommen?"* Onkel Hugo notierte am Rande dieses Briefes: *"Kosten habe ich übernommen Juli
1913"* (zitiert nach [1]).

Während der Druckarbeiten schloß sich Hellingrath seinen studentischen
Lesefreunden und Heidelberger *"Georginen"* zu einer exotischen Unternehmung an: sie beschlossen, Shakespeare's Komödie *"Wie es euch gefällt"* in
der Übertragung ihres Lehrers Friedrich Gundolf aufzuführen. An dessen
34. Geburtstag, am 20. Juni 1914, fand zugleich als Sonnenwendfeiër der
Soziologen unter der Ägide Edgar Salins die Premiere auf einer Waldwiese
des nahen *Königsstuhls* statt und wurde bei den Festwochen im Schwetzin-
ger Schloßpark wiederholt: Norberts Freund Wolfgang Heyer spielte den
Narren Probstein und Bruder Gustav Richard Heyer den Orlando. Aber

Lord Jacques, dieser melancholische Nobelmann im Gefolge des verbannten
Herzogs und Shakespeare's

"Bleistiftskizze zum Hamlet" (Georg Brandes),

war hier Norbert von Hellingrath, und nie zuvor habe jemals *"ein tiefsinni-
gerer Jacques auf einer Bühne gestanden"* [2].

Als solcher hatte er auch in Gundolfs Fassung so berühmte Sätze zu sagen
wie diesen:

"O wär ich doch ein Narr!
Mein Ehrgeiz geht auf eine bunte Jacke."

Gleich danach noch:

"All die Welt ist Bühne,
Und alle Fraun und Männer blosse Spieler.
Sie treten auf und gehen wieder ab" (II, 7) [17].

Erst jetzt, referiert Edgar Salin, *"erst im Kostüm des 'Jacques', als er kurze*
Hosen und ein eng anliegendes Wams trug, sahen wir, daß sein Körper
edel, fast zierlich geformt war und daß der Kopf sich auf einem schönen
schlanken Hals erhob" [2].

Aber der sonst meist im grauen Gehrock Versteckte gab hier wohl nicht nur
seinen Körper preis. Wirklich hatte er vor der Begegnung mit Hölderlin lange mit dem Gedanken gespielt, eine Dissertation just über Carl Leberecht
Immermann, diesen Stückeschreiber und Düsseldorfer Theaterdirektor einer
"Musterbühne", zu schreiben, dessen mythischer *"Merlin"* das erste große
Theatererlebnis des Fünfzehnjährigen gewesen war und dessen Kontroverse
mit dem Dramatiker und Männerfreunde Platen er gern analytisch behandelt
hätte. Diese frühe Affinität zu Theaterleuten hatte ihn in jenen frühen Jahren
auch eigene Dialoge und Dramen schreiben lassen: zum Beispiel *"Kantaku-*
sin" über seinen Ahnen, den byzantinischen Kaiser Johannes VI. Kantakouzenos, der im 14. Jahrhundert nach dreizehn Herrscherjahren abdankte und
sich für restliche dreißig Jahre als Mönch ins Kloster auf dem *Heiligen Ber-*
ge Athos zurückzog.

Jetzt mag manches von dieser originären Neigung zu Drama, Dialog und Theater in seine Passion für diesen Jacques eingeflossen sein.

Stefan George wurde von der Spielschar seiner Adoranten natürlich zu Proben und Premiere gebeten. Aber er kam nicht. Er ersparte ihnen zwar ein prinzipiëlles Veto, aber verwies sie rätselhaft auf einen Vers aus seinem eigenen *"Stern des Bundes"*: *"Doch alle jugend sollt ihr sklaven nennen"*, der freilich einem leichter verständlichen folgte:

"Das ferne wettern reicht nicht an ihr ohr".

Es reichte aber offenbar an seins und widerriet da ein Komödienspiel, das damals noch oberflächlicher angegangen worden sein mag als nunmehr nach den beiden Weltkriegen. Damals, spürte George seismografisch, war es die wenig passende Ouvertüre zu einem Völkerschlachten, das nur fünf Wochen später ausbrach und alles veränderte, Hölderlins Prophezeiungen legitimierte.

Kurz zuvor jedoch wurden besagte Vorausexemplare jenes *Vierten Bandes* der Gesamtausgabe fertig und nur mit den Gedichten, ohne Vorrede und Anhang, *"auf kostbarem Bütten"* an Freunde, Experten, Interessenten verschickt.

Nun *"war die Wirkung außerordentlich"* [16] : *"eine Flut der Zustimmung und des Dankes"* [1] . Das Eis war gebrochen, Hellingraths Hölderlin-Ausgabe angenommen, durchgesetzt und anerkannt. Gar Rilke berichtete der Baronin Anna von Münchhausen, Thankmars Mutter, brieflings am 29. August 1914, also schon im Kriege, von diesem so besonderen Sonderdruck:

"Der Hölderlin-Band ist eine Wohltat jetzt; wunderbar, daß diese Verse bestehen und einem ans Herz reichen durch das bangste Dickicht" (zitiert nach [1]).

Auch was *"George und seinen Gefährten"* nunmehr vollends bewußt wurde, war *"die Einzigkeit Hölderlins im gesamten deutschen Schrifttum der letzten Jahrhunderte"*. So formulierte es der Historiker Friedrich Wolters, einer der engsten Freunde, in seinem Standardwerk *"Stefan George und die Blätter für die Kunst"*, das er hochtrabend eine *"Deutsche Geistesgeschichte seit 1890"* nannte. Durch Hellingraths Arbeit stand Hölderlin nun endlich *"auf einem Ort jenseits der Bedingtheiten seiner Zeit"* und *"mit seinen innersten*

*Gesichten [...] bewußt in einer nur ihm gehörenden Sphäre des Geistes,
die seinen Zeitgenossen unerkennbar und auch ihren Nachfahren [...] un-
durchdringbar blieb"* [12] .

Aber Wolters, auch hierin Sprachrohr seines *"Meisters"*, pries mehr den
Fund als seinen Finder und kollektivierte daher lieber zugunsten ihres Kreises: *"Unsere jüngsten Kräfte haben inzwischen diesen Sonderraum Hölderlins unter den hohen Geistern der Klassik und Romantik so überzeugend
umschrieben [...] , daß neben Goethe und Schiller, Herder und Jean Paul
ein geistiges Dasein von solcher Größe noch möglich war"* [12] .

Wolters erkannte hierin *"vor allem Zeichen einer noch unerschöpften Kraft
des deutschen Wesens"* und mochte damit meinen, was Stefan George später
in einem Gedicht seines *"Neuen Reiches"* als *"Geheimes Deutschland"*,
Gundolf schon 1911 an Wolfskehl als *"heimliches Deutschland"* mystifi-
zierte [18]. Es ist ein geistiges, ein poëtisches, ihrer aller gemeinsames Gegen-
Deutschland zu Wilhelm II., zu Krupp, zu Hindenburg und scheint auch für
Hellingrath verbindlich gewesen zu sein.

"Ich bereite das Hölderlinsche Deutschland vor", schrieb er am 6. August
1914 schon in Soldatenuniform und spottete noch byzantinisch über ein
*"Königreich Polen mit irgend einem Vetter auf dem Thron und hab als neu-
estes die Erneuerung von Polnisch-Lothringen erfunden (alles drei in Per-
sonal-Union mit Hessen-Darmstadt, meiner alten Welthauptstadt"* (zitiert
nach [2]).

Wer so unmilitärisch die Tagespolitik verhöhnte, *"der kämpfte und starb"*,
begriff oder wußte Freund Salin, *"nicht für das kaiserliche, sondern für des
Meisters Geheimes Deutschland"*.

Oder eben für Hölderlins.

Denn erst 1950 hat Salin in seinem Tübinger Vortrag über *"Hölderlin im
George-Kreis"* eröffnet: *"Hellingraths Hölderlin-Bild war nicht identisch
mit dem Bild Georges"* [2] .

Aber da hatte sich auch Freund

Claus Schenk Graf von Stauffenberg (1907-1944),

ein literarisch infizierter George-Jünger der folgenden Generation, nach seinem Attentat auf Hitler sechs Jahre zuvor schon mit einem Bekenntnis auf den Lippen füsilieren lassen, das nicht, wie gern tradiert, dem *"Heiligen Deutschland"* eines unbelehrbaren Generalstabsoffiziers galt, sondern einem *"Heimlichen Deutschland"*. Marion Gräfin Dönhoff hat, eingeweiht, überliefert, daß jene Widerstandskämpfer des 20. Juli 1944 ihre Bewegung als *Geheimes* oder *Heimliches Deutschland* bezeichneten: *"Es lebe das Heimliche Deutschland!"* – Todesschüsse.

"Daß dieser eine, der vor anderen sein Leben hingab, um Deutschland von seinem Fluche zu befreien, erzogen war von Stefan George", hat Robert Boehringer 1967 wieder in Erinnerung gebracht, *"daß in ihm das Wort zur Tat wurde, daß er damit seine Brüder vertrat und seine Freunde und alle die Deutschen, die die Schmach ihres Landes brennend empfanden und das Unheil, das die Verbrecher über Europa gebracht haben, abzuwenden suchten, läßt uns erkennen, welcher Glaube von dem Dichter ausging"* [8].

Berthold Schenk Graf von Stauffenberg (1905-1944),

der ältere Bruder, Völker- und Prisenrechtler mit Ambitionen und Chancen im diplomatischen Dienst, war schon als Student von Stefan George in seinen Zirkel aufgenommen, im *"Neuen Reich"* unter *"B. v. St."* in Form eines Zwillings, der er war, bedichtet und später gar offiziell zum "Nacherben" erkoren worden. Er selbst hatte prophylaktisch seinen Bruder Claus gegebenenfalls zum eigenen Nachfolger bestimmt: zum treuhänderischen Verwalter immerhin des Erbes von Stefan George.

Das Logis dieses Nachlaßhüters Berthold in der Berliner Tristanstrasse war im *Zweiten Weltkriege* Treffpunkt des Widerstandes im Geiste der preußischen Reformbestrebungen ihres Ururgroßvaters Neidhardt von Gneisenau und wurde ab 1. September 1943 auch von Bruder Claus bewohnt, der erst von Bruder Bertold in die Umsturzpläne einbezogen wurde. Auch Bertold wurde am 20. Juli 1944 in jener Bendlerstraße verhaftet, die heute Stauffenbergstraße heißt. Am 10. August

1944 wurde er von Freislers *"Volksgerichtshof"* zum Tode durch den Strang verurteilt und 39jährig umgehend hingerichtet.

"Da sie sich selbst zum Opfer brachten", huldigte noch 1967 Robert Boehringer, Stefan Georges nächster Nachlaßverwalter seinen beiden Vorgängern, *"haben sie für des Dichters Erbe das Größte getan"* [8] .

Aber dieser beërbte Dichter selbst, Stefan George, hatte schon dreißig Jahre vor diesem Selbstopfer seherisch gedichtet:

"Ich sah euch fluss und berg und gau im bann
Und brüder euch als künftige sonnen-erben:
In eurem scheuen auge ruht ein traum
Einst wird in euch zu blut der sehnsucht sinnen ... ".

So steht das in Georges Hölderlin-Gedicht *"Hyperion"*. Er schrieb es wohl 1914: nachdem er den Sonderdruck jenes *Vierten Bandes* aus Hellingraths Hölderlin-Ausgabe erhalten hatte, aber noch bevor der *Erste Weltkrieg* ausbrach, den er im selben Gedichte so voraussah:

"Weh! ruft der tausende schrei:
            dass dies musst untergehn!
Dass nach dem furchtbaren fug
            leben am leben erstirbt!
Weh! auf des Syrers gebot
            stürzte die lichtwelt in nacht." [18]

Dieser *"Syrer"* ist ein Hölderlin-Zitat und bezieht sich für Emil Petzold in der ersten Fassung von *"Brod und Wein"* auf Diónysos, den griechischen Gott jedweden Rausches, gar wilhelminischer Ekstasen, für die George-Exegeten eher auf Jesus Christus.

Wie auch immer, stürzte am 1. August 1914 *"die lichtwelt in nacht"*.

Auch Stefan Georges Jünger, jene begabten und klugen, jene schönen jungen Epheben, zogen mehrheitlich und freiwillig in diesen *Ersten Weltkrieg*. Aber sie taten das nicht im legendären nationalistischen Rausch ihrer Mitbürger. Edgar Salin, der dabei war und sie alle kannte, hat das später vielmehr so beschrieben.

"Die Freunde waren in Ruhe stark durch die Zuversicht, daß das Reich des Dichters, das wahre Reich der Deutschen, einem eignen Lebensgesetz gehorchte, unberührbar von Sieg oder Niederlage, und sie zogen in den Krieg, um sich als Kämpfer dieses Reichs auch im blutigen Ernst der Schlachten zu bewähren ... " [2] .

Auch Norbert von Hellingrath, eben noch Shakespeare's melancholischer Jacques, wurde in solchem Sinne Soldat und Kämpfer für dieses *"wahre Reich der Deutschen"*, deren Sprache er *"Vernichtung angedroht"* sah (am 27. September 1914 an Imma von Ehrenfels), weil es in diesem Kriege *"um Luft und Raum des ganzen deutschen Volkes geht"*, das er noch 1915, mitten im Kriege also, sogar als das *"Volk Hölderlins"* bezeichnen sollte:

"Ich nenne uns 'Volk Hölderlins', weil es zutiefst im deutschen Wesen liegt, daß sein innerster Glutkern unendlich weit unter der Schlackenkruste, die seine Oberfläche ist, nur in einem g e h e i m e n Deutschland zutage tritt; sich in Menschen äußert, die zum mindesten längst gestorben sein müssen, ehe sie gesehen werden und Widerhall finden; in Werken, die immer nur ganz wenigen ihr Geheimnis anvertrauen, ja den meisten ganz schweigen [...] ; weil dieses geheime Deutschland so gewiß ist seines innern Wertes oder so unschuldig unbekannt mit der eigenen Bedeutung, daß es gar keine Anstrengung macht, gehört, gesehen zu werden. Und weil [...] Hölderlin das gleichzeitige, größte Beispiel ist jenes verborgenen Feuers, jenes geheimen Reiches, jener stillen unbemerkten Bildwerdung des göttlichen Glutkernes" [19] .

Hierzu passend trafen bei Hellingrath just am Tage der Mobilmachung zu diesem Kriege die Korrekturfahnen auch noch des Anhangs zum *Vierten Bande* seiner Hölderlin-Ausgabe ein: *"Der IV. Band wär von mir aus fertig"*.

Aber er gestand da auch: *"Es war der erste Tag, wo ich [...] als der letzte angefangen hab, an den Krieg zu glauben"* (zitiert nach [1]).

Also kämpfte er sich durch die allgemeine Euphorie von Heidelberg nach München durch und wurde dort zunächst als Kriegsfreiwilliger für die Grundausbildung festgehalten.

"Ein Reich, das ich wenig liebe", schrieb er schon im nationalen Taumel der allgemeinen August-Begeisterung von 1914, *"ist so zuunterst in seinem Be-*

stand angegriffen worden, daß auch das Volk und alle Zukunft, auf die wir hoffen, bedroht waren. Einer kann sich nicht unter die Ersten stellen, die umbauen und einreißen wollen, ohne auch bei solchen ganz einfachen Pflichten soviel zu tun als er kann" (zitiert nach [49]).

Stefan George war da ein einsamer Gegner dieses Krieges:

*"Zu jubeln ziemt nicht: kein triumf wird sein.
Nur viele untergänge ohne würde ... "* (*"Der Krieg"* [18]).

Trotzdem kehrte er aus dem Berner Oberland zurück, um sich von seinen *"todgeweihten"* Jüngern zu *"verabschieden"*. Er kehrte stark verändert, *"fast niedergedrückt"* [12] und mit einem *"Schimmer von Mensch- und Welt-Ferne"* [2], von *"Entrückung"* wieder. *"Dieser den Menschen Ferngerückte"* also war es, der von jenen Herbsttagen 1914 aus München berichtete:

"Auf der Ludwigstraße gingen viele junge Soldaten an mir vorüber; man sah ihnen den Stolz auf die ungewohnte Uniform an und alle bemühten sich um straffe Haltung. Plötzlich zog einer vor mir sein Mützchen ab, drehte es verlegen in der rechten Hand und kam schüchtern auf mich zu ... Ich habe halt dem Norbert wieder einmal den Kopf zurecht setzen müssen",

dann aber, allem zum Trotz, sich abermals mit ihm darüber verständigt, daß auch jetzt noch und unter diesen Umständen die *"innerste seele des volkes"* nur die Dichtung sein kann (zitiert nach [2]).

Das verband sie in später Stunde über alle sonstigen Divergenzen hinweg. Ludwig von Pigenot, späterer Mitarbeiter von Hellingraths Mitarbeiter Seebass, hat das noch dreißig Jahre später, mitten im nächsten Weltkriege, bilanziert und festgehalten, daß dieser Hölderlin-Entdecker auch noch

"mehr als andere die von Erstarrung irgendwie bedrohte Welt und Dichtung Georges gesprengt und dadurch in ihrem Besten gerettet habe. Unter allen, die sich George vorübergehend oder dauernd verpflichtet fühlten, ist er der größte Ja-Sager" [1],

dies im Sinne eines affin konsentierenden Artverwandten. Auch das mochte jetzt zu seinem Vermächtnis gehören:

"in der nacht vom 5. bis 6. mobilmachungstag, meinen ersten soldatentagen, hab ich noch alles in ordnung gebracht" und aus dem *"1.bayr.feld.art.regt."*

an Mitarbeiter Seebaß, Hugo Bruckmann und seine Angehörigen mit der Maßgabe überlassen, die Hölderlin-Ausgabe *"nach möglichkeit zu ende zu führen"* (Brief an Seebass, zitiert nach [1]).

Schon am 11./12. August 1914 beschönigte ein Brief seine freiwillige Kasernierung *"in einer stunde, wo doch auch die dinge die mich ernstlich angehn gefährdet sind, nicht bloss das deutsche Reich"* (zitiert nach [2]).

Nach einem Monat Drill, *"der ihm schwer fällt und ihn quält"* [2], und aus der *"tödlichen Einsamkeit der Masse"* heraus verkündet ein Brief von Anfang September 1914:

"Das kann der anfang vom ende sein, worin man immer tiefer einsinkt, bis einem ein dummer tod ganz ungefühlt rasch oder schleppend den abschluss bringt" (zitiert nach [2]).

In der *Max-II-Kaserne* der Münchner Leonrodstraße, berichtete er am 13. September 1914 dem Vater seiner Braut, dem Professor Freiherrn von Ehrenfels (wieder in konservativer Orthographie an diesen Mitbegründer der modischen Gestalttheorie), habe er den kriegsfreiwilligen Unteroffizier der Landwehr,

Franz Marc (1880-1916),

ihm schon seit 1912 als Gast bei Freund Wolfskehl bekannt, jählings wiedergesehen: *"wunderschön als Soldat"*, nach wie vor *"prächtigen Menschen"* und *"bedeutendsten der jungen deutschen Maler, vielleicht den einzigen davon, den ich zu innerst ernst nahm. Wie uns beiden, deren Gesichtspunkte so weit auseinander liegen, der Krieg [...] immer größer und eigner wurde, bis er uns jetzt eine Welterschütterung erscheint, aus deren Vorgefühl allein alle Hast und alles Ringen unsrer vergangenen [...] Jahre verständlich wird, als hätten wir fast maßlos alles Erreichbare an uns gerissen nur in der Ahnung, bloß das Erraffte könne, bloß m i t dem Errafften könnten w i r dieses große Beben Gottes überdauern, und in dem Beben erst solle das — seis noch so heimlich — fester Grund werden, aus dem Inseln und Länder wachsen mögen. So ist, was zuerst störendes Eingreifen gleichgültiger Staatsdinge schien, zu u n s e r m Krieg geworden"* (zitiert nach [1]).

Schon vier Tage später (am 17. September 1914) informierte er die heimliche Braut in ihrem Kärnten, *"was diesen krieg zum furchtbarsten macht, dens je gegeben hat"*: daß nämlich nie zuvor *"das allgemeine Unglück so unvermittelt ins Leben der Einzelnen hineingriff"* (zitiert nach [45]). Ahnungsvoll fügte er hinzu:

"Franz Marc, mit dem ich den letzten Wachabend beisammen war, ist schon draußen" – das hieß: an der Front.

An der Front war inzwischen auch

August Macke (1887-1914),

Marcs bester Freund und heute längst weltberühmter Kollege aus der Künstlervereinigung *"Der blaue Reiter"*. Er war am 8. August 1914 eingezogen worden und fiel schon sieben Wochen später, am 26. September 1914, in der Champagne diesem Kriege zum Opfer.

Er war da 27 Jahre alt.

Er wurde auf dem Soldatenfriedhof von Souain begraben.

Anderthalb Jahre später, inzwischen selbst schon Offizier und ins Kriegsgebiet versetzt, berichtete Hellingrath am 8. März 1916 seiner Braut:

"Grad liegt eine Zeitung vor mir, die sagt, Franz Marc sei gefallen und es so sagt, daß wenig Hoffnung bleibt auf einen Irrtum. [...] Hab ich Dir aber ausreichend geschrieben, wie wir uns in den ersten Kriegstagen trafen, [...] eine Nacht in der stillen Max II-Kaserne beieinander saßen und vom Kriege sprachen. Ich hab ihn damals wie eine Welle im See gefühlt, für mich, wie zitternd Kreis um Kreis er größer wird und ich ihn schließlich werde als unendlich erkennen müssen. Er viel mehr drin als ich selbst damals gab mirs so zu. Aber sein vorwiegendes Empfinden sei, wie alles im Leben und wie ganz wunderbar grad und ungewußt eben die letzten Jahre unaufhaltsam gegen den Krieg hindrängten, ein gieriges maßloses Erraffen, wie um in Ahnung des großen Zusammenbruches das Notwendige zu retten" (zitiert nach [1]).

Franz Marc, den Hellingrath *"bedingungslos schätzte"* und der als Essayist einem seiner antinationalistischen Aufsätze gar den Titel *"Geheimes Europa"* gab, war als geistiger Architekt eines solchen Kontinents und als Leutnant der kaiserlich deutschen Reserve am 4. März 1916 vor Verdun von zwei tödlichen Granatsplittern aus französischen Waffen getroffen worden.

Er wurde 36 Jahre alt.

Andern Morgens wurde er im Schloßgarten von Gussainville bestattet.

Genies als Kanonenfutter, wohlfeil.

Noch ein halbes Jahr später, am 26. November 1916, berichtete Hellingrath, in den Vogesen habe man *"von den steilauf-springenden Hügeln schöne Blicke in die Ebene, die – leicht gewellt – ein niedriger Streifen von Grau und Sepia da liegt und die irgendwo – den Namen hab ich vergessen – Franz Marcs Grab in sich trägt"* (an Imma Ehrenfels, zitiert nach [1]).

Schon 1917 wurden Franz Marcs Gebeine ins oberbayrische *Kochel am See* überführt und dort bestattet.

Aber Hellingrath war im Spätherbst 1914 zur weiteren Ausbildung ins *3. Bayerische Feldartillerie-Regiment* nach Amberg in der Oberpfalz versetzt worden: auch noch bayrisch, aber erst vor einem halben Jahre zum Geburtsort eines anderen, des NS-Lyrikers Hans Baumann geworden: *"Es zittern die morschen Knochen"*.

Freië Tage verbrachte Hellingrath Ende Oktober 1914

entweder im Palazzo der Tante, wo er *"bei gedämpftem Licht"* [55] und in kleinem Kreise Hölderlin-Fragmente vorlas,

oder *"sehr nett mit Rilke"* [45] im Elternhause *"am letzten Hügelrand des Oberen Sendling"*, wo er gleichfalls Gedichte von Hölderlin vortrug, die *"noch heute ungeheuer über mir"* stehen: *"mit dieser sternhaften hohen Gegenwart hölderlinscher Worte"* (Rilke am 26. Oktober 1914 an Mutter *"Burg"* Cantacuzène [45]), der er bei dieser Gelegenheit seine eigene lange

Ode *"An Hölderlin"* überreichte: unverkennbar unter dessen Einfluß und zu
Norberts Freude *"als zeichen, wie der ihn gepackt hat, daß der band nicht
verschwendet war und weil ich den Rainer Maria in vielem bezeichnend für
'die Zeit' finde"* (am 1. November 1914 an Imma) –

oder auch – ohne Rilke – Gedichte von Stefan George: *"Liturgisch psalmo-
dierend [...] , in seinem biedermeierlichen perlgrauen Gehrock, vor einem
richtigen brokatüberzogenen Gebetpult und erhob dazu segnend die Arme
wie der Priester beim Evangelium"* [55].

Aber von alledem zurück in seiner Amberger Kaserne, ahnte er erstmals,
"daß es das für diesen krieg unnützeste gewesen sein mag sich zu melden"
(am 1. November 1914 an Edgar Salin).

Nur zehn Wochen später: *"gegen den krieg hab ich mich bis zum letzten tag
gesträubt mit allem unglauben gewehrt [...] . ich vermochte mich nicht
drein zu finden"* (am 19. Januar 1915 an Marie von Sladovich [45]).

Inzwischen boten sich ihm zwei scheinbare Fluchtwege an:

die einflußreiche Familie Ehrenfels empfahl die Möglichkeit, sich *"unab-
kömmlich"* erklären und so dem Kriegsdienst entziehen zu lassen. Denn *"er
war der Neffe des bayrischen Kriegsministers"*, eines Philipp von Hellingrath, hat Arnold Zweig noch 1932 im palästinensichen Exil seinem Roman
"Einsetzung eines Königs" allzu euphorisch anvertraut und 1937 in Amsterdam erscheinen lassen: aber dieser mächtige Onkel Philipp, in Wahrheit seit
Kriegsbeginn Generalleutnant, Etappeninspekteur der 6. Armee und Vertreter des *Bayerischen Militärischen Bevollmächtigten im Großen Hauptquartier*, der politisch-militärischen Kriegszentrale, *"scheute aus begreiflichen
Gründen, den Norbert aus der Front zu ziehen und sich den Landtagsabge-
ordneten ins Maulwerk zu liefern"* [52];

aber noch im Januar 1915 rammte in Amberg beim Hindernisgalopp das
Pferd eines Fähnrichs ihn, *"so daß es grad mit seinem Hüftknochen mein
Knie erwischte"* (Brief vom 15. Januar 1915 an Imma, zitiert nach [1]).

Den Genesungsurlaub verbrachte Norbert in München und nutzte ihn dort
zu zwei Vorträgen, die er im Februar 1915 zugunsten einer Organisation
hielt, die *"Kriegshilfe für geistige Berufe"* hieß und deren Patronin seine
Tante war: Elsa Bruckmann-Cantacuzène. Zur Finanzierung dieser weitge-

fächert caritativen und sozialen Hilfsdienste wurden da in deren Räumen der Münchner Ludwigstraße, vormals Wohnung des Grafen Edgar von Seyssel d'Aix, auch Konzerte und Vortragsreihen durchgeführt. Entsprechend rekrutierte sich das Publikum aus einem erweiterten Freundeskreise, Repräsentanten des geistigen München, aber auch aus militärischen Vorgesetzten und jungen Heidelberger Freunden.

Beide Vorträge Norbert von Hellingraths befaßten sich mit Hölderlin.

Der erste wurde am 15. Februar 1915 gehalten und hieß *"Hölderlin und die Deutschen"*. Zu einer Zeit, als diese Landsleute mit den *"Siegern von Tannenberg"* verschmolzen und sich als das Volk Hindenburgs und Ludendorffs genossen, erklärte dieser junge Literarhistoriker es provokant und lauthals zum *"Volk Hölderlins"*.

"Innere mitte meines vortrags das wort 'Volk Hölderlins', das gewiss niemand verstehn wird" (zitiert nach [56]).

Hierfür definierte er, *"welche Bedeutung denn doch die Nation oder Stammesgemeinschaft hat"*, und entdeckte: *"es ist nicht Abstammung, es ist nicht Staat, wir kommen immer wieder auf die S p r a c h e . Sprache ist Seele des Volkes, Grenze des Volkes, Kern des Volkes"*.

Folglich: *"Verwalter dieses wertvollsten Volksgutes ist also in erster Reihe der Dichter"*.

Warum aber nannte er nun Hölderlin mit anfechtbarem Superlativ *"den deutschesten Dichter"*? Denn wie der zum *"deutschen Volk, unter dem er lebte, sich verhalten hat"*, kann Hörer im Kriegsjahr 1915 nur schockiert haben. *"Seine Auffassung des Dichterberufes"* nämlich, verkündete dieser Hellingrath da sogar in Soldatenuniform, *"ist durchaus r e l i g i ö s . Er ist Vermittler zwischen dem Göttlichen und den Menschen"*.

Und gerade als mancher seiner Zuhörer just den heutigen Heeresbericht aus dem *Großen Hauptquartier* nicht verdrängen konnte, *"gerade jetzt, da eine Weltenwende sich vorbereitet – die Napoleonischen Kriege brausen über die Erde, alles Alte wankt – er ist in dieser Zeitwende bestimmt, nach dem Schweigen einer langen Weltnacht die Stimme der Götter wieder laut werden zu lassen"* [19].

Denn *"der Grund, warum kaum etwas anderes Neuzeitliches diese Daseins-
fülle hat"*, sagt da plötzlich einer, der in die Schlachten von Verdun unterwegs ist, *"der Grund ist, daß Hölderlins Sprache nicht von der Sehnsucht
nach dem Göttlichen, sondern vom Gefühl seiner Gegenwart erfüllt ist"* [19].

Schon wurde nun auch hier jene Hymne zitiert, die Hellingrath vor sechs
Jahren erstmals aufgespürt hatte und die Stefan George 1910 *"als den vielleicht wichtigsten Fund der neueren Literaturgeschichte"* in seine *"Blätter
für die Kunst"* integrierte: *"Wie wenn am Feiertage ... "*. Damals hatte er insistiert: *"dass der Satz von den Dichtern hinein kommt, ist wichtig"*. Es dürfte dieser gewesen sein:

*"Doch uns gebührt es, unter Gottes Gewittern,
Ihr Dichter! mit entblößtem Haupte zu stehen,
Des Vaters Strahl, ihn selbst, mit eigner Hand
Zu fassen und dem Volk ins Lied
Gehüllt die himmlische Gabe zu reichen"* [20].

"Der Zusammenstoß" eines solchen Dichters nun, leitete Hellingrath über,
*"mit diesem deutschen Volk, das damals nicht viel anders war wie heute,
das Volk, unter dem wir Geld verdienen, essen und schlafen [...] – dieser
Zusammenstoß mußte hart sein: schmerzlich für den Dichter, wenig ehrenvoll für Deutschland"* [19].

Das begründete dieser junge Soldat einer kämpfenden Nationalarmee mit einem langen zentralen Zitat aus der *"berühmten Strafrede"* in Hyperions, dieses titulären *"Emigranten in Griechenland"* (oder Deutschland), letztem
Brief an seinen Freund Bellarmin. Lapidar beginnt sie so:

"So kam ich unter die Deutschen" [21].

Was das bedeutet, folgt dann vier Seiten lang:

*"Barbaren von alters her, durch Fleiß und Wissenschaft und selbst durch

Das mag einem deutsch euphorischen Publikum mitten in seinen chauvinistischen Ekstasen des Kriegsjahrs 1915 weh getan haben.

Aber Hölderlin erklärte ihm diese gnadenlose Abrechnung aus Hellingraths
brüderlichem Munde:

> *das eine einzige Göttliche, dem er von Jugend an, da er es in einer vergan-*
> *genen Menschheit sah, sich hingegeben, unsterblich sein muß, leben muß,*
> *wieder irdisches Dasein erlangen muß in Zukunft, in naher Zukunft, unter*
> *seinem Volke, das er ja nur schmäht, weil er es an dem Wunschbild seiner*
> *Liebe mißt"* [19].

Das war die Quintessenz jenes Vortrages im Februar 1915 über *"Hölderlin und die Deutschen"*.

"Die Aufgabe des deutschen Dichters ist also", resümierte Hellingrath mit eigenen Worten, *"für den guten Geist des Vaterlands Namen, Worte zu finden, wenn sein Herz rein genug, sein Geist nüchtern, unberauscht genug ist, um das zu dürfen"* [19].

Mutter *"Burg"* von Hellingrath-Cantacuzène bilanzierte das für Rilke, der nicht dabei sein konnte und den sie brieflich zum nächsten Vortrag einlud: denn ihr Sohn *"hat es wirklich getroffen seine Hörer mitzureißen in die großen Hölderlinschen Dichtungen – sie paßten so wunderbar in die heutige Zeit – wie ein Vorahnen, ein Verheißen neuer möglicher Welten klang es aus dem Munde des priesterlichen Verkünders"* (am 21. Februar 1915 [45]).

Das Manuskript dieses Vortrags ging verloren: vermutlich in Onkel Bruckmanns kompetentem Verlage just *für Kunst und Wissenschaft* [53].

Schon am 27. Februar 1915 sprach Hellingrath im selben Münchner Rahmen über *"Hölderlins Wahnsinn"*.

Natürlich war das das Thema aller seiner Themen, seit er 1910, also 22jährig auf Wilhelm Langes Hölderlin-Pathographie von 1909, *"das schreckliche Buch eines Psychiaters"*, gestoßen war, das auch ihn persönlich *"mit psychopathischer Minderwertigkeit und künftigem Irrenhaus"* klassifizierte.

Der empörte Hellingrath nannte dieses Buch eine *"heillose brühe von schlamperei und dummheit"* (am 2. August 1910 an den Hölderlin-Forscher Wilhelm Böhm [45]) und plante schon damals eine Abhandlung mit dem Titel *"Hölderlins Wahnsinn. Urkundliche Darstellung mit einem Anhang bisher ungedruckter Gedichte und einer Auseinandersetzung mit der Pathographie des Dr. med. Lange"*.

Unter den Notizen für diesen Text findet sich nicht zuletzt diese:

"Was der Sinnesart des Irrenarztes sich als erste Vorboten des Wahnsinns darstellt, das ist unserm Sinn erste Erfüllung einer neuen Kunst und was dem andern nur noch katatonisches Wortgeklingel schien: darin sehen wir die letzte Reife und heilige Höhe des Dichters" (zitiert nach [1]).

Wozu Hellingrath schon 22jährig von diesem Lange, der später (1935!), als Lange-Eichbaum, über *"Genie, Irrsinn und Ruhm"* publizierte, und von all den andern Diagnostikern des Hölderlinschen "Wahnsinns" provoziert wurde, war dies:

"daß man nicht scheiden kann: hier ist Wahnsinn und hier ist Kunst. Nein, Kunst ist Wahnsinn und Wahnsinn Kunst. Nicht der Wahnsinn kam aus der Kunst, nicht die Kunst aus dem Wahnsinn: Das e i n e Lebendige ging eingeborne Bahn nach seinen Gesetzen – der eine aber erfaßt sie als Logik des typischen Krankheitsverlaufes, der andre als Logik der artlosen Offenbarung – Weil aber dieser ein Dichter war, ganz rein und ganz dem Gotte eigen, so war alles heilig und geweiht und führte zum Guten" (zitiert nach [1]).

Aber Hellingrath stellte auch die aggressive Frage: *"Gibt es und weshalb gibt es Irrsinnslüsterne?"* Seine eigne Antwort definierte so:

"Die Irrsinnslüsternen, die das W e r k gar nicht suchen; die Bequemen, denen die Krankheit Vorwand ist, nicht mitzugehn; die Dummen, denen ihr Nichtmitkönnen Zeichen der Krankheit ist; die Unsichern, die, um nicht hereinzufallen, den Dummen Recht geben" (zitiert nach [1]).

Er fragte weiter, *"warum in der Tat Hölderlins Wahnsinn werbende Kraft hat?"*, und meinte damit dessen Infektionspotential: warum er so gierig verbreitet wurde. Hellingraths Antwort:

"Weil [...] die geahnte Tiefe ergreift und lockt" (zitiert nach [1]).

Aber schon jener Carl C. T. Litzmann, dessen Hölderlin-Biografie sich strikt am Briefwechsel oriëntierte und daher für Forscher wie Emil Petzold und Hellingrath zu den wenigen zuverlässigen Quellen gehörte, hatte 1890 vor allzu flotter Verbannung seines Helden in eine Geisteskrankheit gewarnt:

"Über den Gang, welchen Hölderlins Krankheit nach seiner Rückkehr von Bordeaux nahm, sind wir nur unvollkommen unterrichtet. Aerztliche Zeugnisse liegen überall nicht vor" [4].

Die Skepsis mag hier bereits begonnen haben. Denn *"es kehrten auch lichtere Zeiten für den Kranken wieder, in denen er sich mit Übersetzungen aus dem Griechischen, namentlich aus dem Pindar, beschäftigte, selbst eigene Dichtungen begann"* [4].

Sechs Jahre später fragte Emil Petzold, *"ob nicht Bedenken zu erheben wären gegen ein traditionelles Vorurteil, das einer sachlichen Würdigung Hölderlins nicht in diesem einen Punkte bloss im Wege steht. Ich meine die Gewohnheit, das pathologische Moment bei der Betrachtung des Dichters stets in den Vordergrund zu schieben, es gleich als Erklärungsgrund herbeizuziehen, wenn das Verständnis seiner Gedichte auf Schwierigkeiten stösst"* [10].

Die inzwischen populäre Theorie,

Friedrich Hölderlin (1770-1843)

sei geisteskrank gewesen, kam 1806 und 1807 auf, als er Mitte dreissig war.

Sie dürfte primär entstanden sein, als seine Lyrik sich immer mehr einem rationalen Zugang entzog. Das war da noch neu. Keine Literatur verweigerte sich damals den Gesetzen von Logik und Syntax. Hölderlins Verse taten das ein gutes Jahrhundert zu früh. Seine Leser verwahrten sich dagegen durch solche Diagnose einer Geisteskrankheit.

Abgestützt wurde sie sicher durch die Besonderheiten eines hochgradig musischen Charakters. Das war in seinem Falle das Zusammenspiel von extremer Sensibilität, auch Empfindlichkeit, mit Introversion, radikaler Verschlossenheit, Geheimniskrämerei, latenter Homo-Erotik und Depressionen, mit Ehrgeiz, Nonkonformismus, Egozentrik und einer jähen Cholerik, die wohl genetisches Erbe war.

Das alles zusammen mag um 1800, gar in süddeutschen Kleinstädten so exotisch und abnorm erschienen sein, daß es verdächtigt und gemieden wurde.

Hieraus ergab sich dann jener ganze Katalog von Enttäuschungen, die über Erfolglosigkeit aller Art zu Verheimlichungen und Isolationen führten: schon alles das eher *"nicht normal"*.

Akute politische Gefährdungen lösten zudem im feudal-absolutistischen Württemberg extreme Ängste dieser labilen Psyche vor der Bezichtigung eines *"Hochverrats"* aus und veranlaßten Isaak von Sinclair, seinen politisch noch bedrohteren Intimus und Homburger Wohngenossen, ihn lieber in die Nürtinger Unauffälligkeit im Hause seiner Mutter zu evakuïeren.

Die Mutter, zu der sein Verhältnis lebenslang gestört war, hat dann wohl als Erste von Irrsinn gesprochen. Denn schon damals galt für verrückt, wer sich so unangepaßt verhielt wie ihr Sohn, für dessen Poesie sie aber keinerlei Interesse zeigte. Verständnislos und gewaltsam ließ sie ihn daher ohne persönliche Wiederbegegnung direkt aus Homburg in die geschlossene Psychiatrie nach Tübingen deportieren: ins Irrenhaus.

In jenem neu etablierten *Autenriethschen Klinikum* scheint Hölderlin der erste psychiatrische Patient und entsprechender Unerfahrenheit ausgeliefert gewesen zu sein. Er wurde geschlagen, in eine Zwangsjacke gesteckt, besonders brutal geknebelt und mit Pharmaka abwechselnd beruhigt und stimuliert: täglich *"sechs Gran Belladonna-Blätter, zwei Gran Digitalis-Blätter mit zwei Unzen Anis-Kamillen-Wasser"*, außerdem Aloë, *"Kantharid mit Quecksilber"*, *"Opium, mit Zukker versetzt"* und *"tartrisches Vitriolat mit Zucker und Anis-Kamillen-Wasser"*.

Er soll das alles sieben Monate lang reaktionslos hingenommen, eingenommen und seinen Zustand dadurch nur verschlimmert haben.

Aber der schwäbische Dichter Justinus Kerner, als zwanzigjähriger Medizinstudent damals beruflich mit dem Patiënten Hölderlin befaßt, hat dessen *"Wahnsinn"* später als *"ganz harmloser Natur"* offenbart (zitiert nach [23]).

Wohl eben daher wurde Hölderlin in dieser Psychiatrie nicht einbehalten, sondern nach besagten sieben Monaten dem Tübinger Tischlermeister Ernst Zimmer übergeben, in dessen Turmzimmer er dann

36 Jahre lang Untermieter, Kostgänger und Pflegefall war, aber freien Ausgang hatte: von 1807 bis 1843.

Dort war er zunehmend ein freundlicher, gutartig argloser Hausgenosse, dessen Geist für Dr. Adolf Louis Koch, häufigen Gast etwa 1825/26 und später immerhin Chefarzt der Irrenanstalt Laichingen, zwar *"umnachtet für hier"* war, *"wie es die Menschen nennen,*

vielleicht aber deshalb nur oft abwesend erscheinen mußte, weil er vorauseilen durfte von Zeit zu Zeit in das Land des Schauens" (zitiert nach [23]).

Damit verwies dieser psychiatrische Experte und Zeitgenosse bereits auf Dimensionen, die man damals wie heute sonst eher aus Platons *"Phaidros"* bezog und dort als sokratisch im 22. Abschnitt über *"Drei Arten göttlichen Wahnsinns als Urheber größter Güter"* nachlesen kann.

Dort schildert Sokrátes, wie schon *"die Prophetin zu Delphi und die Priesterinnen zu Dodone im Wahnsinn vieles Gute"* vorausgesehen und bewirkt, *"bei Verstande aber Kümmerliches oder gar nicht"* [24];

auch *"von Krankheiten und schwersten Plagen"* habe ein prophetischer Wahnsinn, *"zu Gebeten und Verehrung der Götter fliehend, und dadurch reinigende Gebräuche und Geheimnisse erlangend"* [24], Heilung und Rettung zu bringen vermocht;

aber *"die dritte Eingeistung und Wahnsinnigkeit"* komme, so noch Sokrátes in Schleiermachers lutherischem Theologen-Deutsch, *"von den Musen"* und *"ergreift eine zarte und heilig geschonte Seele aufregend und befeuernd"*: denn *"wer ohne diesen Wahnsinn der Musen in den Vorhallen der Dichtung sich einfindet, meinend, er könne durch Kunst allein ein Dichter werden, ein solcher ist selbst uneingeweiht und seine, des Verständigen, Dichtung wird von der des Wahnsinnigen verdunkelt"* [24] .

Vierhundert Jahre später ließ der Apostel Paulus seine Gemeinde in Korinth Verwandtes erfahren:

" ... wer mit Zungen redet, der redet nicht den Menschen, sondern Gott; denn niemand hört ihm zu, im Geist aber redet er die Geheimnisse" [25] .

Von alledem aber muß die sensitive Bettina Brentano berührt worden sein, als sie sich 1806 eine Woche lang von Hölderlins Busenfreund, dem hessischen Landespolitiker Isaak von Sinclair, Bericht erstatten ließ: *"wobei einem die Idee, daß er wahnsinnig sei, ganz verschwinde"*. Noch 34 Jahre später, als der greise Hölderlin, vermeintlich geisteskrank, noch lebte, veröffentlichte sie, was sie im Briefwechsel mit Karoline von Günderode, ihrer Freundin und Kollegin, längst schon mitgeteilt haben wollte:

"Mir kommt dieser Wahnsinn so mild und groß vor".

Da nämlich hatte Sinclair ihr schon ausführlich berichtet, *"was für ein Heiligtum in dem Mann steckt"*: denn *"er hebt die Welt dahin, wo sie von Rechts wegen stehen sollte"*. Er gab ihr auch Hölderlins *"Ödipus"*-Übersetzung und sagte, *"daß man die Sprache für Spuren von Verrücktheit erklärt; so wenig verstehen die Deutschen, was ihre Sprache Herrliches hat"* [26] .

"Ach, Poesie!" ließ da die 55jährige noch die 21jährige niederschreiben, *"heilig Grabmal, das still den Staub des Geistes sammelt und ihn birgt vor Verletzung"*, und hellsichtig hinzufügen:

"Mir sind seine Sprüche wie Orakelsprüche, die er als der Priester des Gottes im Wahnsinn ausruft, und gewiß ist alles Weltleben ihm gegenüber wahnsinnig, denn es begreift ihn nicht. Und wie ist doch das Geisteswesen jener beschaffen, die nicht wahnsinnig sich deuchten? – Ist es nicht Wahnsinn auch, aber an dem kein Gott Anteil hat? – Wahnsinn, merk ich, nennt man das, was keinen Widerhall hat im Geist der andern ... " [26] .

Daß Hölderlin keinen Widerhall hatte im Geist der andern, war ihm all die Jahre zuvor in der Tat ein Lebensschmerz gewesen: *"Hier mag mich keine Seele"* (17jährig), *"Der Menschen Worte verstand ich nie"* (25jährig), *"Mein Jahrhundert ist mir Züchtigung"* (26jährig), *"Schämen sich denn die Menschen meiner so ganz?"* und *"Die Berühmten*

... ließen mich stehn" (29jährig). Aber 31jährig vollends: *"Sie können mich nicht brauchen".*

Jetzt scheint das so sein eigener Wunsch und Wille geworden zu sein. Aus der Psychiatrie entlassen, lebte er im Turm als Eremit. Er lebte da *"bewußt"*, begriff auch Friedrich Wolters, *"in einer nur ihm gehörenden Sphäre des Geistes"* [12].

Solche Weltflucht ist zwar so alt, wie es religiöse Mystiker und Mönche oder das gibt, was die christlichen Kirchenväter des 3. und 4. Jahrhunderts als *apotaxia* empfahlen: als

R ü c k z u g   a u s   d e r   W e l t .

Sie mögen es von den synkretistischen Gnostikern des 2. Jahrhunderts übernommen haben, deren Kernsatz lautete: *"Ich bin zwar in der Welt, ich gehöre aber nicht zur Welt".*

Das alles hieß, sein Heil nur in der Isolation zu suchen.

Heutzutage erst recht würde derlei zum Wahnsinn erklärt.

Alles das aber mag der Theologiestudent Friedrich Hölderlin bereits achtzehnjährig im Tübinger Stift aufgesogen haben. Doch schon siebzehnjährig hatte er im Oktober 1787 im Kloster Maulbronn seinem Freunde Immanuel Nast nach Leonberg geschrieben:

"... heute ging ich so vor mich hin – plötzlich kommt mir meine Lieblingsnarrheit, das Schicksal meiner Zukunft, vors Auge – und höre nur, aber lach mich toll aus, da fiel mir ein, ich wolle nach vollendeten Universitätsjahren Einsiedler werden – u. der Gedanke gefiel mir so wohl, eine ganze Stunde, glaub' ich, war ich in meiner Fantasie Einsiedler. [...] aber sonst – – daß ja der Brief nicht in fremde Hände – in menschenfeindliche Hände kommt – sonst heißts – der ist ein Narr!!!" (zitiert nach [23]) .

Das Eremitenleben, hier schon so vorgegeben wie auch der folgende Verruf als Narr (oder Geistesgestörter), blieb aber damals keine Grille. Im Tübinger Stift scheint der Jüngling über Rousseau und dessen

Aufenthalte im *Landsitz Eremitage* und auf der *Isle de Saint Pierre*
im *Bieler See*, aber auch von solcher *"Insularität"* wie in dessen Lieb-
lingslektüre, dem *"Robinson Crusoe"*, gelesen zu haben.

Eremiten auf Inseln wurden hiernach lebenslänglich auch zu seinen
eigenen wichtigsten Geschöpfen: Hyperíon auf Salamís und Empe-
doklẽs auf Sizilien.

"Was kümmert mich der Schiffbruch der Welt,
ich weiß von nichts als meiner seligen Insel" [21].

Das ließ er seinen Weltflüchtling Hyperíon schreiben, der ihn jedenfalls von 1792 bis 1799 beschäftigte: den *"gesunden"* 22- bis 29jähri-
gen Autor. Aber noch der 53jährige verfaßte nach 15jährigem Leben
in seinem Turme *"einige Briefe als Fortsetzung des Romans Hype-*
rion" (Eduard Mörike, mit dem er verwandt war); hier steht zu lesen:

"Ich nehme überhaupt die Welt ganz anders. Ich erstaune, wie das
mit mir gekommen. [...] Ich gestehe, ich wäre [...] lieber mit mei-
nem Leben in den stillen Orten im Innern der Inseln oder in heiligen
Klöstern" (zitiert nach [23]) .

Als mittelloser süddeutscher Kleinstädter mag er zu Beginn des 19.
Jahrhunderts diese Utopie nur im Turmzimmer jenes Tischlermeisters
nachzuleben imstande gewesen sein. Umso bewußter aber tat er das
dort. Der bis dahin Unverstandene wollte jetzt gar nicht mehr verstanden werden. Er verbarg sich in Verschlüsselungen. Er codifizierte mit
Lust, was er in göttlichem Auftrage zu verkündigen meinte.

Solche Maskerade war auch Teil vieler Strategieën dieses Eremiten.
Schon 1804 hatte Freund und Wohngenosse Sinclair an die Mutter
des 34jährigen geschrieben (zitiert nach [23]):

"Nicht nur ich, sondern außer mir noch 6 – 8 Personen, die seine Be-
kanntschaft gemacht haben, sind überzeugt, daß das, was Gemütsver-
wirrung bei ihm scheint, nichts weniger als das, sondern eine aus
wohl überdachten Gründen angenommene Äußerungsart ist": also Inszenierung, damals als Rettung vor politischer Verfolgung wegen
Hochverrats, sonst aus anderm Selbstschutz.

"Irrsinn als Maske, Irrsinn als Schutz", resümiert Pierre Bertaux: das habe Hölderlin auch bei Hamlet lernen können, der 1797 für Deutschland entdeckt und sofort auch von Hölderlin gelesen worden war. Er mag auch die Devise des Descartes übernommen haben: *larvatus prodeo* – meine Erscheinung ist Maske.

Schon im Herbst 1799 gestand er Susette Gontard über die Zeit jener ihrer unerfindlichen Verbindung, die die Familië Gontard ja noch mehr als hundert Jahre später als *"idealste, durchaus unerwiderte Liebe"* resolut entkörperlichte:

"Immer hab' ich die Memme gespielt, um Dich zu schonen, – habe immer getan, als könnt' ich mich in alles schicken, als wär ich so recht zum Spielball der Menschen und der Umstände gemacht und hätte kein festes Herz in mir" (zitiert nach [23]).

Mit demselben Briefe schickte er Susette den fertigen, *"u n s e r n Hyperion"*. In diesem stark autobiografischen Briefroman war auch über Städter, jene Nachkommen des Brudermörders Kajin, und deren Geselligkeit zu lesen:

"Der Widersinn in ihren Sitten vergnügte mich wie eine Kinderposse, und weil ich von Natur hinaus war über all' die eingeführten Formen und Bräuche, spielt' ich mit allen und legte sie an und zog sie aus wie Fastnachtskleider" [21]: kostümiertes Rollenspiel also immer wieder.

Christoph Theodor Schwab schließlich, Sohn von Gustav Schwab, dem schwäbischen Sagensammler, hat zwanzigjährig den siebzigjährigen Hölderlin mehrfach besucht, über ihn publiziert und Tagebuchnotizen des Winters 1840/41 hinterlassen, in denen er von seinem Eindruck berichtet, dieser alte Mann spiele vorsätzlich den Narren, um unliebsame Gäste zu verscheuchen: *"Als er mich durchaus fort haben wollte, sagte er, sich als gemeinen Narren verstellend: 'Ich bin unser Herrgott' "* (zitiert nach [23]).

Das mag er häufig, immer öfter oder nur noch so getrieben haben: um allein, um Eremit zu sein. Denn *"es ist doch besser, in der Schreibstube einsam zu sein"*, hatte der 25jährige brieflich schon *"den vorletzten Dec. 95"* seiner Mutter eingestanden, *"als unter dem unbedeutenden Lärme der Menschen, die einen nichts angehn"* [27] .

Wirklich *"ist eine unermeßliche Kluft"*, hat ein anderer seiner Gäste, der ebenfalls zwanzigjährige Autor Wilhelm Waiblinger, später in seiner Hölderlin-Biografie fixiert, *"zwischen ihm und der ganzen Menschheit. Er ist entschieden aus ihr hinausgetreten"*, sie *"stört ihn zu sehr"* (zitiert nach [23]).

Wobei stört sie ihn?

Beim Gespräch mit den Gottheiten.

Bei ihrem Lobpreis.

"Er redet nur vom Göttlichen",

weiß sein Exeget Pierre Bertaux, *"und hat sein Leben lang von nichts anderem geredet"*:

"Und was ich sah, das Heilige sei mein Wort" (zitiert nach [23]).

Andres nicht mehr. Er begriff sich als Sendboten, Herold, als Apostel oder Ausrufer Gottes.

Gleichzeitig schrak er eben davor auch zurück.

"Ach, wir kennen uns wenig,
Denn es waltet ein Gott in uns",

hatte schon der Dreißigjährige im Sommer 1800 mit alogischer Logik in seine Ode *"Der Abschied"* hineingeschrieben und dort über eine Preisgabe dieses Gottes gleich fortgesetzt:

"Den verraten? ach ihn, welcher uns alles erst,
Sinn und Leben erschuf, ihn, den beseelenden
Schutzgott unserer Liebe,
Dies, dies Eine vermag ich nicht" [54].

Denn Gott verraten: das hieße, erläutert folgsam und sensibel Pierre Bertaux, *"ihm untreu sein. Aber es bedeutet auch, ihn der Menge preisgeben. Das Göttliche darf nicht auf den Marktplatz getragen werden. Die Weihe ist im Geheimnis"* [23].

Friedrich Hölderlin

Zeitgenössische Zeichnung
von Johann Georg Schreiner, 1826

Dieses Dilemma zwischen einer Verkündigung Gottes und seinem Verschweigen dürfte Hölderlins zentrales Problem gewesen sein.

So blieb ihm das Lobpreis eines scheinbar wirren Panegyrikers und unergründlichen Pantheïsten, unter dessen 34 letzten Gedichten freilich ganze 21 nur noch den wechselnden Jahreszeiten gewidmet sind:

"Der Frühling", "Der Herbst", "Der Sommer", "Der Winter", "Der Frühling", "Der Sommer", "Der Herbst", "Winter", "Der Winter", "Der Sommer", "Der Frühling", "Der Sommer", "Der Sommer", "Der Winter", "Der Winter", "Der Winter", "Der Frühling", "Der Frühling", "Der Frühling", "Der Frühling" und "Der Frühling".

Sie sind das einzige bleibende Thema des Menschen in seiner angemessenen Demut. Von den sieben allerletzten Poëmen heißen fünf nur noch exklusiv *"Der Frühling"*, eins aber mittendrin noch *"Freundschaft"* und der absolute Abgesang *"Die Aussicht"*.

Die vermeintliche Demenz hat ihn also keinesfalls daran gehindert weiterzuschreiben. Schon gleich nach seinem Einzug in das Zimmer des Tischlers Zimmer schrieb er *"täglich eine Menge Papiers voll"*. Damals *"erfaßte er mit Begierde jede Gelegenheit zu schreiben und füllte alle Papiere an, die ihm in die Hände fielen"*, kolportierte Christoph Theodor Schwab die Berichte des Schreiners, aber *"anfangs entzog man Hölderlin wo möglich die Gelegenheit, sich schriftlich zu äußern, da es ihn aufregte"* (zitiert nach [23]).

"Solche von Hölderlin überschriebene Papiere", weiß noch Bertaux, seien damals *"korbweise weggetragen worden und abhanden gekommen"*. Trotzdem fand sein Freund Sinclair *"einige Sachen von ihm, in seinem jetzigen Zustand verfertigt, die ich aber für unvergleichlich ansehe und die Friedrich Schlegel und Tieck [...] für das Höchste in ihrer Art in der ganzen modernen Poesie erklärten"* (Brief vom 23. Mai 1807 an Hegel, zitiert nach [23]).

Auch der junge Schwab sah in den fünfzig immerhin erhaltenen Gedichten aus dieser Zeit *"nie einen sinnlosen Vers"* und ergänzte:

"solche Verse schrieb er, nachdem man tage- und wochenlang kein vernünftiges Wort von ihm gehört hatte [...] . Schrieb er Prosa, so war das plötzliche Versagen der Denkkraft viel auffallender" (zitiert nach [23]).

Nur seine Briefe an die Mutter, die ihn seinerzeit immerhin gewaltsam in der Psychiatrie hatte einschließen und malträtieren lassen, schrieb er *"immer ganz ordentlich und klar, wie 'n Gewöhnlicher schreibt"* (zitiert nach [23]).

Er wußte also genau, was er tat oder unterließ und wie er dosierte.

Das bestätigt auch einsam Bernhard Böschenstein. Dieser schweizerische Literarhistoriker, der noch 2005 über *"Wissenschaftler im George-Kreis"* publizierte, hat 1965 Hölderlins späte Gedichte analysiert und ihrem Verfasser nachgewiesen, sich zwar nicht mehr als geschichtliches, sondern einzig natürliches Wesen empfunden zu haben. Dennoch befassen sich von den 27 letzten Gedichten seit 1838 und bis wenige Tage vor seinem Tode fast alle mit dem Menschen inmitten von Vergänglichkeit als einer *"Verkleidung des Ewigen"*. Sein Leben stiftet *"die von jeher vorgesehene Eintracht von Mensch und Natur im Zeichen des alles gewährenden Geistes"* [28].

Krank sei hieran allenfalls *"die gleichmäßige Wiederkehr solcher Bestätigung"*, sonst gar nichts. *"Der hier beschworene Mensch ist Be-*

trachter und oft Teilhaber geistiger Kräfte, deren neues Auftauchen in der Welt immer wieder vermerkt und deren Dauer so immer neu bestätigt wird. Sein Leben korrespondiert dem frühlingshaften Beginn sowie der Vollendung geistiger Präsenz in der Welt, das ist seine einzige Wirklichkeit in diesen Gedichten". Solchem Weltverständnis diene auch *"die immer strengere Auffassung der Zeichenhaftigkeit alles Erscheinenden"* [28].

Böschenstein vermeidet jegliche Polemik gegen psychiatrische Befunde, sieht jedoch in diesen späten Gedichten des vermeintlich geisteskranken Hölderlin die Voraussetzung für *"die Geburt von Trakls Poesie"* und informiert alle unbelehrbaren Diagnostiker dieser Demenz im Tischlerturm, *"daß Geisteskrankheit und gültige Poesie einander keineswegs auszuschließen brauchen"* [28].

Umgekehrt warnt er sie vor solchem Vorurteil. Denn überhaupt habe uns *"die Gewöhnung an Bilderfolgen, denen auf den ersten Blick keine sinngebende Steuerung mehr anzumerken ist, gelehrt, einem zunächst befremdenden Zusammenhang seine eigene Gesetzlichkeit zu entringen"* [28]. Er mag da an Expressionismus, Surrealismus, Dada und andere lyrische Manifeste des 20. Jahrhunderts denken.

Bertaux ergänzt das lakonisch:

"Für die erwähnten Psychiater ist das Poetische an sich schon ein pathologisches Phänomen" [23].

So couragiert und akribisch wie dieser Pierre Bertaux 1978 hat ohnehin niemand gewagt, die medizinisch und germanistisch konventionelle, die populäre und unangezweifelte Verbannung Hölderlins in eine Geisteskrankheit anzuzweifeln. Selbst Hellingrath in seiner weitgehenden Identifikation mit seinem Studienobjekt ging noch nicht so weit.

Bertaux, der ihm das vorwirft, hat sich aber selbst noch nicht mit seinen Thesen bei allen denen durchsetzen können, denen eine so unbegreifliche, so geniale Person und Poësie doch sehr viel lieber in einer geschlossenen Abteilung eingesperrt und despektierlich etikettiert bliebe.

"Selbstverständlich ist sein Sprachgebrauch kein 'normaler', insofern er kein umgänglicher, i. e. kein zum 'normalen' Umgang mit Menschen dienender Sprachgebrauch ist", konzidiert Pierre Bertaux auch diesem Lyriker. *"Aber er hat, nicht zuletzt als dichterisches Temperament, schon immer dazu tendiert. Seit den Jahren der Isolierung – eigentlich seit dem Sommer 1802 – hat er sich in die sprachliche Abgeschiedenheit zurückgezogen.*

Doch hat dies m. E. nichts mit irgendeiner Form einer geistigen Erkrankung zu tun: es ist die 'normale' Folge der Entwicklung eines bestimmten Temperaments unter bestimmten Umständen – eine Entwicklung, die völlig konsequent verläuft und als solche zu verstehen ist" [23].

In seinen *"Anmerkungen zur Antigonae"*, die Pierre Bertaux für das Testament des 34jährigen Hölderlin (aus dem Jahre 1804) hielt, ist ihm unverhohlen *"heiliger Wahnsinn höchste menschliche Erscheinung"* (zitiert nach [23]) .

Hölderlin wurde so 73 Jahre alt.

Aber so rigoros wie Pierre Bertaux 1978 konnte Norbert von Hellingrath mit seinem Münchner Vortrag von 1915 noch nicht zu Werke gehen. Denn jene Frühphase seiner Hölderlin-Entdeckung nahm inzwischen mitten in einem Weltkriege zwischen täglichen Todesnachrichten ihren Fortgang und fand daher auch bei latenten Interessenten nur noch geschmälerte Aufmerksamkeit.

Trotzdem wagte er, Hölderlins vermeintlichen Wahnsinn zu seinem Thema zu machen. Er bezeichnete ihn als *"das Geheimnis, das als rätselhaft anlockt und als unverständlich wegstößt"* und *"das seinen Namen mehr bekannt gemacht hat als das Wunder des Werkes"* [29] .

Zuvor aber, eingangs, hat er da seinen Hölderlin als

"ganz und nur Verkünder, Träger, Gefäß der Götter"

bezeichnet. *"Er bekleidet ein Amt, das sie ihm auferlegt haben, eine Gesandtschaft, und das ist alles, ist das Ganze: Amt, Gesandtschaft, Botschaft.*

[...] Das Leben ist das Aufprallen der Botschaft auf die Welt und das Werk Schrei und Seufzer bei diesem Aufprall" [29] .

Noch im Spätsommer 1799 habe der 29jährige versucht, eine literarische Zeitschrift zu begründen. Als das scheiterte, zerschlug sich die letzte von drei Lebensutopieën, nachdem zuvor die Politik ihm sein revolutionäres *"Empedoklēs"*-Projekt erübrigt und gesellschaftlicher Dünkel den akademischen Lehrstuhl in Jena verweigert hatten. Ihm wurde klar,

"daß ihm nicht vergönnt ist, für Zeitgenossen zu sprechen",

begriff nun auch Hellingrath, sein Exeget,

"und von nun an denkt er nicht mehr an Hörer (oder gar Leser), an Wirkung, an Drucker und Verleger [...] , verhüllt sich in seine einsame Stimme, wohnt allein in dem ungehörten Gesang, dem einzigen freundlichen Asyl, ruhig in dem Trost, daß es für Gott kein Schaden ist, wenn 'von der Rede verhallt der lebendige Laut' ".

Diese Rede spreche seither *"geschwisterlich vertraut von der wunderbaren Welt als von etwas Vorauszusetzendem, Selbstverständlichem, von jeher Bekanntem: wo dieser kindliche, innige, ungebrochene Glaube von ihnen spricht, sind die Götter wirklich da, ist das fast Unglaubhafte bewiesen, daß die Sage, echtes mythisches Denken unter uns Spätgeborenen noch nicht erstorben ist".*

Aber *"wer so unter Göttern lebt, dessen Rede verstehen die Menschen nicht mehr; zum ersten Male in Deutschland wagt sich Dichtersprache so unverstellt vor",* behauptete dieser Freiwillige Hellingrath in seiner bizarren Uniform eines Kriegers auf Abruf. *"Deshalb ist es auch verzeihlich, daß die Deutschen diese großen Hymnen nicht gedruckt und die gedruckten nicht gelesen, sondern sich bloß über die 'Spuren des Wahnsinns' darin gefreut haben, mit der beruhigenden Freude, die den kleinen Bürger erfüllt, wenn er unter amtlicher Beistimmung einen unheimlichen Großen verrückt nennen darf [...] . Der einsam in seine Welt verlorene Dichter bedenkt nicht, daß seine Sagenwelt nicht Gemeingut des ganzen Volkes ist"* [29] .

So ist schließlich nach Jahren einer solchen Vereinsamung das ganze Spätwerk *"ein Äußerstes, Letztes, schon ein 'Darüberhinaus'* und insofern *"ein Irdischwerdenwollen von etwas schon ganz in einer anderen Welt Heimat-*

*lichem, das Larvewerdenwollen dessen, der den Leib abgestreift hat und
leicht und körperlos schwebt: es ist ein Wunder von Durchgeistigtsein [...].
Aber ein Weiter gibt es nicht, entrückt muß der Verklärte werden"* [29] .

Das ist dann als *"gänzliche Gleichgültigkeit gegen alles"* auch für den ein-
fühlsamen Hellingrath

e i n   n a c h v o l l z i e h b a r e s   E n d e .

Es ist, *"in geläufigen Formen unseres Lebens ausgedrückt, die Geschichte
seiner Krankheit. In der Gleichgültigkeit liegt zugleich Ende und Heilung.
Er schiebt damit die ganze Last seines Lebens von sich, er läßt sich willen-
los treiben und wiegen, 'wie auf schwankem Kahne der See', eine große Be-
ruhigung kommt über ihn, Verzweiflung, Angst, Tobsucht verliert sich, die
Dürre weicht, der Pulsschlag der Seele kehrt in sein rhythmisches Fließen
zurück"* [29] .

Was er zum Abgesang jetzt noch schreibt, sei *"ziellos, nicht mehr verantwortliche, gotthingegebene, schöpferische Arbeit"* und *"nur noch wunder-
sames Fortspielen des Wohllautes der wiederberuhigten Seele"* [29].

So etwa fand dieser Hellingrath ohne jede Polemik gegen Mediziner und
Psychiater auch seinen Frieden mit dem unbegreiflichen Schicksal seiner
eigenen Ikone.

Aber der Münchner Historiker Karl Alexander von Müller, zu dessen Schülern Hermann Göring, Rudolf Heß und Baldur von Schirach ebenso zählen
sollten wie der CSU-Begründer Alois Hundhammer und der *US*-amerikani-
sche Historiker Wolfgang Hallgarten, hielt noch 1954 über diesen Vortrag
Hellingraths in seinen *"Erinnerungen"* fest:

*"Welch ein Erlebnis: fast alle Hölderlinschen Spätverse, die der Redner
sprach, waren noch nie erklungen, seit sie der Dichter vor über einem Jahrhundert vielleicht sich selbst vorgesungen hatte; nun, mitten im beginnen-
den Lebenskampf unseres Volkes, rief ein zum frühen Tod Geweihter sie aus
dem Vergessen auf und gab ihnen zum ersten Mal Laut vor fremden Ohren.
[...] In einem stillen Eck dieses kaum gefüllten Raums an der Ludwigstraße
aber [...] saß ein zarter, unauffälliger Mann, mit einem seltsam slawisch*

*herabhängenden Schnurrbart in einem blaßfarbigen Gesicht; wer in seine
hellen, melancholischen Augen unter den schweren Lidern gesehen hätte,
hätte wohl die ganze Trauer des entfesselten Weltschicksals darin lesen können. Es war Rainer Maria Rilke"* [55].

Dieser Freund, der *"ein wahres Bedürfnis"* nach Hellingrath zu haben eingestand, war in einem Damenflor, mit der Tänzerin Clotilde von Derp, seiner Schweizer Kollegin Regina Ullmann und jener lothringischen Malerin
Lou Albert-Lazard erschienen, die bei Kriegsanbruch *"in tiefer Verstörtheit
ohne eigentliches Ziel"* [45] aus der Bretagne nach München geflohen war.

Rilke also in diesem Umfeld war von Hölderlins Sätzen und ihrem Sprecher
so *"unbeschreiblich bewegt, erhoben und erschüttert"*, daß er schon andern
Tages die Fürstin Caroline Cantacuzène-Deym, Großmutter des Referenten,
in ihrem wohlvertrauten Alterssitz am Starnberger See brieflich wissen ließ,

*"daß Norberts groß gestaltetes und gefühltes Redebild mir unbeschreiblich
ergreifend und bedeutend war [...] . Wo ist ein so junger Mensch, über den
man so beruhigt sein dürfte? Das dachte ich oft, gestern aber wurde es mir
zu einer so starken Überzeugung, dass die Stunde, seinen Worten gegenüber
sich mir von selbst zu denen stellte, die ich je in der Nähe ganz geretteter,
dauernd erhobener geistiger Menschen verbracht habe. Es ist ergreifend zu
sehen, wie ein Einsamer [...] zum Erzieher, zum Theilnehmer, zum steten
Mitwirker werden kann [...].*

*Sie werden verstehen [...] , wie gern ich Norbert für alles dies habe und
wie ich ihn mir hochhalte"* (am 28. Februar 1915 [45]).

Aber der verantwortlichen Elsa Bruckmann-Cantacuzène schrieb er an jenem selben Folgetage: *"Das ergriff, rührte und bestimmte uns wohl alle,
und indem man den herrlichen Verlauf Hölderlins gewahrte, erkannte man
auch im stillen das eigene Dastehen, immer unter dem geistigen Himmel aller derer, die je Bahnen gegangen sind ... von wieviel solchen Abenden behält man das in Erinnerung?"* (zitiert nach [1])

Rilkes Begleiterin Lou Albert-Lazard jedoch, selbst ja Malerin, hat noch
1952 in ihrem Rilke-Buch über diesen Vortrag Norbert von Hellingraths berichtet und *"daß wir uns des Eindrucks nicht erwehren konnten, es sei dieser außerordentliche Kopf der des jungen Hölderlin selbst. Hölderlin bildete zu dieser Zeit den Mittelpunkt von Rilkes Lektüre; oft las er mir daraus*

vor. [...] / Der Vortrag Hellingraths hatte ihn ebenso ergriffen wie dessen Persönlichkeit" [22] .

Schon am nächsten Tage besuchten die beiden diesen Referenten bei seiner Mutter in Sendling, *"um mit Norbert zu sein"* (Rilke). Aber ohnehin fühlte der Gast sich *"heimisch in dem alten Hause mit den schönen alten Möbeln"*, erst im Hitler-Kriege stark zerbombt, und mit seinem Blick *"weit ins Isartal hinaus"* [45] .

Lou war von Norberts Schönheit stark beeindruckt, *"sollte ihn malen und war sehr glücklich, es zu tun"* .

Ab 4. März 1915 tat sie es. Rilke persönlich überredete den Freund zu mehreren sonntäglichen Sitzungen als Modell in Uniform. Hellingrath ermöglichte das *"zwischen den besorgungen meiner mobilmachung"*, aber *"von herzen ergeben"*.

"Sein fesselnder Kopf, Mischung einer germanischen Rasse mit der eines Kaisers von Konstantinopel", beschrieb ihn die malende Lou, *"faszinierte mich mit seinen tiefen blauen Augen, die, von schrägen dunklen Brauen überwölbt, noch seinen asiatischen Typus betonten"*.

Rilke war bei allen diesen "Sitzungen" zugegen, führte dabei Hölderlin-Gespräche mit dem Porträtierten und erkannte in ihm die Anlage,

"innen mythisch zu sein, die täglich widerfahrenden Dinge im Sinn ihrer eigentlichen göttlichen Abstammung aufzunehmen", weil solche Menschen, *"ihrer Natur nach, auf mythisches Erlebnis angelegt"* seïen (am 13. April 1915 an die Fürstin Marie von Thurn und Taxis-Hohenlohe).

Aber *"während der Arbeit"*, hat Lou Albert-Lazard hinterlassen, *"war ich plötzlich von einer Beklemmung befallen: ich hatte das unbestimmte Gefühl, daß das Schicksal dieses inspirierte Wesen in seiner vollen Jugend bedrohe [...] . Ich muß etwas von diesem Vorgefühl in mein Bild gelegt haben, denn seine Mutter, die es doch so sehr gewünscht hatte, konnte seine Gegenwart nicht ertragen, nachdem ihr Sohn ins Feld gezogen war"* [22] .

Nur kurz danach, schon am 6. April 1915, mußte Hellingrath in München seinen Vortrag über *"Hölderlins Wahnsinn"* wiederholen.

Norbert von Hellingrath

anonymes Foto: München 1915

in der *Württembergischen Landesbibliothek*, Stuttgart

Dieses Manuskript ist erhalten geblieben. *"Aber wenn es in Ordnung ist"*, schrieb er der verlobten Imma illusionslos ins ferne Kärnten: *"was macht man dann damit? Nichts!"* (zitiert nach [53]).

Das war gottlob ein Irrtum. Nur acht Jahre später schrieb kein Geringerer als Hugo von Hofmannsthal, der Hellingraths Tante noch als ledige Prinzessin Cantacuzène und ihn selbst schon als achtzehnjährigen Studenten kennen lernte, in seinem VI. *"Wiener Brief"* für die *New Yorker* Zeitschrift *"The Dial"* (LXXV, Nr. 9 im September 1923), daß Hölderlin *"mit einem Schlag zum Führer einer ganzen schicksalsvollen Generation"* geworden sei:

"Merkwürdig genug ist es aber, zu denken, daß besonders die Strophen seiner letzten, vom Wahnsinn schon beschatteten produktiven Jahre, die jahrzehntelang für schlechthin unverständlich, ja einfach für sinnlose Produkte eines Wahnsinnigen galten, jetzt wirklich verstanden werden" –

dank Hellingraths.

Der jedoch kehrte damals in seine Amberger Kaserne zurück und legte dort alle erforderlichen Examina ab, um kurz nacheinander Unteroffizier, Vizefeldwebel und Leutnant zu werden, aber gleichwohl *"Grundfiguren eines*

Barock-Buches" zu entwerfen und Imma lakonisch zu gestehen: *"Das Leben ist schön"* [45].

Doch im Herbst 1915 wurde er an die Front versetzt.

Teile seines Regiments gingen nach Serbiën, *"einen besonders gefährlichen Frontabschnitt"*. Auch Norbert zog es magisch dorthin, wo sich vor viereinhalb Jahrhunderten Zweige der Kantakouzenos niedergelassen hatten. Aber auf Immas Drängen erwirkte sein militärisch hochchargierter Vater, daß er sich dort nicht mit Blutsverwandten schießen mußte.

Stattdessen wurde er in die Vogesen verlegt, die damals schon Frontgebiet, noch aber ohne Kampfhandlungen waren. Bei *Colroy-la-Grande* nordwestlich von Colmar hatte er in einem Meßtrupp noch Muße, *"die Spiele des Lichts mit den Formen des Landes"* zu betrachten. Er sah jetzt noch darin *"Grund genug zu leben, wie immer und überall"* (zitiert nach [1]).

Aber Rilke informierte da seine Briefpartner schon von seiner *"immer trüberen Einsicht in das Un-Heil und den Un-Sinn [...] , in dem alles unverbesserlich weiterdrängt"* (am 10. Oktober 1915 an Ellen Delp [45]).

Von Tante "Ilf" im Verlagshaus Bruckmann ließ sich indessen deren *"Lieber, lieber Knurr"* noch Bücher über die Türkei (jener anderen Cantacuzènes?) und eine türkische Grammatik in die Vogesen schicken. Aber im Mai 1916 gestand er dem Freunde Karl Wolfskehl, *"seit zwei jahren in einem provisorium"* zu leben: *"abseits von den menschen unter ganz wenigen"* [45] .

Denn *"geistig und körperlich [...] ist ihm das Soldat-Sein nicht leicht gefallen"*, berichtet Edgar Salin von jenen *"furchtbaren Stunden"*, in denen *"die bleiche Angst ans Herz greift"* [2] . Plötzlich wußte er: *"Ich häng jetzt mit allen fibern dran"*: am Leben; *"wie gern denke ich da an das bischen gegenwart"* des letzten Sommers mit den Freunden, auch als jener zynische Lord Jacques, und empfindet *"zum ersten Mal das Gefühl, gelebt zu haben"*.

Das aber schrieb er dem Freunde Salin erst im Juni 1916 und fügte illusionslos hinzu:

"Ich kann mir gar kein deutsches heer vorstellen, das übers maass unsres, bestenfalls bei den steuerzahlern etwas beliebtern, kommissdrills hinaus geisterfüllt und träger des reichsgeistes wäre. [...] Mir scheint, immer noch, geist, reich und staat werden bei uns immer die sache von einem dut-

zend schwärmern oder herrschern sein, und die andern hundert millionen sind zum glück so hündisch fügsam, dass sie, gehörig ausgeschrien, schon folgen" (zitiert nach [2]).

Das ist nur scheinbar von elitärer Arroganz. *"Denn nichtser als leutnant im ruhigen stellungskrieg kann nichts sein. Somit hab ich alles recht, nichts zu sein"* (schon am 26. Mai 1916 irisierend an Wolfskehl, zitiert nach [2]).

Das ist von einer Hoffnungslosigkeit, die tief greift, und bräuchte auch *"keine endlose kriegsdauer zu erwarten, wohl aber dass ich für meine person doch noch, wenn auch auf kurz, in etwas kriegsartiges käme [...] , bis der nebel steigt und in trübem licht die grosse arbeit von nach dem krieg vor uns liegt"*: eine *"Welt voll Plunder"*.

Trotzdem versuchte er da noch 1916, seine *"Reden im Nebel"* zu schreiben: *"Freund, ich schreibe dir allen Wahnsinn, der in mir ist"*. Fast wie ein Schlußsatz von Hölderlins Gnaden liest sich da mittendrin:

"Ich will in die Waldnacht versickern" (zitiert nach [1]).

Am 11. November 1916 wurde seine Einheit in mehreren Etappen aus den Vogesen nach Lothringen verlegt: *"gegen Verdun"* [45], wo Franz Marc gefallen war. Unterwegs hielt Hellingrath *"geistige Inventur"* [56]. *"Ich wollte, Krieg und Winter wäre zu Ende"*, schrieb er noch am 1. Dezember 1916 an Imma und glaubte, *"der Krieg wird mir den Wunsch erfüllen"*. Er sei *"müde des ewigen lauerns im Ruhequartier"* [45]. Gleichwohl wurde er, warum auch immer, mit dem *Eisernen Kreuz zweiter Klasse* ausgezeichnet.

Noch in diesen frühen Dezembertagen 1916 war ihm deutlich, *"daß ich im Notfall alles, was [ich] zu sagen hab, in einem (nicht einmal dicken) Buch über Hölder sagen könnte"* (zitiert nach [1]).

Es blieb beim Konjunktiv. *"Mit einer Ruhe und Kaltblütigkeit, die seine Kameraden verwundert und selbst fremden Offizieren anderer Waffengattungen auffällt"* [2], meldete er sich am 10. Dezember 1916 freiwillig als Beobachter einer feindlichen Feuerstellung an vorderster Front.

In der Nacht vom 11. auf den 12. Dezember 1916 schrieb er *"zwischen 11 und 12"* einen letzten Brief: *"Jetzt sitz ich im Offiziersunterstand unsrer künftigen Feuerstellung und geh um Mitternacht als Beobachter zur Batterie, allwo ich vier Tage und also den 13ten bleibe"* (zitiert nach [1]).

Am 14. Dezember 1916 wurde er dort vor Verdun als Artillerie-Beobachter, der das Feuer auf das *Fort de Douaumont* geleitet hatte, eben abgelöst.

Da zerfetzte ihn ein Volltreffer.

Zwei Telegramme an den väterlichen Generalmajor meldeten vier Tage später beschönigend, sein Sohn sei vermißt, verschüttet, verwundet und werde gesucht, erst hiernach, er sei *"nach bericht seines begleiters durch granatschuß gefallen"* [45].

"Kein armer Rest, keine Spur, kein Grab ist von dem Freund geblieben", weinte Salin, der an anderm Frontabschnitt einen eigenen Brief an Norbert bald mit dem rot notierten Vermerk zurückerhielt: *"Heldentod f. Vaterland"*.

Auch seine Mutter erhielt ihren letzten Brief mit solcher Aufschrift zurück: *"Zurück / den Heldentod fürs Vaterland † "*.

Norbert von Hellingrath wurde 28 Jahre alt.

Vermeintliche Überreste wurden beim *Fort de Douaumont* in einem Massengrab bestattet.

Aber die Familië hoffte kopflos noch weiter. Ihr Freund und Anwalt Dr. Georg Alexander Müller-Mittler fragte offiziëll beim *Roten Kreuz* nach. Onkel Philipp von Hellingrath, inzwischen einer der erfolgreichsten Kavalleriegenerale des *Ersten Weltkriegs* und just seit jenem 11. Dezember 1916 *Staatsrat im ordentlichen Dienst des bayerischen Kriegsministeriums*, veranlaßte dienstliche Nachforschung bei der Armee, bei Kriegsgefangenen-Organisationen, bei Frontkameraden und verhalf so Mutter wie Braut zu Passierscheinen, um mit Truppentransporten ins besetzte Belgiën fahren und dort auf eigene Faust nach dem Verschwundenen suchen zu können.

In Leuven bestätigte ihnen Mitte Februar 1917 ein junger Leutnant, daß der Reserve-Leutnant von Hellingrath *"im ärgsten Feuer ohne sich zu decken, aber auch ohne nur zu zucken"* [56], von einem Granateinschlag neben sich oder vom zusammenstürzenden Unterstand getötet worden sei.

"Wie Hölderlins Empedokles", deutete Ludwig Alwens die Rätsel dieses Geschehens noch 1928, *"hat er diesen Tod der Vernichtung bejaht als eine tiefere Heimkehr"* [49].

Erst runde vierzig Jahre nach diesem Tode, Mitte der fünfziger Jahre, erfuhr seine Schwester Elisabeth durch Zufall von einem weiteren Augenzeugen, ihr Bruder habe damals *"hinter einem Baum gestanden, als von der Seite die Granate kam, die sein Leben auslöschte"* [56].

Also erschien seine Todesanzeige damals erst mit entsprechender Verzögerung zwei ganze Suchmonate später: am 15. Februar 1917, just dem zweiten Jahrestage seines Münchner Vortrags über Hölderlin und die Deutschen. Sie meldete seinen *"Heldentod in treuester Pflichterfüllung"*, bat, *"von Beileidskundgebungen abzusehen"* und vergriff sich dann sogar noch makaber (mit fehlerhafter Apposition oder falschem Beziehungs-Substantiv) in Hölderlins und Hellingraths so liebevoll zelebriertem Deutsch:

"In vorderster Linie als Artilleriebeobachter eingesetzt, hat ein Granattreffer seinem Leben ein plötzliches Ende bereitet" [45].

Doch erst weitere sechs Wochen hiernach traf aus Genf der Bericht des *"Comité International de la Croix-Rouge"* ein und bezog sich auf Aussagen des kriegsgefangenen Augenzeugen German Schoeninger aus demselben Kompanie-Abschnitt:

Leutnant Hellingrath *"stand mit Hauptm. I. Res. Frobenius vor dem Eingang zu unserem gemeinsamen Stollen um das Artilleriefeuer zu beobachten, als Nachmittags 3°° ein schweres Geschoß einschlug und den Stollen verschüttete. Beim Herausarbeiten aus dem Stollen stieß ich nur auf, zu völliger Unkenntlichkeit, zerstückelte Leichen. Da alle Nachforschungen, welche ich während der Nacht vom 14/15 Dezember 1916 anstellen ließ, ergebnislos blieben, nehme ich mit Bestimmtheit an, daß Leutnant von Hellingrath mit Hauptmann Frobenius durch diese Granate zerrissen wurde"* [45].

Erst hiernach konnte am 12. April 1917 der amtliche Totenschein ausgestellt werden.

Doch mehr als sieben Jahre hiernach, am 2. Oktober 1924, fixierten in Genf 48 Regierungen mit einem Protokoll des Völkerbundes, daß *"ein Angriffskrieg ein internationales Verbrechen darstellt"* (zitiert nach [61]). Dieselben 48 Mitgliedstaaten dieser Vorform der *UNO* beschlossen in ihrer Vollversammlung von 1927 einstimmig, daß jeder Angriffskrieg ein internationales Verbrechen sei. Ein Jahr später, am 27. August 1928, signierten in Paris Aristide Briand und Frank B. Kellogg als Außenminister Frankreichs und der *USA* einen Pakt, der jeglichen Krieg verurteilte und als völkerrechtswidrig festschrieb. Von 63 Nationen unterzeichnet, wurde er noch im Juni 1945 in die *Charta der Vereinten Nationen* aufgenommen.

In postum so internationaler Rechtsauslegung war auch Norbert von Hellingrath als einer von zehn Millionen Toten jenes *Ersten Weltkriegs* einem Verbrechen zum Opfer gefallen.

Es kondolierten damals viele Freunde, *"die alle vermeinten, daß ihnen ein Bruder gefallen sei"* (Ludwig von Pigenot [1)]).

"Ja, da half nichts", weinte tränenlos diesem Neffen eines siegreichen Generals desselben Krieges auch noch Arnold Zweig in Haifa nach: *"da mußte der Bub eben hinwerden, wie schon Dutzende und Hunderte vorher, so wertvoll er auch war, ohne Furcht und Tadel. In seiner Briefmappe liegt das wütende Schreiben eines Münchener Philologieprofessors, der außer sich ist über diesen Verlust: 'Dichtung und Wissenschaft trauern gleichmäßig um diesen edlen Geist ... ' "*[52)].

Aber Kollege Rilke hatte nach dieser Todesnachricht wochenlang nur schweigen können. Erst nach zwei Monaten kondolierte er Mutter "Burg" von Cantacuzène:

"Hab ich doch selbst erst an Ihrem unendlichen Verlust ein Eigenstes durchzumachen und zu lernen gehabt: denn mir war noch kein Näherer und Gefühlterer durch den Krieg genommen worden" (am 20. Februar 1917 [45)]).

Sie bedankte sich vierzehn Tage später bei Rilke auch *"für alle schönen Stunden, die Sie Norbert gaben – ich weiß Sie waren ihm viel [...] – ich weiß, wie still froh er oft das stimmungsvolle Zusammensein mit Ihnen genossen hat"*[45)].

Rilke hatte zugleich auch der verlobten Imma kondoliert und hierbei, sei es ahnungslos, an jenes Beileid erinnert, das Goethe, gleichfalls erst nach vielen Wochen wortloser Zurückhaltung, der Witwe Schillers übermittelte, indem er seinen eigenen Schmerz dem Ihren ebenwertig, fast hybrid oder pietätlos und anspruchsvoll an die Seite stellte: *"so vermeidet man billig den Anblick derer, die mit uns gleich großen Verlust erlitten haben"* (am 12. Juni 1805). Auch Rilke tröstete oder reduzierte jetzt Immas Trauër auf ähnlich besitzanmeldende Weise: *"Ich habe Norbert genügend gekannt und zu sei-*

nem Wesen so viel Rührung und Ehrfurcht gehabt, daß ich aus meiner Stellung zu ihm Ihre Lage wohl zu empfinden vermag": er fühle da dasselbe wie eine Braut.

Die jedoch gab in ihrem Dankesbriefe, ähnlich ahnungslos, preis, daß der Gefallene sie und sich gern

"die neuen Dioskuren"

zu nennen pflegte, die Versprochene also gar nicht so sehr als Frau, eher als den fehlenden Bruder oder gleichgeschlechtlichen Zwilling empfand (am 27. Februar 1917 [45)]).

Sein Vermächtnis, jener *Vierte Band* der Hölderlin-Ausgabe, erschien offiziëll erst nach seinem Tode. Den noch fehlenden *Zweiten*, *Dritten* und *Sechsten Band* gab in seinem Auftrag seit 1922 Friedrich Seebaß mit Ludwig von Pigenot beim Berliner *Propyläen Verlag* heraus. Gleichfalls erst 1922 erschienen Hellingraths Hölderlin-Vorträge von 1915 im Verlage seines Onkels.

Sein gesamter Nachlaß *"füllt, räumlich besehen, etwa den Inhalt einer grösseren Truhe"*, berichtete Imma noch 1963 ihrem Brieffreunde Martin Heidegger, und enthielt *"Entwürfe, Manuskripte, Seminararbeiten, einige hundert Briefe"* wie auch seine eigenen Gedichte: *"weit über hundert, wenn nicht doppelt so viel"* (am 25. Januar 1963 [53)]).

Im selben Briefe schilderte diese Imma von Bodmershof auch das Schicksal seiner Hölderlin-Unterlagen:

"Im Jahr 1916 schrieb mir Norbert aus dem Feld, ich möge alle Hölderliniana, die ich unter seinen Papieren fände, in einer großen, schwarzen Ledertasche versammeln, die schon die Aufschrift trug: 'Im Fall meines Todes Dr. Friedrich Seebaß zu übergeben'. Gegen Ende des Winters 1917 besuchte uns Seebaß im Hellingrath-Haus in Sendling, selbst nach einer schweren Verwundung. Ich wußte nicht, daß er noch äußerst geschwächt war [...] und übergab ihm den Schatz, meist Vorarbeiten für den sechsten Band. Auf dem längeren Rückweg vom Haus zur Trambahn wurde Seebaß ohnmächtig und lag, niemand weiß wie lange, bewußtlos am Rand der ländlichen Straße

im Schnee, bis ihm jemand aufhalf und er irgendwie nach Hause kam – die Erinnerung an die Tasche war völlig gelöscht und erst nach Jahren, als Pigenot ihn danach fragte, dämmerte sie ihm langsam auf.

Glücklicherweise fand sich später noch einiges und blieb erhalten – obwohl die Amerikaner 1946 lastautoweise Schriften aus dem Hellingrath-Haus in den Wald führten und dort ausleerten. Das meiste war damals schon bei uns in Rastbach und vor den Russen im Keller vergraben (in Pergament gewikkelt, in Flaschen versiegelt), wo es alles überstand" [53].

Alles Erhaltene ist heute im *Hölderlin-Archiv* oder in der Handschriftenabteilung der *Württembergischen Landesbibliothek* in Stuttgart aufzufinden.

Seine *"Worte über Hölderlins Leben und Werk"*, wie er sie brieflich schon 1913 für den *Sechsten Band* angekündigt hatte (*"Welcher Wohlklang! Tatü!"* – zitiert nach [2]), hat er nicht mehr schreiben können, und jene *"Hölderlin-Rede, die Hölderlins Bedeutung als Eckstein der Zukunft preisend enthüllt, hat nicht er gehalten, sondern George"* (in *"Blätter für die Kunst"*, aber erst in der Elften/Zwölften und letzten Folge, Oktober 1919) [2] .

Der jedoch verglich auch Hellingraths Sterben mit dem Tode eines byzantinischen Kaisers, von dem nach einer letzten Schlacht nichts als die Schuhspangen gefunden wurden, und schrieb so jenes Gedicht, das er *"Norbert"* nannte, zwischen Februar 1917 und Oktober 1919. Er publizierte es 1928 im Band *"DAS NEUE REICH"* , dort im Zyklus *"SPRÜCHE AN DIE TOTEN"*.

"Norbert

Du eher mönch geneigt auf seinem buche
Empfandest abscheu vor dem kriegsgerät ..
Doch einmal eingeschnürt im rauhen tuche
Hast angebotne schonung stolz verschmäht.

Du spätling schienst zu müd zum wilden tanze
Doch da dich hauch durchfuhr geheimer welt
Tratst du wie jeder stärkste vor die schanze

> *Und fielst in feuer erd und luft zerspellt."* [18]

Diesen eher distanzierten Versen gingen da unmittelbar zwei Strophen voraus, die *"Wolfgang"* hießen. Sie waren

Wolfgang Heyer (1893-1917)

gewidmet, der in Neuwied geboren wurde und in Potsdam aufwuchs: als Sohn eines hohen Juristen aus preußischer Beamtenfamilie und einer Mutter von hugenottisch französischer Herkunft. Er studierte anfangs Naturwissenschaften, dann Jura und Volkswirtschaft, aber verfiel in den Vorlesungen des Heidelberger Germanisten Friedrich Gundolf diesem Magneten, dessen Lehrfach und jenem Kreise von Studenten aller Fakultäten, aber nur einer Neigung: der Literatur.

In Gundolfs mehrfach wiederholten Kollegs über die Romantik und über Goethe waren sie alle meist im Hörsaal, Wolfgang Heyer aber ausnahmslos immer. Der mag da auch bald die besondere Sympathie des Dozenten auf sich versammelt haben. Denn am 6. August 1913 riskierte es dieser Zwanzigjährige, sich brieflich *"vielleicht innerlicher und mehr ansprechend"* an den Professor zu wenden, *"als unser Verhältnis bisher zu erfordern und zu erlauben erschien"*. Er beklagt da die Prüfungen ihres Zeitalters und schätzt umso mehr jede *"wahre und tiefe, einfache und wesentliche Menschlichkeit"*: *"Sie wissen, was ich sagen will, und so möchte ich Sie bitten, auch mir ein gutes Gedenken zu wahren"* (zitiert nach [2]).

Gundolf scheint diese Bitte nicht nur offiziell in seinen Vorlesungen so erfüllt zu haben. In *"anschließenden Gesprächen mit dem verehrten, uns freundschaftlich zugetanen Lehrer"*, hat Kommilitone Edgar Salin überliefert, *"gelangte die Wechselrede meist schnell zu dem Stoff, der uns wie ihm am Herzen lag, Hölderlin und George"* [2] .

Im Dezember 1913 stellte Gundolf in seiner eigenen abendlichen Wohnung auf dem Heidelberger Schloßberg jenen immer noch zwanzigjährigen Wolfgang Heyer gezielt auch Stefan George vor.

"Sie sind Gundolfs Schüler?"
"Ja."

George ließ sich dann eigene Gedichte von diesem Heyer vorlesen und kritisierte dessen Vortrag so schonungslos wie lehrreich. Beim Abschied nahm er *"Wolfgangs Rechte und berührte sie mehrmals mit einem kosenden Schlag seiner linken Hand. 'Ich hoffe, Gutes von Ihnen [...] zu hören und Sie wiederzusehen"* (zitiert nach [2]).

Schon zwei Wochen später, am Neujahrstage 1914, bedankte sich Heyer bereits in einem auffallend zarten und zärtlichen Brief bei George für die *"vielen Male, die ich allein oder mit den Freunden bei Ihnen sein durfte"*, bezichtigte sich vieldeutig eines jugendlich unerfahrenen *" 'Nur'-Aufnehmens, ja des fast nicht einmal Denken-Könnens"*, aber betonte zugleich *"das Einzige, was ich jetzt, was ich vorerst habe, Fragen und ein Herz. [...] Unwandelbar Ihr tief ergebener Wolfgang Heyer"* (zitiert nach [16]).

Das so begonnene Jahr 1914 aber war schicksalhaft auch für diesen Jüngling.

Bei einem jener seriëllen *"Soziologischen Diskussionsabende"*, die der namhafte Wirtschaftswissenschaftler Alfred Weber für seine Kollegen und Hörer veranstaltete, hielt Wolfgang Heyer in all seiner allenfalls inzwischen 21jährigen Jugendlichkeit ein Referat über Macchiavelli und brachte da *"erschütternd sein Wissen um die Natur der Macht und um ihr baldiges Losbrechen zum Ausdruck"* [2] .

Aber vorher scheint er dieses erstaunliche Wissen noch in seine Gestaltung des Shakespeare-Narren Probstein eingebracht zu haben, den er mit dem Text seines Lehrers Gundolf in jener Freilichtaufführung von *"Wie es euch gefällt"* durch die Heidelberger Studenten auf dem Königsstuhl und in Schwetzingen so zu spielen wußte, *"daß nie ein weiserer Narr als Wolfgang"* [2] ihn dargeboten zu haben schien. Freilich spielte er ihn neben dem Orlando seines Bruders Gustav Richard, stud. med., und neben keinem *"tiefsinnigeren Jacques"* als Norbert von Hellingrath.

"Hellingrath hat Wolfgang zärtlich geliebt", verkündet ihr befreundeter und *"gleichgesinnter"* Kommilitone Edgar Salin noch 1954 in sei-

nem ebenso offenbarungsfreudigen wie diskreten Buch *"Um Stefan George"*, und gab dieser Liebe sofort auch überindividuëll ihren Zusammenhang mit einschlägiger Gruppierung:

"In den Stunden der gemeinsamen Arbeit und der gemeinsamen Feste war er uns Allen und waren wir Alle ihm Bruder und Freund" [2].

Wem: Norbert oder Wolfgang?

Da sie in der Heidelberger Szene als Paar in Erscheinung zu treten pflegten, wohl beiden.

Sie treten auch meist zu zweit auf, wenn die karge Literatur *"von Wolfgang Heyer und Norbert von Hellingrath"* berichtet, deren gemeinsames, paariges *"Leben unter den Augen des Meisters aufblühte und in seinem Dienst stand"* [2].

Deutlich länger als sein älterer Bruder, stud. med., aber auch als sein Norbert, der vier Jahre älter war, wurde Wolfgang gern *"Der Kleine"* genannt und *"hatte in länglichem Gesicht einen ungewöhnlich breiten Mund mit ganz schmalen Lippen, eine scharfe Nase und reiches braunes Haar"*, erinnert sich zuverlässig Studiënfreund Edgar Salin, *"aber den Ausdruck bestimmten die tiefliegenden Augen, die meist dunkel und verschleiert nach innen blickten und die dann doppelt bezauberten und durchdrangen, wenn sich der Blick in gütigem Verstehen oder in tiefer Frage oder in kindlich-weisem, schelmisch-ernstem Lachen nach außen richtete"* [2].

So mag er auch seinen Norbert bezaubert haben. Der nämlich hatte ja schon siebzehnjährig all sein fruchtloses Suchen nach einem Freunde an jenem 15. November 1905 dem zitierten Tagebuch anvertraut:

"Ich glaube mir zum Heil finde ich keinen Freund. Die Welt ist allzu leicht für Zweie. Einer muß brechen oder sie tragen wollen, stark sein können. Wohlan! Wohlauf!" (zitiert nach [1]).

Aber dieser Wolfgang, der zwanzigjährig all den optimistischen Elan seines Gundolf mit stereotypem *"Morsch, ganz morsch"* zu kontern liebte, verstand sich in seiner Verbindung mit Norbert trotz alledem dazu, *"auf ein Glück in der Zukunft zu hoffen"*, und *"zeichnete Pläne"* für eine künftige mütterliche *"Burg des Geistes"*, deren menschliche

und sachliche Aufgabe er auf sich und Norbert aufzuteilen begann
(zitiert nach [16]).

So sinnenfrohe Utopieën hatte dann wohl auch sein Norbert im Auge,
wenn er im Mai 1914 seine frisch verlobte Imma wissen ließ:

"Schön die paar Abende meines Lebens, die ich durchtollt hab" (zitiert nach [1]).

Zehn Tage später warnte er sie fast testamentarisch und noch deutlicher:

*"Ich werd mich nie ganz in die Gemeinschaft andrer finden können
und leb vielleicht deshalb in so ferner Zukunft, daß ich dort Brüder
finden kann"* (am 24. Mai 1914, zitiert nach [1]): Brüder.

Diesen Schreckschuß relativierte er dann sofort, freilich nicht gerade
vorehelich:

"Und vielleicht sind wir allein" (zitiert nach [1]).

Aber just seit seiner rätselhaft heimlichen Bindung ins ferne Kärnten
hatte er, *"der immer Einsame"*,

wußte sein Gefolgsmann Ludwig von Pigenot noch 1944,

*"Anschluß gefunden an einen frohen Kreis Gleichaltriger, nie zuvor
stand er dem Zauber der von außen auf ihn eindringenden Wellen
mehr offen als in diesen Heidelberger Tagen"* (zitiert nach [1]).

Vielleicht ja hing auch seine tiefe Münchner Freundschaft zu Karl
Wolfskehl mit dessen Dissertation zusammen, in der es um Androgy-
nie in Sage und Mythos ging.

Noch in Robert Boehringers Fotoband ist Hellingrath auf Seite 100
gegenüber der Seite 101 mit Wolfgang Heyer abgebildet [36] :

p a a r w e i s e .

Aber für Bernd-Ulrich Hergemöller, der sich in Freundeslieben der
deutschen Kulturgeschichte so spür- und quellensicher auskennt wie
kein Zweiter, war noch 1998 Hellingraths *"engster Freund und Le-*

bensgefährte" eben kein anderer (und keine andere) als Wolfgang Heyer. Nur *"unter dem Druck gesellschaftlicher Konventionen verlobte sich H[ellingrath] [...] mit Imma, der Tochter des Philosophieprofessors Christian von Ehrenfels. Der Ausbruch des Ersten Weltkriegs machte H.'s Aussichten auf eine glänzende wissenschaftliche Laufbahn zunichte. Im August 1914 meldete er sich zusammen mit seinem Freund zum Einsatz"* [32].

Erst in Uniform gestand er öffentlich, *"daß ich mit Hölderlin glaube: eine innere Welt, die mindestens zwei Menschen gemeinsam wird, hat ein ganz neues, irgendwie von jedem der beiden unabhängiges Dasein in der Zeit erlangt"* [29].

Aber *"romanhaft lüsterne Neugier hat viel geschwatzt um Hölderlins Liebe zu Susette Godard"*, die er *"einmal Griechin, einmal Madonna"* nannte, *"deren Drängen"* er jedoch *"durch begeisterten Schwung und philosophisches Denken [...] unberührt gelassen hatte"*. Also ganz und gar *"hölderlinisch gesprochen"* verkündete im Februar 1915 der Bräutigam Hellingrath im Salon seiner Tante: *" 'das Entstehen einer gemeinsamen Sphäre' und damit einer 'gemeinsamen Gottheit', das war das eigentliche Geschehnis"* [29].

Nichts anderes.

"Dem, der's nicht weiß, werde ich nie deutlich machen können, was das Wort Vereinigung sagen will" [29]. Wohl nicht eine Paarung mit Susette Gontard. Da scheint sich Hellingrath mit jenen Damen de Bary und der Familie Gontard von 1911 sehr einig gewesen zu sein:

"Die Leute, deren Neugier zwischen der Sensation seiner Liebe und der Sensation seines Wahnsinns die sieben Jahre seines eigentlichen Lebens so gut wie übersehen hat, ließen sich's nicht entgehen, um diese Liebe einen Roman zu spinnen. In der Tat war es für einen Roman zu einfach: eines Tages fanden beide die Kraft, aus freiem Entschluß sich zu trennen der Unvereinbarkeit bewußt ihrer bürgerlichen und ihrer inneren Beziehung".

In ebendieser Einsicht, *"daß ein Weiterführen ihrer Liebe nicht so würdig sei als ein ganzes Ende, hat das Bewußtsein sie geschieden, daß das eigentliche Wesen ihrer Vereinigung erfüllt sei: der Welt Hölderlins Dasein zu geben"* [29].

Erst hiernach ist zu erraten, was Hellingrath sphinxhaft mit solcher *"Vereinigung"* auch des zumindest latenten Homo-Eroten Hölderlin meinte: *"ein geheimeres Eines werden, das nicht im Gedanklichen und Geistigen, sondern fast wie etwas Leibliches sich vollzieht. Damit ist die innere Welt Hölderlins, vorher nur ahnbar, nur Zauber und Schimmer, wirklich geworden, außer ihn getreten"* [29].

Aber als Hellingrath das alles in seinem Vortrag über *"Hölderlins Wahnsinn"* ein verschrecktes Münchner Publikum hören und rätseln ließ, war sein Wolfgang schon Soldat. *"Als Wolfgang sich von uns losriß und einen nach dem Anderen Abschied nehmend umarmte"*, erinnerte sich Edgar Salin genau, da *"ließ uns zuerst und zustärkst die angstvolle Sorge die Kniee erzittern. Der Jüngste war noch immer solch holde, unerschlossene Knospe, und aus seinem Antlitz leuchtete die Freudigkeit und der Schmerz der Geweihten"* [2].

"Ich bin hier bei den gelben Ulanen eingetreten", schrieb Wolfgang seinem Mentor Gundolf im Herbst 1914 noch aus Potsdam. *"In sechs Wochen kommen wir vor den Feind, und zwar nach Frankreich. [...] Ich erhoffe nichts mehr von einer Zukunft; mit nichts bin ich nun vertrauter als mit dem Gefühl, daß hier ein – der – Abschluß meines Lebens liege. Schenken die Himmlischen ein Neues, Zweites, so will ich es dankbar empfangen – jedoch: ich erhoff es nicht: So reich und schwer fühl ich die Vergangenheit, daß es mir scheußlich schiene, für mich vom Schicksal noch mehr zu erbitten.*

Bis ich dies fühlte, bis ich so heiter wurde – bin ich allerdings fast zersprungen – bis zu dieser inneren Helle war die Qual fürchterlich. Doch jetzt ist alles gut, notwendig, schön.

Allzeit seien die Götter mit Ihnen, mit dem Werke.

Was auch komme, Ihnen zu tiefst verschuldet, Ihnen im Tiefsten dankbar Ihr Wolfgang" (zitiert nach [16]).

Gundolf, der von all seinen Freunden und Schülern für keinen mehr als für diesen jungen Heyer fürchtete, *"den er mit besonderer Zärt-*

lichkeit und Hoffnung wie eine Fortsetzung seiner eigenen besten Eigenschaften empfand" (zitiert nach [16]), antwortete mit einem ganzseitigen Gedicht *"Für Wolfgang"*, das diesen im Dezember 1914 in Flandern erreichte. So beginnt es:

"Umhüllt von einer wolke liebender
Gedanken geh du in die schlacht!
Wehrloser wissen wir uns selbst als dich
Befreites herz, das wieder wirkt und wacht."

Und so endet es:

"Wie dreifach unser wird was unser war
Seit wir drum bangen
Wolfgang! und unsre selige saatzeit gross
Durch solchen erntetag!" (zitiert nach [16])

Schon am 20. Dezember 1914 bedankte sich der so Bedichtete aus dem flämischen Ruddervoorde südlich von Brügge:

"Wie wissen Sie, was ich bin, welche unauflöslichen Bande mich für alle Zeit und jedes Schicksal an Euch binden" (zitiert nach [16]).

Gut drei Monate später wurde er aus Flandern an die Ostfront versetzt. *"Hier der Kampf."*, schrieb er im Sommer 1915, quasi ortlos *"im Biwak"*, an Gundolf: *"Wie wild und voller wahnsinniger Strapazen ist unser Reiterdasein"* (zitiert nach [16]).

Nicht allzu weit von ihm in der Gegend von Krasnostaw zwischen Bug und Oberer Weichsel wird am 20. Juli 1915 der junge Stefan, Sohn des Berliner Malerpaares Reinhold und Sabine Lepsius aus Georges Umfeld, totgeschossen: *"mein lieber kleiner Lepsius. ... Er war ein so reines Kind, und wir kannten uns 8 Jahre"* (zitiert nach [16]).

Ohne Erlaubnis entfernte sich Heyer von seiner Einheit, um zum Grabe dieses reinen Kindes zu reiten.

Aber außer so mörderischen Schlachten gab es auch zermürbenden *"Stellungskrieg"*: *"Nachts die Biwakfeuer und der Kreis der singenden Männer herum, tags die ungeheuren Massen unsres Heeres an-*

*marschierend und rastend, die großen großen Kolonnen. Lieber lie-
ber Gundolf! Wolfgang"* (zitiert nach [16]).

Inmitten nahm sich dieser 22jährige gleichwohl die Zeit zu lesen:
nicht zuletzt ein provokantes Manuskript seines Freundes Edgar Salin
über *"Volk und Heer"*. Heyer reagierte, abermals ortlos, nämlich
"Front, den 27. Juli 1916", mit einem Text, der sein beachtliches Heidelberger Referat über Macchiavelli vermutlich noch übertrifft.

Die wenigen Male, die irgendwo noch von diesem Wolfgang Heyer
berichtet werden mag, sollten Exzerpte aus dieser Preziose getrost
recht ausführlich sein:

"Hat sich das Gesicht der Welt, insbesondere das unsres Reichs",
fragt er da, *"seit jenen Augusttagen (1914) so geändert, daß wir [...]
aus unserer Zurückgezogenheit hervortreten müssen und wollen, um
einzugreifen und mitzuwirken? Der Schritt ist ungeheuer."*

Hieran schließt eine verblüffend vertraute Bilanz seiner materiali-
stisch oriëntierten Wohlstandsjahre vor dem Ersten Weltkriege:

*"Dieser Nur-Sinn für das Materielle, [...] diese in der Luft irrenden,
bodengelösten Ideale, Ideen, Ideologien, diese allgemeine Angst vor
letzten Fragen oder ihre Überdeckung von Sekten, Tanzinstituten,
amerikanischen Heilsbringern, dieses Verspotten und Entwerten aller
Religionen, dieses an die Stelle Setzen nur möglichst fremder Kulte je
älter und unverwandter, desto besser; diese Verdrängung Christi
durch Haus- und Spezialarzt; diese Blödigkeit vor der Natur; sie wurde zweckdienlichst ausgeraubt und geschunden und übersehen; dieser
Irrsinn der Zahl, die alle Qualität aus dem Felde schlug; diese Tendenz eines jeden, es weiter zu bringen in seiner Existenz, nur nicht er
selbst zu bleiben; [...] diese ständige Sucht nach Versicherung jeglichen Dings, Tieres, ja des eigenen Lebens selbst; dieser elende
Drang, nur rascher zu arbeiten, nur schneller zu fahren, nur mehr zu
verdienen, nur sicherer zu leben"* –

als wäre diese Schilderung hundert Jahre später geschrieben. Sie fährt
fort:

> *"wir hatten uns abgewandt von einer solchen Menschheit und lebten im eigenen Kreise – mußten es ja: da wir etwas in uns trugen, das durch Sternen-Räume von dieser heutigen Welt getrennt war; wie konnten und mochten wir auch nur die Zuschauer dieses Gewimmels sein. Fluchbeladen schien uns die Zeit, die Hölderlin schon vor hundert Jahren die 'Neue Welt' schreiben ließ; dieses Fragment, das uns lähmt und entsetzt: denn wir sehen ins steinerne Herz der Zeit".*

Dieses Scheinbare einer *"Neuen Welt"* gerinnt für Heyer zumal in ihrem akuten *"Verteidigungskriege"*. Denn just

> *"die Ideologie des Verteidigungskrieges hat etwas so unmöglich Niedriges. Ein jeder wollte der Geprügelte sein, um zu beißen. [...] Und so wird dieser Kampf, in dem es um die wirtschaftliche Vormachtstellung Deutschlands in Europa geht, bis auf den letzten Mann und die letzte Granate ausgekämpft, hunderte der edelsten Männer geopfert, tausende von tüchtigen Bürgern dahingegeben, hunderttausende vom nährenden Volksboden hinweggefegt. Wofür? Für jenen wirtschaftlichen Vorrang. Um nichts, aber auch um gar nichts anderes geht es – und es bedarf keiner nachträglichen Bestätigung etwa durch das gleiche Antlitz des kommenden Neuen Europas: Worein man aus solchem Geiste steuerte und kam, dieser Hexenkessel speit nichts anderes wieder aus als was in ihn hineintrieb und -taumelte.*
>
> *So stehen wir den bewegenden Kräften fremd und abgewandt gegenüber, heute wie gestern, morgen wie heute und beschränken uns auf unsere Welt"* (zitiert nach [16]).

Im Winter 1916/17 scheint Heyer, verwundet und kuriert, mit Genesungsurlaub nach Deutschland geschickt worden zu sein. Als er da Stefan George in Bingen besuchte, bemerkte dieser, *"Wolfgang sei bei seinem letzten Besuch noch mehr verdüstert gewesen als ehedem"* und habe daher *"als Gruß und Trost"* von ihm jene vier sehr persönlichen Verse erhalten: *"Dem Reiter W."* . Sie reflektieren, wie George ihn sah, *"bevor er nach einer Verwundung wieder ins Feld zog"* (zitiert nach [16]). Aber sie verschweigen, was George auch noch sah.

Am 12. Oktober 1917 schrieb ein Leutnant Oelschläger dem Geheimrat Heyer einen Brief, der den Verlauf eines Gefechtes schilderte, aus dem dessen Sohn Wolfgang *"nicht zurückgekehrt ist"*. Noch hoffe man, er sei in Gefangenschaft geraten, und halte ihn für vermißt.

"Ich glaube nicht, daß wir ihn wiedersehen", resignierte Gundolf am 20. Dezember 1917 und sprach es endlich aus: *"Wolfgangs Tod lastet auf mir"* (zitiert nach [16]).

George verdoppelte jetzt *"Dem Reiter W."* seine Abschiedsverse, nannte sie unverhohlen *"Wolfgang"* und gab zu, schon damals *"in der Trauer des jungen Offiziers ein Vorzeichen seines nahen Todes"* gesehen zu haben.

"Was soll ich deinem stummen blick erwidern?
Ich gäbe gern dir mehr zum abschied mit ..
Scheuch diese trauer unter deinen lidern
Sonst · reiter · ziehst du aus zum letzten ritt." [18]

Erst nach fast sechsmonatiger Ungewißheit wurde Wolfgangs Tod offiziëll bestätigt.

Er war drei Vierteljahre nach seinem Norbert getötet worden.

Er wurde 24 Jahre alt.

"Auch von Wolfgang", trauërte Freund Edgar Salin, *"ist nichts geblieben"*. Außer vielleicht jener Text an Salin von 1916:

"Als Mitkämpfer haben wir Unerhörtes gesehen ... Als Betrachter allen Weltgeschehens hat sich uns ein neues riesenhaftes Schauspiel gezeigt ... Als Menschen aber, denen ein einziges Glück beschieden war und dauert, deren Bestes und Innerstes erweckt wurde und erblühen mußte in einem abgeschiedenen wunderbaren Reiche, als solche Entlaßne und Gebundne werfen wir nur einen Blick in das ferne Wetterleuchten zurück, dessen Stimme uns nicht erreicht, und kehren uns fromm und frei unserer leuchtenden Morgenröte, Unserem Tage zu"
(zitiert nach [16]).

Stefan George aber sagte noch nach jenem Kriege, im Oktober 1920:

"Bei Wolfgang wußte man: wenn sich die Schwere von ihm hebt, wird ein geistiger Quell sprudeln" (zitiert nach [2]).

Daß es dazu kam, haben Kaiser, Volk und Vaterland verhindert.

In jenen 64 Briefen, in denen seine Braut Imma noch nach fünfzig Jahren keinem Geringeren als Martin Heidegger vorherrschend über Norbert von Hellingrath berichtete, wird Wolfgang Heyer, dessen engster Freund, kein einziges Mal erwähnt. Es gab ihn da gar nicht mehr.

Aber der erste von Stefan Georges *SPRÜCHEN AN DIE TOTEN* war *"Heinrich F."* überschrieben und galt

Heinrich Friedemann (1889-1915).

Dieser Thüringer war in Nordhausen geboren, in Neuwied schon ein Spielkamerad der Gebrüder Heyer und ebenso alt wie Hellingrath. Er war mittelloser Herkunft.

Durch Entbehrungen und mit Nachhilfestunden finanzierte er sein Studium der Philosophie und Germanistik in Genf, Gießen, Berlin und Marburg.

1911 wurde er 23jährig von Paul Natorp, Neukantianer der *"Marburger Schule"*, mit einer Dissertation über *"Das Formproblem des Dramas"* promoviert

und lernte *via* eigener Gedichte Karl Wolfskehl, dann auch Friedrich Gundolf kennen, den er Ende des Jahres schon in Heidelberg besuchen durfte: *"Eine große Fülle ist von Ihnen in mich eingegangen, und das Auge muß sich erst gewöhnen, so weit zu schauen"* (zitiert nach [16]). Bald schon wurde er als Gundolfs Freund auch Stefan George vorgestellt.

Auch Friedemann hatte rötlich-blondes Haar und war, erinnert sich Friedrich Wolters, *"von hochaufgewachsener hagerer Gestalt, hatte zuweilen in den stürmisch geworfenen Gliedern noch etwas Kinder-spielendes, aber in dem hochfahrenden Kopf mit den aufwärts gerich-teten großen Augen lagen Mut und Selbstvertrauen, auf der hohen breiten Stirn Klugheit und Kühnheit und unter der schmalgebogenen zarten Nase sprudelte der volle fast üppige Mund vom Feuer begei-sternder Rede über"* [12].

Robert Boehringer placiert ihn mit Schillerkragen in seinem Fotoban-de des George-Kreises auf einer Doppelseite mit Hellingrath, Wolf-gang Heyer und Edgar Salin, der ihn seinerseits aber *"immer umge-ben von liebenden Frauen"* [2] sieht.

Auch für Ludwig Thormaehlens Fotografenaugen war er *"ein leiden-schaftlich wirkender Mensch. [...] Eine gewisse Ferne von den Vor-gängen und der Betriebsamkeit der Welt war ihm eigen. Er lebte be-scheiden und anspruchslos, war verheiratet und hatte schöne Kin-der"* [34].

Gundolf schien *"dies allzugeflügelte, maßlos feurige Leben"* ohnehin von Grund auf *"gefährdet"* (zitiert nach [16]).

1912 unterrichtete Friedemann vorübergehend Deutsch, Französisch und Latein an der Militär-Vorbereitungsanstalt in Dresden, wurde dort auch Hauslehrer *"bei der Betreuung der Pensionäre"*. Von hier aus schrieb er schon im ersten Monat an Gundolf: *"Dankbar wäre ich, wenn Sie mir in Dresden Männer unserer Gemeinschaft zugäng-lich machen könnten"* (zitiert nach [16]).

Im selben Briefe bat er auch, *"dafür zu sorgen, daß George mich nicht vergißt. Er hatte versprochen, mir im Herbst den Kreis in Berlin zu zeigen, und auf diese Tage drängt mein ganzes Dasein hoffend zu"* (zitiert nach [16]).

Im selben Jahre 1912 ging Friedemann als Lektor für Deutsche Spra-che und Literatur an die Universität Dijon. Von dort berichtete er schon zum Jahreswechsel 1912/13: *"Nach der Stimmung im französi-schen 'Volke' ist der Krieg Gewißheit"*. Schon konnte er da *"mit Si-cherheit heute voraussagen, daß die deutsche Armee der französi-schen trotz der Übermacht unterliegen wird"*, und *"zum ersten Mal wird eines unbehaglich, in den Krieg ziehen zu müssen ..."* (zitiert nach [16]).

Just ein Jahr später begann er das Schicksalsjahr 1914 mit einem Silvesterbrief an Gundolf, denn *"meine frau hat sich schlafen gelegt, und im gefühl von sehnsucht und erinnerung, von dank und hoffnung, von freundschaft und hingabe schickte ich meine seele suchen nach Einem, der mit ihr wachte, und spürte Ihre nähe. [...] nun, da der wald im eise starr ist und meine sehnsucht nur brennen macht, muss ich Ihnen sagen, dass ich Ihre stirn berühren möchte und Ihre hand küssen, Ihnen rosen um die schultern werfen und bitten: lass mir deine freundschaft und gehe mit meiner seele; ich liebe dich mehr als meine verse sagen können, die ich dir verberge. Dein bild hängt an meiner wand und heiligt meinen armen raum [...] . Dass ich meine freundschaft sagen darf, ist ihr glück und die lust nach Mehr drängt mich zu dieser bitte, dass ich die erste seite meiner schrift von Platon mit dem namen Ihrer freundschaft zieren dürfe"* (zitiert nach [16]).

Diese *"schrift von Platon"* war ein Buch, das Friedemann damals über den griechischen Philosophen und dessen sokratischen Freundeskreis schrieb und das als *"Bahnbrecher"* auch von Stefan George bald schon alle denkbare Protektion erfuhr.

"Dies Werk", war noch 1962 von Ludwig Thormaehlen zu erfahren, hatte George" *sehr berührt, da hier zum erstenmal weniger von dem Philosophen [...] die Rede war, als von dem Former, dem Bildner einer realen geistigen Welt: von Platon als Erzieher. Aus dem Begriffe setzenden Philosophen war eine Gestalt mit Blut, Sinnen und Liebesfähigkeit geworden. Es war seit Jahrzehnten nicht geschehen, daß Platon als Mensch gesehen und sein Denken als lebendige Geste und Wirkungswille erkannt wurde"* [34].

Vornehmlich die P l a t o n i s c h e S e e l e n l e h r e oder die Leibhaftigkeit der Seele war für Friedemann (mit dem Kapitel *"Die Seele"*) im Zentrum seiner Exegese.

"Wenn ich des Abends ein Manuskript bekomme und dann bis vier Uhr früh hintereinander lese", gestand Stefan George seinem Jünger Berthold Vallentin, *"dann muß es schon etwas sein"*. Andern Orts:

daß hier *"ein zögerndes Sichlösen von überkommenen Sichten, ein noch scheues Enthüllen der neu geschauten Tiefen einhergeht"* (zitiert nach [16]).

Stefan George verfügte und beschleunigte den Druck dieses Platon-Buches mit dem Signet der Dichtungen *"aus dem Kreis der Blätter für die Kunst"*: erstmals auch für eine wissenschaftliche Arbeit. Dort war Friedrich Wolters Lektor und Korrektor, aber George untersagte in diesem Falle jegliche Korrektur. Wolters begriff: *"Einen solchen Einbruch in den Bereich der gesamten philologischen wie philosophischen Platonforschung bezeichnet das Werk von Heinrich Friedemann, 'Platon, seine Gestalt', das am Ende des Jahres 1914 mitten in den Wirren des Krieges im Kreis der Blätter erschien. Friedemann pflanzte damit ein Bild Platons auf, an dem im geistigen Deutschland keiner mehr vorübergehen konnte, ohne von ihm die Richtung oder Gegenrichtung zu nehmen. Von nun an gibt es eine Platonsicht vor und nach seinem Werke, ob man es nennt oder feig verschweigt"* [12] .

Das ausgelieferte Buch trug die Widmung *"Friedrich Gundolf dem Führer und Freunde"*.

Aber all die Eile war geboten, weil Friedemann inzwischen Feldwebel des *Ersten Weltkrieges* war. Just im heimischen Spremberg jenes George-Adepten Berthold Vallentin hatte er sich von dessen *"Meister"* verabschiedet: *"Der Abschied war schwer und nicht ohne Tragik"*, hat Thormaehlen überliefert: *"Friedemann glaubte [...] , daß er nicht mehr zurückkehren werde"* [34] .

Auch seine beiden Feldpostkarten an Gundolf waren schon im Oktober 1914 *"in der Erwartung des Todes"* geschrieben (zitiert nach [16]). Im November bedankte er sich noch mit Bleistift aus dem *"4. Schützengraben"* für Gundolfs Geschenk von Pulswärmern mit der Nachricht:

"der feind liegt uns auf 50 m. gegenüber: hartnäckig und frech. Meine körperlänge wird im schützengraben besonders gefährlich und unbequem; aber bislang schien mich Unser gemeinsames, lieber freund, geschick bewachen zu wollen. Was es auch tue, es hat seinen sinn und mir ist es recht" (zitiert nach [16]).

Am 14. Dezember 1914 bedankte er sich bei Gundolf für dessen Gedichte, aber *"kriegzerbrannte Stadt und öddürres Land liegt vor mir"* und macht es *"ungeheur schwer, hier im Felde Ihrer Gedichte mächtig zu werden"* (zitiert nach [2]).

Schon vier Tage später schloß er den Zirkel seiner obligaten Silvesterbriefe an Gundolf mit der Nachricht, das Beleg-Exemplar seines *"Platon"* sei eingetroffen: *"Der Blätterband ist nun doch – ich hätt es für mein Ich kaum geglaubt – für mich ein ereignis geworden, das an raumverdrängender leiblichkeit der wirklichkeit des krieges über ist. Das ewige unserer haltung wiegt so schwer gegenüber dem – ach so flüchtigen eigensein dieses krieges: gerade dass wir genau dieselben auch in u. nach diesem kriege sind u. sein müssen, ist sicherste probe unserer wirklichkeit [...] . Ihre eignen, lieber freund, 'Staatsgedichte' stehen für mich in der mitte: ich las sie gestern morgen in der verlassenen, zerschossenen dorfkirche und verdanke ihnen mein erstes grosses fest und sicherung und frommen ausblick aus diesem kriege:*

... das einzig uns gemässe
Ist rein zu sein wie göttliche gefässe.

Edler freund, so leiten Sie durch schlimmen tag; Ihr geistig bild ist mir mein licht. Leben Sie wohl! Friedemann" (zitiert nach [16]).

In seiner flämischen Stellung bei Ruddervoorde las auch Freund Wolfgang Heyer sofort Friedemanns *"Platon"* und ließ Gundolf am 16. Februar 1915 wissen, *"mit welcher Seligkeit ich mich in die vielen schweren Seiten vertiefe [...] – und dann ists voll leuchtender Klarheit und so leicht"* (zitiert nach [16]).

Vier Tage später, am 20. Februar 1915, ist Heinrich Friedemann bei Austowo in den ostpreußischen Masuren von Kaiser, Volk und Vaterland ermordet worden.

Er war 26 Jahre alt.

Erst am 3. April 1915 konnte Wolfgang Heyer aus dem flämischen Tongeren reagieren: *"Wie hat mich die Nachricht von Friedemanns Tod getroffen – und ich kann für den Augenblick nichts anderes denken als: Wenn Dieser stirbt, was lebst Du da noch? So töricht ja die-*

*ser Gedanke ist, ich komm nicht davon los. Dann denk ich wieder an
sein Buch, sein einziges Buch und dann verliert sich auch aller
Schmerz wohl in nicht allzuferner Zeit, denn sein Denkmal hat er sich
selbst gemeisselt und konnte ja ruhig von dieser Weltbühne abtreten"*
(zitiert nach [16]).

Aber Stefan George schrieb irgendwann zwischen diesem Todestage
1915 und der Publikation seines *"Neuen Reichs"* die Verse für jenen
"Heinrich F.":

*"Dein kühner geist · sein eigener befeurer ·
Hiess nächst und fernste zirkel sein gebiet ..
So sezt den fuss aufs land der abenteurer
der es entdeckt und ganz als eignes sieht.*

*Leicht wie ein kind ein vogel · froh im wahne
Im aug schon die bestimmung gingst du fort ..
Du ein entrückter schon beim abschiedswort ..
Als ersten deckt dich · freund · die schöne fahne"* [18] .

Schön sei diese Fahne, weiß Georges Kommentator Ernst Morwitz
sachkundig noch bis 1960, *"weil sie ein Symbol des Kampfes für die
Heimat ist"* [38].

Aber als *"Heimat"* dürfte hier wieder jenes *"Geheime Deutschland"*
bezeichnet werden, für das so viele aus diesem Radius des Geistes,
auch Hellingrath und Heyer, auch die Stauffenbergs später, ihr Leben
ließen.

Noch 1930 ließ Friedrich Wolters in seiner *"Deutschen Geistesgeschichte seit 1890"* alle Welt wissen, daß Friedemanns Platon-Buch,
"das so viel sagt und dabei so viel verschweigt", bisher *"noch lange
nicht ausgeschöpft"* sei [12] . Prompt erschien 1931 bei Bondi in Berlin
ein sogenannter *"Umdruck"* dieses fast vergessenen Buches.

Es kann auch heute zumindest in jener Hamburger *Staats- und Universitätsbibliothek* ausgeliehen und nachgelesen werden, die den Namen des Hamburger Publizisten

Carl von Ossietzky (1889-1938)

trägt und damit an einen vorbildlichen Pazifisten erinnert, der mit seinem ganzen Leben all solche sinnlosen *"Heldentode"* wie von Friedemann, Hellingrath und Heyer oder Macke und Marc zu verhindern trachtete.

Schon 25jährig war Ossietzky selbst in jenem verhängnisvollen Jahre 1914 wegen eines Artikels, der die Militärjustiz kritisierte, zu einer Geldstrafe von 200 Mark verurteilt worden. Seine Frau Maud Lichfield-Wood, Tochter eines britischen Kolonialoffiziers, Urenkelin einer indischen Prinzessin und aktive Frauenrechtlerin, bezahlte diese Strafgebühr. Umso mehr agitierte Ossietzky weiterhin pazifistisch. Auch als Infanterist vor Verdun polemisierte er schriftlich gegen jede Verklärung und Fortsetzung des Krieges.

Zehn Jahre später bot Siegfried Jacobsohn ihm eine Mitarbeit in der namhaften radikaldemokratischen, bürgerlich linken Zeitschrift *"Die Weltbühne"* an. Hier erwies sich spätestens, daß der passionierte Friedenskämpfer auch ein brillanter Stilist war, der dort als einziger Redakteur seine Manuskripte unbesehen in die Druckerei geben durfte. Seine Leser verglichen ihn gern mit Voltaire oder Heinrich Heine. Seit 1927 leitete er, gemeinsam mit Kurt Tucholsky, die *"Weltbühne"* selbst. Er galt jetzt als bedeutendster politischer Publizist der Weimarer Republik.

Mit einem Artikel, der im März 1929 die verbotene Aufrüstung der Reichswehr entlarvte, handelte er sich den spektakulären *"Weltbühnen"*-Prozeß und Ende 1931 wegen *"Verrats militärischer Geheimnisse"* eine Freiheitsstrafe von achtzehn Monaten ein. Sein Gnadengesuch wurde vom Reichspräsidenten von Hindenburg, den er öffentlich als realpolitische Null bezeichnet hatte, abgelehnt, nachdem Ossietzky bei den Präsidentschaftswahlen 1932 den Kommunisten Ernst Thälmann als Gegenkandidaten zu Hindenburg und Hitler empfohlen hatte.

Auf eine nahegelegte Flucht ins Ausland verzichtete Ossietzky und saß vom 10. Mai bis zur Weihnachtsamnestie 1932 eine knappe Hälfte dieser Haftstrafe im Gefängnis Berlin-Tegel ab.

Von einer weiteren Anklage wegen Kurt Tucholskys immer noch
vielumstrittener Ansicht, daß Soldaten Mörder seïen, wurde Ossietzky freigesprochen, *weil sie keine Verunglimpfung speziëll der
Reichswehr darstellte.*

Aber gleich nach Hitlers Machterschleichung 1933 wurden seine Bücher von den Nazis auf den Scheiterhaufen der berüchtigten Bücher-
verbrennung geworfen, er selbst schon in jener Februarnacht des
Reichstagsbrandes verhaftet, gefoltert und in den Konzentrationslagern Sonnenburg, dann Papenburg schwer mißhandelt und vermutlich
mit Tuberkelbakteriën geïmpft.

Kurz vor den *Olympischen Spielen 1936* wurde er schwerkrank ins
staatliche Berliner Polizeikrankenhaus eingewiesen und am 7. November 1936 *pro forma* aus der Haft entlassen. Aber auch im *Krankenhaus Westend* blieb er unter permanenter Gestapo-Bewachung.

Am 23. November 1936 wurde ihm nicht zuletzt auf Betreiben des
norwegischen Immigranten Willy Brandt der Friedensnobelpreis des
Jahres 1935 verliehen. Als Hermann Görings persönlicher Versuch,
ihn zu einer Ablehnung dieses Preises zu überreden, scheiterte, wurde
ihm verboten, zur Entgegennahme dieser Auszeichnung nach Oslo zu
reisen. Hitler nahm diesen Fall zum Anlaß, jede weitere Ehrung eines
Deutschen mit welchem Nobelpreis auch immer prinzipiëll zu verbieten.

Wenige Tage nach der Preisverleihung wurde Ossietzky in die TB-
Abteilung des Berliner *Krankenhauses Nordend* verlegt. Dort starb er
unter polzeilicher Aufsicht am 4. Mai 1938 an den Folgen von Mißhandlungen und Tuberkulose.

Er wurde 49 Jahre alt.

Heute liegt er in einem Ehrengrab der Stadt Berlin in Berlin-Nieder-
schönhausen.

Der Antrag seiner Tochter Rosalinde von Ossietzky-Palm, jenen
"Weltbühnen"-Prozeß gegen diesen pazifistischen Märtyrer wieder-
aufzunehmen, lehnte das Berliner Kammergericht am 1. März 1990
ab.

Der angerufene Bundesgerichtshof schloß sich am 3. Dezember 1992 dieser Absage an.

Noch zu Leb- und Kampfzeiten Carl von Ossietzkys hatte Stefan George 1928 in seinem Gedichtband *"Das Neue Reich"* unter jene *SPRÜCHE AN DIE TOTEN* auch zwei Gedichte namens *"Balduin"* aufgenommen. Beide galten

Cornelius Balduin Waldhausen (1893-1920),

einem Offizierssohn aus Mainz und Jahrgangsgenossen Wolfgang Heyers. Er war in Berlin aufgewachsen und dort in Steglitz ins Gymnasium gegangen. Als sich der Bücherfreund in einer Druckerei nach Erstausgaben von Stefan George erkundigte, traf er durch Zufall Friedrich Wolters, der ihn an Georges Kontakadresse verwies: an Friedrich Gundolf. Der lud ihn nach Heidelberg ein.

Dort erschien im März 1912 ein *"netter feiner wacher und nobler Junge"*, neunzehnjährig, seit zwei Jahren Leser der *"Blätter für die Kunst"* und im ersten Semester Student der *Alten Sprachen*. Noch im selben Jahr war er Gast bei Stefan George.

Statt dann in Heidelberg weiterzustudieren wie geplant, ließ er sich gleichfalls im selben Jahre als deutscher Stipendiat des pazifistischen *Rhodes Trust* nach Oxford einladen, war dort Student der Archäologie und übersetzte Percy Bysshe Shelley's Poëtik *"Defense of Poetry"* von 1821. Mit diesem Texte wollte Friedrich Wolters seine geplante *"Sammlung guter Prosastücke"* eröffnen.

Auch das mag der *Erste Weltkrieg* verhindert haben. Waldhausen war da gerade mit Wolters und Stefan George im Berner Oberland, um dort vom *"Meister"* in Saanenmöser allmorgendlich *"seine Unterweisung zu empfangen"* und allabendlich gemeinsam Baudelaire zu lesen oder die Vorsokratiker zu erörtern.

Bei Kriegsausbruch kehrten Wolters und Waldhausen prompt nach Deutschland zurück und zogen dort freiwillig in den Krieg.

Ein Heimaturlaub führte Balduin ein letztes Mal nach Bingen zu George. Der erwähnte noch später schwer belastet ein *"furchtbares Wieder-an-die-Front-Müssen"* und schrieb nach Mai 1918 seine vierversige Reminiszenz, die das Gefälle jenes Krieges von den *"Grenzräumen menschlicher Seinshöhe"* [16] für die betroffene Jugend bis ins absurde Ende reflektiert:

"Mit welcher haltung ihr den markt durchrittet
Wie euer auge glänzte dieser tage
Und wie ihr standet · auf den strassen schrittet:
Ist fernes bild – gehört schon heut zur sage." [18]

Aber 24jährig wurde im Mai 1918 dieser *"nette feine wache und noble Junge"* zertrümmert. Zwar überlebte er zunächst seine schwere Verwundung, aber zerstörten Geistes. Schon am 31. Mai 1918 informierte Friedrich Wolters den *"Meister"*:

"Meine Frau hat ihn aus Belgien heimgeholt, da seine mutter ihn allein nicht halten konnte, er will keine nahrung nehmen, manchmal tobt er, aber immer steht im mittelpunkt seiner irren reden, bald geliebt bald gehasst, der Meister" [18] .

Dessen Gedicht auf *"Balduin"* hat dieser noch erlebt, aber schwerlich aufnehmen können.

Er starb am 18. Dezember 1920 an den Folgen dieser Kriegsverletzung.

Da war er 27 Jahre alt.

George nahm mit Friedrich Wolters' Genehmigung dessen drei Strophen auf denselben *"Balduin"* unter die Gedichte eigenen Namens im *"Neuen Reiche"* auf und ließ sie da so verklingen:

" Oh · nach
Tiefem schlürfen bleibt die qual in toten augen
Bleibt die klage furchtbar auf den stirnen stehen." [18]

Dem folgte da dann nur noch Georges letzter *SPRUCH AN DIE TOTEN*. Er ist kein Spruch, sondern ein zweieinhalbseitiger Dialog mit dem Titel *"Victor · Adalbert"* und insofern dem Liebespaare

Adalbert Cohrs (1897-1918)

und

Bernhard Victor Graf von Uxkull-Gyllenband (1899-1918)

gewidmet.

Uxkull entstammte der schwedischen Linië eines alten baltischen Rittergeschlechts und war ein Vetter der Gebrüder Stauffenberg, deren Mutter eine geborene Üxküll-Gyllenband war.

Aber ihre Neffen Woldemar und Bernhard Victor von Uxkull-Gyllenband, Söhne gleichfalls eines Offiziers, hatten die literarischen Neigungen ihrer Tante Stauffenberg und das poëtische Talent ihrer Mutter, der Romanautorin Lucy von Ahrenfeldt, geërbt und waren selbst vollends Lyriker.

Schon neun- und siebenjährig wurden sie 1906 einem Privatpädagogen, dem neunzehnjährigen Jurastudenten Erwin Morwitz, übergeben, dessen eigene Gedichte eine erste Verbindung mit ihrer Mutter hergestellt hatten. 1907 präsentierte er die beiden begabten Knaben auch seinem Mentor und *"Meister"* Stefan George, der ihn selbst zwar gern seinen *"Nächsten Liebsten"* nannte, aber diesen freundschaftlichen Kontakt zu so reizvollen Kindern *"mit etwas Skepsis"* sah. *"Von sich selbst sagte er"*, wie Ludwig Thormaehlen berichtet, *"daß er nur auf schon Geprägtere, auf solche, an denen schon ein Geistiges sichtbar sei, gestaltend und formend Wirkung üben könne.[...] Dennoch sah er die beiden jungen Freunde des Ernst gern und unterhielt sich gelegentlich mit ihnen"* [34].

Morwitz lehrte sie frühzeitig Lyrik lesen: besonders Swinburne und Rossetti, aber auch Shakespeare-Sonette, Dante-Übertragungen oder sonstigen Stefan George, auch Hölderlins Pindar-Übersetzungen aus der Hellingrath-Ausgabe.

1912 wurden die inzwischen vierzehn- und zwölfjährigen Gebrüder ins elitäre Internat im ehemaligen Prämonstratenserkloster Ilfeld eingeschult, das im südlichen Harz liegt. *"Sie unterschieden sich auffallend"*, wußte Thormaehlen mit fotografischem Blick, *"von andern Kindern ihres Alters durch den Abglanz einer freieren und weiteren Welt, der auf ihnen zu ruhen schien. [...] Es umgab sie der Hauch des Prinzlichen "* [34] .

Namentlich der heranwachsende Bernhard zeigte seinen Adel *"im Herzen und im Seelischen"*, aber verfügte auch über *"eine schon freie und offene Güte, die kindlich und doch bereits weltklug war. [...] Man empfand ihn als tief noch in kindlichem Traum befangen"* [34].

Gleichwohl verliebte er sich dort in den zwei Jahre älteren Mitschüler Adalbert Cohrs, dessen Vater dem Konsistorium in Hannover angehörte, ein renommierter Luther-Forscher und als Anstaltsgeistlicher auch ihrer beider Religionslehrer war.

Sohn Adalbert war, wieder für den Röntgen- oder Linsenblick Thormaehlens,

"ein elastischer, dabei kräftiger junger Mensch mit schwarzem, leicht gelocktem, kurzgeschnittenem Haar. Das Auffallende an ihm war die schöngebaute freie Stirn, auch die blauen lebhaften, etwas unruhigen, mitunter auch etwas starren Augen. Es waren Augen eines, der stets ein Ziel sieht und an dessen Erlangung denkt. Er gehörte nicht zu den besonnenen oder meditierenden, den dichterischen oder künstlerischen Menschen. [...] Ein ungemein Fürsorgliches und Leidenschaftlich-Kameradschaftliches war der Hauptzug seines Wesens. Seine Gespräche gingen allein um Sorge, Liebe, Betreuung seiner Freunde, vor allem des Bernhard" [34] .

Dieser verklärte seinen Adalbert in Versen, die zu ganzen Zyklen anschwollen (*"Heiße Abende"*, *"Sternwandel"*):

"Wir hätten selten einen reichen Tag
Wenn nicht die Liebe unser Blut durchglühte" (zitiert nach [2]).

Dem befreundeten Beobachter Ludwig Thormaehlen schien Bernhard jetzt *"das glückhafte Kind mit dem unfehlbaren Herzen und Gemüt.*

Er wirkte fast südlich-heiter, licht und klar [...], ein heiter-nach-
denkliches, versonnenes Kind". In dieser *"Zeit des Übergangs"* war
"sein Wesen fast schüchtern. Er taute erst später auf und entfaltete
sich dann unversehens reicher und wärmer, herzlicher, ja herzhafter
und größergeartet, als man vorausgesagt hätte" [34].

Aber er dichtete schon damals nicht nur seinen Adalbert, auch schon
Stefan George an:

"So schreitet wohl der landmann durch sein feld ...
So schreitet wohl ein fürst durch seine gärten" (zitiert nach [2]).

George hielt diesen jungen Uxkull für hochbegabten Nachwuchs und
antwortete ihm lyrisch zunächst mit Versen, die er später unter die
SPRÜCHE AN DIE LEBENDEN in seinem *"Neuen Reich"* aufnahm.
Dort sind es drei Gedichte an diesen Bernhard mit den Titel-Codes
"B:I" bis *"B:III"* [18]. Freund Boehringer las da noch 1967 heraus, wie
hier ein Meister zu seinem Jünger spricht, *"dessen Mund die Trau-*
meswelt ertönen macht" [8]. Kollege Walter Wenghöfer sah in Uxkulls
Lyrik *"das ganz Unerwartete: eine deutsche Grazie"* [12] und Friedrich
Wolters *"eine neue Gebärde"*.

Aber Stefan George dichtete damals nicht nur diesen sehr jungen
"B(ernhard)" an, sondern auch dessen Geliebten. Seine vielen Verse,
die im *"Neuen Reich"* den Titel *"A."* oder *"A. C."* tragen, gelten Adalbert Cohrs und waren da als ganzer Zyklus an oder über diesen raren
Duzfreund aus Eschershausen im Weserbergland geplant.

Aber der *Erste Weltkrieg* verhinderte die Vollendung auch dieses Pro-
jekts. Adalbert hatte sich sofort siebzehnjährig und freiwillig zur
Feldartillerie in Minden gemeldet und wurde schnell an der Westfront
eingesetzt, wo er sich sonderlich mutig erwies und 1915 zum Leutnant befördert wurde. *"Man hätte sich ihn gut als Truppenführer vor-*
stellen können", befand Freund Thormaehlen, *"aber er liebte das mi-*
litärische Handwerk trotzdem nicht" [34].

Sein geliebter Uxkull war bei Kriegsausbruch erst fünfzehn Jahre alt
und absolvierte daher zunächst in Berlin das damalige Bismarckgym-
nasium.

Siebzehnjährig bestand er sein Abitur, siebzehnjährig meldete auch er sich zur Feldartillerie. Als Fahnenjunker, also Offiziersanwärter im Range eines Unteroffiziers, kam er achtzehnjährig, Ende Januar 1918, im belgischen Hennegau zum ersten Einsatz.

Um diese Zeit hatte sein geliebter Adalbert schon längst begonnen, an diesem Kriege irre zu werden. Seit steten zwei Jahren an vorderster Front als Artilleriebeobachter und Feuërlenker, gleichwohl ohne Verwundung, war er da aus dem *"langaufgeschossenen Knaben"* in Thormaehlens Augen *"ein Mann geworden. [...] Seine Pflichten übte er untadelig aus, aber die entsetzlichen Massenschlächtereien quälten ihn. Er fluchte dem Krieg und sprach gelegentlich aus, daß es eine Grenze des Aushaltens gebe"* [34].

Er suchte Hilfe bei Stefan George. Schon Ende 1916 nutzte er einen Heimaturlaub, um den *"Meister"* in Mainz zu besuchen, stieß dort aber eher auf Unverständnis und formale Schulmeisterei: *"Tritt ein jüngerer bei den wichtigen begegnungen und abschieden vor Einen der schon länger das hohe leben geführt hat, so soll er mit einer leichten neigung seines hauptes grüssen"* (zitiert nach [8]).

Hiernach schilderte der gemaßregelte Frontoffizier auch noch brieflich seine akute psychische Not. George, zwar immer schon Gegner und Kritiker dieses Krieges, unterschätzte aber wohl die konkrete Situation, sah wohl auch wirklich keinerlei Ausweg und reagierte in diesem dritten Kriegsjahre 1917 illusionslos:

"Ein entrinnen gibt es jezt nicht – für keinen. am wenigsten eins auf das Du anspielst. es gibt keine 'stillen inseln' mehr und selbst wenn man hinflüchten könnte so ist keine bürgschaft ob das lange so bleibt. Allmählich wird alles in das gewirr hineingerissen und es muß so sein. Ich weiß das genau" (zitiert nach [8]).

Dem fügte er in ganzer Länge die eigenhändige Abschrift einer Hymne des späten Hölderlin hinzu:

*"Noch Eins ist aber
Zu sagen".*

Es endet mit einem Hinweis, den George dem Verzweifelnden wohl wenigstens geben wollte:

"Wir aber zwingen
Dem Unglück ab und hängen die Fahnen
Dem Siegsgott, dem befreienden auf. Darum auch
Hast du Rätsel gesendet. Heilig sind sie
Die Glänzenden, wenn aber alltäglich
Die Himmlischen und gemein
Das Wunder scheinen will, wenn nämlich
Wie Raub Titanenfürsten die Gaben
Der Mutter greifen, hilft ein Höherer ihr" [39].

Hilft ein Höherer?

Weiterhin schienen an der Front die Himmlischen alltäglich und das Wunder gemein. Weiterhin griffen Titanenfürsten die Gaben der Mutter: wie Raub.

Hilft   kein   Höherer?

Ende Januar oder Anfang Februar 1918 scheinen sich die beiden noch einmal in München getroffen zu haben. Adalberts Verzweiflung und Panik mochten sich da noch gesteigert haben. Denn George schickte ihm *"nach unseren tagen in München"* per Adresse seiner Garnison in Minden diese strengen eigenen Verse (= *"A:III"*):

"Du hast des lebens götterteil genossen
Von glück und rausch und schwärmen wunderbar ..
Du darfst nicht murren · ward dir nun beschlossen
Des wahren lebens andrer teil: gefahr." [18]

Später gab Adalbert zu, daß ihn diese Verse *"aufs unheimlichste berührten"* [18]: wie eine Billigung womöglich seines eigenen Todes.

Doch inzwischen war er nach fortgesetztem Dienst an vorderster Front und wegen seiner dortigen Erschütterungen zur Regeneration nach Schierke in den Harz geschickt worden: in ein Offiziers-Erholungsheim. Es mochte ernst sein.

Gleichzeitig war der frontneu geliebte Fahnenjunker Graf Uxkull an einer Lungenentzündung erkrankt und zur Behandlung zunächst nach Bonn, dann *"wegen Räumung der westlichen Lazarette"* Ende März 1918 *"im Lazarettzug"* nach Dresden, dann aber gleich ins thüringische Altenburg in ein Hilfs- oder Notlazarett verlegt worden.

Von hier entführte ihn sein Adalbert mit viel Energie und List ins Offiziers-Lazarett nach Schierke, wo er sich selbst noch zur Wiederherstellung aufhielt. *"Es sind wohl sehr glückliche Tage gewesen für die beiden Freunde"*, mutmaßt Thormaehlen, *"nach langer Trennung und schwerer Gefahr"* [34].

Aber er mag die Situation da wohl nicht ganz realistisch gesehen haben.

Jedenfalls schrieb dort der rekonvaleszente Bernhard viele neue Verse, auch die beiden *"Preisgedichte"*, von denen eins *"A. C."*, also seinen Adalbert zum Thema hatte und diesen vermutlich trösten, pantheistisch-hölderlinsch auf die übergeordnet ewigen Naturgesetze verweisen wollte:

"Und wenn das volk verendet · rings
Steigt schutt und trümmer · schmach und not:
Steht dir zur seite rechts und links
Morgen- und abendrot." [40]

Aber irgendwann in dieser Zeit zwischen April und Juli 1918 scheint Adalbert seinem Poëten auch eine vermutlich heillose Zerrüttung durch Drogen gebeichtet zu haben. Er mag die Massaker seiner Fronteinsätze nicht anders überstanden haben und empfand sich nunmehr nur als umso zerstörter.

Noch im Mai 1918 kam dann sogar der *"Meister"* die beiden in ihrem Schierke und Elend besuchen.

Hiernach, am 9. Juli 1918, schrieb Adalbert noch einmal an seinen geduzten Stefan und bezog sich erneut auf jene Verse *"A:III"*:

"Ich verstehe sie jezt ganz und muß mich für die nächste zeit ganz dem schicksal übergeben .. wollte ich hier mich heute einer gefahr zu entziehen suchen so würde sie mir morgen von dort nur um so schlim-

mer drohen" [18]. Das Wort "Gefahr" mochte inzwischen schon doppeldeutig sein.

Irgendwann hiernach brach er mit seinem Geliebten gemeinsam wieder zur Front auf.

Einzig Edgar Salin, der aber gut Bescheid zu wissen pflegte, berichtet von ihrem nochmaligen Treffen mit dem *"Meister"* im Falkenstein des Taunus. Alle andern sehen sie erst wieder an der holländischen Grenze.

Denn Fronteinsatz (mit jenem "stochastischen Faktor" minimierter Überlebenswahrscheinlichkeit), ferner Drogensucht und wilhelminische Schwulenhatz vor Augen, sahen sie in Deutschland keine Chancen mehr für sich und unternahmen einen Fluchtversuch in die Niederlande. Aber in Lobbenich, einem Dorf im niederrheinischen Kreise Kempen, hat jener Metzger, der ihnen beim illegalen Grenzübertritt behilflich sein wollte, sie angezeigt: als Deserteure.

Sie wurden verhaftet und zur Vernehmung durch die nächste Militärdienststelle nach Kaldenkirchen, heutiges Nettetal im Kreise Viersen, verbracht. Sie wußten, daß Fahnenflucht im Kriege mit der Todesstrafe geahndet wurde. Schon während des Verhörs am 28. Juli 1918 erschoß sich daher zunächst vermutlich Uxkull, dann unverzüglich im Nebenzimmer auch Cohrs [63].

Sie wurden gemeinsam auf dem dortigen Friedhof bestattet.

Adalbert Cohrs wurde 21 Jahre alt,

Bernard Victor Graf Uxkull-Gyllenband war noch achtzehn.

Die Erschütterung war allenthalben groß.

Aber als ihr Kaiser und Oberster Kriegsherr, der sich von solchen Deserteuren schmählich verraten fühlte, schon nach drei Monaten nur wenig nördlicher höchstpersönlich seine Fahnenflucht ins selbe Holland antrat, wurde er weder verhaftet noch auch solcher Desertion bezichtigt, geschweige in den Freitod getrieben, sondern im Schlosse Amerongen mit einem Festmahl willkommen geheißen und gegen jede gewünschte Auslieferung an internationale Kriegsverbrechertribunale hartnäckig in Schutz genommen.

Der kinderlose Stefan George, über all den Verlusten dieses Krieges schon fünfzigjährig ergraut, erkrankte damals. Von den vielen Kriegsopfern seiner Gefolgschaft, bestätigt der kundige Ernst Morwitz noch 1960, seien just diese beiden, Adalbert und Bernard, die einzigen gewesen, *"die dem Dichter persönlich eng verbunden waren"*: er hatte sie wohl bevorzugt als seine Nachkommen empfunden und habe nun, berichtete der eingeweihte Friedrich Wolters, überraschend orakelt:

"Dass so etwas möglich war, macht den Freundeskreis für immer existent. Die waren die Ersten, die ohne mein am-leben-sein aus sich selbst das Eigentliche waren. Enkel sind das Meiste" (zitiert nach [8]).

Damit gab er wohl nicht zuletzt seiner Meinung Ausdruck, daß der junge Uxkull, der auch in Ludwig Thormaehlens Augen *"als geborener Dichter dem Herzen und Sinnen Stefan Georges am nächsten"* stand, seinem Adalbert einzig und allein aus Liebe in den Tod gefolgt sei. Das fügte sich in Georges zentral vorhandenes Bild vom *"Tod als Erfüllung"* und einem *"Sterben in unbefleckter Schönheit"* [38].

So verdichtete es sich für ihn auch in jenem fiktiven Dialoge *"Victor · Adalbert"*, in dem er mit Bezug auf seine letzten Begegnungen und Harzer Gespräche den letzten Entschluß des Freundespaares rekonstruiert hat. Adalberts Motiv sieht er da so:

"Da alles volk noch eitle hoffnung nährt
Seh ich in solches wirrsal solches graun
Schon drohend nah – dass ichs nicht teilen mag."

Er ist gewiß,

"Dass dies ein wahnwitz der mit wahnwitz schliesst
Und dass ich bei dem nächsten eisenhagel
Als erster sinke – lieber scheid ich frei."

Victors Einwände widerlegt er mit einem Hinweis auf die Dioskuren der Antike und deren *"lichten wandel"* als astronomisch *"ewige sterne"*.

Zwar überzeugt er den Jüngeren nicht, aber wie Nîsos in der *"Æneïs"*
Vergils bleibt er *"treu dem schwur der uns verbunden"* und begleitet
den Geliebten:

"Ich bin untrennbar mit dir · seis auch schuld ·
Und wenn nach deinem schicksal du beschlossen
Durchs dunkle tor zu gehn: so nimm mich mit!" [18]

Diesen letzten Vers hat noch 1922 kein Geringerer als Erich Heckel,
Mitbegründer der expressionistischen *"Brücke"* und Freund von Franz
Marc, August Macke und Ernst Morwitz, zum Anlaß seines Bilderzy-
klus genommen, der dieses Freundespaar Hand in Hand auf eine Höh-
lenöffnung zugehen läßt: das *"dunkle Tor"* des Todes. Unter dem Titel *"Lebensstufen"* gehört er mit seiner Secco-Technik seither im Er-
furter Angermuseum zur einzig erhaltenen Frescomalerei der *"Brük-
ke"*-Künstler.

Schon vorher, seit 1913, hatte Ludwig Thormaehlen, promovierter
Kunsthistoriker und Heckel-Monograf, aber hauptberuflich eher Bildhauër, Fotograf und George-Freund, die Büsten des *"Meisters"* und so
manches seiner Jünger in Holz, Ton, Bronze oder Kalkstein model-
liert. Nun beabsichtigte er, auch *"das Bildnis des Bernhard, dessen*
Tod mich und die nahen Freunde am tiefsten erschüttert hatte, zu
schaffen".

Denn *"die Stirn war ebenmäßig und gut gegliedert"*, war ihm schon
an der Schönheit des Abituriënten aufgefallen: *"Die Nase, tief unter*
der Stirn ansetzend, sprang männlich und kühn in einem feinen Ha-
ken vor. [...] Der ungewöhnlich schön geschnittene Mund erschiend
edel und von geistiger Sinnlichkeit. Das Kinn stand, ohne übermäßig
energisch zu sein, bestimmt, klar und gut gebildet vor. Besonders
schön waren auch die eigenwilligen, klar- und tiefgeschnittenen Oh-
ren, die nach Unbekanntem, Nichtwahrgenommenem hinzuhören
schienen" [34] .

In der Zeit von Sommer 1919 bis Anfang 1920 entstand in hellem,
feinem Kalkstein seine Büste von Bernhard Victor von Uxkull-Gyllenband, die 1921 als Dichterkopf des Gefallenendenkmals im romanischen Kreuzgang des säkularisierten Magdeburger Klosters *Unse-*

rer *Lieben Frauen,* nunmehr Gymnasiums oder Pädagogiums, ihren Platz fand: *"als Prototyp für diese Generation der jungen Freiwilligen".* Dort erwies sich dieser Kopf, der heute zu Thormaehlens bekanntesten Arbeiten gehört, als *"so überzeugend stellvertretend für die im Kriege gefallene Jugend, daß niemand nach Namen und Person des Dargestellten fragte"* [34].

Sie hat, beschreibt das Friedrich Wolters, *"die strenge klassische Fügung der Flächen und Wölbungen, die heute verpönte Schönheit des Ebenmaßes und der klaren Linien und ist dennoch ein deutscher Jünglingskopf mit den Maßen und Verhältnissen unserer Art und Zeit"* [12].

Eine Kopie dieses Uxkull-Kopfes hatte sich Stefan George in eben demselben Kalkstein für das Arbeitszimmer seines Elternhauses in Bingen erbeten und sie dort auf das Bücherregal neben seinem Schreibtisch gestellt. Doch den Bombenangriff, dem 1944 im Luftschutzkeller dieses selben Elternhauses siebzig bis achtzig Menschen zum Opfer fielen, hat auch das Gebäude selbst nicht überstanden. Von Uxkulls Büste fanden sich da nur noch einzelne Scherben.

Dauerhafter sind uns die literarischen Denkmäler erhalten, die George zumal dem jungen Poëten errichtete. So widmete er irgendwann nach diesem erschütternden Doppelsuïzid, vermutlich Anfang Januar 1919, ein zweieinhalbseitiges Gedicht mit dem Titel

"Der Dichter in Zeiten der Wirren"

namentlich *"Dem Andenken des Grafen Bernhard Uxkull".* Dort fragte er

"Was soll hier himmels stimme wo kein ohr ist
Für die des plansten witzes? was soll rede
Vom geiste wo kein allgemeiner trieb ist
Als der des trogs?"

Seine eigene Antwort hieß da:

"Der Sänger aber sorgt in trauer-läuften
Dass nicht das mark verfault · der keim erstickt.
Er schürt die heilige glut die über-springt
Und sich die leiber formt · er holt aus büchern
Der ahnen die verheissung die nicht trügt
Dass die erkoren sind zum höchsten ziel
Zuerst durch tiefste öden ziehn dass einst
Des erdteils herz die welt erretten soll .. "

Die Schlußverse wissen vom Dichter in Zeiten der Wirren dies:

"Er führt durch sturm und grausige signale
Des frührots seiner treuen schar zum werk
Des wachen tags und pflanzt das Neue Reich. " [18].

Das Neue Reich – so nannte er später euphorisch den ganzen Gedichtband, der diese Huldigung enthielt: *"Das Neue Reich"*.

Er beëndete ihn mit einem Gedicht, dem er keinen Titel, aber für
Ernst Morwitz die Bemerkung mitgab, daß er es *"in Königstein im
Taunus unter dem Eindruck der Nachricht von Tode Bernhard Uxkulls geschrieben"* habe [38]. Von vier Strophen heißen da die beiden
letzten so:

"Du bist mein wunsch und mein gedanke
Ich atme dich mit jeder luft
Ich schlürfe dich mit jedem tranke
Ich küsse dich mit jedem duft

Du blühend reis vom edlen stamme
Du wie ein quell geheim und schlicht
Du schlank und rein wie eine flamme
Du wie der morgen zart und licht. " [18]

Irgendwann war dann dieser sinnlose mörderische Krieg zu Ende. So
viele fehlten zum Weiterleben. Nicht jedem von ihnen wurde ein Ge-

denkstein errichtet. Für jenen minorenn majorennen Poëten Uxkull tat
das Stefan George in der XI./XII. Folge seiner vielzitierten *"Blätter
für die Kunst"*. Die erschien schon im Oktober 1919 und enthielt Uxkulls eigene Zyklen *"Zwölf Gedichte"*, *"Heiße Abende"*, *"Sechs Gedichte"*, *"Sternwandel"*, *"Preisgedichte"*, auch viele einzelne Strophen, auch namenlose. Sie enthielt auch jene Abschlußverse mit dem
Titel *"Beschluß"*. Offenbar spricht hier der Verfasser mit sich selbst,
distanziert sich von Zeit und Zeitgenossen, beschuldigt sich ebendes-
sen und trifft die finale, die letale Entscheidung:

"Dein wille ist dass dich das volk verschone
Mit seinen gütern die es heilig spricht.
Wo sich ein andrer müht und darum ficht ·
Was feil dir scheint und trugbild · kranz und krone:

Da ruhst du wie der Herr geruht am siebten
Urtag als werk und welt geschaffen war ·
Beweinst nicht völkertod und gibst kein haar
Für thron und schwert und stirbst für den geliebten." [41]

Alle diese Gedichte von Bernhard Uxkull erschienen dort nach Usus
dieses Blattes ohne Autorennamen und wurden insofern in die Poësie
Stefan Georges, dessen Poëme hier meist unvermischt dominierten,
eingebunden. Sie wurden gleichsam adoptiert oder mit den ebenso
namenlosen Versen des *"Meisters"* in ehrenvoller Anonymität verschmolzen und der Literaturgeschichte einverleibt. George vereinigte
sich hier postum und poëtisch mit diesem seinem ermordeten Erben
und "Enkel".

Unter dem korrekten Namen ihres Verfassers wurden Uxkulls Gedichte erst 1964 publik, weil sein früher Mentor und Entdecker Ernst
Morwitz sie da als Druck der *Stefan George Stiftung* im *Verlage Helmut Küpper vormals Georg Bondi* in Düsseldorf und München erstmals auch separat erscheinen ließ.

Als dieser apokalyptische Moloch des *Ersten Weltkriegs* endlich ausgeblutet
war, versuchten die Überlebenden weiterzuleben: jeder auf seine Art.

Auch Norbert von Hellingraths Tante, jene umtriebig aknenarbige Verlegersgattin und Literatenfreundin Elsa Bruckmann-Cantacuzène, tat das auf ihre Art und hielt mit ihren *"Jours"* wieder Hof. Nur die Einladungslisten mußten renoviert werden. Viele ihrer Stammgäste konnten nicht mehr kommen.

Aber nicht nur die Kriegsopfer fehlten. Auch ein Generationswechsel schien da stattzufinden. Rilke zum Beispiel blieb weg, weil er 1926 im schweizerischen Nachkriegsexil verstarb: rechtzeitig, um den Braunhemden zu entrinnen.

Andere kamen hinzu. Stefan George hatte schon 1916, als Hellingrath noch lebte, den Privatgelehrten Ernst Glöckner, Lebensgefährten des Elberfelder Germanisten Ernst Bertram, oder jeden *"vor dem Hause Bruckmann warnen"* müssen, der nicht wolle *"daß seine Nächsten einen Winter lang herumgereicht und dann wie eine ausgepreßte Zitrone fortgeworfen werden"* (am 23. Februar 1916 [45]).

Im Zuge solcher Belebung einer treulos wechselnden Geselligkeit erschien am 23. Dezember, wenn nicht gar am *Heiligen Abend* 1924, als Rilke, George und Hofmannsthal noch lebten, erstmals auch ein eben *"auf Bewährung"* amnestierter Festungshäftling aus dem Landsberger Gefängnis im Salon des *Prinz-Georg-Palais* dieser byzantinischen Prinzessin: Adolf Hitler.

Als Putschist von der Feldherrnhalle war er durchaus berüchtigt und reizvoll genug. Das mag ihm auch bei Empfängen eines Kunstverlages, der seiner deutschen Leserschaft nicht nur Hellingraths Vortrag über *"Hölderlin und die Deutschen"*, sondern hemmungslos auch Texte des britischen Nationalisten und Rassisten Houston Steward Chamberlain zugänglich machte, hinlänglich *haut goût* verleihen. Allzubald schon war er Tante Elsas Favorit, die da auf fürsorgliche Weise gegen Helene Bechstein, Henriëtte Hoffmann und die *"Hitler-Mutti"* Carola Hoffmann konkurrierte.

Damals brachte diese neue Attraktion im Hause Bruckmann jeweils noch ihren *"ehrenarischen"* Duzfreund, Chauffeur und Spezi mit: Emil Maurice, Urenkel des jüdischen Hamburger Theaterdirektors Chéri Maurice (Thalia-Theater, Stadt-Theater, Tivoli), inzwischen Erfinder der SS und Hitlers *"Moritzl"*. Sie beide vermutlich lernten da miteinander von der Dame des

Hauses, wie man Frauenhände küßt, Artischocken entblättert und Hummer knackt.

Für seine Gelehrigkeit bei alledem wurde Hitler als *"König von München"* gefeiert und von der Firma van Hees im Auftrage des Hauses Bruckmann mit jenen hellen englischen Offiziersmänteln beliefert, die seine erste Uniformierung begründeten. Hierzu paßte dann aufregend gut jene Nilpferdpeitsche, mit der er rabiat und ungeduldig auf seine Stiefelschäfte zu trommeln liebte. Diese Peitsche, ein Geschenk von Elsa Bruckmann (nun schon lieber ohne ihr ungermanisches Cantacuzène), konnte mittels eingelassenen Karabinerhakens auch als kurze Hundeleine dienen und trug in ihrem silbernen Knauf die verheißungsvolle Gravur *E. B.* . *"Oft rieb Hitler den Silberknopf in seiner Handfläche"* (zitiert nach [31]).

Spätestens nunmehr nannte E. B. ihren A. H. am liebsten *"Wolf"*: wie auch schon Winifred Wagner in Bayreuth.

Frau Elsa stellte ihm gern auch ihren Saal zur Verfügung, wenn er *"vor kleinen Gruppen von vierzig bis sechzig Gästen"* [30] sprach, was er dann vom selben Rednerpult aus getan haben könnte, das auch schon der inzwischen zerfetzte, der verwehte und totgeschwiegene Neffe "Knurr" für seinen Hölderlin verwendet hatte.

Aber später erzählte Hitler freimütig, *"wie er von der Familie Bruckmann, einer hochkultivierten Verlegerfamilie Münchens, mit Troost bekannt gemacht worden war"* [42] : jenem Wuppertaler Architekten, der dann in diesen frühen Jahren der geschätzte Vorgänger Albert Speers war und in München den *"Führerbau"*, das *"Haus der Kunst"* und den Umbau des *"Braunen Hauses"*, in Berlin die *"Führerwohnung"* für die Reichskanzlei entwarf.

Hitlers "Nachmittagstees" und sonstige Treffen fanden seinerzeit meist im sogenannten Palais der Familie Bruckmann statt. Auch als er seinen damaligen Privatsekretär Rudolf Heß, der in Parteikreisen schon als *"Schwarze Emma"* und in der Berliner Halbwelt als *"Tante Anna"* berüchtigt war, nach siebenjähriger Verlobungszeit endlich zu heiraten drängte, fand diese Hochzeitsfeier am 20. Dezember 1927 im Palais Bruckmann statt und wurde dort von der Hausherrin, einer *"rührigen, nationalsozialistisch-antisemitischen Frau"* [43] , zumindest arrangiert.

Dieses Palais Bruckmann *"spielte im Leben Adolf Hitlers eine ganz besondere Rolle, denn es war ihm von den Besitzern als Gästehaus für Begegnungen mit für ihn interessanten Persönlichkeiten zur Verfügung gestellt worden. Es bot einen geradezu luxuriösen und hochherrschaftlichen Rahmen.
Die Dame des Hauses, eine kultivierte und hochgebildete Frau, war eine
geborene Prinzessin Cantacuzène"* (zitiert nach [43]).

Das berichtet so Alfred Maleta, der schon im Juli 1927 seine Linzer Schulfreundin Geli Raubal nach bestandenem Abitur auf einer Klassenfahrt nach
München und zu einem dortigen Treffen mit ihrem Onkel Adolf Hitler begleitete. Der logierte die beiden schon damals gleich bevorzugt in besagtem
"Palais" der Bruckmanns ein. Im Herbst 1927 kehrte Geli als Medizinstu-
dentin nach München zurück und wohnte jetzt abermals, aber gleich *"ein
paar Wochen als Gast im Haus des Verlegers Bruckmann"* [43].

Doch als der immer erfolgreichere Hitler im Herbst 1929 eine standesge-
mäße Renommierwohnung für sich und seine Nichte Geli suchte, fanden
wieder die Bruckmanns eine geeignete repräsentative Neun-Zimmer-Etage
in der Prinzregentenstraße. Sie sorgten auch für den Umzug, übernahmen
die Kaution, zahlten jährlich die Miete in Höhe von 4176 Reichsmark und
kauften das benötigte Mobiliar. Geli wählte sich für ihr sonderlich schönes
Eckzimmer wertvolle antike Bauernmöbel aus Salzburg aus, die gleichfalls
von den Bruckmanns beglichen wurden. In diesem Ambiënte fanden dann
die legendäre Drangsalierung und Nötigung, gar der Hausarrest und Freitod
dieser Nichte ihren gesponsorten Schauplatz.

Wenn Hitler aber, wie so oft, auf Reisen war, vertraute er diesen Schatz
wiederum Frau Bruckmann an. Sprach er jedoch auf einer seiner beliebten
Kundgebungen im Münchner *Zirkus Krone*, waren Elsa Bruckmann und Geli Raubal meist gemeinsam in seinem Publikum.

Längst halfen da die Bruckmanns auch bei der Finanzierung seiner politischen Arbeit: *"mit zuweilen hohen Beträgen"* [30]. Seit 1928 waren sie auch
Förderer der *"Nationalsozialistischen Gesellschaft für Deutsche Kultur"*.

Da störte nicht eben allzu sehr, daß ein leiblicher Neffe, Sohn von Olga, einer geborenen Prinzessin Cantacuzène und Kusine ersten Grades, wie aber
auch Adoptivsohn von deren ehe- und kinderlosem Bruder Fürst Carl-Lud-

wig von Cantacuzène, ein demnach also gleichsam doppelter Cantacuzène,
bei den neuën Machthabern schnell in Ungnade fiel. Als Innenarchitekt war

Joachim Fürst von Cantacuzène (1894-1935)

zwar Mitglied der NS-Reichskulturkammer, dort aber gleichwohl so
ungelitten, daß er interniert werden und sein Leben schon 1935 als
vierzigjähriger Häftling vor den Toren Münchens im Konzentrationslager Dachau beënden mußte.

Trotz eines solchen *"Schandflecks"* in der Sippe wurde der *Kunstverlag
Bruckmann* schon bei Ausbruch eines weiteren solchen Angriffskrieges, wie
er jenen andern Neffen, den *"lieben, lieben Knurr"*, schon verschlungen hatte, 1939 für *"kriegswichtig"* erklärt und produzierte ungehindert weiter.

Wie lange seine alten Besitzer das neuë Regime finanzierten, steht ebenso
dahin, wie auch jeder vermeintliche Versuch, diese neuën Heroën mit jenen
alten Favoriten eines früheren Geistes zu verkuppeln.

Stefan George (1868-1933)

geriet wohl eher durch die Aktivitäten des Gundolf-Schülers Joseph
Goebbels ins Visier der Nazis. Dietrich Eckardt und Alfred Rosenberg verleumdeten ihn zwar, aber Bernhard Rust, Studiënrat und Hitlers Kultusminister, regte eine staatliche Ehrung zu Georges 65. Geburtstag am 12. Juli 1933 an.

Da jedoch war dessen Schwester im heimischen Bingen schon rassistisch behelligt worden, und die *Westdeutsche Gesellschaft für Fami-
lienkunde* publizierte einen Stammbaum, der die lothringisch verwur-
zelte Familië George als Franzosen, also Ungermanen und Erbfeinde
an den Pranger stellte.

Den *"Meister"* deprimierten diese Machenschaften zutiefst. Die NS-
staatliche Geburtstagsfeiër unterblieb. Auch etwa sonstige Unbill.
Denn schon am 4. Dezember 1933 wurde Stefan George im undeutschen Minusio bei Locarno den Nazis und wem auch sonst unwider-
ruflich entzogen.

Er war da also 65 Jahre alt.

Auch sein Grab ist auf dem Friedhof da im welschen Minusio.

Elsa Bruckmann-Cantacuzène jedoch überlebte nicht nur diesen Guru ihres Neffen Norbert, sondern auch ihren Ehemann Hugo Bruckmann, dem Hitler 1941 mit einem Staatsbegräbnis dankte. Sie überlebte auch diesen Brandstifter persönlich, diesen finsteren Parvenu präzis des georgeschen Sterbejahres 1933, und starb selbst erst,

als dieser ganze braune Spuk schon in Schutt und Trümmern jenes nächsten, eines mitfinanzierten Weltkriegs versunken war und all dessen zwielichtige Helfershelfer oder "Paladine" im benachbarten Nürnberg der Reichsparteitage wegen völkerrechtswidrigen Angriffskrieges schon auf jene Todesurteile warteten, die in spätem Nachhinein auch die Ermordung Norbert von Hellingraths vor dreißig Jahren sühnen mochten:

Dessen Tante "Ilf" also starb am 7. Juni 1946.

Elsas schriftlichen Nachlaß erbte damals ihre "byzantinische" Schwester, Marie von Hellingrath, Norberts Mutter *"Burg"*.

Aber in ihrem Testament hatte die Verstorbene verfügt, daß alle Schriftsätze, die sich auf Norbert von Hellingrath bezogen, an Ludwig von Pigenot auszuhändigen seïen, der inzwischen längst zu den Mitherausgebern jener historischen Erstausgabe Hölderlins zählte. Er hatte auch zu Norberts zwanzigstem Todestage 1936 das sehr verdienstvolle *"Hölderlin-Vermächtnis"* herausgegeben und es sogar noch 1944 unter allgemeinem Bombenhagel in zweiter und *"vermehrter"* Auflage ediert [1]. Dieser

Ludwig von Pigenot (1891-1976),

Germanist und *"universeller Geist, wie ich nur selten einem begegnete"* (Braut Imma), der nach einem Lebenswerk für Hölderlin und Hellingrath, nach deren Druck sogar aus eigener Tasche

schließlich in Adenauers junger, vitaler Bundesrepublik, noch als Siebzigjähriger ohne Krankenversicherung und Vermögenssockel,

von einem Minimum für Arbeitslose lebte, das er durch Nachhilfestunden für Gymnasiasten

und über die *Hölderlin-Gesellschaft* mit einem Stipendium der *Boeh-
ringer-Stiftung* in Höhe von 200, später 300 DM aufzustocken versuchte,

war *"ein echter Freund Norberts – obwohl er ihm nie begegnete –
physisch begegnete, aber dafür 'wirklich' "* (Imma von Bodmershof
am 24. Mai 1976, kurz nach seinem Tode, an Martin Heidegger [53]).

Der Nachlaß Norbert von Hellingraths blieb fast ein halbes Jahrhundert lang
in den Händen der Familië. Erst 1964 kam er durch Vermittlung Ludwig
von Pigenots zu großen Teilen ins *Hölderlin-Archiv* nach Tübingen-Beben-
hausen. Dort mögen nun diese beiden *"nahverwandten"* Geister wenigstens
mit ihrem literarischen Erbe endlich zu einer archivalischen Einheit verschmolzen sein.

Allzu persönlich erachtete Unterlagen blieben noch unzugänglich *"in privater Obhut"* [15] bei Imma, geborener von Ehrenfels, verlobter von Hellingrath
und verheirateter von Bodmershof, die erst 1982 im Alter von 87 Jahren
verstarb.

Da war es schon runde 66 Jahre her, daß Kaiser, Volk und Vaterland auch
Norbert von Hellingrath als unbenötigt hatten totschießen lassen.

Jene sechs Bände seiner ersten *Kritisch-Historischen Hölderlin-Ausgabe*
wurden 1944/46ff. von Friedrich Beißner, 1970ff. von Günter Mieth,
1992ff. von Michael Knaupp, 1994ff. von Jochen Schmidt und 2004ff. von
Dietrich E. Sattler erweitert, verbessert, präzisiert.

Aber derer aller Fundament war die gehetzte Pionier- und Lebensleistung
Norbert von Hellingraths: *"ein Ereignis mit weiter Ausstrahlung auf die
deutsche Geistesgeschichte und das Selbstverständnis moderner Welterfah-
rung"* [58] .

An solcher Einordnung war seit spätestens 1936 kein Geringerer als Martin
Heidegger, Begründer der Fundamentalontologie und Philosophiehistoriker,
wesentlich beteiligt, der schon seinem damaligen Vortrag über *"Hölderlin*

und das Wesen der Dichtung" in Mussolinis Rom bei der Buchausgabe von 1937 diese Widmung gab:

"Norbert von Hellingrath gefallen am 14. Dezember 1916 bei Verdun zum Gedächtnis.

Die Veröffentlichung dieses Hinweises auf Hölderlin rechtfertigt sich allein durch die Widmung. Eines Tages wird die deutsche Jugend auch den Schöpfer ihrer Hölderlin-Ausgabe in ihr Gedächtnis aufnehmen" (zitiert nach [53]).

Auch viele jener folgenden Hölderlin-Texte, die im Zentrum von Heideggers Philosophieren entstanden, verwiesen unermüdlich und *"bei jeder Gelegenheit"* (am 7. Dezember 1975 [53]) auf Hellingrath und dessen Edition. Im Kriegswinter 1941/42 gedachte der NS-Kaltgestellte innerhalb eines Vortrags auch jenes Todes bei Verdun vor nunmehr 25 Jahren.

Weitere 15 Jahre später hielt Heidegger bei einer Münchner Tagung der *Hölderlin-Gesellschaft* im Juni 1959 jenen Vortrag über *"Hölderlins Erde und Himmel"*, den der führende Hölderlin-Forscher Alessandro Pellegrini noch in seinem Forschungsbericht von 1965 als Gipfel der gesamten Hölderlin-Forschung bezeichnete [59]. Dort hatte dieser deutsche Philosoph der Spitzenklasse eingangs an Hellingrath erinnert und ihm nicht nur *"die Entdeckung von Hölderlins Spätdichtung"*, sondern auch *"die entscheidende Zäsur im Verständnis des Dichters"* huldigend und dankbar zugute gehalten.

Seither korrespondierte er *"aus dem Andenken an Norbert"* [53] und ausführlich über sechzehn Jahre hinweg bis zum eigenen Tode 1976 mit jener Imma, geborenen Freiïn von Ehrenfels oder Hellingraths Verlobter, die 1923 die Bewirtschaftung des väterlichen Gutes Rastbach in der kärntischen Gemeinde Gföhl übernahm, hierzu den Volkswirt Wilhelm von Bodmershof heiratete und seit 1944 eigene Romane oder japanisch nachempfundene Haiku-Poësieën veröffentlichte.

Im Zentrum dieses Briefwechsels, der erst im Jahre 2000 erschien, steht dauerhaft das Gespräch über Norbert von Hellingrath, dessen Lebensleistung und Gedächtnis.

Heidegger erwähnt da auch Friedrich von der Leyen, Norberts Inspirator und Doktorvater, der *"mehrmals die Namen Hölderlin und Hellingrath vertauschte – eine erregende Bezeugung der geheimnisvollen, schicksalhaften*

Zugehörigkeit Norberts zu Hölderlin"[53] : deren Geburtstage, einzig astrologisch noch eben separiert, fast gar zusammenfielen: am 20. und 21. März.

"Wann sind die großen Augenblicke des Gesprächs zwischen Dichtern – ?", fragte Heidegger im Mai 1963: *"und in diesem, zwischen Pindar und Hölderlin, ist Norbert der dritte"* [53]. Imma berichtete etwa gleichzeitig vom japanischen Schriftsteller und Literarhistoriker Shin'ichi Hoshi aus Tokio und dessen Satz über Hellingrath: *"Er hatte großen Einfluß auf Rilke"* [53].

"Sein Werk", schrieb der 84jährige Heidegger noch im März 1974 an dieselbe Imma, *"erscheint mir in dieser heil-losen Zeit von Tag zu Tag deutlicher in seiner Einzigartigkeit"* [53]. Er hegte Hellingraths Bild auch *"als Anblick der verhaltenen Scheu des Zurücktretens vor dem Großen, das zu groß bleibt für die Sterblichen"* [53].

Als Heidegger zwei Jahre später 86jährig starb, fand die Familië auf seinem Schreibtisch in der Hölderlin-Lektüre seiner letzten Wochen eine parate Fotokopie, die sein Sohn Hermann mit diesem Wortlaut des Verstorbenen am Grabe verlas:

"Worte Hölderlins

entnommen dem IV. Band seiner Werke,
den Norbert von Hellingrath gestaltet hat –
langsam und schlicht zu sprechen
als letzter Gruß an meinem Grab:"

Es folgten präzis markierte Auszüge aus den Gedichten *"Brod und Wein"*, *"An die Deutschen"*, *"Versöhnender"* und *"Die Titanen"*. Den Abschluß bildete dieses zweite Exzerpt aus *"Brod und Wein"*:

"Aufzubrechen. So komm! dass wir das Offene schauen,
Dass ein Eigenes wir suchen, so weit es auch ist.
Fest bleibt Eins; es sei um Mittag oder es gehe
Bis in die Mitternacht, immer bestehet ein Maas,
Allen gemein, doch jeglichem auch ist eignes beschieden,

Aber schon zehn Jahre vorher hatte der hier Bestattete,

den seine Briefpartnerin Imma von Bodmershof wohl zurecht immer wieder und wieder Norberts *"echten"*, *"nahen"*, *"eigentlichen, schicksalsbedingten"*, *"besten und verstehenden"*, so *"lieben Freund"* bezeichnete (*"als wären Sie damals schon sein Freund gewesen"*: *"daß Sie einander äußerlich nicht begegneten, tut nichts, gar nichts zur Sache"* [53]),

schon 1966 also hatte Heidegger zu Hellingraths fünfzigstem Todestage *"durch französische Freunde nach Erinnerungszeichen"* an die Pariser Zeit des französisch Gefallenen gesucht und war auf einen Brieftext gestoßen, den Charles Andler (1866-1933), elsässischer Germanist an der Sorbonne, Mitglied des *Collège de France* und Übersetzer von Nietzsche und Karl Marx, schon 1926, auch *in memoriam* seiner persönlichen Begegnung mit jenem französisch totgeschossenen Lektor der *École Normale Superieur* geschrieben hatte:

Diese Huldigung aus dem Lager der Todesschützen vor Verdun spiegelt über alle wilhelminisch antiquierten Polarisierungen hinweg auch Hellingraths eigene *"Einsicht in die 'große Versöhnung',*

die er als innerstes Zentrum von Hölderlins Spätdichtung begreift"

und die damals schon, mitten im *Ersten Weltkrieg,* für ihn persönlich

"mit der Anerkennung und Zusammenführung verschiedener Lebenskreise vorweggenommen ist" [56].

(Quellen und Anmerkungen zu diesem Kapitel auf Seite 636 ff.)

"Geheim zu bleiben, war sein Schicksal:
und da ihm dies verhängt war, so ging er
vor offenen Augen, gekannt und benannt,
namenlos und ungesehen vorbei."

Max Kommerell, 26, über Hölderlin:
"Der Dichter als Führer in der deutschen Klassik", 1928/(1940)

"Der Genius verlangt herrisch nach Hingabe.
Wer sich dazu nicht entschließen kann, muß ihn notwendig hassen."

Norbert von Hellingrath, 22: *"Hölderlins Wahnsinn"*, 1910

"In einer Zeit, da die Stimme des Dichters wieder unerhörbar
geworden ist im Lärm des bloßen Literaturbetriebes
und der Machenschaften der Industriegesellschaft [...] ,
gilt es, die Stille um den Dichter und um seinen Helfer zu hüten
und dem sanften Gesetz zu vertrauen, das beider Werk
hindurchrettet in eine gewandelte Zeit."

Martin Heidegger, 77: Brief vom 10. 12 1966 an Imma von Bodmershof

"Ein Dichter ohne Leser bleibt ein Dichter."

Georges Roditi, 69: *"L'esprit de Perfection"*, 1975

"Was bleibet aber, stiften die Dichter."

Friedrich Hölderlin, 33: *"Andenken"*, 1803

TAMMUZ

Aber das war sein Name ja nur bei den Hebräern gewesen.

Die Akkader nannten ihn Tammuzu, die Sumerer Dumuzi, die Phöniziër Eschmun, die Ugariter schon Alijan-Môt, die Etrusker Atunis, die Syrer Attis und die antiken Griechen Ádonis.

Jenes griechische *Ἄδωνις* oder eben *Ádonis* freilich war ein Lehnwort aus dem Semitischen. Zumal im Nordwesten dieser afroasiatischen Sprachfamilië des Oriënts und Maghreb hieß es *'adôn[i]* und bedeutete *[mein]Herr*.

Die Römer mit ihrem Latein letztendlich nannten diesen selben Herrn bei verschobenem Akzent dann schon ebenso *Adónis* wie ja auch wir noch.

Es gab ihn also in vielen, gar in den meisten alten Kulturen. Sie kannten ihn eigentlich, mehr oder minder sozusagen, alle.

Aber von diesem Ádonis erzählen heißt zuvor noch von Agdístis berichten.

Agdístis

war die Eltern des Ádonis. Das ging so:

Agdístis war die Tochter eines Mannes, der unbedingt einen Sohn hatte haben wollen. Umso enttäuschter setzte er das unerwünschte Kind gleich als Säugling auf dem Berge Kybélos aus und ließ es dort von "Hirtinnen" bemuttern. Nicht von Hirten? Nein, von Hirtinnen.

Diese Hirtinnen bemerkten und begünstigten, daß selbiges Mädchen zugleich auch ein Knabe war und zogen es angemessen auf.

Als es aber selbst entsprechende Fragen zu stellen begann, erzählten ihm diese Hirtinnen, der phrygische Göttervater Papa habe sie gezeugt, indem er schlafend und in mondübergossener Zaubernacht einen feuchten Traum mit Pollution gehabt und dabei einen Spermatropfen verschüttet habe, der Mutter Erde tatsächlich zu befruchten vermochte. Das Resultat nun hiervon sei sie oder er, gar sie und er, und weil diese magische Zeugung just auf dem Berge Agdos an der phrygisch-galatischen Grenze (in der Nähe des heutigen Türkendorfes

Ballihisar) erfolgt sei und Papa sich seither nach einem pur männlichen Kinde sehnte, heiße er oder sie nun Agdístis.

Weil Agdístis aber nicht nur ein so bizarr erläuterter Zwitter, sondern auch sonst mit vielerlei übernatürlichen Fähigkeiten begnadet war, hielt er selbst die Geschichte von seiner Entstehung nicht etwa für ein Märchen, sondern für die reine Wahrheit, versuchte daher, seinem göttlichen Papa noch jetzt alle Wünsche zu erfüllen, und lebte von nun an zunächst als Junge, dann als Mann.

Aber seine unverleugnete Doppelgeschlechtlichkeit schien ihm da täglich mehr eine wahre Gottesgabe.

Sie ließ sich auch keineswegs verheimlichen. Schon löste sie daher Mißgunst bei all jenen Göttern aus, die damals noch eindeutig männlich oder weiblich waren. All die sonstigen Talente des Agdístis, die manchem Scheelauge gar als Omnipotenz erschienen, taten dann noch ein Übriges, um ihn allenthalben beneidet werden zu lassen: so gesegnet wie dieser hochbegabte Gottesliebling wollten sie auch gern alle sein, besonders jene, die sich selbst allenthalben als Götter nur gerierten. Das konnte nicht lange gut gehn.

Es ging auch nicht gut.

Just Diónysos, selbst ja ein Gottessohn aus kompliziertester, unweigerlich traumatisierender Herkunft und inzwischen Gott der unstillbaren Ekstase und Begierde, auch des stimulierenden Weines also, war ebendeshalb vermutlich mit dem eigenen Zwittertum noch nicht befriedigt oder ausgelastet, sondern heftig über Kreuz und neidete dem Agdístis daher umso mehr, wieviel souveräner der geraten war und wie er problemlos als Herr, aber ebenso problemlos, nur mit verdoppelter Passion auch als Dame lebte, in jederlei Hinsicht.

In Absprache mit den andern, nicht weniger neidischen Göttern verwandelte der hierzu ermächtigte Diónysos in jener Quelle, aus der Agdístis nach all seinen männlichen Jagden meist den Durst zu stillen pflegte, das Wasser zu Wein. Agdístis trank ihn ahnungslos, war schnell berauscht und schlief beseligt unter einer schattigen Pinië ein.

Jetzt nahte sich ihm der Diónysos, griff sich genüßlich das männliche Genital dieses Hermaphroditen und band es mit Hinterlist, heimtük- kisch, fest: eben an einem Aste jener schattigen Piniё. Dann legte er sich in einen Hinterhalt zu den andern neidischen Göttern und wartete nur noch die Zeit ab.

Als der Agdístis nämlich zu sich kam und erwachte, fand er sich un- begreiflich gefesselt und sprang wütend auf. Eben hierdurch ampu- tierte er sich ruckartig seine Männlichkeit, und die Götter auf ihrer Lauёr frohlockten. Jetzt war dieser Favorit und Passepartout für den Diónysos keine Konkurrenz mehr, sondern ebenso eingeschlechtlich wie auch die andern Götter und ihnen zumindest sexuёll nicht länger überlegen. Das hielten sie jubilierend für Gerechtigkeit oder Lasten- ausgleich und erklärten ihn schlankweg zur Frau.

Denn ein Mann war der Agdístis nun wirklich nicht mehr.

Aber noch als Frau war er mit all seinen übernatürlichen Gaben und Fähigkeiten allen andern weiblichen Menschen so haushoch überle- gen, daß er fast unverzüglich zum Überweib mutierte. Prompt nannte alle Welt ihn eben nach seiner Herkunft von den Hirtinnen auf dem Berge Kybélos nur noch die *Große Mutter vom Berge Kybélos* oder *Matar Kybile* jener Phryger, die ihr anfangs nur Lallnamen gaben: Ma oder Amma oder Nana. Dann jedoch begannen sie, sie mehr und mehr als *Kybile* zu bezeichnen. Das bedeutet in ihrem Phrygisch zwar *Berghöhle* oder *Erdloch* mit allen nur denkbaren Assoziationen des Mütterlichen, aber außerdem ebenso auch noch *Gebärmutter*, ebenso auch noch *das Grab*: also Anfang und Ende gleich in einem.

Dieser Semantik ihres Namens wurde Kybile-Agdístis oder auch Ag- dístis-Kybéle noch mit ihrem Doppelnamen in alle Ewigkeit ebenso gerecht wie auch ihrer Herkunft als Hermaphrodit.

Aber noch in all den andern Kulturen rings um ihr gemeinsames Meer und mit all deren nationalnominellen Varianten blieb das so: bei den Ägyptern und Äthiopiёrn als Ísis, bei akkadischen Babyloniёrn als Istar, bei Karthagern als Tanit, Armeniёrn als Anaïtis, Syrern Astarte, Moabitern 'Aschtar, Kanaanitern Aschtart, Ugaritern 'Attart, aber Arabern 'Attar und bei den Griechen als Ártemis, die da eine Zwillingsschwester gar des Apóllon war. Die Römer schließlich und deren kolonialistische Nachhut nannten sie einfach Diana, später *Lady Di*.

Aber im magischen Éphesos, diesem heute türkischen Efes, wo sich Agdístis-Kybéle in Ermangelung anverleibter Mutterbrüste analog und superweibisch ganze 24 Bullenhoden um den Hals zu hängen beliebte, wurde sehr viel später auch die wundersame Verschmelzung dieser göttlichen Übermutter mit der christlichen Jungfrau Maria vollzogen, die vielleicht ebendeshalb just hierorts, in der Diaspora von Efes, gestorben oder sonst einer mystischen Metamorphose oder Transfiguration erlegen sein soll.

Doch wie auch immer: jene früher so begnadete Doppelgeschlechtlichkeit dieser magischen Übermutter war natürlich auf so simple Weise, wie die neidischen heidnischen Götter sich das ausgemalt hatten, durchaus nicht zu beseitigen und aus der Welt zu entfernen. Denn jene männlichen Genitaliën, die sich der bösartig übertölpelte Agdístis damals selbst abgerissen hatte, verwandelten sich extern in eine zuvor noch nie gesehene Schönheit: einen Mandelbaum. Der blühte so ungeduldig früh und so verführerisch schön wie kein anderes Gewächs je zuvor und trug Früchte in üppigster Überfülle und in Gestalt von wohlverwahrt eingekapselten Nüßchen, doch in Form ausgerechnet jener angefeindeten Hoden des verstümmelten Gottesfavoriten.

Schon hieran hätten die vorschnell triumphierenden Neidlinge erkennen können, daß ihr Plan nicht aufging.

Aber vollends als Übermutter Kybéle mit Phantomsensoriën und Sehnsucht nach all der preigegebenen, der entwendeten und unverschmerzten Hodenform ein unverkennbares Mannweib und unverändert bisexuëll blieb, sich auch noch unverfroren eine solche Mandel dieses neuën Baumes lustvoll einverleibte und mit dem einzigen Samen dieser Schließfrucht autogen geschwängert hatte, war jedermann klar, daß sich Übernatürliches nicht so simpel beseitigen ließ und die ganze Affäre stattdessen noch beträchtliche Folgen haben würde.

Diese Folgen erschienen in Gestalt eines Sohnes, den seine jungfräuliche Mutter, die ja zugleich auch sein leiblich keuscher Vater war, auf griechisch Ádonis nannte.

Ádonis

Undatierter römisch antiker Marmor-Torso,

restauriert von François Duquesnoy (1597-1643)
für den Kardinal Mazarin (*Musée du Louvre*, Paris)

Ob seiner unbegreiflichen Herkunft aus einer Selbstbefruchtung wurde dieser Ádonis allenthalben als Gotteswunder angebetet. Als Sohn jenes Mandelbäumchens, das von nun an alljährlich das fertile Frühjahr verkündet, wurde er ein Gott des Frühlings und des Wachstums, auch aller Jünglinge in ihrem potenten Wachstum.

Er wurde aber auch wegen seiner Schönheit angebetet. Tatsächlich war er unwahrscheinlich schön. Viele halten ihn für den schönsten Mann, der je gelebt hat. Jedenfalls war er der schönste Mann, der damals lebte. Man sah ihm wirklich an, daß er ein Produkt jener neuërschaffenen Mandelblüte war.

Aber er war ja auch zwiefach der Sohn eines Hermaphroditen. Also wurde auch er zugleich eine Tochter dieses Hermaphroditen. Manchmal war er Jüngling und manchmal Jungfrau. Vielleicht auch immer beides. Wirklich war er ein Glücksfall. Also für jedermann betörend. Jedermann verliebte sich heillos in diesen Ádonis.

Aber am leidenschaftlichsten, am ungestümsten und am verhängnisvollsten verliebte sich Kybéle-Agdístis in ihn. Denn sie verliebte sich in ihn ebenso als Kybéle wie auch als Agdístis: als seine Mutter wie auch als sein Vater, mit doppelter Wucht.

Als Kybéle machte sie den Jüngling Ádonis zu ihrem Geliebten und streifte mit ihm durch die Wildnis all der Wälder da rings ums ganze Mittelmeer.

Als aber unübersehbar gefahrvoll dort selbst ihr eigener Zwillingsbruder Apóllon diesem Beau schöne Augen machte, verwandelte sich die Kybéle-Ártemis einfach psychisch in den Agdístis zurück und ihre Leidenschaft für den schönen Sohn in eine Liebschaft mit der nicht minder schönen eigenen Tochter. Als diese mußte der Ádonis Frauenkleider tragen und das Amt eines Oberpriesters übernehmen, der in so sinnenfeindlicher Verkleidung allen fleischlichen Gelüsten ringsum entrückt sein sollte.

Dennoch erhörte dieser immer noch hübsche Prälat oder Bischof in seinem Abendkleide auch so seinen göttlichen Onkel und Liebhaber Apóllon. Denn wie war diesem täuschend ähnlichen Zwilling seiner liebwerten Eltern, einem wahren Doppelgänger und himmlisch strahlenden, strahlend reinen, reinigenden Phoîbos, dem weltberühmten *Phoîbos Apollon*, je zu widerstehen?

Das aber machte nun wiederum Vater-Mutter Kybéle-Ártemis rasend vor Eifersucht. In einer Stunde der Leidenschaft nahm er daher diesem inzüchtig anverwandtesten Bettschatz mit welchem Geschlechte auch immer das Gelöbnis ab, hinfort ein ringsum keusches Leben zu führen.

Ádonis schwur das auch: gutgläubig oder ahnungslos.

Aber er hielt diesen Eid nicht. Er konnte ihn nicht halten. Weil solche Eide gar nicht zu halten sind. Wer sie abverlangt, versündigt sich am Leben. An Naturgesetzen. Gleich an Gott? (An welchem?)

Ádonis, diese Gottesblume, jedenfalls brach seinen Eid und war unkeusch mit der ebenfalls unehelich geborenen Tochter eines phrygischen Königs namens Gallos. Er war sogar aufmüpfig genug, diese Prinzessin auch noch seines Herzens wider all die Lust und Liebe seiner eigenen Eltern glatt zu heiraten.

Die aber mußten zu dieser Hochzeit natürlich eingeladen werden. Statt des erwarteten Paares erschien freilich nur die Kybéle in Personalunion beider Erzeuger dieses wunderschönen Bräutigams und verhängte als Mitgift ihrer maßlosen Eifersucht einen unheilbaren Wahnsinn über die ganze versammelte Hochzeitsgesellschaft. Der königliche Brautvater schnitt seiner Tochter sofort, *coram publico*, die Brüste ab und kastrierte sich dann öffentlich selbst. So geisteskrank hatte die Kybéle ihn gemacht.

Aber auch ihr geliebter Ádonis, Tochter und Sohn im selben Bräutigam, verlor verwunschen sofort den Verstand, flüchtete in die Wildnis der Wälder bei Afqa im Libanon und verstümmelte dort seine legendäre Schönheit, indem er sich mit scharfem Steine just unter einer artverwandten Pinië – eben mit ihren männlichen und fragwürdig weiblichen Zapfen an ein und demselben Geschöpfe! – verzweifelt entmannte: dieser Schönste aller Männer!

Das aber war es wohl, was elterliche Mißgunst hier unter bösem Bezuge auf derlei Familiëntradition mit ihrer Aussteuër einzig und allein bezweckte: radikalsten Gewahrsam ihres eigenen Sohnes vor jeder exotischen Liebe von außerhalb.

Diesem Opfer ihrer pervertierten Besitzgier hatte da aber zu allem Überflusse just in jener selben Wildnis von Afqa auch noch die Aphrodíte aufgelauert, griechische Göttin der geschlechtlichen Liebe, der weiblichen Schönheit, allen Liebeslebens überhaupt und des unwiderstehlichen Frühlings mit seinem namentlichen April: heillos paarungswütig insofern, vollends doppelgeschlechtlich auch sie und bedenkenlos promisk. Später bei den Römern wurde sie als deren Venus gar noch sehr viel populärer. Ihre Hiëroduten oder Tempeldiener zelebrierten eigens ihr zuliebe orgiastisch sakrale Prostitution.

Von dieser Aphrodíte also geliebt zu werden, wäre auch für den Ádonis ein erotisch vergleichbarer Ritterschlag gewesen, wie es zuvor unter Männern schon sein Techtelmechtel mit dem Apóllon war: eine Nobilitierung, unsteigerbarer Hosenorden.

Den derzeit gestörten Zustand seines Geistes tatsächlich liebestoll ignorierend oder auch mißbrauchend, war diese ewig balzende Aphrodíte jetzt nackt und unersättlich auf der Pirsch nach dem immer noch bezaubernden Leibe dieses irrenden, wirrenden Piniënstrauchlers – mannbar oder nicht – , weil nämlich selbst schon gänzlich von Sinnen umso mehr nach solcher zapfen- und wehrlosen *bellezza*. Man kennt den Wahnsinn solcher Brunft.

Außerdem stand diese Aphrodíte, die Paulys klassisches *"Lexikon der Antike"* mit sicherlich gutem Grunde als *"komplexe Natur"* und als fruchtbare

Liebes- , zugleich aber überraschend auch als Todes- oder Grabesgöttin in einem bezeichnet [1], absolut oberhalb menschlicher Leibesgebresten. Also verfügte sie auch bei Amputationen aller Art über positive Omnipotenz oder medikablen Optimismus, der seine Wurzeln nicht zuletzt in ihrer eigenen barbarischen Herkunft aus dem abgeschnittenen Genital ihres Vaters Uranós haben mochte: *"schaumgeboren"* war diese legendäre Venus nur als mutterloses Ejakulatsprodukt trotz alledem.

Insofern also waren sie und der heißbegehrte Gespons *in spe* auch noch Schicksalsgenossen oder denkbar tiefst verbundene Verwandtschaft.

Also verdrängte die völlig Verblendete ihre außerehelich aktuélle Liebschaft just mit Áres, dem Gott aller Welt-, Zerstörungs- und Angriffskriege der Griechen. Er war auch der thrako-phrygische Schirmherr jener einbrüstig kriegerischen Amazonen und die Gottheit überhaupt jeglichen mörderischen Gemetzels und Schlachtens überhaupt, blutrünstig wie ein Vampir und ein wahrer Berserker.

Jähzornig streitbar also sowieso, war er auch als Liebhaber eifersüchtig wie kein anderer und hatte sich nunmehr, als er die brünstige Gier seiner Buhlschaft Aphrodíte nach diesem reduzierten Schönling bemerkte, rasend vor Wut in einen schwarzen Eber verwandelt, der jetzt eben blindwütig durch jene selbe Wildnis von Afqa tobte, in der auch sein lüsterner Bettschatz gerade nach der Unschuld und Reinheit eines niedlichen Nachfolgers lechzte.

Schnaubend und grunzend also kam Áres seiner eigenen Buhlerin da ins amouröse Fremdgehege und machte ihren ohnehin unangebrachten, weil vollkommen unbegehrten Verführungsversuchen ein blutiges Ende: *halalí!*

Denn ihrem verwirrten Opfer ohne Genitaliën war dieses martialisch potente Schwein natürlich grausam überlegen. Recht mühelos gelang es ihm, den zapfen-, wehr- und schuldlos Verblutenden auch noch tödlich aufzuspießen und so vollends zu meucheln: denn *"Blitzes Schärfe besitzen in krummen Hauern die Eber"*, wie Ovid das viel, viel später noch in der eigenen Walachei seiner transsilvanischen Verbannung verifizieren konnte.

Á d o n i s   w a r   a l s o   t o t.

Dieser Schönste aller Schönen lag verstümmelt und schweinisch aufge-schlitzt inmitten einer libanesischen Wildnis und massakriert in seinem Blu-te.

Das war somit das Endresultat eines niedrig infamen Götterneides.

Niemandem war damit gedient.

Auch keinem dieser Götter mehr, die jetzt alle betreten beiseite schauten, als hätten sie das so nicht gewollt. Und schon gar nicht verschuldet!

Na, vonwegen.

Schwein Áres immerhin leckte sich befriedigt die blutverschmierten Lefzen.

Auch die gefoppte Verehrerin Aphrodíte wischte sich all den unbenutzt jungfäulich gebliebenen Geifer von ihrem weltberühmten Kußmund, ließ aber schon am Tatort dieses sinnlosen Ausblutens unzählbar viele Milliar-den einer neuën Blume weiß erblühen, die in der christlichen Symbolik spä-ter an das vergossene Blut aller Heiligen, auch an die *Sieben Schmerzen der Mutter Gottes* oder sonst einer Muttergöttin erinnern sollte und heute Ane-mone oder Buschwindröschen heißt: als ewiges Denkmal der Reinheit und unschuldig blinden Vertrauëns!

Dann aber eilte diese unstillbar lüsterne Liebesgöttin ihrem immer noch brünstig begehrten Liebling bis in den Hades hinterher, um ihn dort doch noch irgendwie auszulösen oder wiederzubeleben: völlig kopflos.

Denn stattdessen entbrannte da unten nunmehr ein erotisch-sexuëller Kon-kurrenzkampf mit Persephóne, jener chronisch unbefriedigten Herrin der Unterwelt, die den attraktiven Novizen natürlich für sich in Anspruch nahm: es hörte nicht auf!

Theoretisch zwar fand sich mit persönlicher Hilfe des Göttervaters Zeus ein eleganter Ausweg aus all dem Dilemma: noch der tote Ádonis sollte halb-jährig seiner legitimen Totengöttin, halbjährig hiernach jeweils der süchti-gen Liebesgottheit gehören, also halbjährig auf die Erde, hiernach erneut in die Unterwelt wiederkehren: ewig ruhelos.

Diesen theologischen Strohhalm griff dann natürlich auch die Kybéle, die für manche Völker später ohnehin mit der Aphrodíte völlig kompatibel wurde, ganz kopflos auf und zelebriert seither in jedem Frühling ein nostalgisches Trauër- und Gedenkfest für ihren weggemetzelten Ádonis. Hierbei ministrierten ihr Priester, die damals schon so knöchellange Frauënkleider tragen und Haare opfern mußten wie heute noch viele ihrer Kollegen.

Dieser Hofstaat von Pfarrern und Patres, von Prälaten und Pröpsten, Pastoren und Popen, Patriarchen und Pfaffen, von Päpsten oder sonstig transvestierten Pseudofrauën sollte so global wie möglich an jede übernatürliche Doppelgeschlechtlichkeit erinnern und zumindest so aussehn. *"In ihren bodenlangen Gewändern"*, wird dieses recht makabre Seelenamt beschrieben, *"mußten diese Geistlichen weltweit durchs Gebirge stolpern und da stellvertretend nach dem abhanden gekommenen Ádonis suchen. Glaubten sie, sei es in einer doppelzapfigen Pinie, einem strotzenden Mandelbäumchen oder einer einzigen weißen Anemonenblüte, sein Abbild zu entdecken, wurde ihr Trauër- zum Freudenfest, aus jedem Tode eine Auferstehung und aus dem Winter das Frühjahr, dessen Wiederkehr mit rasenden Tänzen zu entfesselnder Flöten- und Trommel- , auch Becken- und Rasselmusik als ekstatisch-orgiastischer Exzeß begangen wurde und meist nach rituëller Opferung von Stieren in wild erregten Selbstverstümmelungen oder sonstigem dionysischen Blutrausch, mit Vorliebe aber auch in einer Kastration all der Priester gipfelte. Ihre Zipfel, mit Tonscherben abgetrennt, wurden dann in einer sakralen Opferschale von feiërlichem Novizenkonvoi in jenes Heiligtum des Agdístis gebracht, das 'Brautgemach der Göttin' hieß* [2] *"*.

Doch alles, was jene *'Große Mutter'* ihren Priestern, Adoranten und Gemeinde-Gliedern da so manisch wie frohgemut abschneiden ließ, das wusch, salbte, kostümierte und begrub er dann persönlich und ebenso frohgemut manisch.

Die Kommune seiner Anbeter frönte solchen Riten mit obszönen Tänzen, für die sich die Männer als häßliche Frauën (oder Bryllichisten) vermummten, die Frauën mit Dildos umgürteten und alle miteinander zotige Reden im Munde führten: Aißchrologieën. Auch Prostitutuon, die gern als sakral beschönigt wurde, gehörte da tunlichst dazu.

"Jeder Oberpriester aber, emaskuliert wie die gesamte Elite, trug da hinfort den Namen Ádonis" [1].

So wurde da Jahrhunderte lang und rings um das ganze Mittelmeer die Unsterblichkeit des gemeuchelten Ádonis beschworen – oder auch ertrotzt. Man erfand gar das sogenannte Adonisgärtlein: eine Aussaat, deren eiliges Wachstum und Blühen in Tongefäßen oder Tellern alles ewige Werden und Vergehen symbolisieren sollte und ebenso in einem nahen Wasserlauf endete wie seinerzeit schon die sterblichen Überreste des schönen Massakrierten in jenem Adonis-Flusse, dessen Gewässer sich seither in jedem Frühjahr rot färbt und von türkischen Moslems dort heute andächtig ihr *Nahr Ibrahim* genannt wird.

Árgos, dieses mystische Synonym für das ganze antike Griechenland, seit dem 5. Jahrhundert freilich speziëll seine glorifizierte Metropole Athen wurden gern sehnsüchtig oder schuldbewußt als *Adoniën* bezeichnet.

Aber derlei und alles das ist letztlich nicht viel mehr als der Paul-Abraham-Weg in Neubrandenburg.

Mythisch fest steht: Apartes, Unikes und Reines werden hier nur ebenso ungern geduldet wie Begnadetes.

Aber eine solche Verschuldigung an Gottesgaben oder solcher Verstoß gegen Mutter Natur, gar auf so vielen Ebenen wie im Falle dieses schönen Ádonis, kann endelos nur bleiben, was der christliche Volksmund sehr viel später als *"Sünde wider den Heiligen Geist"* bezeichnet, Martin Luther in den Evangeliën als *"Lästerung des Heiligen Geistes"* übersetzt hat:

was immer und ewig als unverjährbar, als unverzeihlich gelten dürfte.

(Quellen und Anmerkungen zu diesem Kapitel auf Seite 639)

*"Das schöne leben sendet mich an dich
Als boten."*

Stefan George, 28: *"Der Besuch"*, 1896

*"Es geht mir mit den Chinesen, nicht nur den jungen,
wie mit manchen Blumen,
deren Schönheit mir erst nach Jahren bewußt wurde [...] .
Die Glätte der Haut, ihr 'mondener' Glanz, Bambus und Jade,
spiegeln die Ruhe eines Kunstwerks,
dem nichts fehlt, nichts hinzuzusetzen ist.
Meine Zuneigung ist eher die zu einem Kunstwerk,
also nicht im engeren Sinn erotisch –
vielmehr der Hinweis auf eine höhere Qualität."*

Ernst Jünger, 91: *"Siebzig verweht"* IV, 9. April 1986

*"Solches Andenken ist schön
in einer Zeit, die verlernt hat zu erfahren,
was große Überlieferung ist."*

Martin Heidegger, 70: Brief vom 10. August 1960 an Imma von Bodmershof

*"Und könnt ihr ja das Schöne nicht ertragen,
So führt den Krieg mit offner Kraft und Tat!
Sonst ward der Schwärmer doch ans Kreuz geschlagen,
Jetzt mordet ihn der sanfte kluge Rat ... "*

Friedrich Hölderlin, 27: *"Der Jüngling an die klugen Ratgeber"*, 1797

BERTHA DEHN

Dem Hamburger Gynäkologen und "Wundarzt" Dr. Maximilian Dehn und seiner Frau, gebürtiger Bertha Raf, wurde am 23. November 1881 als sechstes von acht Kindern – oder schon am 18. November? (Niemand weiß das mehr verbindlich!) – eine Tochter geboren, die sie Bertha nannten und in *"vorurteilsfreiem Idealismus"*[6] aufwachsen ließen.

"Es war ein einfaches Leben, das sie als Kind zwischen sieben Geschwistern kennen lernte, von Anfang an ein Leben der Arbeit und der Verantwortung für andere. Ein Leben, das an hohen Maßstäben sich orientierte im Ethischen: Bertha Dehn hat hier vor allen Dingen den kompromißlosen, fast fanatischen Wahrhaftigkeitsdrang übernommen, der für sie so charakteristisch war und von andern manchmal mißverstanden wurde"[6].

Sechzehnjährig ging dieses wahrheitsliebende und musische Kind nach dem Tode des Vaters zu dessen Bruder nach England und begann vielleicht dort schon mit einer musikalischen Ausbildung, die am *Bernuthschen Konservatorium* in Hamburg fortgesetzt wurde. Hier studierte Bertha das Fach Violine und war auch Schülerin des berühmten deutsch-französischen Geigers

Henri Marteau (1874-1934),

der nach rund dreißigjähriger Weltkarriere und siebenjähriger Lehrtätigkeit an der Berliner Musikhochschule seine dortige Professur für Violine im Kriegsjahr 1915 wegen seiner französischen Staatsangehörigkeit verlor und trotz persönlicher Freundschaft mit Kaiser Wilhelm II. für die Dauer des *Ersten Weltkriegs* in seinem oberfränkischen Domizil unter Hausarrest gestellt wurde.

1920 schüttelte er so brisante Nationalitäten endgültig ab, wurde neutral pazifistischer Schwede und unterrichtete nur noch privat in seiner eigenen Villa, die im fränkischen Lichtenberg heute als *Villa Marteau* und *Internationale Musikbegegnungsstätte für Meisterkurse* in der Tradition Marteaus zur völkerversöhnenden Verfügung steht.

Der Sohn dieses friedlichen Kosmopoliten wurde im *Zweiten Weltkrieg*, auf welcher Seite und von wem auch immer, totgeschossen.

Bertha Dehn, die diesen Lehrer auch politisch sehr verehrte, hatte sich schon lange vor alledem, 1909, als 28jährige Geigenlehrerin in Hamburg-Pöseldorf niedergelassen, wo sie mit ihrer Mutter und ihrem ältesten Bruder zusammenwohnte.

Just 1915, als Meister Marteau seine Professur verlor, wurde sie 34jährig als erste und einzige Frau ins Opern-Orchester des *Hamburger Stadttheaters* berufen. Das war damals reichlich spektakulär und vermutlich nur deshalb möglich, weil für den *Ersten Weltkrieg* zwanzig männliche Orchestermusiker zum Militär einberufen wurden und Männermangel herrschte.

Im Juni 1918 erhielt sie ein Angebot, ins Konzert- und Opernorchester der Stadt Essen überzuwechseln, lehnte aber ab, weil sie *"hier dem Stadttheater fest verpflichtet"* sei [7]. Dort blieb sie auch nach dem Kriege das einzige weibliche Orchestermitglied und spielte insgesamt siebzehn Jahre lang in der *Ersten Geige*.

Politisch scheint sie in den Jahren der Weimarer Republik eine überzeugte Anhängerin ihres Meisters Henri Marteau geblieben zu sein. Denn 1922 schrieb sie an Romain Rolland, den sie nicht nur als berufenen Monografen Beethovens, ihres musikalischen Leitbildes, sondern auch als Autor namentlich des pazifistischen Romans *"Jean-Christophe"* verehrte. *"Sie fühlte sich zu dem bedeutenden Franzosen hingezogen, aus einer inneren Gesinnungsgemeinschaft heraus, denn sie teilte auch das Pathos seiner über alle Grenzen hinweg werbenden Humanität und seinen Idealismus. Das wache soziale Gewissen Rollands vor allen Dingen fand Widerhall in ihrem eigenen Herzen"* [6].

Durch ihren Brief fühlte sich der Nobelpreisträger veranlaßt, ihr mit seinem signierten Porträt auch handschriftlich zu bestätigen, er sei *"heureux que Christophe vous soit un ami et un aide. Je vous remercie de l'aimer, et je vous prie de croire à ma sympathie"* [7].

Vielleicht infolge so grenzüberschreitend humanistischer Überzeugungen oberhalb aller ideologischen oder konfessionellen Verengungen trat die 42-jährige aus der *Deutsch-Israelitischen* (Religions-) *Gemeinde* aus. Das geschah 1924, als es politisch noch keineswegs opportun war.

1930 wurde die 48jährige mit dem Titel einer *Kammermusikerin* geëhrt.

Doch nur zwei Jahre später, schon am 31. August 1932, wurde diese Frau Kammermusikerin, nunmehr fünfzigjährig, *"im Einvernehmen mit Herrn Generalmusikdirektor Böhm und dem Orchestervorstand"* unverhofft und ab sofort auf eine vakante Position in der Gruppe der *Zweiten Geige* versetzt. Diese demütigende Zurückstufung innerhalb der Hierarchie eines Orchesters mochte eine Reaktion ihres männlich machistischen Umfeldes auf ihr reserviertes Einzelgängertum sein, das jeder außerdienstlichen Kumpanei aus dem Wege zu gehen und *"immer abseits"* zu bleiben pflegte.

Aber kümmerte und motivierte derlei einen Dirigenten wie Karl Böhm?

Eher mochte es schon politische Gründe haben und Signale einer vorauseilenden Liebedienerei versenden, die sich beim NS-randalierenden Antisemitismus jener Jahre rechtzeitig einzuschmeicheln versuchte.

Denn kaum war fünf Monate später Adolf Hitler deutscher Reichskanzler, erreichte dessen fanatischer Rassismus auch die Hamburger Oper.

Paul Schwarz (1887-1980),

dortiger Tenor und seit zwanzig Jahren *"Hamburgs Liebling"*, der vom *"Hamburger Tageblatt"* bereits 1931 einzig wegen seines Judentums als Wagner-Sänger abgelehnt worden war, konnte schon kurze drei Wochen nach jenem Regierungswechsel einen Vertrag nur noch zu stark verschlechterten Konditionen abschließen und hat überliefert, wie er bereits im Mai 1933 während einer Vorstellung just von Richard Wagners *"Rheingold"* zur Theaterverwaltung gerufen wurde. Dort wurde *"mir eröffnet, daß infolge der neuen nationalsozialistischen Gesetze das Theater 'judenrein' gemacht werden müßte und ich zwangspensioniert werden sollte. Die Plötzlichkeit dieser Entscheidung und die Unmöglichkeit, sich dagegen zur Wehr zu setzen, waren niederschmetternd"* (zitiert nach [3]).

Nach Gastspielen in Glyndebourne, Brüssel, Kairo und Lissabon wurden ihm Auslandsreisen untersagt, und er überlebte nur als Hilfskraft einer Bautischlerei.

Bertha Dehn wurde am 19. August 1933 per Einschreiben nach nunmehr achtzehnjähriger Zugehörigkeit mit Wirkung vom 30. September 1933 aus dem Opern-Orchester entlassen: *"gemäß Ziff. 2 des Art. I der Hamburgischen Verordnung vom 16. Mai 1933"*, also nach jüngster Neuverfügung. Der *Reichsversicherungsanstalt für Angestellte* bestätigte die Oper, *"Frl. Dehn"* sei *"von uns entlassen worden"* und gab als Gründe hierfür *"Ermüdungserscheinungen, Nervosität, Neigung zu Blutwallung"* an.

Auch diese Kündigung erfolgte noch unter der Ägide des Generalmusikdirektors Karl Böhm, der sich bei den neuën Machthabern dauërhaft so opportun zu verhalten wußte, daß er schon 1934 auf Hitlers persönlichen Wunsch am renommierten Opernhause Dresden Nachfolger von

Fritz Busch (1890-1951)

wurde, der ein Angebot von Hitler und Goebbels, das "arische" NS-Opernwesen künftig zu leiten, abgelehnt hatte und daher schon Anfang März 1933, wiewohl kein Jude, während einer Dresdner Vorstellung von *"Rigoletto"* durch pöbelnde SA *"vom Pult gebrüllt"* (*wikipedia)*, dann in einer Petition an den "Führer" von vierzig namhaften Gesangssolisten bei nur sieben Enthaltungen nach zehn überaus erfolgreichen Jahren als Dresdener Generalmusikdirektor diffamiert und abgelehnt, zur Emigration gezwungen und mit nur umso strahlenderer Weltkarriëre entschädigt wurde.

Da der Jüdin Bertha Dehn gleichfalls, anders als ihrem Hamburger Generalmusikdirektor, jede sonstige Position im NS-deutschen Musikleben verschlossen blieb, reichte die fast 52jährige schon zehn Tage später und nur zwei Tage vor dem Kündigungstermin gewitzt zwei ärztliche Atteste ein und bat um vorzeitige Pensionierung infolge körperlicher Erschöpfung durch 18jährigen Orchesterdienst: da *"meine körperlichen Kräfte nicht mehr ausreichen, meine Tätigkeit in einem erstklassigen Orchester auszuüben"* (zitiert nach [3]).

Albert Ruch,

damaliger Verwaltungs- und Operndirektor, der sich für seine Bemühungen um eine Weiterbeschäftigung jüdischer Künstler eigene An-
feindungen durch die Nazis einhandelte,

ging auf Bertha Dehns verzweifelten Schelmenstreich ein, veränderte ihr
wie auch anderen jüdischen Ensemblemitgliedern ihre anbefohlene Kündigung in eine vorzeitige Pensionierung um und half ihnen allen so weiterzuleben.

Im Falle Bertha Dehns vermerkte die *Reichsversicherungsanstalt für Angestellte* auf dem entsprechenden Antragsformular, sie werde wegen unzu-
länglicher Arbeitsleistungen und gesundheitlicher Probleme (*"Nervosität,
Neigung zu Blutwallungen"* [1]) ab 14. September 1933 pensioniert.

Die winzige Rente mußte also von nun an wieder durch Geigenunterricht
hinlänglich aufgestockt werden. Das *"Gemeindeblatt der Deutsch-Israelitischen Gemeinde zu Hamburg"* listete sie noch am 17. Januar 1936 in ihrem
"Verzeichnis nichtarischer Kunstlehrer" mit dem Zusatz auf: *"Geigen- und
Bratschenunterricht, Kammermusik"*. Aber nicht viele Schüler kamen da
noch zu einer Jüdin. Denn "Ariër" durften oder wollten das nicht, und Juden
emigrierten, verarmten oder verschwanden.

Im August 1936 teilte sie der *Hamburgischen Finanzverwaltung* auf Anfrage mit, daß sie *"zur Zeit ein Arbeitseinkommen von einer Unterrichtsstunde
4 Mal im Monat von M 12 habe"* (zitiert nach [3]).

Aber Bertha Dehn spielte da als *Erste Geige* auch im *Kammerorchester* des
Jüdischen Kulturbundes Hamburg unter Leitung von Edvard Moritz und
seit Oktober 1936 auch im Symphonie-Orchester des *Jüdischen Kulturbundes Rhein-Main* in Frankfurt.

Ihrem Hamburger Finanzamt teilte sie mit, daß das Frankfurter Bruttogehalt
von 150 Reichsmark, das *"sich noch um die üblichen Abzüge stark vermindert, keinen wesentlichen finanziellen Vorteil"* für sie bedeute. Aber *"ich
übernehme die Tätigkeit trotzdem, um nicht völlig von der Ausübung meiner
Kunst als Geigerin ausgeschlossen zu sein"* (zitiert nach [3]).

In Frankfurt gastierte sie so jeweils fünf Monate im Konzertwinter 1936/37 und für nur noch 140 Reichsmark auch noch 1937/38. Dann hatte auch das ein Ende.

Aber diese Tätigkeit hatte für die Behörden ihre zuvor attestierte Arbeitsunfähigkeit widerlegt und zur Folge, daß sie keine Angestelltenrente mehr bekam. Dem Finanzamt schrieb sie im Juni 1938:

"Ich habe kein Arbeitseinkommen und beziehe keine irgendwelche Renten".

Noch Ende 1940 ließ sie das Oberversicherungsamt wissen:

"Berufsunfähig bin ich noch nicht, so daß mir eine Rente [...] nicht zusteht. Für Unterricht erhalte ich ca. 10.- RM monatlich" (zitiert nach [3]).

So lebte sie nach ihrer Vertreibung aus der Hamburger Oper noch ganze acht Jahre elend und mulmig zwischen Rassegesetzen, Pogromen und "Reichskristallnacht".

Irgendwann damals scheint sie nun Emigration erwogen zu haben. Wohin jedoch auf diesem Globus?

Mit entsprechend guten Zeugnissen wandte sie sich 1938 hilfesuchend just an Albert Schweitzer, diesen großen Philanthropen und Menschenretter, kollegialen Musiker und vaterhaften Arzt, im westafrikanischen Urwaldhospital Lambarene. Ob sie ihm persönlich bekannt war, steht dahin: wohl eher nicht. Aber just am 10. November 1938, als in ganz Deutschland tobte, was heute *"Reichskristallnacht"* heißt, schickte ihr *"im Auftrag von Herrn Professor Schweitzer"* dessen Mitarbeiterin Emma Haussknecht aus dem oberelsässischen Günsbach jene Zeugnisse zurück: derlei sei *"für Herrn Schweitzer nie ausschlaggebend zum Helfen. Wenn er Ihnen behilflich sein kann, tut er es herzlich gerne, aber ich fürchte, dass es sehr sehr schwer sein wird. Antwort werden Sie auf jeden Fall erhalten, aber es können Monate darüber vergehen"* [7].

Wirklich vergingen *"infolge von ständiger Überlastung"* ganze neun Monate, bis Albert Schweitzers eigenhändiger Brief mit Lambarener Poststempel vom 3. Juli 1939 in Hamburg eintraf: *"Ach, wüßte ich Ihnen eine Tür zu öffnen! wie gern täte ich es ... ".* Aber *"fern von der Welt"* im zentralafrikanischen Gabun habe er alle *"Verbindungen verloren"* und höre nur, daß allenthalben *"die Verordnungen für die Zulassung von Ausländern noch strenger geworden sind"*.

Trotzdem gab er vage Tips: *"Das Land der größten Möglichkeiten bleibt Amerika: USA. – Am ehesten finden Sie Aufnahme in Holland – da vielleicht Möglichkeit, als Musikerin nach holländischen Kolonien zu gehen. Möglich ist auch England. Südafrika. Alles andere ist verschlossen"* [7].

Aber er beließ es nicht bei so unverbindlichen Ratschlägen, sondern fügte auch konkret zwei handgeschriebene Empfehlungsschreiben hinzu. Eins ist an Maurice P. Kessler gerichtet, einen elsässischen Landsmann und in Ohio inzwischen *"Professor der Musik an dem Oberlin College, ein hervorragender Geiger"*, und lautet so:

"Lieber Freund,
wenn je Fräulein Dehn aus Hamburg, Bratschistin, in USA ist und Sie um einen Dienst bittet, so seien Sie so lieb, ihn ihr zu leisten als von mir herzlichst empfohlen" [7].

Das andere war für Werner Ochs in Kapstadt bestimmt: einen Sohn jenes Komponisten Siegfried Ochs, der den *Philharmonischen Chor Berlin* begründete und Jahrzehnte lang leitete:

"Lieber Herr Werner Ochs
Frl. Bertha Dehn aus Hamburg, Geigerin und Bratschistin, die als Mensch sympathisch und als Künstlerin tüchtig ist, sieht sich, wie so viele andere, genötigt, sich in der Fremde eine neue Zukunft zu schaffen. Ich gebe ihr Ihre Adresse. Wenn Sie je etwas für Sie tun können, wäre ich Ihnen von Herzen dankbar. Sie würde es verdienen. [...]

Herzlichst Ihr ergebener Albert Schweitzer" [7].

So bekräftigte dieser Mann seinen Satz an Bertha Dehn:

"Ich mache mir Sorge um Sie, geben Sie mir Nachricht, wie es Ihnen geht" [7].

Es ging ihr weiterhin schlecht.

Vom Frühjahr 1939 bis 1941 scheint sie bisweilen in der sogenannten *"Oase"* am Hamburger Mittelweg konzertiert zu haben. Dort diente das *"Sekretariat Warburg"* als jüdischer Treffunkt, Tagungsort für den *Vorstand der*

Jüdischen Gemeinde und jeglicher Beratung oder finanziëllen Unterstützung emigrierender Juden: als *"Abwicklungsstelle für nichtarische Vermögenswerte"* und ein letztes jüdisches Kulturzentrum, das bisweilen Lesungen oder Konzerte veranstaltete. Robert Solnitz, Leiter dieses Sekretariats und Vorstandsmitglied, hat in seinen Erinnerungen auch dortige Auftritte seiner Tante Bertha Dehn dokumentiert.

1941 jedoch fand sie ihren Namen in jenem schicksalhaften *"Lexikon der Juden in der Musik"*,

"zusammengestellt im Auftrag der Reichsleitung der NSDAP, auf Grund behördlicher, parteiamtlich geprüfter Unterlagen, bearbeitet von Dr. Theo Stengel, Referent in der Reichsmusikkammer, in Verbindung mit Dr. habil. Herbert Gerigk, Leiter der Hauptstelle Musik beim Beauftragten des Führers für die Überwachung der gesamten geistigen und weltanschaulichen Schulung und Erziehung der NSDAP" [2].

Dieser Dr. Gerigk, der für seine wichtige Arbeit über Verdi 1932 habilitiert wurde, war inzwischen 36 Jahre alt, hoher Offizier im *Einsatzstab Reichsleiter Rosenberg* und im Kriege schließlich als SS-Hauptsturmführer im Sicherheitsdienst an der Plünderung von Kulturgut in besetzten Ländern maßgeblich beteiligt. Im Vorwort zu jenem Lexikon fixierte er,

"daß der Jude unschöpferisch ist und daß er auf dem Gebiet der Musik lediglich nachahmend zu einer gewissen handwerklichen Fähigkeit vordringen kann. Sein parasitäres Einfühlungsvermögen befähigt ihn als Virtuosen zu verblüffenden Leistungen, die sich aber bei näherem Zusehen auch als inhaltsleer herausstellen, zumal sein orientalisches Empfinden den Gehalt einer abendländischen Tonschöpfung stets umfälschen muß" [2].

Also diene dieses Lexikon *"zur schnellsten Ausmerzung aller irrtümlich verbliebenen Reste aus unserem Kultur- und Geistesleben"* [2].

D a s   w a r   e i n   A l a r m .

Schon Ende Februar 1941 teilte das Finanzamt Hamburg-Barmbek der Gestapo mit, *"die Pensionärin Bertha Sara Dehn [...] beabsichtigt, nach Ecuador zu gehen"*. Dort war ihr Bruder Georg Dehn inzwischen zum Ziel ihrer Emigrationsideeën geworden. Die Sechzigjährige begann, Spanisch zu lernen, mußte aber hierfür im Juli 1941 beim Hamburger Oberfinanzpräsidium eine Genehmigung einholen, jenes *"beschränkt verfügbare Sicherheitskonto"* zu belasten, das deutsche Juden seit März 1941 nur noch besitzen durften:

"Meine Auswanderung steht binnen kurzem bevor. Ich habe Aussicht, bereits am 15. August auszureisen. Um meine spanischen Sprachkenntnisse nach Möglichkeit noch aufzubessern, möchte ich täglichen Unterricht nehmen. Hierfür benötige ich gemäß beiliegender Rechnung 40 M, deren Entnahme außerhalb der Freigrenze ich zu genehmigen bitte" (zitiert nach [3]).

Ebenso beantragte sie am 30. Juli 1941 eine Auszahlung *"zum Zwecke meiner Auswanderung in ca. 14 Tagen"*. Schon im April 1941 hatte sie hierfür ihren *"Antrag auf Mitnahme von Umzugsgut nebst Listen, Unbedenklichkeitsbescheinigung und sonstigen Unterlagen"* eingereicht. Ein Gerichtsvollzieher kam, um ihre Angaben zu überprüfen, fand in der Tat nur *"getragene bzw. gebrauchte Gegenstände, die im Rahmen des Notwendigen als Ersatz anzusehen sind"* (zitiert nach [3]), aber kontrollierte auch das vorgeschriebene *"Umzugsgutverzeichnis"* mit Mengenangaben, Einkaufspreisen und Anschaffungszeitpunkt. *"Über jeden Kniewärmer, jedes Wäschestück, jede Visitenkartenschale, jeden Teller, jeden Teelöffel und jedes Taschentuch mußte hier Rechenschaft abgelegt werden"*[3].

Der Beamte strich da rigoros etliche der 159 Posten *"Reisegepäck"* und befristete sein Einverständnis mit drei Monaten, die später noch einmal bis zum 31. Oktober 1941 verlängert wurden.

Aber das *"Handgepäck"* mit *"diversem Schuhputzmaterial (zum Einkaufspreis von einer Reichsmark)"* und *"je 1 Geige und Bratsche m. Zubehör"* wurden erst am 31. Juli 1941 durch die Devisenstelle des Oberfinanzpräsidiums Hamburg zur Mitnahme zugelassen. Für diese beiden Instrumente waren aber zwei Gutachten und eine Eidesstattliche Erklärung Bertha Dehns vorzulegen, daß sie seit 1903 und 1907 ihre Besitzerin sei.

Die Abreise mußte dann wohl noch mehrfach verschoben werden, weil das erforderliche Affidavit ihres Bruders sich verzögerte.

Für Oktober 1941 stand jedoch der Name Bertha Dehn bereits auf zwei Deportationslisten für Transporte ins "Zwischenlager" Litzmannstadt.

Da endlich traf das Affidavit ein, und zwischen 13. und 15. Oktober 1941 verließ Bertha Dehn das *Großdeutsche Reich*. Es war um Haaresbreite ihre letzte Chance. Denn schon eine Woche später, am 23. Oktober 1941, wurde durch *Geheimen Erlaß des Reichssicherheitshauptamts* jede Auswanderung von Juden aus dem Reich für die Dauër des Krieges verboten.

Für den 25. Oktober 1941, 10^{10} Uhr, war da unter Nr. 184 die Deportation auch von *"Berta Sara Dehn"* bereits beschlossen und angeordnet. Der entsprechende *"Evakuierungsbefehl"* hat sie nicht mehr angetroffen. Von den 1034 Opfern dieses Transports nach "Litzmannstadt" haben nur wenige überlebt. Die meisten wurden von dort in die Konzentrations- und Vernichtungslager Chelmno oder Auschwitz weiterdeportiert und dort ermordet.

Auch Berthas Schwester Marie wurde mit ihrem Ehemann, dem Hamburger Unternehmer Heinrich Mayer, nach Theresiënstadt verschleppt, nachdem er mit der NS-*"Reichsvereinigung der Deutschen Juden"* für 55.441 Reichsmark einen *"Heimeinkaufsvertrag"* abschließen mußte, der ihnen lebenslängliche Unterbringung und Verpflegung im *"Altersghetto"* Theresiënstadt garantierte. Nach ihrem Abtransport dorthin wurden ihr Hausstand beschlagnahmt und das restliche Vermögen eingezogen [8].

In Theresiënstadt traf Marie Dehn-Mayer ihre Schwester Hedwig mit ihrem Ehemann Dr. Heinrich Wohlwill wieder, die ihre Lagerhaft beide überlebten. Heinrich Mayer aber starb dort bereits nach weniger als fünf Monaten im Alter von 76 Jahren vorgeblich an einer Darmentzündung. Seine Frau Marie, geborene Dehn, wurde noch im Mai 1944 als 64jährige nach Auschwitz deportiert und dort ermordet.

Ihre Schwester Bertha war inzwischen glücklich emigriert: aber weder nach Südafrika noch in die *USA*. Sie floh auf einem Dampfer, der sie von Hamburg zunächst nach Cuba brachte, damals "Transit" (oder Endstation) für viele europäïsche Flüchtlinge (auch Paul Abraham). Von dort reiste sie nach Ecuador und wurde dort von ihrem Bruder Georg in jenem selben Quito aufgenommen, das im Leben des Francisco José de Caldas eine so große Rolle spielte und auch Station Alexander von Humboldts war.

Bertha Dehn gab in Quito mit andern Emigranten Konzerte, die freilich wenig Anklang fanden. Wohl auch deshalb siedelte sie nach Cuenca um, wo de Caldas 1804 auf seiner Expedition zu den Chinarinden mit so schwerer Malaria danieder gelegen hatte. Dieses *"Athen Ecuadors"*, das heute mit seinen 277 000 Einwohnern zum *Weltkulturerbe der UNESCO* gehört, liegt in einer Höhe von rund 2500 Anden-Metern auf altem Inka-Gelände und ist jetzt etwa 450 Jahre alt.

Hier spielte Bertha Dehn ehrenamtlich in einem Streichquartett, gab Geigenunterricht am Konservatorium der Universität von Azuay oder auch Privatschülern, bisweilen auch Sprachunterricht. Das alles reichte aber nur knapp zum Überleben.

Ein Schlaganfall, ausgelöst durch die ungewohnte Höhenlage ihres neuën Wohnsitzes, ließ diese Hanseatin aus dem Flachland, nunmehr 65jährig, noch 1946 quer über ganz Lateinamerika und etwa viertausend Luft-Kilometer hinweg ins brasilianische *Porto Alegre* übersiedeln, wo sie im Tieflande dieses Flußhafens, runde 1600 Kilometer südlich von *Río de Janeiro*, bei der Familie einer Studiënkollegin, später in einer Pension ihren Unterschlupf fand.

Um auch hier aber gleichwohl wieder unterrichten zu können, hatte sie sich in Cuenca von Rafael A. Sojos J., dem Direktor des dortigen Konservatoriums, schriftlich attestieren lassen, daß sie sich da vier Jahre lang als *"Profesora de Violín y Viola"* in ebendiesen Fächern *"por su enseñanza teórico-práctico"*, durch ihren theoretisch-praktischen Unterricht also, sehr bewährt habe.

Carlos Cueva Tamariz, namhafter Bildungspolitiker Ecuadors, hatte ihr seinerseits als Rektor der Universität Cuenca für *"los valiosos servicios prestados por usted al instituto como profesora del Conservatorio de Musica del Plantel"*, also für ihre wertvollen Dienste als Professorin und besonders auch noch, *"de manera especial"*, für Bertha Dehns Abschiedsspende zugunsten einer Vergrößerung der Musikbibliothek des Konservatoriums seinen schriftlichen Dank ausgesprochen. Ein überdies erbetenes Entgegenkommen auf sozialem Gebiet jedoch verweigerte dieser Rektor mit bürokratischer Begründung.

Aber in der subtropischen Sonne von *Porto Alegre* machte ein lästiges Augenleiden, das erfolglos operiert wurde, jedes weitere Musizieren und Unterrichten ohnehin unmöglich.

Bertha Dehn [9]

Umsomehr dachte sie, seit der Nazispuk in Deutschland ausgestanden war, schon an eine Rückkehr. Aber ihre Hamburger Rente wurde ihr *"wegen Überweisungsschwierigkeiten"* nicht ab Mai 1945, sondern erst ab September 1947 wieder zugebilligt.

Ende Oktober 1948 kehrte sie schließlich im Alter von 67 Jahren, *"krank und am Exil zerbrochen"* [4], wieder nach Hamburg zurück. Hier lebte sie fortan verbittert und sehbehindert von ihrer schmalen Rente im Jüdischen Altersheim der Sedanstraße im Grindelviertel, zeitweise auch, mitsamt ihrer Geige, im *Israelitischen Krankenhaus*. Hier war ihr Vater Arzt gewesen.

Irgendwann inzwischen war sie wieder Mitglied der *Jüdischen Gemeinde* geworden.

Auch jetzt sogar nahm sie bei ihrem Großneffen Thomas Brandis, später 26-jährig *Erstem Konzertmeister* der *Berliner Philharmoniker, Erstem Geiger* seines eigenen *Brandis-Quartetts* wie auch Professor an den Musikhochschulen in Berlin, London und Lübeck und Enkel ihrer Schwester Hedwig, noch immer Geigenunterricht. (Er und sein Bruder Matthias Brandis, inzwischen Chefarzt in Freiburg, haben dieses Porträt ihrer Großtante mit wertvollen Materialiën angereichert [7].)

Doch Tante Berthas literarische und politische Interessen scheinen gleichfalls die Hitler-Jahre nur umso aktivierter überdauert zu haben. Noch die 68-jährige korrespondierte jetzt mit Maria Kudaschewa, der russischen Übersetzerin und Witwe Romain Rollands.

Denn ihr Hamburger Alltag scheint jenes *"soziale Gewissen Rollands"* weiterhin beherzigt und praktiziert zu haben: *"groß ist der Zug derer, denen Bertha Dehn im Laufe ihres langen Lebens in guten und in schlechten Zeiten ohne Ansehen der Person und in immer wacher Spontanität geholfen hat: Künstlerkollegen, Freunden und Verwandten, vor allem später den vielen Großneffen und Nichten, aber auch anderen jungen Menschen, für die sie eine mütterlich verständnisvolle Freundin gewesen ist, ungeachtet der eigenen großen Hilflosigkeit der letzten Jahre"*[6].

Ihr 70. Geburtstag wurde im November 1951 von der ecuadorianischen Zeitung *"El Mercurio"* angemessen wahrgenommen. Die Hamburger Blätter ignorierten ihn lieber.

"Wohl die letzte soziale Tat ihres Lebens" war noch kurz vor dem Tode der unbemittelten Rentnerin *"eine Spende für die Berlin-Flüchtlinge. Konnte Bertha Dehn besser die alles überwindende Vornehmheit ihrer sozialen Gesinnung beweisen?"*[6]

Bertha Dehn starb 71jährig *"nach schwerem Leiden"* am 17. April 1953 in Hamburg. Die Todesanzeige im *"Hamburger Abendblatt"* war von ihren Brüdern Georg in Quito, Karl in Seattle (USA) und der Familië Dr. Brandis unterzeichnet (in die eine Tochter von Berthas Schwester Hedwig Dehn-Wohlwill eingeheiratet hatte).

Bei der Trauërfeiër am 22. April 1953 im Krematorium jenes Hamburger Friedhofs Ohlsdorf, wo auch Paul Abraham bestattet liegt, sprach die Kunsthistorikerin und Widerstandskämpferin Agnes Holthusen vom *"Vermächtnis dieses eigenwilligen und leidenschaftlichen Herzens, das so liebespendend und liebebedürftig war"*, und bilanzierte nur umso liebevoller:

"Sie ist an überpersönlichen Geschehnissen, die auch über sie gnadenlos hinweggingen, äußerlich betrachtet, zerbrochen. [...] So hüllte sich ihre sensitive Seele immer mehr in den Schatten einer tiefen Melancholie"[6].

Dr. habil. Herbert Gerigk jedoch, der auch Bertha Dehns Verfolgung, Gefährdung und Bedrohung an Leib und Leben begünstigt und gefordert hatte,
war nach Ende des *Zweiten Weltkriegs* unbehelligt Musikkritiker bei den
Dortmunder *"Ruhr-Nachrichten"* und als solcher von CDU und FDP
schwarz-gelb für die Position eines Kulturdezernenten in Bochum favori-
siert worden. Noch 1954 publizierte er sein *Fachwörterbuch der Musik* im
selben Verlage von Bernhard Hahnefeld wie auch seinerzeit jenes fatale Ju-
den-Lexikon. 1996 starb er 91jährig in Dortmund.

Weitere zehn Jahre später druckte am 26. Oktober 2006 jenes selbe *"Hamburger Abendblatt"*, das 1951 den 70. Geburtstag der remigrierten Kammermusikerin dieser *Freien und Hansestadt* lieber übersehen hatte, unverhofft
einen Artikel von Jürgen Kesting ab, der da plötzlich an Bertha Dehn erinnerte. Hierbei berief er sich auf eine Publikation der *"Arbeitsgruppe Exilmu-
sik am Musikwissenschaftlichen Institut der Universität Hamburg"* und zitierte ohne jede präzise Quellenangabe einen anonymen Cello-Kollegen aus
dem Hamburger Opernorchester von 1932, der jene Strafversetzung der ersten und Ersten Geigerin nach siebzehnjähriger Mitgliedschaft in die Brat-
schengruppe weniger mit antisemitischen als mit charakterlichen oder
künstlerischen Gründen motivierte: *"Wir haben ihr keine Träne nachge-
weint"* [1]). Kesting verschwieg dabei elegant, daß dieser kryptische Cellist
seinerzeit selbst durch jüdische Verwandtschaft gefährdet, verängstigt und
insofern kein allzu objektiver Zeuge gewesen sein mag.

Aber noch 2006 zog der spätgebürtige Jürgen Kesting hieraus freiwillig und
ungenötigt abträgliche Schlüsse noch postum:

"Sie war nicht 'bedeutend' wie viele Leidensgenossen" [1].

Es hört wohl nie auf mit dem Halalí.

Immerhin wurde da noch 2006 schließlich eingeräumt, auch diese Geigerin
war

*"zu bedeutend, um vergessen zu werden. Unter jedem Grabstein liegt, wie
Heinrich Heine schrieb, ein Stück Weltgeschichte begraben"* [1].

(Quellen und Anmerkungen zu diesem Kapitel auf Seite 639)

*"Ich spüre, daß jedweder Verfolgte, daß jeder 'Underdog'
einen heiligen, verborgenen Funken trägt.
Es ist, als ob diese ganze verborgene Welt
bei solchen Menschen sich manifestierte."*

Friedrich Weinreb, 78: *"Begegnungen mit Engeln und Menschen"*, 1988

*"Der Fremdling soll bei euch wohnen
wie ein Einheimischer unter euch,
und sollst ihn lieben wie dich selbst."*

Das dritte Buch Mose, Kapitel 19, Vers 34 – 5. Jahrhundert vor Christos

"Es tut weh, entwurzelt zu sein."

Alexander Granach, 45: Brief vom September 1935 aus dem Moskauër Exil

"Ich singe vor Fremden."

Paul Celan, 27: *"Nachtstrahl"*, 1948

*"Tief und ernstlich denkende Menschen
haben gegen das Publikum einen bösen Stand."*

Goethe, 80: *"Wilhelm Meisters Wanderjahre"*, 1829

PAUL ANTSCHEL (PAUL CELAN)

Nelly Sachs (1891-1970),

jüdische Lyrikerin aus Berlin, war die Tochter einer großbürgerlich kultivierten Familië, wurde nach 1933 mehrfach von der NS-Gestapo verhört und zu Kriegsbeginn verhaftet, während die SA ihre Wohnung plünderte. Der Mann ihres Lebens wurde im KZ ermordet.

Erst 1940 gelang es der 49jährigen, mit ihrer greisen Mutter nach Schweden zu flüchten, wo beide in einer ärmlichen Einzimmerwohnung von Nellys Arbeit als Waschfrau lebten. Ihre Lyrik, seither vom Holokaust stigmatisiert, wurde auch im Nachkriegsdeutschland kaum beachtet. Eine Rückkehr schloß sich für die tief Verschreckte auch insofern aus. Drei Jahre lebte sie mit psychotischen Ängsten in Stockholmer Nervenheilanstalten.

Zu ihrem 75. Geburtstag wurde sie mit dem *Nobelpreis für Literatur* ausgezeichnet, dessen Geldwert sie an Bedürftige verschenkte.

Fast siebzigjährig, hatte Nelly Sachs ihren jüngeren Kollegen und Schicksalsgefährten Paul Celan und dessen Lyrik so beschrieben:

"gesegnet von Bach und Hölderlin – gesegnet von den Chassiden" (zitiert nach [3]).

Samuel Beckett (1906-1989),

drei Jahre nach Nelly Sachs mit dem *Nobelpreis für Literatur* gewürdigt, war in die Schlußphase jenes blutigen Widerstandes katholischer Iren gegen anglikanische Briten, deren 400jährige Fremdherrschaft hineingeboren und als rebellischer junger Autor in seinem Vaterland ebenso erfolglos wie außerhalb.

Nachdem der 31jährige jene anonymen Messerstiche auf offener Straße in Paris nur knapp überlebte, schloß sich der inzwischen zweisprachig schreibende Poët während der NS-deutschen Besatzung

Frankreichs einer Widerstandsgruppe an, die von einem katholischen Priester bei der Gestapo denunziert wurde.

Beckett floh in den Untergrund, überstand die Okkupation als Erntehelfer oder Gelegenheitsarbeiter im südwestlich unbesetzten Roussillon und lebte nach der Befreiung Frankreichs als freiwilliger Rote-Kreuz-Helfer wieder in Paris.

Auch jetzt fanden weder seine englisch noch die französisch geschriebenen Romane einen Verlag. Sein Theaterstück *"En attendant Godot"* von 1948 wollte fünf Jahre lang kein Theater spielen, bis es 1953 schließlich ein Welterfolg und Klassiker wurde.

Über Paul Celan, dessen erschütterndes Leben er für einen Spiegel seiner eigenen Nicht-Normalität hielt, sagte dieser Nobelpreisträger:

"Celan me dépasse" – *er überhole, übertreffe ihn; mit Celan Schritt zu halten, sei ihm nicht möglich.*

Daß Celan der Nobelpreis dennoch vorenthalten blieb, ist als ewige Anklage der Jury längst in deren Annalen eingegangen.

Aber schon die nominale Identität dieses Übersehenen war wahrhaftig ein interkulturelles Irrlicht und Stigma.

Denn sein Vater war mit sieben Geschwistern einer jüdisch orthodoxen Ehe entsprossen, die nördlich von Czernowitz im bukowinischen Dorfe Schipenitz ein so unbehelligt religiöses Leben führen konnte, daß sie ein staatlich bürokratisches Standesamt gar nicht zu benötigen glaubte.

Da ihre Bukowina aber, heute ukraïnisch, damals noch zu Österreich gehörte, trugen diese acht Kinder weniger nach jüdischen als nach habsburgischen Regulariën den offiziëllen Familiënnamen ihrer ledigen Mutter Chaje-Jente und hießen alle Antschel. Auf den Namen ihres Vaters, der Wolf Teitler hieß, hatten sie da allesamt gar keinen Anspruch.

Erst als ihr ganzes Oktett schon auf der Welt war, unterwarfen sich diese Eltern aus außerreligiösen Gründen den k. u. k. Gesetzen dieses austriakischen Kronlandes und ließen ihre Verbindung, die da schon mindestens ein Jahrzehnt bestand, auch noch amtlich registrieren. In relevanter Behördensprache konnten aber ihre Kinder, die in der Schule und überall als Antschels bekannt waren, nun nicht ruckartig alle einfach Teitler, mußten offiziell vielmehr erst mal *Antschel recte Teitler* heißen. Später wurde das sperrig kanzleilateinische Adverbium auch amtlich zum Bindestrich und dieses neuë *Antschel-Teitler* von den Betroffenen selbst schließlich teils zu *Teitler*, teils wiederum rückwärts zu *Antschel* verkürzt.

Also war auch jener eine Sohn, der auf Hebräisch-Jiddisch *Arje-Leib Antschel* geheißen hatte, ein österreichisch legaler *Leo Antschel-Teitler*, der sich aber selbst einfach wieder *Antschel* nannte, als er Anfang 1920, selbst dreißigjährig, in ihrer Hauptstadt Czernowitz jene fünf Jahre jüngere Frejde Schrager aus dem nahen Sadagora heiratete, die für die habsburgischen Behörden Friederike, für Familië und Verwandtschaft aber liebevoll einfach Fritzi hieß.

Erst kurz zuvor noch war Bräutigam Leo im *Ersten Weltkrieg* als österreichischer Soldat in Italiën verwundet worden, während seine Eltern vor den bedrohlichen Russen *ante portas* in vermeintliche Sicherheit bis ins ferne Wien flohen

und Fritzi, die baldige Braut, auf der weitesten Reise ihres ganzen Lebens westwärts ins geschütztere nordböhmische *Aussig an der Elbe*, jenen friedlichen Schmelztiegel an der deutschen Grenze, flüchtete, wo Juden, Tschechen und Deutsche keine siebzig Autokilometer südlich von Dresden noch problemlos zusammenlebten: Konrad Henlein hielt dort erst fünfzehn Jahre später seine Brandreden an den *NS-Reichsgau Sudetenland*.

Als diesen beiden Brautleuten, heimgekehrt in ihr Czernowitz, schon im November jenes Hochzeitsjahres 1920 ihr einziges Kind geboren wurde, war nun also nicht nur dessen Familiënname ein recht eigentlicher Mischmasch: anfangs noch Antschel-Teitler, später nur noch Antschel. Aber westeuropäisch korrekt hätte dieser Sohn, den seine späteren Lebensumstände zu Paul Celan mutieren ließen, den Namen Paul Teitler tragen müssen.

Jedenfalls mag er so schon pränatal, schon genetisch oder unterbewußt, mit Wurzellosigkeit oder Sicherheitsdefiziten, Identitäts- oder Heimatverlusten und Flüchtlingsängsten vorbelastet gewesen sein.

Überdies stand er auch noch im brisanten Fokus eines väterlich orthodoxen Zionismus und eines mütterlich eingebrachten Chassidismus, also zweiër

Extreme frommen Judentums, die im Familiënalltag nur durch den An-
schein religiöser Toleranz oder koscherer Laxheit vor militanten Unver-
söhnlichkeiten bewahrt werden, einem aufmerksamen Kinde aber schwerlich verborgen bleiben konnten.

Vater Leo freilich soll diesen Sohn mit seinem deutschen oder österreichischen Vornamen *Paul* doch lieber auch dem *"Bunde Abrahams"* anvertraut
haben, indem er ihm an seinem achten Lebenstage vorsorglich noch einen
jüdischen Vornamen mitgab: *Pessach*.

Pessach ist ein hoher jüdischer Feiërtag, bezieht sich auf das Überleben Is-
raëls in Ägypten, bedeutet wörtlich *Verschonung* und meint die Verschonung der jüdischen Erstgeborenen vor jenen Kindermördern der *Zehnten
ägyptischen Plage*.

Aber als der spätere Paul Celan, längst ein changierendes Chamäleon und
vielgestaltiger Kopffüßler oder Oktopus in allen Farben, auf diesen apokry-
phen *Pessach* in seiner Namensgebung angesprochen wurde, soll er klang-
spielerisch geantwortet haben: *"Je m'appelle Paul Paul Paul"*.

Das gleichwohl Gereizte und aggressiv Subjektive dieser Reaktion mag verraten, wie durchaus unverschont er sich da selbst schon erachtete.

Jedenfalls: was strahlend als *Paul Celan* zumindest in die Literaturgeschichte einging, hieß rituëll und emotional korrekt eher *Pessach Teitler*.

So also war schon seine Benennung vieldeutig und nicht eben frei von äuße-
rer Gewaltsamkeit. Das blieb dann lebenslänglich

d a s   S t i g m a   d i e s e s   n e u ë n   E r d e n b ü r g e r s .

Denn 1920 in jenem Czernowitz geboren zu werden,

aus dem auch die Schriftsteller Rose Ausländer und Gregor von Rezzori,
Wissenschaftler vom Range Wilhelm Reichs und Erwin Chargaffs, Sänger
wie Viorica Ursuleac und Joseph Schmidt hervorgingen, aber auch der The-
aterhistoriker Joseph Gregor, immerhin Librettist für Richard Strauss, und
die Kunsthistorikerin Ninon Ausländer, Ehefrau Hermann Hesses,

hier also nach dem *Ersten Weltkrieg* geboren zu werden, hieß auch, in einem kulturell vergewaltigten Umfelde aufzuwachsen. Denn was im 16. Jahrhundert noch türkisch, später fürstlich-moldawisch, schließlich aber runde hundertfünfzig Jahre lang österreichisch gewesen war und deutsch gesprochen hatte, sollte nun seit 1918 plötzlich rumänisch sein.

Das kann nicht ohne Verwerfungen in den Seelen der Betroffenen vonstatten gegangen sein und muß diesen kleinen Paul, der da ganz unverschont schon *ab ovo* in dieses Schisma hineingeriet, gleich von Anfang an irritiert, belastet und aufgespalten haben.

Ohnehin hieß es hier, einen gangbaren Weg zwischen Deutschen, Rumänen, Polen, Ungarn, Slowaken, Tschechen, Armeniёrn, Huzulen, Lipowanern, ukraïnischen Ruthenen und Roma glücklich aufzuspüren und einzuschlagen.

Die Juden, die es hierorts seit dem hohen Mittelalter gab, waren schon seit dem 18. Jahrhundert kaum noch antisemitisch belästigt worden, wurden nur gelegentlich bei Sonntagsausflügen mit Steinen beworfen, aber genossen im Übrigen eine habsburgisch garantierte Freiheit auch in der Ausübung ihrer Religion. Freilich hatten sie sich selbst in besagte Orthodoxe und Chassiden kämpferisch aufgespalten.

Aber gemeinsam mit den Deutschen stellten sie ein starkes und kultiviertes Drittel, im jüdisch dominierten Czernowitz selbst sogar fast die Hälfte dieser gemischten Bevölkerung. Auch unter neuёrdings rumänischer Herrschaft sprachen sie weiterhin aufmüpfig Deutsch.

Mutter Antschel achtete auch bei ihrem Paul auf jenes gepflegte Hochdeutsch, das sie selbst sich aus dem böhmischen *Aussig an der Elbe* mitgebracht haben soll. Sie schickte ihren Sohn drum in einen deutschen, nur *"im Bedarfsfall auch"*[1] in einen rumänischsprachigen Kindergarten. Aber da hatte Vater Leo schon für einen Unterricht in hebräischer Sprache vorgesorgt. Mutter Fritzi wiederum veranlaßte eine Einschulung des Sechsjährigen in das private und liberale deutsche *Meisler-Institut*, Vater Leo nach einem Jahr schon einen Wechsel in die strikt zionistische Volksschule *Ssafa-Iwrija* mit Hebräisch als Unterrichtssprache und Rumänisch als Pflichtfach. Dort fühlte der kleine Paul sich drei Jahre lang unwohl.

Aber auch noch als Schüler im ehemals *"Griechisch-orientalischen Oberrealgymnasium"*, jetzigen *"Liceul Ortodox de Băeti"*, einer strikt rumänischsprachigen und nationalchauvinistischen Elite-Anstalt, wo sich der knapp Zehnjährige seit 1930 auf den Französisch-Unterricht kaprizierte, mußte er auf Wunsch des Vaters *privatim* beim Hauslehrer Rabinowicz weiterhin das Hebräische studieren.

Seinen Mitgymnasiasten verschwieg er das lieber. Denn wo Juden zwar zugelassen, aber ungern gesehen wurden, hätte das gerade für einen umneideten Klassenprimus unangenehme Folgen haben können. *"Was den Antisemitismus in unserer Schule betrifft"*, teilte der dreizehnjährige Paul seiner Tante nach Palästina mit, *"da könnte ich ein 300 Seiten starkes Buch darüber schreiben"* (just am 30. Januar 1934, zitiert nach [2]).

Wirklich wurde es damit in dieser Anstalt sogar für einen so guten Turner, Handballer, Tennisspieler, Schlittschuhläufer und nicht zuletzt ausgezeichneten Schwimmer, also handfest arischen Sportler wie diesen Paul so schwer erträglich, daß der Vierzehnjährige beim Übergang in die Oberstufe abermals die Schule wechselte und bis zum Abitur des Siebzehnjährigen das liberale *"Liceul Marele Voevod Mihai"* frequentierte, das früher das *Ukraïnische Gymnasium* gewesen und jetzt noch pädagogisch das beste war. Hier war die Schülerschaft überwiegend jüdisch, auch in "Pessachs" Klasse: 19 von 28.

Weil er hier auch noch Latein und Italiënisch, aber auch Altgriechisch lernte, mied er zunächst noch das wahlfreië Russisch, wiewohl schon *"umweht von Kyrillischem und den Gräsern der podolisch-wolhynischen Steppe"* [3] ringsum.

Doch sein junges Gehirn mußte jetzt schon sieben verschiedene Sprachen speichern und auseinander halten. Kurz vor dem Abitur begann er, um den verehrten Shakespeare im originalen Englisch lesen zu können, mit dem Studium auch noch dieser achten Sprache.

Hinzu kam unterschwellig als neunte auch noch jenes verachtete Jiddisch der Unterschicht, das er damals für *"verdorbenes Deutsch"* hielt, verdrängte und niemals sprach, aber so *"wie alle Bukowiner im Ohr"* [2] zu haben gar nicht vermeiden konnte.

Als sein Onkel Bruno Schrager dem Zwölfjährigen ein Buch mit Fabeln des jiddischen Dichters Elieser Steinbarg schenkte, verschlang er sie problemlos. Eine lernte er auswendig und zitierte ihr aisopisches Epimythion (oder *fabula docet*) möglichst öffentlich und oft:

> *"Steche ich Leinen, wird ein Hemd, ein Kleid daraus;*
> *stichst du Menschen, was kann schon aus ihnen werden?"* (zitiert nach [2]).

Diese Frage dürfte sich ihm nicht nur in den diversen Schulen, sondern auch zu Hause häufig gestellt haben. Denn sein Vater, ausgebildeter Bautechniker, in der Arbeitslosigkeit nach dem *Ersten Weltkriege* aber notgedrungen als Vertreter im Brennholzhandel tätig, mochte berufliche Enttäuschung durch häusliche Strenge wettzumachen versuchen. Einen Kopf kleiner als seine Frau, setzte er erst recht auf strikte Autorität und deren Verbotsregister. Vornehmlich schon der kleine Paul, hat dessen Kusine Emma Lustig überliefert, *"hatte seine Herrschaft am meisten zu spüren bekommen"*. Der mußte bedingungslos gehorchen, immer sauber sein, durfte keinerlei Essen verweigern und keine geschlossenen Türen öffnen, geschweige allein ihre Wohnung verlassen, um die rätselhaft lockenden Kastaniënbäume ihrer Wassilkogasse zu erkunden (*"Erst jenseits der Kastanien ist die Welt"* [4]).

Aber vor allem durfte er keine Fragen stellen.

Vater Leo, wußte jene Verwandte, *"war kein gütiger Mensch, er stellte hohe Ansprüche an seinen Sohn, bestrafte ihn, schlug ihn oft für jedes kleine kindliche Vergehen"* (zitiert nach [2]). Er schloß ihn auch oft im leeren Zimmer zum Hinterhof ein.

Besonders wenn sein Sohn sich Märchen nicht nur anhörte, sondern selbst auch erfand, war Vater Leo erzürnt und rügte oder strafte.

"Paul war ein sehr empfindsames Kind und litt wohl sehr unter der väterlichen Strenge", hat Emma Lustig hinzugefügt: sein kindlicher Frohsinn wurde unterdrückt, alles Spontane zur *"guten Kinderstube"* verbogen und auch jede mütterliche *"Verwöhnung"* untersagt. *"Ich hab Angst, der Tod kommt mich holen!"*, soll der kleine Paul auch mitten im Spiel mit andern Kindern plötzlich gerufen und sich verkrochen haben.

Alles das mag durch räumliche Enge anfangs noch zusätzlich erschwert worden sein. Denn aus Geldmangel bewohnte die kleine Familië Leos Zimmer in dessen elterlicher Wohnung, die aus drei kleinen Räumen bestand und damals auch noch Leos Vater, jenem Wolf Teitler, und seinen beiden jüngeren Schwestern Minna und Regina Obdach bot: sechs Personen also.

Paul schlief da nicht nur im Schlaf- (und Wohn-) Zimmer seiner Eltern, sondern bis zu seinem zwölften Lebensjahr auch noch in einem Gitterbett: auch noch als Gymnasiast.

Umsomehr empfand der Dreizehnjährige seine *Bar-Mizwa*, die jüdische "Konfirmation", als Befreiung zu sich selbst. Sein erster Schritt in erwachsene Eigenverantwortung war die Beëndigung seines Unterrichts in hebräischer Sprache. Als er 36 Jahre später in Israël war, beherrschte er sie trotzdem noch hinlänglich.

Aber der dreizehnjährige Gymnasiast begann mit zunehmendem politischen Bewußtsein, seinem Vater auch nachhaltig zu verübeln, daß sich dieser österreichisch verwundete Soldat des *Ersten Weltkrieges* 1918 für einen Anschluß ihrer k. u. k. habsburgischen Bukowina an Rumäniën ausgesprochen und zu einem solchen Verlust ihrer sprachlich und geistig unentbehrlichen Heimat, ihrer Identität beigetragen hatte.

Umso kritischer, aufsässiger und antipatriarchalischer verwahrte sich nun der Pubertierende gegen den "kleinbürgerlichen" Zionismus und den verachteten Maklerberuf des Vaters: er nahm an geheimen Zusammenkünften einer kommunistischen Jugendgruppe teil.

Das alles geschah im Jahre 1933, als in Deutschland Adolf Hitler die Regierungsgewalt übernahm.

Tante Minna Antschel, ihre Miteinwohnerin, emigrierte da mit ihrem Ehemann sofort nach Palästina. Ihr Bruder Leo, Pauls Vater, neigte dazu, ihr zu folgen.

Denn sein Bruder David Teitler war aus Deutschland nach Rumäniën remigriert und erzählte hier vom Antisemitismus des dortigen Naziregiments.

Mutters Bruder Ezriël Schrager überzeugte da umsomehr mit sozialistischen Ideeën auch seinen Neffen Paul, der fünfzehnjährig nicht nur Karl Marx und den Anarchisten Kropotkin las, sondern auch der *Antifaschistischen Jugend* nahetrat.

Aber die rumänische Regierung stand da schon den deutschen Nazis nahe und verbot im Winter 1937/38 alle oppositionellen Jugendzirkel. Vorsorglich bewegten die verschreckten Eltern Antschel da ihren Sohn, der inzwischen in einem politischen Lesekreise Texte von Rosa Luxemburg und den Anarchisten diskutierte oder revolutionäre Lieder sang, aber auch Shakespeare-Rollen spielte und eigene Gedichte vortrug, sicherheitshalber der zionistisch-nationalen Gymnasiastenverbindung *"Davidia"* beizutreten, um so allen drohenden Gefährdungen eines "Linken" zu entgehen.

1938 bestand Paul Antschel siebzehnjährig die Reifeprüfung, die jüdischen Schülern da schon möglichst erschwert wurde. Trotzdem war er unter 54 Abituriënten unaufhaltsam der viertbeste.

Aber im verklärten Wien marschierte Hitler ein und machte Österreich, das unvergessene Mutterland ihrer Bukowina, nazideutsch.

Vater Leos Schwester Berta, seit 1914 in Wien, emigrierte sofort nach London. Deren Kusine Regine folgte mit ihrem Mann.

Aber auch im heimischen Czernowitz wehten jetzt schon erste Hakenkreuzfahnen.

Mulus Paul wollte dort am liebsten Botanik oder Naturwissenschaften studieren. Aber der Vater bestand auf der aussichtsreicheren Medizin und setzte sich durch. Nur daß es an der Universität von Czernowitz eine medizinische Fakultät gar nicht gab und Juden an den andern rumänischen Hochschulen von diesem Studiënfach ausgeschlossen blieben. Das war in österreichischen und deutschen Universitäten inzwischen erst recht so der Fall.

Schon lag es da für rumänische Juden nahe, mit ihrer romanischen Sprache in Frankreich zu studieren.

Aber wieder intervenierte da Vater Leo Antschel. Er wollte das erforderliche Geld lieber für eine Auswanderung der ganzen Familië nach Südamerika verwenden. Paul und Mutter Fritzi jedoch setzten da ein Studium im zentralfranzösischen Tours durch.

Paul Celan

Foto: Paßbild, 1938

Am 9. November 1938 reiste er, noch nicht ganz achtzehnjährig, aus der Bukowina ins zentrale Frankreich. Diese Reise war wohl das Ende seiner Kindheit mit all ihren Zwängen, Unterdrückungen und Repressaliën.

Denn seine Eisenbahnverbindung von Czernowitz nach Tours führte über Krakau, Berlin und Paris, also quer auch durch Nazi-Deutschland: just am 10. November 1938, als *"reichskristallin"* in jenem ersten großen NS-Pogrom die hiesigen Synagogen brannten und Hitler gleichzeitig auf der einzigen Pressekonferenz seiner ganzen Amtszeit die *"Ausrottung"* auch von Journalisten und Intellektuëllen für möglich erklärte.

Noch 25 Jahre später waren im Gedichtband *"Die Niemandsrose"*, 1963, von Paul Celan diese Verse zu lesen:

"Über Krakau
bist du gekommen, am Anhalter
Bahnhof
floß deinen Blicken ein Rauch zu,
der war schon von morgen. Unter
Paulownien

> *sahst du die Messer stehn ... "* [5].

Das war der Einstand im ersehnten Westeuropa seiner Muttersprache.

Im freiën Paris unterbrach er die Reise, um sich von

Bruno Schrager (1905-1943),

seinem Onkel, der hier seit etlichen Jahren als Rezitator und Schauspieler unweit der Sorbonne in derselben *Rue de l'École* lebte wie später sein jetziger Gast,

in die Schönheiten von Louvre, *Comédie française* und *Musée Rodin* (vormals *Palais Biron* mit Rilkes Wohnung) einführen, aber auch ins *Quartier Latin*, auf Montmartre und Montparnasse entführen zu lassen wie vor sechs Jahren noch in Steinbargs jiddische Fabeln und in das *Jiddische Theater* in Czernowitz.

Dieser jüngste Bruder seiner Mutter, just 33 Jahre alt, wurde schon fünf Jahre später, am 18. Juli 1943, von Adolf Eichmanns Schergen, dem SS-Hauptsturmführer Alois Brunner aus Ungarn, in einem allerersten Transport aus dem Pariser Sammellager Drancy ins polnische Oświęcim deportiert, dessen deutscher Name Auschwitz lautet. Dort überlebten von den fünfhundert Männern dieser Verschleppung nur dreißig.

Bruno Schrager war nicht unter denen.

Von Tours aus,

wo Paul Antschel also an der *"École préparatoire de médecin"* eine Art Vorsemester in Physik, Chemie und Biologie absolvierte,

aber auch die Theorieën Trotzkijs oder des Surrealismus studierte, die *"Gesellschaft zur deutsch-französischen Annäherung"* frequentierte und sich von spanischen Bürgerkriegsflüchtlingen über Franco und Guerníca informieren ließ, besuchte er in den Osterferiën Tante Berta Antschel, die als Emigrantin im freiheitlich friedlichen London lebte und ihren angereisten Lieblingsneffen ins *British Museum* und zu Shakespeare-Aufführungen lotste.

Sie lud ihn auch ein, seine nächsten Semesterferiën wieder in London zu verbringen. Er aber fuhr nach bestandenem Vorphysikum nach Czernowitz zurück!

Dort erlebte er schon nach wenigen Wochen den Ausbruch des *Zweiten Weltkriegs*.

Der wurde eingeleitet durch Hitlers Pakt mit Stalin, der in solchem Schutze alte Ansprüche der Sowjetunion auf das inzwischen rumänische Bessarabiën reaktivierte und die rumänische Armee zu unverzüglicher Mobilisierung an ihrer östlichen Landesgrenze provozierte.

In dieser brenzligen Situation war für den nicht einmal neunzehnjährigen Medizinstudenten eine Rückkehr ins inzwischen NS-deutsch bekriegte Frankreich ebenso unmöglich wie für den Juden eine Fortsetzung seines Studiums an rumänischen Universitäten.

Während deren Studenten und Dozenten kopflos vor einer drohenden Invasion der Sowjetunion flüchteten, immatrikulierte sich Paul Antschel also an der *Philosophischen Fakultät* in Czernowitz, um dort aber im Hinblick auf eine spätere Rückkehr nach Tours erst einmal Französisch zu studieren: Romanistik.

Romantik.

Denn schon runde drei Vierteljahre später, am 26. Juni 1940, annektierte die Sowjetunion nicht nur besagtes Bessarabiën, sondern auch die nördliche Bukowina.

Am 28. Juni 1940 rollten Panzer ihrer *Roten Armee* in Czernowitz ein.

Der verkappte Sozialist Paul Antschel fühlte sich erlöst und lernte schleunigst Russisch, auch noch Ukraïnisch und arbeitete in einem Einquartierungsbüro für sowjetische Offiziere als Dolmetscher zwischen Rotarmisten und Bukowinern.

Im September 1940 begann das Semester in der nunmehr ukraïnisch-russischen Universität.

Aber kleinkarierte pseudo-sozialistische Hochschulreformen machten da unverzüglich Kurse in russischer Sprache und Literatur obligatorisch und jedes freië Studium kaum noch möglich.

Auch das ganze sonstige Leben wurde von Mißständen, Mängeln, Korruption und kriminellen Machenschaften der stalinistischen Funktionäre erheblich beeinträchtigt und unterdrückt. Auch bisherige Sympathisanten und Genossen waren enttäuscht und empört.

Paul Antschel zum Beispiel erklärte sich tollkühn zum "Trotzkisten", also offiziëllen Renegaten des Stalinismus, zettelte an seiner Universität einen Aufruhr an und beschwerte sich als Sprecher einer Abordnung murrender Studenten beim Dekan über eine inkompetente Dozentin. Der Dekan brüllte ihn als Feind der Sowjetunion an und drohte mit Sibiriën.

Einem jüdischen Kommilitonen half Paul, eine solche Deportation nur wegen seiner *"zionistischen Vergangenheit"* gerade eben noch zu umgehen.

Aber da waren im exotisch fernen Bukarest und unbesetzten Restrumaniën König Carols II. schon seit dem 8. August 1940 nach nazideutschem Muster antisemitische Rassengesetze in Kraft und den dortigen Juden alle öffentlichen Ämter, Militärdienst und sogenannt "gemischte" Ehen verboten.

Im September 1940 wurde Ion Antonescu rumänischer Diktator und liïerte sein Land schon im November 1940 als faschistischen *"Legionärsstaat"* mit Hitlers deutsch-italiënisch-japanischer *"Achse"*. Im Januar 1941 kam es in seinem Bukarest zu blutigen Ausschreitungen gegen Juden, zwei Monate später zur Enteignung von jüdischem Immobiliënbesitz.

Im Bewußtsein so zwiefacher Schrecknisse diesseits und jenseits der Landesgrenze marschierte Paul Antschel in seinem Czernowitz am 1. Mai 1941 mit gigantischen Stalin- und Lenin-Porträts und plakativen Spruchbandparolen in Reih und Glied der sowjetischen Maiparade an der Tribüne der Partei- und Militärprominenz vorüber und mußte Stalin und Sowjetunion hochleben lassen.

Runde 24 Jahre später schrieb er am 4. August 1965 in Paris diese Verse:

"Dunstbänder-, Spruchbänder-Aufstand,

> *röter als rot,*
> *während der großen*
> *Frostschübe, auf*
> *schlitternden Eisbuckeln vor*
> *Robbenvölkern"* [6] .

Damals aber verstrichen in Czernowitz nur noch sechs Wochen, und ein Pogrom der sowjetischen Staatspolizei deportierte am 13. Juni 1941 in einer einzigen Nacht viertausend Bukowiner mit Frau und Kind nach Sibiriën. Nur weil sie *"unzuverlässige Elemente"* waren, wurden da sozialdemokratische, trotzkistische oder zionistische Vergangenheit oder einfach das vormals bürgerliche Leben in einer kapitalistischen Demokratie erbarmungslos geahndet. Handwerker wurden schon verschleppt, falls sie mehrere Gesellen beschäftigt hatten.

Drei Viertel dieser Deportierten waren Juden.

Auch Paul Antschels Freunde Hella Ippen und Peter Demant wurden da abtransportiert.

Nur zehn Tage später marschierten Hitlers Armeeën in der Sowjetunion ein. An der Südfront koalierten sie mit Antonescus rumänischen Truppen gegen die *Rote Armee*, die sich, überrumpelt, prompt aus der okkupierten Bukowina zurückzog. Ihren dortigen Kollaborateuren empfahl sie, allen Studenten aber befahl sie gar eine Flucht in die Sowjetunion.

Manche von Pauls Kommilitonen fügten sich, er selbst jedoch blieb in Czernowitz und sah dort erwartungsvoll dem Einmarsch des Volkes jener *"Dichter und Denker"* entgegen, die die Sprache seiner eigenen ersten Verse Jahrhunderte lang hatten wundersame Blüten treiben lassen.

Am 5. Juli 1941 marschierten rumänische Truppen in Czernowitz ein. Sie plünderten.

Sie ermordeten unverzüglich alle Juden und Ukraïner, die sie der Kollaboration mit den abgezogenen Sowjets verdächtigen zu können glaubten.

Schon einen Tag später, am 6. Juli 1941, folgte ihnen das deutsche SS-Einsatzkommando unter dem SS-Brigadeführer Otto Ohlendorf und nistete sich im rumänischen Kulturpalast ein. Sein Kommando lautete: *"Energisch durchgreifen, die Juden liquidieren"*, weil die heimischen Rumänen zu einem *"genügend scharfen Vorgehen gegen die Juden"* nicht imstande wären.

Gleich am nächsten Tage, dem 7. Juli 1941, begannen die entsprechenden Aktionen. Zunächst drei Tage lang waren alle Juden in Czernowitz Freiwild. Ihre Synagoge wurde niedergebrannt. Oberrabiner, Oberkantor, Mitglieder des vorsowjetischen Rates ihrer Kultusgemeinde und andere Persönlichkeiten des öffentlichen Lebens wurden verhaftet, gefoltert, zum Ausheben ihres eigenen Grabes gezwungen und ins Genick geschossen.

In diesen drei Tagen wurden in Czernowitz 682 Juden ermordet.

Hiernach wurden allen derzeit noch überlebenden Juden prinzipiëll die Bürgerrechte abgesprochen. Sie mußten am gelben Judenstern auf ihrer Oberbekleidung erkennbar sein. Ab 5. August 1941 waren alle im Alter von achtzehn bis fünfzig Jahren verpflichtet, tagsüber unbezahlte Zwangsarbeit zu leisten.

Der junge Poët Paul Antschel mußte da Brückentrümmer und den Schutt des zerstörten Postamts beseitigen.

Ab sechs Uhr abends herrschte Ausgehverbot für alle Juden.

Erste Deportationen fanden statt.

An alledem waren die rumänischen Truppen und Behörden aktiv und so brutal beteiligt wie kaum je eine andere Nation im nationalsozialistisch besetzten Europa.

Bis Ende August 1941 waren binnen knapp drei Monaten dreitausend Juden hingemetzelt.

Ab 11. Oktober 1941 wurde in Czernowitz das erste Judenghetto in der bukowinischen Geschichte eingerichtet. Im alten Judenviertel, wo früher vier- bis fünftausend Menschen lebten, wurden jetzt hinter einem mannshohen Bretterzaun mit Stacheldraht mehr als 160 000 zusammengepfercht. Mitbringen durfte da jeder nur, soviel er tragen konnte.

Bis zu 45 Menschen wohnten da je in einem kleinen Raum. Es gab kaum zu essen.

Trotzdem sangen sie da ihre jiddischen Lieder.

Ihre früheren Wohnungen außerhalb wurden NS-versiegelt und zum rumänischen Staatseigentum erklärt.

Auch Paul Antschel, inzwischen zwanzigjährig, vegetierte jetzt mit seinen Eltern in diesem Ghetto. Aber er übersetzte mitgebrachte Shakespeare-Sonette, las sie seinen Leidensgenossen vor und schrieb auch eigene Gedichte:

"Die Pfähle der Stunden
tasten stumpf nach einer fremden Zeit",

notierte er dort 1941 in der Sprache der SS,

"Mein Schatten ringt mit deinem Schrei –

Der Osten raucht nach dieser Nacht ...
Nur Sterben
sprüht" [7].

Vermutlich war ihm schon damals bewußt, daß er sich in seinen Versen derselben Sprache bediente, die auch den Nazis *"Parolen und Diffamierungen, Propaganda, Euphemismen und Jargon"* zur Verfügung stellte und mit der sie *"jede Vernichtungs-'Aktion' in Gang setzten, von den ersten Rasse-'Gesetzen' über die 'Sonderbehandlung' in den Lagern bis zur letzten 'Umsiedlung' von jüdischen Waisenkindern"* [8].

Auch die Ghettobewohner wurden bald aus ihrem Czernowitz "umgesiedelt", also deportiert: nach Transnistriën, eine kriegsverwüstete und -zerstörte Gegend zwischen Dnjestr und *Südlichem Bug.* Hitler hatte diesen Teil der usurpierten Ukraïne als Belohnung von Gesinnungstreuë und Kriegsbeitritt für rumänisch erklärt.

Mehr als 25 000 Juden aus dem Czernowitzer Ghetto wurden dorthin verschleppt. Auf ihrem tagelangen Fußmarsch über aufgeweichte Landwege hätten sie von rumänischen Gendarmen liquidiert werden sollen. Aber die *USA,* damals noch neutral, konnten Antonescu zu einem Widerruf dieses Mordbefehls, nicht aber der Verschleppung bewegen, die stattdessen mit Zwangsarbeit, Hunger und Epidemieën in vielen verstreuten Ghettos zwischen Schmerinka und Odessa der beschlossenen Ausrottung dieser Juden dienen sollte.

Aber Traian Popovici, damals Bürgermeister in Czernowitz und den Juden
wohlgesonnen, erreichte in zähen Verhandlungen mit dem deutschen Mili-
tärgouverneur, daß wenigstens 15 000 Juden noch im Herbst 1941 zur Erledigung kriegsförderlicher Tätigkeiten aus dem Ghetto in ihre Wohnungen
zurückkehren durften, dort freilich Hunger leiden mußten.

Paul Antschel war da so todesmutig, auch mit verdecktem Davidsstern in
öffentlichen Anlagen spazierenzugehen, aber wurde nun zum Lastenschlep-
pen, Trümmerschaufeln oder zu Handlangerdiensten beim Brückenbau befohlen. Er mußte auch russische Bücher beschlagnahmen und vernichten
helfen.

Aber im Frühjahr 1942 wurde Bürgermeister Popovici abgesetzt und schon
im Juni 1942 eine Mehrzahl seiner nur scheinbar geretteten "Günstlinge"
nachts aus ihren Betten verhaftet und mit Lastwagen und Viehwaggons unverzüglich abtransportiert.

Von dieser Aktion wurde auch die bislang noch halbwegs verschonte Familië Antschel betroffen.

Sohn Paul hat bis zu seinem späteren Lebensende weder je berichtet noch
hinterlassen, wie es dazu kam, daß seine Eltern deportiert wurden, er aber
überlebte. Widersprüchliche Versionen werden da zumindest von Familiën-
streit, Versteck und mütterlicher Schicksalergebenheit kolportiert, sind aber
später niemals bestätigt oder dementiert und berichtigt worden.

Paul Antschel soll sich am fraglichen Wochenende auf dem Werksgelände
des hilfreichen rumänischen Kosmetikfabrikanten Valentin Alexandrescu
versteckt gehalten haben, während seine Eltern in der Nacht vom 27. zum
28. Juni 1942 deportiert wurden.

Ihre Wohnung fand er nur noch versiegelt vor.

Aber noch der Vierzigjährige soll Eva-Lisa Lennartsson, einer schwedischen Freundin von Nelly Sachs, im Juni 1960, just also achtzehn Jahre
später, in Paris beschrieben haben, wie er die Hand seines Vaters damals,
1942, durch Stacheldrähte hindurch gehalten, aber schließlich losgelassen
habe und weggelaufen sei. *"Paul konnte die Tränen nicht zurückhalten"*, be-

richtete diese ins Vertrauën gezogene Schauspielerin und Sängerin mit oder ohne erfinderische Zugaben in ihren Erinnerungen an *"Nelly Sachs"* (zitiert nach [8]).

Jedenfalls hat ein Schuld- und Verratsgefühl seit jenen Tagen im Hochsommer 1942 sein Leben belastet und noch viele seiner späteren Gedichte gebrandmarkt. *"Es ist von den Texten nicht zu trennen"* [3].

Aber auch selbst gerettet, freilich ohne Bleibe und jede weitere Aufenthaltsgenehmigung, versteckte er sich vorübergehend beim Vater seiner Mutter.

Seine Eltern wurden währenddesssen bei glühender Hitze in einem luftlosen Viehwaggon mit sechzig anderen Juden eingeschlossen und in mehreren Nachtfahrten abtransportiert. Tagsüber stand ihr Zug auf den Abstellgleisen kleiner Bahnhöfe und wartete auf die nächtliche Weiterfahrt.

Nach mehreren Tagen durften sie endlich springend ihren Viehwaggon verlassen, wurden dabei geschlagen und beraubt. Ein langer Fußmarsch durch weglose Steppe führte sie in den Steinbruch *"Cariera de Piatră"* noch westlich des *Südlichen Bug* auf rumänischer Seite. Dort wurden nach drei Übernachtungen auf freiëm Felde 1800 Menschen in drei schmutzige Baracken gepreßt, von denen jede höchstens für 18 Insassen vorgesehen war.

Von hier aus wurden die Neuankömmlinge auf mehrere Lager diesseits und jenseits des *Südlichen Bug* verteilt und zu Chaussee- oder Autobahnarbeiten für die deutsche *Organisation Todt* gezwungen, von der die SS pro Tag und Häftlingsnase sechzehn Pfennige Leihgebühr kassierte.

Wer zu dieser Arbeit nicht imstande war, wurde von der SS liquidiert.

Das Ehepaar Antschel wurde mit andern Opfern gemeinsam über den *Südlichen Bug* in das acht Kilometer entfernte Dorf Ladežin getrieben, dessen zerstörte Schule jetzt als NS-deutsches Zwangslager diente. Von hier aus wurden sie jeden Morgen um halb fünf zum Autobahnbau transportiert. Die Männner schleppten Steine herbei, die die Frauën zerhämmerten.

Wer das nicht konnte oder wollte, wurde ermordet. Auch wer keine Schuhe mehr hatte, wurde wegen Arbeitsunfähigkeit erschossen. Leichen wurden auf den Felsen des Steinbruchs aufgetürmt und den Vögeln oder streunenden Hunden und Schweinen zum Fraße überlassen.

Aber am 18. August 1942 wurden die Antschels von Ladežin ins Dorf Mihailowka noch westlich des *Südlichen Bug*, zwischen Teplik und Uman, verlegt und dort in einem Pferdestall einquartiert, dessen Dach im Winter einstürzte. *"Es ist verboten, mit den Bauern des Dorfes zu sprechen oder zu handeln"*, wies sie ihr Lagerkommandant Arthur Kiesel ein und ergänzte: *"Zuwiderhandelnde werden erschossen. Wer zu fliehen versucht, wird erschossen oder aufgehängt"*. Ein probater Galgen war unübersehbar.

Jeden Morgen wurden auch hier so Männer wie Frauën zum Straßenbau abkommandiert, den die Firma August Dohrmann aus Remscheid für die *Organisation Todt* besorgte. Der Baustellenleiter war Werner Bergmann, die Aufseher Hermann Kaiser, Karl Ulrich und Hermann Schneider, alle aus Remscheid.

Auch eine leibliche Nichte war da mit den Antschels im Lager:

Selma Meerbaum-Eisinger (1924-1942),

Tochter eines Ladenbesitzers, der fünfzehnjährig aus seinem Heimatdorf bei Czernowitz nach Berlin gegangen war, aber siebzehnjährig österreichischer Soldat des *Ersten Weltkrieges* werden mußte und da an einer Tuberkulose erkrankte, die ihn 29jährig das Leben kostete.

Selmas Kindheit fand bei einem Stiefvater unter ärmlichsten Verhältnissen, ohne Strom und fließendes Wasser, in einer Einzimmerwohnung statt, wo sie am Fußende eines Sofas schlief.

Aber samstags ging sie zu Großvater Israel Schrager und trennte dort mit ihrem Vetter Paul Antschel, vier Jahre älter als sie, und andern Kindern den profanen Alltag vom geheiligten Sabbat, indem sie gemeinsam und von Großmutter Schrager auf dem Klavier begleitet das *"Hawdala"*-Lied sangen: Paul schon damals *"mit seinem guten Gehör und der schönen Singstimme"* [2].

Früh schloß sich Selma daher der zionistischen Jugendbewegung *Haschomer-Hazair* und deren Sehnsucht nach dem *Gelobten Lande* an. Sie lernte da Texte von Brecht und Kafka kennen, aber war die Lustigste von allen, tanzte auch gern und verliebte sich in den ein Jahr älteren Lejser Fichman.

Für ihre gleichwohl unerfüllten Sehnsüchte waren zunächst die Poësieën von Heinrich Heine, Rilke, Verlaine und Rabindranath Tagore ein stellvertretender Ausweg. Dann begann sie, rumänische, jiddische und französische Texte ins Deutsche zu übertragen. Fünfzehnjährig schrieb sie in deutscher Sprache erste eigene Gedichte und entdeckte sich als talentierte Lyrikerin. Ihre Verse beschworen meist die ostgalizisch heimatliche Landschaft, sparten ihr reales Umfeld möglichst aus und träumten von einer besseren Welt, die es für sie jedoch nicht gab.

Siebzehnjährig kam sie ins Ghetto und hauste dort hinter einem Vorhang aus Decken in einem Arkadengang. Sie floh aus dem Ghetto, wurde verfolgt, brach sich dabei ein Bein und geriet so zurück ins Ghetto.

Achtzehnjährig wurde sie im Juni 1942 deportiert und kam auf denselben bestialischen Wegen und Umwegen wie auch Onkel und Tante Antschel in jenes transnistrische Arbeitslager Mihailowka.

Von dort gelang es ihr nur, ein winzig zusammengefaltetes Briefchen für ihre Schulfreundin Renée Abramovici in ein anderes Arbeitslager hinüberzuschmuggeln. *"Man hält es aus"*, teilte sie da irgendwann im Herbst 1942 noch mit, *"trotzdem man immer wieder meint: Jetzt ist es zu viel, ich halte nicht mehr durch, ich breche zusammen"*. Ihre letzten überlieferten Worte sind da: *"Küsse. Chasak [= sei stark]"*[9].

Sie plante noch eine Flucht. Aber da erkrankte sie an Flecktyphus. Um sie vor der obligaten Erschießung aller Kranken zu bewahren, unterfingen sich Mutter und Stiefvater, mitgefangen, die SS zu täuschen. Selma selbst sang noch, so lange sie irgend konnte, vor sich hin.

Ihre 57 Gedichte, die alle mit Bleistift geschrieben und ihrer großen Liebe gewidmet waren, hatte sie vorsorglich vor ihrem Abtransport aus dem Ghetto in Czernowitz ihrer dortigen Freundin Else Schächter in einem Album mit dem Titel *"Blütenlese"* zur Weiterleitung an jenen vielbesungenen und angesungenen Lejser Fichman hinterlassen, der außerhalb von Czernowitz selbst NS-Zwangsarbeit verrichten mußte.

Wunschgemäß versteckte der es bis 1944, als er vor der drohenden
Roten Armee aus einem inzwischen rumänischen Arbeitslager floh
und Selmas Gedichte sicherheitshalber wieder bei jener hilfreichen
Else Schächter deponierte. Auf seiner Flucht ins *Gelobte Land* kam
Fichman auf einem türkischen Schiff, das mit jüdischen Flüchtlingen
an Bord von einem sowjetischen U-Boot im *Schwarzen Meer* torpe-
diert wurde, ums Leben.

Selmas Freundinnen Else und Renée überlebten das alles. Mit Selmas
"Blütenlese" im Rucksack schlug sich Renée zu Fuß, in Pferdedrosch-
ken und auf Eisenbahndächern quer durch das postfaschistische
Nachkriegs-Europa durch und traf 1948 im ersehnten Israël ein. Ein
Jahr später folgte ihr Else. Aber in ihrem *Verheißenen Lande* waren
nicht nur Gespräche in deutscher Sprache unerwünscht: auch deutsche Gedichte wie Selmas *"Blütenlese"*.

Jahrzehnte lang galten sie daher für verschollen.

Aber 1968 gestattete Paul Celan dem Herausgeber einer Anthologie
mit jüdischen Gedichten aus der Nazizeit den Abdruck seiner eigenen
"Todesfuge" nur, weil da im Ostberliner *Verlag der Nation* auch zwei
Gedichte seiner Kusine Selma Meerbaum-Eisinger, einer Urenkelin
seines eigenen Urgroßvaters, abgedruckt werden sollten. Eins davon
heißt *"Poem"* und enthält auch diese Verse:

"Ich möchte leben.
Ich möchte lachen und Lasten heben
und möchte kämpfen und lieben und hassen
und möchte den Himmel mit Händen fassen
und möchte frei sein und atmen und schrein.
Ich will nicht sterben. Nein.
Nein.
Das Leben ist rot.
Das Leben ist mein.
Mein und dein.
Mein." [10].

Erst 1979 erschienen Selmas Gedichte in *Tel Aviv*. Hersch Segal, ihr Mathematik- und Klassenlehrer im *Jiddischen Lyzeum* von Czernowitz, hatte in Rechovot bei *Tel Aviv* die beiden Gedichte seiner ermordeten Schülerin in der *DDR*-Anthologie gelesen und hiernach im Banktresor jener Renée Abramovici-Michaeli im Badeort Natanya zwischen *Tel Aviv* und Haifa das ganze abenteuërlich gerettete Album *"Blütenlese"* aufzuspüren verstanden. Als aber kein Verlag sie haben wollte, gab sie Hersch Segal, selbst seit langem ein seriöser Kunst- und Lyriksammler, aber inzwischen 74 Jahre alt, auf eigene Kosten als Privatdruck heraus und verschickte vierhundert Exemplare an Freunde und Interessenten.

Eins davon gelangte in die *USA* zu einer andern Kusine Paul Celans und von dieser zu

Hilde Löwenstein (1909-2006),

dieser andern jüdischen Lyrikerin von Rang und mit einem *nom de plume* als Dank an ihr Asyl vor Hitler in der *Dominikanischen Republik*: Hilde Domin. *"Weinend vor Aufregung"* las sie in Heidelberg diese Gedichte einer unbekannten Kollegin, dachte dabei an den jungen Hofmannsthal und machte den deutschen Exil-Forscher Jürgen Serke darauf aufmerksam.

Der recherchierte, wurde fündig und gab 1980 unter dem Titel *"Ich bin in Sehnsucht eingehüllt"* einen wohlkommentierten Band dieser kostbaren Lyrik im renommierten Hamburger Verlage *Hoffmann und Campe* heraus.

Seit 1985 wurden viele dieser Gedichte vertont: von wechselnden Komponisten.

2005 sang Herman van Veen für die *Alte Synagoge* in Essen sein *Musikalisches Märchen "Windekind"*, das aus mehreren dieser Gedichte besteht und als *"Ode an Selma Meerbaum-Eisinger"* bezeichnet wird.

2005 erschien bei *Hoffmann und Campe* eine Neuauflage ihrer Lyrik.

2005 erschien auch ein Hörbuch desselben Titels mit der Sprecherin Iris Berben.

2007 produzierte die Schweizerische Klezmer-Band *World Quintet* ein Album mit David Kleins Vertonung von einem Dutzend dieser Gedichte unter dem Titel *"Selma – in Sehnsucht eingehüllt"* und mit so namhaften Sängern wie Ute Lemper, Xavier Naidoo, Jasmin Tabatabai, Yvonne Catterfeld, Reinhard Mey, Inga Humpe und anderen.

Aber Selmas undatiertes *"Schlaflied für die Sehnsucht"* ist nach der Melodie *"di zun iz fargangen"* von Mordechai Gebirtig zu singen.

Inzwischen hat auch die Universität *Tel Aviv* die Gedichte dieser jüdischen Lyrikerin in die Publikationen ihres *Diaspora Research Institute* aufgenommen, und die *Deutsche Nationalbibliothek* listet in ihrem Kataloge insgesamt sechzehn Titel von oder über Selma Meerbaum-Eisinger auf.

Zu deren letzten überlieferten Texten gehören die Verse *"Tragik"* vom 23. Dezember 1941:

> *"Das ist das Schwerste: sich verschenken*
> *und wissen, daß man überflüssig ist,*
> *sich ganz zu geben und zu denken,*
> *daß man wie Rauch ins Nichts zerfließt."*

Hierunter steht noch von flüchtigem Rotstift in ihrer Hand:

"Ich habe keine Zeit gehabt zu Ende zu schreiben".

Selma Meerbaum-Eisinger starb am Abend des 16. Dezember 1942 im transnistrischen NS-Arbeitslager Mihailowka, offiziell an Flecktyphus.

Sie wurde achtzehn Jahre alt.

Der mitgefangene Maler Arnold Daghani hat sie im Tode gezeichnet.
Dieses Porträt ist heute in der Gedenkstätte *Yad Vashem* in Jerusalem
zu besichtigen.

Als Selma einen Tag später, am 17. Dezember 1942 irgendwo in der
gefrorenen Erde der Ukraïne weggehackt wurde, mußte sie ihren
Platz dort mit einem Prof. Dr. Gottlieb teilen, der just an Entkräftung
verstorben war. *"So lange sie am Leben waren"*, hat das Tagebuch
des Malers Arnold Daghani gleichfalls festgehalten, *"lagen sie sich in
den Haaren"* [11].

Noch am selben Tage kam Selmas Onkel Leo Antschel just als ausgebildeter Baumeister und zusammen mit allen andern gelernten Handwerkern von
Mihailowka nach Gaissin, heute Partnerstadt von Halberstadt in Sachsen-
Anhalt, damals beliebig gemischte Frühform von Arbeits-, Konzentrations-
und "Vernichtungs"-Lager.

Der 52jährige war schon *"seit dem Einmarsch der Russen immer mehr verfallen. Die schrecklichen Erlebnisse hatten ihn völlig ergrauen lassen und
ihn zu einem schwerhörigen, kraftlosen Greis gemacht. Viele, die wie er bei
Einbruch des kalten Wetters keine Kraft mehr besaßen, wurden irgendwo
erschossen"* [2].

Jetzt sollte er mit andern Juden aus den diversen Lagern diesseits und jenseits des *Südlichen Bug* die Autobahn oder Panzerstraße von Gaissin nach
Uman aus dem Modder stampfen. Schon drei Tage später kehrten er und andere Auserwählte nach Mihailowka zurück, *"um ihre Sachen zu holen"*. Das
besagte viel. Aber *"bezüglich des Lebens in Gaissin"* waren sie auffallend
"zurückhaltend" [11]. Auch das besagte viel.

Hiernach ist nur noch ein Tages-"Urlaub" überliefert, für den sie Ende September 1942 *"zu ihren Frauen gekommen"* seien [11]. Im Übrigen war ihre
Trennung endgültig.

Sohn Paul hat irgendwann im Herbst 1942 einen einzigen letzten Brief von
der Hand seiner Mutter aus Mihailowka erhalten. Nicht nachvollziehbar war
er aus dem Lager geschmuggelt worden und teilte Paul den Tod seines Vaters mit: vermeintlichem Typhus erlegen.

Oder einfach erschossen.

Beide Überlieferungen lagen dem Sohne später vor.

Kronzeuge Arnold Daghani notierte noch Mitte April 1943 in seinem dortigen Tagebuch: *"Für einige Monate überließ die SS ihre Säuberungen"*,
alias die Liquidationen *"in unserem Lager den Epidemien"*[11].

Paul schloß sich mit besagtem Brief seiner Mutter damals eine Woche lang
bei seinem Großvater ein.

Schon bald schrieb er Verse, die er ursprünglich *"Mutter"*, in seinem ersten
Gedichtbande später *"Schwarze Flocken"* nannte:

"Schnee ist gefallen, lichtlos. Ein Mond
ist es schon oder zwei, daß der Herbst unter mönchischer Kutte
Botschaft brachte auch mir, ein Blatt aus ukrainischen Halden:

'Denk, daß es wintert auch hier, zum tausendstenmal nun
im Land, wo der breiteste Strom fließt:
Jaakobs himmlisches Blut, benedeiet von Äxten ...
O Eis von unirdischer Röte – es watet ihr Hetman mit allem
Troß in die finsternden Sonnen ... Kind, ach, ein Tuch,
mich zu hüllen darein, wenn es blinket von Helmen,
wenn die Scholle, die rosige, birst, wenn schneeig stäubt das Gebein
deines Vaters, unter den Hufen zerknirscht
das Lied von der Zeder ...' "[12].

Dieses zertrampelte Lied von der Zeder ist als Reminiszenz an die Hymne
der Zionisten, als Epitaph auf den Zionismus des ermordeten Vaters zu verstehen. Er bleibt die einzige Erwähnung des Vaters in all den etwa achthundert Gedichten des Sohnes. Aber sein Tod wird hier von diesem einzig überlebenden Mitglied der Familië Antschel eingeordnet in eine Sequenz von archaïschen und "christlichen" Judenmorden, die vom Stammvater Jaakob,
wie er mit alttestamentarisch *"gebenedeiten"* Äxten erschlagen wurde, zum
ukraïnischen Massaker des Hetman Chmelnizkij in der Bukowina von 1648

und zu den blinkenden Stahlhelmen der Waffen-SS als *"der breiteste Strom"* fließt, den es gibt: der Fluß von vergossenem Judenblut, *"Jaakobs himmlisches Blut"*, doch im tausendjährigen Winter dieses "tausendjährigen" Nazireiches tiefgefroren zu *"Eis von unirdischer Röte"* unter *"finsternden Sonnen"*.

Dieses apokalyptische Evangelium einer mütterlichen *"Botschaft"* ist unter seinen *"Schwarzen Flocken"* das einzige Tränentuch des Sohnes:

" '... Ein Tuch, ein Tüchlein nur schmal, daß ich wahre
nun, da zu weinen du lernst, mir zur Seite
die Enge der Welt, die nie grünt, mein Kind, deinem Kinde!'

Blutete, Mutter, der Herbst mir hinweg, brannte der Schnee mich:
sucht ich mein Herz, daß es weine, fand ich den Hauch, ach des Sommers,
war er wie du.
Kam mir die Träne. Webt ich das Tüchlein." [12].

Er webte es hinfort in Versen: für die Mutter, die in ihrer *"Enge der Welt"* sein letzter *"Hauch, ach des Sommers"* war, aber auch für sein eigenes verlorenes, erfrorenes Herz im schwarzen Schnee.

Aber dieses *"Blutete, Mutter, der Herbst mir hinweg"* blieb dann nicht nur dem entwendeten Vater gewidmet.

Nur wenige Monate später, im Juli 1942, verpflichtete Paul sich für den militärisch erforderlichen Straßenbau der nächsten drei Jahre.

Junge Juden konnten oder mußten das dort damals und entgingen in solchen Arbeitsbataillonen der *Organisation Todt* zunächst einer NS-deutschen Deportation und Ermordung ebenso wie auch ihrer Einberufung zur faschistisch rumänischen Armee.

Aber dieser Autobahnbau glich einer Zwangsarbeit und hob auch Panzergräben gegen die *Rote Armee* der Sowjetunion aus. Die Arbeiter wurden als Strafgefangene behandelt und von rumänischen Feldgendarmen bewacht. Sie kampierten auf freiëm Felde in Gräben unter Brettern und entgingen bei monotoner wässeriger Mais- oder Rübensuppe dem Verhungern nur durch Einkauf mit ihrem kümmerlichen Solde bei den Bauërn ringsum.

Ihre Aufgabe bestand zunächst ganztägig aus dem Bau ihres eigenen Lagers, dem Ausheben ihrer Unterstände und der Errichtung von Verwaltungsgebäuden. Als Gerätschaft für alles das gab es nur Spaten und Schaufeln.

Paul war in mehreren dieser Lager: 1942 in Paşcani und Fălticeni in Moldawiën, auch in Piatră-Neamţ und Pleşeşti im westlichen Bergland Rumäniëns, 1943 im oltenisch walachischen Tăbăreşti-Cilibia bei Buzău, vierhundert Kilometer südlich von Czernowitz. Allenthalben traf er hier auf jüdische und rumänische Intellektuëlle, auch auf

Moses Rosenkranz (1904-2003),

einen jungen bukowinischen Poëten mit vielen Sprachen und deutschen Gedichten, den von 1941 bis 1944 die rumänischen Faschisten, von 1947 bis 1957 zehn Jahre lang die Sowjets in ihrem GULag einsperrten und der 1961 vor neuën politischen Verfolgungen aus Rumäniën in den bundesdeutschen Schwarzwald flüchtete,

und auf

Franz Josef Auerbach (1915-2002),

jenen späteren Intendanten des Bukarester *Jiddischen Theaters*, das

"in den siebziger Jahren auf einer Tournee durch die Moldau auch in ein ehemaliges Schtetl kam, wo im Kulturhaus ein Stück von Schalom Alechem aufgeführt werden sollte.

Am Abend fand sich jedoch nur ein einziger Zuschauer ein – ein kleiner alter Mann mit weißem Bart und schwarzem Hut. Er saß allein im Saal, hatte den Hut aufbehalten und wartete. Der Saal blieb leer.

'Wo sind die Anderen?' fragte ihn Auerbach.

'Welche Anderen?'

'Die andern Juden.'

'Die sind alle weg. Ich bin der letzte hier'."

*Daraufhin spielten die Bukarester das Stück für diesen einen alten
Mann, und sie spielten es so, als wäre der Saal voll besetzt"* [162 + 163].

Von diesen Auerbach, Rosenkranz und all den andern dort will Paul Antschel damals viel Jiddisch gelernt haben.

Aber sonntags hatten alle Bewacher frei, so auch deren Bewachte. In diesen
Pausen übersetzte Paul Antschel ohne lexikalische Hilfe Shakespeare-Sonette und Verse von Verlaine, Yeats, Housman, Éluard, Jessenin und andern
aus dem Englischen, Französischen, Russischen. Er schrieb auch Briefe, die
primär jedoch von der Lagerzensur gelesen wurden.

Seiner Freundin, der Schauspielerin Ruth Kraft, antwortete er damals auf
die Frage,

"ob ich schreibe. Nein, Ruth, es fehlt mir jeder Anlaß dazu".

Trotzdem entstanden da 75 Gedichte. Er erprobte lyrische Formen, experi-
mentierte auch mit Gattungen und Stilen. Viele sind noch gereimt, wie später kaum noch je. Viele beziehen sich auf Psalmen, Mythen oder Mittelalter,
die meisten auf Natur. *"Die Geisterstunde"*, wohl in jenem Herbst 1942 geschrieben, erinnert formal, stilistisch und zynisch an rumänische Volkslieder, die es mit seinen Reimpaaren wehmütig parodieren mag:

"Die Stille keucht. Macht Südwind so viel Müh?
Komm, Nelke, kröne mich. Komm, Leben, blüh. [...]

Das Dunkel wandert. Ist die Nacht ein Schrei?
Es ringt! Es reißt sich von den Ketten frei. [...]
Da wächst es. Splittert durch das helle Haus.
Und fächelt singend unsre Seelen aus." [13]

"Nein, Ruth, ich verzweifle nicht", schrieb er derselben Freundin nach Czernowitz: *"Aber meine Mutter tut mir leid, sie war so krank in der letzten Zeit,*

sie denkt sicherlich fortwährend, wie es mir geht, und so ohne Abschied bin ich weg, wahrscheinlich für immer" (zitiert nach [14]).

Irgendwann im nächsten, dem tausendundersten Winter, *anno Domini* 1942/43, als er jene *"Schwarzen Flocken"* im fiktiven Dialoge mit seiner Mutter niederschrieb, gelang es Benno Teitler, seinem Vetter väterlicherseits, aus der eigenen Fron in einem andern solchen NS-deutschen "Arbeitslager" östlich des *Südlichen Bug* zu flüchten. Tatsächlich brachte er von dort die Nachricht mit, daß seine Tante, Mutter Frejde oder Fritzi Antschel, Pauls Mutter, schon im vergangenen Winter 1941/42 bei ihrer Zwangsarbeit in der Mannschaftskantine für arbeitsunfähig erklärt und daher "liquidiert" worden sei: per Genickschuß.

Sie war da 47 Jahre alt.

Ihr Leichnam mag von Funktionären der *Organisation Todt,* vielleicht aus dem bergischen Remscheid, oder auch der SS verbuddelt und von ukraïnischem Neuschnee bedeckt worden sein.

"Es fällt nun, Mutter, Schnee in der Ukraine",

dichtete ihr einziger Sohn sie nun erst recht an und reimte hierauf:

"Von meinen Tränen hier erreicht dich keine".

Die beiden letzten Verse dieses Gedichtes, das damals einfach *"Winter"* hieß, stellen dann sofort die Frage nach seinem eigenen Weiterleben hiernach:

"Was wär es, Mutter: Wachstum oder Wunde –
versänk ich mit im Schneewehn der Ukraine?" [15]

Aber schon am 2. August 1942, eben auf halber Strecke gleichsam zwischen den beiden Todesnachrichten, hatte er der befreundeten Ruth gelobt:

"In meinen Händen habe ich das Leben umgetauscht gesehen in sehr viel Bitterkeit, schließlich aber in eine Menschlichkeit, die mir einen Weg vorschrieb, den ich einmal versucht habe zu gehen und den ich noch gehn werde, aufrichtig und überzeugt" (zitiert nach [2]).

Diesem Brief fügte er ein neues Gedicht hinzu, das *"Festland"* hieß und damit von einem Fix- oder Seestern unter Wasser aus ein nie mehr erreichbares *Land Orplid* meinen mochte:

Anfang 1944 zeichnete sich im Frontverlauf des *Zweiten Weltkrieges* eine NS-deutsche Niederlage ab, die zu den Gerüchten über rumänische Kontakte zur Sowjetunion und eine Heimkehr der Überlebenden aus den transnistrischen Konzentrations- und Zwangslagern Anlaß bot.

Im Februar 1944 wurden da die jüdischen Arbeitskolonnen, deren Fron auch der verwaiste Paul Antschel erlitt, auf unbefristeten Urlaub nach Hause geschickt. Uneingestanden wurden so ihre Lager aufgelöst.

Paul kehrte nach Czernowitz ins halbzerfallene Haus seines Großvaters zurück. *"Den Geruch der Armut dort kann ich nicht vertragen"*, gestand er der Freundin Ruth Kraft, *"keine Natur in der Umgebung, nicht einmal ein Baum ist dort zu sehen"* (zitiert nach [2]). Aber immer noch setzte die gleichwohl geschwächte SS ihre "Liquidierung" der Juden unbekümmert fort. Die rumänische Polizei verstärkte gar ihren eigenen Antisemitismus und erließ ein neuerliches Ausgehverbot für Juden.

Als Paul es ignorierte und mit seinem chronischen Naturentzug im Czernowitzer Volksgarten, der für Juden gesperrt war, spazierenging, wurde er verhaftet und im Polizeigefängnis zusammengeschlagen. Wieder auf freiëm

Fuße, gab er auf Fragen nach seinem malträtierten Gesicht einzig zur Antwort: *"Ich wollte den Volksgarten wiedersehen"*.

Auch über seine zwanzig Monate in NS-deutschen "Arbeitslagern" schwieg er bis zum Lebensende. Erst achtzehn Jahre nach ihrem Ende erwähnte er in einem Brief an den jüdischen Polyhistor

Erich von Kahler (1906-2000),

dessen kulturphilosophisches Werk von den Nazis teils eingestampft, teils verbrannt und dessen bayrische Wohnung gefilzt und versiegelt wurde, bevor noch dieser Erbe des George-Kreises über Wien, sein heimatliches Prag und Zürich in die *USA* emigrieren konnte,

Celan erwähnte da jene *"Kriegsjahre, die ich hin und wieder in sogenannten Arbeitslagern in Rumäniën 'verbrachte' "* [17], und knapp ein halbes Jahr hiernach berichtete ein Brief an Gisèle, seine Frau, wie er noch sehr viel später, zur Zeit seines Broterwerbes als Behörden-Übersetzer in der Schweiz, bei einer Wanderung im Genfer Umlande eine bestimmte Blume, den Rachenblütler *Euphrasia officinalis*, wiedergesehen habe, die ihm schon seit seiner Fron in Moldawiën ein Begriff war, weil sie vom deutschen Volksmund *Augentrost* genannt werde und über Heilkraft verfüge:

"Im Krieg, in der Moldau, war ich, mit zwei Eimern [Sohn Eric als Herausgeber: "Wasser? Suppe?"] *beladen, die ich, vor Mittag, in die kleine Stadt holengehen sollte, um sie zur 'Baustelle' zu bringen, diesem Augen- T r o s t begegnet"* [18]; just zwanzig Jahre vorher freilich, an jenem 10. September 1942, der die Nachricht vom Tode seines Vaters gebracht haben könnte, hatte er in einem Gedicht, das er *"Herbst"* nannte, weinend geschrieben:

"Hier und drüben
dunkeln nun Antlitz und Aster.
Doch Wimpern und Lid vermissen den Augentrost" [19].

Wurde Paul Antschel oder Paul Celan jedoch gefragt, welche Arbeit denn in jenen Arbeitslagern getan werden mußte, war die Antwort gern abweisend: *"Schaufeln"*. Mehr erzählte er nie. Aber noch im Gedichtband *"Die Niemandsrose"*, den er dieselben zwanzig Jahre später *"dem Andenken Ossip*

Mandelstamms", eines andern Poëten in Lagerhaft, widmete, finden sich
Verse wie diese immerhin mit jüdischer Theodizee verbunden:

"Es war Erde in ihnen, und
sie gruben.

Sie gruben und gruben, so ging
ihr Tag dahin, ihre Nacht. Und sie lobten nicht Gott,
der, so hörten sie, alles dies wollte,
der, so hörten sie, alles dies wußte.

Sie gruben und hörten nichts mehr;
sie wurden nicht weise, erfanden kein Lied,
erdachten sich keinerlei Sprache.
Sie gruben.

Es kam eine Stille, es kam auch ein Sturm,
es kamen die Meere alle.
Ich grabe, du gräbst, und es gräbt auch der Wurm,
und das Singende dort sagt: Sie graben" [20].

Weitere fünf Jahre später, im Gedichtband *"Fadensonne"* von 1968 gar,
glossierte er noch zynisch unter dem Titel *"Das ausgeschachtete Herz"* seine *"Milchschwester Schaufel"* [21].

Aber schon 1944, eben *"mit ausgeschachtetem Herzen"* von der Zwangsarbeit zurückgekehrt, ließ er sich von

Rose Ausländer (1901-1988),

einer älteren, aber gleichfalls deutschsprachig dichtenden Kollegin,
der er im Ghetto begegnet und die hiernach nur in Verstecken ihrer
drohenden Deportation entgangen war,

zur Weiterarbeit ermutigen und stellte mit Hilfe von Hersch Segal und Jakob Silbermann erste 93 jener Gedichte, die in den Lagern entstanden waren, zu einer ersten Anthologie zusammen, die er wohl damals als sein einziges Vermächtnis begriff. Gleichwohl wünschte er *"keinen Namen auf das Titelblatt zu schreiben"* und *"keinen Titel, höchstens: 'Gedichte' "*[22]. Später gab sein Biograf Israel Chalfen ihr die Bezeichnung *"Typoskript 1944"*.

Von hier aus ist rückzuschließen, daß dieser Titan der europäischen Literatur im 20. Jahrhundert irgendwo beim moldawischen Straßenbau beschlossen haben dürfte,

s e i n   L e b e n   h i n f o r t   a l s   L y r i k e r   z u   v e r b r i n g e n .

Im Frühjahr 1944 kehrte er in die entsiegelte elterliche Wohnung zurück und wohnte dort seither mit der Familië einer überlebend zurückgekommenen Schwester seines ermordeten Vaters zusammen. Von ihrem makabren Erfahrungsaustausch fehlt jedes Dokument.

Sie dürften hierzu die Sprache der Mörder verwendet haben.

Aber sie könnten auch panisch ins Hebräische ausgewichen sein, über dessen Schönheit sich Paul just in dieser Zeit enthusiastisch geäußert hat. Er las jetzt Martin Bubers *"Reden über das Judentum"* und *"Erzählungen der Chassidim"*, übersetzte gar zwei Gedichte des Warschauër kabbalistischen Rabbi Jehùdā Leib hal-Lēwî Aschlag (1884-1954) aus dem Hebräischen ins – na, wohin? Ins verhaßte Deutsch. Also in die geliebte, die unverzichtbare Muttersprache, von der er früher in seiner sprachlichen Diaspora gar *"ein ½ Dutzend deutscher Mundarten mit schauspielerischer Vollkommenheit zu imitieren"* vermocht hatte (zitiert nach [2]).

Nur daß er jetzt in einem Gedicht, das vielsagend *"Nähe der Gräber"* heißt, schuldbewußt anfragt:

"Und duldest du, Mutter, wie einst, ach, daheim,
den leisen, den deutschen, den schmerzlichen Reim?"[23]

Er stellte diese Frage unausgesetzt noch ein weiteres Vierteljahrhundert bis zum eigenen Tode. Sie blieb das Dilemma und die Tragik seines ganzen Lebens.

Aber noch 1952 schrieb er seinem Stuttgarter Hörfunk-Redakteur Karl Schwedhelm, grade als verwünschter Jude habe er in jenen Jahren erfahren müssen, daß

"die Sprache nicht nur Brücken in die Welt, sondern auch in die Einsamkeit schlägt" [24].

Sie blieb da das Idiom des Monologs, des Gebetes, aller inneren Konflikte – eben aller Poësie. Denn *"alle seine Gedichte"*, schrieb der Publizist Rino Sanders 1972 in seiner *"Erinnerung an Paul Celan"*,

"sind Rufe, Anrufe aus dem längst unabänderlichen Alleinsein des Übriggebliebenen, und was er schrieb, er schrieb es auch, um sein Überleben zu rechtfertigen vor seinen Toten" [25].

Drei Jahre später publizierte János Szász, ungarischer Drehbuchautor und Filmregisseur, seine *"Seiten aus einem amerikanischen Tagebuch"*, denen er eine vielbenutzte Redewendung Paul Celans zum Titel gab: *" 'Es ist nicht so einfach ...' "*. Hier berichtet er von seiner Pariser Begegnung mit Celan zwei Jahre vor dessen Tod:

"Öfter erwähnte er, daß er sich schuldig fühle, weil er seinerzeit dem Konzentrationslager entkommen war, als ob er dadurch seine Eltern, seine Familienmitglieder selber in den Tod geschickt hätte. (Das Motiv des schuldigen Opfers kehrt in seinen Gedichten immer wieder.)" [25]

Auch der Freiburger Germanist Gerhart Baumann, der ihm in den letzten Lebensjahren ungemein eng verbunden war, bestätigte noch 1986:

"In jedem Vergessen erblickte er einen Akt der Gewissenlosigkeit", denn *"Das Schuldbewußtsein begleitete ihn wie den Wanderer sein Schatten"* [26].

Aber Helmut Böttiger, Feuilletonist aus dem baden-württembergischen Creglingen, wies noch 1996 auf eine Radikalisierung in Celans Gedichten hin und begriff als deren biografischen Ausgangspunkt *"die Ermordung seiner Eltern und ein lebenslanges Schuldgefühl, überlebt zu haben"* [3].

Im selben Jahre 1996 erschienen auch die deutsch geschriebenen *"Erinnerungen"* von

Alfred Kittner (1906-1991)

gleichfalls aus Czernowitz. Dieser ältere Lyriker aus derselben Landschaft war schon achtjährig 1914 vor der russischen Invasion in der Bukowina nach Wien geflohen, zwölfjährig 1918 dorthin zurückgekehrt, 1941 als 34jährig wohlbestallter Journalist ins Czernowitzer Nazi-Ghetto geraten und von dort 1942 in die transnistrischen "Arbeitslager" deportiert worden.

Dort leistete er Zwangsarbeit in einem Steinbruch, überlebte aber. Vor der sowjetischen Diktatur seit 1945 floh er zunächst nach Bukarest, noch 1980 nach Düsseldorf, wo er als 85jähriger Emigrant auch starb.

Erst postum also erschienen Kittners Memoiren, in denen er über seine Bekanntschaft mit Celan im Jahre 1944 berichtet. Der müsse da kurz zuvor *"einen schweren, nie überwundenen psychischen Schock erlitten und sein Gewissen schwer belastet gefühlt haben: Es war der Gedanke, daß er vielleicht die Ermordung seiner Eltern im Lager hätte abwenden können, wenn er mit ihnen gegangen wäre"* (zitiert nach [8]).

Hierbei kann es sich um jene okkult spezifischen Umstände seiner Trennung von den Eltern oder aber um den symptomatischen Schuldkomplex gehandelt haben, wie er viele Überlebende gerade der Nazi-Massaker stigmatisiert hat: *"survivor's guilt"*.

"Erst nun, nach dem Tod seiner Eltern", bestätigt auch Israel Chalfen, sein Landsmann und Biograf, *"fand das Jüdische Eingang in Pauls Dichtung. Ihr Schicksal identifizierte er mit dem tausendjährigen Leidensweg seines Volkes"* [2].

Chalfen belegt diese schwergewichtige These mit einem Gedicht von Celan, das dieser nie veröffentlichte:

"Nur die Nacht vor den Augen laß reden:
[...] Nur sie, nur sie allein.
Dich aber tritt mit dem Fuß und sprich zu dir selber: Sei tapfer,
sei würdig des Steins über dir,
bleib Freund mit den Bärten der Toten,

Dieses Gedicht heißt *"Königsschwarz"*. *"Die Königsmetapher im Zusammenhang mit dem Judentum"*, kommentiert der israëlische Psychiater Chalfen, *"wird in Celans später Dichtung noch häufiger zu finden sein"* [2)].

Gerhart Baumann, sein Freund und germanistischer Exeget, hat einleuchtend beschrieben, wie sich ein heimatloser Ahasver hier (*"wie ich umherziehe"* [28)]) auch als Atlas empfindet, der die Lasten des Globus zu schultern nicht verweigern kann [26)].

Wirklich mag nach der Scho'ah sein jüdisches Verantwortungsgefühl entstanden oder entscheidend gewachsen sein. *"Vielleicht bin ich einer der Letzten, die das Schicksal jüdischer Geistigkeit"*, schrieb er im August 1948 an Verwandte in Israël, *"in Europa zuendeleben müssen"* [29)].

Das wurde ihm dort umso schwerer, als er sich da auch Zeugnis abzulegen immer verpflichteter fühlte:

Aber die bekennende Stimme einer exotisch suspekten Minderheit, die seit

Jahrtausenden zu mißgünstigster Verfolgung reizt, wurde nach dem Holokaust nicht allzu gern gehört.

"Vielleicht sollte es mir gelingen", schrieb er daher im Oktober 1948, nun
schon aus Paris, an den Zürcher Publizisten Max Rychner, *"Gedichte zu
schreiben, ohne an ihre Veröffentlichung zu denken"*[31].

Aber nach dem Pariser *"Schatten- und Dunkeljahr"* 1949 schickte der etwa
Dreißigjährige seine *"wenigen Pariser Gedichte"* an die befreundeten Surrealisten Edgar und Erica Jené in Wien und befürchtete, gar nicht mehr
schreiben zu können: *"als Folge der Störungen in seiner Jugend"*[8].

Dennoch schrieb er weiter.

Doch noch jenem ungewöhnlich langen Gedicht *"UND MIT DEM BUCH
AUS TARUSSA"*, das er dreizehn Jahre später, am 20. September 1963, nach
der Lektüre des Buches *"Blätter aus Tarussa"* mit nicht zuletzt 41 Gedichten nur von Marina Zwjetájewa schrieb, gab er ein Zitat aus deren *"Poem
vom Ende"* (1924) seinem eigenen jetzigen Gedicht zum Motto:

"Все позты жиды".

Diese

Marína Iwánowna Zwjetájewa (1892-1941),

die heute zu den bedeutendsten russischen Dichterinnen des 20. Jahrhunderts zählt, war 1892 in Moskau als Tochter einer blaublütig pol-
nischstämmigen Konzertpianistin und jenes Kunsthistorikers geboren
worden, der 1912 das berühmte *Puschkin-Museum* begründete.

Wegen ihrer literarischen Neigungen von der musizierenden Mutter
verachtet und vom väterlichen Akademiker vorwiegend ignoriert,
verbrachte sie wichtige Jugendjahre in Italiën, der Schweiz und in
Frankreich, wo sie an der Sorbonne Literaturgeschichte studierte.

Mit *"Abendalbum"*, ihrem ersten Gedichtband, erregte die Achtzehn-
jährige das Wohlwollen des prominenten Literaten Maximilian Alexandrowitsch Woloschin und zog in Koktabel, jener ukraïnischen
Künstlerkolonie am *Schwarzen Meer*, mit ihm zusammen.

Dort aber traf sie, selbst noch immer achtzehnjährig, auch den neunzehnjährigen Juden und Offizierskadetten Sergej Jakowlewitsch Efron, den sie zwei Jahre später heiratete. Die beiden Töchter dieser Ehe wurden auf der Krim geboren.

Trotzdem hatte die leidenschaftliche Marína schon bald auch Affären mit anderen Männern und Frauën: so mit der lyrischen Dramatikerin Sofia Parnok und dem großen Lyriker Mandelschtam, Paul Celans Ikone.

Ossip Emiljewitsch Mandelschtam (1891-1938)

war ein russischer Lyriker aus polnisch jüdischer Familië in Warschau, wuchs in Rußland auf, aber lebte dort seit 1917 als Fremder in "innerem Exil" und von Einkünften kaum je aus seiner Lyrik oder Prosa, allenfalls aus Übersetzungen. 1934 nach einem lyrisch plakativen Angriff auf Stalin und dessen Terror verhaftet, wurde er nach einem Suïzidversuch für drei Jahre ins südwestrussische Woronesch verbannt.

Er erregte Celans Bewunderung so sehr, daß er viele seiner Gedichte übersetzte, kommentierte und herausgab. *"Die Mandelstamm-Übersetzungen"*, soll er gesagt haben, *"sind mir eine ebenso wichtige Aufgabe wie meine Gedichte"* (zitiert nach [8]).

Seine Affinität zu diesem Vorgänger beruhte auch auf vielen biografischen Parallelen: starker Mutterbindung, väterlich ausgelöstem Zwiespalt zum ererbten Judentum, politische und literarische Verfolgungen ebendeshalb, Arbeit als Lyriker und Übersetzer gleichermaßen, unbegründete Plagiatsvorwürfe von Neidern wie auch jener Selbstmordversuch.

Alles das überlebend, gab sich auch Mandelschtam selbst *"den stolzen Titel 'Jude' "* und bezeichnete sein bukowinischer Verehrer ihn gern als *"Stamm der Mandel"*: *"was für Celan 'jüdisches Geschlecht' bedeutete"*[8]. Es mahnt auch Adonisches an.

In seinem Nachwort zu einer Auswahl von Mandelschtam-Gedichten zählte Celan ihn noch 1959 *"zum Totgeschwiegenen, Verschollenen, allenfalls am Rande Erwähnten"*.

Denn wegen weiterer *"konterrevolutionärer Aktivitäten"* wurde Mandelschtam im Mai 1938 für fünf Jahre in ein transsibirisches Arbeitslager bei Wladiwostok deportiert. *"Ob er dort den Tod fand oder, wie auch 'The Times Literary Supplement' zu berichten wußte, nach seiner Rückkehr aus Sibirien in dem von den Armeen Hitlers besetzten Teil Rußlands das Schicksal so vieler anderer Juden teilen mußte: dies endgültig zu beantworten, ist zur Stunde nicht möglich"* (zitiert nach [8]).

Wirklich hatte das zitierte englische Blatt schon am 30. Mai 1958 auf Seite 289f. ausgerechnet unter der Überschrift *"Soviet Poetry"* verkündet, Mandelschtam, der gleichfalls nie *"eine Zeile geschrieben"* habe, *"die seiner nicht würdig war"*, sei

"von den einmarschierenden Deutschen ermordet worden, weil er Jude war".

Paul Celan, dem seine eigene Konkordanz mit dem russischen Idol auch noch als Opfer der deutschen Nazis eher lieb gewesen sein dürfte, korrigierte diese Falschmeldung gleichwohl schon im März 1960:

"In den dreißiger Jahren wird Ossip Mandelstamm von den 'Säuberungen' erfaßt. Der Weg führt nach Sibirien, die Lebensspur verliert sich" (zitiert nach [8]).

Heutige Enzyklopädieën datieren Mandelschtams Tod mit dem Jahre 1938 und mit Wladiwostok als zweifelhaftem Sterbeort schon nach sieben dortigen Monaten.

Jedenfalls wurde er nur 47 Jahre alt.

Paul Celan nahm gute zwanzig Jahre später, im Oktober 1957, an einem Symposion teil, bei dem deutsche Schriftsteller über eine Metapher von Mandelschtam diskurierten: der Poët als Schiffbrüchiger. Mandelschtams Werk vor solchem und jedem "Untergang" zu bewahren, hielt Paul Celan für einen Lebensauftrag.

"Kaum ein Tag", berichtete sein Confident, der Freiburger Germanist
Gerhart Baumann, noch 1986, *"an dem er nicht schmerzlich Mandel-
stams ungeklärtes Geschick bedachte."*[26].

Aber schon im besagten Nachwort seiner Mandelschtam-Ausgabe
hatte Celan ihn neben seine große Kollegin Marína Zwjetájewa posi-
tioniert, indem er sie schmerzhaft beide (nach einer Bezeichnung des
großen russischen Phonologen und Slawisten Roman Jakobson, 1896-
1982) zu den *"Vergeudeten"* zählte.

Auch über die fast gleichaltrige

Marína Zwjetájewa

nämlich war, als sie eben 25 Jahre alt war, die sowjetische Oktoberrevolution hereingebrochen.

Sergej Efron, ihr Ehemann, ging unverzüglich in den Widerstand der
Weißen Armee und ließ Marína mit ihren beiden Töchtern fünf Jahre
lang allein in Moskau zurück. Dort schrieb diese Brieffreundin Rilkes
zwar erste Gedichterzählungen, Versdramen und ein antisowjetisches
Epos *"Schwanenlager"* über den russischen Bürgerkrieg, aber dort
fiel auch die dreijährige Irina der Hungersnot von 1920 zum Opfer
und starb an Unterernährung.

1922 gelang es ihrer Mutter endlich, mit der verbliebenen Tochter zu
emigrieren: nach Berlin, wo die beiden ihren Familiënvater wiedertrafen und wo Marína ihre Lyrikbände *"Trennung"* und *"Das Mädchen
des Zaren"* publizierte, dann nach Prag, wo Ehemann Sergej Politolo-
gie studierte und Marína von einem mageren Künstlerstipendium des
tschechoslowakischen Staates, schmalen Bucherlösen und einigen Lesungen eher schlecht als recht auf dem Lande lebte, sich aber einem
ehemaligen russischen Offizier verband und diese Liaison, die sie ihrem selbst promisken Ehegatten nicht verheimlichen konnte, in jenem
"Poem vom Ende. Neujahrsbrief" literarisch beschwor. Es gilt als
*"das vielleicht brillanteste und tragischste Gedicht des 20. Jahrhun-
derts"*[32].

Paul Celan, der es bestaunte, entdeckte hierin jenen Satz, der ihn faszinierte und den die Zwjetájewa bei der hiesigen Schilderung des alten Prager Ghettos verwendet, um dessen Bewohner mit verfemten Künstlern zu vergleichen:

*"In dieser christlichsten aller Welten sind
Poeten – Jid'n",*

als Motto bei Celan *"Все позты жиды"("wsje poety shidy")*:

"Alle Dichter sind Jid'n!"

So also hatte sich für einen, der sich noch 1962 als *"poète maudit"*, als *"doppelt und dreifach 'Jude' "* bezeichnete [33], jene eine relevante Gemeinschaft der Verfolgten und ausgestoßen Schiffbrüchigen bestätigt.

Die Familië Efron-Zwjetájewa aber rettete sich 1925 von Prag nach Paris. Dort wurde Sohn Grigorij, ein ungemein kompliziertes und rebellisches Kind, geboren, das seine Mutter nach ihrem Brieffreunde Pasternak lieber Boris genannt hätte ...

Vierzehn Jahre blieb die Familië in Paris, obwohl die dortige Kolonie russischer Emigranten ihr mangelnde Sowjetkritik anlastete. Vollends nach Marínas bewunderndem Briefe an ihren georgisch-kosakischen Kollegen Wladímir Majakowskij wurde sie von den Pariser Russen und deren Organen boykottiert. Denn

Wladímir Wladimírowitsch Majakówskij (1893-1930)

war schon zu Zarenzeiten politisch so *"aufsässig"* gewesen, daß der Fünfzehn-, Sechzehnjährige dreimal verhaftet wurde und einer Deportation nur wegen seiner Minderjährigkeit entging.

Nach der Oktoberrevolution wurde er zum liniëntreu bolschewistischen Parade- und Vorzeigeliteraten. Aber schon mit seinem satirischen Schauspiel *"Die Wanze"* von 1929 begann er nach Reisen in die *USA* und in Westeuropa, das Sowjetsystem zu kritisieren.

Schon ein Jahr später schoß er sich ins Herz.

Er war da 37 Jahre alt.

In seinem Abschiedsbrief war auch zu lesen: *"Gebt niemandem die Schuld"*.

Aber seit der Öffnung von KGB-Akten gute sechzig Jahre später gibt es auch die Lesart einer Ermordung durch den Geheimdienst.

Doch als

Marína Zwjetájewa

ihm huldigte, war er noch unwiderleglich bolschewistisches Aushängeschild.

Das war für ihre ganze Familië nur umso verfänglicher, als Ehemann Sergej, inzwischen tuberkulös und heimwehkrank, seine Vergangenheit im Widerstand zu kompensieren versuchte, indem er in Paris für den sowjetischen Geheimdienst, damals NKWD, als Spion zu arbeiten anfing.

Tochter Ariadna teilte seine opportunistischen Sympathieën aus Überzeugung, löste sich von der Mutter und kehrte 1937, selbst damals 25jährig, in die Sowjetunion zurück.

Vater Sergej folgte ihr unaufhaltsam noch im selben Jahr, weil die französische Polizei ihn des Mordes an jenem sowjetischen NKWD-Spion, jetzigen Stalin-Kritiker und Dissidenten Ignatij Rajss (Ignaz Reiss, *recte*: Ignace Poretsky) beschuldigte, der im September 1937 in der Schweiz von NKWD-Agenten getötet worden war.

Nach der Flucht ihres Ehegatten in die Sowjetunion beteuërte die allein gelassene Marína in polizeilichen Verhören ihre Ahnungslosigkeit, wurde aber seither in Paris okkulter Kollaboration mit dem NKWD bezichtigt und radikal geächtet.

Zwei Jahre später kehrte auch sie daher notgedrungen mit ihrem vierzehnjährigen Sohn in die Sowjetunion zurück. Dort fand sie ihre Schwester Anastassja wegen ihrer Herkunft aus der vorrevolutionären *Intelligenzija* bereits im Gefängnis vor. Sie selbst und ihre Familië wurden überdies wegen ihres Auslandsaufenthaltes stalinistisch verdächtigt und mit ihrer unverstandenen, also konterrevolutionär erachteten Literatur boykottiert. Auch kein Kollege half ihr da: aus Angst.

Ehemann Sergej und Tochter Ariadna wurden als Spione verhaftet. Denn Ariadnas Verlobter hatte sie alle als Agent des NKWD bespitzelt.

Sergej wurde 1941 erschossen, Ariadna acht Jahre lang eingekerkert.

Marína wurde mit ihrem Sohn nach Jelabuga, in jene kleine islamische Häftlingsstadt für NKWD-Arrestanten und deutsche Kriegsgefangene westlich des Ural im heutigen Tatarstan, zwangsevakuïert. Dort fand sie sich völlig mittellos und dem Terror ihres pubertierenden Sohnes ausgesetzt, der hier auf einem Ortswechsel bestand. Sie bemühte sich noch um eine Genehmigung, ins tatarisch benachbarte Tschistopol umzuziehen, hatte dann aber keine Geduld mehr oder keine Nerven, konnte oder wollte auch nicht mehr und erhängte sich am 31. August 1941.

Sie war da 48 Jahre alt.

Ihr Grab ist unbekannt.

Sergej und Ariadna wurden erst nach Stalins Tod 1953 als schuldlos rehabilitiert.

Marína Zwjetájewa wurde erst nach 1960 als bedeutende Schriftstellerin der Sowjetunion anerkannt. Die russische Datenbank *RussGus* weist heute etwa 170 Publikationen nach, die ihr gewidmet sind.

Paul Celan hatte auch ihre Lyrik schon in den fünfziger Jahren ins Deutsche übertragen wollen. Aber ...

[Also, er war da bereits

d e r   Ü b e r s e t z e r   l y r i s c h e r   o d e r   s o n s t i g e r   T e x t e

von

Guilleaume Apollinaire (1880-1918),

recte Guglielmus Apollinaris Albertus de Kostrowitzky, der im *Ersten Weltkrieg* einen Kopfschuß überlebte, von

Tudor Arghezi (1880-1967),

recte Ion N. Theodorescu, der im *Ersten Weltkrieg* nach pazifistischen Aktivitäten in seiner rumänischen Heimat wegen Landesverrates angeklagt und zwei Jahre lang im Vacaresti-Gefängnis eingekerkert, im *Zweiten Weltkrieg* wegen seiner Pamphlete gegen die rumänische Kollaboration mit Hitler-Deutschland verhaftet und interniert wurde; von

Charles Baudelaire (1821-1867),

der 23jährig nach repressiv traumatisierter Kindheit und Jugend von seiner Familië finanziëll entmündigt, notariëll bevormundet und in einen Selbstmordversuch getrieben wurde, auch als Autor erfolglos, mit seiner Prosa, den literarisch revolutionären *"poèmes en prose"*, lebenslänglich ungedruckt blieb, für seinen inzwischen klassischen Gedichtband *"Les fleurs du mal"* (*"Die Blumen des Bösen"*) wegen *"Beleidigung der öffentlichen Moral"* sogar vor Gericht stand und 46jährig starb, ohne seinen Weltruhm erlebt zu haben;

ferner Übersetzer von Antonin Artaud, Alexander Blok, André Breton, Aimé Césaire, René Char, Welimir Chljebnikow, Jean Daive (der *vice versa* auch Celans Gedichte ins Französische übertrug) und von

Robert Desnos (1900-1945),

der 45jährig von den Nazis im Konzentrationslager Theresiënstadt ermordet wurde, von

Emily Dickinson (1830-1886),

von deren insgesamt 1775 Gedichten zu ihren Lebzeiten (von 55 Jahren) nur sieben veröffentlicht wurden, nachdem der Verleger Thomas W. Higginson ihr jede Publikation widerraten hatte;

auch Übersetzer von John Donne, André du Bouchet (der auch Celan ins Französische übertrug), Jacques Dupin und

Paul Éluard (1895-1952),

der 1933 von der kommunistischen Partei, 1938 von der surrealistischen Gruppierung um André Breton ausgeschlossen wurde, während der deutschen Besatzung im Untergrund für die *Résistance* agierte und 57jährig in Armut starb;

dann Übersetzer von Robert Frost, Alfred Edward Housman und

Sergej Alexandrowitsch Jessénin (1895-1925),

dessen volkstümliche Poësie in der heimatlichen Sowjetunion besonders unter Stalin geächtet und verboten wurde, was den Dreißigjährigen – *"In meiner Heimat leb ich nicht mehr gern"* – schon 1925 in seinem Vaterhause in einen Freitod getrieben haben soll, der sechzig Jahre später aber auch als Ermordnung durch GPU-Agenten gedeutet wird;

ferner Übersetzer von Jewgenij Jewtuschenko und

Michail Júrjewitsch Lérmontow (1814-1841),

aristokratischem Leibgardisten des Husarenregiments in *Zarskoje Ssjelo*, der für eine Hymne auf den Duëlltod seines großen Kollegen und Vorbildes Puschkin (*"er fiel als Sklav' der Flitterehre"*) 23jährig in den Kaukasus strafversetzt wurde, dort rebellierende Bergvölker bekämpfen mußte, nach einem eigenen Duëll gegen einen Franzosen in Sankt Petersburg abermals in den Kaukasus strafversetzt wurde und dort als 27jähriger Repräsentant der gesellschaftskritischen russischen Romantik bei einem Duëll in Pjatigorsk erschossen wurde: wohl selbst nun *"als Sklav' der Flitterehre"*;

Übersetzer von lyrischen und sonstigen Texten auch der Poëten Maurice Maeterlinck, Stéphane Mallarmé, ebenjenes Ossip Emiljewitsch Mandelschtam, Andrew Marvell, Marianne Moore und

Henri Michaux (1899-1964),

walonischem Dichter und Maler, einer Ikone Celans, teils im Landheim, teils in jesuïtischem Kloster auf Lateinisch ins Zuhause einer Fremdsprache evakuïert, von der deutschen Besatzung des *Ersten Weltkriegs* am Studium behindert, als flüchtiger Medizinstudent und Hochseematrose schließlich Weltenbummler in allen Kontinenten und 1940 Flüchtling diesmal vor den Nazis, später vor dem bürgerlichen Nachkriegseuropa in Meskalin-Experimente und in die Einsamkeiten eines radikalen Einzelgängers getrieben, der sich jahrzehntelang in radikaler innerer Emigration allen Mediën, auch jedem Fotoapparat oder Rundfunk-Interview, jedem Gespräch mit Journalisten oder Fernsehauftritt strikt verweigerte und noch 66jährig den französischen *Großen Staatspreis für Literatur* nicht annahm;

ferner Übersetzer auch von Gellu Naum, Gérard de Nerval, Henri Pastoureau, Benjamin Péret und

Fernando Pessoa (1888-1935),

der zwar in Lissabon Literaturgeschichte studierte und unter vier Pseudonymen Portugals zweisprachig bedeutendster Lyriker war, doch sein ganzes Leben als unbeachteter Handelskorrespondent verbrachte, die meisten Manuskripte unveröffentlicht in einer Truhe versteckte, bei seinem Tode als 47jähriger Alkoholiker 1935 über 24 000 Fragmente hinterließ, aber fünfzig Jahre später als portugiesische Vaterfigur in das Hieronymus-Kloster von Belém, ein Nationalheiligtum und Touristenziel, umgebettet wurde; oder

Arthur Rimbaud (1854-1891)

aus den nordostfranzösischen Ardennen, dessen frühes poëtisches Talent von der bigotten alleinerziehenden Mutter unterdrückt wurde;

sechzehnjährig floh er vor dem *Deutsch-französischen Kriege*, erlebte dessen Schrecken aber als Nationalgardist dennoch und flüchtete sich nach Paris, wurde siebzehnjährig von seinem ebenso genialen Liebhaber Paul Verlaine angeschossen, schrieb und publizierte neunzehnjährig den Gedichtband *»Une saison en enfer«* (*"Eine Zeit in der Hölle"*), verzichtete jedoch 21jährig auf ein vorgezeichnetes Leben als begnadeter Lyriker, der er war, und unterwarf sich lieber als Kaffee-, Gewürz-, Elfenbein-, Gold- und Waffenhändler in Ägypten, Äthiopiën und dem Jemen all den weltbeherrschenden Unterdückungsmechanismen des Kommerz;

schließlich Übersetzer von David Rokeah, William Shakespeare, Georges Simenon, Konstantin Sljutschewskij, Jules Supervielle, Virgil Teodorescu, Giuseppe Ungaretti und Paul Valéry:

Übersetzer also insgesamt von 42 Lyrikern, aber auch von Picassos Drama und dem Dokumentarfilm *"Nuit et brouillard"* (nach dem Drehbuch von Jean Cayrol und unter der Regie von Alain Resnais; diese Auschwitz-Dokumentation über Hitlers sobefohlene *"Nacht-und Nebel"*-Aktionen, zeugen- und spurenlos geheimes Deportieren also, wurde 1955 durch Einspruch der deutschen Bundesregierung an der Kandidatur beim Filmfestival in Cannes gehindert).

Texte von ihnen allen also hatte Paul Celan – meist aus Lust, manchmal als Flucht vor sich selbst, bisweilen auch nur für Geld – aus ihrer aller muttersprachlichen Divergenz überwiegend ins eigene Deutsch, mitunter aber auch rückwärts wie Karl Marx und Kafka aus dem Original ins Rumänische oder gar querbeet übersetzt: so zum Beispiel Tschechow, Lermontow, Turgenjew und ein Drama von Konstantin Simonow aus dem Russischen ins Rumänische.]

Aber dennoch und trotz alledem:

die Lyrik seiner russischen Kollegin Marína Zwjetájewa zu übertragen, war diesem versierten, polylingualen und kongenialen Übersetzer Paul Celan zwar höchst reizvoll, aber definitiv zu kompliziert erschienen. Denn *"wie schwer ist es doch"*, schrieb er im Februar 1959 auf einer französischen Postkarte an den Petersburger Slawisten Gleb Petrowitsch Struve im kalifornischen Berkeley, *"Marina Zwetajewa zu übersetzen"*: »*Combien est-il donc difficile de traduire Marina Tsvetaeva*«.

Wirklich resignierte diese chamäleoneske Sprachkoryphäe vor den symbolistisch oder akmeïstisch komplizierten oder exzentrisch eigenwilligen Texten dieser bedeutenden Autorin. Sogar ihr beanspruchtes und kundig übernommenes *"Все поэты жиды"* zitierte er als Motto jenes eigenen Gedichtes nur in kyrillischer Schrift, also russischem Original, also vollkommen unübertragen.

Dennoch reflektierte es seine eigene Lebens- und Kunsterfahrung: *"Alle Dichter sind Jid'n"* – nicht einfach Juden, sondern heillos ausgestoßen, verachtete Minderheiten außerhalb, exotische Raritäten. Insofern Kostbarkeiten. Eliten: eben auf jenem einsamen, aber stolzen Wege zur Wahrhaftigkeit, den er ja *"versucht habe zu gehen und den ich noch gehen werde, aufrichtig und überzeugt"* [34].

So begriff er seit dem "Arbeitslager" mehr und mehr auch sein Judentum. *"Niemals, sehr geehrter Herr Schocken"*, schrieb er noch im Februar 1970, nur wenige Wochen also vor seinem Tode, dem Herausgeber der israëlitischen Tageszeitung *"Haaretz"*, *"bin ich ich als 'Halbverdeckter' aufgetreten, weder in Deutschland noch anderswo"*. Lapidar verkündete er: *"Meine Gedichte implizieren mein Judentum"* [35].

Wirklich implizieren seine Gedichte auch sein Judentum: während der Nazi-Zeit ebenso wie danach. Nur ein halbes Jahr zuvor, im Herbst 1969, hatte der 49jährige das in einem Interview mit dem israëlischen Rundfunk so formuliert:

"Ich glaube Ihnen sagen zu dürfen, daß ich mit einiger Selbstverständlichkeit Jude bin". Dieses Jüdische sei ihm aber nicht nur Thema, sondern *"eine pneumatische Angelegenheit"*, Sache des Atems also, Lebensbasis:

"was von den Vätern mir kam
und von jenseits der Väter:
– – Pneuma" [36]

oder für Radiohörer:

"Das Jüdische ist den Dingen, die geschrieben werden von Menschen wie
mir, eingesenkt" (zitiert nach [8]).

Das erläuterte er damals, im Oktober 1969, vor dem *Hebräischen Schrift-*
stellerverband in *Tel Aviv: "Ich glaube, einen Begriff zu haben von dem,*
was jüdische Einsamkeit sein kann" (zitiert nach [8]).

Aus dem Gefühl einer solchen Stigmatisierung heraus hatte er schon vier
Jahre vorher aus Paris an Gisèle Celan-Lestrange, jene unjüdisch angetraute
Komplizin seiner "rassischen Mischehe", geschrieben: *"Wir sind gezeichnet,*
Sie und ich. Trotzdem kommen wir bereits wieder hoch, werden wir weiter
hochkommen. [...] Aufrecht werden wir weitermachen, ohne deswegen zu
erröten, was uns gezeichnet hat – mögen die erröten, die dafür verantwort-
lich sind! – ohne zu wanken" [37].

Gute fünf Wochen später, an einem andern 10. September, wurde er für dieselbe Gisèle, der er kurz danach sogar prognostizieren sollte, sie werde,
"wie ich und unser Sohn Eric, das Judentum im Herzen tragen, das wahre",
nunmehr am Tatort des gebrandmarkten Frankfurt noch deutlicher und definitiver:

"Ich liebe Sie. Es lebe unsere Liebe. Es lebe unser Sohn Eric. Es lebe die
Poesie. Es lebe die Wahrheit. Es leben die Juden" [38].

Hier stellte er sein Judentum nicht nur an den End- und Höhepunkt einer
Klimax seiner verbliebenen Lebenswerte, sondern identifizierte es quasi gar
mit unsteigerbaren Axiomen wie Poesie und Wahrheit: seiner *ultima ratio.*

Aber da hatte er schon genau zwei Jahre vorher an die gleichaltrig schwipp-
verwandte Edith Silbermann, eine geborene Horowitz und jüdisch deutsche
Übersetzerin aus seinem Czernowitz, eben in diese selbe Bundesrepublik hinein geschrieben:

"Ich habe als Jude und deutscher Schriftsteller keinen leichten Stand" [39].

Jude und *Deutscher Schriftsteller* sind da gleich belastet, gleich problematisch, eins wie das andere. Als er im Sommer 1948 dem Grabe seiner Ikone Georg Trakl in Mühlau bei Innsbruck seine Reverenz erwies und dort auch den Trakl-Experten Ludwig von Ficker kennen lernte, freute ihn schon besonders, daß dieser *"ganz auf das Jüdische meiner Gedichte einging – Sie wissen ja"*, schrieb er seinem bukowinischen Freunde und jüdischen Mentor Alfred Margul-Sperber nach Bukarest, *"daß mir viel daran liegt"*[40].

Aber so wie er dieses sein Judentum, das er vor der Scho'ah eher ignoriert hatte, nunmehr anzunehmen und wertzuschätzen bereit war, entschloß er sich, dieses sein ebenso neu angenommenes Poëtentum in der verhaßten Sprache der Mörder auszuleben und durchzuhalten. Seinen fassungslosen Verwandten in Israël erklärte er brieflich schon im August 1948,

"daß es nichts in der Welt gibt, um dessentwillen ein Dichter es aufgibt zu dichten, auch dann nicht, wenn er ein Jude ist und die Sprache seiner Gedichte die deutsche ist"[41].

Warum aber ist sie das bei einem so talentierten Polylinguïsten? Das haben seine Leser und seine Exegeten, aber auch er selbst sich oft gefragt. Anstelle einer eindeutigen Antwort gab es auch für ihn selbst ein ganzes Bündel von Begründungen hierfür.

Seine Jugendfreundin Ruth Lackner-Kraft hat ihn sinngemäß so zitiert: *man könne "nur in der Muttersprache die eigene Wahrheit aussagen, in der Fremdsprache lügt der Dichter"* (zitiert nach [2]).

Paul Antschel selbst hat in seiner Ansprache zur Entgegennahme des Bremer Literaturpreises 1958 erläutert, wie *"inmitten der Verluste"* von Nazikrieg und -terror, wie in Konzentrations- oder Arbeitslagern alles abhanden kam außer einem – der Muttersprache: *"Sie, die Sprache, blieb unverloren, ja, trotz allem"*[42].

Aber auch diese wundersame Rettung war kein simples Überstehen. Die überlebende Muttersprache *"mußte nun hindurchgehen durch ihre eigenen Antwortlosigkeiten, hindurchgehen durch furchtbares Verstummen, hindurchgehen durch die tausend Finsternisse todbringender Rede"*[42].

Sie tat das tatsächlich, ging durch alle diese Unterwelten hindurch, aber *"gab keine Worte her für das, was geschah"*: *"sie ging durch dieses Gesche-*

hen. Ging hindurch und durfte wieder zutage treten" [42] – aber unfähig, das zu beschreiben oder mitzuteilen, das in Worte zu fassen, was sie durchschritten hatte.

Damit dürfte er gemeint haben, was sein Glaubens- und Schicksalsgenosse, der Philosoph und Soziologe Theodor W. Adorno als Emigrant in den USA schon 1949 geschrieben und 1951 vielbeachtet und -diskutiert in Köln veröffentlicht hatte:

"Nach Auschwitz ein Gedicht zu schreiben, ist barbarisch" [43].

Das bezogen Feuilletonisten damals gern auch auf Celan und seine *"Todesfuge"*, die Adorno freilich gar nicht gekannt haben dürfte, als er diese apodiktische These in die Welt setzte.

Theodor Wiesengrund Adorno (1903-1969),

der als ehelicher Sohn des jüdischen Weinhändlers Wiesengrund und der katholischen Sängerin Calvelli-Adorno 1903 in *Frankfurt am Main* geboren und im Gefolge der Wiener Schönberg-Schule als Student bei Alban Berg Komponist wurde, brach immerhin 1945 seine eigenen musikalischen Kreativitäten ab und folgte jenem neuën kategorischen Imperativ, den *"Hitler den Menschen aufgezwungen"* habe: *"ihr Denken und Handeln so einzurichten, daß Auschwitz nicht sich wiederhole, nichts Ähnliches geschehe"* [44].

Aber der das postulierte, war selbst nicht nur intuïtiver Künstler, sondern schon seit 1931 ein strahlender neuër Stern auch der philosophischen wie der soziologischen Akademiker-Szene und 28jährig Privatdozent an der Frankfurter Universität gewesen. Dort aber wurde diesem "Halbjuden" zwei Jahre später, schon 1933, jede akademische Lehrtätigkeit von regierungsamtlichen Nazis untersagt.

Er emigrierte sofort: zuërst nach Oxford, habilitierte dort ein zweites Mal, aber floh 1938 aus dem brenzligen Europa in die *USA*. Auf der Flucht auch noch vor dortigen Antisemiten, nannte er sich seither *Theodor W. Adorno*, war beruflich in *New York* und *Los Angeles* zwar erfolgreich, aber gleichwohl mit allen Problemen eines Emigranten konfrontiert, der in einer Fremdsprache dozieren und publizieren mußte.

Erst 1949 kehrte er (schon mit jener These über Lyrik und Auschwitz) nach Deutschland zurück und war in seinem heimatlichen Frankfurt so lange unumstritten leuchtender Wegweiser aller fortschrittlichen Intellekuëllen zumindest in Europa, bis er im Zuge der radikalisierten Studentenbewegung von 1968 zum Zielpunkt von Aggressionen auch seiner eigenen Schüler wurde, die seine Vorlesungen unterbrachen oder verhinderten und sein weltberühmtes Institut so gewalttätig besetzten, daß er sich gegen diesen neudeutsch faschistischen Terror nur mit einem Hilferuf des Geistes ausgerechnet bei der Polizei zu wehren wußte. Als Zeuge mußte er dann gegen einen seiner begabtesten Schüler vor Gericht erscheinen.

Kurz danach erlag er 65jährig einer Herzattacke.

Da war Paul Celan in Paris schon seit mindestens sechs Jahren Adornos Leser. Denn im März 1959 hatte er sich dessen Vortrag über *"Die Wunde Heine"* gekauft, der 1956 im *Westdeutschen Rundfunk* gehalten und zum Nachlesen in *"Texte und Zeichen"* erschienen war. Hier hatte er über ihrer beider Ahnen und Leidensgenossen

Heinrich Heine (1797-1856)

immerhin erfahren können, daß dessen Lyrik ein *"Gleichnis der Heimatlosigkeit"* war, die inzwischen *"die Heimatlosigkeit aller geworden"* sei: denn *"alle sind in Wesen und Sprache so beschädigt, wie der Ausgestoßene es war"*[45].

Aber was Celan sich hier anstrich, dürften noch eher Sätze wie diese gewesen sein:

"Nur der verfügt über die Sprache wie über ein Instrument, der in Wahrheit nicht in ihr ist"; denn:

"Das Altbekannte nimmt im Munde des Fremden etwas Maßloses, Übertriebenes an, und das eben ist die Wahrheit" [45)].

Aber vollends schien sich's da auch schon direkt auf Celan zu beziehen, wenn Adorno über Heine sagte:

"Ist aller Ausdruck die Spur von Leiden, so hat er es vermocht, das eigene Ungenügen, die Sprachlosigkeit seiner Sprache, umzuschaffen zum Ausdruck des Bruchs. So groß war die Virtuosität dessen, der die Sprache gleichwie auf einer Klaviatur nachspielte, daß er noch die Unzulänglichkeit seines Worts zum Medium dessen erhöhte, dem gegeben ward zu sagen, was er leidet" [45)].

Péter Szondi (1929-1971),

selbst Jude aus dem nachbarlichen Ungarn und im März 1944 von Rudolf Kasztner oder dessen ungarischem *"Komitee für Hilfe und Rettung"* gegen *"kriegswichtige Güter"* aus dem Konzentrationslager Bergen-Belsen freigekauft, mag, nunmehr dreißigjährig und im verheißungsvollen Aufstieg zu germanistischen Professuren in Göttingen und Berlin, diesen Heine-Essay für willkommenen Anlaß gehalten haben, solche Antipoden des Auschwitz-Problems in deutscher Lyrik persönlich zusammenzuführen, Celan und Adorno also möglichst gar zu harmonisieren.

Wirklich hielten sich beide schon im Juli 1959 auf graubündisch neutralem Boden im kulturhistorisch vielfach stigmatisierten Sils – Sils-Maria, Sils-Baselgia – auf. Ihr dortiges Zusammentreffen war programmiert und angestrebt.

Doch noch ehe es dazu kommen konnte, reiste Celan wieder ab: *"nicht von ungefähr"* (zitiert nach [8)]).

Spätestens jetzt nämlich wußte er, daß dieser sogenannte Adorno jegliche, also auch seine eigene *"Lyrik nach Auschwitz"* für barbarisch hielt und von einem Chorus deutscher Nachnazi-Rezensenten mit deutlichem Bezuge zumindest auf seine *"Todesfuge"* genüßlich zitiert wurde. Einem Juden, der solchen antisemitisch erachteten Beckmessern die Argumente lieferte, ging er da lieber aus dem Wege.

Aber nach Paris zurückgekehrt, schrieb er dort *"in Erinnerung an eine versäumte Begegnung im Engadin"* [46)]

jenen Prosatext, der *"Gespräch im Gebirg"* heißt, sich auf Büchners Novelle *"Lenz"* mit ihrem vielzitiert ersten Satze vom *"20. Jänner"* – in Tat- oder Datumseinheit mit Reinhard Heydrichs Wannseekonferenz allerunseligsten Angedenkens – bezieht und das alpine Treffen zweiër jüdischer Vettern schildert.

Auf viereinhalb Seiten werden da

in makabrer Paraphrase zu Fritz Löhner-Bedas vorgegeben gereimter Studië *"Wie man sich trifft im Ampezzotal"* von 1916 dessen antisemitisch assimilierte Semiten Rosenblatt und Kohn,

hier nunmehr *Jude Groß* und *Jude Klein*, wieder und wieder, ganze neun Male, unüberlesbar penetrant als *"Geschwisterkinder"*, aber auch als *"die Geschwätzigen"* bezeichnet. Denn wenn sich heutzutage, *anno* 1959, zwei Juden begegnen, *"dann ists bald vorbei mit dem Schweigen"*: *"kein Wort ist da verstummt und kein Satz"* – aber *"warum und wozu?*

Warum und wozu ... Weil ich hab reden müssen vielleicht, zu mir oder zu dir, reden hab müssen mit dem Mund und mit der Zunge" – um was loszuwerden, was zu bezeugen, sich an was zu erinnern. Denn *"ich weiß, Geschwisterkind, ich weiß ... Hörst du, sagt er, ich bin da. Ich bin da, ich bin hier [...] , ich, den's nicht getroffen hat, ich mit dem Gedächtnis, [...] ich, Geschwisterkind, ich, der ich da steh, auf dieser Straße hier, auf die ich nicht hingehör, heute, jetzt, da sie untergegangen ist [...] , ich, der ich dir sagen kann:*

Auf dem Stein bin ich gelegen, damals, du weißt, auf den Steinfliesen; und neben mir, da sind sie gelegen, die andern, die wie ich waren, die andern, die anders waren als ich und genauso, die Geschwisterkinder" [47)].

Jude Klein müßte jetzt dem Juden Groß, der nicht dabei war, sagen, was da mit ihren andern Geschwisterkindern geschah und wie das war – wer, wenn nicht er: *"ich hier, ich; ich, der ich dir all das sagen kann, sagen hätt können; der ich dirs nicht sag und nicht gesagt hab"* [47)].

Aber warum hat er es nicht gesagt? Weil der Jude Groß das verboten hat und für barbarisch hält. Jude Klein-Celan ist aus Sils geflohen, weil Jude Groß-Adorno, dieses sein Geschwisterkind aus Amerika, jenes Verdikt über die Lyrik nach Auschwitz verhängt hat.

Einzig dieses *"Gespräch im Gebirg"*, das Celan *"eigentlich ein Mauscheln"* zwischen sich und Adorno genannt haben soll (hier zitiert nach [8]), ist sein hochkarätiger Protest gegen dieses inzwischen bekannt und beliebt gewordene *dictum ex cathedra*. Es ist die in Sils unterlassene, die dort unterdrückte, die totgeschwiegene Auskunft, warum nun nach Auschwitz Gedichte über Auschwitz zu schreiben nicht barbarisch, sondern eine Pflicht ist.

Nachdem dieser Prosatext im August-Heft der *"Neuën Rundschau"* 1960 zunächst als Sonderdruck erschienen war, bezog sich Celan mit seiner Widmung für den befreundeten Wiener Kollegen Reinhard Federmann noch auf den gezeichneten Ort jenes potentiëllen Treffens im Gebirg:

"In Erinnerung an Sils Maria – wo ich den Herrn Prof. Adorno treffen sollte, von dem ich dachte, daß er Jude sei ... " [48].

Aber in einer andern Widmung wurde der Autor dieses Textes noch deutlicher:

"In Erinnerung an Sils Maria und Friedrich Nietzsche, der – wie Du weißt – a l l e Antisemiten erschießen lassen wollte" (zitiert nach [8]).

Adorno reagierte zunächst mit Humor und schickte schon am 30. August 1960 gemeinsam mit Péter Szondi eine Ansichtskarte an Celan: wieder aus ihrer beider (oder aller) Sils.

Zwei Monate später schenkte er ihm sein eben erschienenes Buch über Gustav Mahler, einen anderen Juden Groß, und schrieb hinein:

»Meinem lieben Paul Celan / als kleines Zeichen / der herzlichsten Verbundenheit / Theodor W. Adorno«.

Hiermit natürlich keineswegs genug, stellte Adorno im selben Jahre 1960 seinem Valéry-Essay eine auch offiziëll zugängliche Zueignung voran: *"Für Paul Celan"*.

Das mochte nicht zuletzt eine versöhnlich gemeinte Reverenz vor einem kongenialen Valéry-Übersetzer sein. Denn als Celan das las, war er selbst

just bemüht, jener »*Jeune Parque*«, mit der sich Paul Valéry nach zwanzig-
jährigem Schweigen im *Ersten Weltkriege* wiedergemeldet, die sein Verehrer und Übersetzer Rilke jedoch *"bis auf weiteres noch für unübertragbar"*
gehalten hatte, unter dem Titel *"Die junge Parze"* eine deutsche Version zu
geben und Rilkes Wunsch zu erfüllen: *"möchte uns jemand vom Gegenteil
überzeugen!"* [49].

Adorno dürfte diese Übertragung für so gelungen gehalten haben, daß er
seinem Essay über *"Valérys Abweichungen"*, der sich eingangs auf rezente
Prosa-Übersetzungen von Péter Szondi und anderen beruft, jene Widmung
voranstellte, als er diesen Text 1960 im *Ersten Heft* ihrer beider *"Neuen
Rundschau"* des S. Fischer Verlages publizierte. Eben dort war kurz zuvor,
noch in Heft 3 von 1959, ein ganzes Drittel mit den 173 ersten Versen dieses großen Parzen-Textes in Celans Übertragung nachzulesen oder kennenzulernen gewesen.

Das alles löste für Celan aber keineswegs den schwelenden Konflikt um die
Möglichkeit oder Pflicht einer Literatur nach Auschwitz.

Adorno wußte das natürlich. In den letzten Sätzen seines Essays über *"Jene
zwanziger Jahre"*, der 1962 im Januarheft des *"MERKUR"* erschien, bemühte er sich in Kenntnis und Anerkennung vieler Celanscher Gedichte um
deutlich zurückgenommene Wiederholung, gar vagen ersten Widerruf jenes
seines Verdikts von 1949, das in Adenauers Nachnazideutschland inzwischen ebenso populär war wie die *"Todesfuge"*:

*"Der Begriff einer nach Auschwitz auferstandenen Kultur ist scheinhaft und
widersinnig, und dafür hat jedes Gebilde, das überhaupt noch entsteht, den
bitteren Preis zu bezahlen. Weil jedoch die Welt den eigenen Untergang
überlebt hat, bedarf sie gleichwohl der Kunst als ihrer bewußtlosen Geschichtsschreibung. Die authentischen Künstler der Gegenwart sind die, in
deren Werken das äußerste Grauen widerhallt"* [50].

Celan reagierte prompt. Schon *"am 21. Jänner"* erklärte er brieflich sein
vorheriges Telefonat mit Adorno unter Bezug auf ihr verabsäumt mau-
schelndes Gespräch im Gebirg:

*"Ich hatte Ihren Essay im jüngsten 'Merkur' gelesen, mit den letzten Sätzen
war, über die Entfernung hinweg, Ihre Person nahe und ansprechbar, ich
m u ß t e zu Ihnen sprechen, es war unabdingbar [...] – ja, so wars, ich*

m u ß t e mit Ihnen sprechen"[51] : der Jude Klein mit dem Juden Groß, dem *"um ein Viertel Judenleben"*[47] (oder siebzehn Jahre) älteren *"Geschwisterkinde"* also.

Dennoch blieben da Reste. Schon knappe zwei Monate später nämlich, am 15. März 1962, verwies er Reinhard Federmann auf Heinrich Heines Gedicht *"An Edom"* und daß Kafka ebenso wie auch jener *"Akzente-Mitarbeiter (aber auch Mitarbeiter der antisemitischen 'Europäischen Revue') Theodor W ..... Adorno [...] Heine als eine W u n d e bezeichnen"* [52].

Damit wurde gesagt: dieser Thedor W ... Adorno heißt authentisch Theodor Wiesengrund, hat sich mit Hilfe des exotisch romanischen Mädchennamens seiner Mutter *"gerade des typisch jüdisch klingenden Namens entledigt"*[53] und sich somit nicht nur von seiner Herkunft aus dem Judentum, sondern auch von ihrer aller jüdischen Ikone Heinrich Heine distanziert.

Zweitens informiert Celan hier über Wiesengrund-Adornos opportunistische Texte *"Abschied vom Jazz"* und *"Notiz über Wagner"*, die ihr Autor beide noch vor seiner Emigration 1933 zwar auf hohem Niveau, dennoch mindestens scheinbar im Sinne der neuën Machthaber veröffentlichte[144] : über *"Negerjazz"* als *"Fabrikware"* und Richard Wagners *"Durchbruch der Triebmacht"* ausgerechnet in der eindeutig schon faschistisch oriëntierten *"Europäischen Revue"* (wie kurz danach auch der Zyniker Joseph Goebbels seinen maßgerecht Warschauër Vortrag über *"Das nationalsozialistische Deutschland als Faktor des europäischen Friedens"* von 1934). Siegheil!

Paul Celan scheint also über diese dunklen Flecken auf der weißen Emigranten-Weste seines *Großen Geschwisterkindes* informiert gewesen zu sein und ließ sich daher mit seiner *"Todesfuge"* von einem Solchen noch immer nicht als Barbaren bezeichnen.

Doch sogar in der damaligen Bundesrepublik wurde Adornos fatales Etikett nicht nur aufgegriffen, sondern auch umstritten. Nelly Sachs und deren siebzigstem Geburtstag zu Ehren hatte der junge Hans Magnus Enzensberger, den das Nazireich nur eben gestreift hatte, in seinen *"Steinen der Freiheit"* schon 1961 bekannt gegeben, daß Adornos Votum *"zu den härtesten Urteilen gehört, die über unsere Zeit gefällt werden können"*, aber *"wenn wir weiterleben wollen, muß dieser Satz widerlegt werden"*; die verehrte Jubilarin zum Beispiel vermöge das. Denn *"nur so kann Sprache zurückgewonnen werden, im Gespräch mit dem Sprachlosen"* [57].

Adorno reagierte mit einem Vortrag, den er am 28. März 1962 im *Radio Bremen* hielt und in Heft 1 der *"Neuen Rundschau"* von 1962 nachlesen ließ. Dort insistiert er:

"Den Satz, nach Auschwitz noch Lyrik zu schreiben, sei barbarisch, möchte ich nicht mildern"; mit einem Zitat des damals sakrosankten Sartre fragte er nun sogar, *"ob Kunst überhaupt noch sein dürfe"*. Er negierte das zwar mit ausführlichen Argumenten, aber lenkte dennoch ein:

" ... wahr bleibt auch Enzensbergers Entgegnung, die Dichtung müsse eben diesem Verdikt standhalten [...] . Das Übermaß an realem Leiden duldet kein Vergessen; [...] jenes Leiden, nach Hegels Wort das Bewußtsein von Nöten, erheischt auch die Fortdauer von Kunst, die es verbietet; kaum wo anders findet das Leiden noch seine eigene Stimme [...] . Die bedeutendsten Künstler der Epoche sind dem gefolgt" [58].

Mit solchem Sowohl-als-auch schienen alle leben zu können, bis 1965 der unselige Publizist Reinhard Baumgart im *"MERKUR"*, jener immerhin maßgeblichen *"Deutschen Zeitschrift für europäisches Denken"*, Adornos Widerruf übersah und ihn konkret zu einem abermaligen Angriff auf Paul Celan persönlich mißbrauchte:

"Laokoon, behauptet klassische Ästhetik, darf nicht schreien; noch vor den äußersten Zumutungen des Schmerzes soll die Kunst gelassen ihre Regeln, den ästhetischen Anstand wahren. Gegenüber solchen Dekreten freilich muß Adorno recht behalten mit der Behauptung, ein Gedicht nach Auschwitz sei Barbarei. Aber ganz zu schweigen vom Gedicht n a c h Auschwitz: haben sich die Gedichte ü b e r Auschwitz immer frei halten können von jener Schönheit, die das Unsägliche durch Kunstaufwand beredt macht, den Schrecken zur Ordnung ruft, einzirkelt und befriedet? Celans 'Todesfuge' etwa und ihre Motive, die 'schwarze Milch der Frühe', der Tod mit der Violine, 'ein Meister aus Deutschland', alles das durchkomponiert in raffinierter Partitur – bewies es nicht schon zuviel Genuß an Kunst, an der durch sie wieder 'schön' gewordenen Verzweiflung?" [59].

Fragt da ein Parasit seinen Wirt.

Und ignorierte schnöde, daß ein Autor wie

Alexander Lernet-Holenia (1897-1976),

dessen berühmter Roman über den Polenfeldzug 1941 von den Nazis beschlagnahmt wurde und der später immerhin als Präsident des österreichischen *PEN-Clubs* amtierte, diese selbe *"Todesfuge"* damals zumindest das *"weitaus erhabenste deutsche Gedicht der letzten zwanzig Jahre"* nannte.

Prompt aber fühlte sich in der *"ZEIT"*, einem andern Podium nachkriegsdeutscher Intellektualität, ein Leserbrief ermutigt und ermächtigt, schamlos nachzukarten und die *"ethische Unverbindlichkeit bestimmter Kunstauffassungen"* zu beanstanden.

"Auschwitz als Kunstacker, der Todesschrei der Geschlachteten zu vollkommenen Versen harmonisiert. [...] Diese dem braunen Verderben abgewonnene Schönheit Paul Celans scheint mir fragwürdig zu sein" [60],

verkündete da einer ohne jedes Stigma einer eigenen KZ- oder Arbeitslager-Erfahrung.

Waidwund ging Celan da in die psychiatrische Klinik *Le Vésinet* bei Paris, las dort vorwiegend Shakespeare, strich sich all dessen Texte an, die *"von Wahnsinn, Narren, Verrat, Verleumdung, Selbstmord"* [8] handeln und registrierte sie.

Im Juli 1965 erfuhr jener Erich von Kahler in einem Brief aus Paris, wie der heimgekehrte Celan *"nicht aus den Augen verliere, was in Deutschland geschieht"*:

"Ja, ich weiß ein Lied zu singen von den 'jüdischen' Kapos. Und eins – dasselbe – von der ... Metapher der KZ-Methoden in der deutschen Literatur unserer Tage" [61].

Kapos waren seit NS-Lagerzeiten solche Mitgefangenen, die als Aufseher opportunistisch mit der SS kollaborierten: andere Quislings, sei es nun also auch *"in der deutschen Literatur unserer Tage"*.

Bei seinem österreichisch jüdischen Kollegen

Robert Neumann (1897-1975),

der nach der Berliner NS-Verbrennung seiner Bücher schon 1934
nach England emigrierte, dort als *"Enemy Alien"* interniert und erst
nach achtjährigem Warten britischer Staatsbürger wurde, trotz einer
Einladung nach Hollywood kein Visum für die *USA* erhielt und nach
1945 als militanter Antifaschist in England und im Tessin lebte,

just bei ihm also denunzierte Celan damals brieflich, daß ausgerechnet für
das Volk der Nazis demnach seine Lyrik

*"ein einziger Dank an die Mörder von Auschwitz ist – jetzt, beim streng
nach Adorno und auch sonst deutscheuropäisch denkenden Merkur, weiß
man endlich, wo die Barbaren zu suchen sind"* [62].

Diese Bitternis ist beschämend. Neumann publizierte sie autorisiert 1966.

Da aber schwante es mittlerweile auch Adorno, was jetzt den Deutschen vor
ihrem Entschlüpfen in die Verdrängung nachhaltig aufgeschrieben werden
mußte. Schon als er im Frühjahr 1961 drei Vorträge im Pariser *Collège de
France* hielt, war jedenfalls am 15. März 1961 auch Paul Celan unter seinen
Zuhörern gewesen. Vielleicht ihm zu Ehren sagte Adorno da schon Sätze,
die er nun fünf Jahre später in seiner *"Negativen Dialektik"* nachlesbar endlich dingfest machte:

*"Das perennierende Leiden hat soviel Recht auf Ausdruck wie der Gemar-
terte zu brüllen; darum mag falsch gewesen sein, nach Auschwitz ließe kein
Gedicht mehr sich schreiben"* [44].

Nunmehr endlich war das ganze stigmatisierte *opus* von Paul Celan auch für
bundesdeutsche Nachkriegspublizisten rehabilitiert und endgültig legalisiert.

Dem eigentlichen Sieger in dieser peinlichen Olympiade im Gebirg war da
nicht allzu triumphal zumute. *"Etwas ist faul im Staate D-Mark"* [51], witzelte
er als *"Hamlet"*-Parodist in einem seiner Briefe an Adorno persönlich und
blieb skeptisch.

Zwar hatte er da schon längst versucht, in andere, in unverfänglichere Sprachen, wie sie ihm ja weitgehend zur Verfügung standen, auszuweichen und

rumänische, auch französische Gedichte geschrieben. Doch *"An Zweisprachigkeit in der Dichtung glaube ich nicht"*, erläuterte er 1961 einer Umfrage der Pariser *Librairie Flinker*, deren Besitzer der Jude Martin Flinker just aus gemeinsamem Czernowitz war: *"Dichtung – das ist das schicksalhaft Einmalige der Sprache [...] – also nicht das Zweimalige"*[63].

In diesem Dilemma zwischen Mutter- und Mördersprache, hat

> ***Franz Wurm*** (geboren 1926),
>
> sein jüdischer Freund aus Kafkas Prag, Hinterbliebener vieler NS-ermordeter Verwandter, selbst Emigrant in England, dann der Schweiz und schließlich Kulturredakteur am Zürcher Rundfunk,

berichtet, habe Celan *"sich abgemüht, diese beiden Sprachen zu unterscheiden, auseinanderzuhalten"* (zitiert nach [3]).

"Wirklichkeitswund und Wirklichkeit suchend", entdeckte er seine unverzichtbare, unverlorene Mutter- und Dichtungssprache gar *" 'angereichert' von all dem"*, was die Nazis an ihm und ihr verbrochen hatten. Sie war ihm, bezeugte Freund Gerhart Baumann später, nicht nur *"das einzig Unverlierbare"*, sondern auch *"Offenbarung und Gewissen, Wagnis und Zuflucht"*[26].

Also war sie 1945 nicht mehr nur die Sprache seiner Mutter, nicht nur die Sprache seiner Jugendikonen Hölderlin, Rilke, Kafka und Trakl, sondern verfügte eben auch über das Vokabular der Nazischergen. Dies begreifend, dies auch verinnerlichend, vermochte er – sah Baumann ferner deutlich – , *"mit seltener Einbildungskraft und epochalem Sprachsinn begabt"*, nunmehr schonungslos *"freizulegen, welche Erinnerungen in einem Wort gespeichert"* sind [26].

Aber er sah auch, daß er seine Sprache – ebenso unverzichtbar wie geschändet, so unverlierbar wie korrumpiert und besudelt – weiterhin nur noch benutzen konnte, indem sich alle Gedichte hinfort *"auf die Erfahrung der Judenvernichtung beziehen, und zwar durch die Materië selbst, aus der sie gemacht sind"*[3]): eben dieser Mutter- und Mördersprache.

Unter Bezug auf das Kalenderdatum jener Wannseekonferenz mit ihrem fatalen Beschluß einer *"Endlösung"* stellte Celan 1960 in Darmstadt die Festversammlung deutscher Literaten und Intellektuëller, die seiner Auszeichnung mit dem *Georg-Büchner-Preis* beizuwohnen nicht versäumen wollten, die peinliche Büchner-Frage:

"Vielleicht darf man sagen, daß jedem Gedicht sein '20. Jänner' eingeschrieben bleibt? Vielleicht ist das Neue an den Gedichten, die heute geschrieben werden, gerade dies: daß hier am deutlichsten versucht wird, solcher Daten eingedenk zu bleiben?" [46].

"Dichtung" also, resümiert an dieser Stelle Celans amerikanisch jüdischer Biograf John Felstiner noch 1995, *"soll im Blick auf die ermordeten Juden Europas sprechen"* [8].

Aber Celan hatte hier viel weiter gezielt und zugeben müssen, daß dieser scheinbar so unike 20. Jänner *"im Gebirg"* jenes

Georg Büchner (1813-1837),

der 22jährig wegen seines *"Hessischen Landboten"*, dieser *"hochverräterischen revolutionären Flugschrift"* des 21jährigen, einer *"Teilnahme an staatsverräterischen Handlungen"* und der *"Entfernung aus dem Vaterlande"* bezichtigt und daher vom Großherzoglich Hessischen Hofgericht steckbrieflich gesucht wurde: eben weil er *"zum Umsturz des Bestehenden auffordere"*,

daß dessen 20. Jänner ebenso wie der 20. Januar Reinhard Heydrichs am Berliner Wannsee historisch durchaus Ihresgleichen kennen: denn

"schreiben wir uns nicht alle von solchen Daten her?"

Mehr noch:

"Welchen Daten schreiben wir uns zu?"

Hier wird deutlich, wie sehr ein Gedicht von Celan *"mit und aus dieser Zeit dachte, sie zu Ende dachte"* [64], auch über seinen akuten Anlaß weit hinaus.

Daher sollte es auch imstande sein, ungeschminkt *"Dinge zu sagen, die für deutschsprachige Menschen höchst unangenehm waren"* [65].

Die Deutschen mußten zur Kenntnis nehmen, daß der Tod inzwischen zur Gewalttat verkommen und hierbei *"ein Meister aus Deutschland"*[66] war.

Hierfür war eine Sprache erforderlich, die von Massenmördern verstanden wurde. Folgerichtig konnte das nur Deutsch sein.

Alles das mußte nach 1945 zu einer generellen Veränderung der deutschen Lyrik führen.

"Die deutsche Lyrik geht, glaube ich",

antwortete Paul Celan schon 1958 einer ersten Umfrage der bukowinisch Pariser *Librairie Flinker* bei Persönlichkeiten aus Philosophie und Literatur,

"andere Wege als die französische. Düsterstes im Gedächtnis, Fragwürdigstes um sich her, kann sie, bei aller Vergegenwärtigung der Tradition, in der sie steht, nicht mehr die Sprache sprechen, die manches geneigte Ohr immer noch von ihr zu erwarten scheint. Ihre Sprache ist nüchterner, faktischer geworden, sie mißtraut dem 'Schönen', sie versucht, wahr zu sein. Es ist also [...] eine 'grauere' Sprache, eine Sprache, die unter anderem auch ihre 'Musikalität' an einem Ort angesiedelt wissen will, wo sie nichts mehr mit jenem 'Wohlklang' gemein hat, der noch mit und neben dem Furchtbarsten mehr oder minder unbekümmert einhertönte.

Dieser Sprache geht es, bei aller unabdingbaren Vielstelligkeit des Ausdrucks, um Präzision. Sie verklärt nicht, 'poetisiert' nicht, sie nennt und setzt, sie versucht, den Bereich des Gegebenen und des Möglichen auszumessen. [...] Wirklichkeit will gesucht und gewonnen sein"[63].

Das hatte viel zur Folge. In seinem Essay *"Edgar Jené und der Traum vom Traume"* entwarf Celan schon 1948 *"ein dichtungstheoretisches Konzept der Möglichkeiten eines Sprechens nach Auschwitz, das er dann in seinen Gedichten immer wieder suchen und realisieren wird"* und das ihm auch den Zugang *"in die Tiefe der bereits verdrängten Geschichte und ihrer Entstellungen"*[68] erleichtert oder überhaupt ermöglicht.

Hier operierte er mit Begriffen wie *Tiefsee*, *"wo so viel geschwiegen wird und so viel geschieht"*, oder dem *"großen Kristall der Innenwelt"*, in dessen Spiegelungen er *"die Welt mit ihren Einrichtungen als ein Gefängnis des Menschen und seines Geistes erkannte"*, aber *"alles unternehmen wollte, um die Mauern dieses Gefängnisses niederzureißen"*. Er begriff jedoch, *"daß*

der Mensch nicht nur in den Ketten des äußeren Lebens schmachtete, son-
dern auch geknebelt war und nicht sprechen durfte – und wenn ich von
Sprache rede, so ist damit die ganze Sphäre menschlicher Ausdrucksmittel
gemeint".

Sie galt es zu regenerieren. Aber *"wie sollte nun das Neue also auch Reine*
entstehen? Aus den entferntesten Bezirken des Geistes mögen Worte und Ge-
stalten kommen, Bilder und Gebärden, traumhaft verschleiert und traum-
haft entschleiert", so daß *"der Funken des Wunderbaren geboren wird, da*
Fremdes Fremdestem vermählt wird".

In dieser *"neuen Helligkeit"* folge er *"wandernden Sinnen in die neue Welt*
des Geistes und erlebe die Freiheit. Hier, wo ich frei bin, erkenne ich auch,
wie arg ich drüben belogen wurde" [69]: in der Sprache der Machthaber,
Funktionäre und Schergen.

Also begab sich Celan mit seinen Gedichten auf die Suche. In einem *"lang-*
wierigen Prozeß, der eine Wiederherstellung, eine Neuschöpfung der Spra-
che als utopisches Ziel anstrebt" [3], beschwor er im Bemühen um eine solche Reinigung und heilende Regeneration der NS-korrumpierten Sprache
seiner Mutter

"neue Ressourcen im Deutschen, weil er sein lyrisches Vokabular für er-
schöpft, für verlogen hielt" [8].

Einem so messianischen Fernziel also dienen auch

all seine *"eigenartigen Zitate aus Gelesenem oder Erinnertem,*

die Menschen und Orte als Brücken zwischen West- und Osteuropa,

die acht anderen Sprachen, die in seine Verse einwandern" [8]

und all die unzählbaren Assoziationen aus derer aller Traditionen und Kulturen, Assoziationen und Assoziationen zu Assoziationen,

all seine neuën, seine widersprüchlich komplexen und ambivalenten Kombi-
nationen aus konträr erachteten, tief konträr erachteten Wörtern und Kulturen oder Silben,

seine orgiastische Entfesselung von Gespeichertem, Versenktem und Ver-
drängtem aus der *"Tiefsee"*,

dieser grenzenlos freië und fantasievoll spielerische Umgang mit allem ererbten und angesammelten Sprachmaterial –

ungeahnte Potentiale des Deutschen ausreizend und jähe Zusammengehö-
rigkeiten von Allerunzusammengehörigstem offenbarend: ein vorauseilend
postmodernes Ernten oder spätzeitliches Bilanzieren von Überliefertem und
Zerstörtem, von neu Entdecktem und Verschlissenem, von Gerettetem und
Betrauërtem in einem uferlosen Sammelbecken kreativster Sprachpotenz.

Ein Kaddisch für seine Mutter und deren Sprache wurde so zum Anlaß für
einen genialen und quasi unbeschränkt allmächtigen Verbalexzeß. Liebevoll
gehütete Rudimente aus dem altfränkisch überlieferten und belasteten
Deutsch seiner Ahnen entfalten explosiv ungeahnte Möglichkeiten einer bis
dahin unvorstellbaren Ausdrucksfülle in integrer Unschuld.

Diese Lyrik nach Auschwitz ist auch eine über Auschwitz, trotzdem jung-
fräulich, trotzdem rein.

*"Ich finde etwas – wie die Sprache – Immateriëlles, aber Irdisches, Terre-
strisches"*, ortete er 1960 am Ende seiner Darmstädter Rede zum Büchner-
Preise die eigene, neuë, seine wiedergefundene Position oder Oriëntierung
im postfaschistischen Europa: *"etwas Kreisförmiges, über die beiden Pole
in sich selbst Zurückkehrendes und dabei – heitererweise – sogar die Tro-
pen Durchkreuzendes – : ich finde ... einen M e r i d i a n "*[46] – das Radar
eines geistigen Globalismus *après*.

Dieses Bekenntnis also zur deutschen Sprache ebenso wie zu selbstbewuß-
tem Judentum hatte nach seinem schaufelnden und wundersam überlebenden Überleben des sowjetischen, nazideutschen und Antonescu-rumäni-
schen Holokausts im frühen Frühjahr 1944 jenen Entschluß des überlebenden Paul Antschel zur Folge, sein übriges Leben

a l s j ü d i s c h e r L y r i k e r z u ü b e r l e b e n.

Da hinein jedoch wurde sein eben befreites Czernowitz im April 1944 von
der *Roten Armee* der Sowjetunion zunächst wiederholt bombardiert, dann
neuërlich erobert und kampflos okkupiert.

Die Bukowiner wurden von den neuën Besatzern allesamt als Kollaborateu-
re der deutschen und rumänischen Nazis beschuldigt: auch die Juden.

Eine neuë Welle sowjetischer Deportationen setzte ein. Wer undeportiert
blieb, wurde zum Arbeitseinsatz befohlen und mußte Bombenruïnen abtra-
gen oder rumänische Archive zerstören. Selbst Frauën mußten im Bergbau
des Donezbeckens Fronarbeit absolvieren.

Auch Juden mußten abermals Zwangsarbeit leisten. Ihr bekennender Lyriker Paul Antschel wurde abkommandiert, anfangs Kriegstrümmer wegzu-
schaufeln, dann mit einem Handkarren durch sein Czernowitz zu ziehen und
Bücher zu requirieren.

Außerdem unterlag er jetzt der sowjetischen Militärpflicht. Denn noch war
der Krieg gegen Hitler nicht beëndet, und die Juden galten da als sonderlich
haßerfüllte, also zuverlässige Kämpfer gegen die Nazis. Im benachbarten
Galiziën wurden sie der sogenannten *Polnischen Legion* zugeteilt, die jedoch als ausgewiesen antisemitisch galt.

Paul gelang es da, sich als ehemaliger Medizinstudent in einen Ersatzdienst
als *lekarstwi pomotsch* oder Arzthelfer einer *Psychiatrischen Klinik* zu
flüchten, die als veritable Landesirrenanstalt fungierte und wo er als Nacht-
wache sowjetische Soldaten mit Kriegsneurosen oder den Kopfverletzungen
abgeschossener Flieger betreuën mußte.

*"Inmitten der Schwerverletzten, die ihre oft kaum erträglichen Schmerzen
mit Stöhnen und Schreien vergeblich zu betäuben suchten"*, hat er später den
befreundeten Freiburger Germanisten Gerhart Baumann diesen gemeinsamen "Zivildienst" mit seinem jüdischen Klassenkameraden,

> dem Pianisten, Rilke-Übersetzer und Lyrikerkollegen
>
> ***Immanuel Weissglas*** (1920-1979),
>
> einem Überlebenden dreijährigen Zwangsaufenthaltes in rumänisch
> transnistrischen Nazilagern zwischen Dnjestr und *Südlichem Bug,*

protokollieren lassen, *"inmitten dieser Höllenpein saßen die beiden Freunde
über Sonetten Shakespeares, über mittelhochdeutschen Dichtern und Mysti-*

*kern, über Versen von Apollinaire, Gedichten von Trakl [...] . Unsägliche
körperliche Qualen begegneten dem Geist der Sprache, – eine Spannung,
die furchtbarer sich schwerlich ersinnen ließe"*[26].

Bei einem Krankentransport nach Kiëw muß der *lekarstwi pomotsch* Paul
Antschel auf der Hinfahrt wie auf der Rückfahrt im Juli 1944 jenes transnistrische Moldawiën durchquert und jedenfalls Gaissin, vielleicht ja zwischen Teplik und Uman auch das Dorf Mihailowka, jene Tatorte des elterli-
chen Martyriums erst vor einem halben Jahre, gestreift oder gar direkt
durchfahren haben: über *Südlichen Bug* mit Weiden und Espen, über Felder
mit Mühlen, hügelauf- und hügelabwärts, über Straßen, an denen sein ster-
bender Vater geschaufelt hat, über unsichtbare Gräber seiner Nichte Selma
und seines Vaters. Und seiner abgeknallten Mutter ...

Nach diesem Ausflug wieder in *"Czernowitz, 44 (nach der Rückkehr aus
Kiew)"*, notierte der gleichsam neuërlich Verwaiste jene beklemmend und
ungewöhnlich volksliedhafte *"Nähe der Gräber"*

mit jener Bitte um das mütterliche Imprimatur für Verse in deutscher Sprache

und mit einer Eingangsfrage, die an Goethe und dessen Mignon erinnert,
wie die sich nach einem Lande sehnt, *"wo die Zitronen blühn"*:

*"Kennt noch das Wasser des südlichen Bug,
Mutter, die Welle, die Wunden dir schlug?*

*Weiß noch das Feld mit den Mühlen inmitten,
wie leise dein Herz deine Engel gelitten?*

*Kann keine der Espen mehr, keine der Weiden
den Kummer dir nehmen, den Trost dir bereiten?*

*Und steigt nicht der Gott mit dem knospenden Stab
den Hügel hinan und den Hügel hinab?*

*Und duldest du, Mutter, wie einst, ach, daheim,
den leisen, den deutschen, den schmerzlichen Reim?"* [70].

Schon im Herbst 1944 öffneten die Sowjets erneut die Pforten ihrer russisch-ukraïnischen Universität in Czernowitz.

Wirklich konnte Paul nach alledem endlich weiterstudieren.

Aber er wechselte abermals das Studiënfach und widmete sich nunmehr der Anglistik. Dem waren freilich weitgestreute Bemühungen vorausgegangen, Shakespeare's *"Sonette"* zu übersetzen: das 57. gar noch im "Arbeitslager". *"Als er im Jahre 1944 beschloß, englische Literatur zu studieren"*, hat später die vertraute Kommilitonin Dorothea Müller-Altneu berichtet, *"bezauberte er uns mit dem Deklamieren der von ihm geliebten Sonette Shakespeares oder der dunkel verhangenen Verse Blakes"*. Sie fügte hinzu: *"Dieses Genie der Sprache war auch ein Sprachgenie"* (zitiert nach [2]).

Die Studenten dieser dirigistisch konzipierten Hochschule wurden für all ihren Lerneifer zwar mit einem sozialistischen Gehalt honoriert. Aber es entsprach nicht den Teuërungen der damaligen Lebenshaltung. Sprachgenie Paul Antschel verdiente daher hinzu, indem er aktuëlle Artikel und Texte zensurgenehmer Autoren für eine Lokalzeitung übersetzte.

Auch diese Übertragungen aus dem Russischen also ins Ukraïnische mögen da als Exerzitiën jenem *"Überschreiten einer Grenze, also seiner eigenen Situation"* gedient haben, das sein *US*-amerikanischer Biograf John Felstiner noch 1995 als *"Über – Setzen"* aufzuwerten trachtete: *"das Gleiche im Fremden aufsuchen, Identität festhalten"* [8].

Gleichwohl konnte dieser angehende Anglist und Journalist keineswegs Gerüchte überhören, die die sowjetische Absicht kolportierten, alle Juden aus der Bukowina zu vertreiben. Ein anderer Judenhaß war unverkennbar *ante portas*, zumal es auch in anderen Teilen Osteuropas nach der Befreiung von den deutschen Nazis zu nationalistisch antisemitischen Exzessen kam: in der Slowakei, in Ungarn und besonders in Polen mit einem veritablen Pogrom in Kielce und seinen 350 ermordeten Juden.

Wieder stand allenthalben Auswanderung zur Debatte. *"Wie wär's zum Beispiel"*, soll da auch Paul, dieser zionistenkritische Sohn eines ermordeten Zionisten, Anfang 1945 nur scheinbar gefrozzelt haben, *"in Jerusalem anzukommen, zu Martin Buber zu gehen und ihm zu sagen: 'Onkel Buber, hier bin ich, hier hast du mich!'"* (zitiert nach [8]). Eine verzweifelte Ratlosigkeit versuchte da erfolglos, sich in diesem Scherz von einem Asyl beim prominentesten Zionisten zu verstecken.

Aber noch 1958 erinnerte sich Paul Celan in einem Brief an den westfälischen Literaten Harald Hartung dieses *"Antisemitismus in seiner sowjetischen Spielart"* (zitiert nach [8]). Er wich ihm rechtzeitig aus: wenn auch nicht gleich nach Jerusalem.

"Die Hauptsache ist, von hier wegzukommen", hat die befreundete Schauspielerin Ruth Kraft ihn später zitiert: *"Wohin man gelangen wird, ist Nebensache, nur daß es dort Freiheit gibt"* (zitiert nach [2]).

Er dürfte schon damals an Wien, seinen Kinder- und Jugendtraum in jener untergegangenen kakanisch altösterreichischen Diaspora, gedacht haben. Das aber schien jetzt ein Gral in jenem unerreichbaren *Lande Orplid* zu sein, das wirklich allzu *"ferne leuchtet"*.

An das naheliegend nächstgelegene Rumäniën gleich jenseits der Grenze ihrer sowjetisierten Nord-Bukowina mochte er da nur ungern denken: denn *"wir, daheim in der Bukowina, wir, die wir 'Rumänisches' nicht mochten, auch deshalb, weil es uns – uns Juden – die Sprache verbot, die deutsche, auch die Sprache"* [71], hatten so die Probleme einer Minderheit, die von ihrer rumänischen Mehrheit noch vor wenigen Jahren blutig mißhandelt worden war.

Aber Ende April 1945, als im fernen Berlin jener Eltern- und Massenmörder seine letzten Atemzüge schon hätte zählen können, floh Paul Antschel dann doch in dieses ungeliebte Rumäniën.

Seine mütterlich-väterliche Bukowina sollte er nie mehr wiedersehen.

In Rumäniën hatte König Mihai I. schon im August 1944 den faschistischen Diktator Antonescu gestürzt und mit Sozialisten wie Kommunisten jene Regierung der *Nationalen Einheit* unter Constantin Sănătescu eingesetzt, die auch alle judenfeindlichen Maßnahmen ihrer Vorgängerin aufzuheben versprach.

Paul Antschel war daher nur einer von rundum siebzigtausend rumänischen Juden, die in der territorialen Umverteilung nach 1945 ihren sowjetischen Besatzern einen Herzenswunsch erfüllten und aus ihrer bolschewistisch drangsalierten Heimat in das neu autonome Rumänien als in ein anderes *Verheißenes Land* emigrierten.

Ihre Ausreise wurde zwar bürokratisch registriert, aber durch die Verweigerung eines Passes ins Illegale abgeschoben. Hierfür stellte die *Rote Armee* in nachkriegerischer Ermangelung von zivilen Verkehrsmitteln sogar bereitwillig ihre Militärfahrzeuge zur Verfügung: nur um die Juden möglichst loszuwerden. Denn sonst ...

Auch Paul Antschel ließ sich also auf einem dieser vollgepferchten Sowjet-Lastwagen mit den Manuskripten seiner Gedichte und einigen Lieblingsbüchern im Rucksack über die Grenze transportieren. Dort aber zog es ihn strikt in die Metropole Bukarest, deren oriëntalisch-westeuropäische Melange sie auch damals zum legendären *"Paris des Ostens"* machte.

Hier endete für den 24jährigen Paul aus Czernowitz nicht nur die Tortur vieler Lebensjahre im Terror diverser Unfreiheit, sondern recht eigentlich auch seine Jugend. In diesem fremden Bukarest war er frei und autark, aber plötzlich auch erwachsen.

Im makabren Selbstbewußtsein eines mörderisch Verwaisten dürfte da in jenem ersten Bukarester Mai auch der nachhaltige Klassiker aller seiner Gedichte entstanden sein:

"D i e   T o d e s f u g e".

Also stand er jählings auch als Lyriker auf eigenen Füßen.

Das schien sich unproblematisch anzulassen. Denn Alfred Margul-Sperber, *"Doyen der jüdischen Dichter der Bukowina"* und gute zwei Jahrzehnte älter, erwies sich hier als freundschaftlicher Gönner und einflußreicher Verehrer all dieser fremdartigen Poësie aus der gemeinsamen Herkunft. Er bot dem jungen Flüchtling Quartier *"auf dem Küchentisch"* seiner Bojardenvilla und stellte erste Kontakte für ein hiesiges Überleben her.

An der Bukarester Universität nahm dieser Urian sein mehrfach unterbrochenes Studium wieder auf, das er vom Parteiblatt *"Scînteia"* für seine russischkundige Berichterstattung aus sowjetischen Zeitungen finanzieren ließ.

Schon bald jedoch verdiente er sich seinen Lebensunterhalt als Lektor eines rumänisch-sowjetisch vermittelnden Buchverlages für russische Literatur und mit deren Übersetzung ins Rumänische. Hier also übertrug er nichts Geringeres als Romane und Erzählungen von Lermontow, Turgenjew und Tschechow, aber auch ein Drama des sowjetischen Majdanek-Dokumentaristen Konstantin Simonow.

Doch selbst noch hier im befreiten und freïen Bukarest von 1945/46 erwies sich der jüdische Name eines Übersetzers als wenig opportun. Zumindest wurde das verräterisch unerwünschte *Antschel* orthografisch romanisiert und für seine Lermontow-Übertragung zu *Paul Ancel* verändert oder umgeschrieben.

Aber dessen rumänische Version von vier Tschechow-Novellen erschien doch besser unter dem unverfänglicheren Pseudonym *Paul Aurel*, das Schauspiel *"Die russische Frage"* von Simonow auf der Bühne des *Rumänischen Nationaltheaters* unter dem Übersetzernamen *A. Pavel*.

Als jedoch im Mai 1947 unter dem Titel *"Agora, Nummer 1"* vom rumänischen Literaten Ion Caraion eine Anthologie moderner Lyrik auch mit westeuropäischen Originalgedichten herausgegeben wurde, enthielt sie neben Texten von Rilke, Morgenstern, Breton, Henri Michaux und anderen auch drei deutschsprachige Gedichte eines neuen Autors: *Paul Celan*.

Sein neuës *Celan* mochte dieser belesene Lyriker und vormalige Romanist vom italiënischen Franziskaner und Franciscus-Biografen Tommaso da Celano abgeleitet haben, der in seinem 13. Jahrhundert immerhin auch der Autor solcher liturgischer Sequenzen wie des *Dies irae* gewesen sein soll, das seit dem *Tridentinischen Konzil* um 1550 zur katholischen Totenmesse gehört und insofern als *"Tag des Zorns"* auch einen getauften Katholiken wie Adolf Hitler betreffen mochte.

Aber verbreiteter ist die Lesart dieses plötzlichen *nom de plume* als eines antisemitisch provozierten und schützenden Anagramms aus dem Buchstabenarsenal von *Ancel*: *Celan*.

Dessen wachsende Kontakte zur literarischen Szene Bukarests mit ihrer surrealistisch tollkühnen Avantgarde und einem Fokus rumänischer Juden hatten auch eigene lyrische Versuche in der Sprache seiner Gastgeber zur Folge.

Als es aber seinem Mäzen Margul-Sperber im Herbst 1946 gelang, den namhaften Schweizer Literaturkritiker und Valéry-Übersetzer Max Rychner für diesen *Paul Celan* zu interessieren und am 7. Februar 1948 sieben erste Gedichte im noblen Feuilleton der Zürcher Tageszeitung *"Die Tat"* publizieren zu lassen, dürfte sich eine Fortsetzung seiner rumänischsprachigen Lyrik ausgeschlossen haben.

Daran konnte auch ein Abdruck seiner *"Todesfuge"* nichts ändern, der am 2. Mai 1947 als *"Tangoul morţii"* in einer rumänischen Übersetzung seines jüdischen Freundes und Kollegen Petre Solomon in der Bukarester Zeitschrift *"Contemporanul"* zum ersten Male veröffentlicht worden war. Es war auch, just neun Monate vor Zürich, die erste Publikation überhaupt eines seiner Gedichte und erfolgte damals unter dem romanisierten Titel *"Todestango"*.

"Todestango" bezog sich da noch auf jenes populäre Musikstück, mit dem sein Komponist,

der argentinische Bandoneonist und Sänger Eduardo Bianco (1892-1959), schon in ebenjenem Paris, wie Paul Celan es 1939 erlebte, Triumphe feierte

und später auch für Hitler und Goebbels aufspielte, denen solche ethnischen Ohrwürmer angenehmer nach Blut und Boden klingen mochten als der noch modischere, aber verfemte "Negerjazz". Ihre sadistische Perversion, inzwischen historisch, mag da schon böse gewittert haben, daß die signifikante Synkope dieses Tanzes von späteren Analytikern als *"Metapher für die Krisen in der Gesellschaft"* [146)] gedeutet und sein unverzichtbares Bandoneon, ein Instrument genuïn aus dem Erzgebirge, als Stimme der *"Sehnsucht und Hoffnung"* [146)] im Leben der Ausgestoßenen und Aussichtslosen gehört werden wollte.

So wurde Biancos Komposition damals auch zum Schallplattenschlager, den ein SS-Offizier des Vernichtungs-KZs Janóvska in Lemberg, authentischerem Lwów, nunmehr wieder und wieder unter zynisch verändertem Titel eben als *"Todestango"* bei Appellen und Folterungen, beim Gräberschaufeln und bei Hinrichtungen aufzuspielen verlangte. Er verlangte das vom

Lagerorchester,

das nur aus jüdischen Musikern bestand und unter den mitgefangenen Dirigenten **Stricts** und **Mund** spielen mußte [147]. Dieser und jener mag da um sein Leben, um Verschonung oder Begnadigung, gefiedelt haben.

Aber kurz vor der Auflösung dieses Lagers im November 1943 wurden sämtliche Mitglieder seines Orchesters noch penibel ermordet [147].

Vorher scheinen sie aber rechtzeitig noch zur makabren Verbreitung dieses Tangos beigetragen zu haben. Denn *"ich werde es nie vergessen"*, hat der prominente österreichische Neurologe Viktor E. Frankl über seine Haft im Konzentrationslager berichtet,

"wie ich in der zweiten Nacht in Auschwitz aus dem tiefen Schlaf der Erschöpfung erwachte, geweckt durch – Musik:

Der Blockälteste hatte in seiner Kammer, die gleich neben dem Barackeneingang lag, irgendeine Feier veranstaltet, und besoffene Stimmen gröhlten Schlagermelodien. Dann war plötzlich Ruhe – und eine Geige weinte einen unendlich traurigen, selten gespielten, nicht abgedroschenen Tango ... Die Geige weinte – " [148].

Es dürfte da derselbe, es kann auch ein anderer Todestango gewesen sein, der sich da unaufhaltsam zum rhythmischen Ohrwurm oder evergreenen Leitmotiv der NS-Vernichtungslager mauserte.

Aber mit oder ohne jedes Wissen um solche blutige Vorgeschichte des *"Todestango"* erfolgte also jene erste Veröffentlichung eines Gedichtes mit diesem Titel schon unter der Autorenchiffre *Paul Celan*.

So wurde jener 2. Mai 1947 zu einem zweiten Geburtstag des 26jährigen.

Er selbst soll diesen neuen Namen gern als *"Paul Celan: persona gratata"* definiert und dieses Latein als *"der Begnadigte"* verstanden haben. *"Für einen modernen Autor"*, interpretierte das John Felstiner 1995 in der Neuen Welt von *New Haven*, Connecticut, *"schmeckte 'Ancel' [gar 'Anczel' oder 'Antschel'] zu sehr nach der Alten Welt"* [8].

Solche Namensvexiere und deren Neugeburten mögen es diesem Paul jedenfalls erleichtert haben, den Nazi-Horror der jüngsten Jahre zumindest zu verdrängen. Augenzeugen haben seine Bukarester Rückkehr zu früherer Komödiantik in scheinbar unbelasteter Heiterkeit und mit vermeintlich übermütigen Gesängen beschrieben. So konnte sein Monograf Helmut Böttiger noch 1996 wohl zurecht vermuten: *"Die Zeit der Bukarester Bohème erscheint im Nachhinein als die glücklichste Zeit in Celans Leben"*. Er belegt diese anfechtbare These mit dem Zitat eines Pariser Briefes von 1962 an Petre Solomon: *"Ich hatte, es ist lange her, Dichter-Freunde: das war zwischen 45 und 47 in Bukarest. Ich werde es nie vergessen"* (zitiert nach [3]).

Er hatte hier auch eine Freundin, Lia Fingerhut, an die er noch später immer schmerzbewegt denken mochte, wenn er weitverstreut in seinem *opus* das Wort *Paulownien* als Synonym für den *Blauglockenbaum* verwendete und damit ein Fingerhut-Gewächs zu meinen vorgab, das lebensgefährlich giftig ist und ihm als *"geheimes lyrisches Losungswort"* [3] für einen todbedrohten Lebensbaum diente: als slawistische Erweiterung auch seines eigenen Vornamens. Schon *"Drüben"*, das Entree seines ersten Gedichtbands *"Der Sand aus den Urnen"* von 1948, beginnt und endet zwar mit der Czernowitzer Reminiszenz *"Erst jenseits der Kastanien ist die Welt"*, aber zitiert überdies den anonymen Fluggast eines nächtlichen Windes:

" 'Bei mir ist Engelsüß und roter Fingerhut bei mir!
Erst jenseits der Kastanien ist die Welt ...' " [4]

Vielleicht ahnte er damals schon im Voraus, wie sich diese Bukarester Arzttochter, mit der er bei einer Karpaten-Wanderung *"in Schutzhütten"* schlief und *"nach ein paar glücklichen, also geschichtslosen Tagen"* mit dem Gesang revolutionärer Lieder in den Alltag zurückkehrte, fünfzehn Jahre später selbst das Leben nehmen sollte.

Doch auch schon damals, 1946 in Bukarest, wurde er vom Freitod einer jungen Frau umso übermäßiger bewegt, als er selbst schon vor fünf Jahren in Czernowitz versucht hatte, freiwillig aus dem Leben zu scheiden: niemand hat je erfahren, wie ernst oder unernst es ihm damals damit war. Aber mehrfache Selbstmorddrohungen hat später auch sein Mitschüler Immanuel Weissglas aus der gemeinsamen Gymnasialzeit bezeugt.

Pauls Freundin Ruth Kraft hat ergänzt, wie er sich auch in Bukarest von jeglichem Freitod persönlich getroffen und angesprochen fühlte. Eine latente Todessehnsucht datierte da jedenfalls schon früh.

Wirklich wurde seine Bukarester Situation 1947 immer bedrohlicher. Die Bukowina wurde definitiv der Sowjetunion zugeschlagen, jede Heimkehr also ausgeschlossen.

Aber in Rumäniën wurde der Status eines stalinistischen Satellitenstaates auf allen Lebensgebieten fast täglich irreversibler zementiert. Verstaatlichungen und Währungsreform trugen überdies zur wirtschaftlichen Verelendung bei und widerrieten daher auch die zugesagte Rückkehr von Juden ins Geschäftsleben. Die verheißene Rückerstattung faschistisch entwendeten Eigentums unterblieb da ebenso wie jegliche staatliche Unterstützung.

380 000 *"Juden in Rumänien blieben Bürger zweiter Klasse"*[73)] ohne Aussicht auf die rumänische Staatsbürgerschaft oder auch nur die Genehmigung, sich in einer der größeren Städte niederzulassen. Bald schon hätten sie zu achtzig Prozent einer medizinischen Betreuung bedurft.

Paul konnte sich da nicht verhehlen, was das alles für einen Juden in diesem Lande für Folgen haben mochte. Viele Verängstigte flohen schon nach Ungarn, das sie aber nach Rumäniën zurück- und abschob, wo sie verhaftet und erschossen wurden.

Im Herbst 1947 war Paul Antschel einer jener vierzigtausend Juden, die aus diesem antisemitischen Rumäniën flüchteten. Wie zwanzigtausend andere zog es auch ihn nach Österreich, dem seine Heimat runde 150 Jahre lang als östlichstes Kronland angehört hatte. Sein Geburtsort Czernowitz war kulturell immer ganz nach Wien oriëntiert gewesen: mit Wiener Zeitungen in Wiener Cafés, mit Wiener Lektüre und Verwandten in Wien, die Wiener Geschenke brachten: für den Neffen Paul bis in dessen obere Gymnasialklassen immer wieder einen Tiroler Trachtenanzug, der zu seinem exotischen, auch erotischen Kennzeichen wurde und halt aus Wien kam. Dort unterhielten sich die Menschen auch in der Sprache seiner angesammelten Gedichte ...

Aber dieses Wien war auch von Bukarest noch immer achthundert Kilometer entfernt. Eine Flucht dorthin, die damals einzig zu Fuß erfolgen konnte, dauerte je nach Witterung vier bis sechs Wochen und mußte zwei Grenzen überwinden.

Eine davon, die ungarisch-österreichische war seit Mai 1947 gesperrt und hatte schon rund tausend Flüchtlinge nach Rumäniën und in die drakonischen Verurteilungen des dortigen Strafvollzuges zurückkehren lassen: bestenfalls in Gefängnisse, Enteignung und Verlust der Bürgerrechte.

Im Dezember 1947 wurde dann auch noch die zweite, die rumänisch-ungarische Grenze, wo erste Flüchtlinge bereits erschossen wurden, hermetisch abgeriegelt. Da hätte auch kein Paß mehr was geholfen.

Aber Flüchtlinge aus der Bukowina wurden in Bukarest ohnehin in die Illegalität abgeschoben, indem ihnen Ausweispapiere verweigert wurden: um *"unliebsame Volksgruppen diskret zu vertreiben"*[2].

Paul Antschel gehörte so zu den letzten Flüchtlingsgruppen, denen ein Ausbruch überhaupt noch gelang. Er floh unter falschem Namen, wieder mit einem Rucksack voller Gedichte und seinen wenigen Ersparnissen, mit denen er die gut organisierten, aber teuren Schlepper über die erste dieser Grenzen bezahlte. Dort halfen ihm ungarische Bauern durch die winterliche Ungastlichkeit ihres Landes. Oft übernachtete er in überfüllten Bahnhöfen und wartete da auf Züge, die nicht kamen.

Endlich in Budapest, pausierte er eine Woche, aber versteckte sich im Rotlichtviertel vor der ungarischen Polizei. Es war

"e i n e   f u r c h t b a r   s c h w e r e   R e i s e"[74].

Aber am 17. Dezember 1947 traf er wirklich in Wien ein.

Hier galt er zunächst als *displaced person* und kam zu andern Flüchtlingen, Heimkehrern, Freigelassenen und sonstigen Entwurzelten oder Heimat-, Staaten-, Mittel- und Obdachlosen dieser europäischen Völkerwanderung des Nachkriegs in eins der hiesigen Lager für solche unerbetenen Vertriebenen, Verschleppten, *"Versetzten"*, Asylanten oder Ahasveri des 20. Jahrhunderts. In Nationalitäten aufgeteilt, gab es hier allein für ratlose Juden ganze dreizehn solcher Sammelstellen, die Earl G. Harrison, *US*-Kommissar für Einwanderung, in seinem Bericht für den amerikanischen Präsidenten mit Konzentrationslagern verglich: *"mit der Ausnahme, daß wir sie nicht vernichten"* (zitiert nach [75].

Paul Antschel war zwei Wochen lang in mehreren dieser Lager, anfangs im ehemaligen Rothschild-Spital, das am *Währinger Gürtel* binnen vier Jahren

circa 170 000 displacierte Juden beherbergte. Dieses Krankenhaus, das
Baurat Wilhelm Stiassny, ein jüdischer Stararchitekt, dreißigjährig im Auftrage Anselm Freiherrn von Rothschilds, seinerzeit reichsten Europäers, als
Denkmal für dessen Vater 1873 errichtet hatte und das seither 65 Jahre lang
mit seinen 150 Betten als Hochburg medizinischer Pflege und Ausbildung
galt, war seit 1938 die einzige NS-Klinik für Juden und seit 1942 ein SS-
Krankenhaus gewesen. 1945 hatten mehrere Bomben es stark beschädigt
und Plünderungen zugänglich gemacht. Ohne Strom und Heizung, ohne
Fensterglas und warmes Wasser diente diese Ruïne jetzt als Asyl für bis zu
achttausend Menschen gleichzeitig mit Notquartieren auch in Gängen und
Kellern, im Dachboden und Garten.

So war Paul Antschel in seinem Mekka also abermals zum Lagerbewohner
erniedrigt worden. Nur durch Kontaktadressen seines Bukarester Gönners
Margul-Sperber konnte er dieses Lagerleben nach vierzehn Tagen gegen eine erste Pensionsadresse in der Rathausgasse vertauschen, wo er *"in einem
kleinen möblierten Zimmer mit andern rumänischen Flüchtlingen zusammen"* [76] hauste.

Aber überraschend schnell konnte er von hier aus erste berufliche Erfolge
verbuchen. *"PLAN"*, Otto Basils beachtete Zeitschrift für *"Kunst · Literatur ·
Kritik"*, von Margul-Sperber im Voraus mit Manuskripten und Lorbeer beliefert (*"das einzige lyrische Pendant des Kafkaschen Werkes"*), druckte
schon unter dem menetekelhaften Titel *"Der Sand in den Urnen"* siebzehn
Gedichte dieses Paul Celan ab: im 6. Heft seines 2. Jahrgangs. Denn *"seit
Trakl hatte kaum mehr ein Dichter einen so großen Eindruck auf mich gemacht"*, hat Otto Basil schwärmerisch überliefert (zitiert nach [76]).

Es war zugleich sein letztes Heft und für den jungen Lyriker, der mit
"schmalem Gesicht und dunklen, traurigen Augen" [77] sehr *"bescheiden,
verklemmt, beinahe furchtsam"* (zitiert nach [8]) einen *"verhungerten und
abgerissenen Eindruck"* [76] machte, schon damals *"nur eine Zwischensta-
tion"* (zitiert nach [8]).

Erwin Müller, Basils Verleger, bot Celan zwar an, unter diesem selben Titel
und Autorennamen einen ganzen eigenen Gedichtband herauszugeben. Aber
den ausbedungenen Druckkostenvorschuß, den neuë Freunde ihm in Höhe
von zweitausend Schillingen hergeliehen hatten, veruntreute dieser Müller,
in Antschels Augen aus antisemitischer Schikane eines russischen Juden.

Das Projekt zerschlug sich ebenso wie die versprochene Rückerstattung des stiebitzten Geldes.

Aber all die publizierten Gedichte im *"PLAN"* und zeitgleich in der Zürcher *"Tat"* hatten hinlänglich Anklang gefunden, um diesem neuen Poëten Übersetzungen von Texten André Bretons und Aimé Césaires, die organisatorische Mitarbeit an einer Ausstellung hiesiger Surrealisten in der progressiven *Agathon Galerie* und die Zusammenarbeit eben mit dem Surrealisten Edgar Jené an einem Prosatext einzubringen, der *"Eine Lanze"* hieß und mit diesem *Lanze* schon spielerisch ein anderes frühes Anagramm für *Celan* eingeschleust haben mag, wie es 1994 im fernen Baltimore von Aris Fioretos [145] vermutet wurde.

Aber eben in jener selben *Agathon Galerie* fand dann seine erste öffentliche Lesung eigener Gedichte statt und hatte eine weitere im österreichischen Rundfunk zur Folge: schon mit *"viel Lob"* für den *"größten Dichter in Österreich und – soviel man wisse – auch in Deutschland"* [78] .

Freunde fürs Leben, die er gleichwohl nie zu sich einlud oder seine Mitbewohner treffen ließ, standen hier dennoch Schlange: Milo Dor, Reinhard Federmann, Edgar Jené, Klaus Demus – und Ingeborg Bachmann. Ihr soll er schon im Januar 1948 begegnet sein und just im *Internationalen Arbeitsamt*, wo die 22jährige als Aushilfskraft ihre Dissertation über eine *"Kritische Aufnahme der Existentialphilosophie Martin Heideggers"* finanzierte, jenen Dialog zwischen Lyrikern oder lyrischen Dialog eingeleitet haben, der zu einer Liebe erblühte und von beiden auch literarisch festgehalten wurde: *"getauscht, um getröstet zu sein"* [79] .

Von den vielen Gedichten, die Paul Celan dieser jüngeren Kollegin, fast Schülerin widmete (*"f. d."* = *"für dich"*), sprach *"In Ägypten"* 1949 über seinen Beischlaf mit einer Fremden *in memoriam* vieler unverschmerzter Jüdinnen:

"Seht, ich schlaf bei ihr!
Du sollst die Fremde neben dir am schönsten schmücken.
Du sollst sie schmücken mit dem Schmerz um Ruth, um Mirjam und Noëmi.
Du sollst zur Fremden sagen:
Sieh, ich schlief bei diesen!" [80]

So integrierte er die junge Bachmann,

der schon *"der Einmarsch von Hitlers Truppen in Klagenfurt"* beim sogenannten *"Anschluß"* 1938 *"etwas so Entsetzliches"* war, daß damals *"meine Kindheit zertrümmert"* wurde [81)],

in seine eigene blutende Biografie und machte dieser Tochter wahrhaftig eines NSDAP-Mitglieds schon vor Adornos fatalem *Dictum* die Problematik einer Lyrik nach Auschwitz bewußt.

"Bachmann hat sich", weiß der Publizist Helmut Böttiger, *"durch die Begegnung mit Celan befreit und berufen gefühlt, 'Lyrik nach Auschwitz' zu schreiben"* [3)].

Seinerseits hat Celan bei der Bachmann unverkennbar auch Vergessen gesucht. *"Wir lieben einander wie Mohn und Gedächtnis"*, verkündet er in *"Corona"*, dem letzten Gedicht einer ganzen Sequenz dieses Titels, den wenig später sein erster autonomer Gedichtband trug: *"Mohn und Gedächtnis"* oder Verschlafen und Erinnern — auch an *challah*, jenes Mohnbrot zum Sabbat in der Bukowina. *"Mein Zimmer ist momentan ein Mohnfeld"*, schrieb die Bachmann in jenem Mai 1948 an ihre Eltern, *"da er mich mit dieser Blumensorte zu überschütten beliebt"* [82)] : wohl um ihn möglichst auch selbst vergessen zu lassen.

Aber auch profanere Probleme erschwerten diese Liebe aktuëll.

Hans Weigel (1908-1991),

nach schweizerischem Exil in der Nazizeit Jahrzehnte lang nörgeliger, von Käthe Dorsch auch geohrfeigter, von Raoul Aslan *in effigie* abgeurteilter Beckmesser des Wiener Theaters,

hat in seinem Schlüsselroman *"Unvollendete Symphonie"* humorig beschrieben, wie Celan ihm, ein Jude also dem andern, jene christliche Geliebte wegnahm, die aber hiernach erst zum Erzähler zog, um seinem obdachlosen Nachfolger ihre eigene Wohnung im sechsstöckigen Hinterhofkomplex der authentischen Beatrixgasse zu überlassen: wie das alles auch leibhaftig so erfolgt war.

Freund und Kollege (*"den ich mag"* [83)])

Milo Dor (1923-2005),

aus serbischer Familie, aber in Budapest geboren und im Banat aufgewachsen, so daß _"wir beide ein und derselben Welt entstammten"_[65],
war 1942 als jugoslawischer Widerstandskämpfer von der deutschen
Besatzung verhaftet und zu Gefängnis-, aber auch Lageraufenthalten
verurteilt, dann als Fremdarbeiter nach Wien abgeschoben und erneut
in _"Schutzhaft"_ genommen worden, bevor er nach 1945 dort sein Leben als deutschsprachiger Schriftsteller begann und mit seinem jüdischen Co-Autor Reinhard Federmann 1953 Paul Celan _alias_ Petre
Margul ins Zentrum ihres Romans _"Internationale Zone"_ stellte.

Auch vorher und nachher berichtete Dor in mancherlei Gestalt über Paul
Celan und ihre _"Freundschaft auf den ersten Blick"_: _"Wir hatten eine kaput-
te Vergangenheit hinter uns und eine fragwürdige Zukunft vor uns"_, aber
_"wollten Zeugnis ablegen über die Zeit der Verachtung und der Gnadenlo-
sigkeit"_[84].

Aber als ein junger Germanist aus Deutschland später manisch zu enthüllen
trachtete, daß Celan und Bachmann auch sexuëll ein Paar gewesen seïen,
beschied ihn Milo Dor als befragter Freund und Kronzeuge so: obwohl _"die
beiden eine Liebesbeziehung hatten, könne ich nicht beschwören, daß sie je
einen Liebesakt vollzogen hätten"_[84]. Ihr Kontakt war eng und tief; wie sehr,
braucht niemand mehr zu wissen.

Aber noch ein dritter Roman aus jenen Wiener Nachkriegsjahren stellte diesen selben migranten Paria in den Mittelpunkt seines Geschehens: _"Malina"_
von Ingeborg Bachmann, dieser erste Teil ihrer Trilogie namens _"Todesar-
ten"_ mit der Figur des Fremden in einer Baracke und dem Ich-Erzähler Ivan
als Spiegelungen Celans und einer Integration von _"Bildern und Wortwelten
aus dessen Wiener Zeit in ihrem eigenen Entwurf"_[3].

Aber auch noch in ihrer späten Erzählung _"Drei Wege zum See"_ ist Celan,
recte ja Teitler, als Franz Joseph Trotta, Sprößling von Joseph Roth, im
Wien von 1948 _"das Ende ihrer Mädchenzeit"_ und _"die große Liebe, die unfaßlichste, schwierigste zugleich [...] , weil er sie zum Bewußtsein vieler
Dinge brachte, seiner Herkunft wegen, und [...] weil er sie, erst nach sei-_

*nem Tod, langsam mit sich zog in den Untergang, sie den Wundern entfrem-
dete und die Fremde als Bestimmung erkennen ließ"*[85].

Das erschien zwar erst zwei Jahre nach Celans Tod, doch schon damals, in
jenem Wien vor fast 25 Jahren, *"sagte er zu ihr: Ich habe herausgefunden,
daß ich nirgends mehr hingehöre, mich nirgends hinsehne, aber einmal hab
ich gedacht, ich hätte ein Herz und ich gehöre nach Österreich. Doch es
hört alles einmal auf, es kommt einem das Herz und ein Geist abhanden,
und es verblutet nur etwas in mir, ich weiß aber nicht, was es ist"*[85].

Hier war Bachmanns erzählerische Fiktion zum biografischen Dokument
mutiert. Denn wirklich hatte Celan in seinem Donaumekka nicht mehr jenes
kakanische Wien Franz Josephs, geschweige Maria Theresias vorfinden
können. *Anno* 1948 war es *"eine tote Stadt"* und *"sah genau so aus, wie sie
Carol Reed in seinem Film Der dritte Mann geschildert hat"*[84]: abscheulich
entzaubert oder ausgeblutet, ungastlich, abstoßend, charmeloses Erbe von
Arthur Seyß-Inquardt und Baldur von Schirach, jenem Lyriker sehr anders-
artiger Verse aus Wien, und international kriminalisierter Schwarzmarkt für
illegalen Handel mit jenem Penicillin (das damals für Graham Greene und
Carol Reed dieselbe Rarität dargestellt haben dürfte wie für ihren Harry
Lime und für Paul Abrahams *US-Ärzte* im *Bellevue* oder *Creedmore State
Mental Hospital* in Queens. So schließen sich manchmal Kreise unverhofft,
und Eppendorfer Lügen haben viel kürzere Beine als TV-berechnet ...).

Für Celan war das alles ein erstes Umfeld nicht nur in deutscher Sprache,
sondern auch ohne Juden. Richtig hatte Alois Brunner, SS-Hauptsturmführer aus Ungarn, auch Wien auf Befehl von Adolf Eichmann perfektioni-
stisch *"judenfrei"* gemacht: von knapp 200 000 Wiener Juden vor 1938 waren etwa 120 000 emigriert und rund 65 000 ermordet; etwa 2 000 hatten in
Verstecken oder Ehen überlebt, etwa 1700 waren aus Lagern zurückgepil-
gert. Fast alle Synagogen waren zerstört, *"Thorarollen und Gebetbücher
verbrannt oder gestohlen, religiöse Vereine und Stiftungen aufgelöst und
sämtliche Friedhöfe geschändet und enteignet"*[86].

Zwar hatte Viktor Matejka, vormals Löhner-Bedas Zellengenosse, als musi-
scher *Stadtrat für Kultur und Volksbildung* schon 1946 eine Großausstel-
lung *"Niemals vergessen!"* im *Wiener Künstlerhaus* durchgeführt und im
November 1947 in der *New Yorker* Emigrantenzeitung *"Austro American
Tribune"* einen *Offenen Brief* *"An die österreichischen Künstler und Wis-*

senschaftler in den USA" wie auch an alle *"Freunde der Kunst, Kultur und Wissenschaft Österreichs"* gerichtet: sie zur Heimkehr aufgefordert.

Die Reaktion war noch äußerst zögerlich und skeptisch. Denn auch zu Hause in Wien war jegliche Besinnung auf die Untaten in der jüngsten Vergangenheit eher unwillkommen. Allzu viele Wiener nämlich *"waren sich keiner Schuld bewußt"*[84]. Von Aufarbeitung konnte keine Rede sein. Die offiziëlle Prozedur einer Entnazifizierung wickelte sich kurz und möglichst schmerzlos ab. Schon *"das Nationalsozialistengesetz von 1947 stieß auf breite Ablehnung"*, hat Helga Emsbacher festgehalten und so begründet: *"Die Verfolgung der Nationalsozialisten wurde von der breiten Masse zunehmend als ungerecht empfunden; die Wirtschaft rief nach Fachkräften"*[86].

So kam es im April 1948, als Celan sich just in Wien zurechtzufinden versuchte, zur pauschalen Amnestie aller Minderbelasteten. Das war ein Freispruch *"für 480 000 ehemalige Nationalsozialisten, die somit wieder wahlberechtigt waren"*[86]. Demnach *"wurden fast 90 Prozent der ehemaligen Nazis über Nacht wieder zu ehrbaren Bürgern"*[75]. Von 1600 Autoren, deren Werke 1945 aus NS-politischen Gründen gesperrt worden waren, galten jetzt nur noch sechs als *"belastet"*.

Die Rollen vertauschten sich sogar. *"In den Köpfen vieler Bewohner, die nicht begreifen wollten, warum ihnen das alles angetan wurde"*[84], *"stilisierte sich Österreich zum ersten Opfer der nationalsozialistischen Aggressionspolitik"* und wurde demnach *"zuerst von Deutschland okkupiert und dann in den Krieg gezwungen"*[75]. Schon 1947 *"sahen 71 Prozent der Befragten keine Mitschuld Österreichs am Zweiten Weltkrieg"*[75] und

Peter Herz (1895-1987),

jener jüdisch emigrierte und englisch internierte Autor von Drehbüchern, Hörspielen, Operetten-Libretti, Schlager- und Kabarett-Texten,

pointierte, man sei *"statt eines aktiven Widerstandskämpfers ein passiver Unrechtsertrager geworden"*[86].

Eine ähnliche Mehrheit lehnte jetzt auch *"jede moralische Verantwortung für die Judenverfolgung ab"*[86]. Die neuën demokratischen Parteiën defi-

nierten einen offiziëll gemeinsamen *"Opferbegriff"*, in dem aber Juden gar
nicht enthalten waren. *"Überlebende Juden"*, weiß Helga Emsbacher, *"störten diesen österreichischen Konsens"* nicht zuletzt durch *"ihre Forderungen
nach der Rückstellung von einigen tausend der rund 63 000 'arisierten'
Wohnungen und von geraubtem Besitz"*[86].

Damit freilich erzeugten sie nur *"Abwehrreaktionen"* und jene *"antisemitische Stimmung"*, die von ausländischen Beobachtern schon damals in Österreich registriert wurde. Sie war *"an allen Ecken und Enden zu spüren"*, bestätigt auch Helmut Böttiger: *"hier war es noch leichter als in der Bundesrepublik, als Nazi unter- und dann wieder aufzutauchen"*[3].

Die wenigen jüdischen Remigranten wurden ebenso wie die vielen tausend
durchreisenden Juden als *displaced persons* kurzer Hand *"zur Zielscheibe
altbekannter Vorurteile"* und *"antisemitischen Beleidigungen ausgesetzt"*[75].
Viele von ihnen wurden daher *"das Gefühl nicht los, unter Mördern zu leben"* oder *"verübten nach der Befreiung Selbstmord"*[86].

Paul Antschel-Celan war nach den Erlebnissen seiner letzten Jahre allzu
sensibilisiert, um alles das nicht seismografisch zu registrieren. Schon nach
drei ersten Wiener Monaten unterschrieb er einen Brief an seinen Bukarester Freund Petre Solomon als *"trauriger Dichter teutonischer Zunge"* (zitiert nach [8]). Nach Zürich klagte er, man behandle ihn in Wien wie einen
"nach hiesigen Begriffen in Rußland geborenen Flüchtling"[87].

Wirklich brachte dieser sonst meist so fruchtbare Poët in seiner Wiener Zeit
nur sechs Gedichte zu Papier: fast also gar keins. Eins davon weiß:

*"es ist Zeit, daß man weiß. [...]
Es ist Zeit, daß es Zeit wird.*

Es ist Zeit"[89].

Später zittern seine Wiener Monate noch in einem Gedicht nach, das 1959
im Bande *"Sprachgitter"* erschien, aber unverkennbar jenes ungastliche
Wien von 1948 beschreibt. Es heißt *"Bahndämme, Wegränder, Ödplätze,
Schutt"* und erinnert an seine Wanderungen durch jene Stadt Carol Reed's:

*"Die Luftschleier vor
deinem verzweifelten Aug"*[91].

Aber nur in Klammern erwähnt er dann auch seine Besuche im NS-Groß-
wiener Marchfeld mit seiner Schottersteppe und dem Strasshofer Arbeitslager für 15 000 ungarische Juden, in den Augärten, wo die *Organisation Todt*
diese Zwangsarbeiter beim Bau ihrer fünfzig Meter hohen Flaktürme, ihren
höchsten überhaupt, zu Frondiensten nötigte, und nicht zuletzt in jenem
Wiener Prater, von dem er wußte, daß er auch den Nazis als Vergnügungs-
park diente, indem sie hier tunlichst am Sabbat willkürlich aufgegriffene Juden, auch Greise und Frauen, auch Schwangere, zur "Belustigung" so lange
als leibhaftiges Karussell nach "Ringelspiel"-Art im Kreise hetzten, bis die
Gejagten bewußtlos oder tot zusammenbrachen:

"(Die Augärten, damals, das
gelächelte Wort
vom Marchfeld, vom
Steppengras dort.
Das tote Ringelspiel, kling.
Wir
drehten uns weiter)" [91)].

Noch 1972 ließ die geliebte Österreicherin Bachmann ihren verschlüsselten
Novellenhelden Trotta-Teitler-*recte*-Antschel über ihre Landsleute sagen:

"denen war die Gemeinheit, der Genuß an jeder erdenklichen Brutalität
wirklich in die Visagen geschrieben" [85)].

Aber vollends die vierfache Besatzung Wiens durch vier Siegermächte
mochte diesem vielfach Besatzungs- und Siegermachtgeschädigten ein Gefühl der Unfreiheit vermitteln, das er nicht ertragen konnte.

Als er sich Anfang Juli 1948 *"Auf Reisen"* [92)] begab, verabschiedete er sich
von der Bachmann in seinem *"Lob der Ferne"* mit dem Gelöbnis

"abtrünnig erst bin ich treu;
ich bin du, wenn ich ich bin",

also den eigenen Gesetzen folgsam, aber

"wir scheiden umschlungen.

Im Quell deiner Augen
erwürgt ein Gehenkter den Strang" [93)].

Die Bachmann begriff das und schrieb ihm hinterher: *"Für mich bist Du Du, für mich bist Du an nichts 'schuld' "* (25. August 1949 [150)]).

Doch das Grauën dominierte. *"Ich blieb nicht lange"*, bilanzierte er diese Zeit noch 1952 für den Stuttgarter Hörfunkredakteur Karl Schwedhelm mit der komplexen Begründung: *"Ich fand nicht, was ich zu finden gehofft hatte"* [94)].

Noch 35 Jahre später attestierte Freund Gerhart Baumann: *"Was Wien für ihn auf dem Wege nach Paris bedeutete – und diese Bedeutung ist kaum zu überschätzen –, – darüber gab er weder Auskunft noch eine Begründung für seine Zurückhaltung"* [26)].

So aber hat Paul Celan in seinem ganzen Leben nur dieses eine Wiener Halbjahr lang in einem Lande zu wohnen versucht, das die Sprache seiner Mutter und seiner Gedichte sprach.

Die Abreise stand schon spätestens in seinem vierten Wiener Monat, im April 1948, fest [95)], fand dann aber Hals über Kopf statt: wie eine Flucht.

Denn der Zeitpunkt war denkbar ungeeignet. Sein erster Gedichtband, *"Der Sand aus den Urnen"*, war just in der Druckerei und sollte baldigst erscheinen. Die Korrekturabzüge standen ins Haus. Der Umschlag mußte noch entschieden werden. Kurz: in diesem Moment, auf den er seine bisherigen 27 Jahre lang zugelebt hatte und der den Amateur zum professionellen Lyriker werden lassen sollte, flüchtete er in die absolute Ungewißheit.

Trotzdem überließ er die Fertigstellung seines heiß ersehnten Buches dem befreundeten Ehepaar Jené und floh.

Wien muß ihn unvorstellbar frustriert, belastet, enttäuscht und abgestoßen haben. Kein Tag länger mochte ihm noch erträglich scheinen: *"Mir wurde es in Wien immer ungemütlicher"* [87)].

Er floh über Innsbruck, von wo aus er im nahen Mühlau das Grab seines Leitsterns Georg Trakl besuchte und wo dessen Mentor und Editor, der bedeutende Poëten-Entdecker

Ludwig von Ficker (1880-1967),

der seinen Platz auf der Naziliste *"schädlichen und unerwünschten Schrifttums"* mit Kontakten zu Widerstandskämpfern und jüdischen Emigranten wundersam überlebt hatte,

ihn mit seinen vorgelesenen Versen ins Herz schloß, bewegt *"auf das Jüdische meiner Gedichte einging"* und ihren Autor zum Nachfolger der großen Lyrikerin

Else Lasker-Schüler (1869-1945)

erkor, die erst vor gut drei Jahren, noch im Januar 1945, armselig in der Fremde ihres palästinensischen Exils gestorben war, nachdem die Schweiz dieser 64jährigen Immigrantin und tätlich angegriffenen Jüdin aus Berlin schon 1933 die Arbeitsgenehmigung verweigert hatte.

Ähnlich obdachlos stand nun im Sommer 1948 auch ihr erklärter Erbe Paul Celan an Trakls Grab. Denn wohin sollte, konnte, dürfte, wollte er jetzt? Deutschland, seine sprachliche Heimat, kam nicht in Frage.

Doch *"für einen aus Bukarest war es selbstverständlich, daß man nach Paris ging"*, kommentierte Milo Dor die Emigration so vieler rumänischer Künstler an die Seine.

Aber ohne Paß?

In Innsbruck wartete dieser hoffnungsvolle Stafettenträger der Lasker-Schüler und Trakls auf eine Einreisegenehmigung des französischen *Hochkommissars in Österreich* für den staatenlosen Studenten Paul Antschel ins Frankreich Valérys und Rimbauds. In Paris ebnete inzwischen der 23jährige rumänisch jüdische Ethnologe Isac Chiva, dem der flüchtige Celan jüngst flüchtig in Budapest begegnet war, mit seinem halbjährigen Vorsprung die bürokratischen Schleichwege oder Dschungelpfade.

Nach drei Jahren sollte just er es sein, durch den Celan im *Musée des Arts et Traditions Populaires* seine spätere Frau kennenlernte.

Denn am 13. Juli 1948 traf Paul Celan wahrhaftig in Paris ein, wo ihn außer einigen touristischen Vorkriegsreminiszenzen einzig Fremde erwartete. Trotzdem sollte er es nur noch für Reisen verlassen.

Er bezog ein Hotelzimmer schon in der schicksalhaften *Rue des Écoles* seines ermordeten Onkels Bruno Schrager. Er immatrikulierte sich an der Sorbonne als Student im vierten Anlauf nunmehr der Germanistik und Sprachwissenschaft: historisch vor- und außerfaschistischer Manifeste des Mörderidioms. Nach jedem nächsten Semesterende erwarb er dort die angestrebten *Certificats d'Études littéraires, de littérature étrangère* und *d'Études pratiques* jeweils mit dem Prädikat *"Assez bien"*.

Schon im Sommer 1950, nach nur zwei Jahren, beëndete er sein Studium mit dem Erwerb der *Licence ès lettres*, seiner höchsten akademischen Abschlußprüfung, und begann, mit einer Magisterarbeit über Kafka für das *Diplôme d'Études Supérieures* der Sorbonne zu arbeiten.

Seinen Unterhalt bestritt er zunächst durch ein Stipendium der *Entr' aide universitaire* für staatenlose Studenten, mit Deutschunterricht an der *Berlitz School* und für Privatschüler. Ferner übernahm er solche "Brotübersetzungen" wie immerhin Cocteaus *"Lettre aux Américains"* für einen deutschen, und französische wie rumänische Gedichte für einen österreichischen Verlag in Bachmanns Klagenfurt.

Aber er war auch Fabrikarbeiter in einem Elektrizitätsbetrieb.

Doch schon im September 1948 traf tatsächlich aus Wien sein fertiges erstes Buch ein: *"Der Sand aus den Urnen"*. Mit der *"Todesfuge"* inmitten, die er *"mehrfach als einziges Grabmal seiner Mutter bezeichnet hat"*, stellte es nicht etwa nur das *"Weltvertriebensein"* seines *"Sandvolks"*[96] dar, wie es *"in der Wüste auf die Verheißung des Gelobten Landes wartet, um dann in alle Winde verstreut zu werden wie ein Flugsand"*, sondern bezog sich auch auf die Scho'ah: *"zermahlen ist der Leib Israels, zu Asche verbrannt, zu Staub zerfallen"*[97]. Um nichts Geringeres ging es ihm in diesem ersten Buch, das nun ausgedruckt und gebunden vor ihm lag.

Aber *"Wie groß war mein Entsetzen, als ich es bekam!"*, schüttete er schon kurz danach jenem Zürcher Sympathisanten Max Rychner sein Herz aus: es *"erschien voller Druckfehler, mit dem geschmacklosesten Einband, den ich je gesehen, und obendrein mit zwei Illustrationen eines Freundes, der Maler*

*ist und der es nicht unterlassen konnte, mein Buch mit zwei Beweisen äußer-
ster Geschmacklosigkeit zu versehen. Und die Druckfehler waren von der
entsetzlichsten Sorte! Ich war gezwungen, telegraphisch zu veranlassen, das
Buch aus dem Verkehr zu ziehen"* [98].

Solche Selbstkasteiung, solcher Verzicht war ernst gemeint und dürfte in
der damaligen Situation dieses Autors schon einem Selbstmord ähnlich gesehen haben. Er nannte sich einen *"Wanderer im Dunkeln"* [98] und beschuldigte den befreundeten Illustrator Jené, seinem textlich hier vollzogenen
"Aufstieg in das Untere" nicht gefolgt zu sein.

Aber auch noch eine solche Zerstörung seines ersten Buches,

das er (mitsamt der *"Todesfuge"* für seine Mutter) selbst als *"Gehversuche
des Knaben"* bezeichnet hatte, wie er *"wirklich völlig fertig – dem Haupte
des Zeus entsprungen sei"* [99], und von dessen späteren, gereifteren Nachfolgern er ja just damals im fremden Paris noch nichts ahnen konnte,

dauérte in Wien vier ganze Jahre. Erst im März 1952 traf die Schlußabrech-
nung ein: sechzehn von fünfhundert ausgedruckten Exemplaren waren noch
verkauft worden, vier pflichtgemäß an Bibliotheken verschenkt und 320
dem Altpapier-Großhandel ausgehändigt. Für die verkauften Bücher erhielt
ihr Autor 90 Schilling, für das Altpapier 56 Schilling. Andere Quellen sprechen von 350 Schilling *summa summarum* und hundert rätselhaft geretteten
Exemplaren dieser bibliophilen Rarität.

Also stand Celan mit leeren Händen im fremden Paris: nicht nur mittel-,
staaten-, paß- und heimatlos, sondern auch ohne jeden Beleg seiner ganzen
bisherigen Kreativität. Zwar sprach er inzwischen fließend Französisch,
aber er dichtete nicht französisch.

Freund Milo Dor, der schon im Frühjahr 1949 aus Wien zu Besuch kam und
einige Wochen lang auf dazugemietetem Sofa in einem Vorraum kampierte,
wie er Celans kleinem Hotelzimmerchen ohne Bad und Toilette sonst als
Waschraum und Küche diente, begriff: *"Paul war in Wien ein Fremder und
blieb auch in Frankreich ein Fremder"* [84].

Denn *"die Franzosen schätzen offenbar keine Ausländer, die perfekt ihre
Sprache beherrschen, sich aber weigern, sie auch zu ihrem künstlerischen
Ausdrucksmittel zu wählen"* [65].

Dor sah ein: *"Paul und ich blieben weiterhin Displaced Persons"*[84].

Darum hatte Celan schon nach seinen ersten drei Pariser Monaten zugegeben, *"daß ich sehr einsam bin. Mitten in dieser wunderbaren Stadt, in der ich nichts habe als das Laub der Platanen"*[87]. Mehr oder minder blieb das so. *"Ich habe lange ringen müssen"*, ließ er die Bachmann erst nach gut zwei Jahren wissen, *"ehe Paris mich richtig aufnahm und mich zu den Seinen zählte"* (7. September 1950[150]).

Denn *"in Frankreich ließ die Anerkennung Celans auf sich warten"*, gab auch sein *US*-amerikanischer Biograf John Felstiner zu, *"sieht man von einer frühen und einigermaßen fehlerhaften Übersetzung von* Todesfuge *im Januar 1952 ab. Erst nach Celans Tod erschien der erste Sammelband mit Übersetzungen seiner Gedichte"*[8], und Helmut Böttiger befand in seinem Buch über *"Orte Paul Celans"*: *"Paris war ein Ort der Leere"*[3] oder auch ein Ort, *"wo er im Schatten lebte"*[65].

Rino Sanders, der ihn im Oktober 1950 *»Chez Jean«*, einer der *"schäbigsten Futterstätten des Quartier Latin"*, kennenlernte, erinnerte sich noch 1972: *"alle seine Gedichte sind Rufe, Anrufe aus dem längst unabänderlichen Alleinsein des Übriggebliebenen"*[100]. Wirklich hatte Celan schon in Wien auf die Frage der babylonischen Deportierten im 137. Psalm, wie sie denn *"des Herrn Lied in fremden Landen singen"* sollten, generell mit jenem trotzigen Vers geantwortet:

"Ich singe vor Fremden"[88].

Aber im März 1949 erschienen

durch Vermittlung einer "Zufalls"-Bekanntschaft in der Zisterziënser-Abtei von Royaumont im *Val-d'Oise* der *Île de France*, seiner Poëten-Kollegin Marie Luise von Kaschnitz, vier erste Celan-Gedichte in deren deutscher Zeitschrift *"Die Wandlung"*

und zugleich in der Zürcher *"Tat"* seine Aphorismen *"Gegenlicht"*. In denen war zu lesen:

"Das Herz blieb im Dunkel verborgen und hart, wie der Stein der Weisen.

*

Man redet umsonst von Gerechtigkeit, solange das größte der Schlacht-schiffe nicht an der Stirn eines Ertrunkenen zerschellt ist.

*

Der Tag des Gerichts war gekommen, und um die größte der Schandtaten zu suchen, wurde das Kreuz an Christus genagelt",

aber auch dies:

"Als der Feldherr das blutüberströmte Haupt des Rebellen seinem Herr-scher vor die Füße legte, geriet dieser in wilden Zorn. 'Du hast es gewagt, den Thronsaal mit dem Gestank des Blutes zu erfüllen', rief er, und der Feldherr erschauderte.

Da tat sich der Mund des Geschlagenen auf und erzählte die Geschichte des Flieders.

'Zu spät', meinten die Minister.

Ein späterer Chronist bestätigt diese Meinung" [101].

Denn auch die vagen Versuche eines Kontaktes mit den Pariser Surrealisten führten eher ins ungewünschte Ghetto einer Bohème um rumänische Immi-granten (Constantin Brâncuşi, Victor Brauner). Ein Treffen mit André Bre-ton, den er übersetzte, scheiterte, und Paul Éluard enttäuschte politisch, als es darum ging, das Leben eines Kollegen und Genossen vor stalinistischen Schergen zu retten:

Záviš Kalandra (1902-1950),

tschechoslowakischer Historiker, Publizist aus dem mährisch-slowa-kischen Grenzgebiet und Autor von *"České pohanství"* (*"Deutsch-tschechisches Heidentum"*), war nach dem Überleben mehrerer nazideutscher Konzentrationslager als "Trotzkist" 1949 abermals verhaftet und zusammen mit der Politikerin

Milada Horáková (1901-1950),

von den Nazis als Widerstandskämpferin ins KZ, dann in ein Leipziger Zwangsarbeiterlager eingesperrt, dann zum Tode verurteilt und von der *US*-Armee befreit, und mit

neun weiteren Beschuldigten

im ersten stalinistisch-politischen Schauprozeß der jungen *ČSSR* wegen antisowjetischer Konspiration und zur Abschreckung kritischer Geister vor Gericht gestellt worden.

Kalandra, die Horáková und zwei andere Angeklagte wurden wegen Hochverrats, Spionage und umstürzlerischen Verhaltens zum Tode verurteilt und im Juni 1950 gehängt.

Kalandra wurde 48, die Horáková 49 Jahre alt.

Albert Einstein, Winston Churchill und andere internationale Prominenzen hatten vergeblich um Begnadigung nachgesucht.

In Paris hatte André Breton seinen Kollegen Paul Éluard zu einer gemeinsamen Petition für Kalandra zu bewegen versucht, mit dem sie beide gut befreundet waren. Éluard, *"der selbst so hochgemut über Freiheit und Liebe und 'die Macht des Wortes' geschrieben"*[8] hatte, verweigerte sich aus ideologischen Gründen.

Als dieser liniëntreuë Kommunist und Erbe eines reichen Vaters 1952, selbst 57jährig, nahe Paris einem Herzinfarkt erlag, schrieb Paul Celan sein Gedicht *"In memoriam Paul Éluard"* auf ein Blatt Briefpapier jenes Pariser Hotels *"Lutetia"*, das 1940 der NS-deutschen Besatzung als Hauptquartier ihrer Abwehr, 1945 jüdischen Überlebenden zur ersten Anlaufstelle diente. In diesem Gedicht auf den Verräter Éluard wird unbeschönigt vorgeschlagen:

"Leg auf die Lider des Toten das Wort,
das er jenem verweigert,
der du zu ihm sagte,
das Wort,
an dem das Blut seines Herzens vorbeisprang,
als eine Hand, so nackt wie die seine,
jenen, der du zu ihm sagte,
in die Bäume der Zukunft knüpfte" [102].

In der Tschechei ist heute noch der Todestag Kalandras und der Horáková ein Gedenktag für alle Opfer des Kommunismus.

Aber der Jungpariser Paul Celan, der für die französische Bürokratie wieder nur Paul Antschel war, fühlte sich nur umso mehr zur weiteren Distanzierung von Pariser Surrealisten und Kommunisten gleichermaßen bemüßigt.

Im Herbst 1950, nachdem er sein dortiges *"Schatten- und Dunkeljahr"* 1949 überstanden glaubte, besuchte ihn die frisch promovierte Ingeborg Bachmann in der Hoffnung auf ein gemeinsames Leben mit einem, den sie noch nach seinem Tode als *"ihre einzige und große Liebe"* beschreiben sollte: *"noch einmal die große Liebe, die unfaßlichste, schwierigste zugleich, von Mißverständnissen, Streiten, Aneinandervorbeisprechen, Mißtrauen belastet"* [85].

Doch seinem erotischen Vorgänger Hans Weigel schrieb sie noch aus Paris, daß sie und Celan sich *"aus unbekannten, dämonischen Gründen [...] die Luft zum Atmen wegnehmen"* (zitiert nach [82]). Nach drei Monaten reiste sie ab. Aber noch im Sommer 1951 fragte ihn ihr Brief aus Wien: *"Weißt Du eigentlich noch, daß wir doch, trotz allem, sehr glücklich miteinander waren, selbst in den schlimmsten Stunden, wenn wir unsre schlimmsten Feinde waren?"* (27. Juni 1951 [150]).

Ganze zwei Jahre nach seinem Tode ließ sie ihn freilich in ihrer Erzählung *"Drei Wege zum See"* selbst gestehen, wie fremd ihm hier bei den Franzosen alles war: *"Nein, ich verstehe sie nicht, weil ich gar nicht will, wer kann von mir verlangen, daß ich sie auch noch verstehe"* [85]. Dabei sprach er, befand sie, *"französisch wie ein Franzose, aber daran lag ihm nichts"* [85].

Zwar wurde seine *"Todesfuge"* in jener noch fehlerhaften französischen Übertragung von Alain Bosquet schon im Januar 1952 in der belgischen

Zeitschrift *"Le journal des poètes"* publiziert, aber die Resonanz war wohl schon damals so, wie er es noch acht Jahre später in einem Briefe an seine Frau bilanzierte: *"Meine Bücher treffen hier vor allem auf die Mittelmäßigen"* [103] . Eine erste Anthologie seiner Gedichte mit französischen Übertragungen von André du Bouchet und anderen erschien als *"Strette"* (oder *"Engführung"*) erst postum 1971.

Entsprechend resonanzlos, entsprechend unproduktiv lebte er in Paris vor sich hin: *"weil Paris mich in ein furchtbares Schweigen gedrängt hatte"*, ließ er die Bachmann erst nach dreizehn Monaten erfahren, *"aus dem ich nicht wieder freikam"* (20. August 1949 [150]).

In den ersten vier Jahren, *"zwischen 1948 und 1952 schrieb Celan nicht mehr als sieben oder acht Gedichte pro Jahr – eine magere Ausbeute, zurückzuführen auf seine Angst und auf die Umstände"* [8] : unvergleichbar mit seiner früheren (und späteren) Kreativität.

Zwar fragte

Hilde Spiel (1911-1990),

österreichisch jüdische Publizistin, Ehefrau ihres Kollegen Peter de Mendelssohn und naturalisierte Londoner Immigrantin,

im Dezember 1951 brieflich bei ihm an, *"wie sie seine Arbeit unterstützen könne"* [150] , die ihr, dieser einflußreichen Kulturkorrespondentin aller grossen Tageszeitungen Europas, immerhin sehr zu gefallen schien. Aber: *"das ist bisher alles"*, informierte Celan die Bachmann:

"sie hat meinen Brief, in dem ich anfragte, ob Aussichten auf einen Verleger bestünden, nicht beantwortet.

Ich kranke sehr an dieser Geschichte mit den Gedichten, aber niemand hilft. Tant pis" (16. Februar 1952 [150]).

Selbst sein Versuch, diese künstlerische Blockade durch umso mehr Übersetzungen zu kompensieren, führte noch in eine der zumindest subjektiv folgenschwersten Krisen seines Lebens.

Schon in seinem ersten Pariser Jahr hatte er durch Zufall in der Warte-
schlange der akademischen Mensa den französischen Lyriker Yves Bonne-
foy, seit 2007 Träger des Franz-Kafka-Preises, kennen gelernt. In dessen
Hotelzimmer begegnete Celan im November 1949 ebenso zufällig dem tod-
kranken elsässisch jüdischen Lyriker

> *Yvan Goll* (1891-1950),
>
> der kürzlich aus *US*-amerikanischem Exil nach Frankreich heimge-
> kehrt war

und noch kurz vor seinem baldigen Leukämie-Tod den jungen bukowinischen Kollegen um Übersetzungen seiner französischen Texte ins wohlver-
traute Deutsch bat. Als der die gewünschten Übertragungen vorlegte, war
Goll schon verstorben, und dessen Witwe Claire, selbst gleichfalls Lyrikerin
und vormals Liebschaft seiner eigenen Jugend-Ikone Rilke, scheint nur deshalb für eine Ablehnung seiner deutschen Goll-Texte durch den zuständigen
Verlag in St. Gallen votiert zu haben, um dann dieselben Vorlagen selbst zu
übersetzen: aber unter unlizenzierter Verwendung der Celanschen Fassung.

Dieses intrigante Plagiat einer damals etwa sechzigjährigen Erbin, die in der
nicht allzu emigrantenfreundlichen, nicht allzu philosemitischen, lieber gern
vergeßlichen Adenauer-Ära der Bundesrepublik mit allen Mitteln für den
durchaus gefährdeten Nachruhm ihres Mannes kämpfen mochte, war umso
schmerzlicher, als sie selbst Jüdin war, deren Mutter, Malwine Aischmann,
mit ihren beiden Schwestern, *"zwei außergewöhnlichen Frauen"* [104], in
Auschwitz ermordet worden war; auch aus der Familië ihres Mannes *"wurden zehn Mitglieder vergast"* [105].

Claires anfängliche Freundschaft mit Celan schlug, echt oder vorgetäuscht,
mehr und mehr in unverhohlene, unbegreifliche Feindseligkeiten um, die
zur jüdischen Verfolgung eines verfolgten Juden entarteten.

Celan, der sich ohnehin *"über den Antisemitismus seiner neuen Landsleute"* [65] nun also auch in Frankreich beklagte, fühlte sich so schon vor der
Adorno-Krise auch aus den eigenen Reihen attackiert und mißhandelt.

Denn auch Edmond Comte (oder später Marquis) de Lestrange, ein konservativer französischer Aristokrat und sein Schwiegervater *in spe*, stand mit ganzer Familië einer Verbindung seiner dritten Tochter Gisèle just mit einem *"Juden und Staatenlosen deutscher Zunge"* [106) äußerst ablehnend gegenüber und blieb, mit ganzer Familië, ihrer ungebilligten Hochzeit am 23. Dezember 1952 fern.

Als Trauzeugen fungierten da zwei Freundinnen, deren eine, die Malerin Elisabeth Dujarric de la Rivière, ihren eigenen Vater immerhin dafür gewinnen konnte, sich für Ehemann Pauls französische Einbürgerung einzusetzen. Die gelang erst nach bürokratischem Hürdenbau von zweieinhalb Jahren.

"Seinem gleichzeitigen Antrag, seinen Namen Antschel in Celan ändern und damit den französischen Sprach- und Schreibgewohnheiten anpassen zu dürfen, wird dabei nicht stattgegeben, da die Verwaltung das als vollständige Namensänderung versteht. Von dem dafür notwendigen Verwaltungsaufwand resigniert PC und begnügt sich mit dem Namenszusatz »dit Celan«, d. h. »genannt Celan«" [1).

Das erinnerte an jenes exterrestrisch ferne k. u. k. *"Antschel recte Teitler"* seines Vaters in der österreichischen Bukowina zu *Olims Zeiten*.

Pauls Frau, eine Graphikerin und Malerin von Rang, nannte sich hinfort Gisèle Celan-Lestrange. Von ihren drei Kindern überlebte einzig das jüngste seine kompliziert verfrühte Geburt und heißt seitdem, auch als Clown und Zauberer oder Magiër und Equilibrist innerhalb und außerhalb seiner Zirkuswelt, auch als Pädagoge im schon väterlich ästimierten Feldenkrais-Kreis und als Nachlaßverwalter seines begnadeten Vaters immer nur Eric Celan. Sein Vorname ist ein Anagramm für *écri*, das französisch imperative *"schreib'!"*. Oder auch *"Ruf' aus!"*: wie der letztwillig testamentarisch verfügende Ausruf eines schreibenden Ausrufers oder ausrufenden Schreibers.

Als solcher mag Vater Paul sich in diesem mühselig neu erworbenen Asyl gleichwohl namen-, resonanz- und bezuglos empfunden haben. *"Écri"* (oder *Eric*) kann auch *"Schrei!"* bedeuten, und zu seinem befreundeten Kollegen Yves Bonnefoie soll er eines Tages geäußert haben:

"Sie sind zu Hause in Ihrer Sprache, in Ihren Bezugspunkten, unter Büchern und Werken, die Sie lieben.

Ich dagegen stehe draußen" (zitiert nach [8]).

Ingeborg Bachmann komplettiert das in ihrer erwähnten Erzählung jenes fiktiv-authentischen Trotta-Teitler mit dessen diversen Paradoxa: *"am häufigsten, er sei exterritorial"*, ein *"wirklich Exilierter und Verlorener"*, der *"aus jenem sagenhaften Geschlecht kam, wo keiner 'darüber hinwegkam' "* und in einem desolaten *"Zustand von Auflösung, denn es hätten ihn auch die Sprachen aufgelöst"* oder deren Diskrepanz zwischen Schreiben und Leben. *"Ich lebe überhaupt nicht, ich habe nie gewußt, was das ist, Leben"* [85].

Denn schon der 38jährige hatte ihr im März 1959 aus Paris gestanden: *"Ich weiß nicht viel zu berichten. Ich erlebe täglich ein paar Gemeinheiten, überreichlich serviert, an jeder Straßenecke. [...] / Lüge und Niedertracht, fast überall. / Wir sind allein und ratlos"* (12. März 1959 [150]).

Noch kurz vor seinem Tode schrieb er an Ilana Shmueli, Jugendfreundin aus Czernowitz ebenso wie auch Vertraute der letzten Jahre und die *"Mandelnde"* später Gedichte, nach Israël: *"Paris drückt mich nieder und höhlt mich aus. Paris, durch dessen Straßen und Häuser ich so viel Wahnlast, so viel Wirklichkeitslast geschleppt habe all diese Jahre"* (zitiert nach [8]).

Natürlich muß da diesem immer virtuoseren Artisten der deutschen Sprache bisweilen die Frage durch den Kopf gegangen sein, ob er nicht besser doch ins Land seiner potentiëllen Leser gehöre (*"Es müßte wieder Leser geben"* [107]). Wirklich war er ja in den 32 Jahren seines bisherigen Lebens noch nie in Deutschland gewesen — außer für die Dauër jenes Zugaufenthaltes im *Anhalter Bahnhof* während des Pogroms der *"Reichskristallnacht"* vor nunmehr vierzehn Jahren.

Inzwischen gerierte zumindest der westliche Teil des gestraften Volkes sich glaubwürdig demokratisch und freiheitlich: *ergo* antifaschistisch und philosemitisch. *"Natürlich wäre es gut, wenn ich ein wenig in Deutschland leben könnte"* [108].

Wirklich traf da von dort jene obligate Postkarte bei ihm ein, mit der Hans Werner Richter, vormals Kommunist und den Nazis irgendwie schlängelnd an den Fronten ihres Weltkrieges entgangen, alljährlich die literarische Szene der jungen *Bundesrepublik Deutschland* zu elitären Versammlungen der legendären *"Gruppe 47"* einzuladen pflegte.

Diese seine eigene Erfindung und Gründung in einer "Stunde Null" mit deren ebenso legendärem "Kahlschlag" und ohne jede Vergangenheit leitete, organisierte und dominierte Richter nach Gutsherrenart oder altdeutschem Führerprinzip. Er persönlich lud ein, *"die ich einladen wollte"* (zitiert nach [109]) und bestimmte jeweils Zeitpunkt, Tatort und Programm: welche Autoren kommen und welche ihrer Texte vorstellen durften. *"Die jeweilige Zusammensetzung der Gruppe ist meine Angelegenheit wie alles andere auch!"* (zitiert nach [109]). Er verstand sich als privaten Gastgeber eines Kreises, der keine Mitglieder, sondern lediglich *"Freunde"* hatte, die aber prominent und dem Hausherrn nicht nur genehm, sondern auch gefügig sein sollten.

Wirklich buhlten sie fast alle – Autoren, Verleger und Rezensenten – um seine Gunst und antichambrierten vor der Hofhaltung dieses *"literarischen Herbergsvaters"* und *"aufgeklärten Despoten"* [110]. Denn mehr und mehr wurden diese Treffen auch zur linksliberal beruflichen Börse mit hochprozentigen Vertragsabschlüssen am nächtlichen Stammtisch.

An diesem Klüngel uneingetragener Vereinsmeiërei beteiligt zu werden, war seinerzeit beruflicher Ritterschlag und konjunkturell unverzichtbar. Nur so selbstmörderische Extremisten und "Autisten" wie Arno Schmidt, Hans Henny Jahnn, Wolfgang Koeppen, Bodo Brinkmann, Ernst Meister und Hans Erich Nossack oder Exoten wie Friedrich Dürrenmatt und Max Frisch enthielten sich hier arrogant. Oder waren unerwünscht. Denn unübersehbar war diese Clique eine Macht, um die nicht herumkommen sollte, wer in diesem neuzeitlichen Deutschland literarisch was werden wollte.

Ein konservativer Parteifunktionär prägte für alles das jenes vielzitierte, aber exklusiv postfaschistische Bon(n)mot von einer *"geheimen Reichsschrifttumskammer"*.

Milo Dor, der auf Empfehlung von Erich Kästner seit 1951 dazugebeten wurde, hatte Richter, diesen *"Pfadfinder der Literatur"*, seinerseits schon im September 1951 auf Paul Celan hingewiesen. *"Ich weiß, was Du von seinen Gedichten hältst"*, kapitulierte er noch scheinbar vor den Vorbehalten dieses allmächtigen Duzfreundes, dem er aber schmeichelte, sich doch *"immer wieder auf die Suche nach noch nicht entdeckten Talenten"* [84] zu begeben; eben deshalb hielt er es für *"mehr als nur eine literarische Tat, wenn man ihm den Anschluß an die deutsche Literatur, zu der er zweifellos gehört, vermitteln würde"* (zitiert nach [109]): denn Celans *"Musikalität und Form-kraft suchten ihresgleichen"* (zitiert nach [72]). Nur seiën die bürokratischen Formalitäten für Einreisen aus Frankreich so zeitraubend, daß Eile geboten sei. Notfalls könnten aber er und seine Wiener Freunde *"für ihn aufkom-men"*: also dessen Reisekosten und Spesen ihrer (wohlgesponsorten) Grup-penkasse sogar ersparen.

Dennoch zögerte Richter. Ohnehin ohne große Liebe zu Gedichten, strebte er allenfalls *"eine gewisse Prosa-Lyrik an"*. Also *"vergaß"* er die verheißene Einladung Paul Celans.

Aber als er im Folgejahr zur Vorbereitung eines nächsten solchen Lagerfeu-ers nach Wien kam, um dort Ingeborg Bachmann, diesen neuën erotischen Stern, persönlich als nächsten Gast zu ködern, mußte er auch von ihr, wie abermals von Dor auf jenen Urian und dessen unverzichtbare Eingemein-dung hingewiesen werden. *"Sie hätte, sagt sie, einen Freund in Paris, der sei sehr arm, unbekannt wie sie selbst, schreibe aber sehr gute Gedichte, bessere als sie selbst, ob ich den nicht auch (...) Also schreibe ich eine Postkarte (...) Sein Name ist Paul Celan"*. Noch am Tresen des Wiener *"Café Raimund"* diktierten oder buchstabierten diese beiden "Agenten" ihm selbander Celans allzu welsche Adresse und *"unterschreiben mit herzlichen Grüßen"*.

Aber: *"wir sind nicht mehr nüchtern, als ich die Postkarte für Paul Celan schreibe"* (zitiert nach [72]).

Nur unter so entschuldbarem Alkoholeinfluß also kam es für den Aufge-drängten in seinem Paris tatsächlich zu einer Einladung für das kurz bevor-stehende Treffen der *Gruppe 47*, die im Mai 1952 drei obligate Tage lang im Erholungsheim des *Nordwestdeutschen Rundfunks* am *Timmendorfer* Ostsee-*Strande* in Niendorf kollegial zu Gericht saß und Urteile fällte.

Aber Ingeborg Bachmann persönlich mußte ihm Richters unverkennbar halbherzige Aufforderung als Beilage ihres eigenen Briefes vom 9. Mai 1952 eigens schmackhaft machen:

"Jeder Teilnehmer kann eine halbe Stunde aus unveröffentlichten Sachen, Lyrik oder Prosa, lesen. Trotzdem rate ich Dir, diese halbe [Stunde] nicht ganz auszunützen, sondern nur ca. 20 Minuten in Anspruch zu nehmen. Und

lies unbedingt die 'Todesfuge' – trotz allem – denn ich glaube, die Gruppe 47 ein wenig zu kennen".

Wirklich hatte sie ihn auch sieben Monate vorher schon zu ködern versucht: *"Die Gruppe 47 vergibt zwei Preise, einen 2000 DM und einen 1000 DM Preis. Abgesehen davon wird es sehr wichtig für Dich sein, weil die ganze deutsche Presse eingeladen ist, die Literaturleute der deutschen Sender etc., die sofort die besten Erzählungen, Gedichte etc. kaufen"* (Brief vom 3. November 1951 [150]).

Umso prophetischer jetzt: *"Ich hoffe zuversichtlich, daß alles gut geht; freilich kann ich nicht dafür einstehen, daß Dein Aufenthalt sich so auswirken wird, wie wirs alle wünschen"* (9. Mai 1952 [150]).

Paul Celan mag es hier für ratsam, beruhigend und reizvoll gehalten haben, seinen ersten Besuch im Lande der Nazimörder seiner Eltern exklusiv unter handverlesenen Repräsentanten jenes legendären

V o l k s   d e r   D i c h t e r   u n d   D e n k e r

abzustatten: bei den Nachfolgern, Sprachgenossen und Staffettenträgern Hölderlins, Rilkes und Trakls. Als Einstieg in ein gefürchtetes Risiko erschien das optimal. Immerhin erwarteten ihn da solche Aushängeschilder wie Ilse Aichinger, Ingrid Bachér, Ingeborg Bachmann, Heinrich Böll, Günter Eich, Günter Grass, Wolfgang Hildesheimer, Walter Höllerer, Walter Jens, Karl Krolow, Siegfried Lenz, Rino Sanders, Paul Schallück, Rolf Schroers, Martin Walser, Hans Weigel, Günther Weisenborn, Wolfgang Weyrauch und andere solche Koryphäen mehr.

Also brach er am 21. Mai 1952 auf, um dergestalt leibhaftig auch *"mit meinem Dasein zur Sprache gegangen"* [112] zu sein. *"Drei Stunden vor meiner Abfahrt"* auf deutsches Territorium freilich, informierte er seine abwesende Gisèle, *"spüre ich, wie fremd mir dieses Land ist"*, in das er da aufbrach: *"Fremd trotz der Sprache, trotz vieler anderer Dinge ... "* [113].

Freund und Augenzeuge Milo Dor hat später bestätigt, wie sehr Celan in diesem Niendorf am Baltenmeer *"eine völlig fremde, ja feindselige Welt"* [65] betrat. *"Er konnte es nicht ganz wahrhaben, daß er sich hier unter Freunden befand, die selbst zu einer Minderheit gehörten"* [65].

Hans Weigel, gleichfalls Zeuge und Mitgalan aus Wiener Tagen, berichtet noch in den eigenen Memoiren von 1979 von seinem Gespräch mit Celan über dessen Timmendorfer Abenteuër und zitiert ihn so:

"Ich war so neugierig auf meine erste Begegnung mit jungen deutschen Autoren. Ich fragte mich, worüber sie wohl reden werden.
– Und worüber haben sie geredet?
– Über Volkswagen" (zitiert nach [8]).

Wirklich war der Verlauf dann, was Paul Celan seinem späteren Lektor Klaus Wagenbach selbst als *"Katastrophe"*, Kronzeuge Walter Jens noch 2007 im deutschen Fernsehen als *"schwarze Stunde der Gruppe 47"* [114] schilderte.

Seiner Gisèle gestand Celan: *"Ich war entsetzlich weit von Paris entfernt"*; schon seine Ankunft nämlich in Niendorf sei ein *"Empfang mit Mißverständnissen"* [111] gewesen. Denn Antonië Richter, als Ehefrau des *maître de plaisir* auch quasi amtierende Dame des Hauses, hielt diesen Exoten *"für einen Franzosen und machte mir zunächst einmal Komplimente über mein so perfektes Deutsch"* [111].

"Am nächsten Tag die ersten Lesungen" [111].

Denn wirklich gehörte es zu den erprobten Gepflogenheiten, daß Auserkorene aus ihren neuësten Werken vortrugen. *"Der spiritus rector [...] bestimmte die Reihenfolge der Lesungen und auch den Ablauf der anschliessenden Ad-hoc-Kritik, die sich die Kritisierten stillschweigend anzuhören hatten"* [109].

Richters eigene Ästhetik wollte dabei *"weg von der 'schönen' Sprache zur realen Sprache, ... zurück zur Sprache der Straße"*, einem *"rauhen Ton der 'Landsersprache' "*, die *"mit Politik sehr wenig zu tun haben"* sollte (zitiert nach [109]).

Celan, der sich bei der Anreise selbst noch *"groß in Form"* erachtet hatte [115], war von dieser "Regie" mit seinen sechs oder sieben ausbedungenen oder zugestandenen Gedichten erst für das Ende eines anstrengend langen, ermüdenden Lese- und Zuhörtages vorgesehen. Zuvor hatten jedenfalls zumindest schon Siegfried Lenz, Karl Krolow, Walter Jens, Hans Weigel, Wolfgang Weyrauch, Rolf Schroers, Walter Hilsbecher vorgetragen und sich beckmessern lassen müssen.

Nach denen allen also las Celan zu später Stunde die Gedichte *"Ein Lied in der Wüste"*, *"Schlaf und Speise"*, *"Die Jahre vor dir zu mir"*, *"Zähle die Mandeln"* und *"In Ägypten"*, aber durchaus auch seine *"Todesfuge"* mit ihrem Leitmotiv *"Schwarze Milch der Frühe"*.

Er selbst hat seinen Niendorfer Auftritt schon nach einer Woche so beschrieben:

"Etwa 50 Personen saßen in der großen Halle des Hotels, in dem wir wohnten, in tiefen Sesseln — das alles erweckte den Eindruck einer Versammlung von Leuten, die sich bürgerlich mit einer Welt ausgesöhnt hatten, deren Erschütterungen sie immerhin zu spüren bekommen hatten. Nun ja [...]

Um neun Uhr abends war die Reihe an mir. Ich habe laut gelesen, ich hatte den Eindruck, über diese Köpfe hinaus — die selten wohlmeinend waren — einen Raum zu erreichen, in dem die 'Stimmen der Stille' noch vernommen wurden ...

Die Wirkung war eindeutig. Aber Hans Werner Richter, der Chef der Gruppe, Initiator eines Realismus, der nicht einmal erste Wahl ist, lehnte sich auf. Diese Stimme, im vorliegenden Falle die meine, die nicht wie die der andern durch die Wörter hindurchglitt, sondern oft in einer Meditation bei ihnen verweilte, an der ich gar nicht anders konnte, als voll und von ganzem Herzen daran teilzunehmen — diese Stimme mußte angefochten werden, damit die Ohren der Zeitungsleser keine Erinnerung an sie behielten ...

Jene also, die die Poesie nicht mögen — sie waren in der Mehrzahl — lehnten sich auf. Am Ende der Sitzung, als man zur Wahl schritt, haben sich sechs Personen an meinen Namen erinnert.

Aber dieser Bericht vereinfacht die Dinge ein wenig" [111].

Augen- und Ohrenzeuge Walter Jens hat sich an diese ganze Szene noch neun Jahre später, 1961, so erinnert:

"Es war in Niendorf an der Ostsee [...] . Die Veristen, handwerklich-gute Erzähler, lasen aus ihren Romanen. Dann plötzlich geschah es. Ein Mann

*namens Paul Celan (niemand hatte den Namen vorher gehört) begann, sin-
gend und sehr weltentrückt, seine Gedichte zu sprechen"* (zitiert nach [109]).

Weitere fünfzehn Jahre später, 1976, ergänzte derselbe Walter Jens, freilich
nur in unveröffentlicht internen Protokollen eines Göttinger Studentensemi-
nars [72]:

*"Als Celan zum ersten Mal auftrat, da sagte man: 'Das kann doch kaum je-
mand hören!', er las sehr pathetisch. Wir haben darüber gelacht, 'Der liest
ja wie Goebbels!', sagte einer. Er wurde ausgelacht, so daß dann später ein
Sprecher der Gruppe 47, Walter Hilsbecher aus Frankfurt, die Gedichte
noch einmal vorlesen mußte. Die 'Todesfuge' war ja ein Reinfall in der
Gruppe! Das war eine völlig andere Welt"* (zitiert nach [1]).

Im Celan-Jahrbuch 1997/98 resümierte Theo Buck, wie ein Vortragsstil, der
noch kürzlich in Paris für sein *"leises Timbre"* und *"inständiges Flüstern"*
mit *"psalmodierender Stimme"* gepriesen worden war, bei den deutschen Literaten mißfiel:

*"Seine Lesung, besonders die der 'Todesfuge', stieß bei der Mehrheit der
Anwesenden auf erhebliche Reserve, teilweise sogar auf offene Ablehnung.
Rolf Schroers, der in Niendorf dabei war [...] , hielt dazu fest: 'Text und
Vortrag verschlugen die gewohnte rüde Sprache, brachten die poltrig ge-
mütliche Rollenverteilung durcheinander. Die "seherhafte" Artikulation
Paul Celans paßte nicht zum Stil der Gruppe, sein unleugbares Pathos er-
schien unangemessen'."* [109]

"Bei der Tagung in Niendorf, 1952", berief sich Hilde Domin noch 1987/88
auf Wolfgang Weyrauch, einen weiteren Kronzeugen, *"soll die Lesung der
'Todesfuge' nicht sonderlich beeindruckt haben"* (zitiert nach [109]).

Walter Jens bestätigte das noch 2007 in die Kameras des deutschen Fernse-
hens hinein:

"Die Todesfuge fiel durch" [114].

Auch Fürsprech Milo Dor bezeugte authentisch: *"Sein erstes Auftreten in
Deutschland war peinlich, weil einige Zuhörer seine Vortragsweise zu alt-
modisch, ja, zu pathetisch fanden.[...] Einer von ihnen verstieg sich sogar*

dazu, Paul mit einem Rabbi zu vergleichen. Einige Zeugen wollen sogar den Vergleich mit Goebbels gehört haben" [84].

Noch später hat sich Zeuge Weigel daran erinnert, *wie "nachher einige Kollegen höhnisch vor sich hinskandierten: 'Schwarze Milch der Frühe' ... "* (zitiert nach [8]).

"Wir stellen sie uns vor, die frohgestimmten Heimatabende der Gruppe 47", bilanzierte genau ein halbes Jahrhundert später der 1957 unverfänglich nachgeborene Lyriker und Essayist Thomas Kling im Sonderheft PAUL CELAN für *"Text + Kritik"* 2002: *"Scheinhinrichtung? Ist doch nicht so gemeint – das Niendorfer Kielholen 1952: eine In-Group kommt zur Urteilsfindung; nach Stimm-Lage, nach dem Soundtrack, nach dem puren Ton, der Tonspur wird geurteilt – da ist sie schon, unüberhörbar: die verräterische Stimme"* [160].

Als also endlich über die Verleihung ihres diesjährigen *Literaturpreises der Gruppe 47* abgestimmt werden mußte, referierte Milan Dor über Paul Celan:

"Er bekam den Preis der Gruppe 47 nicht" (zitiert nach [72]).

Andern Tags in Hamburg drohte Celan wohl mit Skandal. Dor will Hans Werner Richter dazu veranlaßt haben, auf der Treppe ihrer Hotelhalle *"etwas steif, aber durchaus korrekt"* [65] um Entschuldigung zu bitten: *"wegen des Vergleichs mit einem Rabbi, Goebbels ging dabei irgendwie unter"* [84].

Klaus Wagenbach, im S. Fischer Verlag später Lektor Celans, hat das grobe Gelächter dieser Literaten*crème de la crème* bestätigt und es mit ihrer gewohnten *"Landsersprache"* erklärt, denn *"die sind ja fast alle im Krieg gewesen"* (zitiert nach [3]).

Milo Dor jedoch mit dem etwas weiteren Horizont seiner außerdeutschen Familie deutete das Debakel dieser Niendorfer Koryphäen dahingehend, daß *"die meisten von ihnen, wenn nicht alle, die Wurzeln von Pauls Gedichten in der französischen und russischen Poesie nicht kannten"* [84].

Das erläuterte erst im Dezember 1996 Herta Müller, selbst deutsche Autorin aus dem rumänischen Banat und später Nobelpreisträgerin, detaillierter: in Niendorf saßen damals

*"deutsche Ignoranten zu Gericht, von denen etliche die 'Landsersprache'
noch im Munde führen. Daß sie sich keinen Gedanken über das Leben des
Autors machen, der ihnen ins Gesicht blickt, ist schrecklich genug. Dazu
kommt aber noch, daß sie nie etwas gehört haben von der langen Tradition
des jüdischen, russischen, rumänischen Gedichtesprechens im rhythmisch
singenden Ton, der durch den ganzen Körper läuft. Daß sie nichts begreifen
von einer deutschen Sprache, in der Wortspiele 'Zungenspäße' genannt werden. So gebärdet sich das Deutschlanddeutsch als herrisches Zentrum"* (zitiert nach [109]).

Antonië Richter, Prinzregentin und Chronistin von Niendorf, hat noch 1997
in ihrer Jubiläumsschrift zum fünfzigsten Geburtstag der *Gruppe 47* zu retten versucht:

*"Das traurigste Ereignis war die Lesung von Paul Celan, ein Mißverständ-
nis, das an der Art seines Gedichtvortrages lag. Ich denke, keiner der Heim-
kehrer aus dem Kriege in der Gruppe kannte den Namen und das Schicksal
von Paul Celan, noch hatten sie von der Tradition der jüdisch-rumänischen
Gedicht-Rezitation im rhythmisch hohen Ton gehört. [...] Celan fragte in
den Raum, ob denn Rimbaud hier unbekannt sei, auch dieser löste Verse in
musikalische Schwingungen auf. [...] Ingeborg Bachmann, die ihn vorgeschlagen hatte und sehr mit ihm befreundet war, hatte versäumt, Richter ge-
nauer über Celan zu unterrichten"* (zitiert nach [109]).

Das war wohl eher Beschönigung und *Schwarzer Peter*: der Bote ist schuld!

Wirklich war das alles in erster Linie vermutlich, was Theo Buck 1997 *"die
praktischen Folgen mangelnder Offenheit und fehlender ästhetischer Kate-
gorien"* nannte, oder *"systemimmanente Mängel der Gruppe, die man am
besten als eine verheerende Teilblindheit gegenüber poetischen Neuerungen
bezeichnet"* [109].

Denn Celans Gedichte, befand 1996 auch Helmut Böttiger, *"paßten nicht in
eine Gegend, die vom 'Kahlschlag' gezeichnet war, sie kamen aus einer anderen Landschaft, die Anfang der fünfziger Jahre in der Bundesrepublik
niemand mehr kennen wollte. Nüchtern, sachlich, pragmatisch, so, wie es
am besten ins Bild gepaßt hätte, war diese Lyrik nicht: sie war rauschhaft,
sie kam vom Traum her"* [3], meist gar vom Alptraum, den man hier pauschal

zu verdrängen bevorzugte. Darum wurde sie auch nicht *"so monoton wie möglich"*[8)] vorgetragen, was hier als strikter Gruppenusus Gesetz war.

Wohl weil da tatsächlich jene *"völlig andere Welt"* hereinbrach, die Walter Jens zumindest später anerkannte, diskutierte die Gruppe nach beëndetem Vortrag, *"abweichend von den sonstigen Bräuchen, kaum über die gelesenen Texte"*, von denen sie überfordert sein mochte, *"sondern, für Celan besonders verletzend, über die seinerzeit beliebte Frage: 'poésie pure' oder 'poésie engagée' "*. Eine Mehrheit verbannte die Texte Celans in die diskreditierte *poésie pure* und übersah *"ihr besonderes Engagament"*: *"ihren Charakter als Epitaph für die Opfer des Nationalsozialismus"*[1)].

Für Celan persönlich, der diesen Gegensatz von engagierter und purer Poësie schon begrifflich gar nicht anerkannte, resultierte eine solche Diskussion nur aus der Unfähigkeit, *"das Schuldgefühl, das seine Gedanken hervorrufen, zu ertragen"*[1)], und war insofern ein *"Ablenken auf eine Scheinfrage"*[109)].

Hinter alledem nämlich, offenbart auch die präzise Analyse von Theo Buck, verberge sich nicht zuletzt auch *"eine höchst widersprüchliche Szenerie willkürlicher Entscheidungen, fehlenden Verständnisses, einseitiger Bevorzugung oder Ablehnung und, zu allem Übel, verletzender Haltung in Gestalt widerwärtiger Wortentgleisungen"*[109)].

Denn *"Ablauf und Ausgang der Niendorfer Tagung spiegeln deutlich Sympathien und Antipathien des Tagungsleiters wider"*[109)], der diesmal mit den Vorzeigefrauën und Neuërrungenschaften Ilse Aichinger und Ingeborg Bachmann *"einen doppelten Frauenauftritt zu inszenieren"*[109)] beschlossen hatte: *"Die Anwesenheit Celans wirkte darum von vornherein eher störend"*[109)].

Der gut informierte und involvierte Milo Dor hat solche unterschwelligen, gar sexuëllen Aggressionen zumal Hans Werner Richters bestätigt, der, damals 44 Jahre alt, *"offenbar dem herben Charme Ingeborg Bachmanns verfallen war und eine Art Schutzmacht für sie zu beanspruchen schien"*, daher die importierten Affinitäten zwischen der 24jährigen und dem 31jährigen Celan nicht dulden mochte. *"Hans Werner, der leidenschaftliche Vertreter eines anderen Deutschlands, muß eifersüchtig geworden sein"*.

Denn *"diese Kontroverse zwischen den beiden Männern, die, unausgespro-chen, ihretwegen ausgebrochen war"*, hat Milo Dor noch zusätzlich kolpor-tiert, *"hatte die scheuë und zugleich irgendwie selbstbewußte Ingeborg Bachmann, die auf ihre Unabhängigkeit und Selbständigkeit Wert legte, so verwirrt, daß sie mich am selben Tag aus heiterem Himmel fragte, ob ich sie nicht heiraten wollte"* [65]: wohl ein kopfloser Fluchtversuch in die Arme eines wohlvertrauten, gleichwohl verheirateten Freundes.

Nicht nur Paul Celans eigne Hypersensibilisierung, auch die wohlfundiert postumen Forschungen von Theo Buck und, mehrfach, von Klaus Briegleb haben noch ganz andere Tiefendimensionen zutage gefördert. Wiewohl ein alter "Trotzkist" und jetziger Links-"Intellektuëller", hatte Hans Werner Richter die rezente Nazizeit vielleicht doch nicht ganz so unbeschadet über-lebt. Seine eigene Bemerkung, Celan *"habe in einem Singsang vorgelesen wie in der Synagoge"* [65], blieb ohne jede Reaktion nicht nur im Kreise sei-ner Klugen und Empfindsamen.

Schon am 1. September 1946, noch während des Nürnberger Prozesses ge-gen die Obernazis, hatte Richter einer Auseinandersetzung mit deren Ver-brechen widerraten und in einem Artikel seiner Zeitschrift *"Der Ruf"* eine Generation attackiert, die *"sich immer mehr in das öffentliche Gespräch hi-neinflüchtet, während sie, gleichsam in eine Wolke von bußfertigem Weih-rauch gehüllt, in die beruhigenden Schatten der Vergangenheit flieht"* [109].

Aber noch 1961 bagatellisierte dieser selbe Richter in einem Brief an den Schriftsteller Christian Ferber, Sohn immerhin Ina Seidels: *"Für mich ist Nationalsozialismus eine Mentalitätsfrage"* (zitiert nach [109]). Zu solcher Verharmlosung und Beschönigung passen auch seine rassistischen Ausfälle gegen seinen Gast Albert Vigoleis Thelen, gegen dessen *"Emigranten-deutsch"* und gegen jüdische Autoren wie Ludwig Marcuse oder Hermann Kesten, über den er sagte: *"Kesten ist Jude, und wo kommen wir hin, wenn wir jetzt die Vergangenheit miteinander austragen, d. h., ich rechne Kesten nicht zu uns gehörig"* (zitiert nach [109]).

Vermutlich rechnete er auch Paul Celan nicht *"zu uns gehörig"* und war mit solcher Meinung in seiner Gruppe von Liebedienern nicht allein.

Celan, der sich zu Erlebtem meist erst sehr viel später zu verbalisieren pflegte, gestand noch 1963, fast zehn Jahre später, seinem derzeitigen Ver-

leger Gottfried Bermann Fischer, er habe vergeblich *"gehofft, einige Schriftsteller in Deutschland würden in die Tiefe gehen, mit sich selbst; aber nein,
man macht sich lieber breit"* (zitiert nach [25]).

Im selben Brief (vom 14. Dezember 1963) beklagte er auch, daß *"ein gewis-
ser 'liberaler' Antisemitismus, der es sich [...] zum Ziel gesetzt hat, das Jüdische – also e i n e der Gestalten des Menschlichen, aber immerhin eine
G e s t a l t ! – auf dem Wege der Absorption, Bevormundung usw. zu beseitigen. Es ist [...] letzten Endes ein verkappter Arisierungsprozeß"* (zitiert nach [25]).

Maxim Biller (Jahrgang 1960),

selbst als Sohn einer russisch jüdischen Familië 1960 in Prag geboren, zehnjährig in die *Bundesrepublik Deutschland* immigriert und
hier zum erfolgreichen Schriftsteller aufgeblüht,

sagte noch 2007 in deutsche Fernsehkameras hinein, die Kollegen jener
Gruppe 47 "glaubten, Antifaschisten zu sein, und waren es nicht" [114].

Denn über den Holokaust, attestierte auch Kollege Jürgen Becker, der in der
Schlußphase selbst noch mit dabei war, *"wurde nicht gesprochen"*:

"Wer was gewesen war, danach wurde nicht gefragt" [114].

Auch Klaus Briegleb, Literaturwissenschaftler an der Hamburger Universität und vielleicht noch ausführlicher mit alledem befaßt, hat das *"Shoah-Ta-
bu und Schweigegebot"* der *Gruppe 47* so verstanden:

*"Man glaubte, die antifaschistische Vereinigung der Zeit zu sein, Germani-
sten schwatzten es nach, in Wahrheit war man vereint im Faszinosum der
Angst, mehr voneinander zu erfahren, als man erfahren wollte"* [72].

Von Ingeborg Bachmann, dieser seismografischen Novizin, wurde hierzu
schon spontan nach Celans Niendorfer Lesung überliefert: *"Am zweiten
Abend wollte ich abreisen, weil ein Gespräch, dessen Voraussetzungen ich
nicht kannte, mich plötzlich denken ließ, ich sei unter deutsche Nazis gefallen"* (zitiert nach [109]).

Auch Willi A. Koch, Cheflektor jener *Deutschen Verlagsanstalt*, die die Niendorfer Tagung mit dem *Nordwestdeutschen Rundfunk* damals sponsorte, hätte nach dieser Mißhandlung *"am liebsten die Versammlung verlassen"*: aus Protest gegen den Diskussionsverlauf. Stattdessen bot er Celan an, in seinem Verlage einen Gedichtband zu veröffentlichen, und lud ihn gleich zu einer baldigen Lesung seiner Gedichte nach Stuttgart ein.

Die fand dort schon am 17. oder 18. Juli 1952 im Vestibül einer Villa statt. Im Publikum war da auch der Kollege

Hermann Lenz (1913-1998),

sieben Jahre älter als Celan, aber als literarischer Verarbeiter seiner eigenen Kollisionen mit den Nazis gleichfalls lange unbeachtet.

In seinen *"Erinnerungen an Paul Celan"* hat er Stuttgarter Lesungen Celans beschrieben: *"Der getragene Ton seines Vortrags überraschte mich"*, aber

"Es berührte mich. Und der Mensch, der die Gedichte vortrug, erschien mir als einer, der sich fremd fühlt [...] . Er bewegte sich wie einer, der dem Boden nicht traut. / Ein Jahr später [...] erzählte er, wie's bei der Gruppe 47 gewesen war. – 'Naja', sagte er, 'diese Fußballspieler ... Da hat einer zu mir gesagt: Die Gedichte, die Sie vorgelesen haben, waren mir sehr unsympathisch. [...] Oder er beschrieb, wie Hans Werner Richter zu einem Kollegen von der Zeitung gesagte hatte: 'Und das ist Herr Celan, der macht Gedichte wie ... Nun, sagen Sie schon, wie Sie dichten.' Celan machte Richters Geste nach und fuhr fort: 'Ich habe geantwortet: Nun, doch hoffentlich wie ich' " (zitiert nach [25]).

Aber ein späterer Stuttgarter Lesetermin Paul Celans fand (1957?) in der *Technischen Hochschule* statt, deren Studenten mit Max Bense, ihrem Professor für Philosophie, Ästhetik und Semiotik, vormaligem Berliner Bürgermeister, im Auditorium saßen. *"Diese Leute"*, hat gleichfalls Hermann Lenz festgehalten,

"redeten, während Celan las [...] . Einer stand auf, ging hinaus und ließ die Tür laut ins Schloß schnappen. Dann wurde draußen ein Motorrad angeworfen, knatterte und zischte auf der Stelle, bis es endlich wegfuhr. / Ce-

lan unterbrach seine Lesung und sagte: 'Haben Sie doch Verständnis' " (zitiert nach [25]).

Aber da war er mit Hilfe Willy A. Kochs und der *Deutschen Verlagsanstalt* auch in der *Bundesrepublik Deutschland* schon ein anerkannter Lyriker. Diverse Juroren begannen, ihn inzwischen zu prämiïeren:

mit dem Literaturpreis des *Kulturkreises im Bundessverband der Deutschen Industrie* 1957,

mit dem *Literaturpreis der Freien Hansestadt Bremen* 1958,

mit dem *Georg-Büchner-Preis* der *Deutschen Akademie für Sprache und Dichtung* 1960

und mit dem *Großen Kunstpreis des Landes Nordrhein-Westfalen* 1964.

Da ließ es sich auch Hans Werner Richter nicht nehmen, diesen anerkannten Autor, sei es auf Anraten seines Gruppenfreundes Alfred Andersch schon 1954, abermals zu einem Treffen der Gruppe 47 einzuladen. Celan lehnte höflich ab.

Als 1955 drei seiner Gedichte in *"Texte und Zeichen"* erschienen, deren Herausgeber Alfred Andersch war, lobte Richter scheinheilig: *"sehr gut diesmal die Gedichte von Celan, die mir zum ersten Mal gefallen haben"* (zitiert nach [109]).

Weitere Einladungen in Richters Clique wurden von Celan gleichfalls ausgeschlagen. Er ging dort nie wieder hin. *"Ich habe es satt"*, stand 1962 in seinem Brief an Klaus Wagenbach, *"die Zielscheibe aller jener zu sein, die, weil sie mit sich selbst nicht fertig werden, ihr Unbehagen an sich selbst – um nur das zu nennen – auf mich projizieren"* (zitiert nach [53]).

Als 1962, schon zum stolzen 15. Geburtstag dieser Projektoren-Clique, im honorigen *Rowohlt Verlage* eine Anthologie nur mit Texten erscheinen sollte, die vor der *Gruppe 47* vorgelesen worden waren, verweigerte Celan die Abdrucksgenehmigung für seine nunmehr gnädigst auserkorenen Verse.

Mit einem hemmungslos abgefeimten Täuschungsmanöver wurden sie aber dennoch gedruckt, im Einführungstext des Rowohlt-Lektors Fritz J. Raddatz der Name Celan jedoch ebenso wie *"die Worte Hitler, KZ, Atombombe, SS, Nazi, Sibirien"* lieber ausgespart: *"Die Säle voll Haar und Zähnen in Ausch-*

witz [...] wurden nicht zu Gedicht oder Prosa" (Raddatz *ex cathedra*, hier zitiert nach [1]).

Wer das so wenig unterlassen konnte wie Celan, wurde zwar bestohlen und opportunistisch gedruckt, aber nicht mehr erwähnt.

Der sperrige Celan ist *"nun für mich erledigt"*, schrieb auch Richter selbst in einem Brief vom 6. August 1962, *"ob er dichten kann oder nicht. Mir ist das gleichgültig. Mit kranken Narren kann man nicht seine Zeit verbringen"* (zitiert nach [109]). Denn solche Verweigerung eines Abdrucks seiner Gedichte sei *"nur mit manischer Depression zu erklären"* (zitiert nach [72]): selbst Erkrankung also als Schuld, nicht als Folge.

Hilflos untersagte der Betrogene die Verwendung seiner Texte für den (un-wahrscheinlichen) Fall noch weiterer Auflagen. *"In keiner Weise"*, begriff erst Klaus Briegleb 2003, *"möchte er noch einmal im Kontext der Gruppe 'figurieren' "* [72].

Etwa gleichzeitig allerdings gab Richter einen Sammelband heraus, der *"Bestandsaufnahme, Eine deutsche Bilanz 1962"* hieß. Dort ließ er seinen Gruppenfreund Peter Rühmkorf über *"Das lyrische Weltbild der Nachkriegsdeutschen"* publizieren und hierbei eine gnadenlose Abrechnung mit dem Non-konformisten Celan vollziehen. Diese Geringschätzung ist radikaler kaum denkbar und umso peinlicher, als Rühmkorf den Abgekanzelten nicht nur nachteilig mit Günter Grass und Hans Magnus Enzensberger konfrontiert, sondern auch mit seinen eigenen anempfohlenen Produkten.

Solche *"bodenlose Mißachtung des Überlebenden"*, urteilte *"DIE ZEIT"* noch am 30. November 2000, sei unverjährbar: *"Rühmkorfs Text gegen Celan verlacht ihn immer noch"* (zitiert nach [72]). Für Klaus Briegleb manifestierte sie sich noch potenziert in jenem *"Schweigen des deutschen Literaturbetriebs über so ungeuerliche Attacken wie die des Peter Rühmkorf"* [72].

Noch als Celan schon länger als ein ganzes Jahrzehnt gar nicht mehr am Leben, wohl aber im Olymp der deutschen Literatur anzutreffen war, kartete Hans Werner Richter persönlich noch einmal nach und beschrieb 1981, selbst inzwischen 73jährig, den Celan von 1952 in Niendorf:

" ... schüchtern, sensibel, sich fremd fühlend, gestört vielleicht, ein Mann, der nicht lachen kann. Er ist, so scheint es mir, fast immer abwesend. Ich

weiß nicht, ob er bei den Lesungen überhaupt zugehört hat. Vielleicht kann er nicht zuhören, weil er immer mit sich selbst beschäftigt ist. Mir ist, als nähme er auch mich nicht wahr. Seine Stimme klingt mir zu hell, zu pathetisch. Sie gefällt mir nicht. Wir haben uns das Pathos längst abgewöhnt. Er liest seine Gedichte zu schnell. Aber sie gefallen mir, sie berühren mich, obwohl ich die Ablehnung gegen die Stimme nicht überwinden kann. Die Teilnehmer hören schweigend zu" (zitiert nach [109]).

Aber erst 2001, als auch Richter schon seit acht Jahren tot war, wurde zugänglich, was der Mißachtete selbst schon eine Woche nach seinem Niendorfer Auftritt aus *Frankfurt am Main* an Gisèle de Lestrange nach Paris gemeldet hatte:

"Ich habe ein gutes Drittel der deutschen Schriftsteller kennengelernt – ich denke dabei nur an die, denen man die Hand drücken kann, ohne Gewissensbisse haben zu müssen. Doch unter diesen findet man eine große Zahl Ungebildeter, Aufschneider und Halbversager, und sie haben es nicht versäumt, mich aufs Korn zu nehmen. Ich habe Widerstand geleistet, und ich glaube sagen zu können, daß ich mich behauptet habe. (Das ist natürlich eine Vereinfachung, entschuldige bitte, aber ich komme gerade von Leuten, bei denen Vereinfachungen gang und gäbe sind.)" [83].

Aber als Richter sich 1965 nicht entblödete, Celan im Wahlkampf für den *Deutschen Bundestag* um eine Unterstützung der *SPD*, dieses *"kleineren Übels"*, anzugehen, antwortete ihm der behelligte Neufranzose, er sei *"der Ansicht, daß ein Schriftsteller sich nicht für das jeweils kleinere [...] Übel, sondern jederzeit, und so differenziert als möglich, für das Wahre und Menschliche zu entscheiden hat"* (zitiert nach [109]).

"Harsch, formell, endgültig", hat zumindest Klaus Briegleb später begriffen, war das Paul Celans *"Absage an die Gruppe 47"*. Denn spätestens seit Ende 1963 wußte er um seine Einsamkeit im kämpferischen Versuche, *"das literarische Deutschland zu verändern, vor allem: dem Antisemitismus zu begegnen"* [72]. Aber *"allein"*, schrieb er seinem Verleger Gottlieb Bermann Fischer im Dezember 1963, *"allein kann ich diesen Dingen nicht begegnen"*, und erwog, *"sich 'an diesem literarischen Leben' nicht mehr zu beteiligen"* [72].

Er hatte die *"fintenreich ausgetragene Verachtung, sprunghaft überschnap-pend in 'Freundschafts'-Beteuerung"* nicht nur als *"das nachkriegstypische Desinteresse an Juden und Judentum"* [72] durchschaut, sondern den vermut-lich überforderten Hans Werner Richter auch als den *"Türsteher"* einer in-tellektuëllen Gruppierung erkannt, *"die ihre Identität durch Schweigen über die Shoah bewahrt, auch gegenüber ihren jüdischen 'Gästen' "* [72]; denn *"das Jüdische an und für sich, das heißt nach den Jahren 1938 bis 1945: die jüdische Stimme aus der Shoah war die Bedrohung und mußte tabuisiert werden"* [72].

Wohl folgerichtig spricht der hierfür vielfach angefeindete Klaus Briegleb von der *"Chancenlosigkeit der komplexen jüdisch-deutschen Poesie Celans im Land der Täter"* [72].

Paul Celan aber zog sich damals in die vornehme Andeutung eines Gedich-tes zurück, das *"An niemand geschmiegt"* ist:

"das letzte
Wort, das euch ansah,
soll jetzt bei sich sein und bleiben.

                       „ [143]
....

Aber auch mit so beschämenden Versen vermochte er nicht,

"auch nur eine Stimme in der Gruppe 47 zu wecken, die hätte verraten kön-nen, ob das Scheitern der Beziehung zu Celan jemandem dort ein Problem geworden war, das ihn wenigstens jetzt zur Reflexion der Geschichte bewegt hat, in die ihn Celans Lyrik zu blicken auffordert" [72].

An Nelly Sachs, die befreundete Kollegin und Leidensgenossin in Stock-holm, hatte Celan da schon ein ganzes Lustrum vorher geschrieben.

"Sie ahnen nicht, wer alles zu den Niederträchtigen gehört, nein, Nelly

Sachs, Sie ahnen es nicht. / Denn es ist nicht allein Indolenz, es ist Nieder-
tracht und Gemeinheit. / Soll ich Ihnen Namen nennen? Sie würden erstar-
ren. Es sind solche darunter, die Sie kennen, gut kennen. [...] Einige
schreiben sogar Gedichte.

Sie schreiben, diese Menschen, Gedichte ! "[117]

Trotzdem war in Niendorf damals auch ein Eis geschmolzen. Die Gedichte
Paul Celans erschienen seither in Deutschland, auch noch bei andern verle-
gerisch ersten Adressen, S. Fischer und Suhrkamp, sie wurden daher Sujet
der deutschen Feuilletons, auch schon der Germanisten: allenthalben von
Unverständnis, tradierten Ressentiments oder lustlosen Protesten attackiert.

Umso häufiger freilich wurde ihr Autor zu Verlagsverhandlungen und Lesungen nach Deutschland gebeten (*"Auch die Antisemiten haben mich aus-*
findig gemacht"[118]). Umso öfter also reiste er nun hin in dieses eigentlich
gemiedene Land: auch *"weil er Sorge hat, den Kontakt mit der gesproche-*
nen, lebenden Sprache zu verlieren"[1].

Aber er *"passierte die deutsche Grenze"*, hat sein Sohn noch 2001 publizieren lassen, *"immer mit einem tiefen Angstgefühl"*[1]:

"Zwischen Metz und Saarbrücken", hat auch der eingeweihte elsässisch jüdische Altphilologe Jean Bollack bestätigt, *"wurde er ein anderer Mensch"*
und tauschte sonstige *"schlichte, einfache Umgangsformen"* gegen die
Förmlichkeiten einer Abwehrhaltung (zitiert nach[3]). Denn *"kaum ange-*
kommen, habe ich, wie jedesmal, den Eindruck, daß ich vergeblich in dieses
Land gekommen bin, dessen Gegenwart für mich mit der Ferne ver-
schwimmt"[119].

Günter Grass, in den späten fünfziger Jahren oft in Paris und da mit ihm beisammen, hat entsprechend bestätigt: *"Von jeder Reise in die Bundesrepublik*
kehrte Celan beschädigt zurück" (zitiert nach[3]). Denn *"die Leute, denen*
man begegnet, die man auf der Straße sieht", berichtete er seiner Gisèle
schon selbst 1954 aus Düsseldorf, *"haben mit Sicherheit nichts Anziehen-*
des, im Gegenteil"[120], und aus Köln 1955:*"Die Gesichter, die ich hier sehe,*
sind nicht gerade die eines hölderlinschen Volkes"[121].

Aber aus Stuttgart hatte er da schon ergänzt: *"Die menschliche Landschaft in diesem unglücklichen Land (das sich seines Unglücks nicht bewußt ist) ist höchst beklagenswert. Die seltenen Freunde, die wahren, sind enttäuscht, resigniert, entmutigt"* [122].

Er gab zu, *"daß die Resignation fast der wichtigste Gesichtspunkt im Verhalten der Leute ist, die nicht des Nazismus verdächtigt werden können"* [123]. Wenn er denen seine Gedichte vorlas, *"über ihre Köpfe hinweg"*, war ihm, *"als wollte ich meinen Hörern jenseits ihrer selbst begegnen, in einer zweiten Wirklichkeit, die mein Geschenk an sie sein wird"* [122].

In Düsseldorf konstatierte er im September 1955: *"So viel ist sicher, dieses Land gefällt mir nicht"*, denn *"ich fühle mich so fremd und verloren in diesem Land, in dem man sonderbarer Weise die Sprache spricht, die meine Mutter mich gelehrt hat ..."* [124].

Aber *"wenn es etwas gibt, was dieser Aufenthalt mich einmal mehr gelehrt hat, so ist es dies: die Sprache, mit der ich meine Gedichte mache, hat in nichts etwas mit der zu tun, die hier oder anderswo gesprochen wird, meine Ängste in dieser Hinsicht, genährt durch meine Schwierigkeiten als Übersetzer, sind gegenstandslos. Wenn es noch Quellen gibt, aus denen neue Gedichte (oder Prosa) hervorsprudeln können, so werde ich sie nur in mir selber finden und nicht etwa in den Gesprächen, die ich in Deutschland mit Deutschen auf Deutsch führen könnte.*

Dieses Land, ich mag es überhaupt nicht. Ich finde die Leute erbärmlich. Natürlich gibt es Ausnahmen, doch sie sind selten, und um sie zu treffen, brauche ich mich nicht in Deutschland aufzuhalten.

Sie sagen mir, ich soll nicht zu streng zu meinen Freunden sein, ich versuche, diesen Rat zu befolgen, aber ich komme nicht umhin festzustellen, in welchem Maße einige von ihnen kleinlich und schäbig sind. Die Unreinheiten sind wirklich zu zahlreich, als daß man sie übersehen könnte" [125].

1959 erschien im Frankfurter S. Fischer Verlag der dritte Gedichtband von Paul Celan: *"Sprachgitter"*. Runde fünfzig Jahre später bestätigte ihm sein nachgeborener Kommentator Jürgen Lehmann, hier *"endgültig zu einer eigenen Sprache"* gefunden zu haben [153], und bestätigte dessen Rezensent Christophe Fricker an der *Duke University* in Durham, *North Carolina*, daß dieses *"Sprachgitter"* nichts Geringeres vollziehe, als *"den Versuch einer*

Neuverortung von Dichtung, Menschlichkeit und Individualität nach dem Holocaust" [154].

Der Berliner *"Tagesspiegel"* aber sah das am 11. Oktober 1959 noch anders und ließ seinen Kritiker Günter Blöcker ungebremst über diesen jüdischen Poëten mäkeln – :

schon *"weil seine Lyrik nur selten einem Objekt gegenübersteht"*.

Sie sei *"weder der Wirklichkeit abgewonnen, noch dient sie ihr [...]. Seine Bildsprache lebt von eigenen Gnaden"*, ihre Verse seïen *"vorwiegend graphische Gebilde* [Anspielung auf die "erbfeindlich" angeheiratete Grafikerin und deren Pantoffelhelden?]. *Ihr Mangel an dinghafter Sinnlichkeit wird auch durch Musikalität nicht unbedingt wettgemacht"*.

Schon jene *"vielgerühmte 'Todesfuge' "* wie auch dessen jetzige *"Engführung"* dieses Autors seïen *"eher kontrapunktische Exerzitien auf dem Notenpapier oder auf stummen Tasten"*; nur selten sei hier *"der Klang bis zu dem Punkt entwickelt, wo er sinngebende Funktionen übernehmen kann"*.

Aber die sprachlichen Freiheiten dieses Lyrikers mögen auch *"an seiner Herkunft liegen"* [am Jüdischen?] , die ihn *"oftmals dazu verführt, im Leeren zu agieren"* (zitiert nach [150]).

Der Gescholtene las das am 17. Oktober 1959 und schickte Kopieën sofort an Ingeborg Bachmann und Rolf Schroers. Als keiner so schnell reagierte wie erhofft, explodierte der tief Getroffene am 21. Oktober 1959 mit einem Gedicht, das nun seinerseits *"auf die Negierung von Jüdischem beim Lesen deutschsprachiger Gedichte reagiert"* [159] und das er *"Wolfsbohne"* nannte (nach jener Lupinenart, die ihn auch in Hölderlins hymnischem Entwurf *"Vom Abgrund nämlich ..."* sein willkommenes Motto für diese Verse finden ließ:

*" ... o
Ihr Blüten von Deutschland ... ")* .

Mit so botanischer Beschwörung floh er klagend seiner ermordeten Mutter,
die er hier neunzehn Male namentlich anfleht, in die schützenden Arme:

"(Weit, in Michailowka, in
der Ukraine, wo
sie mir Vater und Mutter erschlugen: was
blühte dort, was
blüht dort? Welche
Blume, Mutter,
tat dir dort weh
mit ihrem Namen?

Mutter, dir,
die du Wolfsbohne sagtest, nicht:
Lupine".

Ihr, der also nicht diese Blume weh tat, sondern deren mörderisch wölfi-
scher deutscher Name, schüttete er nun sein blutendes Blöcker-Herz aus:

"Gestern
kam einer von ihnen und
tötete dich
zum andern Mal in
meinem Gedicht".

Abermals zieh er sich ununmehr, in dieser Sprache der Muttermörder zu
dichten:

"Mutter.
Mutter, wessen
Hand hab ich gedrückt,
da ich mit deinen
Worten ging nach
Deutschland?"

– mit seiner Muttersprache also in die mütterlich erprobte Fluchtburg in jenem k. u. k. böhmischen *Aussig an der Elbe.*

" 'Aussig': ein schwieriges Wort, ein schwieriger Ort in einem schwierigen
Landstrich", hat Marcel Beyer 2002 auch die Strecke Prag – Berlin in Erinnerung gerufen: *"nicht erst seit Erfindung des Begriffs 'Sudentendeutsche'*

*im Jahre 1902. 'Aussig' liegt in der Ackermanngegend, wo die Verquickung
von Sprache, Dichtung und Politik augenfällig wird wie an wenigen anderen Orten"* [159].

"Auch ich bin 'böhmisch fixiert'", klärte Paul Celan später seinen Lektor auf,
*"bei mir fings mit Aussig an der Elbe an, wo meine Mutter ein paar für mich
nachzugebärenden Ka(f)kanier entscheidende Fluchtjahre verlebt hat. (Sie
war einer jener ostjüdischen Flüchtlinge, von denen K[afka]s Tagebuch ja
einiges zu erzählen weiß)"* (am 9. Juni 1962 [158]): Kafkas abgründig
schwimmende Dienstreise- oder Ur-, Ikonen- und Segensaugen könnten da
also schon vor seiner eigenen Zeugung auf Mutter Frejde geruht und die be-
fruchtet haben –

"In Aussig, sagtest du immer, in
Aussig an
der Elbe,
auf
der Flucht.
Mutter, es wohnten dort
Mörder".

Denn achtzig Prozent der jüdischen Bevölkerung in *Aussig an der Elbe* wurden später NS-ermordet. Noch später massakrierten dort Tschechen ihre su-
detendeutschen Nachbarn.

Wer das weiß und nicht vergessen kann, sucht allenthalben Trost in all seiner heillos verlassenen Einsamkeit *après*:

"Mutter, ich habe
Briefe geschrieben.
Mutter, es kam keine Antwort.
Mutter, es kam eine Antwort.
Mutter, ich habe
Briefe geschrieben an – "

An wen? Vor wenigen Tagen noch an die Freunde Ingeborg Bachmann und
Rolf Schroers. Beide schweigen. Auch an die schweigende Hilde Spiel, an
viele andere.

"Mutter, sie schweigen.
Mutter, sie dulden es, daß
die Niedertracht uns verleumdet.
Mutter, keiner
fällt den Mördern ins Wort."

Vollends verzweifelt:

"Mutter, ich
bin verloren.
Mutter, wir
sind verloren.
Mutter, mein Kind, das
dir ähnlich sieht.)" (zitiert nach [158])

Von diesem seinem Kinde und ihrem Enkel sagte bald dessen Mutter Gisèle:

"Dieser Sohn [...] ist von Paul, er ähnelt ihm, ich glaube, er wird ihn verstehen" (am 26. Mai 1960 an Ingeborg Bachmann [155]).

Aber in jener *"Wolfsbohne"* hatte Vater Paul da schon doppelt, eingangs wie ausgangs, verfügt:

"Leg den Riegel vor: Es
sind Rosen im Haus.
Es sind
sieben Rosen im Haus.
Es ist
der Siebenleuchter im Haus.
Unser
Kind
weiß es und schläft" (zitiert nach [158]).

Schon am 22. Oktober 1959, nur einen Tag nach der Niederschrift dieser Verse, ging Paul Celan in die Pariser Nationalbibliothek und durchforstete dort *"die Jahrgänge 1940 bis 1944 der von Joseph Goebbels herausgegebenen Wochenzeitung 'Das Reich' nach bekannten Namen der deutschen Nachkriegsliteratur"*[159].

Ob er dort fündig wurde, ist nicht überliefert. Aber er könnte da erfahren haben, daß Günter Blöcker 1942 den Nazis wichtig oder dienlich genug war, um mitten im *Zweiten Weltkrieg* vom Militärdienst befreit und als Film-Dramaturg zur NS-*Ufa* des Dr. Goebbels versetzt zu werden, wo er an anderer Front bis zum Kriegsende NS-fanatische Durchhaltefilme produzieren half.

Vielleicht deshalb empfand er es später als gegenstandslos und als frei von *"sinngebenden Funktionen"*, für die Mordopfer seiner damaligen Auftraggeber

n o c h   e i n   R e q u i e m   z u   s i n g e n .

Gleich am nächsten Tage, dem 23. Oktober 1959, schrieb Paul Celan drei Briefe:

einen an seinen Frankfurter Verlag mit dem Vorschlag, sein beigefügt aktuelles Gedicht *"Wolfsbohne"* umgehend schon im nächsten *"S. Fischer Almanach"* zu veröffentlichen,

einen zweiten eingeschrieben an die Feuilleton-Redaktion des Berliner *"Tagesspiegels"*, dem er mitteilte:

"Die 'Todesfuge', als deren leichtsinnigen Autor ich mich heute bezeichnen muß, ist tatsächlich ein <u>graphisches Gebilde, in dem der Klang nicht bis zu dem Punkt entwickelt ist, wo er sinngebende Bedeutung übernehmen kann.</u> [...] / Auschwitz, Treblinka, Theresienstadt, Mauthausen, die Morde, die Vergasungen: wo das Gedicht sich darauf besinnt, da handelt es sich um <u>kuntrapunktische Exerzitien auf dem Notenpapier.</u> / [...] Gewisse Autoren – <u>das mag an ihrer Herkunft liegen</u> – <u>entlarven</u> sich übrigens eines schönen Tages selbst" (zitiert nach [150]);

aber den dritten Brief an Max Frisch, den damaligen Lebensgefährten der scheinbar verstummten Ingeborg Bachmann, in der neutralen Schweiz:

"Hitlerei, Hitlerei, Hitlerei. Die Schirmmützen.

Sehen Sie bitte, was Herr Blöcker, erster deutscher Nachwuchs-Kritiker [...] schreibt" [150].

Max Frisch antwortete am 3. November 1959 gewunden und umständlich gedrechselt, auch er *"lebe mit einer Wunde, die freilich nicht Sie mir geschlagen haben, auch nicht Hitler, aber auch mit einer Wunde, sensibilisiert bis zur Krankhaftigkeit"*: seiner Eitelkeit, vornehmlich Kritikern gegenüber;

"allzuleicht fühle ich mich verraten, ausgeliefert, verhöhnt, ausgestoßen, preisgegeben, [...] und allzu oft brauche ich alle Kraft, um nicht verletzt zu sein von meiner bloßen Einbildung";

auch wie er *"mitunter froh"* sei *"festzustellen, daß ein Kritiker, der mich nicht lobt, politisch oder auch sonstwie eine trübe Figur ist. [...] Da bei mir der Verdacht, daß ich aus Antisemitismus getadelt oder mißverstanden werde, nicht anzuwenden ist, wohin soll ich mich wenden?"* Der Arme!

So geht es seitenlang helvetisch weiter. Dann faßt er zynisch zusammen: *"Wäre in Ihnen, mit Bezug auf diese Kritik, auch nur ein Funke gekränkter Eitelkeit, so wäre ja die Nennung der Todeslager, scheint mir, unerlaubt, ungeheuerlich"* [152].

Da selekierte sich unverkennbar ein fantasielos Saturierter von einem schwer geschädigten Opfer der Schoah.

Nur sechs Tage später kartete ihrer beider Ingeborg Bachmann wenig glückhaft nach und tröstete den Blutenden ausgerechnet mit sonstigen Erfolgen und *"daß nur Deines Ruhmes wegen [...] immer wieder der Versuch gemacht werden wird, ihn zu schmälern"*: gerade mit diesem Blöcker sei auch ihr selbst das schon so widerfahren (zitiert nach [150]).

Schon drei Tage hierauf, am 12. November 1959, erinnerte Paul Celan sie höhnisch,

"daß die Todesfuge auch dies für mich ist: eine Grabschrift und ein Grab.

Wer über die Todesfuge <u>das</u> schreibt, was dieser Blöcker darüber geschrieben hat, der schändet die Gräber.

Auch meine Mutter hat nur <u>dieses</u> Grab" [150].

Aus dieser jüdischen Traditions- und Religionsverletzung heraus bat Celan nunmehr Ingeborg Bachmann und Max Frisch, ihm

"nicht mehr zu schreiben, mich nicht anzurufen, mir keine Bücher zu schik-
ken; nicht jetzt, nicht in den nächsten Monaten – lange nicht [...], bitte,
versetzt mich nicht in die Lage, Euch Eure Briefe zurückzuschicken! [...]

Ich muß an meine Mutter denken.

Ich muß an Gisèle und das Kind denken" (zitiert nach [150]).

Das klang unversöhnlich.

Noch kurz zuvor, erst im Sommer jenes selben Herbstes mit Blöckers Attak-
ke, hatte er sich im helvetischen Sils-Baselgia *"wieder ganz zerfallen mit*
mir und mit allem" gefühlt und brieflich bei der Kollegin Bachmann angefragt:

"was soll das Schreiben – und was soll der, der sich ins Schreiben hineinge-
lebt hat?" (am 20. Juli 1959 [150]).

Die Antwort hierauf gab er sich kurz nach dem Bruch, 1960, selbst, indem
er definierte, was überhaupt Gedichte für ihn sind:

"Unendlichsprechung von lauter Sterblichkeit und Umsonst" (zitiert nach
[156]) – was Tautologisches also?

Vier Jahrzehnte später griff das Jürgen Wertheimer, gnädig spätgeboren lite-
rarhistorischer Kollege jenes unseligen Günter Blöcker, auf und erkannte:

"Der Tod und die Sinnlosigkeit sind die großen Themen der 'Moderne'. Bei-
des als Massenphänomene. / Und dann ist da dieser merkwürdige Begriff
der 'Unendlichsprechung'. Seligsprechungen und Heiligsprechungen kennt
man. Und Freisprüche. Und etwas der darin enthaltenen Vorstellung
schwingt auch im Begriff der Unendlichsprechung mit" [156] – mehr noch: er
bedeutet auch jene Verewigung, wie alle Kunst sie immer anstrebt oder gar
erreicht und sogar der SS verjährungslos zu bescheren trachtet.

Aber Paul Celan wollte sicher vor allen andern die Opfer verewigen und ihre Opferungen: ihre Martyriën.

Denn im März 1962, als es in dieser *Bundesrepublik Deutschland* tatsäch-
lich wieder alte Nazis im Parlament und neuën aggressiven Rassismus im
Lande gab, schrieb er dem Freunde Petre Solomon nach Bukarest mitten im
"Ostblock":

"Gestern habe ich dir einen Brief mit einem Gedicht geschickt – es ist wirklich der Aufschrei eines, den die deutschen Neo-Nazi-'Menschen' und ihre Handlanger im wahrsten Sinne des Wortes 'abgeschafft' haben" [126].

Immer mehr nämlich fühlte er sich von den Deutschen schlicht *"mißbraucht, geschätzt nur als Feigenblatt"* [8] gegen schlechtes Gewissen und ihren miesen Leumund. Er *"fühlte sich in seinem, dem deutschen Sprachraum nicht verstanden"* [3].

Umso radikaler war die Ästhetik seiner Gedichte *"auch eine politische Antwort auf die kulturelle Situation in der Bundesrepublik, auf das herrschende Kunstverständnis"* mit all dem *"Verdrängen der Naziherrschaft und der Judenermordung"* [3] in jenem Adenauer-Staate.

Am 1. Juni 1960 reagierte er auf die Entscheidung des S. Fischer Verlages, sein Gedicht *"Wolfsbohne"*, allzu privat, lieber doch nicht im nächsten *"Almanach"* zu publizieren, mit dieser brieflichen Bitte:

"Dieses Gedicht [...] bleibt also privat, und nun bitte ich Sie, es ganz ins Private zurückkehren zu lassen und es bei Gelegenheit zurückzuschicken" (zitiert nach [158]).

Paul Celan hat *"Wolfsbohne"* dann für seinen nächsten eigenen Gedichtband vorgesehen: *"Die Niemandsrose"*. Aber es fehlt auch dort. Er selbst hat es nie veröffentlicht: war es ihm tatsächlich zu privat geworden, zu entblössend, zu schutzlos blutend? Oder allzu unerwünscht? Oder allzu plakativ in seinem Entsetzen? In seiner direkten Empörung, seiner unübersetzten Wut?

Wirklich erschien es erst 27 Jahre nach dem Tode seines Autors in dessen Nachlaß: 1997.

Ex-*Ufa*-Dramaturg Günter Blöcker wurde schon 1964 mit dem funkelnagelneuën *Johann-Heinrich-Merck-Preis* der *Deutschen Akademie für Sprache und Dichtung* ausgezeichnet. Er war der Erste, der die 12 500 DM dieses Preises kassieren durfte, später taten das auch Peter Rühmkorf, Reinhard Baumgart, Hans Egon Holthusen, Joachim Fest und viele andere Autoren. Paul Celan wurde damit nicht ausgezeichnet.

Aber Günter Blöcker schrieb inzwischen nicht nur für den Berliner *"Tagesspiegel"*, sondern auch für die *"Süddeutsche Zeitung"*, "DIE ZEIT", den *"Münchner Merkur"*, den *Sender Freies Berlin*, den *Rias Berlin*, den *Hessi-*

schen Rundfunk, den *Deutschlandfunk* und jene *"Frankfurter Allgemeine Zeitung"* des Speer- und Hitler-Biografen Joachim Fest, die ihm 1973, als Paul Celan schon seit drei Jahren tot war, so zum 60. Geburtstag huldigte:

"Günter Blöcker ist der Kritiker der klassischen Moderne."

"Was ich hätte machen können sollen", schrieb Paul Celan schon am 5. September 1962 in neutralerem Französisch seinem rumänisch jüdischen Kollegen und eingeweihten Mentor Alfred Margul-Sperber hinter den *Eisernen Vorhang* nach Bukarest,

"war, alles hinzuwerfen; aber du weißt, was es für einen deutschsprachigen Dichter, der den Naziterror überlebt hat, bedeutet, sich ein zweites Mal von seiner Sprache abgeschnitten zu sehen" [127].

Zu so defätistischen Äußerungen mögen ihn da aber auch jene fortgesetzt infamen Machenschaften der Witwe Claire Goll veranlaßt haben.

Schon seit 1953 und jedenfalls bis 1966 nämlich führte sie gegen Paul Celan

e i n e   ö f f e n t l i c h e   V e r l e u m d u n g s c a m p a g n e

mit so unerbittlicher Gnadenlosigkeit, daß auch geschlechtliche Motive nahe lägen, wären sie nicht so unwahrscheinlich. Mit dem Rachedurst einer Verschmähten jedenfalls beschuldigte sie ihr Opfer auch noch nach dessen Tod wiederholt sexuëller Belästigung, gar eines Vergewaltigungsversuches, der jedoch eher ein Produkt ihrer Fantasie oder sonstig okkulten Dimensionen ihres Unterbewußten entsprungen sein dürfte.

Denn solange Celan noch lebte, verzichtete sie wohlweislich auf einen Rufmord solchen Kalibers und begnügte sich mit Plagiatsvorwürfen, die sie in weitgestreuten Rundbriefen, eigenen oder indirekt veranlaßten, auch pseudonymen Leserbriefen und anderen Versuchen einer öffentlichen Einflußnahme in die Welt setzte und von obskuren Nachwuchsgermanisten im fernen Amerika oder von sonstigen Beckmessern, die später reuïg dementieren mußten, aber skrupellos auch von antisemitisch beflügelten Silben- und Erbsenzählern der Journaille legitimieren ließ.

Natürlich wurden solche kleinstkarierten Korinthenkackereïen mit Kußhand von deutschen Feuilletonisten und Skandalreportern aufgegriffen, denen der unaufhaltsame Aufstieg dieses Balkan-Exoten in die olympischen Höhen der ehrwürdig deutschen Literatur ohnehin ein Dorn im Auge sein mochte. Sie versuchten, ihn mit allen Mitteln auch des Schmierenjournalismus zu verhindern, und bedienten sich hierbei genüßlich auch jeder Kriminalisierung eines solchen Eindringlings gar aus dem kommunistischen Ostblock oder von sonstwoher.

Claire Goll als die unerschöpfliche Quelle aller dieser Malicen scheute nicht einmal davor zurück, die Ermordung der Eltern Antschel in Frage zu stellen und zur melodramatisch erpresserischen *"Legende"* zu erklären.

Celan sah hierin einen infamen Versuch, auch seine *"Todesfuge"*, diese fast schon klassische Basis zumal seines Ruhmes, all ihrer Legalität und Identität zu berauben. 1961 sperrte er daher dieses meistgefragte Gedicht für jedweden Nachdruck und entfernte es auch aus seinen eigenen Leseprogrammen: um *"diesem Epitaph 'Schutz' zu gewähren, das ins Gedicht gefaßte Gedenken vor Instrumentalisierung und Mißbrauch zu bewahren"*[53].

Umso mehr jedoch kaprizierte sich die Meute gerade auf diesen Stützpfeiler seiner Anerkennung und spürte Gedichte befreundeter, aber hierzulande meist unbekannter jüdischer Kollegen aus Czernowitz auf, die zeitgleich oder kurz zuvor einzelne Vokabeln oder Bilder dieser *"Todesfuge"* verwendet hatten: Rose Ausländer und Immanuel Weissglas. Beide nahmen Celan souverän gegen solche Unterstellungen in Schutz und wiesen jeglichen Tatbestand eines möglichen Plagiates rigoros zurück.

Schulfreund Weissglas, Autor des einschlägigen Gedichtes *"Er"* erklärte dessen ausgeschnüffelte Parallelen mit der so viel erfolgreicheren *"Todesfuge"* gänzlich neidlos als den *"kameradschaftlichen Kontrapunkt"* einer Verbindung von *"zwei wortbesessenen Freunden oft in gemeinsamer Bemühung um das Gedicht ... wir sprachen Verse vor uns hin, die zu Gedichten gerannen"* (zitiert nach [26]).

Aber Rose Ausländer hat noch 1972 auf jedes Urheberrecht an Celans Metapher einer *"schwarzen Milch"*, die sie schon 1925 erfunden oder übernommen, jedenfalls verwendet hatte, generös verzichtet: *"Der Dichter darf alles als Material für die eigene Dichtung verwenden. Es gereicht mir zur Ehre, daß ein großer Dichter in meinem bescheidenen Werk eine Anregung gefunden hat. Ich habe die Metapher so nebenhin gebraucht, er jedoch hat sie zur höchsten dichterischen Aussage erhoben. Sie ist ein Teil von ihm selbst geworden"* (zitiert nach [2]).

Gerhart Baumann, Freiburger Germanist, hat gleichzeitig über Celans vermeintlichen Diebstahl besagter Metaphern hinzugefügt: *auch "auf Rimbaud ließe sich verweisen, – nicht zuletzt auf alttestamentarische und chassidische Überlieferungen"*, und akademisch seriös fixiert: *"Parallelismen bezeugen keineswegs irgendeine Priorität"* [26].

Aber

Primo Levi (1919-1987), der in Mussolinis Italiën

als jüdischer Schüler eines antifaschistischen Gymnasiums in Turin heranwuchs,

sein Universitätsstudium der Chemie 1941 mit Auszeichnung, aber einem Vermerk im Abgangszeugnis absolvierte, daß er *"von jüdischer Rasse"* sei,

als Mitglied einer liberalen Partisanengruppe 24jährig ins Konzentrationslager Fossoli bei Modena eingekerkert

und von hier aus im Februar 1944 nach Auschwitz deportiert wurde,

dort als einer von fünf Überlebenden eines Transportes von 650 italiënischen Juden nicht nur elf Monate nazideutsche KZ-Haft, eine "Scharlach"-Erkrankung und diverse "Todesmärsche" überstand,

sondern auch noch nach der Befreiung als *displaced person* auf eine Odyssee durch Mittel- und Osteuropa bis nach Weißrußland getrieben wurde,

über alles das zwei autobiografische Berichte verfaßte, die heute zur Weltliteratur des 20. Jahrhunderts gehören,

und noch 1982, fünf Jahre vor seinem unerklärten Todessturz in den heimischen Treppenschacht, mit seinem Partisanenroman *"Wann, wenn nicht jetzt?"* (*"Se non ora, quando?")* seinerseits eine andere Metapher der Celanschen *"Todesfuge"* aufgriff, indem er sie von jiddisch sprechenden Widerstandskämpfern benutzen ließ,

und noch 1986 in einem Brief an John Felstiner mühelos eingestand: *"Ich habe dieses Bild aus Celans TODESFUGE 'gestohlen', die mich tief getroffen hat [...] . Aber in der Literatur ist ja, wie Sie wissen, die Grenze zwischen Diebstahl und Huldigung fließend"* (zitiert nach [8]).

"Sehr aufschlußreich", findet hierzu Herbert Böttiger, *"ist Alfred Kittners Bemerkung vom 'ständigen Nehmen und Weiterreichen' "* [3].

Aber im brackigen Kielwasser Claire Golls fielen damals noch sonderlich jene Attacken auf diesen "Fremdling" Celan, diesen *"Außenseiter der dichterischen Rede"*,

aus der Feder seines Kollegen Hans Egon Holthusen auf, der selbst SS-Mann gewesen war,

und von Curt Hohoff, einem namhaften Publizisten auch schon in militanten NS-Organen, der Celans Lebensstationen von *"der rumänischen Sprachisolation in die französische Emigration"* jetzt als *"verlorene Posten mit ihren psychischen und materiellen Bedrängnissen"* bemitleidete: auch mit ihren Restmaterialien *"aus der k. u. k. Provinz vor 1912"*.

Auch die Verleihung des Bremer Literaturpreises an Celan wurde um Haaresbreite aus *"Gewissensgründen"* und als *"Wirkung von Claire Golls Angriffen"* [53] durch den einflußreichen Kollegen Rudold Alexander Schröder hintertrieben, der immerhin noch an den nationalkonservativen *"Lippoldsberger Dichtertreffen"* Hans Grimms, dieses Autors von *"Volk ohne Raum"* und seither Favoriten Adolf Hitlers persönlich, teilgenommen hatte.

Viele weitere Ehrungen schlug Celan dann in zugespitzter Konsequenz lieber aus: so den hochdotierten *Kunstpreis des Landes Niedersachsen*, die Wahl zum *Korrespondierenden Mitglied* der *Deutschen Akademie für Sprache und Dichtung* wie auch zum Mitglied der Berliner *Akademie der Künste* (wegen der hiesigen Mitgliedschaft Holthusens und Hohoffs); aus dem österreichischen PEN-Club trat er wieder aus, weil dessen Mitglied Paula

Ludwig seine ganze *"Goll-Affäre"* als *"reines Judengezänk abtun zu kön-nen"* [128)] glaubte, und sogar den Büchner-Preis gedachte er zeitweilig, wie-der zurückzugeben.

Barbara Wiedemann, die eine beispielgebend akribische und brillante Doku-mentation dieser ganzen beschämenden Affäre vorgelegt hat, entdeckte noch 2000 in den *"jeweiligen Hintergründen für die verschiedenen Anläufe Claire Golls, Paul Celan als Plagiator zu diffamieren"*, ziemlich *"erstaunli-che Parallelen"*:

"In jedem Fall korrelieren sie nämlich mit Vorbereitungen ihrerseits für ei-ne der diversen Publikationen aus dem Nachlaß ihres verstorbenen Man-nes." [53)]

Hierbei mag sie zumindest eigenmächtig vorgegangen sein. Nicht nur Bar-bara Wiedemann zeiht sie heutzutage philologischer Ungenauigkeiten, auch Veränderungen, Ergänzungen, Umdatierungen und sonstiger Manipulatio-nen von Texten ihres verstorbenen Ehemannes, deren deutsche Version überdies von Paul Celan zumindest *"inspiriert"* worden zu sein scheint. Je-denfalls ihre Übersetzung der *"Géorgiques Parisiennes"* von Yvan Goll soll 1956 *"wegen der hier wirklich zahlreichen Übereinstimmungen"* mit Celans Übertragung *"kaum publizierbar gewesen"* [53)] sein.

"Bevor also über derartige Ähnlichkeiten in der Presse nachgedacht wurde, sollte dieses Nachdenken in die richtigen Bahnen gelenkt werden" [53)]: in ei-ne seitenverkehrte Bezichtigung des Bestohlenen als notorischen Diebes.

*"Die ihn bestohlen hatten,
nannten ihn einen Dieb"*,

schien Celan noch *"im Jänner 65"* zu extemporieren,

*"die ihn nachäfften,
verbreiteten, er sei ein Plagiator"* [1)].

Daß grade Juden unkreativ, also epigonal genug sein dürften, um ihre be-rüchtigte Habgier auf so kriminelle Weise zu befriedigen, wurde als Subtext dieser ganzen Kampagne zumindest vom schwer beschädigten Celan in je-nen Jahren einer Reaktivierung nationalsozialistischer Bodensätze so ver-standen und eingeordnet, vielleicht aber auch von manchem Schreiberling mit oder ohne braune Vergangenheit so empfunden und gezielt in die Welt gesetzt.

Hans Werner Richter sogar, dem sein Gruppen-"Freund" Paul Schallück vorgeschlagen hatte, zu alledem ein Buch mit Celan-solidarischen Texten von Heinrich Böll, Günter Eich und Richter persönlich als repräsentativem Megaphon der *"Gruppe 47"* herauszugeben, beschied die Befürworter lapidar und erschreckend so: *"Den Fall symptomatisch behandeln!"* (zitiert nach [72]). Was immer er damit gemeint haben mag: es besagt, daß dieser Fall eben symptomatisch, also "typisch" sei – aber typisch für was? Für wen? Halt für solche Leute wie ... !

Eine juristische Klärung dieser ganzen Schmuddelaffäre hat niemals stattgefunden. Claire Goll hat sich weislich gehütet, ihre unbegründeten Plagiatsvorwürfe richterlich, also gutachterlich untersuchen zu lassen, und Paul Celan wurde von seinem Verlage, damals noch S. Fischer, und dessen Justitiaren, auch von manchem echten oder scheinbaren Freunde jahrelang vor gerichtlichen Schritten gewarnt. Dennoch hat er wiederholt zumindest urheberrechtliche Beratung bis ins entlegene London gesucht:

"Es muß nicht unbedingt ein Jude sein; ein aufrechter Mensch – jeder aufrechte Mensch ist mir willkommen. Wenn es aber ein Jude ist, so müßte es einer sein, der das Jüdische als das empfindet, was es ist: als eine G e - s t a l t des Menschlichen" [129].

Solch einen Rechtsanwalt scheint er nicht gefunden zu haben.

Also schwieg Celan.

Dieses *"Schweigen auf der Presse-Bühne, das auch von manchen Freunden nicht verstanden wird, ist eine grundsätzliche Entscheidung; freilich hat er, das zeigen die Entwürfe im Nachlaß, gelegentlich daran gedacht, es zu brechen, im Grunde aber nie damit gerechnet, daß man ihn hören, daß man ihm glauben würde"* [53].

Das offiziëlle Gruppen-Schweigen der 47er mit ihrem Sprecher Richter mag ihn hierin bestärkt und jedenfalls zusätzlich getroffen haben Denn Peter Rühmkorf hatte sich in seinem zitierten Pamphlet durchaus nicht gescheut, das stereotype Vokabular der Verleumder aufzugreifen und der Lyrik Paul Celans ihre Originalität zu bestreiten: ihre Metaphorik sei *"vorgegeben"*, *"kommun"* und habe *"durch allzu häufigen Gebrauch schon lange an Ausdruckskraft verloren"* (zitiert nach [72]).

Umso mehr animierte der Geschmähte da noch namhafte Freunde und Kollegen, öffentlich und solidarisch seine Unschuld zu beteuern, und so mancher tat das auch: Péter Szondi zumal, immer wieder, auch Enzensberger, Walter Jens, auch Ingeborg Bachmann mit Marie Luise Kaschnitz und Klaus Demus als Trio, auch Csokor und Torberg aus Wien, auch Karl Krolow, Rolf Schroers. Auch das Jahrbuch 1961 der *Deutschen Akademie für Sprache und Dichtung* tat, was in deren Macht zu stehen schien.

Aber fast immer entdeckte der sensibilisierte Celan in all diesen Texten vorhandene oder eingebildete Vorbehalte, die ihn schwer verstimmten und immer tiefer in seiner schweigenden Einsamkeit isolierten.

*"Als er an
Solidarität appellierte,
bekundete man ihm Mitleid und Beileid"* [1].

Erhoffte Auskünfte gab er selbst nur *"mit seinen Gedichten und Übertragungen, er formuliert sie in seinen Äußerungen zur Poetik. Von der zeitgenössischen Öffentlichkeit verstanden wurden diese Antworten [...] allerdings nicht"* [53].

Auch die sie verstanden, fühlten sich vielfach verprellt oder hilflos.

*"Er wurde
zerkleinert
und neu verteilt.
Es waren
nicht wenig Freunde unter den Nutznießern"* [1].

Denn *"er erwartet von den Freunden öffentliche Solidarität, gebietet ihnen aber gleichzeitig Stillschweigen über all das, was er ihnen zu den Grundlagen für Claire Golls Angriffe gesagt hat, wohl, weil er fürchtet, es werde schließlich eines Tages gegen ihn verwendet"* [53]. Oder gegen alle Juden.

*"Die Meuchler
nannten ihn feige.
Die sein Vertrauen mißbrauchten,
nannten ihn mißtrauisch,*

die ihn beleidigten,
fanden ihn viel zu empfindlich" [1].

Wirklich wurde er in diesem Punkte, also schleichend überhaupt immer empfindlicher, auch paranoïder. Er spürte seismografisch alle latenten oder potentiëllen Gegner, aber unterstellte, bezichtigte und befürchtete allmählich auch eingebildete Feindseligkeiten.

"Wem er heraufgeholfen hatte,
der ließ ihm hinunterhelfen" [1].

Dazu trug namentlich seine prinzipiëlle Einordnung aller dieser Machenschaften in jenen Überbau bei, für den selbst Claire Goll *"im Grunde nur Werkzeug"* [53] sei:

d i e   W i e d e r k e h r   e i n e s   a n t i s e m i t i s c h e n   F a s c h i s m u s

in Deutschland. Seinem Lektor Klaus Wagenbach gestand er brieflich,

"das Ganze für eine ausgesprochen antisemitische Affäre" zu halten, die nur *"zu einem 'literarischen Fall' transvestiert wurde"* (am 5. August 1962, hier zitiert nach [72]).

Hierdurch erleichterte er es seinen Gegnern natürlich, ihn zusätzlich auch noch *"als nervenden Halbverrückten abzutun"* und zum *"Opfer von Verfolgungswahn oder bestenfalls zum Überempfindlichen"* zu erklären, weil er manisch behauptete, *"die Sache gehe alle an, nicht nur ihn"* [53].

Geistige, politische und publizistische Strömungen in der *Bundesrepublik Deutschland* schienen ihm damals freilich recht zu geben.

Wirklich wurde er bei so mancher seiner inzwischen zahlreichen Lesungen in Deutschland nicht nur gefeiërt, sondern vermeintlich oder wahrhaftig auch angegriffen.

In Bremen, wo er sich am 7. Februar 1957 mit einer Lesung als Kandidat für den dortigen Literaturpreis präsentierte, wurde er allerdings im *Goldenen Saal* der Böttcherstraße bei der anschließenden Diskussion mit *"einem eher jungen Publikum"* [1] von einem Studenten auf Claire Golls Plagiatsbezichtigungen angesprochen: wohl in der Hoffnung auf seine Widerlegung jener

Unterstellungen. Ein weiterer Diskutant verwendete ahnungslos die jiddische Vokabel *zores* für die Thematik der gehörten Gedichte.

"Celan wurde bleich", hat Augenzeuge Oswald Döpke, damals Bremer Hörspielchef, noch 1994 bekundet: *"Er sprang auf, schrie, er verbäte sich derartige Unverschämtheiten, die nichts anderes seien als blanker Antisemitismus, und rannte aus dem Saal"* (zitiert nach [1]). Auch noch auf offener Böttcherstraße ließ er sich von Döpke nicht beruhigen: *"Nein, schrie er, da gäbe es nichts zu erklären, das sei eine gezielte Provokation gewesen, er bedaure, sich auf die Lesung eingelassen zu haben, und begann zu weinen"* [53].

Im selben Jahr, kurz vor dem Bremer Eclat oder erst im Oktober 1957, stolperte er auf einer Kölner Straße und wurde von einem *"vierschrötigen Deutschen"*, vermutlich blindwütig oder alkoholisiert aggressiv, angeschrieen: *"Was muß dieser Saujude den Verkehr stören?"* (zitiert nach [8]).

Aber im November 1958 las er in einem Hörsaal der Bonner Universität auch aus seiner *"Engführung"*, jener rezenten Steigerung der *"Todesfuge"*, vor. Dieses neunteilige Gedicht, begriff sein jüdischer Exeget John Felstiner, *"drang tiefer auf unzugängliches Gebiet vor"* als sein inzwischen inflationierter Vorgänger und läßt sich auch als Antwort auf *"Jubel und Ruhm"* der *"unendlich Toten"* mit all den *"Müttern"* in Rilkes zehnter *Duineser Elegie* verstehen. Felstiner (oder schon Celan?) hatte aber auch *"Dantes Inferno vor Augen"*, als er hier *"aufs neue"* las:

"überm
Kugelfang an
der verschütteten Mauer:

sichtbar, aufs
neue: die
Rillen" ...

... (Rillen – : *"Kugelspuren an der Wand? Blutabzugsrinnen"* [8])

" ... die
Rillen, die

Chöre, damals, die
Psalmen. Ho-ho-
sianna"

" 'Hosianna' ist ein Jubelchor des Willkommens und des Lobpreises, wie das glorreiche Osanna in excelsis in Bachs h-moll-Messe. In den Psalmen jedoch bedeutet der hebräische Ausdruck : 'O Herr, hilf!' (118,25). Celans 'Ho, ho- / sianna' ist zurückgenommen zu einem Stammeln oder einem Hohngelächter, mit Anklängen an das deutsche Marschlied 'Wir sind des Hitlers braunes Heer, heia, ho-ho'.

Alle diese Spuren sind nun vergegenwärtigt. 'Also', fährt das Gedicht fort, mit einem Wort, das Celan nie zuvor benutzt hat:"

"Also
stehen noch Tempel. Ein
Stern
hat wohl noch Licht.
Nichts,
nichts ist verloren." (zitiert nach [8]).

Nachdem Celan das mit all den angedeuteten Assoziationsmöglichkeiten so bewußt akzentuïerend vorgetragen hatte, wie es bei anderweitigen Lesungen, etwa noch in Freiburg 1967, mehr als tausend Zuhörer immerhin zu *"Enthusiasmus"* hinriß, stimulierte ebendiese *"Hosianna"*-Passage einen hiesigen Bonner Besucher zur Zeichnung einer Karikatur, die er nach der Lesung herumzeigte und/oder gar dem Poëten aufs Pult lancierte. Sie zeigte einen Sklaven in Ketten, mit Schaum vor dem Munde und der Unterschrift: *"Hosiannah dem Sohne Davids!"*

Außerdem soll da noch zu lesen gewesen sein:

"Da ist er wieder der Jude an der Klagemauer. Seht doch, wie er in seine Ketten beißt!" (zitiert nach [8]).

Celan hat dieses Erlebnis in die Schlußverse seiner *"Stimmen"* von 1959 nobel hinein verewigt:

"Spätgeräusch, stundenfremd [...]
... ein
Fruchtblatt, augengroß, tief
geritzt; es
harzt, will nicht
vernarben" [130].

Will nicht vernarben.

Denn als Celan bei der Düsseldorfer Überreichung jenes *Großen Kunstprei-ses*, den das Land Nordrhein-Westfalen ihm 1964 verlieh, auf dem Podium dieser Feiërstunde einen Komplizen und Akteur der Goll-Kampagne aus-machte, sprang er, hat Edith Silbermann festgehalten, *"hochrot im Gesicht, auf, rannte aus dem Saal und erklärte, er nehme den Preis nicht entgegen"*. Nur schwer war er zur Rückkehr und Annahme der opulenten Ehrung zu be-wegen [8)].

Aber *"auswegslos"*, hat Freund Gerhart Baumann später begriffen, *"sah er sich von Feindseligkeiten umzingelt"* [26)]: sicherlich weniger krankhafte Para-noia als das Resultat eines ganzen Lebens in Verfolgung.

Aber *"mir ist oft"*, hatte Ingeborg Bachmann ihm schon 1958 hilflos zu hel-fen versucht, *"als können die Verfolgungen [uns] nur [etwas anhaben], so-lang wir bereit sind, uns verfolgen zu lassen"* (am 2. Februar 1958 [150)]).

Natürlich half das gar nichts mehr.

Nach jener unsensibel beckmessernden Blöcker-Rezension seines Gedicht-bands *"Sprachgitter"* von 1959 bilanzierte er in einer Antwort an Wolfgang Hildesheimer, einen jüdischen Kollegen aus der *Gruppe 47* (dessen Brief an Celan gleichwohl *"braun ist"*):

"Es ist mir nicht unbekannt, daß ich den Ruf eines 'Überempfindlichen', 'an Verfolgungswahn Leidenden' usw. genieße (nicht zuletzt in Kreisen der Gruppe 47); ich habe Ihnen, als ich Ihnen meine verschiedenen Erfahrun-gen mit dem Hitler-Nachwuchs erzählte, T a t s a c h e n geschildert; ich ha-be Ihnen deutlich zu machen versucht, daß ich es für meine – und nicht nur meine – Pflicht halte, Hitlerei nicht stillschweigend hinzunehmen" [131)].

Das war damals offenkundig leichter hingeschrieben als getan.

Die Affäre Goll hat in ihrer gezielten oder auch kaum vermeidbaren Konta-mination mit virulenten Rudimenten der rezenten "Hitlerei" rings im Lande *"Paul Celans Leben und Werk der Pariser Jahre"*, weiß Barbara Wiede-mann, deren Einsicht und Überblick lückenlos sein dürfte, *"geprägt wie kaum ein anderes Ereignis, ihr Einfluß darauf kann gar nicht überbewertet werden. Zwanzig Jahre lang begleitet sie ihn, von den ersten Übersetzungen für Yvan Goll um die Jahreswende 1949/50 bis hin zu den Vorahnungen*

*neuer Plagiatsvorwürfe im Zusammenhang mit einer Weißglas-Veröffentli-
chung vom Februar 1970, deren Folgen Paul Celan vielleicht glaubte, nicht
mehr durchstehen zu können"*[53] .

Bislang war solch ein Durchstehen Leitmotiv manches Gedichtes und vieler
seiner Briefe an Gisèle, später auch an Eric gewesen:

*"Wir werden standhalten, mon Amour, trotz allem, gegen alles, mit unserem
Sohn, der schon so wunderbar aufrecht ist"* (am 22. Oktober 1962);

*"Wir werden nicht locker lassen, wir werden standhalten, alle drei, zusam-
men, immer vereinter"* (am 17./18. Januar 1965);

"Trotzdem die Stirn bieten" (am 25. Januar 1965);

*"Wir sind gezeichnet, Sie und ich. Trotzdem kommen wir bereits wieder
hoch, werden wir weiter hoch kommen"* (am 3. August 1965);

*"Kämpfen wir noch einmal, um zusammen zu leben.
Kämpfen wir noch einmal, indem wir zusammen sind"* (am 16. April 1965).

Acht Tage später, am 25. April 1965, schrieb er so gestimmt und schon mitten in der Arbeit an seinem nächsten Gedichtband, der *"Atemwende"* heißen
würde, im normannischen Dorfe Moisville gar eine neuë Fassung jener empört verzweifelten *"Wolfsbohne"* von 1959: offenkundig doch nicht ins Al-
lerprivateste zurückgenommen, sondern immer noch virulent.

Er entfernte jetzt trotzig den allzu jüdischen Leuchter aus dem Entrée im
Rosenhause seines schlafenden, wissenden Kindes, fügte zum mütterlichen
Sterbeort Michailowka ausdrücklich nun auch jenes Gaissin hinzu, wo sein
Vater gestorben war, und befreite seine Strophe über *"Aussig an der Elbe"*,
das ja inzwischen *Ústí nad Labem* hieß, aus allzu spezifischer Örtlichkeit in
den Gesamtverlauf einer deutschnationalistischen Elbe hinein:

*"In – – , sagtest du immer, in
– – an
der Elbe,
auf der Flucht.
Mutter, es wohnten dort ..."*

Wer noch: wer blieb übrig?

"Du, die du Wolfsbohne sagtest.
Sie, die die Wolfsschanze bauten. – Wer
lebt?
Auf der Atemspur lebst du, auf
Atemsuche, im
Gedicht."

So wird sein Gedicht nun zum einzigen Ort erklärt, wo seine Mutter den verbunkerten Massenmörder in der *Wolfsschanze* überleben und weiteratmen kann. Sie könnte da, zumindest poëtisch

"u‚n e n d l i c h g e s p r o c h e n",

weiterleben, hätte nicht ein *Ufa*-Dramaturg eine solche Poësie ihres Sohnes für gegenstandslos erklärt: für jüdisch dazu verdammt und verführt, *"im Leeren zu agieren"*.

Das akzeptierte Paul Celan 1965 noch sehr viel weniger als 1959, fügte daher im Finale den jüdischen Siebenleuchter wieder ein und ersetzte die Verse von ihrer aller gemeinsamen Verlorenheit durch eine neuë Abschlußstrophe vom Überleben und Siegen der Unverlierbaren:

"Mutter, Unverlorene, mit uns,
den Unverlorenen,
siegst du.
Und mit uns Wahr und Gerecht und Gerade,
um
der versöhnenden
Liebe
willen" (zitiert nach [158]).

Aber auch diese optimistischere Fassung blieb unkommentiert und unergründlich unveröffentlicht.

Nur einen Tag später, am 26. April 1965, schickte er Gisèle den neuen Gedichtband, *"Die Niemandsrose"*, und signierte für sie auf Seite 19 ein Gedicht, das sich mit dem Tode befaßt und so beginnt:

*"Mit allen Gedanken ging ich
hinaus aus der Welt ... ".*

Die zweite Strophe lautet da:

*"Wer
sagt, daß uns alles erstarb,
da uns das Auge brach?
Alles erwachte, alles hob an"* [132].

Drunter sein handschriftliches Dennoch:

*"Für Sie, mon Amour,
dieses Gedicht, noch einmal,
es wird uns, auch dieses,
helfen zu
widerstehen"* (zitiert nach [1]).

Kurz nach alledem, am 7. Mai 1965, an seinen Sohn: *"Mein lieber Eric, wir
werden standhalten"* [1].

Aber noch 1968, immer tiefer verstrickt, eröffnete er die Sammlung *"Fadensonnen"* mit fünf Versen, deren letzte drei aus verschlüsseltem Imperativ
bestehen:

*"Unentworden, allerorten,
sammle dich,
steh"* [134].

Im postumen Bande *"Schneepart"* jedoch, 1971 erschienen, ist im Vermächtnis *"Für Eric"* zu lesen:

" ... in den Vororten raupen die Tanks,

*unser Glas
füllt sich mit Seide,*

wir stehn" [67].

Aber das alles waren dann doch schon die gutwillig tapferen Hilferufe eines
Versinkenden, teils bereits aus psychiatrischen Kliniken, in die er sich zur
Behandlung gravierender Depressionen infolge der Goll-Affäre seit Silve-

ster 1962 mehrfach freiwillig begab. Noch kurz zuvor hatte er den rumänischen Freund Petre Solomon informiert:

"Meine Nerven sind eben nur meine Nerven und sie haben versagt, aus sehr realen, sehr objektiven Gründen" [135].

Diese Gründe lagen im Verlaufe seines ganzen Lebens.

Wie schlimm es um ihn stand, erlebte wohl niemand so hautnah wie Ehefrau Gisèle, die aber diesen Absturz nicht untätig hinnehmen wollte. Schon im Mai, erst recht im Dezember 1960 schickte sie flehentliche Hilferufe aus Paris an Ingeborg Bachmann in Zürich:

"Paul ist verzweifelt. Paul ist erschöpft, Paul geht es nicht gut. Er hat keinerlei Mut mehr, diese Geschichte muß in ihrer ganzen Wahrheit unbedingt ans Tageslicht. Ich bitte Sie, tun Sie alles dafür, was Sie können. [...] Aber Sie müssen das schnell tun, Ingeborg, Sie müssen das sofort tun. Es ist Ihre Aufgabe, das zu tun, im Namen der Wahrheit, der Poesie, was das gleiche ist. – Man muß sich auflehnen, sich empören, man darf nicht zulassen, daß das weitergeht. Ich sage es Ihnen noch einmal, Ingeborg, Paul kann nicht mehr. [...] Wenn Sie wüßten, wie allein Paul ist, wie unglücklich und vollkommen zerstört durch das, was ihm zustößt.

Ich flehe Sie an, tun Sie alles, was Sie können, damit so schnell wie möglich etwas Positives zustande kommt.[...] Man muß handeln, schnell handeln – Lassen Sie Paul nicht im Stich, Sie können ihm helfen. Tun Sie es bitte, Tun Sie es sofort" (am 2. Dezember 1960 [150]).

Die angeflehte Bachmann war da natürlich nicht weniger hilflos. Sie leitete dies und das in die Wege: erfolglos. Im September 1961 versuchte sie es mit therapeutischem Angriff auf seine wachsende Abhängigkeit von Rezensionen:

"Ich will, daß Du stärker bist als diese Fetzen, die nichts, nichts besagen", schrieb sie in einem Brief aus Zürich: *"Aber das willst Du ja nicht wahrha-*

*ben, daß dies nichts besagt. Du willst, daß es stärker ist, Du willst Dich be-
graben lassen darunter.*

*Das ist Dein Unglück, das ich für stärker halte als das Unglück, das Dir wi-
derfährt. Du willst das Opfer sein, aber es liegt an Dir, es nicht zu sein"* (am
27. September 1961 [150]).

Aber sie schickte diesen handfesten Brief, viele händeringend beschwören-
de Seiten lang, gar nicht ab. Sie wußte wohl, daß er so nicht mehr helfen,
nur noch negativ ausgelegt werden konnte.

Der geliebte Freund war schon allzu zerstört.

Zu alledem mag schon im November 1962 die Nachricht beigetragen haben,
daß Lia Fingerhut, Jugendfreundin aus Bukarest und Assoziation all der so
zahlreich blühenden Paulowniën seiner Gedichte, sich selbst ertränkt hatte.
"Lia ist im Mittelmeer ertrunken", schrieb er aus Paris an Petre Solomon
nach Bukarest: *"weit, ach wie weit weg von allem, was unvergeßlich-nahe
bleibt im Herzen und durchs Herz"* [136], um noch sechs Jahre später, an seinem 47. Geburtstag, als er das Sterbealter seiner eigenen Mutter erreichte,
für denselben Freund eine Reminiszenz an ihrer aller gemeinsame Karpaten-Wanderung vor mehr als zwanzig Jahren hinzuzufügen:

*"Lia, Lia, ertrunken, ertrunken, ertrunken. Nichtigkeit des Geschriebenen.
Erinnerst du dich an die revolutionären Lieder, die ich euch bei der Rückkehr im Zug gesungen habe – [...] , ich lehre sie auch Eric"* [137].

Zum eigenen Vergnügen nämlich, gar aus revolutionärem Optimismus sang
dieser sangesfrohe Skalde da schon längst nicht mehr. Aber er schrieb noch.
Neuë Gedichte entstanden da zahlreich auch in den Kliniken, wo er bevorzugt Shakespeare, dessen lebenswirren *"König Lear"* und den unergründlichen Kafka las.

Aber wiederhergestellt, versuchte er am Tage nach seinem eigenen 45. Geburtstag in einer Art Wahn, mit einem Messer seine immer noch tief geliebte Frau zu ermorden. Gisèle floh mit Eric zu Nachbarn, Paul nach London
zur Tante Berta Antschel. Aber zwei Tage später wieder in Paris, begab er
sich auf manische Suche nach Frau und Kind. In den Ärmeln einer Zwangsjacke gefesselt, mußte er wieder in die Psychiatrie eingeliefert werden, diesmal nach Garches.

Bald schon nach Suresnes verlegt, wo in NS-deutschem Namen tausend Menschen ermordet worden waren, las er Goethe, übersetzte und schrieb; ins Pariser Universitätsklinikum weiterverlegt, las er Homer und schrieb 35 Gedichte, meist für Gisèle, elf davon als *"Eingedunkelt"* bezeichnet und *"Aus aufgegebenen Werken"*. Erst nach neun Wochen durfte Gisèle, die hier als Krankenbesuch aus der *Marquise de Lestrange* zur *Madame Antschel* mutierte, den Patiënten Paul Antschel besuchen, erst nach acht Monaten wurde der entlassen.

Um seine Rückkehr zu erleichtern, empfahl ihn Ingeborg Bachmann ihrem eigenen *Piper Verlage* als *"kongenialen Übersetzer"* für die geplante deutsche Ausgabe der jüngst verstorbenen großen russischen Lyrikerin

Anna Andrejewna Achmatowa (1889-1966),

die für literarische Produkte schon früh ihren väterlich verweigerten Familiënnamen Gorenko durch ein Pseudonym ersetzen mußte, das sie von ihrer tatarischen Großmutter auslieh und das sie zur Ikone russischer Lyrik werden ließ, bevor die Oktoberrevolution ihre Poësie verbot, weil sie *"mit religiös-mystischen und erotischen Motiven überladen"* sei und *"die Jugend vergifte"*;

sie erhielt Schreibverbot und war für das sowjetische Gemeinwesen nur noch als Bibliothekarin eines *Landwirtschaftlichen Institutes* tragbar;

ihr geschiedener erster Ehemann

Nikolaj Stepanowitsch Gumiljow,

russischer Lyriker des Akmeïsmus, wurde wegen *"konterrevolutionärer Aktivitäten"* 35jährig erschossen,

Lew Nikolajewitsch, ihr einziger Sohn, wiederholt verhaftet, schon als "Twen" zum Tode verurteilt, dann zur Verbannung begnadigt und erst nach anderthalb Jahrzehnten 1956 aus der Haft entlassen;

auch Ehemann

Nikolai Nikolajewitsch Punin,

Kunsthistoriker und -rezensent, wurde mehrfach arretiert und starb 1953 in einem Internierungslager;

sie selbst war da schon seit sieben Jahren als Repräsentantin eines *"ideenlosen reaktionären Sumpfes"* aus dem sowjetischen Schriftstellerverbande ausgeschlossen,

zwei neuë Gedichtbände wurden eingestampft,

und Andrej Shdanow, Leiter der Propaganda-Abteilung im Zentralkomitee der *KPdSU*, bezeichnete sie öffentlich als *"Hure und Nonne, bei der sich Pornografie und Gebet vermengen"*;

sie lebte jetzt von Übersetzungen ihrer Kollegen Victor Hugo, Giacomo Leopardi oder Rabindranath Tagore

und durfte erst ab 1950 wieder eigene Texte schreiben und publizieren.

Die künstlerischen und biografischen Parallelen waren also groß genug, um Paul Celan, diesen vielfach erprobten Übersetzer russischer Lyriker, mit der Übertragung der Achmatowa ins Deutsche zu betrauën.

Aber der renommierte Münchner *Piper Verlag* entschied sich da gegen Paul Celan. Denn er entschied sich für Hans Baumann: vormals Mitglied der NS-*Reichsjugendführung* und der NS-*Propagandakompanie 501*, Texter und Komponisten vieler Hitlerjugend- und Wehrmachtslieder wie nicht zuletzt des berüchtigten und inzwischen verbotenen NS-Lieds *"Es zittern die morschen Knochen"* mit seinen argen Versen

"Heute gehört uns Deutschland
und morgen die ganze Welt";

1941 war ihm der NS-*Dietrich-Eckart-Preis* verliehen worden.

Der einem solchen Kollegen bei Piper unterlegene Rekonvaleszent Paul Celan begegnete hiernach am 25. Januar 1967 bei einer Abendveranstaltung des Pariser *Goethe-Institutes* zufällig Claire Goll. Er verließ sofort das Haus und schrieb dem Direktor: *"Ein Haus, das Frau Goll zu seinen Gästen zählt, kann nicht mit meiner Anwesenheit rechnen"* [1].

Fünf Tage später stach er sich selbst ein Messer ins Herz, verfehlte es jedoch knapp und wurde nur durch eine Notoperation der schwer verletzten Lunge gerettet. Dennoch las der frisch Operierte Adorno, Shakespeare und Thomas Mann, wurde aber in die Psychiatrie von *Sainte Anne* überwiesen, wo er eine Mehrzahl von Gedichten für die Bände *"Fadensonnen"* und *"Lichtzwang"* schrieb.

Am 1. März 1967 notierte er:

*"Die Liebe, zwangsjackenschön,
hält auf das Kranichpaar zu.*

*Wen, da er durchs Nichts fährt,
holt das Veratmete hier
in eine der Welten herüber?"* [138]

Am 18. März 1967 löste Ingeborg Bachmann ihren eigenen Vertrag mit dem *Piper Verlage: "Ich ziehe die Konsequenzen aus [...] dem, was im Verlag im Zusammenhang mit der Achmatowa-Übersetzung vorgefallen ist. Ich gehe weg"* [150] − Suhrkamp nahm sie.

Am 29. Tag noch jenes selben Monats verfügte Gisèle Celan-Lestranges testamentarisch: *"Im Falle meines Todes bitte meinem Mann mitteilen, daß ich ihn nie betrogen habe, und daß ich ihn, was immer er auch gedacht haben mag, immer noch liebe. Ich umarme ihn"* (zitiert nach [1]).

Kurz danach, schon im April, bat sie denselben geliebten Paul, in Zukunft allein zu leben.

"Ich konnte ihm nicht mehr helfen", hat sie das später der Bachmann zu erklären versucht, *"mich nur noch mit ihm zusammen zerstören, und da war Eric. Ich glaube, daß Paul es manchmal sicher verstand. Aber das war sehr hart. War es die Lösung? Gab es eine? Welche?"* (am 23. November 1970, virtuëll Pauls 50. Geburtstag, aus Paris nach Rom [157]).

Erst nach fast elf Monaten, im Oktober 1967, wurde er damals aus der psychiatrischen Klinik entlassen und zog nun also allein in eine knapp möblierte Einzimmerwohnung, in der er fast zwei Jahre lang lebte: allein.

Nach zahllosen beruflichen Aktivitäten gereichte jedoch sein tätlicher Angriff auf einen Nachbarn, der ihm seinen Sohn zu gefährden schien, zur Einweisung erst in die *Psychiatrische Ambulanz* der Polizei, dann in die Klinik Vaucluse in *Épinay-sur-Orge*. Hier wurde er regelmäßig von Gisèle besucht und schrieb 34 Gedichte, viele davon für sie.

Erst nach drei Monaten wurde er entlassen: im Februar 1969.

Ende September noch desselben Jahres reiste er für knappe drei Wochen nach Israël: zum ersten Male.

"Unbegreifliche Widerstände gegen seine Ankunft und Verweilen"[26] gab es da zwar. Trotzdem las er in Jerusalem, in Haifa, in *Tel Aviv* vor euphorischen Auditoriën, aber weniger vor Verehrern seiner Lyrik als vor alten Landsleuten aus Osteuropa. Chauvinisten verübelten, daß seine Thematik nicht exklusiv jüdisch sei: daß er Juden als Menschen sehe und nicht nur als Juden.

Er lebte hier *"in zum Teil ernsten Angstzuständen"*[1] und reiste drei Tage früher ab als geplant – mit einem *"Bangen um Israel"*. Zwar stellte er Wiederkehr in Aussicht, aber bezeichnete Jerusalem (*"Ich brauche Jerusalem"*) auch als *"eine Wende, eine Zäsur"* seines Lebens: in welchem Sinne wohl noch? Als Verlust einer letzten Zuflucht?

Denn wieder in Paris, überfiel ihn sofort eine *"tiefe Depression, mitgeteilt in den Briefen an Ilana Shmueli"*[1] und fünf Monate anhaltend.

Am 6. November 1969 zog er allein in eine Wohnung in der *Avenue Émile Zola* gegenüber dem Seine-Quai am *Pont Mirabeau* zwischen Industrieanlagen. Dort verzichtete er nun gänzlich auf Möbel, auch auf seine Bibliothek.

Gut zwei Wochen später schrieb er an den Freund Gerhart Baumann nach Freiburg: *"Ich käme gerne nach Freiburg für längere Zeit. Der Stadt Paris bin ich nicht mehr ganz gewachsen – und überhaupt dieser Welt und dieser Zeit"*[139].

Nach letzten Lesungen in Stuttgart und Freiburg, Ende März 1970, fühlte er sich *"totgeschwiegen oder als 'unverständlich' abgetan"* (zitiert nach [1]).

Aber Anfang 1970 war auf dem Buchmarkt ein Gedichtband seines alten Kumpels Immanuel Weissglas erschienen und hatte erstmals auch jenes verhängnisvolle Gedicht veröffentlicht, das *"Er"* heißt und diffuse Ähnlichkeiten mit einzelnen Metaphern der *"Todesfuge"* haben soll. *"Für dessen Datierung auf 1944, die seit dem Erstdruck 1970 sicher mit Blick auf die 'Todesfuge' erscheint"*, resümiert noch 2000 Barbara Wiedemann ihre detektivische Spurensuche, *"gibt es allerdings keine eindeutigen Belege. [...]*

Wir wissen nicht, warum 'Er' erst 1970 und warum es gerade zu diesem Zeitpunkt gedruckt wird; wir wissen auch nicht, ob Weißglas selbst das Gedicht gewählt hat oder ob diese Publikation nicht durch eine dritte Person, vielleicht sogar gezielt, veranlaßt wurde; wir wissen schließlich nicht, aus welchen Quellen die Datierung stammt. [...] Unbekannt ist tatsächlich auch, ob Celan die Veröffentlichung von 'Er' überhaupt noch wahrgenommen hat. Sollte dies der Fall sein, könnte das zu seiner letzten Entscheidung beigetragen haben"[53].

Der *Pont Mirabeau,*

"den Apollinaire so sprachbewegt besungen hat, liegt in einer austauschbaren Stadtlandschaft, ein paar Schritte weg von den eingeschworenen Bürgerbezirken von Paris. [...] Der Pont Mirabeau ist keine romantische Brücke, er hat kein südliches Flair. Er schmiegt sich nicht heimelig über dunkles Gewässer und verbindet kein unabsehbares Häusergewirr – sachlich ist er, in Beton gemeißelt, eine sehr gerade Linie über einen weiten grauen Fluß"[3].

Schon 1953, nach jenem tödlichen Kollegen-Lachen in Niendorf oder nach den ersten Verleumdungen der Witwe Goll, soll Celan just hier versucht haben, sich das Leben zu nehmen [8]. Niemand kann das bezeugen oder widerlegen.

Aber 1962, auf einem Höhepunkt der Diffamierungen, schrieb er jenes Gedicht *"Und mit dem Buch aus Tarussa"*, dessen Motto Zwjetajewas *"Alle Dichter sind Jid'n"* zitiert und dessen Wortlaut sich just auf Guilleaume Apollinaires *"Pont Mirabeau"* bezieht, auf jenes dortige

"Nicht die vergangene Zeit
Und nicht die Liebe kehrt wieder
Es fließt die Seine unter dem Pont Mirabeau".

Celan ergänzte hier *"mit dem Buch aus Tarussa"* sein komplexes Bild vom Aufprall und Fluge in eine andere Existenz:

"Von der Brücken-
quader, von der
er ins Leben hinüber-
prallte, flügge
von Wunden, – vom
Pont Mirabeau" [140].

Von diesem *Pont Mirabeau* also muß Paul Celan 1970 in der Nacht vom 19. zum 20. April, Adolf Hitlers Geburtstag, in die Seine gegangen, gestürzt oder auch gesprungen sein: *flügge von Wunden.*

Dort zu ertrinken, muß für einen so guten Schwimmer doppelt mühe- und qualvoll gewesen sein.

"Führ mich an die Seine", hatte Ingeborg Bachmann, just 23jährig, ihren Besuch in Paris schon vor zwanzig Jahren angekündigt: *"wir wollen so lange hineinschauen, bis wir kleine Fische geworden sind"* (am 24. Juni 1949 [150]).

Sein Leichnam wurde erst zehn Tage später, am 1. Mai 1970, von einem Seine-Angler etwa zehn Kilometer flußabwärts im Rechen eines Wehrs bei Courbevoie entdeckt: einer Industrie- und Hochhaussiedlung nordwestlich von Paris.

Auf seinem Tisch lag eine aufgeschlagene Hölderlin-Biografie, in der ein Zitat von Clemens Brentano unterstrichen war:

"Manchmal wird dieser Genius dunkel und versinkt in den bitteren Brunnen seines Herzens" (zitiert nach [1]).

Paul Celan starb mit 49 Jahren: wie auf halber Strecke zwischen den Sterbealtern seiner Eltern, 47 und 52.

Am 10. Mai 1970 informierte Ehefrau Gisèle brieflich Ingeborg Bachmann:

"In der Nacht von Sonntag auf Montag, 19. auf 20. April, verließ er seine Wohnung, um nie mehr zurückzukommen.

*Zwei Wochen lang habe ich ihn überall gesucht, ich hatte keine Hoffnung,
ihn lebend wiederzufinden. Am ersten Mai fand ihn die Polizei, also fast
zwei Wochen nach seinem schrecklichen Schritt. Ich erfuhr es erst am 4.
Mai –*

*Paul hat sich in die Seine gestürzt. Er hat den namenlosesten und einsam-
sten Tod gewählt.*

*Was kann ich anderes sagen, Ingeborg. Ich habe ihm nicht helfen können,
wie ich es gerne gewollt hätte.*

Eric wird nächsten Monat fünfzehn." (original französisch [149]).

Diesem Brief war ein (gleichfalls französischer) *"Bericht"* des befreundeten
Hellenisten Jean Bollack hinzugefügt und mit dem 12. Mai 1970 datiert:

*"Heute morgen ist Paul beerdigt worden, um 9 Uhr auf dem Friedhof Thi-
ais, in Anwesenheit von etwa 30 Leuten [...] . Unter einem feinen Früh-
lingsregen. Man verbeugte sich vor der Grube und umarmte dann Gisèle
und Eric, der, ganz verwandelt, auf eine seltsame Weise seinem Vater ähnlich war"* (zitiert nach [150]).

Eben am Tage dieses Begräbnisses ohne jegliche Zeremonie auf einem
Friedhof außerhalb von Paris

starb in Stockholm jene befreundete Kollegin und Schicksalsgefährtin des
Bestatteten: Nelly Sachs – am selben 12. Mai 1970.

Die literarische Pariser Wochenzeitschrift »*Les Lettres françaises*« meldete
Paul Celans Tod einen Tag später mit dem Zusatz: *"In Frankreich ist er unbekannt"* (zitiert nach [8]).

Er hinterließ auch einen ganzen Koffer nur mit Materialiën zur *"Infamie"*
der Goll-Affäre.

Gisèle Celan-Lestrange gestand ihrer Briefpartnerin Ingeborg Bachmann
noch am 2. Januar 1972, wie schwer es ihr fiele, *"ein Gleichgewicht zu finden zwischen einem Leben mit ihm und einem Weiterleben mit dem notwendigen Minimum an Abstand davon. Ich versuche, versuche, mache Schritte,
gehe – – aber nicht sehr gut"* [151].

Noch im selben Jahr 1972 versuchte auch sie, 45jährig, sich das Leben zu nehmen.

Ingeborg Bachmann starb etwa ein Jahr hiernach an Verbrennungen durch ein nächtliches Feuer, entfacht vermutlich im Zusammenwirken einer Zigarette mit Tablettensucht: am 17. Oktober 1973 in Rom, 47 jährig wie auch Mutter Frejde.

Aber schon vor 23 Jahren hatte sie ihrem Paul nach Paris geschrieben:

"Wenn Du nicht mehr kannst oder schon in ein nächstes Meer getaucht bist, hol mich, mit der Hand, die man für andere frei hat!" (10. Juni 1950 [150]).

Im nächsten Frühjahr bat sie ihn: *"Schreibe mir nicht zu vag, erzähle ruhig, daß der Vorhang vor unserem Fenster schon wieder abgebrannt ist und uns die Leute zusehen von der Straße"* (m März 1951 [150]).

Etwa ein halbes Jahr hiernach, spätestens im September 1951, schrieb Paul Celan sein Gedicht *"Wasser und Feuer"*, das die Elemente seines und ihres Todes schon vorausbeschwor und das er ihr am 30. Oktober 1951 aus Paris nach Wien übersandte. Es erschien dann auch in jenem ersten Gedichtband, dem er nach dem Paßwort seiner Liebe zu ihr den Titel *"Mohn und Gedächtnis"* gab, und lautet so:

"WASSER UND FEUER

So warf ich dich denn in den Turm und sprach ein Wort zum Maßholder draus sprang eine Flamme, die maß dir ein Kleid an, dein Brautkleid:

Hell ist die Nacht,

hell ist die Nacht, die uns Herzen erfand,
hell ist die Nacht!

Sie leuchtet weit übers Meer,
sie weckt die Monde im Sund und hebt sie auf gischtende Tische,
sie wäscht sie mir rein von der Zeit:
Totes Silber, leb auf, sei Schüssel und Napf wie die Muschel!

Der Tisch wogt stundauf und stundab,

der Wind füllt die Becher,
das Meer wälzt die Speise heran:
das schweifende Aug, das gewitternde Ohr,
den Fisch und die Schlange –

Der Tisch wogt nachtaus und nachtein,
und über mir fluten die Fahnen der Völker,
und neben mir rudern die Menschen die Särge an Land,
und unter mir himmelts und sternts wie daheim um Johanni!

So blick ich hinüber zu dir,
Feuerumsonnte:
Denk an die Zeit, da die Nacht mit uns auf den Berg stieg,
denk an die Zeit,
denk, daß ich war, was ich bin:
ein Meister der Kerker und Türme,
ein Hauch im Maßholder, ein Zecher im Meer,
ein Wort, zu dem du herabbrennst." (hier zitiert nach [53]).

Ein anderes Wort zu ihrem Herabbrennen hatte noch sechs Jahre später einen seiner Briefe an sie beëndet: *"Rauch nicht zu viel!"* (am 23. Oktober 1957 [150]).

Gisèle Celan-Lestranges starb erst am 9. Dezember 1991, 64jährig. Sie wurde auf jenem selben Friedhof in Thiais außerhalb von Paris neben Paul Celan und ihrem gemeinsamen ersten Sohn François bestattet.

Da aber war der besudelte Leumund Paul Celans in aller Welt schon vorbehaltlos rehabilitiert.

Heute steht sein Ruf als integrer, autarker und unstrittig größter Lyriker deutscher Sprache zumindest für die zweite Hälfte des 20. Jahrhunderts, wenn nicht für jenes ganze mißhandelte Säkulum als historisches Faktum fest. *"Seine Gedichte stehen im zwanzigsten Jahrhundert da wie ein Monolith"* [3].

Als die letzten Verse seines letzten Gedichtes schrieb er am 13. April 1970,
eine Woche vor seinem Tode:

> *"du liest,*
>
> *die Offenen tragen*
> *den Stein hinterm Aug,*
> *der erkennt dich,*
>
> *am Sabbath"* [141].

Birgit von Schowingen (1911-2001), Tochter Ludwig von Fickers, aber
nicht nur in dessen Hause Zeugin von Lesungen Paul Celans, sondern

als Dolmetscherin österreichischer und deutscher Diplomatie oder Vermittlerin zwischen europäischen Kulturen

all seiner jüdisch bukowinischen Person und deutschen Lyrik von 1948 bis
1970 freundschaftlich zugetan, hat ihn so geschildert:

*"Celan war eine Gestalt der vornehmsten Prägung – scheu, zurückhaltend,
wie flehend Verständnis erhoffend [...] , man konnte nur tief ergriffen sein
von seiner Erscheinung, seiner ungemein verletzlichen seelischen Ausstrahlung, leise sprechend und dann bei Lesungen eine metallene Stimme, in der
die ganze Tragik seines Wesens mitschwang. [...]*

*Celan las Gedichte, bei denen offenbar wurde, wie die Saiten der Sprache,
der er Letztes abverlangte, zum Zerspringen gespannt seien. In das Schweigen, in die bleierne Stimmung, die sich der Anwesenden bemächtigte, sagte
ich ihm: 'Vous sauvez la langue', wobei in mir die inständige Bitte war, die
S p r a c h e möge – indem er sie rettend zu einer äußersten Grenze bog,
hob – auch ihn, den Verletzlichen und von so viel ihn umgebender Güte
Verletzten, retten"* (leicht gekürzt zitiert nach [142]).

Hat sie aber nicht. Oder hat sie auch durchaus. Denn noch 2002 hat sein
Dresdener Kollege Marcel Beyer, 45 Jahre jünger als Celan, begriffen:

*"Heute, nach dem Holocaust, ist man jemandem wie Paul Celan dankbar
dafür, daß er 'den Deutschen' ihre Sprache – gereinigt, vielleicht sogar un-
verdorben – zurückgibt, nachdem man selbst für deren Verderben gesorgt
hat, weil man mit ihr für die Vernichtung alles Jüdischen eingetreten ist.*

*Spielt nun aber jemand, den man zum Retter des Deutschen für die Deut-
schen ernannt hat, nicht mit – zum Beispiel, indem seine Gedichte wie
selbstverständlich auf andere Sprachen zurückgreifen, die von Juden gesprochen werden – , so macht er sich damit unbeliebt"*:

unbeliebt wie Kafkas Landarzt, der als Therapeut *"im Falle eines Schei-
terns [...] mit seinem Leben zu bezahlen hat"* [159] :

*"Entkleidet ihn, dann wird er heilen,
Und heilt er nicht, so tötet ihn!
'Sist nur ein Arzt, 'sist nur ein Arzt"* [161] .

Was Kafka hier einen gnadenlos ungerührten Schulchor singen ließ, wurde
von Celan in einem Brief an Adorno zu *" 's ist nur ein Jud"* verwandelt, aber
1961 auch als Motto eines Gedichtes erwogen, das diesen Titel trägt:

*"Eine Gauner- und Ganovenweise gesungen zu Paris emprès Pontoise von
Paul Celan aus Czernowitz bei Sadagora".*

Mit Pontoise, einem klassischen Künstlerdorf etwa dreißig Kilometer nordwestlich von Courbevoie und Pariser Zentrum, spielte Celan auf einen Vier-
zeiler von

François Villon (*recte François de Montcorbier*, 1431- nach 1463)

an, der heute als bedeutendster Poët des französischen Spätmittelal-
ters gilt, aber *"près de Pontoise"* oder *"nahe der Oise-Brücke"* seinen
eigenen Tod am Galgen voraussah;

Sadagora aber war der Geburtsort seiner Mutter Frejde Schrager, lag umgekehrt so bei Czernowitz wie Pontoise bei Paris, war für seine Diebe vormals
ebenso berühmt wie für seine Chassiden und wurde auch von Martin Buber
verewigt, der in Czernowitz *"unweit von Sadagora"* ein religiöses Schlüs-
selerlebnis hatte.

In Paul Celans Gedicht mit so stigmatisierten Örtlichkeiten findet sich die
Strophe:

"Krumm war der Weg, den ich ging,
krumm war er, ja,
denn, ja,
er war gerade."

Es endet mit jener Strophe vom unbeugsamen Widerstand gegen Unheil:

"Aber,
aber er bäumt sich, der Baum. Er,
auch er
steht gegen
die Pest".

(Quellen und Anmerkungen zu diesem Kapitel auf Seite 639 ff.)

"Es wollte ja mich niemand."

Friedrich Hölderlin, 27: *"Hyperion oder der Eremit in Griechenland"*, 1797

"Euripides verläßt Athen.
Sie wissen, daß lange noch die Höhle gezeigt wurde,
in der er gedichtet und gelebt hat: die Höhle, die ihn schützte,
wenn der Gott ihn nicht mehr schützte.
Sizilien ist für Äschylus die gleiche Höhle,
und jeder Dichter ist in dem Wunsche, diese Höhle zu suchen,
die ihn vor der Gemeinschaft schützt,
da der Gott ihn nicht mehr schützt,
geflohen
oder er hat sich in anderer Weise entzogen ..." (gekürzt)

Rudolf Borchardt, 46: *"Über den Dichter und das Dichterische"*, 1920-24

"Und das Versäumte geht um, groß wie die Schemen der Zunkunft.
Was sich nun senkt und hebt,
gilt dem zuinnerst Vergrabnen ... "

Paul Celan, 32: *"Nachts, wenn das Pendel der Liebe ... "*, 1952

"Die höchste Feier bleibt für uns Sterbliche der Dank."

Martin Heidegger, 86: Brief vom 10. 2. 1976 an Imma von Bodmershof

"Große Talente sind das schönste Versöhnungmittel."

Goethe (1749-1832): *Aus dem Nachlaß (Über Literatur und Leben)*

ANONYMUS

Denn sein Name ist nicht überliefert.

Auch seine Lebenszeit nicht. Wir wissen nicht einmal sein Jahrhundert.

Geschweige, wo er lebte: weder seinen Kontinent noch seine Muttersprache.

Wir wissen einzig, daß er sehr begabt war.

Und daß er Zeit seines Lebens unentwegt bemüht war, andere an seinen Talenten partizipieren zu lassen.

Aber grade hierfür fehlte ihm wohl jedes Talent.

Denn zu seinen Lebzeiten nahmen all die andern seine brauchbaren, seine kostbaren Gaben kaum je zur Kenntnis.

Sie bemerkten sie überhaupt nicht: also erkannten sie nicht als solche.

Oder interessierten sich einfach nicht dafür.

Oder neideten sie gar sofort?

Entsprechend gering war lebenslänglich der Respekt für seine Person.

Weder wurde er geachtet noch eigentlich beachtet. Eher schon handfest verachtet.

Da konnte er strampeln, wieviel er wollte: jede Achtung blieb ihm versagt.

Auch seiner ganzen Besonderheit, die doch keineswegs selbstverständlich war.

Denn die Welt ist ja durchaus auch ohne den Luxus von Talenten vorstellbar – als Schreckenskammer voll von Unbegabten: einer wie der andere unzulänglich.

So ist sie zwar grade nicht, gottlob.

Könnte aber so sein und bleiben: unfähig, inkapabel, impotent.

Auf umso erschreckendere Weise hat auch nie jemand festgehalten, auf welchem Gebiete jener Anonyme damals eigentlich so außergewöhnlich begabt war.

Und ob er nur über dieses eine Spezialtalent verfügte: oder über mehrere? Vielleicht war er ja eine Multibegabung, ein Tausendsassa, ein Universalgenie?

Keine Ahnung.

Auch alle Bibliotheken und Archive, auch *Google* und *Wikipedia* passen da: haben nichts über ihn gespeichert. Etwa auch aus Mißgunst? Gar zur Strafe für Extravaganz? Nein, heißt es da *unisono*: nie was über ihn erfahren.

Fest steht also letzten Endes einzig, daß er einer der Allerbesten war und völlig verschollen ist.

Spurlos verweht: ergebnis- und folgenlos.

Vergeblich hier gewesen und umsonst verströmt.

Ein überflüssiges Potential.

Wie ein überzähliges Spermium.

Vielleicht jedoch war er ja auch eine Frau?

Oder mehrere Personen: Frauën wie Männer – Anonymi wie Anonymæ?

Fast scheint mir das jetzt nach und nach das Wahrscheinlichste: viele hochbegabte Männer und Frauën erschienen hier mit raren Himmelsgaben, die niemand zu benötigen glaubte oder haben wollte. Sie störten eher und erregten Neid: als hassenswert unrentable Eliten.

Also gingen sie wieder weg: in ganzen Hekatomben ... [1].

Die andern wurstelten dann unbehelligt in ihrer Misere weiter und hatten da nicht mal mehr ein Nachsehn: gleichmütig, wieviel schöner und besser es durch ungejagte Himmelsgaben hier auch hätte sein oder werden können –

nein: *horrido – joho!*

(Quellen und Anmerkungen zu diesem Kapitel auf Seite 648)

"Horrido"

lautete rituëll der Funkspruch, mit dem NS-deutsche Jagdflieger seit 1944 den erfolgreichen Abschuß eines gegnerischen Flugzeugs meldeten.

Denn *Halalí* (oder *hal à lui = hetz ihn!*) war ja ursprünglich ein französischer oder erbfeindlich welscher Jagdruf.

Angelsächsische Jäger benutzten für derlei ihr *"yoicks"*, russische ihr *"ulju-lju"*, und das österreichische *Hussen* (für *Hetzen*) blühte beim Jagen zu *Hussa* oder *Hussassa* auf.

Sie alle also jagten, verfolgten und hetzten gern.

Auch das deutsche *Horrido*, im Wörterbuch der Gebrüder Grimm als *"Horridoh und Hussassa"* oder *"Jagdgeschrei, zur Verfolgung aufmunternd,"* ausgewiesen, stammt aus der Jägersprache, war zunächst der Hetzruf eines Rudelführers bei Meute- oder Treibjagden und bedeutete da

"Ho, Rüd', ho" = "Hoch, Rüde, hoch".

Seit dem 17. Jahrhundert benutzten *Reitende Feldjägercorps* und andere militärische Einheiten deutscher Fürstentümer dieses *"Horrido – Joho!"* auch als ihren kriegerischen Schlachtruf. Er wird noch von Jägern, Feldjägern, Gebirgsjägern und Gebirgs- oder Heeresaufklärungstruppen der deutschen *Bundeswehr* weiterverwendet: *"Horrido – joho!"*.

Auch heutige Schützenvereine und karnevalistische Narrenzünfte rufen gern *"Horrido – joho!"*.

Sogar Wandervögel, Pfadfinder, Fahrtenbünde und *Deutsche Waldjugend* ersetzten ihren Gruß *"Heil"* bei gebotener Gelegenheit durch *"Horrido"*.

Ein beliebter deutscher Trinkspruch lautet:

"Es lebe der Teufel und die Jagdreiterei!
Horrido – Joho, Horrido – Joho, Horrido – Joho!
Hussassa!"

Quellen und Anmerkungen
kapitelweise

KAPITEL **FRANCISCO JOSÉ DE CALDAS (III)** (Seiten 25 bis 96)

1 bis 106) Komplettes Quellen- und Anmerkungsverzeichnis (I bis III) siehe Band 1, Seite 591 ff.

2) Hermann A. Schumacher: Francisco José Caldas. In: Südamerikanische Studien. Drei Lebens- und Culturbilder. Berlin 1884

3) Lino de Pombo: Francisco José de Caldas. Biografía del sabio, erstmals in: La Siesta, Bogotá 1852; hier nach: Suplemento de la Revista de la Academía Colombiana de Ciencias Exactas, Fisicas y Naturales, Bogotá 1958

4) John Wilton Appel: Francisco José de Caldas. A Scientist at Work in Nueva Granada. In: Transactions of the American Philosophical Society Held at Philadelphia for Promoting Useful Knowledge, Volume 84, Part 5. Philadelphia 1994

5) Ulrike Moheit (Hg.): Das Gute und Große wollen. Alexander von Humboldts amerikanische Briefe. Berlin 1999

7) Eduardo Posada (Hg.): Cartas de Caldas. Biblióteca de Historia Nacional, Band 15. Bogotá 1917

8) Kurt Schleucher: Alexander von Humboldt. Der Mensch Der Forscher Der Schriftsteller. Darmstadt o. J. (1985)

9) Wilhelm Schulz: Aimé Bonpland. Alexander von Humboldts Begleiter auf der Amerikareise 1799-1804. Sein Leben und Wirken, besonders nach 1817 in Argentinien. In: Akademie der Wissenschaften und der Literatur, Abhandlungen der mathematisch-naturwissenschaftlichen Klasse, Jahrgang 1960, Nr 9. Wiesbaden 1960

20) Werner Biermann: "Der Traum meines ganzen Lebens". Humboldts amerikanische Reise. Berlin 2008

33) Alexander von Humboldt: Brief von 1842 aus Paris an Aimé Bonpland in Montevideo, hier zitiert nach 9)

41) Alfredo D. Bateman: Francisco José de Caldas. El hombre y el sabio. Su vida – su obra. Biblióteca Banco Popular, Band 79 – Cali, Colombia 1978

44) Alfred D. Bateman / Jorge Arias de Greiff (Hg.): Cartas de Caldas. Academía Colombiana de Ciencias Exactes, Físicas y Naturales. Bogotá 1978

56) Francisco José de Caldas: Brief vom 30. September 1808 aus Santafé an José Ramón Leyva, hier zitiert nach 44) und übersetzt von Moritz Pirol

57) Francisco José de Caldas: Bericht vom 1. Juli 1809 an den Vizekönig Antonio Amar y Borbón, hier zitiert nach 44)

59) Francisco José de Caldas: Brief vom 21. Juli 1808 aus Santafé an Santiago Pérez de Arroyo y Valencia, hier zitiert nach 44)

61) Francisco José de Caldas: Brief vom 21. Januar 1809 aus Santafé an Santiago Pérez de Arroyo y Valencia in Popayán, hier zitiert nach 44) und übersetzt von Moritz Pirol

62) Francisco José de Caldas: Brief vom 6. Februar 1809 aus Santafé an Santiago Pérez de Arroyo y Valencia in Popayán, hier zitiert nach 44) und übersetzt von Moritz Pirol

63) Francisco José de Caldas: Brief vom 6. März 1809 aus Santafé an Santiago Pérez de Arroyo y Valencia in Popayán, hier zitiert nach 44) und übersetzt von Moritz Pirol

64) Francisco José de Caldas: Vorwort (Prefación) zu Humboldts "Geografía de las Plantas" in "El Semanario", Nr. 16 vom 23. April 1809, hier zitiert nach 41) und übersetzt von Moritz Pirol

65) Francisco José de Caldas: Brief vom 6. Februar 1810 aus Santafé an María Manuela Barahona in Popayán, hier zitiert nach 44) und übersetzt von Moritz Pirol

66) Francisco José de Caldas: Brief vom 20. Februar 1810 aus Santafé an María Manuela Barahona in Popayán, hier zitiert nach 44) und übersetzt von Moritz Pirol

67) Francisco José de Caldas: Brief vom 6. April 1810 aus Santafé an María Manuela Barahona in Popayán, hier zitiert nach 44) und übersetzt von Moritz Pirol

68) Luis María Murillo: El amor y la sabiduría de Francisco José de Caldas. In: 3)

69) Francisco José de Caldas: Brief vom 6. Mai 1810 aus Santafé an María Manuela Barahona in Popayán, hier zitiert nach 44) und übersetzt von Moritz Pirol

70) Francisco José de Caldas: Brief vom 21. Mai 1810 aus Santafé an María Manuela Barahona in Popayán, hier zitiert nach 44) und übersetzt von Moritz Pirol

71) Francisco José de Caldas: Brief vom 6. Juni 1810 aus Santafé an María Manuela Barahona in Popayán, hier zitiert nach 44) und übersetzt von Moritz Pirol

72) Francisco José de Caldas: Brief vom 5. September 1810 aus Santafé an María Manuela Barahona in La Mesa de Juan Díaz, hier zitiert nach 44) und übersetzt von Moritz Pirol

73) Francisco José de Caldas: Brief vom 3. Juni 1812 aus Tunja an María Manuela Barahona in Santafé, hier zitiert nach 44) und übersetzt von Moritz Pirol

74) Francisco José de Caldas: Brief ohne Datum aus Tunja an María Manuela Barahona in Santafé, hier zitiert nach 44), Nr. 172 auf Seite 334 und übersetzt von Moritz Pirol

75) Francisco José de Caldas: Brief vom 18. September 1812 aus Tunja an María Manuela Barahona in Santafé, hier zitiert nach 44) und übersetzt von Moritz Pirol

76) Francisco José de Caldas: Brief vom 4. Februar 1813 aus Cartago an María Manuela Barahona in Santafé, hier zitiert nach 44) und übersetzt von Moritz Pirol

77) Alexander von Humboldt: Brief vom 29. Juli 1822 aus Paris an Simón Bolívar, hier zitiert nach 78) und übersetzt von Moritz Pirol

78) Enrique Pérez Arbelaez: Alejandro de Humboldt en Colombia. Extractos de sus obras compilados, ordenados y prologados, con ocasión del Centenario de su Muerte, en 1859. Bogotá 1959

79) Francisco José de Caldas: Brief vom 31. März 1816 aus La Mesa de Juan Díaz an María Manuela Barahona in Santafé, hier zitiert nach 44) und übersetzt von Moritz Pirol

80) Francisco José de Caldas: Brief vom 22. Oktober 1816 aus La Mesa de Juan Dìaz an Pascual de Enrile y Alsedo in Santafé de Bogotá, hier zitiert nach 41) und übersetzt von Moritz Pirol

81) Francisco José de Caldas: Testament vom 29. Oktober 1816, protokolliert und beglaubigt von Antonio Hidalgo und Eugenio de Elorga, hier zitiert nach 41) und übersetzt von Moritz Pirol

91) Karin Schüller: Simón Bolívar und seine Zeit. Historischer Abriß. In: 92)

92) Gabriel García Márquez: Der General in seinem Labyrinth. "Für Álvaro Mutis ... ", 1989. Aus dem Spanischen von Dagmar Ploetz. Frankfurt am Main 2004

94) Alexander von Humboldt: Brief vom 20. Juli 1831 aus Paris an Aimé Bonpland in Südamerika, hier zitiert nach 9)

98) Simón Bolívar: Brief vom 10. November 1821 aus Santafé de Bogotá an Alexander von Humboldt in Paris, hier zitiert nach 5)

99) Josef Lawrezkij: Simón Bolívar. Rebell gegen die spanische Krone – Befreier Südamerikas. Ins Deutsche übertragen von Mathias Moll. Köln 1981

100) Simón Bolívar: Rede vor dem Zweiten Kongreß des unabhängigen Venezuela am 15. Februar 1819 in Angostura [= Ciudad Bolívar], hier zitiert nach 99)

101) Simón Bolívar: Rede bei der Truppenparade am 2. August 1824 in Cerro de Pasco, hier zitiert nach 99)

102) Simón Bolívar: Rede vom 6. Mai 1821 vor dem Kongreß in Cúcuta, hier zitiert nach 99)

103) Adolf Hitler: Rede vom 10. November 1938 im Münchner "Führerbau", hier zitiert aus Hildegard von Kotze und Helmut Krausnick (Hg.), "Es spricht der Führer", 7 exemplarische Hitler-Reden, Gütersloh 1966

KAPITEL **MORDECHAI GEBIRTIG** (Seiten 99 bis 133)

1) Christina Pareigis: »trogt zikh a gezang ... «. Jiddische Liedlyrik aus den Jahren 1939–1945. Diss. phil Hamburg 2004

2) Manfred Lemm: Mordechaj Gebirtig. Jiddische Lieder. Wuppertal 1992

3) Ulrike Müller: "Gehat hob ich a Hejm ... ". In: "In meinem Turm in den Wolken", Almanach der Else-Lasker-Schüler-Gesellschaft, Wuppertal, herausgegeben von Ulla Hahn und Hajo Jahn. Wuppertal 2002

4) Simon Wiesenthal: Jeder Tag ein Gedenktag. Chronik jüdischen Leidens. Gerlingen 1988

5) Halina Nelken: Freiheit will ich noch erleben. Krakauer Tagebuch. Aus dem Polnischen von Friedrich Griese. Reinbek bei Hamburg 1999

6) Jochen Kast / Bernd Siegler / Peter Zinke: Das Tagebuch der Partisanin Justyna. Berlin 1999

7) Anna Ciałowicz: Mordechaij Gebirtig. In: Fundacia Judaica, Centrum Kultury Żydowskiej. Krakau 2000

8) Robert Schindel: Gebürtig. Roman. Frankfurt am Main 1992

9) Fotograf, Ort und Zeitpunkt der Aufnahme konnten leider nicht ermittelt werden

KAPITEL **HYPATÍA** (Seiten 137 bis 164)

1) Peter O. Chotjewitz: Der Fall Hypatia. Eine Verfolgung. Hamburg 2002

2) Damaskios aus Damaskos: Das Leben des Philosophen Isidoros. Wiederhergestellt, übersetzt und erklärt von Rudolf Asmus. Leipzig 1911

3) Basileios A. Myrsilides: Biographie der hellenischen Philosophin HYPATHIA, exzerpiert aus ältesten christianischen historischen Quellen und der Überlieferung in den Trümmern Klein-Asiens vor der Katastrophe und dem Gemetzel von 1922. Athen 1926,

in griechischer und deutscher Sprache herausgegeben, mit einer Einführung versehen und kommentiert von Annemarie Maeger, Hamburg 2002

4) Konrat Ziegler und Walther Sontheimer (Hg.): Der Kleine Pauly. Lexikon der Antike. Auf der Grundlage von Pauly's Realencyclopädie der classischen Altertumswissenschaft. München 1979

5) Sokrates Scholastikos: Historia ecclesiastica, Buch 7, Kapitel 15: Über Hypatia, die Philosophin; hier zitiert nach 3)

6) Annemarie Maeger in 3)

7) zitiert nach 2), aber neu übersetzt

8) Stephan Wolf: Hypatia, die Philosophin von Alexandria. Wien 1879

9) Chronik des Johannes, Bischofs von Nikiu, Kapitel LXXXIV, hier zitiert nach 1)

10) Karl Jaspers: Die großen Philosophen. München 1957

11) Ioánnes Malálas, hier zitiert nach 1)

12) Erhard Gorys, Lexikon der Heiligen. München 1997

13) "Legenda aurea", lateinische Legendensammlung 1292 bis 1298 von Jakobus de Voragine

14) Edward Gibbon: History of the Decline and Fall of the Roman Empire, 6 Bände. London 1776-1788

KAPITEL **SAWAANG LYHKAMHAHN** (Seiten 167 bis 217)

Moritz Pirol, der diesen Sawaang Lyhkamhahn persönlich kannte, hat schon in andern Büchern von ihm berichtet.

1) Moritz Pirol, Hahnenschreie, Zweiter Band, Hamburg 2000, Neuausgabe 2008

2) Moritz Pirol, Liebesbrief an fremden König oder ganz andre Männer, Hamburg 2002

3) Moritz Pirol, Sterngucker oder Das Idyll eines Obdachlosen, Band 3: Kranichrufe, Hamburg 2007

4) Moritz Pirol, Nach oben offen. Reflexe, Band 1 bis 5, Hamburg 2004-2010

5) Buddha. Auswahl aus dem Palikanon, übersetzt von Paul Dahlke. Wiesbaden 1994

KAPITEL **FRITZ LÖHNER-BEDA** (Seiten 221 bis 316)

1) Rudolf Löhner: Erinnerungen an meinen Bruder Beda. In: Arthur Baar, 50 Jahre Hakoah 1909-1959. Tel-Aviv 1959, hier zitiert nach 2)

2) Barbara Denscher / Helmut Peschina: Kein Land des Lächelns. Fritz Löhner-Beda 1883-1942. Salzburg – Wien – Frankfurt/Main 2002

3) Robert Dachs: Sag beim Abschied ... Wien 1997

4) Beda: Getaufte und Baldgetaufte. Wien und Berlin 1917

5) Beda: Israeliten und andere Antisemiten. Wien und Berlin 1919

6) Jontow Ludwig Bato: Erinnerungen an den zionistischen Satiriker Beda. In: Die Gemeinde, 5. September 1972

7) Hajo Jahn: Fritz Beda-Löhner (auch Löhner-Beda, eigentlich Löhner). www.exil-archiv.de/html/biografien/beda-loehner.htm

8) Valentin Polcuch: "Theo, wir fahr'n nach Lodz!" Ein Schlager im Wandel der Geschichte (1975). In: Peter E. Nasarski und Edmund Effenberger (Hg.), Lodz "Gelobtes Land". Von deutscher Tuchmachersiedlung zur Textilmetropole im Osten. Dokumente und Erinnerungen. Berlin / Bonn 1988

9) bockkeller, Wiener Volksliederwerk, 12. Jahrgang, Nr. 2, April 2006. In: www.wvlw.at/docs/archiv/bockkeller/bockkeller-2-06.pdf

10) http://www.theaerodrome.com/forum/203809 post10 html

11) Alexander Zinn: Rede bei der Gedenkfeier für die schwulen Opfer des KZ Sachsenhausen am 20. April 2008. In: http://freenet_homepage.de/schwule-geschichte/sachsenhausen/jt63-r ...

12) "Berliner Tageblatt" vom 15. Juni 1926

13) http://www.altango.art.pl/index.phb/german/studio-bis-plock.html

14) http://de.wikipedia.org/wiki/Paul_O'Montis

15) Oscar Teller: Davids Witz-Schleuder. Jüdisch-Politisches Cabaret. 50 Jahre Kleinkunstbühnen in Wien, Berlin, London, New York, Warschau und Tel Aviv. Darmstadt 1982

16) Stefan Frey: Franz Lehár oder das schlechte Gewissen der leichten Musik. Tübingen 1995

17) Stefan Frey: "Was sagt ihr zu diesem Erfolg". Franz Lehár und die Unterhaltungsmusik des 20. Jahrhunderts. Frankfurt am Main und Leipzig 1999

18) Günther Schwarberg: Ein Mann und sein ganzes Herz . In: DIE ZEIT, Nr. 44, 23. Oktober 1992

19) Klaus Mann: Der Wendepunkt. Ein Lebensbericht. Reinbek bei Hamburg 1984

20) Bernard Grun: Gold und Silber. Franz Lehár und seine Welt. München · Wien 1970

21) Johannes Heesters: Es kommt auf die Sekunde an. München 1978, hier zitiert nach 16)

22) Anna Maria Sigmund: Des Führers bester Freund. Adolf Hitler, seine Nichte Geli Raubal und der "Ehrenarier" Emil Maurice – eine Dreiecksbeziehung. München 2003

23) Hugo Wiener: Zeitensprünge. Erinnerungen eines alten Jünglings. Wien · München 1991

24) Viktor Matejka: Widerstand ist alles. Notizen eines Unorthodoxen. Wien 1984

25) Mitteldeutscher Rundfunk: Fritz Löhner-Beda im Porträt. www.mdr.de/kultur

26) Erich Fein (Häftlings-Nr. 2.400) und Karl Flanner (Häftlings-Nr. 76.356): Rot-weiß-rot in Buchenwald. Die österreichischen politischen Häftlinge im Konzentrationslager am Ettersberg bei Weimar 1938-1945. Wien 1987

27) Walter Poller: Arztschreiber in Buchenwald. Bericht des Häftlings 996 aus Block 39. Hamburg 1947

28) Florian Blauth: Die Häftlingskapelle in Buchenwald. Nach einem Bericht des ehemaligen Häftlings und Leiters der Kapelle Vlastimil Louda. www.gelsenzentrum.de/kz_lieder_musik.htm, März 2004

29) http://de.wikipedia.org/wiki/eugen_kogon

30) Ursula Härtl: Geschichte des Buchenwaldliedes. Im: Mitteldeutschen Rundfunk http://www.mdr.de/kultur/1750307-hintergrund-1747259.html

31) Typoskript der Sammlung Erich Fein im Dokumentationsarchiv des Österreichischen Widerstandes (Sign. 20.502/25), hier zitiert nach 2)

32) GELSENZENTRUM Gelsenkirchen: Musik im KZ – Lagerlieder. http://gelsenzentrum.de/kz_lieder_musik.htm

33) Viktor E. Frankl: ... trotzdem Ja zum Leben sagen. Ein Psychologe erlebt das Konzentrationslager. Vorwort von Hans Weigel. München 1977

34) Roland Kaufhold (Hg.): Ernst Federn – Versuche zur Psychologie des Terrors. Material zum Leben und Werk von Ernst Federn. Gießen 1998

35) Joseph Goebbels: Die Tagebücher. Teil I, Band 5. München 2000

36) Free mp3: Das Buchenwaldlied – http://freiklick.at 14. September 2008 – Arbeitsgemeinschaft für soziale und kulturelle Infrastruktur A-6850 Dornbirn

37) Wolfgang Quatember: "Im übrigen müssen wir es der GESTAPO überlassen ... ". Protokoll der staatlich sanktionierten Beraubung und Ermordung der österreichischen Juden am Beispiel der Helene Löhner, Besitzerin der Villa Felicitas ("Schratt-Villa") in Bad Ischl. http://www.memorial-ebensee.at/de/index.php?view=article&catid...

38) "Völkischer Beobachter. Kampforgan der nationalsozialistischen Bewegung Großdeutsch-
lands" vom 17. Mai 1938

39) Raul Hilberg: Die Vernichtung der europäischen Juden. Band 1 bis 3. Aus dem Amerikanischen von Christian Seeger, Harry Maor, Walle Bengs und Wilfried Szepan. Frankfurt am Main
1990

40) KZ Auschwitz-Birkenau: http://de.wikipedia.org./wiki/KZ_Auschwitz-Birkenau

41) KZ Auschwitz III Monowitz: http://de.wikipedia.org/wiki/KZ_Auschwitz._III_Monowitz

42) Norbert Wollheim Memorial Frankfurt: http://www.muk.uni-frankfurt.de
und http://www.wollheim-memorial.de/fritz_loehnerbeda_18831942

43) Zetkin-Schaldach: Wörterbuch der Medizin, hg. von Heinz David. Stuttgart · New York
1985

44) Kriegsverbrecher geehrt? – www.dkp_linker_niederrhein.de

45) "Die Glocke vom Ettersberg" I, 1984/85, hier zitiert nach 26)

46) Otto Köhler: Vom Land des Lächelns nach Auschwitz. In: DIE ZEIT Nr 30, 19. Juli 1996

47) http://de.wikipedia.org/wiki/Fritz_ter_Meer

48) Salomon Kohn: Eidesstattliche Erklärung vom 29. Mai 1947, NI-10824, im Archiv des Fritz
Bauer Instituts, Nürnberger Nachfolgeprozeß, Fall VI ADB 75 – hier zitiert nach
http://www.wollheim-memorial.de/de/walther_duerrfeld_18991967

49) Gottfried Benn: Zum Thema Geschichte (Nachlaß). In: Gesammelte Werke, Band 3,
Wiesbaden 1968

50) Dieter Wellershoff (Hg.): Gottfried Benn, Gesammelte Werke in acht Bände, Band 8,
Wiesbaden 1968

51) David A. Hackett (Hg.): Der Buchenwald-Report. Bericht über das Konzentrationslager
Buchenwald bei Weimar. München 1996

52) Bruno Kreisky: Erinnerungen. Das Vermächtnis des Jahrhundertpolitikers. Wien – Graz –
Klagenfurt 2007

53) Oszkár Betlen: Leben auf dem Acker des Todes. Berlin 1962

54) Wolfgang Schneider: Kunst hinter Stacheldraht. Ein Beitrag zur Geschichte des antifaschistischen Widerstandskampfes. Leipzig 1976

55) Oliver Rathkolb : Führertreu und gottbegnadet. Künstlereliten im Dritten Reich. Wien 1991

56) Paul M. Hebert: Dissenting Opinion bei der Urteilsverkündung, abgedruckt in: Das Urteil im
I.G.-Farben-Prozeß. Der vollständige Wortlaut. Offenbach am Main 1948, Seiten 151 bis 152,
hier zitiert nach
http://www.wollheim-memorial.de/de/das_urteil_im_nuernberger_prozess_gegen_ ig_farben

57) Annette Wilmes: Krupp und IG-Farben. Die Nürnberger Prozesse gegen führende Industrielle. DeutschlandRadio Berlin, Wortspiel, 30. Juli 1998

58) Claudio Magris: Donau. Biographie eines Flusses. Aus dem Italiënischen von Heinz-Ge-
org Held. München Wien 1988

KAPITEL **NORBERT VON HELLINGRATH** (Seiten 319 bis 440)

1) Norbert von Hellingrath: Hölderlin-Vermächtnis. Eingeleitet von Ludwig von Pigenot. 2. vermehrte Auflage. Verlag F. Bruckmann, München 1944

2) Edgar Salin: Um Stefan George. Erinnerung und Zeugnis. 2. erweiterte Auflage, München und Düsseldorf 1954

3) Hölderlin-Jahrbuch. Im Auftrag der Hölderlin-Gesellschaft herausgegeben von Wolfgang Binder und Alfred Kelletat. Dreizehnter Band , Tübingen 1963/64

4) Carl Conrad Theodor Litzmann: Friedrich Hölderlins Leben. In Briefen von und an Hölderlin. Berlin 1890

5) Friedrich Beissner: Nachwort zum Neudruck von 10), Darmstadt 1967

6) Norbert von Hellingrath: Vorrede zu Band I von Hölderlin, Sämtliche Werke Historisch-Kritische Ausgabe, 1913. In: 1) .

7) W. Klein: Otto Peil aus Winzingen: ein Freund Georges. In: Die Rheinpfalz. Ludwigshafener Tageblatt, 15. März 1952

8) Robert Boehringer: Mein Bild von Stefan George. Zweite ergänzte Auflage. Zum Jubiläumsjahr 1968. Düsseldorf und München 1967

9) Norbert von Hellingrath: Pindarübertragungen von Hölderlin. Prolegomena zu einer Erstausgabe. Diss. phil. Jena 1911

10) Emil Petzold: Hölderlins Brot und Wein. Ein exegetischer Versuch. Sambor 1896, Neudruck durchgesehen von Friedrich Beißner, Darmstadt 1967

11) André Cuisenier: Préface. In: Joseph Claverie, La jeunesse d'Hoelderlin. Jusqu'au roman d'Hypérion. Paris 1921

12) Friedrich Wolters: Stefan George und die Blätter für die Kunst. Deutsche Geistesgeschichte seit 1890. Berlin 1930

13) Franz Zinkernagel: Hölderlin, Sämtliche Werke. In: Euphorion, Band 21, Leipzig und Wien 1914

14) Ludwig von Pigenot: Einleitung zu 1)

15) Jochen Schmidt: Der Nachlaß Norbert von Hellingraths. In: 3)

16) Lothar Helbing, Claus Victor Bock, Karlhans Kluncker (Hg.): Stefan George. Dokumente seiner Wirkung. Aus dem Friedrich Gundolf Archiv der Universität London. Publication of the Institute of Germanic Studies University of London, Volume 18. Amsterdam MCMLXXIV

17) Shakespeare in deutscher Sprache. Neue Ausgabe in sechs Bänden. Herausgegeben · Zum Teil neu übersetzt von Friedrich Gundolf. Vierter Band. Berlin 1921

18) Stefan George: DAS NEUE REICH. In: Sämtliche Werke in 18 Bänden, Band IX. Stuttgart 2001

19) Norbert von Hellingrath: Hölderlin und die Deutschen. Zitiert nach 1) .

20) Friedrich Hölderlin: Wie wenn am Feiertage ... . Aus dem Stuttgarter Foliobuch. In: Sämtliche Werke und Briefe, herausgegeben von Michael Knaupp, Band 1, München 1992

21) Friedrich Hölderlin: Hyperion oder der Eremit in Griechenland, In: Sämtliche Werke und Briefe, herausgegeben von Michael Knaupp, Band 1, München 1992

22) Lou Albert-Lasard: Wege mit Rilke. Frankfurt 1985

23) Pierre Bertaux: Friedrich Hölderlin. Frankfurt am Main 1978

24) Pláton: Phaidros. In: Sämtliche Werke, Band 4. Nach der Übersetzung von Friedrich Schleiermacher. Hamburg 1958

25) Paulus: Der Erste Brief an die Korinther, 14. Kapitel, Vers 2. In: Das Neue Testament nach der Übersetzung D. Martin Luthers. Nach dem 1912 vom Deutschen Evangelischen Kirchenausschuß genehmigten Text. Stuttgart o. J.

26) Bettina von Arnim: Die Günderode. Frankfurt am Main o. J. (1982)

27) Friedrich Hölderlin: Sämtliche Werke und Briefe, Band II, München 1992

28) Bernhard Böschenstein: Hölderlins späteste Gedichte. Vortrag vor der Hölderlin-Gesellschaft am 9. Juni 1965, Erschienen im Hölderlin-Jahrbuch, Band 14. Tübingen 1965/66

29) Norbert von Hellingrath: Hölderlins Wahnsinn. Zitiert nach 1)

30) Joachim C. Fest: Hitler. Eine Biographie. Frankfurt/M. · Berlin · Wien 1973

31) Manfred Koch-Hillebrecht: Homo Hitler. Psychogramm des deutschen Diktators. München 1999

32) Bernd-Ulrich Hergemöller: mann für mann. Biographisches Lexikon zur Geschichte von Freundesliebe und mann-männlicher Sexualität im deutschen Sprachraum. Hamburg 1998

33) Franz Wegener: Alfred Schuler, der letzte deutsche Katharer – Gnosis, Nationalsozialismus und mystische Blutleuchte. Gladbeck 2003

34) Ludwig Thormaehlen: Erinnerungen an Stefan George. Hamburg 1962

35) Roderich Huch: Alfred Schuler, Ludwig Klages und Stefan George: Erinnerungen an Kreise und Krisen der Jahrhundertwende in München-Schwabing Amsterdam 1973

36) Robert Boehringer: Mein Bild von Stefan George. Tafelband. Düsseldorf und München 1967

37) Friedrich Hölderlin: Bruchstücke und Entwürfe. In: Sämtliche Werke, Vierter Band, besorgt durch Norbert von Hellingrath, Dritte Auflage, Berlin 1943

38) Ernst Morwitz: Kommentar zu dem Werk Stefan Georges. München und Düsseldorf 1960

39) Friedrich Hölderlin: Noch Eins ist aber zu sagen ... In: Sämtliche Werke, Vierter Band, besorgt durch Norbert von Hellingrath, Dritte Auflage, Berlin 1943

40) Bernhard Victor Graf von Uxkull-Gyllenband: A. C. – In: Blätter für die Kunst, begründet von Stefan George, Elfte und Zwölfte Folge, Berlin 1919, Seite 263

41) Bernhard Victor Graf von Uxkull-Gyllenband: Beschluss – In: Blätter für die Kunst, begründet von Stefan George, Elfte und Zwölfte Folge, Berlin 1919, Seite 271

42) Albert Speer: Erinnerungen. Berlin 1969

43) Anna Maria Sigmund: Des Führers bester Freund. Adolf Hitler, seine Nichte Geli Raubal und der "Ehrenarier" Emil Maurice – eine Dreiecksbeziehung. München 2003

44) Michel Sturdza: Allgemeine Einführung über den griechischen und rumänischen Adel. In: Archiv für Sippenforschung mit Praktischer Forschungshilfe, 35. und 36. Jahrgang, Seiten 455 bis 467. Limburg an der Lahn 1969-1970

45) Rainer Maria Rilke / Norbert von Hellingrath: Briefe und Dokumente, herausgegeben von Klaus E. Bohnenkamp, Castrum Peregrini, Neue Folge, Band 1. Göttingen 2008

46) Friedrich von der Leyen, Leben und Freiheit der Hochschule. Erinnerungen, Köln 1960 – hier zitiert nach 45)

47) Karl Alexander von Müller: Im Wandel einer Welt. Erinnerungen, hg. von Otto Alexander von Müller, München 1966 – hier zitiert nach 45)

48) Otto von Taube: Stationen auf dem Wege. Erinnerungen an meine Werdezeit vor 1914. Heidelberg 1969 – hier zitiert nach 45)

49) Ludwig Alwens: Norbert von Hellingrath. In: Ernst Jünger (Hg.), Die Unvergessenen, Berlin und Leipzig (1928)

50) (Magda von Hattingberg): Rilke und Benvenuta. Ein Buch des Dankes. Wien 1943 – hier zitiert nach 45)

51) Herbert Singer: Rilke und Hölderlin. Köln Graz 1957

52) Arnold Zweig: Einsetzung eines Königs. Roman, Berlin 2004

53) Martin Heidegger / Imma von Bodmershof: Briefwechsel 1959 – 1976, herausgegeben von Bruno Pieger. Stuttgart 2000

54) Friedrich Hölderlin: Der Abschied. In: Sämtliche Werke, Zweiter Band. Stuttgart 1951

55) Karl Alexander von Müller: Erinnerungen 1882-1919. Stuttgart 1951/54, hier zitiert nach 45)

56) Bruno Pieger: "UNS ERSTGEBORNEN DER JUNGEN ZEIT". Norbert von Hellingrath in seinen Briefen an Imma von Ehrenfels. In: CASTRUM PEREGRINI CCLVI / CCLVII, Amsterdam 2003

57) Bruno Pieger: Norbert von Hellingrath und die Entdeckung des späten Hölderlin. In: Hölderlin: Philosophie und Dichtung, Hölderlin-Gesellschaft, Turm-Vorträge 5, 1992-1997 – hier zitiert nach 45)

58) Bruno Pieger: Vorwort zu 53), Tegernau im kleinen Wiesental 2000

59) Alessandro Pellegrini: Friedrich Hölderlin. Sein Bild in der Forschung. Firenze 1956 / Berlin 1965

60) Wilhelm Adt: Das Verhältnis Stefan Georges und seines Kreises zu Hölderlin. Diss. Frankfurt am Main 1934 – hier zitiert nach 59)

61) Robert H. Jackson: Anklagerede vom 21. November 1945. In: Staat und Moral. Zum Werden eines neuen Völkerrechts. Drei Anklagereden, München 1946

62) Norbert von Hellingrath: Anmerkungen zu *"Brod und Wein. An Heinze"* im Anhang zu Friedrich Hölderlin, Sämtliche Werke, Vierter Band, Besorgt durch Norbert v. Hellingrath, München und Leipzig 1916

63) Thomas Karlauf: Stefan George. Die Entdeckung des Charisma. Biographie. München 2007

KAPITEL **TAMMUZ** (Seiten 443 bis 453)

1) Wolfgang Fauth: Aphrodíte (Ἀφροδίτη). In: Konrat Ziegler und Walther Sontheimer (Hg.), Der Kleine Pauly. Auf der Grundlage von Pauly's Realencyclopädie der classischen Altertumswissenschaft, Band 1, München 1979

2) Moritz Pirol: Doppelsonnen. In: Sterngucker oder Das Idyll eines Obdachlosen, Band 2, Hamburg 2006

KAPITEL **BERTHA DEHN** (Seiten 457 bis 470)

1) Jürgen Kesting: Erst zwangsversetzt, dann entlassen. In: Hamburger Abendblatt, 26. Oktober 2006

2) Theo Stengel / Herbert Gerigk (Hg.): Lexikon der Juden in der Musik. Mit einem Titelverzeichnis jüdischer Werke. Berlin 1941

3) Ute Schomerus: Der Deportation entkommen. Die Hamburger Geigerin Bertha Dehn. In: Peter Petersen und andere (Hg.), Zündende Lieder – verbrannte Musik. Folgen des Nazifaschismus für Hamburger Musiker und Musikerinnen. Hamburg 1995

4) Hannes Heer / Jürgen Kesting / Peter Schmidt (Hg.): Verstummte Stimmen. Die Vertreibung der "Juden" aus der Oper 1933 bis 1945. Katalog zu einer Ausstellung des Hamburger Abendblatts u. a.. Hamburg 2006

5) Erna Berger: Auf Flügeln des Gesanges. Erinnerungen einer Sängerin. Zürich 1988

6) Agnes Holthusen. Worte am Sarge von Bertha Dehn. Gesprochen im Krematorium Hamburg-Ohlsdorf am 22. April 1953 [7].

7) Nach originalen Unterlagen im Familiënarchiv Prof. Dr. Matthias Brandis, Freiburg im Breisgau

8) Maike Bruchmann: Heinrich Mayer * 1866. In: http://www.stolpersteine-hamburg.de/

9) Fotograf, Ort und Zeitpunkt der Aufnahme [7] konnten leider nicht ermittelt werden

KAPITEL **PAUL CELAN** (Seiten 473 bis 622)

1) Bertrand Badiou / Eric Celan (Hg.): Paul Celan – Gisèle Celan-Lestrange. Briefwechsel. Mit einer Auswahl von Briefen Paul Celans an seinen Sohn Eric. Aus dem Französischen von Eugen Helmlé, Erster und Zweiter Band, Frankfurt am Main 2001

2) Israel Chalfen: Paul Celan. Eine Biographie seiner Jugend. Frankfurt am Main 1979

3) Helmut Böttiger: Orte Paul Celans. Wien 1996

4) Paul Celan: DRÜBEN. In *Der Sand aus den Urnen*. Gesammelte Werke in fünf Bänden, Dritter Band. Frankfurt am Main 1983

5) Paul Celan: LA CONTRESCARPE. In *Die Niemandsrose*. Gesammelte Werke in fünf Bänden, Erster Band. Frankfurt am Main 1983

6) Paul Celan: DUNSTBÄNDER-, SPRUCHBÄNDER-AUFSTAND. In *Atemwende*. Gesammelte Werke in Fünf Bänden, Zweiter Band, Frankfurt am Main 1983

7) Paul Celan: FINSTERNIS. In *Das Frühwerk*, herausgegeben von Barbara Wiedemann, Frankfurt am Main 1989

8) John Felstiner: Paul Celan. Eine Biographie. Deutsch von Holger Fliessbach. München 1997

9) Jürgen Serke: www.exil-archiv.de/Grafik/biografien/meerbaum-eisinger/Geschichte-einer-Entdeckung.pdf, 1980

10) Selma Meerbaum-Eisinger: Ich bin in Sehnsucht eingehüllt. Gedichte eines jüdischen Mädchens an seinen Freund. Herausgegeben und eingeleitet von Jürgen Serke. Verlag Hoffmann und Campe, Hamburg 1980

11) Arnold Daghani: The Grave Is in the Cherry-Orchard. Deutsch: Laßt mich leben. Übersetzung von Dr. Siegfried Rosenzweig. Tel Aviv 1946

12) Paul Celan: SCHWARZE FLOCKEN. In *Der Sand aus den Urnen*. Gesammelte Werke in fünf Bänden, Dritter Band. Frankfurt am Main 1983

13) Paul Celan: DIE GEISTERSTUNDE. In *Das Frühwerk*, herausgegeben von Barbara Wiedemann, Frankfurt am Main 1989

14) Heinrich Stiehler: Schwarze Flocken. In: DIE ZEIT 44/1995

15) Paul Celan: WINTER. In *Das Frühwerk*, herausgegeben von Barbara Wiedemann, Frankfurt am Main 1989

16) Paul Celan: FESTLAND. In *Das Frühwerk*, herausgegeben von Barbara Wiedemann, Frankfurt am Main 1989

17) Paul Celan: Brief vom 25. April 1962 an Erich von Kahler, hier zitiert nach 8)

18) Paul Celan: Brief vom 30. September 1962, zitiert nach 1)

19) Paul Celan: HERBST. In *Das Frühwerk*, herausgegeben von Barbara Wiedemann, Frankfurt am Main 1989

20) Paul Celan: ES WAR ERDE IN IHNEN. In *Die Niemandsrose*. Gesammelte Werke in Fünf Bänden, Erster Band, Frankfurt am Main 1983

21) Paul Celan: DAS AUSGESCHACHTETE HERZ. In *Fadensonnen*. Gesammelte Werke in Fünf Bänden, Zweiter Band, Frankfurt am Main 1983

22) Paul Celan: Brief vom 6. April 1943 an Ruth Kraft

23) Paul Celan: NÄHE DER GRÄBER. In *Der Sand aus den Urnen*. Gesammelte Werke in Fünf Bänden, Dritter Band, Frankfurt am Main 1983

24) Paul Celan: Brief vom 6. November 1952, zitiert nach 8)

25) Werner Hamacher und Winfried Menninghaus (Hg.): Paul Celan. Frankfurt am Main 1988

26) Gerhart Baumann: Erinnerungen an Paul Celan. *Frankfurt am Main* 1986

27) Aus einer Sammlung aller Gedichte, die Paul Celan in der Nazi- und Lagerzeit bei seiner Freundin Ruth Kraft deponierte und die diese 1957, als Celan schon von Paris aus Deutschland bereiste, in fünf Exemplaren des sogenannten *"Typoskripts 1957"* an Freunde verschickte.

28) Paul Celan: Brief vom 1. November 1964 aus Hamburg an seine Frau: hier zitiert nach 1)

29) Paul Celan: Brief vom 2. August 1948, zitiert nach 8)

30) Paul Celan: SPRICH AUCH DU. In *Von Schwelle zu Schwelle*. Gesammelte Werke in Fünf Bänden, Erster Band, *Frankfurt am Main* 1983

31) Paul Celan: Brief vom 24. Oktober 1948, zitiert nach 8)

32) http://de.wikipedia.org/wiki/Marina_Zwetajewa

33) Paul Celan: Brief vom 23. Oktober 1962 aus Genf an Gisèle Celan-Lestrange

34) Paul Celan: Brief vom 2. August 1942 an Ruth Kraft, hier zitiert nach 2)

35) Paul Celan: Brief vom 5. Februar 1970 an Gerschom Schocken, hier zitiert nach 8)

36) Paul Celan: BENEDICTA. In *Die Niemandsrose*. Gesammelte Werke in Fünf Bänden, Erster Band, *Frankfurt am Main* 1983

37) Paul Celan: Brief vom 3. August 1965, hier zitiert nach 1)

38) Paul Celan: Brief vom 10. September 1965 aus Frankfurt am Main, hier zitiert nach 1)

39) Paul Celan: Brief vom 8. September 1963, hier zitiert nach 8)

40) Paul Celan: Brief vom 6. Juli 1948, hier zitiert nach 8)

41) Paul Celan: Brief vom 2. August 1948, hier zitiert nach 8)

42) Paul Celan: Ansprache anläßlich der Entgegennahme des Literaturpreises der Freien Hansestadt Bremen am 26. Januar 1958. Gesammelte Werke in Fünf Bänden, Dritter Band, Frankfurt am Main 1983

43) Theodor W. Adorno: Kulturkritik und Gesellschaft. In: Karl Gustav Specht (Hg.), Soziologische Forschung in unserer Zeit: Leopold von Wiese zum 75. Geburtstag, Köln 1951

44) Theodor W. Adorno: Negative Dialektik (1966). In: Gesammelte Schriften, Band 6, Frankfurt am Main 1973

45) Theodor W. Adorno: Die Wunde Heine. Vortrag im Westdeutschen Rundfunk, Februar 1956, hier zitiert aus *Noten zur Literatur*. Gesammelte Schriften, Band 11, Frankfurt am Main 1974

46) Paul Celan: Der Meridian. Rede anläßlich der Verleihung des Georg-Büchner-Preises in Darmstadt, am 22. Oktober 1960. Gesammelte Werke in Fünf Bänden, Dritter Band, Frankfurt am Main 1983

47) Paul Celan: GESPRÄCH IM GEBIRG. Gesammelte Werke in Fünf Bänden, Dritter Band, Frankfurt am Main 1983

48) Paul Celan: Brief vom 25. März 1962, hier zitiert nach 53)

49) Aus Rilkes Briefwechsel mit André Gide, hier zitiert nach 8)

50) Theodor W. Adorno: Jene zwanziger Jahre. In: MERKUR. Deutsche Zeitschrift für europäisches Denken, Jahrgang 1962, Heft 1

51) Paul Celan: Brief vom 21. Januar 1962 aus Paris an Adorno, hier zitiert nach 53)

52) Paul Celan: Brief vom 15. März 1962 an Reinhard Federmann, hier zitiert nach 53)

53) Barbara Wiedemann (Hg.): Paul Celan – Die Goll-Affäre. Dokumente zu einer >Infamie<, Frankfurt am Main 2000

54) Theodor W. Adorno: Abschied vom Jazz, hier zitiert aus Musikalische Schriften V, Gesammelte Schriften, Band 18, Frankfurt am Main 1984

55) Theodor W. Adorno: Notiz über Wagner, hier zitiert aus Musikalische Schriften V, Gesammelte Schriften, Band 18, Frankfurt am Main 1984

56) Paul Celan: Brief vom 5. September 1962 an Alfred Margul-Sperber, hier zitiert nach 8)

57) Hans Magnus Enzensberger: Steine der Freiheit. In *Nelly Sachs zu Ehren*, Frankfurt am Main 1961

58) Theodor W. Adorno: Engagement oder künstlerische Autonomie. Vortrag im Radio Bremen am 28. März 1962, hier zitiert aus *Engagement* in *Noten zur Literatur*. Gesammelte Schriften, Band 11, Frankfurt am Main 1974

59) Reinhard Baumgart: Unmenschlichkeit beschreiben. Weltkrieg und Faschismus in der Literatur. In: MERKUR. Deutsche Zeitschrift für europäisches Denken, Jahrgang 1965, Heft 1

60) Konrad Schacht: Auschwitz als Kunstacker. Leserbrief in DIE ZEIT, 12. März 1965, hier zitiert nach 8)

61) Paul Celan: Brief vom 28. Juli 1965 aus Paris an Erich von Kahler, hier zitiert nach 1)

62) Robert Neumann: 34 x erste Liebe. Schriftsteller aus zwei Generationen unseres Jahrhunderts beschreiben erste erotische Erlebnisse. Frankfurt am Main 1966

63) Paul Celan: Gesammelte Werke in Fünf Bänden, Dritter Band, Frankfurt am Main 1983

64) Paul Celan: Brief vom 29. Januar 1959 an Gleb Struve, hier zitiert nach 8)

65) Milo Dor: Auf dem falschen Dampfer. Fragmente einer Autobiographie. Wien · Darmstadt 1988

66) Paul Celan: TODESFUGE. In *Mohn und Gedächtnis* (1952). Gesammelte Werke in Fünf Bänden, Erster Band, Frankfurt am Main 1983

67) Paul Celan: Gesammelte Werke in Fünf Bänden, Zweiter Band, Frankfurt am Main 1983

68) Christine Ivanović: »des menschen farbe ist freiheit«. Paul Celans Umweg über den Wiener Surrealismus. In: Peter Goßens und Marcus G. Patka (Hg.), 'Displaced'. Paul Celan in Wien 1947-1948. Im Auftrag des Jüdischen Museums Wien. Frankfurt am Main 2001

69) Paul Celan: Edgar Jené und der Traum vom Traume. Gesammelte Werke in Fünf Bänden, Dritter Band, Frankfurt am Main 1983

70) Paul Celan: NÄHE DER GRÄBER. In *Der Sand aus den Urnen*. Gesammelte Werke in Fünf Bänden, Dritter Band, Frankfurt am Main 1983

71) Paul Celan: Brief vom 29. Juni 1965 aus Paris an Edith Hübner, eine Würzburger Buchhändlerin, hier zitiert nach 1)

72) Klaus Briegleb: Mißachtung und Tabu. Eine Streitschrift zur Frage: "Wie antisemitisch war die Gruppe 47?", Berlin / Wien 2003

73) Christine Oertel: Flucht über Österreich. In: Peter Goßens und Marcus G. Patka (Hg.), 'Displaced'. Paul Celan in Wien 1947-1948. Im Auftrag des Jüdischen Museums Wien. Frankfurt am Main 2001

74) Paul Celan: Postkarte vom 11. Februar 1948 an Alfred Margul-Sperber, hier zitiert nach 8)

75) Peter Goßens und Marcus G. Patka (Hg.): 'Displaced'. Paul Celan in Wien 1947-1948. Im Auftrag des Jüdischen Museums Wien. Frankfurt am Main 2001

76) Jerry Glenn: Paul Celan in Wien. In: Milo Dor (Hg.), Die Pestsäule. In memoriam Reinhard Federmann. Wien 1977

77) Joachim Seng: Paul Celans Gedichtband "Der Sand aus den Urnen". In: Peter Goßens und Marcus G. Patka (Hg.), 'Displaced'. Paul Celan in Wien 1947-1948. Im Auftrag des Jüdischen Museums Wien. Frankfurt am Main 2001

78) Paul Celan: Brief vom 12. März 1948 aus Wien an Petre Solomon in Bukarest, hier zitiert nach 8)

79) Paul Celan: AUS HERZEN UND HIRNEN. In *Mohn und Gedächtnis*. Gesammelte Werke in Fünf Bänden, Erster Band, Frankfurt am Main 1983

80) Paul Celan: IN ÄGYPTEN. In *Mohn und Gedächtnis*. Gesammelte Werke in Fünf Bänden, Erster Band, Frankfurt am Main 1983

81) Ingeborg Bachmann: Interview 1971, hier zitiert nach Matthias Bormuth: Utopie und Sprache bei Ingeborg Bachmann. In: parapluie, elektronische zeitschrift für kulturen · künste · literaturen, Nr. 19, 2004

82) Jürgen Lütz: Ingeborg Bachmann, Hans Weigel und Paul Celan. In: Peter Goßens und Marcus G. Patka (Hg.), 'Displaced'. Paul Celan in Wien 1947-1948. Im Auftrag des Jüdischen Museums Wien. Frankfurt am Main 2001

83) Paul Celan: Brief vom 30. Mai 1952 aus Frankfurt am Main an Gisèle de Lestrange, hier zitiert nach 1)

84) Milo Dor: Ein Fremder in Wien und anderswo. In: Peter Goßens und Marcus G. Patka (Hg.), 'Displaced'. Paul Celan in Wien 1947-1948. Im Auftrag des Jüdischen Museums Wien. Frankfurt am Main 2001

85) Ingeborg Bachmann: Drei Wege zum See. In: Simultan. Neue Erzählungen. München 1972

86) Helga Emsbacher: Spuren jüdischen Lebens im Wien von 1948. In: Peter Goßens und Marcus G. Patka (Hg.), 'Displaced'. Paul Celan in Wien 1947-1948. Im Auftrag des Jüdischen Museums Wien. Frankfurt am Main 2001

87) Paul Celan: Brief vom 24. Oktober 1948 aus Paris an Max Rychner in Zürich, hier zitiert nach 3)

88) Paul Celan: NACHTSTRAHL. In *Mohn und Gedächtnis*. Gesammelte Werke in Fünf Bänden, Erster Band, Frankfurt am Main 1983

89) Paul Celan: CORONA. In *Mohn und Gedächtnis*. Gesammelte Werke in Fünf Bänden, Erster Band, Frankfurt am Main 1983

90) Paul Celan: SPÄT UND TIEF. In *Mohn und Gedächtnis*. Gesammelte Werke in Fünf Bänden, Erster Band, Frankfurt am Main 1983

91) Paul Celan: BAHNDÄMME, WEGRÄNDER, ÖDPLÄTZE, SCHUTT. In *Sprachgitter*. Gesammelte Werke in Fünf Bänden, Erster Band, Frankfurt am Main 1983

92) Paul Celan: In *Mohn und Gedächtnis*. Gesammelte Werke in Fünf Bänden, Erster Band, Frankfurt am Main 1983

93) Paul Celan: LOB DER FERNE. In *Mohn und Gedächtnis*. Gesammelte Werke in Fünf Bänden, Erster Band, Frankfurt am Main 1983

94) Paul Celan: Brief vom 6. November 1952 an Karl Schwedhelm in Stuttgart, hier zitiert nach 8)

95) Paul Celan: Brief vom 21. April 1948 aus Wien an Alfred Margul-Sperber in Bukarest, hier zitiert nach 8)

96) Paul Celan: OBEN, GERÄUSCHLOS. In *Sprachgitter*. Gesammelte Werke in Fünf Bänden, Erster Band, Frankfurt am Main 1983

97) Lydia Koelle: Wiener "Landschaft mit Urnenwesen". Sedimente des Jüdischen beim frühen Celan. In: Peter Goßens und Marcus G. Patka (Hg.), 'Displaced'. Paul Celan in Wien 1947-1948. Im Auftrag des Jüdischen Museums Wien. Frankfurt am Main 2001

98) Paul Celan: Brief vom 24. Oktober 1948 aus Wien an Max Rychner in Zürich, hier zitiert nach 75)

99) Paul Celan: Brief vom 9. Oktober 1947 aus Paris an Alfred Margul-Sperber in Bukarest, hier zitiert nach 75)

100) Rino Sanders: Erinnerung an Paul Celan. In: Werner Hamacher und Winfried Menninghaus (Hg.), Paul Celan, Frankfurt am Main 1988

101) Paul Celan: GEGENLICHT. In: Gesammelte Werke in Fünf Bänden, Dritter Band, Frankfurt am Main 1983

102) Paul Celan: IN MEMORIAM PAUL ELUARD. In *Inselhin*. Gesammelte Werke in Fünf Bänden, Dritter Band, Frankfurt am Main 1983

103) Paul Celan: Brief vom 7. Januar 1960 aus Paris an Gisèle Celan-Lestrange, hier zitiert nach 1)

104) Claire Goll: Brief vom 18. Februar 1961, hier zitiert nach 53)

105) Claire Goll: Brief vom 28. Februar 1961, hier zitiert nach 53)

106) mündlich von Gisèles Schwester Marie-Thérèse überliefert; hier zitiert nach 1): *"einem ... staatenlosen ... deutschsprachigen ... Juden"*

107) Paul Celan: Brief vom 10. Februar 1961 an den Publizisten Hans Bender, hier zitiert nach 8)

108) Paul Celan: Brief vom 1. November 1964 aus Hamburg an Gisèle, hier zitiert nach 1)

109) Theo Buck: Paul Celan und die Gruppe 47. In: Hans-Michael Speier (Hg.), Celan-Jahrbuch 7, Heidelberg 1997/98

110) Günter Grass in einer Fernsehdokumentation zur *Gruppe 47* am 16. Oktober 2007 um 22.25 Uhr im Sender 3Sat

111) Paul Celan: Brief vom 31. Mai 1952 aus Frankfurt am Main an Gisèle de Lestrange

112) Paul Celan: Brief vom 10. Februar 1961 an Hans Bender, den Herausgeber der Zeitschrift *"Akzente"*, hier zitiert nach 8)

113) Paul Celan: Brief vom 21. Mai 1952 aus Paris an Gisèle de Lestrange, hier zitiert nach 1)

114) In einer Fernsehdokumentation zur *Gruppe 47* am 16. Oktober 2007 um 22.25 Uhr im Sender 3Sat

115) Paul Celan: Brief vom 22. Mai 1952 aus Hamburg an Gisèle de Lestrange

116) Paul Celan: Brief vom 5. August 1962 an Klaus Wagenbach, hier zitiert nach 53)

117) Paul Celan: Brief vom 20. Februar 1960 an Nelly Sachs in Stockholm, hier zitiert nach 25)

118) Paul Celan: Brief vom 18. Juli 1957, hier zitiert nach 8)

119) Paul Celan: Brief vom 12. Oktober 1956 aus Köln an Gisèle de Lestrange, hier zitiert nach 1)

120) Paul Celan: Brief vom 29. März 1954 aus Düsseldorf, hier zitiert nach 1)

121) Paul Celan: Brief vom 24. September 1955 aus Köln, hier zitiert nach 1)

122) Paul Celan: Brief vom 31. Januar 1955 aus Stuttgart, hier zitiert nach 1)

123) Paul Celan: Brief vom 28. Januar 1955 aus Stuttgart, hier zitiert nach 1)

124) Paul Celan: Brief vom 26. September 1955 aus Düsseldorf, hier zitiert nach 1)

125) Paul Celan: Brief vom 28. September 1955 aus Düsseldorf, hier zitiert nach 1)

126) Paul Celan: Brief vom 22. März 1962 an Petre Solomon in Bukarest, hier zitiert nach 8)

127) *"La chose qui j'aurais dû pouvoir faire, c'était de dicrocher; mais tu sais ce que veut dire pour un auteur de langue allemande, et qui a vécu la terreur nazie, de se voir retranché, une seconde fois, de sa langue"*, hier zitiert nach 8)

128) Barbara Wiedemann: Der Blick von Paris nach Osten. In: Peter Goßens und Marcus G. Patka (Hg.), 'Displaced'. Paul Celan in Wien 1947-1948. Im Auftrag des Jüdischen Museums Wien. Frankfurt am Main 2001

129) Paul Celan: Brief vom 4. August 1962 an den Londoner Verwandten Leo Schäfler, hier zitiert nach 53)

130) Paul Celan: STIMMEN. In *Sprachgitter*. Gesammelte Werke in Fünf Bänden, Erster Band, Frankfurt am Main 1983

131) Paul Celan: Brief vom 23. Dezember 1959 an Wolfgang Hildesheimer, hier zitiert nach 1)

132) Paul Celan: MIT ALLEN GEDANKEN. In *Die Niemandsrose*. Gesammelte Werke in Fünf Bänden, Erster Band, Frankfurt am Main 1983

133) Paul Celan: EINE GAUNER- UND GANOVENWEISE / GESUNGEN ZU PARIS EMPRÈS PONTOISE / VON PAUL CELAN / AUS CZERNOWITZ BEI SADAGORA. In *Die Niemandsrose*. Gesammelte Werke in Fünf Bänden, Erster Band, Frankfurt am Main 1983

134) Paul Celan: AUGENBLICKE. In *Fadensonnen*. Gesammelte Werke in Fünf Bänden, Zweiter Band, Frankfurt am Main 1983

135) Paul Celan: Brief vom 6. August 1962 an Petre Solomon in Bukarest, hier zitiert nach 3)

136) Paul Celan: Brief vom 18. Februar 1962 an Petre Solomon in Bukarest, hier zitiert nach 3)

137) Paul Celan: Brief vom 23. November 1967 an Petre Solomon in Bukarest, hier zitiert nach 3)

138) Paul Celan: DIE LIEBE. In *Fadensonnen*. Gesammelte Werke in Fünf Bänden, Zweiter Band, Frankfurt am Main 1983

139) Paul Celan: Brief vom 20. November 1969 an Gerhart Baumann in Freiburg, hier zitiert nach 8)

140) Paul Celan: UND MIT DEM BUCH AUS TARUSSA. In *Die Niemandsrose*. Gesammelte Werke in Fünf Bänden, Erster Band, Frankfurt am Main 1983

141) Paul Celan: REBLEUTE. In *Zeitgehöft*. Gesammelte Werke in Fünf Bänden, Dritter Band, Frankfurt am Main 1983

142) Walter Methlagl: Paul Celan in Mühlau. In: Peter Goßens und Marcus G. Patka (Hg.), 'Displaced'. Paul Celan in Wien 1947-1948. Im Auftrag des Jüdischen Museums Wien. Frankfurt am Main 2001

143) Paul Celan: AN NIEMAND GESCHMIEGT. In *Die Niemandsrose*. Gesammelte Werke in Fünf Bänden, Erster Band, Frankfurt am Main 1983

144) Europäische Revue 9 (1933), Heft 5 (Seiten 313 bis 316) und Heft 7 (Seiten 439 bis 442)

145) Arist Fioretos: Nothing: History and Materiality in Celan. In: Arist Fioretos (Hg.), Word Traces: Readings of Paul Celan. Baltimore 1994

146) Vicky Kämpfe: Tango der Metropolen. Bedeutungsveränderungen des Tango auf seinem Weg von Buenos Aires in die europäischen Metropolenkulturen. Hamburg 2007

147) The Black Book. The Nazi Crime Against the Jewish People. New York o. J. (1946)

148) Viktor E. Frankl: ... trotzdem Ja zum Leben sagen. Ein Psychologe erlebt das Konzentrationslager. Vorwort von Hans Weigel. München 1978

149) *»Dans la nuit de dimanche à lundi 19/20 avril, il a quitté son domicile pour ne plus jamais revenir. / J'ai passé quinze jours à le chercher partout, je n'avais aucun espoir de le retrouver vivant. C'est le premier mai que la police l'a retrouvé, quinze jours donc après son geste terrible. Je ne l'ai su que le 4 mai – / Paul s'est jeté dans la Seine. Il a choisi la mort la plus anonyme et la plus solitaire. / Que puis-je dire d'autre, Ingeborg. Je n'ai pas su l'aider comme je l'aurais voulu. / Eric va avoir quinze ans le mois prochain«*

Deutsche Übersetzung von Barbara Wiedemann (zitiert nach 150))

150) Ingeborg Bachmann – Paul Celan: Herzzeit. Der Briefwechsel. Mit den Briefwechseln zwischen Paul Celan und Max Frisch sowie zwischen Ingeborg Bachmann und Gisèle Celan-Lestrange. Herausgegeben und kommentiert von Bertrand Badiou, Hans Höller, Andrea Stoll und Barbara Wiedemann. *Frankfurt am Main* 2008

151) Das französische Original zur deutschen Übersetzung von Barbara Wiedemann lautet:

"Vivre avec et continuer de vivre avec le minimum de distance qu'il faut n'est pas un équilibre que je trouve facilement. J'essaie, j'essaie, je fais des pas, je marche – – mai pas très bien" (zitiert nach 150)

152) gestrichen

153) Jürgen Lehmann (Hg.): Kommentar zu Paul Celans „Sprachgitter ". Unter Mitarbeit von Jens Finckh, Markus May und Susanna Brogi. In: Beiträge zur Neueren Literaturgeschichte 228, Heidelberg 2005

154) Christophe Fricker: J. Lehmann (Hg.), Kommentar zu Paul Celans „Sprachgitter ". In: Arbitrium, Zeitschrift für Rezensionen zur germanistischen Literaturwissenschaft, Juli 2008

155) *"Ce fils ... est de Paul, il lui ressemble, je crois qu'il le comprendra"*: ins Deutsche übersetzt von Barbara Wiedemann, zitiert nach 150)

156) Jürgen Wertheimer: 'Es lebe die krummnasige Kreatur'. Der etwas andere Celan. *www.literaturkritik.de/public /rezension.php?rez_id=3170*

157) *"Je ne pouvais plus l'aider, seulement me détruire avec lui, et il y avait Eric. Je crois que Paul le comprenait parfois sûrement. Mais ça a été très dur. Etait-ce la solution? Y en avait-il une? Laquelle"*: ins Deutsche übersetzt von Barbara Wiedemann, zitiert nach 150)

158) Paul Celan: Die Gedichte aus dem Nachlass. Herausgegeben von Bertrand Badiou, Jean-Claude Rambach und Barbara Wiedemann. Frankfurt am Main 1997

159) Marcel Beyer: Landkarten, Sprachigkeit, Paul Celan. In: Text + Kritik, Heft 53/54 PAUL CELAN, 3. Auflage: Neufassung, November 2002

160) Thomas Kling: Sprach-Pendelbewegung. Celans Galgen-Motiv. In: Text + Kritik, Heft 53/54 PAUL CELAN, 3. Auflage: Neufassung, November 2002

161) Franz Kafka: Der Landarzt. In: Die Erzählungen, Frankfurt am Main 1961

162) Claus Stephani: Gespräch mit dem Intendanten Harry Eliad in Bukarest. In: DAVID, Jüdische Kulturzeitschrift, Heft 52, März 2002

163) Claus Stephani: Unser Weg ist noch nicht zu Ende. Juden in Rumänien / Das Leben geht weiter. In: DAVID, Jüdische Kulturzeitschrift, Heft 52, März 2002

KAPITEL **ANONYMUS** (Seiten 625 bis 626)

1) Vergleiche hierzu auch Moritz Pirol, Nach oben offen. Reflexe 4, Nummer 234. Hamburg 2004

Personenregister
Eingeklammerte Seitenzahlen verweisen auf Erwähnung ohne Namensnennung

Baal – *syrisch-levantinische Gottheit:* 156 – 162
Bach, Johann Sebastian – *deutscher Komponist:* 12 – 127 – 473 – 604
Bachér, Ingrid – *deutsche Schriftstellerin:* 571
Bachmann, Ingeborg – *österreichische Schriftstellerin:* 97 – 550 bis 619
Baldur (= Balder, Baldr) – *nordgermanischer Lichtgott:* 213
Barahona y Escobar, José Agustín – *neugranadischer Jurist:* 38 f.
Barahona, María Manuela – *dessen Nichte:* 38 bis (42) – (45) ff. – (52) ff. – (55) – (57) –
(64) ff. – (82) – (85)
Barahona, Dolores – *deren Enkelin:* 85
Baraya, Antonio – *neugranadischer General:* 52 f. – 75
Bary de – *Angehörige der Familië* → Gontard: 351 – 403
Basil, Otto – *österreichischer Publizist:* 549
Bato, Jontow Ludwig – *österreichischer Publizist:* 223
Baudelaire, Charles – *französischer Schriftsteller:* 417 – 516
Bauer, Julius – *ungarisch österreichischer Journalist und Librettist:* 248
Baum, Vicki (Hedwig) – *österreichische Schriftstellerin:* 16
Baumann, Gerhart – *deutscher Germanist:* 135 – 506 – 508 – 512 – 533 – 538 – 557 – 597 –
605 – 614
Baumann, Hans – *deutscher Lyriker:* 368 – 612
Baumgart, Reinhard – *deutscher Rezensent:* 530 – 594
Beatles – *britische Musikgruppe:* 259
Bechstein, Helene – *deutsche Klavierfabrikantin:* 431
Becker, Jürgen – *deutscher Schriftsteller:* 579
Beckett, Samuel – *irischer Schriftsteller:* 473 f.
Beda (→ Löhner-Beda, Fritz)
Beer, Josef – *ukraïnisch österreichischer Komponist:* 241
Beethoven, Ludwig van – *deutscher Komponist:* 251 – 458
Behrend, Siegfried – *deutscher Gitarrist:* 127
Beinhorn, Elly – *deutsche Fliegerin:* 16
Beißner, Friedrich – *deutscher Germanist:* 327 – 338 – 435
Belina (= Rodzynek, Lea-Nina) – *polnisch jüdische Sängerin:* 127 f.
Benatzky, Ralph – *österreichischer Komponist:* 280
Bendix, Ralf (= Schwab, Karl Heinz) – *deutscher Schlagersänger:* 235
Beneš, Jara – *tschechischer Komponist:* 237 – 241 – 253 ff.
Benitez y Plata, Emigdio – *neugranadischer Politiker:* 45 – 74
Benn, Gottfried – *deutscher Schriftsteller:* 287 f.
Bense, Max – *deutscher Philosoph:* 580
Berben, Iris – *deutsche Schauspielerin:* 495
Berg, Alban – *österreichischer Komponist:* 523
Bergmann, Werner – *deutscher Baustellenleiter:* 491
Bergson, Henri – *französischer Philosoph:* 343
Bermann Fischer, Gottfried – *deutscher Verleger:* 579 – 583
Bernardo de Álvarez, Manuel – *neugranadischer Politiker:* 77
Bernus, Alexander Baron von – *deutscher Schriftsteller und Alchimist:* 351
Bertaux, Pierre – *französischer Germanist:* 381 ff. – 385 f.
Bertig, Blumke – *Ehefrau von* → Bertig, Mordche: 102 – 124
Bertig, Chawa – *deren Tochter:* 102 – 124
Bertig, Lea (oder Lola?) – *deren Schwester:* 102 f. – 124
Bertig, Markus – *Bruder von* → Bertig, Mordche: 102 – 106
Bertig, Mordche (→ Gebirtig, Mordechai)
Bertig, Schifra – *dessen Tochter:* 102 – 124

Brinkmann, Bodo – *deutscher Schriftsteller:* 569

Brodsky, Nikolaus (= Braunstein, Miklós) – *ukraïnisch-ungarischer Komponist:* 241

Bruckmann, Hugo – *deutscher Verleger:* 321 f. – 358 – 366 – 373 – 432 ff.

Bruckmann-Cantacuzène, Elsa (= "Ilf") – *dessen deutsche Ehefrau:* (319) – 321 f. – 324 – 326 – 343 bis 346 – 353 – (368) f. – 389 f. – 392 – 430 f. – 432 f. – 434

Bruckner, Anton – *österreichischer Komponist:* 246 – 251

Brunner, Alois – *deutsch-ungarischer SS-Hauptsturmführer:* 483 – 553

Buber, Martin – *österreichisch-israëlischer Religionsphilosoph:* 505 – 621

Buch, Miguel – *catalanisch neugranadischer Politiker:* 84

Buck, Theo – *deutscher Germanist:* 574 – 576 ff.

Buddha (= Gotama, Siddattha) – *indischer Religionsstifter:* 217

Büchner, Georg – *deutscher Schriftsteller:* 526 – 534 – 537 – 581 – 599

Bürckel, Josef – *deutscher NS-Politiker:* 263 – 290 f.

Bütefisch, Heinrich – *deutscher Chemiker:* 302 – 304 – 307 – 314

Buonaparte, Joseph – *korsischer Bruder* → Napoleons I.: 43

Buonaparte, Napoléon (→ Napoléon I.)

Burgh, Chris de (= Davison, Christopher John) – *irischer Popsänger:* 198

Busch, Fritz – *deutscher Dirigent:* 460

Cabal, José María – *neugranadischer Naturforscher und Freiheitskämpfer:* 76

Caldas y Barahona, Ana María (oder Carlota) – *Tochter von* → Caldas, Francisco José de: 85

Caldas y Barahona, Carlota (oder Ana María) – *Tochter von* → Caldas, Francisco José de: 85

Caldas y Barahona, Ignacia – *Tochter von* → Caldas, Francisco José de: 53 f. – 57

Caldas y Barahona, Juliana – *Tochter von* → Caldas, Francisco José de: 57 – 64 – 85 – 95

Caldas y Barahona, Liborio María – *Sohn von* → Caldas, Francisco José de: 47 – (53) – 57

Caldas y García de Camba, José – *Vater von* → Caldas, Francisco José de: 34

Caldas y Tenorio, Francisco José de – *neugranadischer Naturforscher:* 13 – 21 – 25 bis 85 – 94 ff. – 249 – 466

Callimaki, Gregor – *moldawischer Fürst:* 320

Calvelli-Adorno, Maria Barbara – *korsisch-italiënische Sängerin:* 523 – (529)

Camacho, José Joaquín – *neugranadischer Jurist:* 31 – 44 – 75

Campanella, Tommaso (= Giovan Domenico) – *italiënischer Philosoph:* 12

Canetti, Elias – *bulgarisch deutscher Schriftsteller:* 129

Cantacuzène, Carl-Ludwig Fürst von – *deutscher Aristokrat:* 433

Cantacuzène, Dimitrij Fürst von – *rumänischer Politiker:* 321

Cantacuzène, Joachim Fürst von – *deutscher Innenarchitekt:* 432

Cantacuzène, Olga Prinzessin von – *deutsche Aristokratin:* 433

Cantacuzène, Theodor Fürst von – *bayrischer Offizier:* 321

Cantacuzène-Deym, Fürstin Caroline von (→ Deym von Střitež)

Cantacuzino, Matei – *moldawischer Fürst:* 320

Caraion, Ion – *rumänischer Schriftsteller:* 543

Carbonell, José María – *neugranadischer Freiheitskämpfer:* 44 – 73

Carol II. – *rumänischer König:* 485

Casa Valencia, Pedro Felipe Conde de la – *neugranadischer Aristokrat:* 79

Catterfeld, Yvonne – *deutsche Sängerin:* 495

Cayrol, Jean – *französischer Schriftsteller:* 519

Celan, Eric – *französischer Clown, Equilibrist und Pädagoge:* 503 – 567 – 585 – (593) – 606 – 608 – 610 – (613) – 617

Celan, François – *Paul Celans Sohn:* (567) – 619

Celan, Paul – *bukowinisch deutscher Lyriker:* 20 – 97 – 127 – 135 – 146 – 165 – 317 – 471 – 473 bis 621 – 623

Goll, Yvan (= Lang, Isaac) – *deutsch-französischer Lyriker: 566 – 599 – 605*

Gontard, Susette – *Frankfurter Bankiersfrau: 352 – 381 – 403*

Gotama, Siddattha (→ Buddha)

Gott (= Gottar), Karel – *tschechischer Schlagersänger: 236*

Gottlieb, Prof. Dr. ? – *bukowinisches Naziopfer: 496*

Goujaud, Alejandre (→ Bonpland, Aimé)

Granach, Alexander (= Gronach, Jessaja Szajko) – *galizisch österreichischer Schauspieler: 471 – 582 – 585*

Grass, Günter – *deutscher Schriftsteller: 571 – 582 – 585*

Greene, Graham – *britischer Schriftsteller: 553*

Gregor, Joseph – *österreichischer Theaterwissenschaftler: 476*

Grimm, Hans – *deutscher Schriftsteller: 598*

Grünbaum, Fritz – *österreichischer Kabarettist und Librettist: 225 – 245 – 261 – 280 bis 283 – 308*

Grünbaum, Lilly – *dessen Frau: 281 f.*

Gründgens, Gustaf – *deutscher Schauspieler, Intendant und Regisseur: 241*

Grünwald, Alfred – *österreichischer Librettist: 243 – 248*

Grun (= Grün), Bernard – *österreichischer Komponist und Publizist: 246 – 309*

Grunwald, Henry A. – *US-amerikanischer Publizist und Diplomat: 243*

Günderode, Karoline von – *deutsche Dichterin: 378*

Günther, Mizzi – *deutsche Operettensängerin: 286*

Guérin, Maurice de – *französischer Schriftsteller: 343 f.*

Guevara, Che (= Guevara de la Sern, Ernesto Rafael) – *argentinischer Guerillaführer und kubanischer Politiker: 200 – 213*

Gumiljow, Lew Nikolajewitsch – *Sohn von → Achmátowa, Anna A.: 611*

Gumiljow, Nikolaj Stepanowitsch – *russischer Lyriker: 611*

Gundolf, Friedrich (= Gundelfinger, Friedrich Leopold) – *deutscher Literat: 333 – 343 – 347 – 353 ff. – 358 f. – 361 – 399 – 401 – 404 f. – 407 – 409 f. – 412 f. – 417 – 433*

Gurlitt, Manfred – *deutscher Komponist: 254*

Gust, Erich – *deutscher SS-Obersturmführer: 269*

Gutiérrez, Frutos Joaquín – *neugranadischer Jurist: 78*

Guttmann, Arthur – *österreichischer Komponist: 232 f.*

Hachfeld, Eckart – *deutscher Schriftsteller: 229*

Hahnefeld, Bernhard – *deutscher Verleger: 470*

Haid, Liane – *österreichische Schauspielerin: 232*

Hajek, René (= Lutz, Pierre) – *österreichischer Textiltechniker: 128 f.*

Hajos, Karl – *ungarischer Komponist: 232*

Hallgarten, Wolfgang – *US-amerikanischer Historiker: 388*

Hammarskjöld, Dag – *schwedischer Politiker: 213*

Hansen, Max (= Haller, Max) – *dänisch-deutscher Kabarettist, Sänger und Schauspieler: 238*

Harmenszoon van Rijn, Rembrandt (→ Rembrandt)

Harrison, Earl G. – *US-amerikanischer Jurist: 548*

Hartung, Harald – *deutscher Germanist und Autor: 541*

Hašek, Jaroslav – *tschechischer Schriftsteller: 229*

Haussknecht, Emma – *elsässische Mitarbeiterin Albert Schweitzers: 462*

Hebert, Paul Macarius – *US-amerikanischer Jurist und Politiker: 308*

Heckel, Erich – *deutscher Maler: 426*

Hegel, Georg Wilhelm Friedrich – *deutscher Philosoph: 382*

Heidegger, Hermann – *deutscher Historiker: 437*

Heidegger, Martin – *deutscher Philosoph: 146 – 397 – 409 – 435 – 436 ff. – 441 – 455 – 550 –*

Löwy, Bedřich (→ Löhner-Beda, Fritz)
Löwy (= Löhner), David – *dessen Vater: 221 f. – (231)*
Löwy, Rudolf – *dessen Sohn: 221*
Louda, Vlastimi – *tschechischer Dirigent: 269*
Lozano, Jorge Tadeo – *neugranadischer Zoologe: 31 – 36 – 44 – 49 f. – 73*
Lozano, José María – *neugranadischer Freiheitskämpfer: 44*
Ludendorff, Erich – *deutscher General: 370*
Ludwig, Paula – *österreichische Schriftstellerin: 598 f.*
Lübke, Heinrich – *deutscher Politiker: 314*
Lumumba, Patrice Émery – *kongolesischer Politiker: 213*
Lung – *thailändischer Schriftsteller: 172 – 196*
Lustig, Emma – *Kusine von → Celan, Paul: 479*
Luther, Martin – *deutscher Reformator: 377 – 453*
Lutz, Pierre (→ Hajek, René)
Luxemburg, Rosa – *polnisch-deutsche Politikerin: 481*
Lyhkamhahn, Kempah – *thailändischer Kautschukzapfer: 169 – 170 bis (173) – (176) – (182) – (207) – (210) – (216)*
Lyhkamhahn, Pettsurih ("Präh") – *dessen Enkelin: 181 f. – (183) – (185) – (202) ff. – 211 – (216)*
Lyhkamhahn, Sawaang – *thailändischer Kautschukzapfer und Barmann: 169 bis 217*
Lyhkamhahn, Suwapohn ("Miu") – *dessen Tochter: (181) – 183 – (202) f. – (205) – 211 – (216)*
Lyhkamhahn, Thongponn ("Hmuh") – *Bruder von → Lyhkamhahn, Sawaang: (171) ff. – (207) – (210) – 216*
Lyhkamhahn, "Tuktah" – *dessen Schwester: (171) ff. – (180) – (185) – (207) – (210)*

Ma – *phrygische Muttergöttin: 445*
Macchiavelli, Niccolò (di Bernardo dei) – *italiënischer Politiker und Philosoph: 142 – 400 – 405*
Macke, August – *deutscher Maler: 367 – 414 – 426*
Maeger, Annemarie – *deutsche Autorin und Verlegerin: 141 f. – 145*
Maeterlinck, Graf Maurice – *belgischer Schriftsteller: 518*
Magris, Claudio – *Triëstiner Schriftsteller: 246*
Mahler, Gustav – *österreichischer Komponist: 527*
Maimon, Yehuda (= Poldek) – *polnisch jüdischer Widerstandskämpfer: 109 – 111 f.*
Majakówskij, Wladímir Wladimírowitsch – georgisch *sowjetischer Schriftsteller: 513 f.*
Malálas Ioánnes (→ Ioánnes Malálas)
Malczewski, Jacek – *polnischer Maler: 122*
Maleta, Alfred – *österreichischer Politiker: 432*
Mallarmé, Stéphane – *französischer Schriftsteller: 333 – 518*
Mandelschtam (= Mandelstamm), Ossip Emiljewitsch – *polnisch-russischer Lyriker: 135 – 504 – 510 ff. – 518*
Mandelstamm, Ossip Emiljewitsch (→ Mandelschtam, Ossip Emiljewitsch)
Mann, Heinrich – *deutscher Schriftsteller: 288*
Mann, Klaus – *deutscher Schriftsteller: 250*
Mann, Thomas – *deutscher Schriftsteller: 323 – 613*
Marc, Franz – *deutscher Maler: 366 ff. – 393 – 414 – 426*
Marcuse, Ludwig – *deutsch US-amerikanischer Philosoph und Schriftsteller: 578*
Margul-Sperber, Alfred – *rumänisch deutscher Schriftsteller: 522 – 542 – 544 – 549 – 595*
Maria – *Mutter des → Jesus von Nazareth: 160 – 446 – (451)*
Maria Theresia von Österreich – *deutsche Kaiserin: 553*
Marinari, Onorio – *italiënischer Maler: 161*

Struve, Gleb Petrowitsch – *russischer Dichter und Literarhistoriker:* 520
Sucre y de Alcalá, Antonio José de – *venezolanischer General:* 87 – 91 f.
Sündermann, Hans – *österreichischer Widerstandskämpfer:* 264 – 267
Sukawati, Cokorda Gedé Agúng – *balinesischer Fürst:* 16
Supervielle, Jules – *baskisch französischer Schriftsteller:* 519
Swinburne, Algernon – *britischer Lyriker:* 419
Synésios (von Kyréne) – *spätantik griechischer Philosoph und Bischof:* 142 – 148 – 153 – 158
Szakall Szöke (= Jenö Gerö) – *ungarisch US-amerikanischer Schauspieler und Autor:* 241
Szász, János – *ungarischer Filmregisseur und -autor:* 506
Szondi, Péter – *ungarisch deutscher Literarhistoriker:* 525 – 527 f.

Tabatabai, Jasmin – *deutsch-iranische Schauspielerin:* 495
Tagore (= Thakur), Rabindranath – *bengalischer Schriftsteller:* 492 – 612
Taine, Hippolyte – *französischer Philosoph:* 342 – 345
Tamariz (→ Cueva Tamariz, Carlos)
Tammuz(u) (= Ádonis) – *oriëntalische Mythengestalt:* 443 bis 453
Tanco, Diego Martín – *neugranadischer Finanzpolitiker:* 28 – 31
Tanit – *punische Fruchtbarkeitsgöttin:* 445
Tauber, Richard (= Denemy, Richard) – *österreichischer Opernsänger:* 233 – 236 – 241 f. – 284 – 310
Teitler, Benno – *Vetter von* → Celan, Paul: 501
Teitler, David – *Onkel von* → Celan, Paul: 480
Teitler, Wolf – *Großvater von* → Celan, Paul: 474
Teller, Oscar – *österreichischer Kabarettist und Sänger:* 244
Tenorio y Arboleda, Vicenta – *Mutter von* → Caldas, Francisco José de: (39) – (67) – (69)
Teodorescu, Virgil – *rumänischer Lyriker:* 519
ter Meer, Fritz – *deutscher Chemiker:* 302 – 304 – 307 f. – 313
Terpsichóre – *altgriechisch mythische Muse:* 19
Thälmann, Ernst – *deutscher Politiker:* 415
Thelen, Albert Vigoleis – *deutscher Schriftsteller:* 578
Theodosius II. – *byzantinischer Kaiser:* 157
Théon (von Alexandria) – *türkischer Astronom:* 137 ff. – 142
Thierack, Otto Georg – *deutscher NS-Politiker:* 288 – 301
Thormaehlen, Ludwig – *deutscher Bildhauër und Fotograf:* 331 – 410 ff. – 419 bis 422 – 424 bis 427
Thurn und Taxis-Hohenlohe, Fürstin Marie von – *Rilkes Mäzenatin:* 344 – 390
Tieck, Ludwig – *deutscher Schriftsteller:* 383
Toland, John – *irischer Philosoph:* 163 f.
Tommaso da Celano – *italiënischer Franziskaner und Chronist:* 543
Torberg, Friedrich – *österreichischer Schriftsteller:* 601
Torres y Tenorio, Camilo – *neugranadischer Politiker:* 44 f. – 51 – 53 – 59 – 64 – 78 f.
Torriani, Vico – *Schweizer Schlagersänger:* 236
Trakl, Georg – *östereichischer Lyriker:* 384 – 522 – 533 – 549 – 557 f. – 571
Troller, Georg Stefan – *österreichischer Journalist:* 130
Troost, Paul Ludwig – *deutscher NS-Architekt:* 431
Trotzkij, Lew Dawidowitsch (= Bronschtein, Leib) – *ukraïnischer Revolutionär:* 484
Tschechow, Anton Pawlowitsch – *russischer Schriftsteller:* 519 – 543
Tucholsky, Kurt – *deutscher Schriftsteller:* 415
Turgenjew, Iwan Sergejewitsch – *russischer Schriftsteller:* 519 – 543

Uhland, Ludwig – *deutscher Schriftsteller:* 343

Erratum, sorry:

Im Ersten Bande von "Halalí" ist auf Seite 247 leider G. W. Pabst als Regisseur des Films *"Metropolis"* angegeben. Das ist natürlich falsch. Denn diesen legendären Welterfolg hat kein anderer als der große Fritz Lang in Szene gesetzt, pardon.

Die Deutsche Nationalbibliothek verzeichnet diese Publikation
in der Deutschen Nationalbibliografie;
detaillierte bibliografische Daten
sind im Internet über <http://dnb.ddb.de> abrufbar.

MORITZ PIROL

HALALÍ 1

Zehn andre Porträts:

Paul Abraham

Äsop

Dostojewskij

Die Heilige Cæcilia

Johann Sebastian Bach

Gitta Alpár

Tommaso Campanella

Carola Neher

Archimédes

Francisco José de Caldas y Tenorio (I + II)

ISBN 978-3-938647-17-2

< O R P H E U S   U N D   S Ö H N E >   V E R L A G

9 783938 647189